Fazendo meu filme

4

FANI EM BUSCA DO FINAL FELIZ

PAULA PIMENTA

Fazendo meu filme

4

FANI EM BUSCA DO FINAL FELIZ

2ª edição
7ª reimpressão

GUTENBERG

1ª edição deste livro: 15 reimpressões.
2ª edição deste livro: 7 reimpressões.

EDITORA RESPONSÁVEL
Rejane Dias

PROJETO GRÁFICO DE MIOLO
Patrícia De Michelis

REVISÃO
Ana Carolina Lins
Cecília Martins
Eduardo Soares

DIAGRAMAÇÃO
Christiane Morais de Oliveira
Christiane Silva Costa

CAPA
PROJETO GRÁFICO: *Diogo Droschi*
FOTOGRAFIAS: *Marcio Rodrigues / Lumini Fotografia*
DIREÇÃO DE ARTE E CENOGRAFIA DA FOTOGRAFIA: *Rick Cavalcante*
MODELO: *Ingrid Oliveira*

Dados Internacionais de Catalogação na Publicação (CIP)
Câmara Brasileira do Livro, SP, Brasil

Pimenta, Paula
Fazendo meu filme 4 : Fani em busca do final feliz / Paula Pimenta. – 2. ed.; 7. reimp. – São Paulo : Gutenberg, 2025. -- (Fazendo meu filme)

ISBN 978-85-8235-615-9

1. Literatura juvenil I. Título. II. Série.

12-03492 CDD-028.5

Índices para catálogo sistemático:
1. Literatura juvenil 028.5

A **GUTENBERG** É UMA EDITORA DO **GRUPO AUTÊNTICA** 

São Paulo
Av. Paulista, 2.073 . Conjunto Nacional
Horsa I . Salas 404-406 . Bela Vista
01311-940 . São Paulo . SP
Tel.: (55 11) 3034 4468

Belo Horizonte
Rua Carlos Turner, 420
Silveira . 31140-520
Belo Horizonte . MG
Tel.: (55 31) 3465 4500

www.editoragutenberg.com.br
SAC: atendimentoleitor@grupoautentica.com.br

Para o Kiko. Que entrou no meio da história.

E mudou tudo...

NOTA DA AUTORA

Para escrever Fazendo meu Filme eu tive que fazer uma viagem especial: no tempo. Usei as minhas lembranças para revisitar vários lugares que mencionei nas páginas desta série.

Muito do intercâmbio da Fani foi inspirado na época em que eu mesma estava prestes a ser intercambista, aos 17 anos, na Pensilvânia.

Um pouco mais tarde, morei em Londres por um ano e estive em todos os cenários descritos no segundo livro; usei muito da minha própria viagem para ilustrar a dela.

E, para escrever os passos da Fani neste quarto livro, estive na Califórnia para conhecer cada um dos locais por onde ela passaria, viveria, estudaria e nos emocionaria.

Agora é a sua vez de viajar. Aperte os cintos e embarque com a Fani em busca do final feliz!

Agradecimentos:

É difícil terminar uma série literária, pois durante o período de escrita o autor se apega não só aos personagens e à história, mas também às pessoas que o acompanharam nesse processo.

Mamãe, muito obrigada por ser a minha primeira leitora, minha conselheira, minha amiga. E muito obrigada também por não ser como a mãe da Fani! Você é a melhor mãe de todas, e eu não seria o que sou se não fosse por você.

Papai, meu maior "promoter". Espero sempre estar à altura do orgulho que você sente de mim. E muito obrigada por continuar realizando meus sonhos...

Bruno, mais do que um irmão, meu melhor amigo, fiel escudeiro e companheiro musical nas horas vagas. Obrigada por existir e ser tão presente em minha vida.

Kiko, você sabe que nem todas as páginas deste livro seriam suficientes para agradecer pelo quanto você me ajudou... Dizer obrigada é muito pouco.

Aninha, Cecília e Elisa, mais do que primas, minhas amigas-irmãs! Obrigada por terem lido tudo antes de todo mundo e me darem os melhores conselhos para cada capítulo!

A toda minha família, meu agradecimento especial pela torcida. Adoro vocês!

Banda No Voice, minhas histórias ficam mais bonitas com suas lindas canções! Espero que vocês continuem enchendo de melodia as páginas dos meus futuros livros!

Bia e Roberta, mesmo de longe, obrigada pelo apoio de sempre, sei que, apesar da distância, vocês estão aí para o que eu precisar!

Aos meus fã-clubes, vocês nem imaginam como fico feliz com o carinho de vocês! Muito obrigada!

Obrigada às minhas leitoras que se tornaram amigas, especialmente Marcielle, por toda a ajuda; Paola, pelo apoio nas entrevistas; Carol Christo, Cinthia Egg e Gui Liaga pelos conselhos; Ana B. e Marina Diniz, pelas dicas de música e filmes; Thê, pela ajuda com as citações e pela companhia no cinema. Além de tantas outras queridas (e queridos!) que me mandam sugestões, comentários e elogios!

Meus queridos leitores que mandaram depoimentos para a contracapa, obrigada pelas lindas palavras, elas me emocionaram muito!

Aos professores que adotam meus livros em sala de aula, nem sei como agradecer! Mas, especialmente, obrigada por incentivarem nos alunos o gosto pela leitura!

Ian, mais uma vez, obrigada por você ser meu "landlord" virtual há tantos anos! Sinta-se à vontade para me despejar quando quiser, baby!

A todos os blogueiros e blogueiras, muito, muito obrigada por toda a divulgação! Vocês nem imaginam como o apoio de vocês é fundamental!

Aos meus queridos amigos do Grupo Editorial Autêntica. Nem tenho palavras para agradecer. Obrigada por tudo. Tudo mesmo.

Nana, Dani, Fafá, Fred, Renata, Mariana, Marina e todos os meus amigos da época do colégio, obrigada por terem feito da minha adolescência a melhor de todas, a ponto de inspirar uma série inteira de livros!

E à Fani... Obrigada por ter mudado a minha vida! Espero que eu tenha dado a você o melhor final feliz que alguém poderia escrever!

Para ver cenas dos filmes e ouvir
as músicas dos CDs, visite:

www.fazendomeufilme.com.br

É apenas uma história...

E esta tem um final feliz.

(Três vezes amor)

Prólogo

Querido Leo,

Sei que esta vai ser mais uma das muitas cartas que eu escrevo e nunca vou te mandar. Mas de certa forma, mesmo que você nunca leia, estas cartas me fazem companhia, elas permitem que eu me lembre de cada detalhe, de cada esquina que percorremos – juntos ou não –, de cada vírgula, de cada sofrido ponto final, de cada feliz exclamação, de cada uma das inúmeras interrogações da nossa história. Essas cartas te trazem pra perto de mim.

Ainda me lembro da primeira vez em que te vi. Hoje sei que te amei desde o princípio. Tive que percorrer primeiro o caminho da amizade para te reconhecer como amor, mas meu coração já sabia. Ele sabe. E você vai morar dentro dele eternamente.

Nas minhas recordações, vejo com nitidez tudo o que veio depois daquele primeiro dia... O carinho imenso, as risadas, as descobertas, a paixão. O beijo, a viagem, a tristeza, a saudade, os segredos, o reencontro.

Hoje ainda me lembro de cada minúcia. Como se tivesse acabado de acontecer. Como se a nossa vida fosse mesmo um filme. Como se fôssemos ser felizes para sempre...

Fani

Parte 1

Fani

1

Rafiki: O passado pode machucar.
Mas da forma como eu vejo, você pode
ou correr dele ou aprender com ele.

(O Rei Leão)

O despertador tocou pontualmente às oito da manhã. Porém, ao contrário dos outros dias, eu não tive vontade de arremessá-lo à parede. Na verdade, eu já estava acordada há horas, se é que havia dormido. Não me lembro de ter sonhado.

Entrei no banheiro e me deparei com um recado pregado no espelho, com uma letra que eu conhecia perfeitamente.

A Winnie não foi sequestrada e
nem aprendeu a abrir a porta.
Ela está comigo e logo voltaremos! Kisses!

Fui em direção à cozinha e pude notar que a porta do quarto da Ana Elisa estava aberta. Vi que ela ainda estava dormindo e resolvi entrar para acordá-la, mas parei quando notei o que ela segurava com tanta firmeza, com o braço meio dependurado para fora da cama. Uma foto. Antes de olhar, já imaginei do que se tratava. Ou melhor, de quem...

"Aninha...", eu chamei baixinho, para que ela não acordasse sobressaltada. Ela franziu a testa, mas não abriu os olhos. Passei a mão de leve pelo braço dela e, com cuidado, puxei o retrato. Sim, era ele. Eu já sabia então como a noite anterior havia terminado...

Dei um suspiro e me sentei na ponta da cama. "Ana Elisa", eu disse um pouco mais alto, "desculpa, mas está na hora. Ontem você me fez jurar que eu te acordaria. Se quiser, pode ficar dormindo que eu vou sozinha..."

Ela se sentou rapidamente e perguntou que horas eram, ao mesmo tempo que pegava o celular no criado-mudo, para conferir o horário por ela mesma.

Achei um pouco de graça na expressão de desespero e sorri para tranquilizá-la. "Calma... são oito horas ainda. Temos muito tempo para chegar lá..."

"Mesmo assim, vamos depressa!", ela disse, se levantando ainda meio sonolenta. "Não quero que ela fique esperando nem um minuto."

"Eu ainda vou tomar banho", expliquei, enquanto me deitava na cama que ela tinha acabado de vagar. E, ao ver o estado do cabelo dela, acrescentei: "E acho que você deveria tomar também...".

Ela não respondeu, mas entrou no banheiro, me deixando sozinha no quarto dela. Dei um suspiro e comecei a me lembrar de tudo o que havia se passado desde aquele ano trágico. E, com aquela foto na minha mão, mais uma vez tive a certeza de que não havia sido só pra mim que o tempo parecia não ter passado.

Comecei a recordar o dia em que eu havia chegado a Los Angeles, cinco anos antes, sem a menor ideia do que me esperava, sem a menor noção dos meus próximos passos, mas com a certeza de que aquela era a coisa certa a se fazer.

Cinco anos! Como havia passado rápido. Desde o começo, eu não me permiti ficar em dúvida em nenhum momento. Arrependimentos durante esse tempo? Nenhum. Desde a hora da decisão, desde o instante em que eu percebi que *ele* não tinha intenção de me dar outra chance, eu soube que não poderia mais morar ali.

Lembro que, nos primeiros dias, a Tracy me perguntou várias vezes se eu tinha me mudado de país para me vingar, para tirar dele a graça de me ver triste, para fingir que eu estava muito feliz, bem longe. E, embora eu sempre respondesse qualquer coisa, deixando-a com a falsa ilusão de ser aquilo mesmo, no fundo eu sabia que ela não poderia estar mais enganada.

O motivo da minha mudança nada tinha a ver com revanche. Muito menos com o que ele viesse a pensar sobre mim. Eu quis vir para o outro hemisfério por apenas uma razão: eu precisava me afastar. Eu tinha que estar o mais distante possível. Não apenas dele, mas também das lembranças. E eu estava certa, pois, nas poucas vezes em que estive no Brasil em todos esses anos, não tive como não me lembrar. Como não enxergar o *Leo* a cada esquina.

Mínimos detalhes me convidavam instantaneamente para uma viagem no tempo. Bastava que alguém falasse sobre o Rio de Janeiro que eu já imaginava se ele ainda estaria vivendo lá. Para ir do aeroporto pra casa, eu tinha que passar perto do bairro onde ele costumava morar, e eu sempre me pegava imaginando se seus pais e irmãos estariam ali. Até uma vez, quando liguei o rádio, louca para matar a saudade de ouvir cantores nacionais, fiquei surpresa com a primeira música que tocou; era uma que eu conhecia muito bem e que tinha tentado a todo custo apagar da memória... Meu irmão me explicou que a banda No Voice estava fazendo o maior sucesso, pois a música "Linda" (aquela mesma que estava tocando naquele momento e que um dia já tinha sido "nossa") havia entrado na trilha sonora de uma novela. Lembro que depois daquilo só voltei a ligar o som no Brasil quando colocava algum CD trazido dos Estados Unidos, para não ter perigo de que mais "recordações musicais" me atormentassem.

Eu ainda estava mergulhada no passado quando ouvi um barulho vindo da portaria. Em seguida, escutei também o ranger da porta da sala se abrindo. Dois segundos depois, a Winnie entrou correndo e pulou na cama da Ana Elisa, me lambendo como se não me visse há séculos. Ela definitivamente era a única lembrança do passado que não me atormentava.

"Ei, mocinha!", eu a carreguei no colo. "Já deu seu passeio? Perseguiu muitos esquilinhos?"

"Ela fez arte hoje!", a Tracy disse, entrando no quarto. "Tinha um menininho na rua, meio de bobeira com um sorvete na mão, e a sua 'filha' não perdeu tempo!"

"Winnie!", eu a coloquei no chão. "Você roubou o picolé do menino?"

"Não, ela não *roubou*", a Tracy explicou. "Ela só deu uma lambidinha. Mas, obviamente, a mãe, que estava por perto, ficou horrorizada e me mandou tirar aquele *monstro* dali, antes que ele comesse a mão do filho dela!"

Eu sorri olhando para a minha cachorrinha, tão linda, com um lacinho cor de rosa na cabeça. "Monstro" seria a última palavra que alguém poderia usar para descrevê-la.

Voltei a olhar para a Tracy pensando no quanto ela havia aprendido português em todo aquele tempo. Ela falava praticamente sem sotaque e poderia se passar por brasileira, se não fosse pelos cabelos quase brancos de tão louros e pelos enormes olhos azuis. Eu ia elogiar sua pronúncia pela milésima vez, mas me lembrei de que ela sempre ficava meio impaciente e me mandava transferir meus cumprimentos para o Christian, pois, segundo ela, a "culpa" era só dele, por nunca permitir que ela conversasse com ele em inglês.

"Que olhar perdido foi esse agora?", ela perguntou me analisando. "Nostalgia antecipada? Está com pena de deixar a faculdade pra trás?"

"Não", eu disse rindo, pois sabia que ela estava brincando. Eu adorava a faculdade, mas não aguentava mais esperar para exibir tudo o que eu havia aprendido. E o momento estava chegando. "Eu só estava pensando em você. E no Christian", disfarcei. "Você viu que saiu novamente uma foto dele no site *Star Entertainment*? A legenda era 'Christian Ferrari arriving at Suri's birthday',* e estou bem certa de que você é a loura que aparece no fundo! Puxa, vou brigar com vocês, falei pro Christian que eu queria conhecer a casa nova do Tom, por que vocês não me chamaram?"

"Você estava filmando, dear. E foi só uma passadinha rápida. O Christian tinha gravação na manhã seguinte", ela falou ligando o computador da Ana Elisa, provavelmente para checar a reportagem que eu tinha mencionado. "Onde está a Ana? Na casa do Andrew?"

"Está tomando banho", eu disse, indo em direção ao meu quarto. "E eu vou fazer o mesmo, não quero presenciar um

---

* Christian Ferrari chegando ao aniversário de Suri.

homicídio quando ela te encontrar mexendo no computador dela..."

"Ih!", ela desligou rapidamente e me seguiu. "O que houve? Eles brigaram de novo?"

Balancei os ombros indicando que não sabia, mas no fundo eu não tinha dúvidas de que tinha sido exatamente aquilo. Todas as vezes em que ela olhava as fotos do Felipe era mau sinal. Eu já tinha visto aquela cena outras vezes. E me doía pensar que, em todos aqueles anos, ainda não havia aparecido outro amor que preenchesse por inteiro o coração dela. E mais uma vez eu a entendi. Perfeitamente...

"Mas, afinal, o que você está fazendo aqui?", eu perguntei para a Tracy, já no meu quarto. "Está um pouco cedo para uma visita matinal. E nem vem dizer que foi para me prestar um favor levando a Winnie pra passear, você sabe que eu adoro fazer isso..."

"Ué!", ela me olhou como se eu fosse louca. "Vou ao aeroporto com vocês! Acha que eu perderia isso? Posso não morar mais aqui, mas gosto de pensar que eu ainda faço parte da *família*... mas, se você não pensa o mesmo, aqui está a chave que ficou comigo..."

"Boba!", eu peguei um travesseiro da minha cama e joguei em cima dela. Eu sabia que ela estava brincando. Eu nem me lembrava mais de como era a minha vida sem a Tracy. Era como se eu já tivesse nascido com ela ao meu lado. Como se ela sempre tivesse sido minha "irmã". E era desse jeito que a gente se apresentava para as outras pessoas. Por esse motivo, fiquei muito triste quando ela me contou que ia se mudar para a casa do namorado, mas ela estava tão feliz que eu tentei a todo custo não demonstrar. Eu sabia que seria bom para eles, que não se desgrudavam há anos, mas eu tinha me acostumado à presença constante dela, e por isso a notícia me deixou um pouco abalada.

Logo após a mudança, eu realmente me senti muito sozinha, o apartamento ficou vazio, mas, por sorte, menos de um mês depois, a Ana Elisa me ligou pra contar que estava se formando em Relações Internacionais na Inglaterra e tinha que cumprir um estágio obrigatório de seis meses em outro país. Ela explicou que tinha pensado em escolher os Estados Unidos, para ficar perto de mim, e eu só faltei gritar no telefone! Era tudo de que eu precisava!

Nos anos anteriores, apesar de sempre conversar com ela pela internet, nós havíamos nos encontrado apenas uma vez, quando viajei com a Tracy para Brighton, pra passar com a "nossa" família inglesa um feriado de *Thanksgiving*. A Ana Elisa estava estudando em Londres e pudemos nos divertir bastante durante aquela semana. Mas eu sentia muita falta da convivência, de vê-la com mais frequência. Por isso, a possibilidade da vinda dela fez com que eu ficasse completamente eufórica. Contei na mesma hora que eu estava com um quarto vago, e a Ana Elisa só precisou fazer os arranjos para o estágio. Menos de um mês depois ela já estava morando comigo, no lugar que antes era da Tracy.

Porém, agora, faltando pouco tempo para a volta dela pra Inglaterra, eu não queria nem imaginar que teríamos que nos separar novamente.

"Acho bom você entrar logo nesse banho", a Tracy falou, enquanto se sentava na minha cama, ainda desfeita. "Nesse horário, em plena sexta-feira, vamos pegar muito trânsito!"

Eu concordei e entrei no meu banheiro. De repente, me lembrei de uma coisa.

"Tracy, coloca comida pra Winnie, por favor", eu disse me virando. "A ração está no lugar de sempre. Ela deve estar com fome. Você falou que ela só deu uma lambidinha no sorvete do menino..."

"Sim, senhora!", ela respondeu se levantando.

Voltei para o banheiro, mas ainda a ouvi dizer no corredor: "Little Winnie, tenho um novo truque pra te ensinar... Nada de lambidinhas no sorvete dos menininhos... o negócio é abocanhar tudo e sair correndo, antes que as mães revoltadas percebam o que aconteceu...".

Eu imediatamente liguei o chuveiro para não ter que ouvir mais nada. Se tinha alguém que não havia mudado nada naqueles cinco anos, essa pessoa era a Tracy...

Fechei a porta e entrei no banho, ainda pensando no tempo que tinha se passado. Na semana seguinte, eu já poderia ser chamada de *cineasta*. Eu ainda me lembrava de todos os detalhes que tinham me levado até ali. Dei um suspiro e comecei a recordar cada um deles, desde o primeiro dia...

2

Elliot: Você pode ser feliz aqui,
eu cuidarei de você.

(E.T. - O extraterrestre)

1º ano de faculdade
25 de agosto
A caminho de Los Angeles

Leo,

Estou dentro do avião, já bem perto das nuvens. Sozinha, olhando para essa imensidão azul, tive vontade de te escrever. Sei que eu não deveria. Sei que o esperado era que eu estivesse com raiva de você. Mas eu não estou... Magoada, talvez. Triste. Inconformada com o destino. Mas hoje, indo em direção à minha nova vida, penso que talvez tenha sido melhor assim. Agora, depois de um tempo, começo a enxergar com clareza como estávamos vivendo. Abrindo mão dos nossos sonhos em troca do nosso amor. Isso nunca podia ter sido uma substituição. Deveríamos ter tentado conciliar os nossos planos. Mas o amor era tão forte que o receio de perdermos um ao outro fez com que tomássemos atitudes erradas.

Você nunca quis me ouvir, mas, aqui, escrevendo esta carta que provavelmente irá parar na lixeira mais próxima, tenho que te dizer que eu nunca tive a intenção de te esconder nada. Eu apenas fiquei com medo da sua reação. Antes não tivesse ficado. Pelo menos eu teria tido a chance de me defender.

Leo, estou voando para cada vez mais longe de você. Só quero que você saiba que eu te desejo tudo de melhor. E que eu nunca vou te odiar. Porque um amor tão grande como o que eu sentia (sinto?) não pode se transformar em ódio. Espero que ele tenha ficado no ar, para que outras pessoas possam sentir o mesmo que eu senti. Era um amor de sonho. E talvez seja apenas isso que ele deveria ter sido desde o início. Parte de um sonho. Pois, assim, eu não precisaria ter acordado...

Fani

"Fani, filhinha!", a voz da minha mãe ecoou tão alto que eu até afastei o telefone do ouvido. Tive vontade de chorar, ao me sentir tão distante e, ao mesmo tempo, por perceber que lá tudo estava igual. E por que não estaria? Não haviam se passado nem doze horas. "Graças a Deus você ligou! Como foi no avião? Teve alguma turbulência? Está muito frio aí? Como é o apartamento? Se for localizado em uma região ruim da cidade, mude-se imediatamente para o dormitório da faculdade!"

"Mãe, só liguei pra avisar que deu tudo certo... Ainda estou no aeroporto, acabei de pegar as malas. A Tracy está vindo me buscar. Mais tarde a gente conversa pelo Skype, tá? Comprei um cartão telefônico só pra avisar que cheguei bem, e os créditos já estão acabando. Manda um beijo pro papai. E outro pra você... já estou com saudade."

Antes que ela pudesse responder, a ligação caiu. Dei um suspiro e segurei o choro. Eu conhecia aquela sensação e sabia que iria passar. O primeiro dia longe de casa era o pior.

Eu já tinha tirado a Winnie da casinha portátil onde ela havia ficado durante toda a viagem e fui com ela em direção à saída, tentando segurá-la e empurrar o carrinho com as malas ao mesmo tempo. Cheguei à calçada do aeroporto e contemplei pela primeira vez o céu da Califórnia. Eu tinha viajado para os Estados Unidos antes, mas nunca para aquele estado. Aquelas pessoas que passavam por mim eram bem diferentes dos turistas da Disney. Elas não pareciam estar a passeio, como se tivessem todo o tempo do mundo... muito pelo contrário. Eu via homens e mulheres apressados por todos os lados. Parecia que todos eles estavam atrasados ou algo do tipo, e só alguns dias depois entendi que os habitantes de Los Angeles *eram* assim. Sem tempo a perder. Pelo menos nas áreas não turísticas.

Eu ainda estava olhando para o alto quando ouvi uma voz me gritando. Ou melhor, chamando a "Stephanie". Eu me virei já sorrindo. Como eu havia sentido falta da Tracy!

Corri em direção a ela e a abracei. Ficamos um tempo assim, até que ela se afastou, me olhou de cima a baixo e a primeira coisa que falou foi que eu estava muito *magra*. Comecei a rir e lembrei que, da última vez que a gente tinha se encontrado, eu estava com pelo menos 14 quilos a mais. Os 11 que eu havia engordado na Inglaterra e mais três, que eu havia perdido nas últimas semanas... Meu apetite havia ido embora *naquela* noite, junto com os meus sonhos.

Enquanto dirigia até o apartamento, ela foi me contando tudo sobre Los Angeles. Eu ficava cada vez mais impressionada com as avenidas largas e com o tamanho da cidade. Ela explicou que iria desviar da famosa "Hollywood Boulevard" e passar por outro lado, pois, em pleno domingo, aquele local estaria lotado. Eu estava louca para conhecer depressa o lugar onde as cerimônias do Oscar se realizavam, para andar pela Calçada da Fama, para olhar as marcas das mãos dos meus atores preferidos no chão e tudo o mais que eu já tinha visto em tantos filmes, mas concordei com ela, por um simples fato: eu estava *muito* cansada. Praticamente morta. No avião eu não tinha pregado os olhos, nem no dia anterior à viagem, por pura ansiedade. Tudo o que eu mais queria conhecer naquele momento era a minha nova cama. E eu sabia que teria muito tempo para passear por cada centímetro da cidade depois.

Porém, assim que ela fez uma curva, sorriu pra mim e apontou para o alto: "Look up right there!"[*].

Olhei pela janela para saber do que ela estava falando e quase fiquei sem ar. A vida inteira eu desejei ver aquilo e agora estava tão perto, eu podia enxergá-lo com os meus próprios olhos e não na tela de uma TV! Peguei a câmera na bolsa e bati a minha primeira foto em Los Angeles: o letreiro de Hollywood!

Perguntei se a gente podia subir lá, pois ele ficava no alto de uma montanha, e ela respondeu que daria pra chegar mais perto, mas que já há vários anos a visitação no local havia sido proibida, pois as pessoas quebravam pedaços do letreiro, para levar como lembrança. Achei aquilo um absurdo, mas no fundo eu sabia que eu teria tido vontade de fazer o mesmo... levar um pedacinho de Hollywood pra casa.

Percebi que aos poucos a paisagem foi se tornando mais residencial e comecei a ler placas que indicavam o caminho para a Universal City. Eu já tinha visto na internet que lá era o local onde ficavam os sets de filmagem e o parque de diversões da Universal Studios. Senti um frio na barriga ao constatar que eu realmente estava na cidade do cinema!

A Tracy não parava de falar. Ela ia explicando que o nosso apartamento se localizava mais ou menos entre a faculdade dela e a minha, e que, além disso, daria para eu ir a pé até o local onde o Christian achava que eu poderia conseguir um estágio. Eu perguntei como ela sabia daquilo, e ela explicou que eles vinham conversando por e-mail desde que ele escreveu uma primeira vez, para pedir que ela me convencesse a aceitar a bolsa de estudos. E depois que ela chegou a Los Angeles, eles se encontraram para ele dar algumas dicas sobre a cidade. Segundo ela, foi o Christian também que sugeriu o bairro e o nosso apartamento.

Aquilo me deixou um pouco receosa. Quando concordei em aceitar a oferta do Christian e largar mãe, pai, irmãos, sobrinhos, amigas e as minhas duas aprovações no vestibular no Brasil, foi totalmente por impulso. Claro que eu queria estudar Cinema

---

[*] Olha ali!

em Hollywood. Mas em nenhum momento eu pensei seriamente nas consequências da minha decisão em relação ao próprio Christian... Ele tinha me dado um presente muito generoso ao me entregar de bandeja a oportunidade de realizar o meu sonho. Mas e agora? O que ele iria querer em troca? Eu lembrava vagamente de ele ter escrito em um e-mail que não tinha esperança de que reatássemos o nosso namoro e que não havia conseguido a vaga na faculdade para mim por esse motivo. Mas, pelo visto, ele tinha total intenção de permanecer por perto.

Eu ainda estava pensando sobre isso quando o celular da Tracy tocou. Pude então constatar que eu estava certa... Ela colocou o telefone no viva voz, dizendo que o *Christian* queria me dar as boas vindas.

Respirei fundo quando ouvi a voz dele ecoar pelo carro.

"Fani, princesa! Fez boa viagem? O que está achando da cidade até agora? Está correspondendo às suas expectativas?"

O Christian era o mesmo em qualquer lugar do mundo. Respondi que a viagem tinha sido boa e que a princípio eu estava gostando muito. Ele falou que era pra eu descansar um pouco, pois mais tarde passaria no nosso apartamento para pegar o carro dele e me levar para conhecer um pouco da vizinhança.

Então aquele carro chique era... *dele*? A Tracy não havia me dito que ele era emprestado de uma *amiga*? Ou será que fui eu que presumi isso quando ela disse a palavra "*friend*"?

"Tenho certeza de que você vai gostar mais ainda quando eu te mostrar um lugar...", o Christian continuou, antes que eu pudesse comentar qualquer coisa. "Tenho que ir agora, vou participar de uma reunião com uns produtores daqui a pouco! Por favor, traduza tudo o que eu disse pra Tracy, não acredito que ela morou com você por um ano e não aprendeu uma palavra de português! Bye, Tracy! Beijos, Fani!"

E, dizendo isso, desligou. Eu me virei para a Tracy, disposta a dizer que nós *não* íamos criar esse hábito de aceitar favores do Christian, pois isso só abriria portas para que ele se aproximasse cada vez mais, mas bem nesse momento ela estacionou em frente a um pequeno prédio de dois andares, em uma rua bonitinha, arborizada e com florzinhas na calçada. Em uma plaquinha pude ler: "Maple Street". Eu lancei um olhar questionador pra ela, que abriu a porta do carro, sorriu e falou: "Welcome home!".*

A Winnie desceu primeiro e já começou a andar pela grama, explorando tudo, mas, de repente, começou a correr, e eu me desesperei, com medo de que ela fosse atropelada! A Tracy riu e falou que ela só tinha visto um esquilo e que ali tinha muitos, mas que a rua era extremamente sossegada, e eu não precisava me preocupar. Ainda assim, eu a carreguei no colo, e a Tracy abriu um portãozinho na frente do prédio, dizendo que depois me ajudaria com as malas. Ela queria que a gente entrasse logo, pois estava louca para saber se eu ia gostar.

A portaria dava em um corredor. Fomos até o final dele, e ela parou em frente a uma porta que tinha um número "4" em cima, dizendo que aquele era o nosso apartamento. Ela explicou que o Christian (de novo ele!) tinha sugerido que ela e os pais (que haviam viajado para Los Angeles com ela um mês antes pra ajudá-la a escolher o apartamento e olhar os detalhes da faculdade) escolhessem um no térreo, por causa da Winnie. Naquele prédio também tinha pra alugar um no segundo andar, que possuía uma varanda, mas os de baixo tinham uma pequenina área externa, que ele imaginou que seria bom pra ela. Eu o agradeci mentalmente por mais aquilo e entrei pela primeira vez no lugar que seria o meu lar por vários anos.

A Tracy já havia me dito que o apartamento tinha vindo mobiliado, mas eu imaginei que seria algo mais "universitário", improvisado. Surpreendentemente, tudo era de muito bom gosto. Móveis claros, uma TV de tela plana presa na parede, uma estante (ainda vazia e que eu na mesma hora fiz planos de preencher com meus DVDs). A cozinha era bem pequena, mas tinha o básico. Fogão, geladeira, micro-ondas e armários. No canto, tinha uma porta que eu já imaginava que daria para a tal área externa, e, ao abrir, constatei que estava certa, mas não era tão pequena quanto a Tracy havia dito, e imediatamente entendi por que ela concordou

* Bem-vinda ao lar!

em abrir mão da varanda... Certamente ela já tinha planejado dar muitas festas naquele local! O espaço era todo gramado, e nele havia uma mesinha, com algumas cadeiras. Em um canto pude ver uma máquina de lavar e uma secadora de roupas.

Perguntei pra Tracy quanto exatamente a gente teria que pagar por aquele aluguel, imaginando que seria uma fortuna, pois tudo era bem melhor do que eu tinha pensado. Ela sorriu dizendo que estava feliz por eu ter gostado, mas que eu ainda tinha que conhecer o meu quarto. Tornei a perguntar sobre o valor, mas ela apenas falou que eu podia relaxar, pois, além daquela área ser estudantil, eu logo estaria *rica* com os meus filmes.

Eu só balancei a cabeça, preocupada com o meu pai. Ele tinha dito que inicialmente pagaria a minha parte no aluguel, mas eu não queria sobrecarregá-lo! Já bastava a mensalidade da faculdade; a minha bolsa de estudos cobria apenas três quartos do valor.

Porém, quando ela parou na frente de uma porta e a abriu, toda a minha prudência sumiu. Eu não podia morar em nenhum outro lugar. Era como se eu estivesse dentro de um saguão de cinema, embora menor. A cortina era preta, como a de um teatro antigo, e por todas as paredes e até no teto se viam pôsteres de filmes. De filmes que eu amava. De filmes de *amorzinho...*

Eu me virei pra ela, que imediatamente explicou que o Christian achou que eu gostaria daquilo, e os dois visitaram vários estúdios, por dias, até conseguirem todos aqueles cartazes. Imediatamente me lembrei de que anos antes, no que parecia até outra vida, quando nós ainda namorávamos, eu tinha dito pra ele que sempre havia tido vontade de decorar o meu quarto inteiro com detalhes cinematográficos, mas que a minha mãe nunca permitiria.

Mas agora aquele meu desejo estava realizado. Pela primeira vez senti que eu era realmente a dona de um lugar. Aquele quarto, aquele apartamento inteiro era meu... Eu podia decorá-lo como quisesse, até que ficasse com a minha cara. E, pelo visto, por mais que eu não gostasse da ideia, tinha *alguém* mais disposto a me ajudar a fazer com que aquilo acontecesse depressa. Alguém que não parava de tentar realizar cada uma das minhas vontades, até aquelas que eu nem lembrava mais...

3

> Rosalinda: Desde que cheguei aqui, aprendi coisas maravilhosas. A mais importante delas tem a ver com amizade, lealdade e confiança. Coisas que não vêm de graça e você tem de fazer por merecer.
>
> (Programa de proteção para princesas)

"Fani, você está dirigindo igual a uma *tartaruga*!", a Ana Elisa falou do banco de trás. Antes de olhar pelo retrovisor e responder que eu estava no máximo da velocidade permitida, me lembrei da Josefina, a minha antiga tartaruguinha.

Na época da minha vinda para Los Angeles, eu havia aceitado a oferta da Juliana, a minha sobrinha, que tinha prometido cuidar dela com todo carinho. E então eu mesma levei a Josefina para o apartamento do meu irmão, arrumei um cantinho para colocar o aquário dela, comprei um estoque de ração para tartarugas, escrevi mil instruções com letras garrafais... e, menos de um mês depois, recebi um e-mail da minha cunhada, dizendo que a Juju estava em prantos pois a tartaruga tinha morrido. O Pedrinho, um dos meus sobrinhos gêmeos, em um momento de distração delas e da babá, pegou a Josefina, jogou no vaso sanitário e deu descarga. Eu até passei mal quando li aquilo, ao imaginar a minha amiguinha descendo pelo esgoto. Apesar disso, tive que entrar no Skype e consolar a Juliana, dizendo que eu não estava triste e que a Josefina era uma nadadora muito boa, que naquele momento devia estar com as amiguinhas dela, no mar... Quanto tempo tinha se passado! A Juju (que agora só queria ser chamada de Ju) estava com quase 13 anos e nem devia se lembrar mais disso...

"Qual é a companhia do avião dela?", a Tracy perguntou me despertando daquela lembrança. "Acho melhor parar no estacionamento, temos que ajudá-la com as malas."

Eu estava muito admirada com a empolgação das minhas amigas. Elas nunca tinham ficado tão animadas para buscar alguém no aeroporto! E muita gente havia nos visitado naquele tempo...

A Priscila foi a primeira a aparecer. Logo que contei *onde* eu estava fazendo estágio, ela tanto fez que acabou convencendo o pai, a mãe, o irmão, a avó e até o Rodrigo a se juntarem para comprar pra ela as passagens, como se fosse um presente adiantado para vários Natais e aniversários. Valeu a pena, pois lembro que os dias que ela passou comigo foram alguns dos mais divertidos ao longo de todo aquele tempo.

Meus pais vinham uma vez por ano, geralmente na época do meu aniversário, mas depois da primeira viagem eles nunca mais ficaram hospedados no meu apartamento, um "pardieiro", segundo a minha mãe, que nunca aprovou os cartazes de cinema, os incensos que a Tracy gostava de acender na sala e, especialmente, o fato de eu deixar que a Winnie dormisse em cima da minha cama. A partir daí, o meu pai preferiu que eles ficassem em um hotel durante as visitas, pois naqueles dias ele só queria matar a saudade, e a última coisa de que precisava era ter que se lembrar das brigas intermináveis entre minha mãe e eu.

Os pais e os irmãos da Tracy vieram várias vezes, pois as passagens aéreas da Inglaterra para os Estados Unidos não eram muito caras. Nessas ocasiões, para dar mais espaço para eles, eu praticamente me mudava para a casa do Alejandro, que insistia para que eu ficasse lá de vez, coisa que eu nunca cogitei, pois o estilo boêmio dele, de dar festas quase todas as noites, não combinava com a minha vida corrida. Eu tinha que acordar todos os dias às seis da manhã para assistir às aulas e só voltava para casa às oito da noite, depois do estágio.

O Inácio e a Cláudia vieram uma vez, para comemorar dez anos de casados, primeira ocasião em que deixaram os meus sobrinhos para a minha mãe cuidar. E provavelmente a última, pois, segundo a própria, ficou totalmente visível a falha na forma como a minha cunhada os vinha educando. Depois da estadia de uma semana deles, minha mãe praticamente reformou o apartamento, e o Inácio me contou que os meus sobrinhos o fizeram jurar que nunca mais os "abandonaria com a vovó".

O Alberto também veio só uma vez, sem a Natália, na época do rompimento dos dois. Ela também tinha feito planos para vir, mas eles logo reataram, o que fez com que ela preferisse deixar pra lá, pois não queria mais se desgrudar dele. Tentei convencê-los a virem juntos, mas a prioridade dos dois passou a ser a festa de casamento e a lua de mel, por isso toda economia era necessária.

Só mesmo a Gabi não tinha vindo. Até agora.

"Tracy, lembre-se do que a Fani te falou, vê se não vai falar que ela está gorda, você adora deixar as pessoas sem graça!", a Ana Elisa continuou a falar, me puxando de volta para o presente.

"Eu?!", a Tracy virou para trás. "Eu apenas sou sincera! Mas já vi nas fotos, ela não está gorda, está fofinha!"

Nesse momento nós chegamos ao aeroporto, e eu estacionei o carro. Foi o suficiente para as duas pararem de falar.

"Pegaram as flores?", perguntei enquanto a gente descia. Eu tinha parado em uma floricultura no caminho, sob protesto, pois elas insistiam em dizer que estávamos atrasadas. Mas eu queria recebê-la de uma forma especial; no fundo eu estava mais ansiosa do que a Tracy e a Ana Elisa juntas. E flores era o mínimo para fazê-la perceber o quanto eu estava feliz por finalmente receber a sua visita.

Assim que guardei a chave na bolsa, a Tracy me entregou o buquê, e nós três fomos praticamente correndo para o saguão. Ao chegar lá, porém, vimos que o voo estava atrasado, ainda demoraria meia hora para o avião aterrissar.

Aproveitei para passar no McDonald's e pegar um milk-shake, pois com a pressa das meninas eu nem tinha comido nada. Enquanto caminhava para lá, fiquei tentando enxergar aquele aeroporto, aonde eu ia tanto, com os mesmos olhos da primeira vez. Eu já o havia considerado tão grande... Mas agora o mundo estava maior. Ou, talvez, não tenha sido ele o único a crescer. O crescimento maior certamente havia se dado em mim.

4

Forrest: Minha mãe sempre dizia
que a gente tem que deixar
o passado pra trás antes
de seguir em frente.

(Forrest Gump - O contador de histórias)

1º ano de faculdade
26 de agosto
Primeiro dia em Los Angeles

Leo,

Já cheguei! Los Angeles é tão encantada! Do pouco que vi, já gostei. E você precisava ver o meu apartamento! Aposto que ia adorar! Ah! A nossa Winnie já está toda à vontade! Agora ela tem um quintal para brincar! E a minha rua também é bem bonitinha, nem parece que estou em uma grande metrópole, posso passear com ela tranquilamente. Meu bairro tem cara de cidadezinha do interior.

Estava colocando minhas roupas no armário e encontrei a carta que te escrevi no avião. Pensei em rasgá-la, mas resolvi guardar... Para que daqui a um tempo eu possa ler e me lembrar do quanto eu era boba. Do quanto eu era apaixonada...

Escrevi essa carta apenas para fazer companhia para a outra. Não pretendo continuar a me lembrar de você. A partir de agora, te bloquearei dos meus pensamentos, então, essa é uma carta de despedida. Espero que você seja feliz em sua vida, assim como eu também espero ser. O que eu mais quero é que Los Angeles me cure logo... Aposto que vai! Afinal, sempre acreditei que Hollywood é o lugar onde os sonhos se tornam realidade...

Fani

"Fani, fecha os olhos agora e só abra quando eu falar!"

Era o meu segundo dia em Los Angeles. Eu estava tão cansada na noite anterior que nem tinha conseguido dar uma volta pela cidade. Preferi desfazer minhas malas, ir ao supermercado (a Tracy, pelo visto, estava disposta a viver à base de pizza e chocolate, mas eu precisava de comida de verdade), andar pelo quarteirão com a Winnie, para que nos situássemos, e em seguida caí na cama. Quando o Christian chegou para me levar pra um passeio de carro, como combinado, me encontrou praticamente desmaiada. Eu não consegui levantar nem para cumprimentá-lo. Mudar de país é muito cansativo!

No dia seguinte, porém, eu mal tinha acordado e ele apareceu, todo sorridente, dizendo que só teria um compromisso à noite e que fazia questão de me levar para conhecer alguns lugares. Eu o havia encontrado menos de dois meses antes, quando ele foi a Belo Horizonte pra me ver (exatamente o que me levou até onde eu estava agora), mas não pude deixar de notar que ele estava diferente. Bonito, é claro, como sempre. *Mas* também muito bem-vestido. E com um ar de autoconfiança que o deixava ainda mais... *brilhante*. Não havia outra palavra para descrever. Ele não parecia uma pessoa comum. Se eu não o conhecesse e o visse andando pela rua, certamente pensaria que ele devia ser alguém famoso. Mas, enfim, agora ele realmente era...

"E aí, Fani? Pronta pra conhecer Hollywood?", ele perguntou com aquele sorriso perfeito.

Suspirei e tive que dizer sim. Eu sabia que não conseguiria me livrar assim tão fácil e, além do mais, estava me sentindo meio em dívida, ele era o responsável por eu estar ali. Eu não queria tratá-lo mal nem nada parecido. Mas na primeira oportunidade eu faria questão de relembrá-lo que entre nós só existiria amizade. Eu não queria nada mais do que isso com ele. Nem com ninguém. Meu coração ainda estava fechado pra balanço.

Por mais que eu insistisse para a Tracy ir com a gente, ela falou que preferia ficar tomando conta da Winnie, alegando que tinha um mês que estava ali e por isso já conhecia a cidade de trás pra frente. Mas eu sabia que aquela recusa nada mais era do que uma tentativa de me deixar sozinha com o Christian. Mais tarde eu também teria que ter uma conversa com ela a esse respeito...

Saímos do apartamento, e o Christian disse que primeiro nós íamos dar uma volta de carro pelo centro, para que eu visse as áreas turísticas. Ele contou que, em pleno verão, a cidade estaria lotada, independentemente do dia da semana, e naquela segunda-feira não seria diferente. Então, quanto mais cedo nós saíssemos, melhor.

"Primeiro vamos até Beverly Hills", ele explicou. "Tenho certeza de que você quer ver onde seus artistas preferidos moram..."

Ele não poderia estar mais certo. Passamos duas horas lá e também em Bel Air, bairro vizinho, onde eu descobri que também moravam várias celebridades. Tirei fotos em frente às casas da Britney Spears, da Nicole Kidman, do Ashton Kutcher, do Brad Pitt e de vários outros, e eu não via a hora de mandá-las para as meninas por e-mail! A Natália e a Priscila certamente iriam surtar, e provavelmente até a Gabi ficaria empolgada! Eu só queria que elas pudessem estar ali comigo também, em vez de ter que ver tudo por fotos...

Em seguida, ele me levou até Rodeo Drive, quarteirão onde ficam as lojas mais caras de Los Angeles (e talvez do mundo!). Tive vontade de perguntar se se pagava para respirar o ar daquelas ruas, pois era tudo tão luxuoso que passava mesmo a impressão de que iriam cobrar pedágio de quem quer que andasse por ali.

Depois fomos para a região mais turística, a famosa Hollywood Boulevard, que a Tracy já havia mencionado. Ele estacionou o carro e falou que ali a gente exploraria a região a pé. Eu estava tão eufórica por estar vendo tudo o que eu sempre tinha desejado conhecer que não parava de dar pulinhos. Peguei o Christian me olhando algumas vezes, com um sorriso no rosto, visivelmente contente pela minha felicidade. Eu, porém, fechava a cara a cada vez que isso acontecia, para que ele não ficasse com uma impressão errada. Minha alegria era por estar naquele lugar, não tinha a ver com a companhia dele...

Depois de conhecer o Chinese e o Kodak Theatre, vários museus, e de ter entrado em umas vinte lojas de *souvenirs*, ele perguntou se eu não gostaria de almoçar. Apenas nesse momento percebi que já eram quase duas da tarde! Nós havíamos saído às 9 horas de casa, e eu nem tinha visto o tempo passar. Ele falou que ia me levar pra comer em um lugar que eu iria adorar, mas que antes queria me mostrar uma última coisa.

Ele me encaminhou para uma das ruas transversais e apontou para um hotel. Um pequeno hotel. Demorei um tempo para reconhecer, mas logo adivinhei. Era onde havia sido filmada a cena final de *Pretty Woman*!

"Fique aí na frente, Fani", ele falou pegando a câmera da minha mão. "Tenho que registrar esse momento, afinal você também é 'uma linda mulher'!"

Sorri meio amarelo pelo trocadilho dele com o nome dado no Brasil para o filme da Julia Roberts, mas ele bateu rapidamente a foto e em seguida foi se direcionando para onde tinha estacionado o carro.

"Agora vamos almoçar em um lugar que também vai fazer com que você se lembre de um filme...", ele falou, me enchendo de curiosidade.

Entramos no carro e, enquanto percorríamos o caminho, ele ligou o som. Eram tantas músicas que eu nunca tinha ouvido, cada uma melhor do que a outra... Com certeza o Leo adoraria gravar todas elas em um CD...

Antes mesmo que eu concluísse o pensamento, meu coração deu um pulo. De onde tinha vindo *aquilo*? Eu estava tão acostumada a ouvir músicas e me lembrar dele que ainda não tinha perdido aquele hábito! Coloquei a cabeça para fora da janela pra sentir o ar no meu rosto, respirei fundo prometendo a mim mesma que, dali em diante, eu mesma criaria a trilha sonora da minha vida, sem a ajuda de *ninguém*.

Deixei que o vento varresse todos os pensamentos indevidos e só então me virei para o Christian, meio brincando: "Espero que esse lugar tenha muita comida, pois esse turismo todo me deixou morrendo de fome!"

Ele sorriu e apontou pra frente. Vi que estávamos chegando a uma praia.

"Esse é o Santa Monica Pier", ele explicou. Ele é maior do que o píer de Brighton e também tem um parque de diversões..."

Imediatamente me lembrei do dia em que havíamos nos beijado pela primeira vez. Em uma roda-gigante. Em um píer como aquele. Mas se ele estivesse esperando um repeteco, podia desistir.

Ele continuou a explicação. "Aqui também tem vários restaurantes, e acho que você vai se lembrar do nome de um deles..."

Nós descemos do carro e caminhamos até o final do píer para ver o mar. Mesmo no verão, o vento frio me fez arrepiar.

"Eu devia ter trazido um suéter pra você!", ele falou me olhando. "Tenho um moletom no carro, vou correr lá e buscar, tá?"

Antes que eu pudesse protestar e dizer que não precisava, ele já estava longe.

Fui voltando devagar em direção à praia, quando notei que realmente tinha um parquinho. Pensei em entrar só pra ver mais de perto, mas percebi que estava fechado. Nesse momento, o Christian apareceu segurando um casaco e começou a colocá-lo sobre os meus ombros. Peguei depressa, para evitar aquele contato, e, sem pensar, só pra dizer alguma coisa, perguntei: "O parque não abre nesse horário?".

Ele olhou para trás, provavelmente para ver se tinha uma placa com informações a respeito, e deu de cara com a roda-gigante, que era exatamente o primeiro brinquedo... Ele ficou um tempo olhando sem dizer nada e em seguida se virou pra mim. Instintivamente, dei um passo pra trás.

"Fani...", ele falou dando um passo pra frente. "Você não precisa ter *medo* de mim! Eu não vou te agarrar, nem nada do tipo!"

Aham. Como se aquilo nunca tivesse acontecido.

"Eu já pedi desculpas por aquele beijo!", ele continuou, adivinhando meus pensamentos. "Já te expliquei, já te falei que não vou mais chegar perto de você! Mas eu espero que você aceite a minha amizade! Quero muito que você goste de Los Angeles e estou fazendo todo o possível para que isso aconteça e para que você se adapte logo. É por essa razão que estou te levando a todos os lugares que eu sei que você vai amar, não estou com nenhum interesse oculto! Muito pelo contrário, eu sempre fui totalmente transparente, isso foi inclusive o que gerou toda aquela confusão no Brasil. Se eu tivesse sido um pouco mais contido..."

Eu respirei fundo, meio impaciente. Ele não precisava me lembrar *daquele* dia.

"Olha...", ele tornou a falar depois de alguns segundos, abaixando um pouco o rosto para me olhar nos olhos. "Eu te prometo. Eu *juro* que nunca mais na vida vou fazer algo que você não queira. Você quer que sejamos apenas amigos? Ok, é assim que vai ser. Mas agora eu gostaria muito que você relaxasse! Aproveite o passeio! Você está tensa desde o momento em que nos encontramos!"

Eu só assenti com a cabeça. Eu estava mesmo. Tensa. Apreensiva. Era assim que ele me deixava.

"Vamos almoçar", ele disse me direcionando novamente para a entrada, dando o assunto por acabado. "Sabe o filme *Forrest Gump*?"

Eu apenas fiz que sim, enquanto tentava domar o meu cabelo, que insistia em ir para todos os lados por causa da ventania.

"Lembra a empresa de camarões que o Forrest fundou em homenagem ao amigo dele que morreu na guerra?"

Eu sabia, mas, antes que eu respondesse, ele parou em frente a um restaurante, fez um gesto meio solene, como se fosse um guia turístico, e falou: "Essa é uma das unidades do restaurante temático que foi criado com base no filme, a decoração aí dentro lembra o set de filmagem".

Olhei para o alto e vi que o nome realmente era o mesmo: *Bubba Gump*. Ao entrar, percebi que tudo tinha a ver com o filme!

Eu ia ficando cada vez mais encantada com Los Angeles! Cada esquina da cidade tinha algo cinematográfico!

Eu estava tão entretida olhando cada detalhe que mal percebi o Christian me guiar para uma das mesas e pedir o cardápio. Só saí da minha contemplação quando ouvi o garçom perguntar o que a *girlfriend* dele gostaria de beber.

Fiquei séria no mesmo instante. O Christian, evitando me olhar, pediu rápido que ele trouxesse dois refrigerantes e alguma coisa do cardápio.

"Espero que você goste de camarão...", ele mudou de assunto assim que o garçom se afastou.

Eu adorava, mas ser chamada de namorada dele tinha até tirado um pouco do meu apetite. Ele percebeu a minha mudança de humor e falou: "O que você queria? Que eu explicasse para o garçom que você e eu não temos nada um com outro? Que eu contasse pra ele que dez meses atrás nós namoramos durante 111 dias, mas que atualmente nós somos só amiguinhos e que não existe a menor possibilidade disso mudar?".

Fiquei meio em choque por ele saber aqueles números todos, eu mesma não tinha a menor ideia de quantos meses nós havíamos ficado juntos nem de quanto tempo tinha se passado desde aquela época.

"Desculpa, Fani", ele continuou, "mas acho que ele está mais interessado em trazer a comida depressa para ver a gorjeta que deixaremos pra ele no final."

Eu me senti meio sem graça, mas felizmente o almoço chegou logo, fazendo com que eu esquecesse qualquer outra coisa. Eu não me lembrava de ter comido nada melhor!

Mais fotos na saída (era o meu primeiro dia em LA e eu já tinha quase 100 retratos!), uma última olhada para a vista e então voltamos para o carro.

"Cansada?", ele perguntou. "Demoramos mais do que eu esperava nessas voltas todas, nem vai dar mais tempo de entrar hoje naquele lugar que eu disse que você vai adorar."

"Afinal, que lugar é esse?", perguntei fechando a porta, enquanto ele ligava o motor. Ele estava falando naquilo desde o dia anterior. E eu duvidava muito que existisse um local que eu pudesse gostar ainda mais do que aqueles aonde ele já havia me levado.

Ele só deu um sorrisinho de lado e falou que logo eu iria saber.

Ficamos em silêncio durante o trajeto de volta até Burbank, que eu descobri que era o nome do meu bairro. Só quando notei que já estávamos perto de casa o Christian tornou a falar.

"A sua rua fica ali", ele apontou pra esquerda, passando direto. Eu já ia perguntar por que ele não tinha virado nela, quando ele parou, um minuto depois. Ele fez uma carinha de suspense e continuou: "Como eu disse, a gente não vai poder entrar, pois o horário de visitação termina às 17 horas. Mas eu queria mostrar que você está morando muito perto do local onde você pode fazer estágio, caso queira... Como eu te contei ainda no Brasil, eu até já conversei com um diretor a respeito, e ele não vê a hora de te conhecer. Ele vai ser seu professor na faculdade e dirige alguns seriados que são filmados aqui... Inclusive, foi ele que te arrumou a bolsa de estudos".

Foi então que ele pediu que eu fechasse os olhos e chegou o carro um pouquinho mais pra frente.

"Pode olhar agora, Fani."

Abri os olhos e dei de cara com uma grande placa. Meu coração quase pulou pela boca quando percebi que estava em frente a uma das minhas produtoras de cinema preferidas... Aquela que tinha feito *Harry Potter*, *A fantástica fábrica de chocolate*, *Os Goonies* e tantos outros filmes que eu amava!

O Christian ia me arrumar um estágio... *ali*? Sem nem pensar, dei o maior abraço nele, que me apertou mais forte e falou no meu ouvido: "Ufa. Finalmente acho que você entendeu. Eu só quero que você seja feliz. E eu sabia que você ia gostar, Fani. Desde a primeira vez que eu vim aqui, não parei de pensar em você...".

Eu me afastei, dei um grande sorriso e só confirmei com a cabeça, sem tirar os olhos daquela placa. "Gostar" não era a palavra apropriada. Só de olhar a entrada eu já estava *apaixonada* por aquele lugar. Nunca na vida eu iria imaginar que algum dia eu moraria tão perto e que talvez pudesse *trabalhar* ali. Aquilo devia ser um sonho. Assim como eram pra mim os filmes da *Warner Bros.*

5

George: Assim é a vida, cheia de surpresas. Pequenas coisas a que você se apega e que tomam conta de você.

(O pai da noiva)

"Olha lá, atrás daquele homem careca! É ela, tenho certeza!"

"Ai, Tracy, só se ela tiver diminuído uns cinco centímetros desde a última vez que a vi!", a Ana Elisa falou tentando enxergar além das pessoas que estavam na nossa frente, na porta da sala de desembarque.

"Ah, inclusive foi bom você ter me lembrado disso...", eu estava tentando a todo custo proteger o buquê das pessoas que passavam com bagagens e mochilas. Se ela não chegasse logo, ia encontrar as flores murchas e despedaçadas... "Eu não a vejo há mais tempo, então tenho preferência! Vou conversar com ela primeiro!"

Ela não respondeu, mas me lançou um olhar sem paciência. A Gabi e a Ana Elisa tinham se tornado grandes amigas com o passar dos anos. Mesmo de longe, elas se correspondiam com frequência, até com mais assiduidade do que eu, diga-se de passagem, o que volta e meia me deixava meio enciumada. E em todas as vezes que a Ana Elisa ia ao Brasil com os pais, para visitar os parentes, a Gabi dava um jeitinho de ir visitá-la em Brasília. Ou o contrário.

"Agora é ela, tenho certeza!", a Tracy apontou para a esquerda, e eu abri o maior sorriso ao ver que dessa vez ela estava certa. Era a própria! Como eu havia sentido falta da Gabi!

Ela nos viu simultaneamente e veio correndo, segurando uma enorme bolsa de viagem na mão, antes que pudéssemos impedir.

"Para de correr, sua louca!", a Ana Elisa chegou primeiro e pegou a sacola. "Imagina se você escorrega! E que ideia foi essa de trazer uma bolsa desse tamanho? Por que você não despachou tudo? Você não deve carregar tanto peso!"

Ela só respondeu que não poderia ter despachado, pois lá dentro estavam os presentes que ela tinha trazido para nós, que estariam em mil pedaços se ela tivesse feito isso. Em seguida ela se jogou em meus braços.

"Fani! Que bom finalmente estar aqui! Que saudade!"

Eu retribuí o abraço, me sentindo muito feliz, e ficamos assim por uns 30 segundos, até que percebi que as flores tinham caído no chão. Abaixei para pegar e pude pela primeira vez dar uma boa olhada para o corpo dela. Para a *barriga* dela.

"Gabi, você está enorme!"

"Opa!", a Tracy falou. "Quem é que disse mil vezes que não era pra eu falar que ela estava gorda?"

"Ela não está gorda!", a Ana Elisa olhou feio para nós. "Ela está linda! *Elas* estão lindas!"

"Elas?", eu só faltei gritar. "Mas você me mandou um e-mail no fim de semana dizendo que ainda não sabia o sexo!"

A Gabi acariciou a barriguinha de quatro meses – que na verdade não tinha nada de enorme – sorriu para mim e falou: "Sim, é uma menina. Eu fiquei sabendo antes de ontem. Pensei em te contar, mas pedi pra Ana Elisa guardar segredo, pois eu queria falar pessoalmente que você vai ganhar uma *afilhada*...".

O quê? Ela queria que eu fosse madrinha da filha dela?

"Você... eu entendi direito?!", eu não sabia se ria ou se chorava.

Ela não respondeu, mas me abraçou mais uma vez. A Ana Elisa, antes que eu começasse a chorar de verdade, avisou que era melhor a gente correr para pegar a mala, pois ela já devia estar rodando há um tempão.

Fomos andando abraçadas até a esteira das bagagens. Chegando lá, finalmente, eu entreguei as flores. Quando ela pegou, observei algo.

"Oi?!", apontei para o dedo dela. "Eu perdi alguma coisa? Da última vez que te vi, quando estive no Brasil sete meses atrás, não tinha aliança nenhuma aí! Não vai dizer que você se casou e não me convidou?"

Ela riu meio sem graça. "Não, eu não me casei. E eu acho que isso não vai acontecer tão cedo. Se é que algum dia vai rolar. Eu e o Victor estamos tão bem, tão felizes! Não vejo sentido em registrar isso em um papel. Ele até perguntou se eu queria, e, claro, a minha mãe e as minhas irmãs estavam fazendo a maior questão... Mas eu convenci todo mundo dizendo que não queria me casar grávida, que preferia esperar até o neném nascer, e só depois fazer uma cerimônia. Mas, na real? Não vejo pra que complicar as coisas. Nós já moramos juntos há um tempão, temos a nossa casa e agora temos também esta menininha aqui...", ela passou a mão novamente na barriga. "Mas ele me deu essa aliança de presente, porque quer que as pessoas vejam que a minha filha tem um pai, que eu não sou mãe solteira... Vê se pode? Em que século ele vive? E ele está até usando uma também e parece estar com o maior orgulho disso! Então acho que eu posso dizer que me casei... Desculpa não ter te convidado, mas foi uma cerimônia bem íntima, de surpresa, na hora do café da manhã, sem vela, sem champanhe, sem brinde... bem do meu jeito!"

Fiquei me sentindo meio estranha. Eu gostaria que ela tivesse me contado uma coisa importante dessas, ainda que tivesse sido tão informal... Será que ela tinha contado pra Ana Elisa?

De repente, me lembrei da Natália.

"A Natália não *morreu* ao saber disso?", perguntei. "Ela está noiva há séculos, e aí você passa na frente, fica grávida, se casa... Ela deve estar te odiando!"

A Gabi sorriu e coçou a cabeça. Reparei que ela estava com o cabelo mais curto, como eu nunca havia visto, logo abaixo da orelha. E com as bochechas maiores e rosadas, ela que sempre foi tão magrinha. A gravidez certamente a havia feito bem, ela estava tão bonita...

"Fani, quer saber a verdade? Acho que eu encontro mais com você do que com ela, eu praticamente só vejo a Natália atualmente quando você vai ao Brasil. Se você não contou, acho que ela nem está sabendo que eu engravidei. Ainda bem, porque, quando eu falei que ia morar junto com o Victor, ela me olhou com um ar de reprovação tão grande... como se fosse um absurdo eu fazer isso sem me casar de verdade. Parecia até que eu estava conversando com a sua mãe!"

Era mesmo a cara da Natália. Ela e meu irmão tinham marcado a data há anos, e desde então ela vinha planejando o casamento, pois não aceitava que tudo saísse menos do que perfeito. Agora, porém, finalmente estava chegando perto, e tudo estava indo como ela queria. Se tudo corresse bem, dali a dez meses, no dia 18 de maio do próximo ano, ela e meu irmão estariam casados.

"Olha a minha ali", a Gabi apontou para uma mala cinza. A Tracy se adiantou para pegar, e logo depois fomos para o estacionamento.

"Não acredito que você está aqui, Gabi!", eu falei realmente incrédula quando nos aproximamos do carro. "Eu já estava com raiva do Victor! Pode falar, foi ele que não deixou você viajar nesse tempo todo?"

"Lógico que não, Fani!", ela me olhou como se aquilo não fizesse o menor sentido. "Ele sempre me deu força pra vir. Mas você acha que faculdade de Medicina é fácil? Não fiz nada a não ser estudar durante cinco anos e meio! Agora é que resolvi desacelerar por causa da Paloma e aproveitei as férias pra vir."

"O nome dela vai ser Paloma?", eu, a Tracy e a Ana Elisa falamos praticamente juntas.

Ela só sorriu e continuou a falar: "Afinal, depois que ela nascer, aí sim vai ser impossível, pelo menos por alguns anos. Por isso eu tive que vir logo visitar as minhas amigas...", ela olhou para nós três, "enquanto ainda sou a dona dos meus dias, porque depois já sei que vou ter que ficar por conta dela. Mas vou aproveitar pra fazer o enxoval da Paloma por aqui! Espero que vocês possam me levar a algumas lojas de bebês!".

Eu me virei para a Tracy com um olhar meio questionador. Acho que a única coisa que a gente não sabia se existia em LA era uma loja de roupinhas de nenéns! Certamente eu não tinha estado em nenhuma nos últimos tempos. Nosso foco tinha passado bem longe disso durante todos aqueles anos...

6

Dumbledore: A felicidade pode ser encontrada mesmo nas horas mais sombrias, é preciso apenas se lembrar de acender a luz.

(Harry Potter e o prisioneiro de Azkaban)

1º ano de faculdade
08 de setembro
Duas semanas em Los Angeles

Bom dia, Leo!

Pensou que eu ia mesmo parar de te escrever, não é? Realmente eu ia. Mas acho que essas cartas estão me fazendo bem. É como se elas tirassem de dentro de mim tudo que eu vinha guardando. Lembro que li em algum lugar que a gente não deve fazer isso, pois mágoas não liberadas se transformam em doença. Portanto, aqui estou! Não quero ficar doente tão cedo! Preciso estar bem para aproveitar cada segundo desta cidade perfeita.

Eu me lembrei de você ontem. Na verdade, presenciar alguém com ciúmes sempre me traz lembranças suas. Engraçado a gente nunca ter conversado sobre isso, mas eu gostaria de saber uma coisa: Por que, no tempo em que ainda éramos apenas amigos, você nunca me disse que era tão ciumento? Eu nunca imaginaria... O engraçado é que antes de você, eu achava bonitinho quando alguém dizia que o namorado tinha ciúmes. Eu cheguei a desejar isso pra mim. Bem que dizem que devemos tomar cuidado com aquilo que desejamos... Porque, se eu pudesse mudar alguma coisa em você, certamente seria isso. Apenas isso.

Mas a verdade, Leo, é que eu nunca te dei motivo para ter ciúmes de mim. Meu coração era inteiro seu. Eu era inteira sua. Não tinha espaço pra mais ninguém. Você podia ser o garoto menos ciumento da face da Terra, pois eu era 100% fiel. E o triste é que eu acho que ainda sou... Quanto tempo mais será que isso vai durar? Espero que não demore. Você me deixou mal-acostumada. Era muito bom estar apaixonada. E agora, no lugar daquele amor todo, ficou apenas o vazio... Espero que o meu peito seja logo preenchido novamente. Quem sabe assim eu passe a escrever para outra pessoa?

Com carinho,

Fani

De: Fani <fanifani@gmail.com>

Para: Alberto <albertocbelluz@bol.com.br>

Enviada: 08 de setembro, 10:52

Assunto: Francamente!

Oi, Alberto!

Fiquei muito indignada com você ontem! Francamente! Você está me saindo um belo ciumento! Nada a ver ter feito a Natália desligar o Skype só porque eu disse que ia mandar o Christian pra ela por Sedex! Ela nem estava elogiando-o nem nada parecido! Estava apenas dizendo pela milésima vez que eu deveria dar outra chance pra ele! E aí eu me irritei e falei que, já que ela gostava tanto, podia ficar com ele inteiro pra ela. Eu mesma providenciaria o envio!

Conselho de irmã: Ciúme em excesso não dá certo.

Beijos,

Fani

De: Alberto <albertocbelluz@bol.com.br>

Para: Fani <fanifani@gmail.com>

Enviada: 08 de setembro, 13:01

Assunto: Re: Francamente!

Oi, Fani.

Conselho de irmão: Resolva seus próprios problemas e deixe que eu resolva os meus.

Beijos,

Alberto

De: Fani <fanifani@gmail.com>

Para: Natália <natnatalia@mail.com>

Enviada: 08 de setembro, 18:22

Assunto: Ontem

Oi, Nat!

Estou escrevendo pra dar continuidade à conversa de ontem, que fomos "impedidas" de terminar. Olha, aprendi da pior maneira possível que a gente não deve dar corda pra ciúme de namorado. Você pode achar bonitinho no começo (ok, sei que você vai falar que você e o Alberto não estão no começo, já namoram há sei lá quanto tempo!), mas o caso é que, se você ceder uma vez, o negócio vira uma bola de neve... Vai por mim. Eu adoro meu irmão, mas não o estou reconhecendo! Tem só dez dias que viajei, e ele está parecendo o... uma outra pessoa.

Mas voltando ao assunto que ele interrompeu, você tinha perguntado como eu estava me sentindo e por que eu não deixava o Christian me ajudar a ser feliz... Nat, o que eu queria ter falado é que, independentemente de outras pessoas, eu acho que estou feliz. Não é uma felicidade daquelas que parece que vamos flutuar como um balão de gás. Mas uma alegria sólida, como se eu olhasse para a estrada e visse que o pior já ficou pra trás. E o mais importante é que essa felicidade dessa vez não tem um "nome", estou feliz por mim, pela liberdade que estou sentindo pela primeira vez na vida, por saber que posso fazer o que quero, sem ter que dar satisfação pra ninguém. Estou me sentindo até mais solta, menos tímida, como se não tivesse ninguém me olhando e eu pudesse ser eu mesma, pra variar...

Ontem eu estava passeando com a Winnie ao entardecer. Sempre coloco o fone no ouvido e dou voltas e mais voltas com ela, para conhecer a cidade e fazer exercício ao mesmo tempo (não vou me permitir engordar como na época do intercâmbio). Mas de repente começou a tocar "Suddenly I see", da KT Tunstall, eu olhei para o céu tão azul e para aquele "ar" de final de tarde, me deu a maior vontade de sair dançando... Eu senti um aperto no coração tão forte que meus olhos chegaram a encher de lágrimas. Mas não chorei. Porque não era um aperto de dor. Era um aperto de solidão, mas uma solidão "boa". Eu estava ali, tão sozinha, mas me sentindo tão completa. Eu passei muito tempo da minha vida com um buraco dentro do peito, e agora é como se ele tivesse sido preenchido. Como se eu tivesse abarrotado meu peito de esperança, expectativa e sonhos.

O Christian, apesar dos meus receios, tem se mostrado um bom amigo (sim, eu só quero amizade MESMO, até ele já entendeu isso, ao contrário do resto do mundo!). E a Tracy é como se fosse minha irmã de verdade. Eles têm feito com que eu ocupe todos os meus minutos, sem me deixar ter tempo pra pensamentos tristes. Eu também estou me esforçando, tento a todo custo não me lembrar do último semestre, como se aqueles dias nunca tivessem existido. Em alguns momentos eu sucumbo às lembranças e acabo me castigando, repassando dia após dia mentalmente... Mas sempre existe uma nova manhã, ou um novo entardecer, como esse de ontem que eu acabei de te contar. Aqui na Califórnia os dias são tão ensolarados que eu não consigo ficar abatida por muito tempo. Varro as nuvens para longe da minha visão, respiro fundo, olho para o letreiro de Hollywood e me sinto privilegiada, por estar aqui, por ser quem eu sou.

Um beijo, muita saudade, venha me visitar logo...

Fani

De: Natália <natnatalia@mail.com>

Para: Fani <fanifani@gmail.com>

Enviada: 08 de setembro, 20:12

Assunto: Re: Ontem

Oi, Fani!!

Ah, boba, nem liga pro Alberto! Ele nem é ciumento, só estava com fome naquela hora. Você sabe como seu irmão fica mal-humorado quando fica sem comer por muito tempo! Mas é melhor mesmo a gente conversar por e-mail, pois aí eu posso continuar a te falar o quanto você está perdendo tempo!! Por tudo o que eu sei, o Christian continua lindo, educado, inteligente e faz tudo pra você! Se quiser me mandá-lo, fique à vontade, mas ele é tão alto e forte que é capaz de não caber em um envelope! Hahaha! Brincadeira, você sabe que eu não troco o Alberto por ninguém!!!!

Fani, mas depois do seu e-mail, eu sinceramente nem sei mais. Acho que você está muito bem sozinha! Está me parecendo feliz e até... inspirada, poética! Lembra que você costumava escrever uns poeminhas no caderno? Você ainda faz isso?

Ai, quem me dera poder te visitar. Agora aqui é só estudo, estudo, estudo! Realmente não consegui convencer meu pai a me deixar cursar Publicidade na PUC! Ele disse que ter passado lá não foi mais do que minha obrigação, pois, com seis meses de pré-vestibular, isso era o mínimo esperado! E que agora eu tenho que dobrar os esforços para ser aprovada na UFMG. Estou parecendo você no semestre passado. Mas a diferença é que eu continuo encontrando seu irmão todos os dias, eu falo pro meu pai que vou pro plantão do cursinho e na verdade vou pra sua casa, estudar coisas mais importantes...

Continue me dando notícias. Estou ansiosa para suas aulas começarem, quero saber tudo sobre a sua faculdade!

Beijinhos!

Nat

7

<u>Harry</u>: Eu não quero glória eterna!

(Harry Potter e o Cálice de Fogo)

"Fani, estou apaixonada pelo seu apartamento! Não me surpreendo por você ter morado o tempo todo no mesmo lugar durante esses cinco anos!"

Havíamos acabado de chegar, depois de buscar a Gabi no aeroporto. Passamos em alguns pontos turísticos da cidade, mas logo a levamos pra casa, para que ela pudesse descansar um pouco. Eu sabia por experiência própria que a viagem de BH para a Califórnia era muito cansativa, cheia de conexões. Mas compensava. Eu amava viajar para o Brasil. E amava também voltar pra *casa*. Era assim que eu me referia a Los Angeles agora.

"Você ainda não viu o *salão de festas*", a Tracy abriu a porta da cozinha, mostrando a área externa. Com os anos, havíamos arrumado e decorado aquele espaço. Nós carinhosamente o chamávamos de *lounge*. Fizemos um pequeno jardim de inverno com pedrinhas brancas em um canto, compramos uma churrasqueira portátil, colocamos duas pequenas mesas de madeira com guarda-sol, dependuramos uma rede colorida em um lado, e aquele pequeno ambiente realmente ficou o mais aconchegante possível.

No começo, a Tracy deu mesmo muitas festas. Ela não perdia uma oportunidade de reunir os colegas da faculdade dela. Eu acabava chamando também alguns da minha, além do Christian, que sempre trazia mais alguém, e aquelas reuniões invariavelmente acabavam em festança. Porém, com os anos, as comemorações foram diminuindo, e, agora, ali era apenas o meu espaço preferido da casa, onde eu costumava passar horas ouvindo música e escrevendo meus roteiros... e *cartas*.

Eu tinha uma pasta delas. Cartas à mão, que eu escrevia apenas quando dava vontade de visitar o passado. Era como se aquilo fosse o meu mundo paralelo. Desde a minha chegada a Los Angeles, eu havia me permitido ser uma pessoa diferente, mais viva, mais alegre. Mas naquelas cartas eu conservava uma remota parte de mim, mais melancólica. Um pequeno lado (quase) adormecido, que eu deixava sair de tempos em tempos, apenas para aquilo não se extinguir de vez, para que eu pudesse lembrar que algum dia eu havia sido assim.

"Que lugar mais fofo!", a Gabi exclamou, assim que a Tracy abriu a porta. "Ai, já encontrei o meu local preferido da casa, vou ficar naquela rede ali enquanto vocês me servem! Fani, traz um copo d'água bem geladinho pra mim, por favor!"

"Sua folgada! Não é porque está grávida que pode abusar! E que história é essa de ficar deitada? Nada disso, você custou a vir aqui, pode se preparar que vai ter muita atividade durante esses 15 dias!"

Ela fez que nem me ouviu. Antes que eu piscasse, ela já estava deitada na rede, lendo uma revista que eu tinha deixado por ali. Apenas balancei a cabeça e fui buscar a água que ela tinha pedido. Ela devia estar mesmo muito cansada com a viagem, a gravidez e tudo o mais.

Assim que cheguei à cozinha, o telefone tocou. Atendi, pensando que pudesse ser o Alejandro, mas, surpreendentemente, alguém falou em português.

"Oi, é da casa da Estefânia Castelino?"

Achei aquilo muito estranho. Nos Estados Unidos, as pessoas costumavam usar apenas o último sobrenome. Como desde o começo eu usei o meu apelido como se fosse nome, inclusive na matrícula da faculdade, aquilo fazia de mim a "Fani Belluz". Por isso eu até assustei quando ouvi meu nome real, junto com meu sobrenome do meio.

"Sim...", respondi desconfiada.

"Estefânia, meu nome é Márcia. Estou falando do Brasil, sou da revista eletrônica *Cinemateka*. Nós costumamos receber releases e informações de todos os festivais cinematográficos do mundo, mas, infelizmente, não estávamos sabendo do concurso de cinema estudantil no qual o seu filme está concorrendo. O que é uma pena, pois gostaríamos de ter feito a cobertura do evento desde o início. Você poderia, por favor, nos enviar mais informações? Preciso saber o dia da exibição do seu filme, sinopse, duração, atores..."

Comecei a ficar cada vez mais intrigada. Como ela sabia do meu filme? Aliás, como ela sabia do concurso? Ele não tinha porte para ser notícia no Brasil. Aliás, a pergunta mais importante era: como ela havia descoberto o telefone da minha casa?!

"Ahn, Márcia, desculpe interromper", eu consegui falar, enquanto ela respirava entre uma frase e outra. "Você disse que não sabia sobre o festival até pouco tempo atrás e também está mencionando que não tem muitas informações... Como você me descobriu? Quero dizer, o evento, meu filme, meu contato..."

Ela ficou calada. Ouvi ao fundo um barulho de papel sendo manuseado, e logo depois ela tornou a falar: "Recebemos um e-mail de... Cristiana Albuquerque Castelino Belluz, deve ser sua parente, não? Ela nos avisou do concurso, explicou que estaríamos...", ela parou um pouco, ouvi o barulho de folhas passando, e então ela perceptivelmente começou a ler: "perdendo uma grande chance de acompanhar a primeira exibição de um longa metragem da maior revelação brasileira do meio cinematográfico atual, a jovem diretora, roteirista e designer de som Estefânia Castelino".

"Eu não sou designer de som!", falei depressa, como se aquilo fizesse alguma diferença. O que a minha mãe estava pensando? Que história era aquela de avisar do meu evento para um site da internet? "Eu fiz pós-graduação em trilha sonora, mas meu único trabalho nessa área foi o meu próprio filme. E eu nem criei a trilha, não sou musicista nem nada, apenas inseri nas cenas algumas músicas que já existiam."

Ela pareceu meio desconcertada, mas logo disse: "Tudo bem, Estefânia, mas acho que ser diretora e roteirista de um filme que está concorrendo em um festival de Hollywood já é feito suficiente para merecer uma menção em nosso portal. Não costumamos ter brasileiros tão jovens tendo destaque nessa área, especialmente no exterior. Quantos anos você tem? Vinte e cinco?".

"Fiz 23 em março", respondi automaticamente. "Escuta, Márcia, eu estou com visita em casa, será que você poderia me mandar um e-mail explicando direito sobre essa, hum, *cobertura* que quer fazer? E aí eu te respondo com as informações que você pediu."

"Pois não, senhorita Estefânia. Será um prazer. Seu e-mail é fanifani@gmail.com?"

Ótimo, ela sabia meu nome, meu telefone, meu e-mail... Eu só esperava que minha mãe não tivesse dado o meu endereço também!

"Sim, é esse mesmo. Eu te respondo hoje ainda, um pouco mais tarde."

"Muito obrigada, querida! Estamos planejando uma grande reportagem! Trabalhamos em conjunto com uma emissora de TV a cabo, talvez também consigamos ampliar a matéria para lá. Dependendo, vamos até Los Angeles para cobrir o evento! Será uma honra te prestigiar em uma ocasião tão importante!"

Deus, aquilo certamente era brincadeira. Aposto que era coisa do Alberto. Como eu não havia pensado nisso antes? Certamente ele tinha pedido para uma colega telefonar. Mas ele iria gastar dinheiro com uma ligação internacional só pra zoar com a minha cara?

"Obrigada, Márcia. Tenho que desligar agora. Um abraço."

"Outro, querida! Tchau, tchau!"

Voltei para o *lounge*, ainda meio atônita. Assim que me viu, a Gabi perguntou onde estava o copo d'água dela.

"Nossa, até esqueci. Desculpa, vou lá pegar..."

"Espera, Fani!", a Ana Elisa, que estava sentada em uma das mesinhas, se levantou. "Que cara é essa? Aconteceu alguma coisa? Quem era no telefone?"

A Gabi ficou séria e começou a se levantar também. Fiz sinal para ela ficar no lugar e expliquei rapidamente sobre o telefonema estranho que tinha recebido.

"Ah, você não sabia?", a Gabi falou, voltando a se deitar. "Achei que sua mãe tivesse te contado, ela me falou tudo a respeito no dia que foi na minha casa levar umas coisas para eu trazer pra você! Aliás, sua mãe é meio louca, queria que eu trouxesse flores pra te entregar no dia da exibição do seu filme. Desculpa, Fani, tive que deixar o buquê no Brasil!"

"Ela te falou tudo a respeito de quê, Gabi? Que história de revista eletrônica é essa?", eu me sentei perto dela.

"Que revista?", ela perguntou. "Sua mãe só me falou que achava um absurdo que ninguém no Brasil estivesse sabendo que você é finalista de um concurso de cinema em Hollywood! Ela acha que tinham que fazer um Globo Repórter especial em sua homenagem! E, por isso, parece que andou mandando para algumas emissoras de TV, rádios e jornais um pequeno resumo sobre o concurso que ela encontrou no site da sua faculdade... não duvido que tenha mandado para revistas sobre cinema também! Ela até pediu que eu desse uma olhada, para ver se tinha traduzido direito, e eu vi que ela inseriu um parágrafo inteiro falando de você, sobre como você conseguiu a bolsa de estudos anos atrás e agora é um orgulho para o seu país... Na verdade, eu achei que ficou muito bom!"

Qual era o problema da minha mãe? Ela não mudava nunca? Mesmo de longe, anos depois, ela continuava conseguindo me fazer passar vergonha?

"Só questionei o motivo dela ter ocultado o seu último sobrenome", a Gabi continuou, "e ela explicou que achava um absurdo que você ficasse minimizando o seu nome e escondendo exatamente a parte que vinha dela. Ela disse que fazia questão de que as amigas soubessem pela imprensa que a filha dela, a Estefânia *Castelino*, estava fazendo muito sucesso no exterior."

Sem esperar que ela dissesse mais nada, me levantei e fui em direção à porta. Eu precisava ter uma conversa séria com a minha mãe.

"Ei, você está indo buscar minha água? Não precisa. Pensando melhor, acho que estou com desejo de tomar sorvete. Tem alguma sorveteria aqui perto?"

Eu olhei pra ela e momentaneamente esqueci o meu problema. A Gabi estava com *desejo*?

"Você vivia dizendo que desejo era a maior frescura das grávidas!", eu disse, me lembrando de uma conversa que havíamos tido ainda na época do colégio.

“Sim, eu continuo achando isso!”, ela rebateu. “Mas imagina se eu vou perder a oportunidade de obrigar as pessoas a procurarem as comidas mais estapafúrdias que eu pedir... Pensando bem, essa do sorvete foi muito fácil! Acho que eu vou querer um suco de cupuaçu! Que tal ir ao Brasil buscar pra mim? Aí você aproveita e dá a bronca na sua mãe pessoalmente, em vez de telefonar. Sei que era exatamente isso que você estava indo fazer...”

A Gabi ainda me conhecia perfeitamente, mesmo com o passar dos anos. Fiquei parada na frente da porta, sem saber o que dizer.

“Fani”, ela disse, se levantando também, “presta atenção, deixa a sua mãe te ostentar um pouquinho... Sabe quanto tempo ela esperou por isso? E, na verdade, qualquer mãe no lugar dela faria a mesma coisa. Quer dizer, a parte de exibir a filha para as amigas, não essa coisa de mandar informações para a imprensa. Mas o que tem de mais se noticiarem? Você merece! E, além do mais, você está aqui, longe de tudo, nem vai ver a repercussão que isso pode ter lá, se é que vai ter alguma. Deixa a sua mãe ficar feliz... Ela não pode mais mandar em você, como fazia, você agora é maior de idade, ganha o seu próprio dinheiro, é dona das suas decisões... mas ela ainda é sua mãe. E certamente está muito orgulhosa da filha que tem. Se eu fosse você, daria um jeito de dar uma entrevista pra esse tal site de cinema e ainda falaria sobre ela, de como ela sempre te apoiou e tal... Aposto que ela iria amar isso!”

Eu pensei um pouquinho no assunto. Realmente, mal não iria fazer...

Dei um sorrisinho pra ela e passei pela porta.

“Fani, é brincadeira a coisa do suco de cupuaçu! Você não está indo buscar, né?”, ouvi a Gabi dizer, assim que entrei na cozinha.

Não. Eu estava indo responder o e-mail de uma certa revista eletrônica. Eu enviaria todos os dados técnicos do meu filme e também o trailer que eu tinha produzido. Se era pra fazerem uma reportagem, que pelo menos fosse bem completa, contando inclusive como tudo havia começado, ainda no início da faculdade. Para que minha mãe pudesse sentir todo o orgulho de mim que ela merecia...

8

Harry: Eu achava que você soubesse
no que estava metido.

Ron: Eu também achava.

(Harry Potter e as relíquias da morte)

1º ano de faculdade
16 de setembro
Três semanas em Los Angeles

Leo!

Hoje eu tenho uma novidade que acho que você iria gostar... Adivinha quem está aprendendo a dirigir? Sim, eu! Lembra que eu achava que nunca ia conseguir? Pois eu estava enganada... Agora já sei pelo menos tirar o carro do lugar! E o melhor de tudo é que eu estou adorando!

Acabo de pensar que não sei se você tirou a sua tão esperada habilitação... Havíamos planejado uma comemoração, lembra? Será que você comemorou sozinho? Ou, talvez, com outra pessoa?...

O que isso me importa, não é? Realmente, nada mais. Mas o fato é que toda vez em que eu sento diante da direção, me lembro de você. Porque eu sei que você gostaria (sim, no tempo passado) de ver isso.

Amanhã minha faculdade começa, e estou muito ansiosa! Espero não ter insônia, ou "crise de ansiedade", como você costumava dizer... Você me ensinou muitas coisas. Pena que dirigir não foi uma delas, apesar de ter tentado. Seria bem mais fácil agora.

Boa noite,

Fani

Os primeiros vinte dias na Califórnia foram de pura adaptação. Aprendi a andar pela cidade, passeei muito com a Winnie e, especialmente, me dediquei a obter uma carteira de motorista, pois, de cara, descobri que em Los Angeles é praticamente impossível se viver sem carro!

Lá pelo quarto dia, depois de uma grande caminhada de reconhecimento, percebi que eu estava bem distante de casa e muito cansada para voltar andando. Sem encontrar nem sequer um ônibus pelas ruas (a não ser os de turismo), perguntei em uma loja onde eu encontraria um ponto de táxi. A moça simplesmente disse que chamaria um pra mim, por telefone. Foi então que o taxista me deu o cartão dele e me explicou que lá os táxis não ficavam circulando pela cidade, a não ser nas áreas turísticas... eles iam apenas quando eram chamados.

A Tracy, que já tinha habilitação inglesa, só precisou comparecer ao departamento de trânsito, fazer um teste prático e um exame de vista, e, em pouco tempo, recebeu a americana.

Eu, porém, não tinha carteira de motorista no Brasil. Apesar de já ter completado 18 anos havia seis meses, eu não tive tempo para pensar nisso na época do vestibular. E logo depois, os preparativos para a viagem consumiram todos os meus dias. Como resultado, eu não tinha a menor noção de como fazer um carro andar. Minha experiência em dirigir se resumia aos joguinhos de corrida de Playstation, nos quais, por sinal, eu sempre tirava o último lugar...

O Christian foi muito legal também nesse aspecto. Depois do dia em que jurou que queria apenas a minha amizade, resolvi dar um voto de confiança pra ele, e tudo ficou bem melhor entre nós. E eu, aos poucos, comecei a acreditar que ele estava falando sério. Dessa forma, em todos os momentos livres, ele tentava me instruir. Ele achava que eu tinha que aprender a dirigir o mais rápido possível, pois precisaria disso para ir e voltar da faculdade, e o dinheiro que gastaria andando de táxi, eu poderia economizar para comprar um carro. Foi quando eu descobri que o preço dos automóveis nos Estados Unidos era muito em conta, alguns usados custavam praticamente o equivalente a uma bicicleta no Brasil! A Tracy inclusive já estava comprando um com o dinheiro que a avó havia dado de presente de formatura do colégio e ela avisou que eu poderia usá-lo sempre que precisasse.

O problema era mesmo a habilitação.

Porém, assim que o Christian começou a me dar as primeiras aulas, descobri que era muito mais fácil do que eu imaginava. Era mais ou menos como dirigir um carrinho de bate-bate em um parque de diversões. O carro dele (assim como a maioria dos carros nos Estados Unidos) era automático, tudo que eu precisava fazer era acelerar e frear. As marchas, tão complicadas, e que o Leo vivia tentando me fazer entender para que serviam, simplesmente não existiam ali. Eu colocava o câmbio na posição D (*Drive* – Dirigir) para ir para frente, e na R (*Reverse* – Ré) para ir para trás. Simples assim.

Agora faltava pouco para que eu pudesse fazer os testes. Se tudo desse certo, no mês seguinte eu já poderia dirigir! Por enquanto, eu teria que abusar da boa vontade de outras pessoas para ir até a faculdade. O Christian (que eu já estava começando a pensar que era um anjo disfarçado) iria me levar durante a primeira semana. À tarde, na volta, a Tracy me buscaria depois da própria faculdade, no carro do David, o namoradinho americano dela, e responsável por ter feito com que ela quisesse tanto se mudar para a Califórnia também. Eu o havia conhecido apenas na semana anterior, pois ele tinha passado todo o tempo das férias viajando com a família. Porém, agora, eles não se desgrudavam mais, e eu já estava até achando que o nosso apartamento na verdade seria para três – ele estava praticamente morando lá.

No primeiro dia de aula, madruguei. Na sexta-feira anterior tinha acontecido uma orientação para os novos alunos, uma espécie de "*tour*" pela faculdade. Aquilo só fez com que minha ansiedade aumentasse. Eu tinha gostado tanto das salas (coloridas!), dos estúdios de filmagem, das ilhas de edição... As paredes, como no meu quarto, exibiam pôsteres de filmes, e a biblioteca continha muito mais DVDs do que livros! Eu nunca tinha me sentido tão em casa!

"Preparada para o primeiro dia?", o Christian perguntou sorrindo assim que chegou para me levar à faculdade. Eram sete e meia da manhã, e eu fiquei me questionando como ele conseguia ser tão bonito mesmo em um horário daqueles. Eu precisaria ter acordado umas duas horas antes, se quisesse ficar com a metade da boa aparência que ele tinha naquele minuto. E o bom humor? Céus. O Christian realmente não existia.

Respondi que não estava preparada, que na verdade estava bem nervosa, mas ele disse que sabia que eu me sairia bem.

Chegando à faculdade, imaginei que ele simplesmente me deixaria na entrada, mas estacionou e desceu comigo.

"Christian, você pode ir, não precisa me esperar entrar... Eu estou ansiosa, mas acho que posso dar um jeito nisso..."

Ele deu um sorriso estonteante, como se eu tivesse contado uma piada, e falou: "Vou te levar lá. Quero te apresentar ao seu professor de Direção e Roteiro, eu disse a ele que viria te trazer", e, sem dizer mais nem uma palavra, segurou a minha mão e foi comigo assim até a entrada.

Assim que chegamos em frente a uma sala, que pela visita de orientação da semana anterior eu já sabia que era a dos professores, ele respirou fundo e apertou a minha mão com mais força.

"Fani, você vai me matar, eu sei, mas deixe pra fazer isso depois, e não na frente dele, ok?"

Fiquei apreensiva no mesmo instante. Por que eu teria motivos para querer matá-lo?

Ele bateu na porta, pediu para falar com o tal professor, que um minuto depois apareceu. Ele usava óculos, era meio careca e realmente tinha a maior cara de diretor de cinema. Ele usava um colete preto por cima da blusa, onde estava bordado "Mr. Smith".

Assim que viu o Christian, ele abriu o maior sorriso, o abraçou e logo se virou pra mim, dizendo que tinha ouvido falar muito ao meu respeito. Ele contou que tinha lido minhas críticas (aquele maldito blog!), visto a minha atuação na peça de Brighton (o Christian ainda ia me pagar por ter filmado aquilo!) e que não via a hora de me ajudar a colocar o meu talento em prática. Em seguida ele perguntou se o Christian havia me falado do estágio. Eu respondi que sim, que tinha ficado muito empolgada e que não via a hora de aprender o necessário para ser aceita lá.

Ele olhou para o Christian como se não tivesse me entendido. O Christian, parecendo meio sem graça, explicou que eu gostaria de saber quando poderia começar.

O Mr. Smith olhou para ele, depois para mim e então falou bem devagar, para não correr o risco de que eu não entendesse: "Today, of course! Meet me at Warner's gate 3, two o'clock, sharp! It's not because Christian is a good friend of mine that I will tolerate delays, even on your first day. And that goes also for the lessons".*

E, se virando para o Christian, completou: "It's time for you to say goodbye to your girlfriend. She needs to go to her class. You can kiss, I won't look".**

Eu olhei para o Christian depressa e imediatamente entendi tudo. Para conseguir a minha bolsa de estudos e o estágio, ele havia dito que era meu namorado...

---

* Hoje, claro! Encontre-me no portão 3 da Warner, duas da tarde em ponto. Não é porque o Christian é um bom amigo que eu vou tolerar atrasos, mesmo que seja o primeiro dia. E isso também vale para as aulas.

** É hora de dizer adeus para sua namorada. Ela precisa ir para a aula. Pode beijar, eu não vou olhar.

9

Dumbledore: Essa memória é tudo.
Sem ela, estamos cegos.
Sem ela, entregamos o destino
do nosso mundo à própria sorte.
Você não tem escolha.

(Harry Potter e o enigma do príncipe)

"Então seus pais não vêm mesmo?"

A gente estava tomando sorvete no Farmers Market, um local com várias lojas, restaurantes e até uma feirinha. Era o quinto dia da Gabi em Los Angeles, e eu já tinha feito com ela toda a rota turística hollywoodiana. Aliás, atualmente, eu só ia à Hollywood Boulevard quando alguém vinha me visitar. Ou quando tinha alguma *première*... o Christian sempre me arrumava convite para esses eventos.

Eu e a Gabi estávamos agora basicamente matando a saudade dos velhos tempos, quando podíamos conversar sem pressa... Era o primeiro momento em que ficávamos sozinhas, sem a Tracy ou a Ana Elisa por perto, e estávamos aproveitando para colocar alguns assuntos em dia.

"Eles não vão poder", respondi. "Estou até com pena do meu pai, minha mãe só faltou *bater* nele! Mas agora, com a compra do apartamento novo, eles têm que fazer economia. E, além disso, eu vou ao Brasil daqui a poucos meses, de férias. Não tinha sentido eles gastarem só para ver a exibição do meu filme. O mais importante era a formatura, à qual eles estiveram presentes no ano passado. O filme eu posso gravar em DVD, e a gente faz uma sessão familiar lá em casa mesmo!"

A Gabi levantou o rosto para o alto e fechou os olhos. Ela já tinha falado várias vezes que estava adorando o calor da Califórnia, pois nessa época era inverno no Brasil.

"Apesar de assistir aqui em primeira mão, faço questão de comparecer a essa sessão VIP, junto com o Victor! Falei tanto sobre o seu filme, que ele está completamente curioso! Ele disse que quer ver se a atriz que vai me representar fez um bom trabalho!"

Eu ri. A parte da escolha dos atores realmente tinha sido muito difícil. Mas não tanto quanto a produção do filme em si. Foi muito doloroso reviver tudo aquilo.

"É tão estranho pensar que em poucos dias vou me desvincular de vez da vida de universitária...", eu falei. "Acho que no ano passado eu estava mais preparada. Essa pós-graduação, de certa forma, me deixou mais apegada a tudo lá. Passei tanto tempo produzindo, filmando e editando, que é como se a faculdade fosse minha segunda casa."

"Me explica direito...", a Gabi jogou o copinho do sorvete no lixo e apoiou os cotovelos na mesa. "Você entregou o seu filme, seus professores gostaram, te inscreveram no concurso e ainda por cima te deram uma pós-graduação? Essa faculdade é legal mesmo, hein?"

"Não foi simples assim!", eu sorri. "Foi bem complicado na verdade. Tem certeza de que você quer saber os detalhes? É uma longa história..."

"Estou de férias, Fani!", ela apontou para o relógio. "Você tem dez dias pra me contar. Pode começar, acho que dá tempo..."

E então eu comecei.

O meu curso era de quatro anos. A minha formatura havia sido no meio do ano anterior, mas – para me graduar – tive que apresentar um trabalho de conclusão de curso. Cada aluno poderia escolher entre produzir um curta-metragem ou três episódios de um seriado. Escolhi fazer o filme. Antes de começar as filmagens, tivemos que apresentar aos professores os roteiros, para que eles aprovassem, e só depois poderíamos iniciar a produção.

A ideia já estava na minha cabeça há vários anos. Coloquei no papel com o maior carinho uma história que desde a primeira vez que eu escutei, ainda na época do meu intercâmbio, eu quis ver nas telas. Mandei um e-mail para a Agnes, a mãe da Ana Elisa, pedindo autorização para transformar a vida dela em filme, e ela ficou até emocionada. Disse que se sentia honrada por ter inspirado o meu primeiro trabalho.

Logo eu comecei a produção. Durante dois meses escrevi páginas e páginas daquela linda história de amor, que sobreviveu aos anos. Comecei com os pais da Ana Elisa ainda crianças, depois, a passagem pela adolescência e a descoberta do amor, o breve namoro, a proibição dos pais, a separação e, enfim, o reencontro. O filme terminaria exatamente na parte em que eles se encontraram novamente. Eles prometeriam nunca mais deixar que nada os separasse, e a trilha sonora subiria, sinalizando o fim. Durante os créditos, eu colocaria cenas do que viria a ser a vida deles no futuro. O casamento, as viagens, o nascimento da filha (a Ana Elisa adorou essa parte), a vida em família.

Apresentei ao Mr. Smith, que se tornou meu orientador, certa de que ele já iria me dar nota máxima por antecipação, mas ele simplesmente disse que não servia, que era pra eu entregar outro em quatro dias, quando o prazo terminava. Fiquei completamente desesperada! Eu havia levado um século para escrever aquilo e achava verdadeiramente que tinha ficado uma obra-prima... Eu não teria como criar outra história em tão pouco tempo!

Quando eu disse isso e perguntei a razão de ele não ter gostado, ele me respondeu que já tinha lido aquele roteiro mil vezes. Que os nomes dos personagens eram diferentes, mas que aquela narrativa era muito *clichê*. Que todo mundo já tinha visto algum filme sobre um casal apaixonado que precisava se separar por algum motivo e que se reencontrava anos depois, quando tudo reacendia. Ele disse que aquilo acontecia todos os dias em todos os lugares do mundo e que, se ainda não tinha acontecido comigo, certamente iria acontecer.

Eu, que não estava disposta a deixar que nenhum "amor do passado" retornasse, argumentei, expliquei que, bem produzido, bem filmado e com boas músicas de fundo, o roteiro não ficaria igual aos outros, que a ideia podia até não ser original, mas que o resultado final seria... Mas meu professor permaneceu impassível. Quando eu estava quase chorando, imaginando que eu não iria conseguir me formar, ele mandou que eu me sentasse e se sentou ao meu lado.

"Minha querida", ele disse em inglês, "Não pense que estou te pressionando, mas, ao longo desses anos, eu vi o que você é capaz de fazer. Sei que você quer e vai ser uma grande cineasta, especializada no gênero de romance. Mas você precisa tirar isso de dentro de você! Só imaginação não basta. Só o fato de você ter ouvido alguém contar uma história não é o suficiente. Para passar veracidade no seu trabalho, para emocionar as pessoas, você precisa se emocionar também! Eu quero que você feche os olhos agora, pesquise dentro das suas memórias e me diga qual foi o dia mais feliz da sua existência. E quero que você me fale também – e desculpe se isso te deixar abatida – qual foi o momento mais triste."

Eu não precisei pensar muito. Aquelas lembranças estavam enterradas no fundo do meu coração, mas permaneciam lá. Suspirei e expliquei que não conseguiria escolher apenas um momento de felicidade. Eu havia sido muito feliz durante seis meses, mas foi exatamente aquele tempo que me levou ao dia mais triste da minha vida. Ele ficou curioso, começou a puxar mais informações e, sem que eu percebesse, me vi contando tudo para ele. Como eu havia me apaixonado pelo meu melhor amigo, anos atrás, que, por sua vez, me amava em segredo, e como tudo se revelou no momento totalmente errado. Contei do primeiro beijo, de toda a tristeza da minha partida para o intercâmbio e de toda a alegria no reencontro. Contei – inclusive com lágrimas nos olhos em alguns momentos – sobre o namoro, os ciúmes, os mal-entendidos, e, por fim, falei da briga e da separação, que me levaram até ali. Eu até mencionei o Christian, que teve um papel fundamental naquilo tudo.

Ao final, meu professor estava sorrindo. Ele se levantou, respirou fundo e falou: "Você já tem a narrativa pronta. Esses acontecimentos mudaram a sua vida. Algo tão forte não deve ficar apenas na lembrança, para que o tempo se encarregue de desbotar. Mais pessoas merecem se emocionar com o que você viveu! Condense tudo, escolhas as partes mais significativas, organize para que caiba em um curta-metragem. E não tenha receio de chorar enquanto fizer esse trabalho, bem-vinda ao time dos roteiristas! Saiba que o maior sinal de que o seu público irá se comover durante a exibição é a sua própria emoção. Os momentos em que o seu roteiro te trouxer risos ou lágrimas serão o ápice do seu filme. Essas cenas é que trarão o seu sustento, que farão com que as pessoas paguem o ingresso para assistir à sua produção. Mãos à obra".

Lembro que tentei argumentar, expliquei que não queria revirar o meu passado, que o final havia sido triste e eu não considerava um bom presságio o meu primeiro filme exibido para o público ser tão trágico. Ele sorriu e apenas falou: "Invente um novo final! A maior dádiva dos escritores e roteiristas é exatamente esta: poder reescrever a própria vida como ela realmente deveria ter acontecido!". Eu fiquei pensando um pouco, e ele completou: "Mas, por favor, não mexa no meio! O drama é muito importante! Lembre-se do que eu disse nas minhas aulas, todo final feliz deve ser a recompensa de um longo caminho, para que seja merecido. Os espectadores têm que torcer pelos protagonistas, sofrer e vibrar junto com eles!".

Em seguida ele saiu da sala, não sem antes dizer que eu deveria convidar o Christian para atuar como ele próprio na minha trama, e que não via a hora de assisti-la.

E foi assim que durante meses eu revivi cada segundo da minha própria história. No começo foi muito difícil. Mas, aos poucos, passei a ver o roteiro de longe, imparcialmente, como se aquilo tivesse acontecido com outra pessoa. E então reescrevi o final. A história deixou de ser minha... e passou a ser da minha personagem.

"Mas, pelo que você me falou, o seu filme tem mais de uma hora e meia de duração!", a Gabi argumentou depois que eu terminei a explicação. "Eu entendo pouco, mas já vi alguns curtas-metragens... Acho que o seu tempo excedeu um pouquinho, não?"

Eu ri da percepção dela e expliquei: "O curta ficou pronto, mas quando eu o apresentei para a banca de examinadores e para os meus colegas, em maio do ano passado, torcia apenas que aquilo me rendesse uma boa nota, que permitisse que eu me graduasse. Nem imaginava que o filme seria indicado para participar de um dos maiores concursos de cineastas iniciantes da Califórnia, que é disputadíssimo! Acabei me formando com louvor e ainda recebi a tal indicação...".

"Só você não acreditava em si própria, Fani", ela falou apertando a minha mão. "Todo mundo sempre soube que toda essa sua veia artística teria que dar em alguma coisa! Fala sério, perdi a conta do número de vezes que te vi chorar! Estava mesmo na hora de você ter a recompensa daquelas lágrimas todas! Aposto que agora você só chora de alegria!"

Sorri pra ela e contei o final do caso, que na verdade vinha me deixando mesmo bem feliz.

Após ter sido indicada para participar do concurso e ter sido aprovada nas primeiras fases, consegui ir para a última, com mais nove finalistas. Nessa etapa derradeira, eu precisaria transformar o meu curta em longa-metragem. Eu teria vários meses para reescrever o roteiro e produzir o filme, que seria feito com o equipamento da minha faculdade – a qual eu estaria representando – e financiado pela organização do concurso. Toda a verba necessária seria fornecida, mas havia um pequeno problema. Durante esse processo, eu precisaria renovar o meu visto de permanência nos Estados Unidos, que tinha validade apenas durante o período do meu curso. Ou seja, após a graduação, ele expiraria, e eu teria que voltar para o Brasil. Eu poderia tentar conseguir um visto de trabalho, por já estar há tantos anos trabalhando como assistente de direção, mas seria um processo demorado; e sem estar com tudo regularizado não me deixariam participar. Pedir a renovação do meu visto de estudante seria bem mais simples e ágil. A diretora da minha faculdade veio com a solução. Ela me ofereceu uma segunda bolsa de estudos, dessa vez para fazer um ano de pós-graduação. Exatamente o tempo que eu precisaria até que o filme fosse produzido e exibido, no ano seguinte, em julho.

"E é bem aqui que estamos", eu sorri pra Gabi. "Em poucos dias, meu primeiro filme 'de verdade' será exibido. E eu estou muito feliz por você poder compartilhar esse momento comigo! *Quase* te perdoo por você não ter participado da minha formatura no ano passado!"

Ela me abraçou, explicou mais uma vez que não tinha vindo por causa do curso de Medicina, e fez uma última pergunta: "Os outros filmes que estão concorrendo são de pessoas da sua faculdade também?".

Eu suspirei e estalei os dedos. Aquele assunto me deixava nervosa. Eu era a única concorrente da Columbia College Hollywood que tinha passado para a final. Os outros finalistas eram de outras universidades, algumas inclusive de outras cidades. E se tinha um motivo pelo qual eu gostaria de ganhar, era esse. Eu queria representar bem a minha instituição, retribuir tudo o que o pessoal de lá havia feito por mim durante todo aquele tempo.

"Você vai ganhar!", a Gabi falou com a maior certeza do mundo. "Sei que a minha personagem vai comover todos os jurados, a melhor amiga da protagonista, que sempre dá os melhores conselhos!"

Eu atrapalhei o cabelo dela, mas torci para que ela estivesse certa. Nós nos levantamos, e eu sugeri que voltássemos pra casa. A gravidez da Gabi vinha fazendo com que ela ficasse muito sonolenta, e percebi que ela já estava bocejando.

"Sim, a Paloma precisa descansar um pouquinho...", ela respondeu, passando a mão pela barriga. "Só espero que esses dias olhando todos aqueles cartazes de cinema do seu quarto antes de dormir não influenciem a personalidade da minha filha em nada! Basta uma dramática na minha vida!"

Sorri pra ela, e fomos andando até o carro, leves e felizes, como aquele dia de verão...

10

Ron: Talvez você não tenha que fazer tudo sozinho.

(Harry Potter e a Ordem da Fênix)

1º ano de faculdade
21 de setembro
Quase um mês em Los Angeles

Leo,

Uma semana no Brasil não representa nada. Lembro que as semanas começavam e terminavam sem que nada de significativo acontecesse. Pois aqui, nesses quatro dias, desde a última carta que te escrevi, quanta coisa aconteceu!

Minhas aulas começaram. O meu estágio também. Amanhã é sexta-feira, e é incrível como aprendi tanto em tão pouco tempo! Eu gostaria de te contar com detalhes, mas estou com muito sono. Acho que, acima de tudo, aprendi que estudar e trabalhar ao mesmo tempo cansa muito... Como você conseguia? Você trabalhava com seu pai desde os 15 anos! Confesso que esta semana a minha admiração por você cresceu ainda mais.

Fico pensando se você também está aprendendo coisas novas... Se está gostando da faculdade. Se também já arrumou um estágio. Sei que o que quer que esteja aprontando, você está se dando bem. Você é bom em tudo o que faz. E isso é algo que eu nunca vou esquecer.

Até a próxima,

Fani

"Buenos dias, chica! Você que é la novia brasileña de Christian Ferrari? Mi diva!"

Eu me virei pra trás para ver de quem vinha aquele cumprimento. Eu tinha acabado de entrar em um dos estúdios, onde teria aula sobre técnicas de filmagem. Era o último dia da primeira semana da faculdade, e aquela era a única matéria que eu ainda não havia tido. Percebi que alguns dos meus colegas estavam em pé e outros sentados no chão, aguardando o professor.

Assim como no meu colégio da Inglaterra, descobri que ali também eram os alunos que mudavam de sala, e não os professores, e podíamos escolher as matérias que queríamos fazer. Algumas básicas eram obrigatórias, mas desde o princípio podíamos direcionar o nosso curso de acordo com a especialização que gostaríamos de ter. Eu, por exemplo, escolhi frequentar todas as aulas de Direção e Roteiro possíveis.

Por esse motivo, os colegas nunca eram os mesmos, e ao me virar, dei de cara com um garoto que eu não tinha visto nos outros dias. Ele era bem bonitinho, com o topete estilo David Beckham e um sorriso fofo.

"Ohhhh! És mais hermosa do que eu imaginaba! Christian Ferrari tiene bom gusto!"

"Hum...", franzi as sobrancelhas, ainda analisando o menino. "Você... pode falar inglês comigo, eu entendo."

Ele abriu um sorriso ainda maior: "E desperdiçar la oportunidad de praticar portugués? Jamás!". Cocei a cabeça, tentando encontrar uma maneira delicada de dizer que aquilo estava mais pra "portunhol", mas ele tornou a "hablar": "Muy prazer! Mi nombre és Alejandro, soy español, pero estudei português en la escuela! Amo o Brasil! Já passei férias en Rio varias veces e también carnaval em Salvador! Yo quiero vivir lá algún día!

Eu me forcei a sorrir. Ele era simpático, mas meio empolgado demais...

"Você não fica sem ar com los besos de Christian?", ele continuou, encorajado pelo meu sorriso. "Claro que sí! Yo ciertamente ficaria! Ele é perfecto!"

Ok, aquele assunto já tinha ido longe demais, onde estava o professor que não chegava logo? Como se não bastasse, as meninas que cochichavam a cada vez que eu passava, comentando como eu era sortuda pelo namorado que *achavam* que eu tinha, agora eu teria que aguentar isso de meninos também?

Depois do primeiro dia de aula, quando descobri que o Christian havia mentido que a gente namorava para influenciar no arranjo para a minha bolsa de estudos, senti que aquele assunto já tinha virado fofoca antes mesmo das aulas começarem. Todo mundo estava querendo saber quem era a tal namorada do "astro em ascensão" e que todo o corpo docente estava orgulhoso por tê-la (eu, no caso) como aluna!

Antes que eu pudesse estrangulá-lo, o Christian pediu mil desculpas e explicou que ocultou do Mr. Smith o fato da gente ter terminado o namoro no ano anterior para o meu próprio bem. Segundo ele, teria muito mais apelo pedir uma bolsa de estudos para a namorada, de quem ele não conseguia viver longe, do que para uma simples amiga. Ele falou também que a gente não precisaria se portar como namorados; se alguém questionasse alguma coisa, ele próprio diria que eu era muito tímida para demonstrações públicas de afeto, e me explicou que nos Estados Unidos aquilo era normal. Depois de um tempo, a gente poderia simplesmente simular uma briga e divulgar o término do namoro. Dessa forma, ele não passaria por mentiroso, e eu ainda ganharia um tratamento diferenciado, pois todo mundo ali (e na cidade inteira, eu começava a perceber) gostava muito dele, e por isso iria querer me agradar.

Eu não queria que as pessoas gostassem de mim por causa dele. Eu queria fazer amigos que se interessassem pelo que eu era, e não por outras razões, muito menos razões *falsas*. Acabei concordando, apenas para que ninguém soubesse que ele tinha mentido, mas deixei bem claro que eu não tinha ficado feliz com aquilo. Com isso, toda a confiança que ele tinha conquistado nos primeiros dias acabou indo por água abaixo, e novamente eu fiquei na defensiva. Se ele dizia para as pessoas que eu era a namorada dele, certamente tinha total intenção de tentar fazer com que aquilo voltasse a ser realidade...

Por isso, apenas dei um tchauzinho para o garoto espanhol, e – aproveitando que o professor entrou na sala – fui para frente, como se eu quisesse ficar mais perto para ouvir melhor a explicação. Eu realmente não queria conversar sobre beijos que eu (não) vinha dando no Christian.

Ele pareceu meio decepcionado quando me afastei, mas não liguei. A última coisa que eu precisava era de um fã do Christian me tietando por tabela.

O professor começou a aula, e, ao contrário das outras matérias que eu já havia tido, achei aquela muito chata. Eram vários termos e detalhes que eu sabia que teria que decorar, mas, na verdade, eu não estava nem um pouco interessada. Eu queria escrever o roteiro e dirigir, a parte técnica ficaria nas mãos de outras pessoas. Por que eu tinha que aprender aquilo?

Enquanto o professor falava sem parar, meus pensamentos voltaram para a noite anterior. Eu havia jantado com a Tracy e o David no Don Cuco's, um restaurante mexicano que ficava bem perto do nosso apartamento. No Brasil, a única comida mexicana que eu conhecia era Doritos, mas na Califórnia as pessoas gostam muito desse tipo de culinária e eu estava me acostumando rápido. Eu já sentia falta se a gente ficava uma semana sem bater ponto nesse restaurante, que se tornou o nosso preferido.

Durante o jantar, o David perguntou se o Christian não viria. No primeiro mês ele tinha sido minha companhia constante, para que eu não ficasse de vela nas saídas com a Tracy e o namorado, então era novidade o fato de eu estar sozinha naquela noite. Eu contei o que o Christian havia inventado para conseguir a bolsa de estudos para mim, e expliquei que por esse motivo eu agora queria manter uma certa distância, não pra me vingar dele, mas sim por receio de que algum fotógrafo aparecesse e colocasse ainda mais abobrinha na cabeça das pessoas. Aquilo já tinha acontecido uma vez, e eu havia aprendido a lição da pior forma possível...

O David, como todas as pessoas do mundo, perguntou por que eu simplesmente não reatava logo o namoro, pois o Christian era muito bacana e parecia gostar de verdade de mim. Antes que eu respondesse, a Tracy tomou a palavra, pois já sabia a minha resposta padrão na ponta da língua. Eu estava fechada para o amor, não queria me envolver com ninguém, muito menos com o "*gentleman, handsome, tall, gorgeous, stunning, very attractive and hot Christian*".*

Aquilo acabou gerando a maior discussão entre o casal. O David perguntou por que ela mesma não ficava com Christian, já que estava visivelmente interessada nele. A Tracy, que não tem a menor paciência pra ciúmes, respondeu que – caso eu não importasse – aquilo era exatamente o que ela ia fazer, se ele não desse um jeito de malhar muito pra ficar tão gostoso quanto o Christian! Eu na mesma hora falei que, por mim, ela podia ficar com ele todo pra ela, mas que eu achava que ela combinava mais com David – o que era a maior mentira, pois os dois não tinham nada em comum! Ela era a maior baladeira, e ele gostava de ficar em casa. Ele era neurótico por arrumação, e ela, superbagunceira. Ele era vegetariano, e ela odiava salada. Até na aparência eles contrastavam. Ela era loura e alta, e ele moreno e baixinho (mais baixo do que ela, inclusive). Mas, como ela sempre dizia, os opostos se atraem, e eu pude constatar isso quando um segundo depois eles já estavam aos beijos, me fazendo pensar se eu não deveria ter deixado a precaução de lado e chamado o Christian para jantar com a gente, apenas pra não ter que ficar ali sozinha assistindo aos dois se agarrarem na minha frente.

Eu ainda estava pensando nisso, quando o professor parou na minha frente, com um olhar questionador, como se estivesse

---

* Cavalheiro, bonito, alto, lindo, deslumbrante, muito atraente e gostoso Christian.

esperando uma resposta minha. Eu, que não tinha prestado atenção a uma palavra do que ele havia dito nos últimos dez minutos, comecei a gaguejar um pedido de desculpas enquanto sentia o meu rosto queimar ao notar várias pessoas olhando pra mim. Eu realmente não precisava chamar mais atenção. Tive vontade de virar uma toupeira pra cavar um buraco e sair do outro lado do mundo!

Antes que eu conseguisse proferir uma palavra completa, porém, ouvi uma voz com sotaque espanhol, vinda do fundo da sala, mas chegando cada vez mais perto. Era o tal Alejandro, o fã do Christian. Ele começou a explicar para o professor que eu falava inglês muito bem, mas que ainda não dominava os termos técnicos e que por isso eu não poderia responder à pergunta dele sobre o motivo do fundo verde ser usado nas filmagens de estúdio. Quando chegou ao meu lado, ele colocou o braço sobre os meus ombros e disse que ficaria muito feliz de ser a minha dupla durante o ano, pois, como ele sabia falar português, poderia me ajudar nas minhas dúvidas.

O professor, que, eu percebi, segurava uma prancheta com vários nomes de dois em dois, estava bem sério (pelo visto, durante meu devaneio, eu também tinha perdido a explicação de que nós deveríamos formar duplas de trabalho), mas ficou meio sem argumentos pelo discurso do meu colega, que continuava me abraçando. Ele então apenas concordou com a cabeça, mas avisou que caso percebesse que nós estávamos *namorando* durante as aulas, nos trocaria de par imediatamente.

Tirei o braço dele dos meus ombros no mesmo instante, dizendo que nós não éramos namorados (será que eu teria que passar a vida inteira desmentindo namoros?!), mas o Alejandro já estava com o maior sorriso do mundo, dizendo para a sala inteira que lógico que não, pois eu era a namorada do Christian Ferrari!

Senti instantaneamente todos os olhares se voltarem para mim, quer dizer, os que ainda não estavam fazendo isso. Comecei a desmentir, mas me lembrei do que eu tinha prometido ao Christian, e na mesma hora ouvi o Alejandro dizer pra todo mundo, como se me conhecesse há séculos, que era melhor olharem para o outro lado porque eu era muito tímida e não gostava de ser o centro das atenções. O professor, que eu notei que estava me olhando com muito mais simpatia depois de saber quem era o meu "verdadeiro" namorado, então bateu palmas e falou para a sala voltar o foco para a aula, andando novamente pra frente, não sem antes dar uma viradinha e dizer baixinho que ficaria feliz em me ajudar caso eu tivesse qualquer dúvida sobre a matéria.

Assim que a classe voltou ao normal, olhei para o Alejandro, que ainda estava sorrindo pra mim. Ele estendeu a mão de imediato e falou: "Amigos?".

Percebi que ele tinha uma covinha na bochecha. Lembrei que um dia eu já havia sido muito amiga de alguém que também tinha uma covinha daquelas... Naquela época, o meu "amigo" também teria tentado me livrar de uma bronca do professor, como o Alejandro tinha acabado de fazer. E desde então eu não havia tido um outro amigo, do sexo masculino, com quem pudesse contar. Eu não estava pronta para o amor, mas eu não devia me fechar também para as amizades.

Apertei a mão que ele me estendia, mas falei, no meu melhor "portunhol", esperando que ele me entendesse: "Amigos, mas não quiero que me trate como una celebridad, porque yo no soy!".

Ele abriu ainda mais o sorriso, falou que iria agir normalmente comigo, mas com uma condição: "Puede me conseguir un autógrafo de Christian Ferrari? Por favor?".

Fechei os olhos, respirei fundo e concordei. Pelo visto, aquele seria apenas o primeiro de vários autógrafos do Christian que eu teria que arrumar...

Draco: Como você vê, ao contrário de alguns, meu pai pode pagar pelo melhor.

(Harry Potter e a câmara secreta)

"Então foi assim que vocês se conheceram? O Alejandro era tiete do Christian?"

"Ei, tiete não! Yo era un admirador! Não confunda, Gabi!"

Era sábado à noite e nós (eu, Gabi, Ana Elisa, Tracy, Christian e Alejandro) estávamos no Hard Rock Cafe da Universal Studios. Tínhamos passado o dia inteiro no parque, e agora estávamos tão cansados que mal podíamos andar. A Gabi, que tinha sido a razão de irmos lá pela milésima vez, era a que aparentava menor sinal de cansaço, talvez por ter passado a maior parte do tempo sentada, já que não admitiam grávidas na maioria dos brinquedos. Mas apesar de já conhecer de cor todos os detalhes da Universal, a cada nova ida eu me divertia como se fosse a primeira.

Antes de voltar pra casa, resolvemos parar no CityWalk, que é o local da Universal onde ficam as lojas e os barzinhos (inclusive o próprio Hard Rock), para comer alguma coisa e conversar um pouco.

A Gabi perguntou como eu e o Alejandro havíamos nos tornado tão próximos, e eu tinha acabado de contar a história da primeira semana de aula, quando ele se aproximou de mim por causa do Christian, mas expliquei que aos poucos nós fomos ficando amigos pra valer e que há cinco anos ele era minha companhia constante, que preenchia ao mesmo tempo o lugar que ela e a Natália costumavam ocupar, me dando conselhos, broncas, me elogiando, me fazendo companhia no cinema, surtando em alguns momentos, me obrigando a enxergar coisas que estavam bem diante dos meus olhos...

"Mas ele ainda é meu tiete!", o Christian falou rindo. "Faz tudo o que eu peço! Quer ver só? Alejandro, chama o garçom, por favor, meu copo já está vazio!"

O Alejandro fez uma bolinha com o guardanapo e jogou dentro do copo do Christian, que na verdade ainda estava pela metade.

"Ah, entendi, você tem razão. O meu chopp já estava quente, e você quis impedir que eu bebesse porcaria. Vai me pagar um geladinho, né?", o Christian tirou a bolinha com os dedos e tomou o restante de uma vez só. "Não se preocupe, eu não tenho frescura. Mas se quiser buscar um gelado, fique à vontade. Aliás, traga logo dois, o da Tracy está no fim também."

"E como foi que ele se tornou seu... *produtor de moda*?", a Gabi perguntou para o Christian, antes que o Alejandro revidasse.

"Vou ao banheiro!", eu disse me levantando. "Sei essa história de trás pra frente, não quero ouvir o Alejandro contar de novo que o Christian não sabia se vestir!" E, me virando para as meninas, acrescentei: "Ana Elisa e Tracy, por favor, cuidem da Gabi, não deixem que nenhum caco de vidro voe em direção à barriga dela quando esses dois", apontei para o Christian e o Alejandro, "tentarem se matar!".

O Alejandro fez uma careta pra mim; eu retribuí e fui em direção ao banheiro. Na verdade, eu só queria tomar um ar, o calor ali estava insuportável.

Enquanto eu passava pelas mesas lotadas, me senti completamente arrependida por não ter aceitado a sugestão do Alejandro de usar um vestido. Na hora, eu só tinha pensado que queria brincar no parque sem preocupação e nem cogitei a hipótese. Porém, agora, tudo o que eu desejava era estar com uma roupa mais fresca em vez da calça jeans que estava usando. Claro que eu não ia admitir isso pro Ale, pois certamente nesse momento ele estava se gabando para a Gabi sobre como o Christian ganhou por dois anos seguidos o título de ator mais bem-vestido de Hollywood, graças à interferência dele. Eu não precisava dar motivos para que ele ficasse ainda mais convencido. Mas eu precisava admitir que ele tinha jeito pra coisa...

Desde o começo da faculdade, o Alejandro escolheu matérias relacionadas a estética. Ele tinha um senso artístico muito apurado e queria ser cenógrafo e figurinista. Paralelo a isso, ele também sempre gostou muito de moda e começou a fazer uns *freelances* de estilista. Um dia, quando eu estava no apartamento dele, o Christian passou lá pra me buscar para irmos a uma *première*. O Alejandro olhou para a roupa dele (que pra mim estava ótima) e apenas balançou a cabeça de um lado pro outro, dizendo que daquele jeito ele acabaria com a fama de ser o ator mais *maltrapilho* da história. Ele imediatamente abriu o armário e começou a dar uma refinada no Christian. Primeiro pegou um cachecol, dizendo que era da Gucci, e jogou sobre ombros dele. Eu tive que concordar que o Christian pareceu mais chique com aquele acessório. Depois, fez com que ele trocasse de sapato (por mais que o Christian dissesse que calçava 42, dois números a mais que o Ale), e, por último, nos fez jurar que passaríamos na Dior no caminho, para comprar uma camisa mais bonita pra ele.

"Christian, mi amigo... és famoso! Las personas te reparam! Deve usar solamente roupas de marca!"

O Christian argumentou que iria à falência em uma semana se começasse a usar só Dior e Gucci, mas o Alejandro garantiu que se a aparência dele fosse elogiada na mídia, as próprias lojas começariam a entupi-lo de roupas de cortesia, para ele ser uma espécie de vitrine para elas!

E foi exatamente o que aconteceu. A partir daquele dia, o Christian passou a praticamente depender do Alejandro para se vestir e acabou o contratando para ser seu estilista pessoal. Além disso, para cada filme que era escalado, o Christian o indicava como assistente de figurino, e aos poucos o Ale foi criando um nome. Agora, com apenas um ano da nossa formatura, ele já era um dos figurinistas mais concorridos de Los Angeles, mas mesmo assim continuava a cuidar do guarda-roupa do Christian. Os dois viviam em pé de guerra, mas era só brincadeira. O Alejandro era muito grato ao Christian, por tê-lo colocado no mercado, e o Christian, por sua vez, sabia que, sem o Ale, nunca teria entendido que em Hollywood estilo conta. E muito.

Entrei no banheiro e ouvi pessoas falando em português. Isso era normal ali, a Universal era um dos pontos mais turísticos de Los Angeles. Enquanto eu esperava alguma cabine ser desocupada, notei que a conversa em português vinha de duas amigas, que estavam comentando sobre a mala que uma delas queria comprar em uma das lojas. Eu tive vontade de avisar que o preço ali era cinco vezes mais caro, exatamente por ser uma região de turistas, e que elas deveriam comprar malas em Venice Beach, que era o melhor local para isso. Mas preferi não interferir, eu não queria passar por intrometida.

Ainda assim, enquanto me olhava no espelho, não pude deixar de prestar atenção. A mesma garota da mala estava reclamando que teria que voltar mais cedo para o Brasil, enquanto o noivo ficaria em Los Angeles por outra semana, para trabalhar. Na verdade, pelo que pude entender, a revolta dela não era por ter que ficar longe, e sim por ele não poder ajudá-la a carregar as malas, que – pelo que percebi – já eram muitas. E ela ainda queria comprar mais uma... Olhei para o chão e vi várias sacolas em um canto. Com certeza ela teria *muita* bagagem pra carregar...

"Mas, Meredith", a amiga da menina (da) mala falou, "pense pelo lado bom... Ele adorou o fato de você vir com ele, pra não ter que ficar tanto tempo com saudade e ainda disse que seria uma verdadeira 'lua de mel antecipada'. E também te deu todos os perfumes que você experimentou no *free shop*, sem reclamar! Ele faz tudo pra te ver feliz, e eu sei que te ama muito!"

Nossa, coitado do noivo dela. Deus me livre de ter que viajar ao lado de alguém com excesso de perfume. Ainda mais com excesso de *vários* perfumes! E que nome era aquele? Quem no Brasil se chama *Meredith*? Bem, quem era eu pra saber, talvez os pais dela fossem estrangeiros... Mas eles deveriam ter imaginado que em português aquele nome soaria bem mais como "Meredíti", que era exatamente como a amiga dela estava pronunciando!

Continuei a escutar, já torcendo pra que a cabine demorasse bastante a desocupar. Eu tinha me acostumado a prestar atenção em conversas alheias, aquilo sempre rendia boas ideias para roteiros.

"Foi mesmo, ele estava todo bonzinho na ida...", a Meredith respondeu. "Mas ele também parecia meio tenso, eu até perguntei o motivo, e ele disse que era medo de avião! Até parece... ele viaja tanto!" Ela ficou pensando um tempo enquanto enrolava uma mecha do cabelo nos dedos e de repente largou, em um gesto meio impaciente. "Ai, amiga, vamos mudar de assunto! Ainda bem que o meu pai me deu essa passagem pra eu vir com vocês! Nossa, quando eu me formar, vou querer um emprego desses, que me pague viagens pra eu poder conhecer o mundo!"

"Querida, a sua situação é muito melhor do que a nossa!", a amiga retrucou, "você não precisa *trabalhar* pra conseguir essas passagens! Seu pai te financia! Nas poucas vezes em que eu viajo a trabalho, realmente é só isso: trabalho! Seu noivo e o Danilo são completamente *workaholic*; eles não entendem que a gente pode aproveitar as viagens para conhecer os lugares! No máximo saímos pra jantar, geralmente no próprio hotel! Eu até que me aventuro a dar umas voltas sozinha, mas que graça isso tem? E você sabe muito bem que uma viagem como essa, para o exterior, nunca aconteceu! Tive que implorar muito pra me deixarem vir junto, viu? Mas se fosse para algum buraco no interior, você já sabe quem seria a escalada, né?"

A garota falava tanto e tão rápido que eu já estava com dificuldade para acompanhar. A tal Meredith, entretanto, parecia super por dentro do assunto, só ficava concordando com a cabeça enquanto se abanava com uma revista. Continuei a escutar.

"Mas mesmo aqui nos Estados Unidos, quem falou que eles animam de sair? Disseram que ainda estavam cansados da viagem e estão lá naquele bar do lado do hotel, conversando sobre trabalho! Se você não tivesse inventado de vir junto dessa vez, certamente eu não estaria aqui agora! Imagina, vir à cidade do cinema e não conhecer a Universal! Me lembre de mandar uma nota de agradecimento pro seu pai: 'obrigada, senhor Afonso, por ter permitido que eu tivesse companhia pelo menos uma vez na vida'!"

A cabine desocupou e eu entrei, mas continuei ouvindo lá de dentro. Percebi que as duas estavam aproveitando o ar-condicionado do banheiro e não pareciam querer sair dali tão cedo. Como eu estava curiosa, achei excelente. Tinha tanto tempo que eu não ouvia "dramas" brasileiros...

Descobri que elas haviam chegado no dia anterior. A Meredith tinha aproveitado para viajar com o noivo e a amiga, que estavam ali a trabalho. Os dois eram da mesma empresa e tinham ido a Los Angeles para participar de algum evento, que aconteceria na semana seguinte. A Meredith teria que voltar antes ao Brasil, pois as aulas da faculdade dela iriam começar. Essa tinha sido a condição do pai: ele daria a viagem desde que ela não perdesse nenhum dia de aula. Portanto, em dois dias ela já teria que voltar, ao contrário do noivo e da amiga, que ficariam até o final da semana.

"Pena que a gente não veio antes!", ela voltou a falar. "Que saco, passei julho inteiro à toa! E bem no final das férias aparece essa viagem pra vocês! A gente podia ter ficado em LA o mês todo! Eu precisava de pelo menos mais 20 dias aqui, pra comprar tudo o que eu quero! Meu pai também é um imprestável! Quem precisa ir à aula na primeira semana?"

Ela estava certa, a própria Gabi – que era neurótica com os estudos – iria faltar alguns dias, mas resolvi sair logo daquele banheiro. Eu estava ficando irritada com aquela garota mimada. Provavelmente o noivo só estava com ela por causa do dinheiro que, pelo visto, ela tinha, porque eu não conseguia imaginar nenhum cara que suportasse uma menina tão fútil. Fiz as contas e fiquei pensando que a família dela devia ser mesmo muito rica, para o pai bancar uma viagem internacional de apenas um fim de semana para a filha...

Voltei pra mesa, e todo mundo perguntou se eu estava bem, pois tinha demorado muito. Expliquei que resolvi fazer pesquisa para o meu próximo roteiro em uma conversa que tinha acabado de presenciar e que inclusive havia conhecido a inspiração para minha nova *vilã*.

"Como ela vai se chamar?", a Gabi perguntou. "Pensei que todas as suas vilãs se chamariam Vanessa..."

Fechei a cara ao me lembrar da minha antiga inimiga de colégio. Mesmo depois de tantos anos, eu ainda sentia raiva dela. Se eu pudesse, realmente colocaria aquele nome em toda personagem desprezível que eu viesse a criar! Mas ficaria muito repetitivo...

"Não, o nome dela vai ser *Meredith*. E, antes que vocês perguntem, vai ser brasileira, como a dona do nome que inspirou a personagem."

"Quem se chama Meredith no Brasil?", a Ana Elisa perguntou franzindo a testa.

Eu ri, levantei as mãos e falei: "Exatamente... Quero ressaltar esse *bom gosto* dos pais dela... Quer dizer, quem sou eu pra falar de nomes, mas sinceramente, da próxima vez que encontrar minha mãe, vou até agradecer por ela ter me dado o nome de Estefânia!".

"Puedo criar el figurino?", o Alejandro falou já empolgado. "Que tal un casaco de pele estilo Cruella Cruel, e unhas negras...?"

Sorri e balancei a cabeça: "Ela já tem estilo próprio também. Vou te ensinar uma nova palavra em português, Ale, presta atenção. Sabe quando uma garota é muito afetada, faz tudo pra chamar a atenção, se veste de forma vulgar e só quer saber de dinheiro?".

Ele balançou a cabeça afirmativamente.

"Então. No Brasil, nós chamamos esse tipo de mulher de *periguete*!"

"Pe-ri-gue-tchi?", ele perguntou destacando sílaba por sílaba. "Meredith, la periguetchi?"

Nós todos rimos e eu disse: "Sí, perfecto!".

Pedimos a conta, e, ainda pensando na conversa do banheiro, senti uma certa pena do noivo daquela menina. Ninguém merecia ter uma sujeitinha daquela como companhia! Ou, quem sabe, talvez ele merecesse. Afinal, pelo visto, existia mesmo gosto para tudo, pois a amiga havia dito que ele fazia o que fosse preciso para vê-la feliz... e que, além disso, a amava *muito*.

12

Chapéu Seletor: Difícil. Muito difícil. Tem muita coragem, estou vendo. Uma mente nada má também. Tem talento, se tem. E uma sede de provar seu valor. Mas onde vou colocá-lo?

Harry: Sonserina não. Sonserina não.

Chapéu Seletor: Sonserina não? Tem certeza? Você poderia ser grande, sabia? Está tudo aqui, na sua cabeça. E Sonserina iria ajudá-lo a alcançar essa grandeza. Não há dúvida sobre isso. Não?

Harry: Por favor, por favor. Tudo menos Sonserina.

Chapéu Seletor: Bom, se tem certeza... é melhor que seja... Grifinória!

(Harry Potter e a pedra filosofal)

1º ano de faculdade
28 de setembro
Um mês e três dias em Los Angeles

Oi, Leo!

Estou na aula. Quer dizer, neste momento estou no intervalo entre duas aulas. Estou amando a faculdade cada dia mais. Será que você também está gostando da sua?

Estou te escrevendo porque de repente me deu a maior saudade de passar bilhetinho na aula! No dia que eu estava arrumando as minhas malas para vir pra cá, encontrei um envelope cheio dos nossos bilhetinhos, pois eu guardei todos os que trocamos durante o 2° ano. Acho que eu tinha a intenção de que, tempos depois, pudéssemos ler e morrer de rir, ao constatar o quanto éramos felizes e amigos... Amigos. Eu gostaria tanto de ainda ser sua amiga... Gosto de fingir que ainda sou. Em algum universo paralelo, quem sabe? Talvez estejamos lá nesse momento, passando bilhetinhos um para o outro, ainda nos considerando os melhores amigos do mundo! E ainda felizes... Não que eu não esteja feliz e imagino que você também esteja. Mas em algum mundo alternativo talvez estejamos felizes juntos.

A próxima aula vai começar.

Fique bem.

Fani

De: Fani <fanifani@gmail.com>

Para: Priscila <pripriscilapri@aol.com>

Enviada: 28 de setembro, 23:21

Assunto: Warner

Oi, Priscila!

Tudo bom por aí? Como vai o Rodrigo? Estou com saudade de vocês.

Pri, já tem mais de um mês que viajei, desculpa só agora te escrever. Recebi seus e-mails e também os recados pela Natália, mas confesso que eu estava querendo dar um tempo do Brasil, para poder me adaptar mais rápido. Você vai me perguntar "que espécie de tempo é esse?", já que deve saber que eu tenho falado constantemente com a Gabi, a Natália e a minha família pelo Skype, mas é que você instantaneamente me faz pensar no Rodrigo. E o Rodrigo, por sua vez, me faz pensar em outra pessoa. Uma pessoa em quem eu não quero pensar. Apesar de algumas vezes, sem permissão, ela invadir o meu pensamento.

Mas eu tenho lembrado tanto de você que resolvi deixar a bobeira de lado. Eu não vou conseguir fugir de tudo que me lembre de "você-sabe-quem"! E eu também tenho que parar de evitar dizer o nome dele, como se ele fosse o Lorde Voldemort (estou obcecada por Harry Potter, você vai entender o motivo mais pra baixo)! Bom, mas o fato é que decidi que, de agora em diante, não vou deixar que o Leo (opa, nem doeu, LEO, LEO, LEO, LEO, LEO) me separe de você, que já me ajudou tanto e de quem eu gosto MUITO.

Você já deve estar achando que eu estou de TPM, pois nunca te mandei um e-mail "afetivo" desses, nem falei nada parecido, mas é que nesse último ano nos aproximamos bem mais. Você deixou de ser "a namorada do Rodrigo" para virar a "Pri", a minha amiga. Não que já não fôssemos amigas, mas acho que você entende o que eu quero dizer. Ah, acabei de ter um "flashback" aqui, do dia em que te conheci, anos-luz atrás, no salão de festas do meu prédio (quer dizer, do prédio dos meus pais... ainda não me acostumei com o fato de que minha casa agora é aqui). Você era tão magrinha (não, você não está gorda, não fique neurótica, mas é que você era mais *fininha* e agora tem o maior corpão estilo Blake Lively - fiquei três horas tentando me lembrar de alguma atriz de seriado que tivesse um corpo tão bonito quanto o seu! Mas de rosto você se parece mais com a Lily Collins, já te disseram isso?), com a maior carinha de assustada... E agora você é mais autoconfiante do que todas nós (eu, Natália e Gabi) juntas.

Eu queria te agradecer, Priscila, por você ter tido papel fundamental na minha vida, mesmo sem intenção disso. Sem você, acho que a minha história seria bem diferente. Não sei se pra melhor ou pra pior, mas você certamente alterou o meu destino. Se estou aqui agora, você é uma das responsáveis. Por favor, não me ache doida e não pense que eu estou bêbada (aqui só se pode consumir álcool legalmente aos 21 anos... Não que isso faça alguma diferença pra mim, já que eu nunca bebo nada, pois na única vez em que bebi acabei desmaiando na casa da Gabi e... nossa, estou fugindo completamente do assunto, deixa essa história pra outro dia). Eu apenas queria dizer que tenho me lembrado muito de você. E que isso me fez ter vontade de te mandar esse e-mail, que já está gigante - e eu ainda nem toquei no assunto principal.

Priscila, sei que a Natália já deve ter te dito isso, mas finja que é novidade e faça uma cara de surpresa: Eu estou estagiando na Warner! Pode fechar a boca agora, senão você vai acabar babando no computador quando eu te contar como é lá.

No primeiro dia de estágio, o meu chefe (que também é meu professor na faculdade) me fez entrar em um carrinho (daqueles que cabem umas dez pessoas, são abertos dos dois lados e têm um toldo em cima) cheio de turistas que estavam visitando os estúdios. Pri, você não tem noção do quanto eu queria *gritar* vendo tudo aquilo! Mas eu tive que me conter, pois o Mr. Smith (o meu chefe-professor) estava lá do lado... Sei que a Gabi e a Natália iam gostar, mas eu realmente só conseguia pensar em você, pois nós visitamos os estúdios de gravação de vários filmes e... *seriados*! Priscila, você ia morrer! De cara nós fomos onde era filmado (o infelizmente extinto) "Friends"! Eles mantêm intacto o local daquele café (Central Perk) onde os personagens se encontravam, para que as pessoas possam visitar. É tão lindo, Pri! Nem parece cenário.

Mas o melhor não é isso... Lá pelo meio dessa visita com os turistas, o meu professor falou que eu já tinha visto o suficiente e nos desvinculou da "excursão". Eu estava adorando o tour, mas a gente só podia ficar olhando tudo de fora, sem entrar em estúdio nenhum, e o tempo todo alguém interrompia para tirar foto e tal (não que eu não estivesse louca pra tirar umas mil também, mas supostamente eu estava trabalhando, não dava pra bancar a turista naquela hora). Mas então o Mr. Smith entrou comigo em um dos estúdios, e estava tendo uma filmagem bem na hora. Priscila, adivinha qual seriado estava sendo gravado naquele momento????????? Eu, que nem assisto, surtei. Imagino você! Dica, o seu queridinho Ian Somerhalder participa... Esse mesmo, acertou! "The Vampire Diaries"! Mas nem se anime muito, pois eu não vi o Ian. Aliás, não vi nenhum dos principais, fiquei sabendo que esse seriado, apesar de ser da Warner, é filmado em outro estado, na Georgia, eu acho. Mas eles estavam fazendo uma cena interna lá, com alguns atores de figuração. Anyway, foi muito legal, e eu até comecei a assistir a essa série agora, fiquei empolgada! Você não acha que aquele ator que faz o papel do Jeremy é a cara do Rodrigo?

Mas depois disso acabou a graça, pois o Mr. Smith já me encheu de trabalho. Meu irmão Inácio sempre me dizia que estagiário sofria, e estou constatando que estágio deve ser igual em qualquer lugar do mundo, pois eu sou praticamente uma escrava aqui (quer dizer, se escravos fossem pagos, porque até que, pra uma estagiária, meu salário é bom, certamente por causa do Christian; mas essa história também fica pra outro e-mail).

Não me leve a mal, eu não estou decepcionada nem nada, estou adorando o trabalho, e todo dia que eu entro na Warner penso até que estou sonhando, mas é que eu estava certa de que ia ficar dentro dos estúdios, aprendendo cada detalhe, mas disseram que antes eu tenho que conhecer muito bem como tudo aquilo ali funciona, para só depois participar das filmagens propriamente ditas. Ou seja, ele deixou que eu assistisse um pouquinho só pra me dar água na boca... agora eu mal chego perto dos estúdios! Mas sei que isso é provisório, estou tentando fazer o meu melhor para que eles percebam que podem confiar em mim e me deem funções mais importantes do que as atuais...

Voltando ao primeiro dia, em certo momento, o Mr. Smith perguntou se eu tinha carteira de motorista, pois em alguns dias eu teria que ser guia de visitantes, naquele mesmo tour do qual eu te contei que participei. Eu expliquei que já estava fazendo os testes e que em poucas semanas eu já terei habilitação (sim! Quando você vier me visitar, vou poder te levar pra passear de carro!!). Então ele disse que, até lá, vou ficar tomando conta de um museu. Mas não pense que é um museu comum, cheio de velharias... É um museu só com roupas, chapéus, acessórios e objetos que foram usadas em filmes!!! É tão lindo, Pri... Tem até estatuetas (de verdade) do Oscar! E no primeiro andar tem inclusive os bonecos originais do filme "Onde vivem os monstros" (eles são enormes)!

Mas o legal mesmo é o segundo andar do museu, que é exatamente onde eu tenho ficado. Lá é onde está tudo sobre Harry Potter! Tem a vassoura do Harry, os uniformes do colégio, as varinhas, os chapéus, uma maquete de Hogwarts e até o Chapéu Seletor. E é aí que eu entro. Tenho que ficar lá, recepcionando os visitantes para não deixar que eles toquem em nada e também respondendo às perguntas, mas lá pelas tantas eu pego o Chapéu Seletor e pergunto quem quer experimentar. No momento em que a pessoa coloca na cabeça, eu aperto um controle remoto no meu bolso que dispara uma gravação aleatória pelo alto-falante, designando cada pessoa para uma casa. É muito engraçado! Alguns ficam muito empolgados com a escolha do chapéu, mas outros ficam tristes e só faltam brigar comigo! Como se eu tivesse culpa. Ah, sei que você vai perguntar e já vou até responder: É *óbvio* que no meu primeiro dia eu pedi pra colocarem o chapéu na minha cabeça! O chapéu falou: *"Hmmm, I see... Gryffindor!!"*. Ou seja, sou colega de casa do Harry, do Ron e da Hermione! Sou tão boba que fiquei imensamente feliz com isso. Eu sempre quis ser da Grifinória! Depois eu até comprei todos os DVDs do Harry, não sei como eu ainda não tinha! Agora estou meio especialista no assunto, e tenho minhas suspeitas de que, se aquilo fosse mesmo de verdade, você cairia na Lufa-Lufa... Você ama animais, é amiga de todo mundo e é meio, hum, desastrada... não brigue comigo, esse é seu charme! :)

Pri, era isso que eu queria te contar, que tudo lá na Warner me lembra de você! Seria bem legal se você pudesse me visitar, sei que o Christian conseguiria um meio de assistirmos a umas gravações de seriados em outros estúdios (MGM, ABC, Sony, Paramount...), e eu dou um jeitinho de te levar no meu estágio um dia, pra que você possa ver com seus próprios olhos tudo que te contei!

Você está mais que convidada! Tomara que possa vir logo.

Como está a faculdade aí e os estudos para o outro vestibular? Com certeza você vai passar em Veterinária na UFMG, afinal, você tirou o primeiro lugar em Biologia na PUC! Sei que você está cursando apenas para eliminar as matérias em comum, mas espero que esteja gostando mesmo assim. E o legal é que você agora deve encontrar o Rodrigo todo dia na faculdade também, né? Só isso já vale a pena. Mande um abraço pra ele, vocês fazem um casal mais fofo do que o de qualquer filme ou seriado!

Beijos!

Fani

De: Priscila <pripriscilapri@aol.com>

Para: Fani <fanifani@gmail.com>

Enviada: 29 de setembro, 00:32

Assunto: Re: Warner

Olá, pessoa que se apossou do e-mail da Estefânia. Traga-a de volta, por favor. Estou com saudade da minha amiga melancólica e pensativa. Essa menina "falante", alto-astral e cheia de vida não pode ser a Fani!

Mas caso você a veja por aí, avise que eu acho que o ar da Califórnia está fazendo MUITO bem pra ela! E pergunte se ela quer alguma encomenda do Brasil. Estou comprando a primeira passagem para Los Angeles que eu encontrar!

Muitos beijos!!!

Pri

13

Snoops: Então você tentou fugir. Bem, parece que não funcionou, não é?

(Bernardo e Bianca)

"Fani, tem certeza de que vão me deixar entrar? Não vou atrapalhar?"

"Gabi, é óbvio que você pode entrar, para de bobeira!", eu respondi, enquanto parava o carro no estacionamento do meu trabalho. Eu tinha ganhado uma semana de folga, para que pudesse finalizar os últimos detalhes do meu filme; o que foi ótimo, pois coincidiu exatamente com os primeiros dias da visita da Gabi. A finalíssima do festival ainda seria no próximo fim de semana, mas agora não tinha nada mais que eu pudesse fazer. Eu já havia entregado o material, os jurados estavam avaliando e só me restava esperar e torcer.

Por isso, convidei a Gabi pra ir comigo até a produtora onde eu estava trabalhando. Além de querer que ela conhecesse, seria bom pra ficar mais com ela. No fim de semana seguinte ela iria embora – faltavam só seis dias, e eu já estava com saudade antecipada.

"É para cá que eu venho todo dia depois da faculdade", expliquei, enquanto trancava o carro. "A partir do mês que vem, vou passar a ficar em tempo integral, pois minha pós-graduação vai acabar, e eu já consegui o visto de trabalho!"

Ela sorriu, olhando tudo muito atentamente. Eu tinha contado pra ela a história de como, alguns anos antes, um jovem diretor havia me convidado para trabalhar em parceria com ele, na pequena produtora de cinema que ele estava montando. Eu começaria o auxiliando, mas ele garantiu que logo eu poderia escrever alguns roteiros e também dirigir. Pensei muito se deveria aceitar, mas o Mr. Smith me aconselhou a não perder tempo; aliás, ele mesmo havia me indicado ao cargo.

Na época, eu já estava há dois anos e meio como assistente de direção na Warner. Depois de apenas seis meses no estágio, me liberaram da função de "guia turístico", e pude começar a ajudar nas gravações dentro dos estúdios. Eu amava muito aquilo! Acontece que lá eu sempre seria isso... *assistente*. Segundo o Mr. Smith, o Jeff, o tal diretor que havia me feito o convite, apesar de ser novo, era muito promissor, e já tinha ganhado muitos prêmios. Com ele eu teria a chance de colocar em prática tudo o que sabia, aprender ainda mais e ganhar destaque no meio cinematográfico.

"Até hoje eu lembro quando você me contou que ia deixar de ser estagiária", a Gabi falou, enquanto nos direcionávamos para a porta de entrada. "Você não queria sair da Warner de jeito nenhum! Mas, depois de você ter me levado lá na semana passada, eu te dou razão! É tudo tão lindo e real! Agora entendo o surto da Priscila quando voltou daqui! Ela não falava de outra coisa! Acho que, se não fossem os quinhentos bichos de estimação que ela tinha e não queria deixar pra trás, ela teria se mudado pra cá imediatamente, sério mesmo! Ela deve ter te obrigado a ir com ela em todas as gravações de seriados possíveis, né?"

Sorri ao me lembrar da Pri. Tinha tanto tempo que eu não conversava com ela... Durante a visita dela, anos antes, realmente havíamos assistido a várias filmagens. Mas como tinha sido bem no começo, era tudo novidade também pra mim, e por isso nos divertimos o máximo possível. Porém acabamos perdendo o contato pouco depois... Não era fácil manter amizades a uma distância tão grande por tanto tempo, ainda mais que, nas vezes que eu ia a BH, ela sempre estava em São Paulo passando férias. No começo, a gente se correspondia por e-mail, mas ela foi se afastando... ou talvez tenha sido eu. A vida aos poucos nos leva, sem pedir permissão, para longe de quem gostamos... Outras pessoas aparecem, o tempo fica cada vez mais curto – pois arrumamos cada vez mais tarefas –, e, de repente, percebemos que aquela pessoa ficou no passado...

"Você tem alguma notícia da Priscila?", me virei pra Gabi.

"Nunca mais vi...", ela respondeu balançando os ombros. "Na verdade, nunca fui muito amiga dela. Ela sempre andou mais com a Natália, que era quem me informava. Como tenho falado muito pouco com a Nat também, não tenho nem ideia do que a Priscila anda arrumando. Vi o Rodrigo no shopping há pouco tempo, mas não cheguei a falar com ele, pois eu estava atrasada, nem pude parar pra conversar. Mas ele estava sozinho, sem ela."

"Acho que eles terminaram há muitos anos...", eu falei triste, me lembrando de um dos últimos e-mails que a Priscila tinha me mandado. O Rodrigo e ela eram um daqueles casais que eu achava que viveriam felizes pra sempre... Já tinha passado da hora de eu entender que aquele tipo de coisa só existia nos meus filmes. "Mas eu sempre achei que eles iam acabar reatando. Gostaria de ter notícias deles, vou tentar descobrir pela Natália."

Em seguida nós entramos na produtora, que se chamava Film Movie Factory, mas que acabou se popularizando como FMF.

Expliquei para a recepcionista que a Gabi era minha amiga do Brasil, e ela se levantou dizendo "boa tarde!", o que me fez sorrir. Sempre que tinha oportunidade, eu ensinava umas palavrinhas em português para as pessoas com quem convivia. E eu ficava feliz quando constatava que elas realmente aprendiam.

"Gabi, presta atenção", eu me virei pra ela meio sussurrando, quando chegamos ao corredor. "O Jeff deve estar aqui nesse horário. Não faça nenhum comentário constrangedor, ele é todo sério..."

"Ah, o Jeff é o dono daqui, né? E ele é também o diretor que você namorou?", ela coçou a cabeça. "Mas não era Mark o nome dele?"

"O Mark foi muito antes!", eu continuei a sussurrar. Puxa, Gabi, se soubesse nem tinha te mandado tantos e-mails durante esses anos! Você não prestou atenção em nada que eu escrevi! "O Jeff é o daquele caso que eu te contei pouco tempo atrás, que rolou o maior clima em um dia que estávamos sozinhos na ilha de edição, pra terminar um trabalho, e acabamos nos beijando... Mas aí, como a gente se vê todo dia, quando percebi já tinha virado namoro..."

"Ai, Fani, desculpa, você escreve sobre tanta gente... Mas por que você terminou? Não gostou dele?"

Respirei fundo. "Eu não terminei, Gabi. Eu dei a entender que no momento estou totalmente voltada para o trabalho e que não ia conseguir conciliar isso com um relacionamento sério. Mas acho que ele não entendeu, porque continua me tratando como se a gente namorasse!"

"Sei. Quero só ver esse Jeff, aposto que deve ser lindo, como todos que você arruma e descarta. Francamente, né, Fani? Tá na hora de você namorar de verdade! Fica pulando de um namorinho pra outro o tempo todo!"

"Ei! Não tem nada de namorinho! E do jeito que você fala, parece até que eu namorei uns 50 caras aqui nos Estados Unidos! Foram apenas três. Contando com o Jeff."

"Ah, *apenas* três. Aliás, quero saber dessas suas histórias direito, por e-mail você nunca explicava com detalhes, por isso que eu estou assim, toda confusa. Você está intimada a me contar hoje à noite. Podemos fazer uma reunião só de garotas, naquele quintal de vocês. Aí é bom que a Ana Elisa também me conta desse último namorado dela, o tal do Andrew. E eu também quero saber sobre como a Tracy acabou ficando com o..."

"Combinado", eu a interrompi, parando em frente à porta do estúdio e colocando meu dedo sobre os lábios, em sinal de silêncio. "Agora temos que ficar caladas. O Jeff deve estar gravando. E ele fala um pouco de português, vê se não dá bandeira! Finja que você não sabe que eu e ele temos alguma ligação além da profissional! Não me envergonhe!"

Abri a porta com cuidado e percebi que não estava tendo gravação. O Jeff estava sentado, de costas pra porta, sozinho e superconcentrado, lendo algum roteiro.

Peguei uma claquete que estava por ali e rapidamente a abri e fechei, pra chamar a atenção dele com o barulho. Ele se assustou, mas sorriu quando me viu. Ao notar a Gabi, ele se levantou e veio cumprimentá-la. Pela expressão dela, percebi que tinha gostado do que via.

"*Hello!*", eles apertaram as mãos. "Você que é Fani amiga?"

O português dele precisava melhorar muito...

A Gabi apertou a mão que ele estendia e só disse: "Sim! Fani amiga brasileira! E você? É o *boyfriend* americano?".

Eu arregalei os olhos pra ela, que fingiu que nem viu. O Jeff olhou admirado pra mim, e rapidamente expliquei que o inglês da Gabi era pior que o português dele, que ela nem devia saber sobre o que estava falando. Mas ele só chegou mais perto de mim, me abraçou e falou: "Sim! Eu Fani namorado!".

A Gabi e ele deram o maior sorriso um pro outro, e eu fiquei lá entre eles, com a maior vontade de colocar o pescoço dos dois no meio daquela claquete e apertar.

14

Noiva Cadáver: Eu passei tanto tempo na escuridão que quase esqueci como é bonita a luz do luar.

(A noiva cadáver)

1º ano de faculdade
17 de outubro
Um mês do início das aulas

Leo,

Sabe quem vem me visitar em dezembro? A Priscila! Sei que o motivo principal da minha amizade com ela era o fato de você ser o melhor amigo do Rodrigo. Mas acho justo que algumas coisas tenham sobrado disso tudo. E fico feliz que a amizade da Priscila seja uma delas.

Além dela, tem outras coisas que ficaram de você e que continuam me fazendo companhia:

Em primeiro lugar, a Winnie. Sinceramente, eu não lembro mais como era antes dela existir! Ela está crescendo tão rápido e é tão inteligente... Morro de saudade dela quando tenho que ficar longe, o que é, tipo, todos os dias, pois atualmente eu saio de casa de manhã cedinho e só volto à noite. Mas a Tracy cuida dela pra mim. As duas têm se dado muito bem.

A segunda coisa é o meu colar. O da pérola. Eu tirei quando brigamos, pois olhar pra ele me fazia sofrer. Mas nos três segundos em que eu fiquei sem ele, meu pescoço pareceu tão vazio, sem vida, como se tivesse perdido a identidade... Então, desisti e resolvi mantê-lo. É um lindo colar de qualquer forma. E olhar para ele não me entristece mais. Aliás, nada tem me deixado triste. Tenho me sentido leve e até meio aérea... Será que eu já te esqueci? Sua imagem tem ficado meio embaçada na minha memória...

Que bobagem! É óbvio que eu nunca vou te esquecer. Mas pelo menos já consigo pensar em você sem ter vontade de arrancar o coração do peito. Acho que eu cheguei a um ponto bom. Em vez de tristeza, começo a sentir saudade.

Com carinho,

Fani

A minha adaptação na faculdade acabou sendo mais rápida do que eu imaginava – em grande parte por causa do Alejandro. Ele era extremamente comunicativo e sorridente com todo mundo, e, como sempre estava comigo, acabei passando para as pessoas a impressão de ser expansiva como ele... Isso era uma grande mudança para mim, pois, devido à minha timidez, normalmente me consideravam convencida, como se eu me achasse muito boa pra me misturar... Durante a minha vida inteira, foram poucas as pessoas que resolveram se aproximar – apesar da minha expressão pouco receptiva – e acabaram descobrindo que o que eu menos tinha era presunção. Eu era apenas uma garota tímida...

Então, eu estava gostando de ser considerada extrovertida pela primeira vez na minha história. E foi por esse motivo que eu acabei aceitando quando o Alejandro veio me convidar para uma festa de uns alunos veteranos, quando tinha pouco mais de um mês do início das aulas.

"Ai, Alejandro... mas eu nem conheço esses caras, não tenho coragem de entrar de penetra", eu falei, no minuto em que ele me entregou um folheto, que dizia "*Frat Party*". Mesmo antes do começo das aulas, eu sabia o que aquilo queria dizer, pela quantidade de filmes americanos de faculdade que eu já havia assistido. Assim eram chamadas as festas das famosas *fraternidades*, que eram casas onde um bando de garotos universitários morava. Elas são como as "repúblicas" brasileiras, mas bem mais organizadas, com presidente, tesoureiro e tudo o mais. Geralmente as pessoas que frequentam essas festas têm apenas uma intenção: beber, beber, beber e cair. Ah, e a entrada é cobrada apenas dos homens, as mulheres podem entrar de graça, pois geralmente pagam de outra forma...

E foi o que eu expliquei para o Alejandro, que imediatamente me contestou.

"Faníííí!", ele sempre puxava o i no final do meu nome. Eu achava aquilo bonitinho. "No hay nada disso! Esse tipo de festa acontece solamente en las grandes universidades! Nuestra faculdade es pequeña, familiar, los estudiantes fazem reuniões para confraternizar. Esse nombre é só uma brincadeira! E o Mark não me cobrou la entrada también! Ele apenas pediu que eu chamasse mi amiga brasileña!"

Me chamar? Mas por quê? Que Mark era aquele?

"Eu nem conheço esse menino, Ale! Por que motivo ele pediria pra você me convidar?"

Ele me olhou com impaciência.

"Ora! Porque és hermosa!", ele respondeu, como se fosse óbvio. "Y porque ele piensa que você parece simpática".

Aquilo me pegou. Ninguém nunca tinha me chamado de simpática na vida.

"Isso é verdade?"

Ele fez que sim com a cabeça, com uma expressão feliz. Ele sabia que tinha me ganhado naquela.

"Será que posso convidar a Tracy? Ela vai morrer se eu disser que vou a uma festa e não a levar!"

Ele não respondeu. Apenas saiu da sala e, dois minutos depois, voltou com mais um convite.

"Tracy és mui festeira e animada! Siempre bienvenida!"

Eu peguei os convites da mão dele pra dar uma olhada. A festa seria naquela mesma noite, no apartamento dos tais meninos, que pelo que entendi era ali perto. Eu teria pouco tempo de ir em casa, me arrumar e voltar.

"Você me dá uma carona?", perguntei. "O Christian disse que poderia me buscar aqui, mas vou ligar pra ele agradecendo. Ele está do outro lado da cidade e só poderia vir mais tarde. Eu iria acabar me atrasando..."

Ele apenas se abanou quando eu falei o nome do Christian, mas sorriu, dizendo que eu podia voltar da aula todos os dias com ele. Eu esperava que o meu problema de locomoção fosse resolvido rápido para que eu não precisasse abusar dos favores de mais ninguém. Eu já tinha feito os testes e passado! Agora era só o tempo burocrático até que a habilitação viesse pelo correio.

Ao chegar em casa, avisei para a Tracy da *frat party*. Ela, como eu esperava, ficou superempolgada. Eu expliquei que a gente não tinha convite para o David, pensando que aquilo a desanimaria, mas ela apenas disse "*Thank God!*" e falou que não suportava mais vê-lo todos os dias na frente dela e que era muito bom mesmo não ter convite, pois assim ela nem precisaria inventar uma desculpa. Perguntei se ele não ficaria chateado, mas ela só balançou os ombros, mostrando que não estava nem ligando.

O Alejandro passou para nos pegar às 19 horas. A festa estava marcada para esse horário, e nos Estados Unidos as pessoas são pontuais.

De cara eu me surpreendi. Por mais que o Alejandro tivesse explicado que a festa era "civilizada", eu ainda achava que ia encontrar um cenário do clipe de "Last Friday Night", da Katy Perry. Puro engano. Estava tudo muito bem-organizado. Algumas pessoas estavam sentadas no sofá da sala conversando, outras estavam dançando em um canto, tinha algumas meninas na cozinha preparando alguma coisa que cheirava muito bem, e, antes que eu pudesse falar qualquer coisa, o próprio dono da casa apareceu pra nos dar boas-vindas e mostrar onde estavam as bebidas, onde podíamos nos sentar, onde era o banheiro... Ele parecia meio nervoso na verdade, falava muito pro meu gosto.

Enquanto nos explicava tudo isso, prestei atenção na aparência dele. Apesar de estudarmos no mesmo lugar, ele estava três anos na minha frente, e com isso eu o havia visto poucas vezes, geralmente no corredor. Ele não era tão bonito quanto o Alejandro ou (muito menos) o Christian. Mas tinha alguma coisa que dava a ele uma aparência familiar. Ele me olhava sorrindo, como se já me conhecesse há tempos. O cabelo dele era castanho escuro, meio parecido com o do Marquinho, meu antigo professor de Biologia. Um "corte meio sem corte"... compridinho atrás e com uma franjinha meio "Justin Bieber".

De repente ele se virou pra mim, perguntando o que eu queria beber. Respondi que ia tomar só um refrigerante, e que eu mesma pegaria... Antes que eu concluísse a frase, ele já tinha voltado com uma Pepsi, e me entregou dizendo que gostaria que eu me sentisse em casa. Aproveitando a oportunidade, ele quis saber se eu já estava adaptada em Los Angeles, e eu respondi que sim. Ele quis saber onde eu morava e eu expliquei que era bem perto da Warner. Ele então perguntou sobre o meu estágio lá, e eu fiquei admirada ao constatar que ele sabia sobre isso, e foi a vez dele de explicar que o Mr. Smith tinha comentado a respeito, pois ele – o Mark – por sua vez, também já tinha sido estagiário no mesmo lugar.

A partir daí o papo fluiu sem que eu percebesse. Me surpreendi quando ele perguntou se eu já tinha deixado de ser "guia de turistas", e ele explicou, rindo, que ficou quase um ano nessa função, apenas mostrando a Warner para visitantes. Eu contei que estava encarregada do 2º andar do museu, e ele imediatamente perguntou qual era a minha casa em Hogwarts. Eu contei orgulhosa que o Chapéu Seletor tinha me designado para a Grifinória, e ele falou que aquilo era uma pena, pois ele era da Sonserina, o que o fazia bem mais esperto do que eu. Não deixei aquilo barato e comecei a dizer que eu pelo menos era colega do Harry Potter... E aquela discussão demorou mais tempo do que eu pensava, porque, quando percebi, a Tracy e o Alejandro tinham sumido e não estavam em nenhum lugar que minha vista alcançasse.

O Mark, ao ver que eu estava procurando os meus amigos, perguntou se eu gostaria de ir ver se eles estavam no terraço. Eu, que nem sabia que tinha um terraço, concordei e aproveitei pra perguntar com quem ele morava ali, enquanto subíamos as escadas. Ele disse que dividia o apartamento com três colegas da mesma sala, e isso rendeu um assunto sobre os nossos cursos. Ele gostou de saber que eu queria ser roteirista e diretora, pois assim ele poderia fazer a edição dos meus filmes, que era a área na qual ele queria trabalhar.

A Tracy e o Alejandro não estavam no terraço. Só tinha uns casais se beijando. Fiquei meio sem graça a princípio, mas ele continuou a conversar comigo, como se não houvesse mais ninguém no lugar. Ele quis saber como eu tinha escolhido a faculdade, e eu contei que um amigo tinha conseguido a bolsa de estudos pra mim. Ele imediatamente perguntou se o "amigo" era o Christian Ferrari, pois, pelo que ele sabia, ele não era um "*friend*", e sim um "*boyfriend*".

Eu não aguentava mais mentir sobre aquilo. O Alejandro já sabia da verdade há tempos, na primeira semana de aula mesmo eu tinha explicado pra ele que era tudo uma invenção. Contei que eu e o Christian havíamos namorado um tempo atrás, mas que depois dele eu, inclusive, já tinha sido namorada de outra pessoa, e que o motivo da gente manter aquilo em segredo era o fato do Christian ter conseguido a bolsa de estudos para a *namorada* e não para uma simples amiga. O Alejandro adorou saber daquilo e perguntou se eu achava que ele teria alguma chance com o Christian. Eu expliquei meio sem graça que era difícil, pois, até onde eu sabia, o Christian era 100% hétero. Mas ele nem se abalou, só deu um suspiro e disse que um rapaz podia sonhar... Em seguida ele me tranquilizou, dizendo que eu podia confiar nele, que não revelaria aquilo pra mais ninguém.

Porém, ali, naquele terraço, com aquele garoto que, sem o menor esforço, fazia com que eu me sentisse tão à vontade, desejei contar a verdade novamente.

Respirei fundo e perguntei se ele guardaria um segredo. Ele disse que guardaria todos os meus segredos se eu pedisse, e então eu narrei mais uma vez a verdadeira história. Ainda expliquei que eu e o Christian estávamos só dando um tempo para "terminar o namoro oficialmente", pra não parecer que tudo tinha sido uma armação.

Ele pareceu surpreso, mas feliz. Disse que eu não precisaria me preocupar, pois, toda linda e *simpática* (novamente a palavra de que eu gostava), certamente eu arrumaria outro namorado depressa.

Percebi que eu tinha dado a impressão de que o Christian tinha rompido comigo, e não o contrário. Agradeci pelos elogios e expliquei como realmente tinha sido, que eu havia terminado porque descobri que ainda gostava de um antigo amor, que no final das contas acabou destruindo meu coração... Para finalizar, disse que no momento eu estava fugindo do cupido, pois ainda estava me recuperando.

Ele passou a mão pelo cabelo, dizendo que me entendia perfeitamente. Em seguida ficou calado, meio pensativo, e aí eu perguntei se havia algum motivo especial pra ele "me entender"...

Ele me contou que, alguns meses antes, ele tinha sido o Christian da vez, que alguém de quem ele gostava muito o havia dispensado.

"She broke up with me because she fell in love with someone else..."*

Ele disse aquilo com uma expressão tão triste que tive vontade de abraçá-lo.

"Let's talk about good things?",** perguntei, pra mudar de assunto.

Ele concordou, e nós passamos mais de uma hora falando sobre cinema, seriados, Hollywood, família, estudos, viagens, sonhos, tristezas e alegrias. Tinha muito tempo que eu não me identificava tanto com alguém, e eu me peguei torcendo para que aquela noite não acabasse...

Nós ficamos conversando pelo resto da festa, até que o Alejandro apareceu, me chamando para ir embora, pois a Tracy estava com dor de cabeça. O Mark fez uma carinha meio desapontada e nos acompanhou até a portaria. Assim que o Ale e a Tracy se afastaram em direção ao carro, ele perguntou se poderia me convidar para sair algum dia. Achei muito fofo o jeitinho todo formal com que ele perguntou e por isso acabei dizendo sim, mesmo sem ter certeza...

Ele então sorriu e, como se fosse a coisa mais natural do mundo, se inclinou e me deu um leve beijo nos lábios. Senti um friozinho gostoso na barriga, sorri de volta e em seguida me virei, extremamente feliz por sentir que o gelo do meu coração tinha começado a derreter...

---

* Ela terminou comigo porque se apaixonou por outra pessoa.

** Vamos conversar sobre coisas boas?

15

Kim: Antes dele aparecer, não nevava nunca...
Mas, depois, passou a nevar.

(Edward mãos de tesoura)

"Ai, que fofura, Fani...", a Ana Elisa falou, após eu ter contado a história de como conheci o Mark, meu primeiro namorado americano. Depois da primeira saída vieram outras. E depois do primeiro beijo, vieram vários. E, antes que eu pudesse perceber, já passávamos todo o tempo livre juntos.

Eram nove da noite, e estávamos todas sentadas em uma das mesinhas do nosso *lounge*, comendo pão de queijo e brigadeiro. A minha mãe tinha mandado várias surpresinhas pela Gabi, entre elas leite condensado e mistura para pão de queijo.

"É, ele era mesmo muito fofo, mas eu não pensava que namorar escondido pudesse ser tão complicado", eu suspirei me lembrando. "Como na época todo mundo achava que eu estava com o Christian, eu não podia, de um dia pro outro, simplesmente aparecer com um novo namorado. Porém, depois de um tempo, o Mark começou a me pressionar para colocar um fim naquela mentira logo, pois ele queria poder ficar comigo na faculdade, na frente de todo mundo, e não apenas em lugares distantes e escuros, onde ninguém pudesse nos flagrar."

"Ele estava certo, né?", a Gabi comentou. "Vocês dois eram maiores de idade, solteiros, gostavam um do outro e não podiam ficar juntos por causa de uma invenção? Onde já se viu isso?"

"Pois é, ela também chegou a essa conclusão", a Tracy disse pegando mais um pão de queijo. "Acontece que não era tão simples assim. Tinha mais alguém na jogada..."

"Como assim?", a Gabi franziu as sobrancelhas. "Você não disse que ele foi seu primeiro namorado aqui? Que outro alguém era esse?"

Eu olhei pra Tracy, que se levantou dizendo que tinha que dar um telefonema. Com certeza ela não precisava ouvir aquela história de novo...

"O Christian", eu expliquei. "Ele não encarou muito bem o fato de eu estar gostando de alguém da faculdade. Quando eu o procurei, dizendo que eu gostaria que ele contasse para o Mr. Smith que a gente tinha 'terminado o namoro', ele percebeu que tinha um motivo por trás daquilo."

"Não entendo! Como assim ele se importou com o fato de você estar gostando de alguém? Você terminou com ele por causa do Leo! E ele nem ligou pra isso, te arrumou uma bolsa de estudos, foi atrás de você lá em BH... Eu achei que ele não fizesse o tipo ciumento. Na verdade, pensei que ele tivesse superado, que tivesse se conformado com sua amizade..."

"Sim, eu também achava isso", expliquei pra Gabi. "Acontece que, pelo visto, ele pensava que era uma questão de tempo até que o nosso namoro inventado se tornasse real. Ele pensou que, quando eu esquecesse o Leo, estaria pronta pra voltar pra ele. Mas não era nada disso! O Christian era perfeito, um verdadeiro anjo pra mim... Mas, ainda assim, o meu coração não dava sinal nenhum quando eu o encontrava. Eu até passei a gostar ainda mais dele aqui em Los Angeles, mas apenas como amigo... Eu adorava tê-lo por perto, mas não sentia a mínima atração. O Christian me lembrava de coisas que eu gostaria de esquecer. Eu queria exatamente o que o Mark estava me dando... Algo inesperado, que eu nem sabia que queria até ele aparecer. Ele me divertia, me alegrava, enchia os meus dias de risadas e brincadeiras. Parecíamos duas crianças. Com ele, tudo era novidade, ele não me lembrava de nenhum tempo passado da minha vida..."

Ao contar aquilo, senti saudade do Mark. Eu não o via há quatro anos, desde que ele tinha se formado e mudado pra Nova Iorque.

"Conta logo por que não deu certo!", a Gabi falou impaciente.

"Eu já falei: o Christian atrapalhou... Ele fez o maior drama, levou pro lado pessoal, disse que eu namorava 'qualquer um', menos ele... Foi a maior novela. Eu acabei jogando na cara dele que só tinha aceitado a bolsa de estudos porque ele me jurou que queria apenas a minha amizade, e que ele era o maior mentiroso, porque, desde que eu havia chegado na Califórnia, ele tinha reafirmado aquilo várias vezes..."

"Tadinho do Christian...", a Ana Elisa entrou na conversa. "Ele era tão bom pra você, Fani... E ainda é. Ele realmente deve ter sofrido... e te amado de verdade."

"Ai, gente, vocês querem mesmo voltar nesse assunto? Já tem tantos anos! E depois o Christian acabou entendendo. Olha só como nós estamos bem agora! Vamos trocar o disco? Ana Elisa, a Gabi está curiosa pra saber do Andrew. Conta pra ela."

"Então faça um resumo do resto da sua história com o Mark antes", a Ana Elisa respondeu. "Você me contou na época, mas tem tanto tempo que nem lembro direito."

Respirei fundo e expliquei rápido o final do caso: eu fiquei com *pena* do Christian. Com pena e com sentimento de culpa, pois eu me sentia em dívida com ele. Por isso, pedi pro Mark esperar mais um pouco, pois eu não podia dar um basta naquela mentira ainda. E foi a vez dele de não aceitar bem. Ele falou que já tinha três meses que nós estávamos namorando escondido e que conhecia "pessoas como eu", que ficavam procrastinando o término, iludindo os "amantes", quando no fundo não tinham a menor intenção de colocar um ponto final no relacionamento. Eu até achei graça daquilo, pois eu não tinha relacionamento com ninguém, a não ser com ele, que era meu namorado, e não um amante... Mas acho que ele era muito rígido com seus princípios, porque avisou que, enquanto eu não resolvesse aquela situação, ele não se aproximaria de mim.

"Credo, esquece que eu disse que ele era fofo! Que cara mais intolerante! Custava esperar mais um pouco?"

"Pois é, Gabi. E o fato é que ele não esperou nada. Como eu não dei indícios de que ia resolver logo a situação, ele logo começou a namorar outra menina. Da faculdade mesmo, acho que até pra descontar. Fiquei meio chateada, pois estava gostando de estar com ele. Mas, perto do que eu já tinha passado, aquilo não era nada, eu estava calejada. Na verdade, eu penso nele com carinho até hoje. Foi ele que me libertou, que me fez perceber que eu estava pronta pro amor novamente."

Ela sorriu e se virou pra Ana Elisa. "Adorei! Agora quero saber de você, dona Ana! Conta tudo desse Andrew!"

"Ah, não", a Ana Elisa reclamou. "Eu não sei contar histórias como a Fani. Meu caso dá apenas um parágrafo! Vou buscar a Tracy! O namoro dela é bem mais interessante... deixa o meu por último!"

Ela se levantou pra chamar a Tracy e eu fiquei sozinha com a Gabi.

"Sabe do que isso está me lembrando?", eu perguntei.

Ela sorriu e respondeu com outra pergunta: "Daquele jogo da verdade que a gente fez no meu aniversário de 18 anos?"

Nós duas começamos a rir. Era exatamente naquilo que eu estava pensando.

"Nós nos achávamos tão adultas, né?", ela comentou. "Pelo visto, apenas a Natália seguiu os planos que tinha naquela época. Naquele dia, se alguém chegasse e dissesse que você se mudaria pra Los Angeles, que a Priscila terminaria o namoro perfeito e que eu ficaria grávida tão cedo, teríamos morrido de rir da cara da pessoa!"

"É verdade...", eu disse meio saudosa. "Lembro que filmamos aquele dia, não foi? Com quem está o filme? Acho que eu copiei pra alguém..."

"Nem tenho ideia... deve ter sido pra Priscila. Ela que tinha mania de colecionar DVDs como você."

"Vou perguntar pra Natália se ela sabe", eu falei. "Por falar nela, acho que naquela época ela também nem imaginava que ia terminar com o Alberto, uns anos depois, ainda que por pouco tempo."

"Nossa, isso nem passava pela cabeça dela! Como foi a história mesmo? E seu irmão veio te visitar logo depois, né?"

"Sim, e o motivo da volta deles teve uma certa relação com isso...", eu disse me levantando. "Vou pegar um copo de suco pra mim, você quer? Minha boca já está até seca, de tanto narrar minhas recordações!"

"Traz a jarra pra cá", ela sugeriu esticando a perna. "Ainda quero ouvir muitas histórias..."

Sorri e fui em direção à cozinha, me sentindo completamente nostálgica. Aquela noite vinha sendo uma verdadeira viagem... Minha memória estava me levando de volta pro passado, e sem precisar de nenhuma máquina do tempo para isso.

16

Connor: Alguém me disse certa vez que o poder nos relacionamentos é de quem se importa menos, e ele tinha razão. Mas poder não é felicidade, e eu acho que talvez a felicidade resida no ato de se importar mais com as pessoas, e não menos.

(Minhas adoráveis ex-namoradas)

2° ano de faculdade
10 de janeiro
Um ano e quatro meses em LA

Leo,

Tem muito tempo que eu não te escrevo! Não tenho tido tempo para muita coisa além de viver. Sim, é isso que eu tenho feito aqui: Viver. Tenho vivido muito. Intensamente. Cada um dos meus dias. Mas ocasionalmente ainda me lembro de você... Especialmente agora, que acabei de voltar do Brasil. Estive aí pela primeira vez desde que eu me mudei. Fui pra passar o Natal. Achei tudo tão diferente... e tudo tão igual ao mesmo tempo. Confesso que me peguei olhando para os lados, imaginando se talvez te encontraria, por acaso... Mas acho que você deve ter mesmo se mudado para o Rio.

Apesar de não ter visto, você continua lá. Nas ruas, nas músicas, no ar. Uma noite, ao chegar em casa, depois de voltar do Pátio Savassi, peguei um caderno velho e sem querer comecei a escrever algo que chegou a beirar uma poesia... Mas era apenas uma confissão. Eu trouxe comigo, passei para o computador e imprimi. E agora resolvi colar aqui, para compartilhar com você:

Cidade contaminada

A memória é um território complicado. Quando julgamos estar seguros, com antigos traumas superados, sem chances de novas recaídas, um cheiro, um clima, uma cidade nos arrasta para essa terra dos fantasmas adormecidos. Hoje eu me lembrei de você. Com tanta força que foi como se, em vez de mais de um ano, tivessem se passado apenas dias. Eu me lembrei de todos aqueles lugares por onde passeamos de mãos dadas... Eles continuam exatamente os mesmos, mas nossas mãos só se entrelaçarão de novo em meu pensamento. Me lembrei do tom com que você falava comigo e que eu nunca mais pude ouvir. Me lembrei de que você sempre se atrasava, mas que nunca faltou... como falta agora. Como esta cidade está incompleta sem você! Os dias continuam cinza, mas você não os colore mais. As noites continuam longas, e eu não sei se você ainda as preenche com música. Eu continuo sem senso de direção, mas não tenho mais você para errar o caminho comigo. O tempo continua sem esperar, mas eu não tenho mais tanta certeza de que algum dia poderei voltar aqui sem que seja contaminada por sua presença, tão marcante, ainda que invisível.

Espero que Los Angeles logo me "descontamine" novamente.

Com saudades,

Fani

Quando moramos por algum tempo no exterior, acabamos perdendo algumas referências que temos no Brasil. Eu, por exemplo, desde a época do meu intercâmbio na Inglaterra, comecei a ver o ano de maneira diferente. No Brasil, tudo começa em janeiro, logo depois do Réveillon. Já no exterior, o meio do ano é que representa o começo. As maiores férias, em vez de serem como as brasileiras, que vão de dezembro a fevereiro, começam mais ou menos na época do verão do Hemisfério Norte. Elas vão do final de maio até o começo de setembro, que é também quando se inicia o ano letivo.

Por isso, quando o Alberto me ligou do nada, um dia à tarde, perguntando quais eram os meus planos para o Carnaval, eu demorei uns dois segundos para me situar. Morando já há quase um ano e meio na Califórnia, eu tinha perdido um pouco a noção de que fevereiro era equivalente a Carnaval, um feriado que praticamente não existe nos Estados Unidos. Para mim, aquela seria uma época normal, de muito estudo e cheia de provas. Eu estava no 2º ano, e, apesar de estar adorando o curso, a exigência vinha aumentando.

Expliquei isso para o Alberto, que ficou meio decepcionado com a minha resposta.

"Mas não dá pra você jogar tudo pro alto por uma semaninha?", ele perguntou do outro lado da linha. "Eu estava querendo te visitar! Que tal passar o Carnaval em Vegas? Preciso da sua companhia!"

Só o Alberto mesmo pra pensar que eu poderia interromper uma semana da minha vida para ir me divertir com ele em *Las Vegas*! Eu teria até dado risada, se não tivesse detectado algo estranho por trás daquela voz forçosamente animada.

"Ahn... Alberto?", eu falei. "Tem alguma coisa errada? Por que você precisa da *minha* companhia? Onde está a Natália? E por que a urgência em viajar? Deixa pra vir em julho, pois aí eu vou estar de férias da faculdade e posso pedir uns dias de folga no estágio!"

"Julho está muito longe, Fani", ele respondeu depressa. "Tenho um amigo que tem umas milhas sobrando, e ele vai me emprestar pra que eu compre a passagem! A mamãe deu chilique, pra variar, acho que ela está com medo de que eu goste muito da viagem e invente de ficar aí de vez! Sabe que nem seria uma má ideia?"

Seria uma *péssima* ideia. O Alberto já não tinha o menor juízo no Brasil. Na Califórnia então...

"Alberto, você não me respondeu. O que houve com a Natália? Vocês não tinham planos de virem juntos me visitar mais pra frente, agora que ela finalmente passou no vestibular?"

Ele ficou um tempo calado, ouvi uma respiração mais forte, como se estivesse com raiva, e em seguida me explicou tudo. Algumas partes eu inclusive já sabia.

Na época em que me mudei do Brasil, a Nat estava estudando para passar no vestibular da UFMG, como o pai dela queria. Lembro que quando eu passei em Direito e em Cinema, ela também conseguiu ser aprovada em Publicidade, na PUC. Mas o pai dela não permitiu que ela se matriculasse e exigiu que ela continuasse estudando, pois para ele só servia universidade federal. Porém ela logo desanimou dos estudos. Mentia que ia para o cursinho, mas na verdade ficava conversando com as colegas do lado de fora, ou se encontrando com o meu irmão. Como resultado, ela não passou de novo! O Sr. Gil, o pai dela, só faltou cometer um assassinato! Ele a tirou do cursinho e contratou professoras particulares para estudarem com ela dentro de casa, e também avisou que ela só iria namorar aos finais de semana, com horário pra voltar. Com isso, ela e o Alberto começaram a se encontrar muito pouco.

Meu irmão, nessa época, até me surpreendeu. Ele foi extremamente compreensivo e aproveitou para se dedicar à própria faculdade. Ele estava no penúltimo ano e também tinha muito o que estudar.

Então, ele me explicou que, durante aquele período de reclusão, a Natália ficou muito revoltada. Ela sentia falta de sair, de fazer compras, de ir ao cinema, da liberdade que tinha antes. Dessa forma, quando finalmente passou no vestibular, ela ficou meio *deslumbrada*.

"Ela está querendo recuperar o tempo perdido, Fani", ele me explicou com uma voz meio abatida. "Eu estou no último ano da faculdade, tendo que me dedicar ao máximo, e ela fica querendo que eu a acompanhe em calouradas, festinhas da sala, churrascos... Eu até tento ir a um evento ou outro, mas a Nat está meio fora de controle, quer participar de *tudo*! E quando eu falo que não vou, por estar muito cansado ou por algum outro motivo, ela diz que então vai sem mim! Poxa, nós acabamos de completar três anos de namoro! Eu queria de volta a namorada que ela costumava ser no começo. O lugar não importava, desde que estivéssemos juntos. Eu queria que ela me compreendesse, como eu fiz com ela no ano passado, que fizesse programinhas mais calmos comigo, de casal mesmo, como cinema, restaurante, ficar em casa vendo TV... Eu não me importo dela ir sozinha, não tem nada a ver com ciúmes, mas eu fiquei um ano sentindo falta de ficar com ela sem pressa, e, agora que ela pode, prefere ir a festas e mais festas, como se o mundo fosse acabar amanhã!"

Eu o compreendia perfeitamente. A Natália sempre tinha sido muito festeira, e ele também, e isso era inclusive o que fazia com que eles combinassem tanto, mas o meu irmão estava com 24 anos... A paciência dele para festinhas de calouros realmente devia estar se esgotando...

Eu o aconselhei a conversar com a Natália. Falei que devia ser só uma fase, que ela provavelmente só estava querendo curtir bastante o começo da faculdade, exatamente por ter demorado tanto pra passar.

"Alberto, acho que não é o melhor momento pra você vir pra cá", ponderei. "Não que eu não queira, eu estou morrendo de saudade! Mas sei que isso vai provocar uma briga do tamanho do mundo... Espera a época das férias no meio do ano, convença a Natália a vir também! Tenho certeza de que vai ser ótimo para vocês dois, vai renovar o namoro! E eu vou adorar, pois vou poder passar muito tempo com vocês!"

Ele acabou concordando. Acontece que não foi apenas uma fase da Natália. A sala de faculdade dela era tão unida e animada que não passava um fim de semana sem que tivesse um evento festivo. E os dois começaram a ir para lados contrários. Eu não tive como deixar de comparar essa situação ao meu próprio afastamento da Natália, quando entramos na adolescência. Éramos melhores amigas de infância. Quando fizemos 12 anos, porém, nossos interesses mudaram. Eu ainda era muito criança, e ela queria ser adulta o mais rápido possível. Eu gostava de ficar em casa, e ela só queria sair. O afastamento foi natural, e só nos tornamos grandes amigas de novo a partir da época da minha ida para o intercâmbio.

Alguns meses depois do telefonema do Alberto, fiquei sabendo que em uma discussão mais séria, em que ela queria convencê-lo a passar a Semana Santa em Porto Seguro com os novos colegas, enquanto ele queria que eles economizassem o máximo para virem me visitar, o Alberto acabou perdendo a paciência e terminou o namoro, dizendo que agora ela podia curtir à vontade, sem ele pra atrapalhar.

Em um e-mail desesperado que ela me mandou logo depois, pedindo que eu conversasse com meu irmão, ela contou que ele a chamou de "criança e imatura", e que ela sabia que, com 20 anos, ela não era nada daquilo, mas mesmo assim estava se sentindo a pessoa mais infeliz do mundo sem o Alberto. Eu tentei conversar com ele, que se mostrou irredutível.

Lembrei-me de tudo isso enquanto fazia o trajeto de casa até o aeroporto. Ele acabou aceitando a minha sugestão de vir me visitar em julho e marcou a passagem para o primeiro dia de férias. Eu estava muito empolgada e até tirei uns dias de folga no estágio pra ficar por conta dele!

Ele apareceu de óculos escuros na saída do desembarque, todo sorridente. Corri pra ele e observei que ele estava mais magro e com o cabelo um pouco mais comprido do que da última vez que havíamos nos visto, no Natal do ano anterior.

"Fanizinha!", ele também veio correndo me encontrar. Nos abraçamos, e percebi que algumas pessoas estavam olhando sorrindo, provavelmente pensando que éramos namorados. "Nossa, que viagem mais longa! O avião parou no Rio e em Miami antes de chegar aqui! E que saco isso de ter que tirar o sapato para passar em cada raio-x! Da próxima vez eu venho de chinelo, pra facilitar!"

Sorri ao constatar que ele continuava o mesmo.

"Quero dirigir seu carro!", ele falou enquanto íamos para o estacionamento. "Espero que você tenha comprado uma BMW com a grana que ganha naquele estágio! Sei muito bem que você deve estar rica, aqui nos Estados Unidos as pessoas são muito bem pagas!"

Coitado do meu irmão, tão iludido. Ia se decepcionar muito quando visse o meu carrinho popular.

"Nossa! Você tem um Accent da Hyundai?", ele quase gritou quando enfim chegamos onde eu tinha estacionado. "Esse carro é o máximo, eu li sobre ele na *Quatro Rodas*!"

Bom, pelo menos alguém achava meu carro o máximo... Ele tinha sido o mais barato que eu havia conseguido comprar, um ano antes, quando minha habilitação finalmente chegou. Na época, eu ainda estava com o Mark, e ele tinha um grande amigo que estava vendendo. Ele fez um ótimo preço e ainda me deixou parcelar em dez vezes, talvez por eu namorar um dos melhores amigos dele. Nem imaginava que o namoro terminaria logo depois, senão provavelmente teria cobrado o dobro...

"Posso dirigir, Fani? Por favor?"

Eu tinha um certo ciúme do meu carro, mas meu irmão estava tão empolgado que eu entreguei a chave pra ele. Ele deu a partida e, enquanto eu explicava o caminho até o meu apartamento, fui mostrando a cidade.

"Ali é onde entramos para ir para a Hollywood Boulevard, mas vamos cortar pela direita, porque hoje tem uma *première*, a rua fica toda fechada. Mas se você olhar para a esquerda vai ver o Hollywood Sign..."

Eu já sabia de cor aquele discurso. Já o havia repetido para tanta gente que, se nada mais desse certo, eu poderia viver ali como guia turístico pra sempre. Por isso, apesar de achar loucura, não tive como não ficar tentada com a proposta que o meu irmão fez em seguida. Seria algo totalmente diferente...

"Fani, estou achando tudo lindo, perfeito, inesquecível", ele falou parecendo mais deslumbrado com o carro do que com a cidade em si. "Mas eu vou ficar dez dias aqui. Acho que vai dar pra você me mostrar Los Angeles de trás pra frente. Por isso eu estava pensando, já que você tem esse carrão..."

Lá vinha...

"Lembra o que eu te falei no telefone uns meses atrás? Você não anima de ir a Las Vegas? Tenho uns amigos que já fizeram esse trajeto de carro, eles falaram que é uma viagem linda, passa pelo deserto! E em quatro horas a gente chega lá! Você pode chamar a Tracy também, a gente fica um fim de semana e volta! E depois ainda vai dar tempo de você me mostrar tudo de Hollywood!"

Comecei a explicar que era loucura ir pra Las Vegas naquela época, pois, em pleno verão, a gente ia fritar no caminho! Ele argumentou que o meu carro tinha ar-condicionado. Eu então falei que, por serem férias também nos Estados Unidos, seria impossível achar hotel. Ele explicou que já tinha olhado e até encontrado um. E que seria por conta dele. Ele tinha economizado para ir com a Natália, mas, como ele acabou viajando sozinho, poderia me dar esse *presente*... Eu ia começar a dar outra desculpa, só que de repente algo me freou. Por que não? O que me impedia? Eu estava de férias, sem namorado, nunca tinha ido a Las Vegas e ainda teria a chance de fazer isso com meu irmão. Quando eu teria outra oportunidade daquelas?

Olhei pra ele, que estava com aquela carinha de gatinho do Shrek, que ele sabia fazer melhor do que ninguém, dei um suspiro e falei: "Ok, mas *eu* vou dirigir!".

Ele abriu o maior sorriso, bagunçou meu cabelo e falou: "No way, sister!* Esse carro me adorou! Estou até pensando em vender minha passagem de volta e ir dirigindo pro Brasil!".

Eu só balancei a cabeça. Não fazia sentido argumentar, ele ia dirigir, nem que tivesse que me amarrar. Eu apenas sorri, peguei o celular e disquei o número do Alejandro. Ele vivia me chamando para ir a Vegas e ia vibrar quando soubesse que eu finalmente tinha topado.

"Espero que você tenha feito muita economia", eu falei pro Alberto, já com o telefone no ouvido. "O quarto do hotel vai ter que ser quádruplo!"

"Vai chamar seu melhor amigo espanhol também?", ele perguntou adivinhando meus pensamentos. "No problemo, hermana."

Sorri, sentindo um friozinho gostoso na barriga. Eu mal podia esperar para entender por que Las Vegas era considerada o "parque de diversões da América"...

---

* De jeito nenhum, irmã!

17

Gigi: Todo filme e toda história implora para esperarmos por isto: a reviravolta no terceiro ato, a declaração de amor inesperada, a exceção à regra. Mas às vezes focamos tanto em achar nosso final feliz que não aprendemos a ler os sinais, a diferenciar entre quem nos quer e quem não nos quer, entre os que vão ficar e os que vão te deixar. E talvez esse final feliz não inclua um cara incrível. Talvez seja você sozinha recolhendo os cacos e recomeçando, ficando livre para algo melhor no futuro. Talvez o final feliz seja só seguir em frente. Ou talvez o final feliz seja isto: Saber que, mesmo com ligações sem retorno e corações partidos, com todos os erros estúpidos e sinais mal interpretados, com toda a vergonha e todo constrangimento, você nunca perdeu a esperança.

(Ele não está tão a fim de você)

"Deve ter sido maravilhosa essa viagem pra Las Vegas, né? Imagino o que vocês quatro aprontaram lá!", a Gabi falou, logo que contei sobre a visita do meu irmão. A noite avançava, e a gente ainda estava conversando na área externa. O pão de queijo e o brigadeiro já tinham acabado. A Ana Elisa e a Tracy agora estavam tomando vinho, e eu acompanhava a Gabi no suco.

"Foi perfeita. A Tracy está aqui e pode confirmar."

"Não posso dar detalhes", a Tracy respondeu. "Lembra? 'What happens in Vegas stays in Vegas'!"*

"Ah, não! Agora vocês vão ter que contar!", a Ana Elisa entrou no meio. "Quero saber! Vocês apostaram nos cassinos?"

Eu olhei para a Tracy, que apenas falou: "Digamos que nós fizemos tudo a que tínhamos direito. Apostamos, compramos, bebemos, dançamos, conhecemos a cidade inteira... a única coisa que a gente não fez direito naquele fim de semana foi dormir!".

Eu concordei e resolvi mudar de assunto: "Aninha, a Gabi quer saber sobre o Andrew. Conta pra ela enquanto eu descanso um pouquinho. Nunca falei tanto na vida!".

A Ana Elisa deu um suspiro e começou a explicar. Na verdade, a história não era longa e envolvia outra viagem. Quando ela chegou a Los Angeles, seis meses antes, o Christian estava participando de um filme que vinha sendo rodado em São Francisco e por isso ele alugou um apartamento e se mudou pra lá por uns meses. Ele sabia que eu e a Tracy adorávamos aquela cidade, já havíamos ido lá várias vezes, e, como a Ana Elisa tinha acabado de chegar, ele nos convidou para passar um fim de semana, para que ela também tivesse a oportunidade de conhecer.

Aceitamos na mesma hora. Chegando lá, descobrimos que o Christian também havia convidado um amigo, que era produtor de vídeo e que eu até já conhecia, o Andrew. De cara, ele e a Ana Elisa se desentenderam. Ele riu da pronúncia britânica dela (por ter morado boa parte da vida na Inglaterra, o inglês dela tinha essa característica), que não entendeu aquilo como brincadeira. Ela pensou que ele estava caçoando do jeito dela de falar e por isso simplesmente resolveu que não ia mais conversar com ele.

O Andrew, que na verdade tinha adorado o sotaque, não se intimidou. Encarou a indiferença dela como desafio e só sossegou quando conseguiu arrancar da boca dela bem mais do que palavras...

Ele voltou para Los Angeles com a gente, e eles continuaram a sair. Mas o namoro deles sempre foi tumultuado. O Andrew é

* O que acontece em Vegas fica em Vegas.

muito brincalhão, e a Ana Elisa leva tudo a sério, então eles viviam discutindo por qualquer coisinha.

"A última briga foi a pior", a Ana Elisa falou pra Gabi. "Ele queria que eu fosse passar uma semana com ele em Laguna Beach, eu expliquei que você estava chegando no dia seguinte e que por isso não poderia. Aí ele simplesmente falou que iria sozinho e que não se responsabilizaria pelo que acontecesse lá, já que pelo visto eu preferia outras companhias à dele..."

"Ai, Ana!", a Gabi disse, colocando a mão na boca. "Eu fui a culpada? Por que você não me falou antes? Você podia ter ido com ele! A gente se encontrava depois, no Brasil, mais pra frente..."

"De jeito nenhum!", ela falou visivelmente irritada. "Eu já estava querendo terminar esse namoro ridículo mesmo. Durante os seis meses que ficamos juntos, ele só me irritou! Ele só quer saber de luxo, de glamour, de festas de Hollywood! Inclusive...", ela apontou pra mim e pra Tracy, "vocês deveriam avisar para o Christian que o Andrew só quer a amizade dele por interesse, para continuar sendo convidado para esses eventos de famosos! Eu é que não quero ficar com uma pessoa dessas! Prefiro ficar sozinha a perder meu tempo com alguém que não valoriza a amizade, que não entende que existem coisas mais importantes do que status! Eu quero alguém que se importe com os meus interesses além dos dele...".

Em seguida, ela olhou para o chão, e eu sabia que ela estava se lembrando do Felipe, o antigo namorado dela que tinha morrido em um acidente de carro, vários anos antes. Ela havia tido outros namorados depois dele, além do Andrew, mas eu tinha certeza de que ela comparava todos eles com o único que ela não podia mais ter... Eu rezava tanto para que aparecesse um outro amor que fizesse com que ela superasse o passado, que a fizesse feliz como ela merecia! Mas eu não era a melhor pessoa para dar conselhos naquele sentido; eu corria o risco de ouvir um "olha quem está falando...". Por isso, deixei a Gabi consolá-la. Ela sempre foi muito melhor nisso do que eu.

E foi o que ela fez.

"Aninha", a Gabi se sentou perto dela. "Tenho certeza de que, quando você menos esperar, vai aparecer um cara lindo, fofo, inteligente, sério e que vai de cara perceber que você é perfeita e que ele não pode te deixar escapar! Quando for a pessoa certa, você vai saber instantaneamente! Você não viu como foi comigo? Eu também estava completamente desiludida, pensei que ninguém nunca fosse gostar de mim; aliás, pensei que *eu* não fosse gostar de mais ninguém... Mas, de repente, do nada, aconteceu."

"Ei, por falar nisso, eu não sei direito como foi", a Tracy falou. "Lembro que a Fani contou muito tempo atrás que você tinha começado a namorar um médico, mas eu não sei nada sobre ele. Foi seu único namorado nesse tempo todo?"

Ela só fez que sim com a cabeça, sorrindo para o nada, provavelmente se lembrando do dia em que havia conhecido o Victor.

"Foi totalmente inesperado...", ela começou a contar. "Eu estava completamente desiludida com uns namorados que eu havia tido. O primeiro, o Cláudio, fez a maior hora com a minha cara, se aproveitou de mim... E o segundo, o Gabriel, eu nem cheguei a gostar dele, eu só queria alguém pra preencher o vazio que eu estava sentindo, ainda por causa do Cláudio, e inventei aquela paixão. Mas nenhum dos dois me deu o que eu queria de verdade, que é mais ou menos o que você falou que também deseja, Ana. Eu queria alguém que se importasse, que não estivesse comigo apenas pra passar o tempo, que fizesse planos comigo, que me enxergasse no futuro dele..."

Eu suspirei. Vi que a Tracy e a Ana Elisa também estavam com o olhar meio perdido...

"Sempre aparecia um garoto ou outro. Mas geralmente, quando alguém se interessava por mim, eu não queria. E quando eu gostava, era o garoto que nem ligava."

Aquilo era tão clássico! Acontecia com todo mundo em qualquer parte do mundo...

"Depois de um tempo, eu cansei de procurar", ela falou. "Resolvi ser feliz sem depender de ninguém, comecei a me dedicar totalmente aos estudos e a me divertir sem precisar de outras pessoas. Se eu estava a fim, por exemplo, de ir a um show, eu ia, sem me preocupar se alguém mais iria também... Mas surpreendentemente, quando eu avisava que ia aos lugares, várias pessoas apareciam dizendo que queriam ir comigo, que adoravam a minha companhia... Eu estava satisfeita. Cheia de amigos. Em paz. E foi nesse momento que eu conheci o Victor."

Dei uma olhada pra Ana Elisa e pra Tracy. Elas estavam apoiadas na mesa, totalmente entretidas com o relato da Gabi. Eu sorri, feliz de saber que a minha amiga estava tão bem, servindo inclusive de inspiração para todas nós.

"Teve um evento na minha faculdade, uma semana de palestras de vários médicos. Era facultativo, mas eu estava começando o segundo ano, totalmente empolgada com o curso, por isso eu não perdia nada. Cheguei ao auditório mais cedo, pois queria me sentar em um lugar bom. Aquela era a palestra que eu mais queria assistir. Ainda havia pouquíssimas pessoas no local, e me aproximei de um cara que estava em pé lá na frente, sozinho e mexendo em alguns fios, pra perguntar se ele sabia a que horas ia começar. Eu pensei que ele era um dos alunos do último ano, um dos monitores, e que estivesse ajudando na organização."

A Gabi parou pra ver se nós estávamos acompanhando, tomou um pouco de suco e continuou a explicação.

"Ele então respondeu que começaria assim que conseguisse ligar o projetor multimídia no computador e explicou que era péssimo com tecnologia. Eu me assustei quando entendi que ele era o tal Dr. Victor que daria a palestra que eu tanto queria assistir e corri para ajudá-lo! Fiquei impressionada de ver como ele era jovem; eu estava esperando um senhor. A realidade é que ele é nove anos mais velho do que eu, mas nem dá pra perceber, ele tem a maior cara de novinho."

Ele tinha mesmo. Eu já o havia conhecido, e ele realmente não aparentava ter 32 anos.

O auditório foi enchendo, e, assim que nós ligamos tudo, ele começou. Eu me sentei bem na frente e vi que de vez em quando ele dava umas olhadinhas para mim, como se estivesse se certificando de que eu estava entendendo tudo o que ele estava explicando. Ao final, as pessoas bateram palmas, e ele falou: "Queria agradecer a essa esforçada aluna que está sentada aqui, pois sem ela eu não teria conseguido ilustrar a palestra com a apresentação de PowerPoint".

"Ai, que fofo...", eu falei. Ela já tinha me contado tudo, mas não com tantos detalhes.

Ela sorriu pra mim e continuou: "Eu fiquei sem graça, mas gostei dele ter contado pra todo mundo que eu o havia ajudado. As pessoas começaram a sair do auditório, eu também me levantei e, quando passei por ele, dei uma olhadinha só para agradecer pela palestra. Ele na mesma hora se aproximou, dizendo que tinha esquecido o meu nome. Na verdade eu não tinha falado o meu nome em nenhum momento, mas, assim que eu disse, ele falou: 'Gabriela, eu queria te agradecer de alguma forma. Aceita tomar um café comigo?'. Eu tinha outra palestra pra assistir, mas alguma coisa no olhar que ele me lançou fez com que eu não conseguisse recusar. E foi nesse mesmo dia que eu soube que era *ele*. Nós tínhamos tanto em comum e queríamos nos conhecer ainda mais... E desde então nós não nos desgrudamos. Parece que nós estávamos interligados desde o primeiro momento, um magnetismo, uma coisa que não nos deixava ficar separados por muito tempo. Eu achava que isso era coisa dos *filmes de amorzinho* da Fani, mas com o Victor eu percebi que isso também acontece na vida real...".

Eu, a Tracy e a Ana Elisa ficamos olhando pra ela, caladas, cada uma com uma expressão mais sonhadora do que a outra.

"Ei, vocês estão bem?", ela estalou os dedos na nossa frente, pra desfazer o encanto. "Entendeu, Ana Elisa? Essas coisas acontecem quando a gente menos espera. Quando se deparar com *ele*, você vai saber. Quando encontrar a pessoa ideal, você não vai ter dúvidas."

A Ana Elisa deu um abraço nela, eu olhei pra Tracy, que estava sorrindo, apoiei o meu cotovelo na mesa e dei um suspiro. Eu só queria ter a certeza de que um raio podia cair duas vezes no mesmo lugar. Ou de que uma flecha do Cupido pudesse acertar duas vezes o mesmo coração. Porque, tudo o que ela tinha relatado ali, eu já havia sentido. Mais de cinco anos atrás...

18

Mason: Às vezes a gente precisa perder, para se dar conta do que tinha.

(Jogo de amor em Las Vegas)

2º ano de faculdade
12 de julho
Um ano e dez meses nos EUA

Parabéns, Leo!

Espero que seu aniversário esteja sendo maravilhoso! Impossível não me lembrar de você nessa data. E quer saber? Acho que você gostaria de comemorar no lugar onde eu estou... Adivinha onde?? Las Vegas! Será que você já esteve aqui alguma vez? Sei que você ia amar.

Esta carta vai ser pequena. Acabei de acordar e já tenho que sair para aproveitar mais a cidade.

Mas eu não poderia deixar de escrever para desejar que seus 20 anos sejam inesquecíveis!

Have fun!

Fani

De: Fani <fanifani@gmail.com>

Para: Natália <natnatalia@mail.com>

Enviada: 29 de julho, 16:32

Assunto: Las Vegas

Natália, pela milésima vez: NADA ACONTECEU EM LAS VEGAS! Tem mais de uma semana que o meu irmão voltou e você continua me perguntando isso. Eu já te falei mil vezes! Por que eu mentiria pra você?

Como você quer um relato detalhado, aí vai: Nós chegamos lá na sexta-feira à tarde e fomos direto para um hotel que se chama "Stratosphere". Ficamos todos no mesmo quarto, tinha duas grandes camas de casal (eu dormi na cama com o Alberto, antes que você pergunte! A Tracy dormiu com o Alejandro!). Nesse hotel existe uma espécie de parque de diversões só com brinquedos radicais, no último andar, onde também funciona um observatório de onde dá pra ver a cidade inteira. Eu não tive coragem de entrar em brinquedo nenhum, mas o Alberto foi no "Insanity". Olha na internet pra você ver como o meu irmão é corajoso! De lá, saímos para conhecer a cidade, que é o máximo! Eu me senti dentro de um filme. Tudo lá é tão iluminado e enorme... Cada hotel é mais top do que o outro, e todos têm cassinos, além de várias outras atrações.

De cara nós jogamos uma partida no caça-níquel do cassino do hotel "Luxor" (esse hotel tem forma de pirâmide, é lindo!). Como todos nós perdemos, resolvemos atravessar a rua e ir para o hotel "New York-New York", onde tem uma montanha-russa emocionante! Dessa vez todos nós brincamos e, como ficamos até tontos com tantas viradas e loopings, saímos de lá e fomos direto para o hotel "The Venetian", para jantar. Eu sempre tinha escutado falar que dentro desse hotel é como estar em Veneza. Bom, eu nunca estive em Veneza, mas imagino que seja mesmo parecido. Já era noite, mas lá dentro não anoitece nunca. Tem um canal com gôndolas de verdade, e no teto tem a pintura de um céu com pequenas nuvens tão real que temos a sensação de que é sempre dia! Foi meio estranho sair de lá e lembrar que já era noite. Depois disso, só passamos em frente ao hotel "Paris", pra ver a réplica da Torre Eiffel e tirar umas fotos, e fomos dormir, pois já era bem tarde.

No segundo dia, acordamos e fomos para um "outlet". Os de Los Angeles são muito caros, por isso eu queria aproveitar. Meu irmão também comprou várias roupas pra ele e muitos presentes. Pena que vocês terminaram, senão possivelmente você ganharia alguma coisa... Tinha tanta loja pra ver que praticamente passamos o dia inteiro lá. Voltamos ao hotel para deixar as sacolas, tomar banho e já saímos de novo. Fomos direto para o hotel "Mandalay Bay" para ir a um show que eu e o Alejandro estávamos morrendo para assistir. Demos sorte de conseguir ingressos! "Glee Live"! A Priscila ia surtar, Natália!! Conta pra ela se você a encontrar. Tem mais de um ano que ela não me dá notícias, ela sumiu... Bom, voltando ao show, foi o máximo, perfeito, inacreditável. Eles cantaram várias músicas do seriado, e até o meu irmão, que sempre falou mal de Glee, gostou. Vi que ele até cantou quando achava que ninguém estava prestando atenção... Nós jantamos lá nesse hotel mesmo (não sei se mencionei, mas cada hotel tem vários restaurantes) e fomos dormir, estávamos todos muito cansados.

No terceiro e último dia, fomos ao hotel "MGM Grand" para ver o habitat dos leões. Tem cada um mais lindo! Eu e o Alberto não paramos de nos lembrar da Juju. Dava até pra tirar fotos com os filhotes, ela ia adorar! Depois disso fomos ao hotel "Wynn", porque o Alberto queria ver uma exposição da Ferrari que tem lá. Em seguida nós almoçamos e pegamos estrada pra voltar pra Los Angeles.

Pronto, está satisfeita agora???? Não teve nada de gandaia, não fomos a nenhuma boate, o Alberto não conheceu nenhuma "gringa" (além da Tracy, mas ela não faz nem um pouco o tipo dele, nem ele o dela). O tempo todo, também em LA, nós só fizemos programas turísticos e curtimos muito a companhia um do outro.

Mas você fez falta, Nat. Eu realmente gostaria que você estivesse aqui com ele. Na época em que vocês começaram a namorar, eu achei estranho, fiquei com um pouco de ciúmes, mas aos poucos eu vi que prefiro você a qualquer outra namorada que ele possa vir a ter. Eu já te considerava parte da minha família... E ainda tenho esperança de que vocês dois reatem. Será que você não deveria dar o primeiro passo? Sei que ele não vai esperar para sempre.

Beijos,

Fani

De: Natália <natnatalia@mail.com>

Para: Fani <fanifani@gmail.com>

Enviada: 29 de julho, 17:12

Assunto: Re: Las Vegas

Oi, Fani!!

Muuuuuuuuuuito obrigada por ter me relatado tudo! Eu estava morrendo, fazendo mil suposições na minha cabeça!

Fani, desculpa incomodar, mas eu queria saber só mais uma coisinha.... O ALBERTO FALOU ALGUMA COISA SOBRE MIM?????

Beijos!

Nat

De: Fani <fanifani@gmail.com>

Para: Natália <natnatalia@mail.com>

Enviada: 29 de julho, 21:47

Assunto: Re: Re: Las Vegas

Não acho certo comentar o que o Alberto falou ou deixou de falar. Antes de ser sua amiga, sou irmã dele...

Mas, se quer um conselho, pense no que eu te disse no outro e-mail. Ligue para ele. Não perca tempo! Mas antes coloque a mão na consciência e pense no que você quer pra sua vida. Você tinha tudo o que todo mundo deseja... o amor perfeito. Ele era louco por você, e você por ele. O que mais você quer? Festas? Baladas? Até quando, Natália? Você vai fazer 21 anos em alguns meses. Já deu, né? Por experiência própria, não deixe a felicidade escapar das suas mãos. Ela pode desistir de você e não voltar nunca mais.

Beijos,

Fani

De: Fani <fanifani@gmail.com>

Para: Cristiana <cristiana.acb@gmail.com>

Enviada: 30 de julho, 16:12

Assunto: No estágio

Mãe, estou no estágio, não posso atender o telefone agora! Não adianta ligar 634 vezes. Chego em casa às 20h! (meia-noite no Brasil).

Beijos,

Fani

De: Cristiana <cristiana.acb@gmail.com>

Para: Fani <fanifani@gmail.com>

Enviada: 30 de julho, 16:14

Assunto: Re: No estágio

Estefânia, como vai, querida?

Não entendo por que você não pode me atender na hora do seu estágio! Eu sou sua mãe, ora essa! Os seus superiores têm que abrir uma concessão nesse caso! Eles têm que entender que temos uma diferença de quatro horas de fuso horário! Quando você sai do trabalho, eu já estou dormindo! Não posso falar com minha filha apenas aos finais de semana!

Quero conversar sobre o seu irmão. O Alberto. Ele anda muito estranho desde que voltou dos Estados Unidos, há dez dias. Quero saber tudo o que aconteceu nessa viagem, pois com certeza o motivo tem a ver com isso.

Em primeiro lugar, ele está acordando cedo para correr, em plenas férias. Logo o seu irmão que sempre gostou de se levantar tarde! Ele veste um dos quatro pares de tênis e uma das quinze camisetas que comprou aí, coloca no ouvido aquele iPod que trouxe do *free shop* e sai correndo, sem nem ao menos tomar café da manhã. Diz ele que quer recuperar o tempo perdido. Eu te pergunto, minha filha: que tempo perdido é esse? Será que ele está falando do período que ficou sofrendo por causa da Natália? Porque, eu vou te falar, aquela moça brincou muito com o seu irmão! Perdi a conta das vezes que ele discutiu com ela no telefone e, pelo que percebi, ela sempre levava a melhor! Tenho que admitir que fiquei satisfeita quando ele finalmente colocou um fim naquilo e terminou o noivado. Foram três meses de muita tranquilidade, apesar dele ter ficado visivelmente abatido no começo. Mas logo ele desapegou e foi te visitar. Eu pensei - erroneamente, pelo visto - que, quando ele retornasse ao Brasil, tudo voltaria ao normal.

Mas, como eu estava dizendo, como se não bastasse essa mania de correr, ele está muito vaidoso. Foi ao salão, cortou o cabelo e agora só usa aquelas roupas de grife que trouxe daí. Mas ontem à noite foi o pior. O celular dele tocou quando já eram quase dez da noite. Ele ficou uma meia hora trancado no quarto, falando baixinho, e, por mais que eu tentasse, não consegui entender com quem ele estava conversando e o assunto. Só sei que hoje ele acordou todo sorridente (e bem tarde, diga-se de passagem, nada de corrida pra ele hoje), vestiu uma roupa bem bonita, ficou horas se olhando no espelho, depois pegou vários embrulhos naquela mala que ele trouxe daí e que só deixa trancada, sem me deixar arrumar, e saiu de carro. Voltou só à noite, visivelmente feliz, com o maior cara de gato que engoliu o canário.

Fani, minha filha. Você poderia me dizer se sabe o que está acontecendo? Olha, eu não tenho nenhum preconceito, inclusive gosto daquele seu amigo Alejandro, mas... você acha que ele pode ter exercido algum tipo de influência sobre o seu irmão? Eles por acaso passaram muito tempo juntos aí? Em português explícito: existe alguma possibilidade do seu irmão ter "mudado de lado"????????????????????????

Me responda depressa!

Beijos!

Mamãe

De: Fani <fanifani@gmail.com>

Para: Cristiana <cristiana.acb@gmail.com>

Enviada: 30 de julho, 20:34

Assunto: Re: Re: No estágio

Mãe, nem esquenta.

Eu corro aqui em Los Angeles todos os dias de manhã, com a Winnie. E o Alberto fez isso conosco durante o tempo em que esteve aqui. Ele gostou da experiência e disse que ia continuar quando voltasse. Só isso. Ele tinha costume de correr apenas na academia e gostou de fazer isso ao ar livre. Não tem "mudança de lado" nenhuma.

Agora, sobre o telefonema... Bom, espero que você não tenha falado mal da Natália pra ele durante o tempo em que os dois estiveram separados.

Beijos,

Fani

De: Fani <fanifani@gmail.com>

Para: Alberto <albertocbelluz@bol.com.br>

Enviada: 31 de julho, 07:02

Assunto: Novidades?

Um passarinho me contou que alguma coisa mudou aí no Brasil... Tem alguma novidade pra me contar?

Beijos,

Fani

P.S.: Volta logo, por favor? Acho que eu preferia que você não tivesse vindo. Ficou tudo tão vazio depois que você foi embora...

De: Alberto <albertocbelluz@bol.com.br>

Para: Fani <fanifani@gmail.com>

Enviada: 31 de julho, 10:31

Assunto: Re: Novidades?

Fanizinha, que saudade!

Nem me fale em vazio! Estou me sentindo de novo como da primeira vez em que ficamos longe um do outro, quando você viajou de intercâmbio! Esses dez dias aí realmente foram inesquecíveis, estou ainda surpreso por ter constatado como você cresceu (e eu não estou falando fisicamente, sei que com 20 anos você não cresce mais). Aprendi muito com você durante esse tempo. Você me ensinou a ter calma, me mostrou que a ansiedade só atrapalha, me obrigou a enxergar além das aparências (você tem razão, o Alejandro é muito bacana, e as dicas de compras dele foram as melhores), me fez descobrir que Glee pode ser legal e também que lavar roupa não é tão difícil como eu imaginava. Acima de tudo, agradeço por você ter me feito perceber que, antes de qualquer pessoa, eu devo gostar de mim mesmo. Ah, e também por ter me obrigado a comprar uns presentinhos pra Natália, ainda que eu insistisse que não ia reatar o noivado. Pois é, você estava certa... Acho que nós somos realmente feitos um pro outro, porque ela me ligou ontem pedindo mil desculpas, dizendo que não vive sem mim e que me prefere a qualquer festa de faculdade! Ela prometeu que vai passar todos os fins de semana somente comigo pelo resto da vida, mas eu falei que não precisa ser assim também, ela pode passar um ou dois por ano com outras pessoas, desde que volte no final do dia morrendo de saudade!

Nós voltamos e já resolvemos marcar logo a data do casamento. Vai ser logo que ela se formar, pois isso continua a ser uma imposição do pai dela, e nós não queremos contrariá-lo - esse dia tem que ser perfeito. E ela quer que seja depois de abril, para não ter o risco de chover. Portanto, daqui a três anos e dez meses, no dia 18 de maio, você está intimada a ser nossa madrinha! E então, aceita?

Beijos!

Alberto

De: Fani <fanifani@gmail.com>

Para: Alberto <albertocbelluz@bol.com.br>
Natália <natnatalia@mail.com>

Enviada: 31 de julho, 20:22

Assunto: Re: Re: Novidades?

Alberto e Nat,

Ahhhh, que notícia boa!!!! Eu sabia que tudo ia dar certo no final! Agora posso dizer que não aguentava mais ouvir os lamentos dos dois lados! Foi tão difícil sentir que vocês estavam tão tristes separados e sem poder fazer nada para ajudar! Tudo o que eu pude oferecer foram os meus conselhos, não tenho a sorte no amor que vocês têm, mas acho que eu aprendi um pouquinho com os 320934028350 filmes de amorzinho que já vi!

Alberto, agora que você já "sabe o caminho", quero que volte logo para me visitar! E ai de você, Nat, se não vier junto da próxima vez!!

Com certeza eu já marquei o dia 18 de maio na minha agenda! Serei a madrinha mais feliz do mundo, ainda que daqui a três anos e dez meses!

Beijos,

Fani

P.S.: Alberto, acho melhor você contar as novidades logo pra mamãe.

19

Annabeth: Definitivamente tenho sentimentos fortes por você. Só não decidi ainda se são negativos ou positivos.

Percy: Me avise quando descobrir.

Annabeth: Você será o primeiro a saber.

(Percy Jackson e o ladrão de raios)

"Está ficando tarde. Se eu for dormir aqui, preciso avisar."

"Então avisa logo, Tracy", eu falei olhando pro relógio. "Já são quase onze da noite. Do jeito que a conversa está animada, não vamos dormir antes de uma da madrugada! Ele deve estar esperando você chegar..."

"Ok, vou ligar lá de dentro", ela disse se levantando. "Mas só se eu puder dormir na minha antiga cama!"

A Ana Elisa, a atual dona da cama, se levantou dizendo que a Tracy não ia passar nem na porta do quarto *dela* e que o sofá-cama da sala ficaria muito feliz em recebê-la. As duas foram discutindo em direção à cozinha, e eu fiquei mais uma vez sozinha com a Gabi.

"Cansada?", eu perguntei, pois ela aproveitou a movimentação para se deitar na rede. "Quem sabe a gente deixa o resto da conversa pra amanhã?"

"Fani, você acha que eu estou doente, né?", ela falou sorrindo. "Eu estou grávida, e não com um problema de saúde! Não precisa ficar tão preocupada comigo! Se eu estiver cansada, com fome, com sede... pode deixar que eu aviso!"

Fiquei meio sem graça. Eu realmente estava zelosa em excesso, mas é que eu nunca tinha tido uma amiga grávida por perto.

"Graças a Deus eu não tenho nada pra fazer amanhã cedo" eu disse pra mudar de assunto. "Ainda estou dando uma de universitária, trabalhando só na parte da tarde, mas logo a minha folga acaba... Ainda bem que aceitaram o meu filme também como trabalho de conclusão da pós-graduação! Senão, neste momento eu estaria tão desesperada quanto os meus colegas de pós, que têm que entregar tudo finalizado na semana que vem".

"Mas claro que tinha que valer! Pelo que você me mostrou, a trilha sonora do filme ficou perfeita! Vai ajustar direitinho com cada cena! Como você escolheu as músicas? Tem cada uma mais linda!"

Por sorte, a Ana Elisa e a Tracy voltaram bem naquele momento, e o assunto ficou inacabado. Aquela pergunta da Gabi era meio difícil de responder...

"Prontinho! Avisei que vou dormir aqui, e ele disse que vai ficar com saudades...", a Tracy se sentou novamente.

"E eu até já arrumei a cama dela no sofá!", a Ana Elisa completou.

Apenas balancei a cabeça e perguntei: "E aí, onde nós paramos?".

"Bom, acho que agora só falta a Tracy contar a história dela e você descrever o seu namorado do meio. Você falou que foram três, não é? Do Mark você já contou, e eu até conheci o Jeff!", a Gabi falou rindo.

"Ah, você conheceu o Jeff?", a Tracy perguntou. "Não é um fofo? A Fani deveria dar uma chance pra ele!"

Eu olhei pra ela meio indignada: "Como assim, dar uma chance?! Sem dar chance nenhuma ele já presumiu que eu sou namorada dele, se eu der algum indicativo de que quero algo mais sério, é capaz dele me pedir em casamento!"

"Não seria uma má ideia, né?", a Ana Elisa falou, mais para as meninas do que pra mim. "Os dois trabalham juntos, a produtora dele está indo superbem, ele conhece todo mundo do meio cinematográfico, pois o pai também é diretor..." E, se virando pra mim, continuou: "Acho que você só tem a ganhar, Fani. E não é como se você não gostasse dele! Você estava toda empolgada no começo!"

Ela falou o verbo no tempo correto. Eu *estava* empolgada. Mas ele grudou demais logo no princípio, e isso fez com que eu me desencantasse, pois ainda não estava pronta para a seriedade que ele queria... E foi o que eu disse pra elas.

"Mas como começou?", a Gabi perguntou. "Você só me falou que vocês estavam editando um vídeo e de repente rolou o maior clima..."

Suspirei ao pensar nas idas e vindas no tempo que eu já tinha dado naquela noite. Aquilo estava parecendo um filme em *flashback*.

"Bom, como eu disse, mais ou menos dois anos atrás, quando já tinha três anos que eu estava na Warner, fui convidada pelo Jeff para trabalhar na produtora dele por indicação do Mr. Smith..."

"E logo no primeiro dia ela me falou que ele era bonitinho!", a Tracy disse para as meninas, me interrompendo. Fingi que não ouvi.

"Ele era simpático, tentou me deixar o mais à vontade possível, me deu autonomia para tomar decisões, me explicou como funcionava a produtora e ainda avisou que, caso eu precisasse de ajuda ou tivesse alguma dúvida, poderia conversar com ele a qualquer momento."

Vi que as três estavam compenetradíssimas e por isso resolvi contar com mais detalhes.

"Vocês conhecem o Jeff. Ele é mesmo bonitinho, de um jeito meio intelectual, me lembra até um pouco o Johnny Depp quando está de óculos... Mas eu estava namorando na época em que comecei a trabalhar com ele, então a nossa relação, a princípio, era apenas profissional, nem eu nem ele tínhamos segundas intenções."

"Fale por você!", a Gabi me interrompeu. "Pelo que vi hoje mais cedo, esse cara devia estar a fim desde o primeiro dia!"

"Não estava nada!", eu franzi as sobrancelhas. "Ele também tinha outra pessoa naquele período. Foi só depois que eu terminei que notei que ele começou a me olhar diferente..."

"Ah, pois é, eu queria saber desse seu outro namoro, que foi o que durou mais tempo, né?", a Gabi falou. "Mas antes termina de contar do Jeff, não esconda nenhum detalhe picante da tal noite no estúdio, quero saber tudo!"

"Não tem nada de picante!", eu fiquei instantaneamente vermelha. "Na verdade, foi meio inesperado. Dois meses atrás, estávamos trabalhando em um clipe. Ele escreveu o roteiro e eu dirigi. Nós já havíamos feito isso várias outras vezes, mas esse era urgente, o cliente precisava do vídeo pronto para o dia seguinte. Por esse motivo, ficamos até mais tarde pra editar. A produtora já estava fechada, todo mundo já tinha ido embora, e só ficamos os dois, pra conseguir finalizar a tempo."

"Ui, estou sentindo até frio na barriga, nunca tinha ouvido a Fani contar essa história com tantos detalhes, aposto que acabaram rolando no chão da ilha da edição...", a Tracy brincou, e eu atirei uma almofada, pra que ela calasse a boca.

"Eu te mostrei hoje como é uma ilha, Gabi. É uma sala bem pequena, com alguns monitores de vídeo, mesas de mixagem de som – além de um ar-condicionado que sempre está ligado no máximo, por causa da aparelhagem frágil."

Dei uma olhada pra ver se elas estavam entendendo e continuei.

"Lá pelas tantas, comecei a sentir muito frio, e o meu casaco estava na minha sala, do outro lado da produtora. Nós estávamos numa parte importante da edição, e eu não queria interromper para ir lá buscá-lo. Foi quando sem querer, ao mexer em um aparelho, o braço dele encostou no meu, o que fez com que ele percebesse que eu estava gelada. Ele, ao contrário, estava bem quente..."

"Hmmm... Jeff is hot!"

As meninas riram do trocadilho da Tracy. *Hot*, em inglês, além de significar "quente", também quer dizer "gostoso"...

Eu fiquei mais sem graça ainda, pois a "pior" parte ainda não tinha chegado...

"Ele perguntou se eu estava com frio, eu menti dizendo que não, mas na mesma hora ele falou que ia pegar um paletó pra mim, já se levantando. Eu me levantei também e puxei o braço dele, falando que não precisava, para impedir que ele saísse. E, como a ilha é bem pequena, quando se virou, ele ficou praticamente colado em mim."

"Ai, meu Deus, estou ficando até com calor", a Gabi disse se abanando.

"Nesse momento, percebi que ele me olhou muito intensamente. Acho que eu estava meio carente, já tinha mais de um ano que eu não ficava com ninguém; então, em vez de me sentar novamente e seguir com o trabalho, que era o que eu deveria ter feito, eu retribuí o olhar. Acho que ele encarou aquilo como um incentivo, pois tirou os óculos bem devagar, sem desviar os olhos da minha boca."

As três estavam me olhando como se eu estivesse dentro de uma tela de cinema, na parte mais tensa do filme.

"Aí ele pediu desculpas pelo que ia falar, mas disse que não aguentava mais guardar aquilo. Começou a dizer que sempre tinha me achado muito bonita, além de inteligente, e que, de uns tempos pra cá, ele tinha que se segurar pra não passar dos limites, pois ele me respeitava muito... Aqui nos Estados Unidos isso de assédio sexual é muito sério", eu expliquei pra Gabi. "Por muito menos tem gente que ganha um processo daqueles... Mas eu não estava nem aí pra isso. Eu já tinha me imaginado tirando aqueles óculos dele há muito tempo..."

"Olha a Fani se revelando!", a Ana Elisa fez cara de admirada. "Sempre soube que por trás dessa cara de santinha tinha um vulcão prestes a entrar em erupção!"

A Tracy e a Gabi riram, e eu falei: "Olha que eu não conto o resto, hein? Vocês estão me deixando sem graça!".

Elas ficaram caladas imediatamente.

"Ele continuou a falar que eu era muito interessante e que gostaria de se aproximar mais de mim, mas não sabia se devia, por trabalharmos juntos, só que a atração que eu despertava nele era tão forte que ele gostaria de tentar, caso eu também quisesse... Eu só sei que ele já estava arruinando o clima todo com aquela falação, e então eu fiz algo que eu nunca tinha feito na vida..."

"O quê??????", as três perguntaram ao mesmo tempo. Coloquei as duas mãos sobre o meu rosto, morrendo de vergonha, mas terminei de contar.

"Eu não esperei que ele se aproximasse... eu mesma o puxei, fechei os olhos e dei um beijo nele."

"Ah, só isso?", a Tracy falou.

"Pra Fani isso é muito, acredite!", a Gabi comentou, me olhando de boca aberta. "Parabéns, Fani! Se eu fosse sua professora, te daria nota máxima nesse momento! Até que enfim você está aprendendo a seguir os seus impulsos sem se preocupar com o que os outros vão pensar!"

"Continuaaaaaaaaaa", a Ana Elisa gritou. "Não para na melhor parte! E o que ele fez?"

"Ué, ele me beijou de volta, claro! Se ele tivesse me empurrado ou algo do tipo, eu teria morrido de constrangimento e não estaria aqui neste momento pra contar a história! Aí depois vieram muitos outros beijos, abraços e tudo o mais..."

"E tudo o mais?!", a Gabi não perdia a chance de me deixar inibida.

"Não *tudo o mais* que você está pensando!", eu falei sentindo meu rosto esquentar mais uma vez. Mas o caso é que, depois dessa noite, ele já começou a me tratar como se eu fosse namorada dele! Não deu tempo nem de assimilar o que eu estava sentindo, se tinha gostado de ficar com ele...

"Ô, Fani, mas agora que eu sei de tudo, dá pra entender perfeitamente por que ele acha que vocês estão namorando! Aposto que ele não é grudento! Ele só está gostando de você! Se estivesse interessada, você estaria adorando esse *grude* todo!", a Ana Elisa até gesticulou enquanto expunha a teoria dela. "Você deu todos os sinais de que também estava interessada! E se o cara é tão respeitador e meio 'nerd' como parece, claro que não ia levar isso apenas como um *affair*... Ele já deve estar até comprando as alianças, pensando no nome dos filhos..."

"Homens não ficam pensando no nome dos filhos como as mulheres fazem!", a Tracy observou. "Mas eu concordo que, se a Fani não der o fora nele logo, daqui a pouco ela vai aparecer aqui com um enorme anel de noivado no dedo... Ele liga pra ela o tempo inteiro!"

"Eu não quero me casar com ele!", eu quase gritei. "Eu não quero nem ser namorada dele!"

"Deveria ter pensado nisso antes de agarrá-lo! Afinal, quantos anos o Jeff tem? Ele já deve estar mesmo pensando em casamento..."

"Ele tem 30. Mas não é tão simples assim. Eu trabalho com ele. Na produtora *dele*! Foi ele que conseguiu o meu visto de trabalho! E se ele me demitir?"

"Lógico que ele não vai te demitir, Fani!", as três falaram praticamente juntas.

"Você trabalha lá há anos! Ele precisa de você!", a Gabi falou. "Eu vi como ele ficou te fazendo mil perguntas sobre o roteiro que estava lendo hoje. Você é meio que o 'braço direito' dele."

"Mas eu tenho medo dele ter me dado toda essa autonomia exatamente por estar interessado... Um dos motivos da minha resistência em assumir esse namoro é o receio de que as pessoas pensem que ele sempre elogiou o meu trabalho apenas por estar gostando de mim, e não por eu ser esforçada. Ou de acharem que eu estou me envolvendo com ele apenas por querer destaque profissional. Da minha parte não tem nada disso, mas vai que desde o começo ele só me ajudou com a intenção de me conquistar?"

"Bom, eu acho que não tem nada a ver, mas você vai ter que arriscar. Ou vai continuar levando esse namoro mesmo sem gostar dele?", a Ana Elisa perguntou.

"Fani, deixa de ser boba, tá?", a Tracy colocou o dedo na frente do meu nariz. "Presta atenção no que eu vou falar: o Jeff não vai te despedir da produtora *nunca*! Ele sabe que você dá a vida por aquele lugar! Você trabalha mais do que todo mundo junto! E quer saber o que mais? Se você sair de lá, no dia seguinte vai receber tantas outras ofertas de emprego que nem vai conseguir escolher! Ainda mais agora, sendo finalista desse festival de cinema! Eu morei com você durante mais de quatro anos e nesse período consegui fazer com que você aumentasse sua autoestima! Mas, pelo visto, meu trabalho foi em vão! Se eu pegar você se diminuindo de novo, vou ter que te colocar de castigo!"

Todo mundo riu da bronca dela, como se eu tivesse sete anos de idade e ela fosse minha mãe. Mas depois disso até que fiquei mais tranquila.

"Gente, eu acho que estou com sono", a Gabi falou depois que paramos de rir. "Vamos deixar pra terminar a conversa outra hora?"

Todas nós concordamos. Aquela tinha sido uma longa noite. E a semana ainda estava apenas começando.

20

Beezus: Toda princesa precisa
de um pouco de brilho!

(Ramona & Beezus)

3º ano de faculdade
19 de março
Dois anos e sete meses na Califórnia

Querido Leo,

Amanhã é o meu aniversário! Nem acredito que já vou completar 21 anos! Lembro do meu aniversário de 18 como se fosse ontem... Você me deu um enorme buquê de flores, um CD só com músicas de aniversário e... o meu colarzinho da pérola, que encontrei dentro de uma ostra. Você continua criativo assim?

Ele continua aqui. O colar. Parece que, quando me deu, você conjurou algum tipo de encanto, pois a cada vez que coloco a mão para removê-lo, alguma coisa acontece e eu acabo me esquecendo... E então eu resolvo mantê-lo por mais um tempo.

É mais ou menos o que acontece com essas cartas. Quando penso em parar de escrevê-las, acontece algo que me dá vontade de te contar. "Te contar". Isso é tão estranho. Porque, por mais que as cartas sejam pra você, na verdade elas são para mim mesma. Você é apenas meu interlocutor, uma espécie de personagem, alguém que está do outro lado e pra quem eu conto as minhas loucuras e sonhos.

Será que você ainda se lembra do dia do meu aniversário?

Tenho que ir pra faculdade. Mas, hoje, ninguém vai me mandar flores no meio da aula...

Com saudade,

Fani

"Que regalo hermoso, Fani! Quieres que te ayude a colocar?"

Eu olhei para o presente que estava dentro de uma caixinha. Eu havia acabado de chegar do estágio, e a Tracy, o Christian e o Alejandro tinham preparado uma festinha pra mim, no meu apartamento mesmo. Eles encheram tudo de balões, compraram um bolo, apagaram as luzes e gritaram "surpresa!", assim que eu entrei. Fiquei até emocionada por encontrá-los ali, pois eu tinha passado o dia meio triste... Era o meu terceiro aniversário nos Estados Unidos e o primeiro a que os meus pais não puderam comparecer. Eles faziam questão de me visitar todos os anos e aproveitavam essa data. Mas, dessa vez, como eles tinham vindo em dezembro e eu iria para o Brasil em julho, não fazia sentido gastarem tanto com passagens. Porém eles mandaram o presente pelo correio, aos cuidados da Tracy, que guardou para me entregar no dia exato.

Querida Fani,

Estamos muito tristes por não estar com você no seu aniversário de 21 anos. Mas em pouco tempo você virá passar férias no Brasil, e nós comemoraremos em dobro!

Aí está o seu presente! Espero que você goste e se lembre da gente sempre que usá-lo!

Com muito carinho e saudade!

Beijos!

Mamãe e Papai

"É lindo...", eu respondi para o Alejandro. "Mas vou deixar pra estreá-lo em alguma ocasião especial."

"Mais especial do que o seu aniversário de 21 anos?", o Christian se aproximou para ver mais de perto. Era um colar bem delicado, de ouro, e na frente havia o meu nome, escrito em letra cursiva. Aliás, não era bem o meu nome... Apenas "Fani". Aquilo me sensibilizou mais do que tudo, pois eu sabia que, pra minha mãe ter concordado em não mandar grafar "Estefânia", meu pai provavelmente tinha se esforçado muito. E o colar realmente era lindo. Eu teria colocado no mesmo instante se não fosse um pequeno detalhe...

"Até que enfim você vai change this pearl necklace! Você nunca tira isso do pescoço!"

"Tracy, não é 'change this pearl necklace'!", o Christian corrigiu. "É 'trocar esse colar de pérola'. Repita comigo. E você também, Alejandro, esse seu *portunhol* já passou da hora de virar português de verdade!"

Enquanto a Tracy repetia várias vezes a lição do Christian, que fazia questão que ela só conversasse com a gente em português, eu coloquei a mão no meu pescoço quase sem perceber. Eu usava aquele colar há tanto tempo que nem me lembrava mais que estava ali, ele já fazia parte do meu corpo, como se eu tivesse nascido com ele. Talvez por isso eu estivesse tão resistente a experimentar o presente dos meus pais.

"Ah, mas é que nós vamos ficar em casa... Melhor deixar pra usar em um dia que eu for sair..."

"Quién dice que vamos ficar em casa?", o Alejandro falou, já abrindo o meu colarzinho. Eu rapidamente o amparei com a mão, para que a pérola do pingente não despencasse no chão. "Temos outra surpresa!"

"Take a shower, Fani!", a Tracy disse e logo se virou para o Christian. "Quer dizer... vá tomar um banho! Vamos a um lugar que você adora!"

O Christian sorriu pra ela, visivelmente satisfeito, e me explicou que aquela festinha no apartamento era apenas uma prévia e que eles iam me levar para comemorar em um lugar que eu ia amar.

Eu estava tão cansada... Apesar de ser sábado, eu tinha passado o dia inteiro auxiliando a gravação de um episódio de seriado. Quando as cenas eram externas, no meio da rua, por exemplo, geralmente as filmagens eram feitas aos finais de semana ou à noite. Exatamente como tinha sido naquele dia.

"Ah, vamos ficar aqui mesmo...", eu falei. "Tenho certeza de que o lugar deve ser ótimo, mas olha o trabalhão que vocês tiveram pra encher todos esses balões e pra preparar esse bolo..."

"Nosotros compramos o bolo, não cozinhamos, e podemos comer después."

"E os balões não deram o menor trabalho, eu enchi tudo rapidinho!"

Eu olhei para o Alejandro e para o Christian, que me deixaram sem argumentos, e a Tracy já foi me empurrando para o quarto, avisando que queria que eu usasse, além do colar dos meus pais, todos os presentes que eles haviam me dado.

Sem ter como fugir, entrei rápido no banho e torci para a água levar embora o meu cansaço.

De fato, quando terminei, eu estava me sentindo bem mais animada. Experimentei primeiro o vestido que o Christian tinha me dado. Ele era lindo, pretinho, um pouco justo demais pro meu gosto, mas pelo menos não era muito curto. Em seguida, peguei o presente da Tracy. Eram umas sandálias de salto, que combinavam bem com o vestido. E, por último, peguei a bolsa que o Ale já sabia que eu ia adorar, pois na semana anterior eu havia falado dela, quando a vimos na vitrine de uma loja. Olhei-me no espelho e gostei do conjunto. Passei apenas rímel e um gloss nos lábios, peguei uma jaqueta, pois estava um pouco frio, e saí do quarto.

"Nossa!", a Tracy falou assim que me viu, fazendo com que os meninos se virassem imediatamente em minha direção.

"O quê?", eu perguntei olhando pra roupa. "Não está bom? Eu também achei que o vestido ficou um pouco justo, mas eu gostei tanto do presente que..."

"Fani, você está *stunning*!"

"Deslumbrante, Tracy", o Christian disse, sem tirar os olhos de mim. "A palavra em português é... *deslumbrante*."

Eu me virei para o Alejandro depressa. Se tinha alguém que sempre dizia a verdade no quesito "moda", essa pessoa era ele.

"Eu só puxaria o vestido un poco más pro alto!", ele falou depois de fazer um sinal de aprovação com a cabeça. "E no se esqueça do nuevo pingente!"

Ele se aproximou de mim, levantou um pouco a saia do vestido e pediu para eu me virar, para que ele pudesse colocar o presente dos meus pais no meu pescoço. Eu já havia guardado o outro colar na minha caixinha de música, que, como sempre, tocou "I can't fight this feeling" assim que eu a abri. Já tinha algum tempo que olhar para aquela caixinha não fazia com que meu coração doesse, mas foi estranha a sensação de guardar o meu colar de pérola dentro dela... Senti uma espécie de nostalgia dupla.

"Agora sim!", o Ale disse, se afastando um pouco pra me olhar. "Você está brilhando!"

"Então, let's go!", a Tracy falou.

"É 'vamos embora', Tracy!", o Christian atrapalhou o cabelo dela.

Nós entramos no carro dele e saímos pela noite de Los Angeles.

Logo percebi para onde estávamos indo. Não era longe de casa. Era um dos únicos lugares de que eu não me cansava, por mais que já tivesse estado lá várias vezes.

"Universal City?", perguntei só pra confirmar. Os três sorriram. Mas, assim que paramos o carro, o Christian falou: "Hoje vai ser diferente das outras noites! É o seu aniversário, e você vai ter que fazer tudo o que a gente mandar!".

"Ei, não é o contrário?", perguntei. "Geralmente no meu aniversário me deixam fazer tudo o que *eu* quero..."

"Close your eyes, Fani!", a Tracy falou assim que saímos do carro, colocando a mão sobre os meus olhos. Em seguida, eles foram me guiando até que pararam em um lugar que, pelo nível de barulho, percebi que estava um pouco menos movimentado. Ela tirou a mão, eu abri os olhos, me virei rápido para os lados e vi fotos de várias pessoas pulando de paraquedas.

Comecei a rir.

"Vocês estão loucos se acham que eu vou pular de paraquedas! Valeu pela tentativa, mas isso só na outra vida!"

"No, Fani!", o Alejandro me segurou antes que eu desse meia volta e saísse. "Você nunca viu las personas fazendo *indoor skydiving* ali na frente?". Ele apontou para fora, e eu finalmente me localizei. Nós estávamos no lugar onde havia um simulador de queda livre. Eu já tinha visto algumas pessoas fazerem aquilo, parecia interessante, mas nunca havia me imaginado naquela situação. E, além de tudo, eu sabia que custava caro... E foi o que eu expliquei para eles.

"Nós já pagamos, Fani", o Christian falou. "É o seu aniversário de 21 anos! Queremos que seja inesquecível!"

"E eu vou com você!", a Tracy completou.

Eu fiquei meio sem saber o que dizer. No fundo eu sentia vontade de ter aquela experiência, afinal, não era como voar de paraquedas de verdade, mas diziam que a sensação era parecida. E tendo alguém pra ir comigo...

Sem que eu tivesse tempo pra dizer não, ouvi chamarem meu nome e o da Tracy, para recebermos as instruções. O Christian e o Alejandro se direcionaram para a saída, dizendo que iam arrumar um bom lugar pra filmar tudo, para que eu pudesse ver depois.

Eu e a Tracy fomos levadas para um vestiário, onde nos deram macacões acolchoados, capacetes, óculos, tampões de ouvido e explicaram como deveríamos posicionar o nosso corpo e o que deveríamos fazer caso quiséssemos parar.

Em seguida fomos para o lugar onde funcionava o simulador, que era no meio do CityWalk, da Universal, bem na passagem, onde várias pessoas curiosas paravam pra olhar. Eu mesma já tinha sido uma delas. Exatamente por isso eu estava morrendo de vergonha. Eu sabia que iria passar o maior vexame e que nunca conseguiria me sustentar no ar.

Enquanto aguardava a minha vez, observei como aquilo funcionava. Era um enorme cilindro de vidro e, no chão, embaixo de uma grade, ficava um ventilador megapotente, que nos impulsionava para cima. Tudo o que tínhamos que fazer era equilibrar o nosso peso, com os braços e as pernas abertos, mantendo o corpo na horizontal, pois, se deixássemos um dos lados pender mais do que o outro, cairíamos.

De cara, percebi que aquilo não devia ser tão fácil quanto parecia, pois a maioria das pessoas que estava usando o simulador na minha frente caía ou subia demais, arrancando gargalhadas dos amigos e de quem assistia do lado de fora. Provavelmente teriam uma crise de riso quando fosse a minha hora...

A vez da Tracy chegou. Eu a havia convencido a ir primeiro, pois ainda não estava me sentindo totalmente preparada. Ela se posicionou, como haviam nos explicado, mas logo deixou a cabeça tombar um pouco pra frente, o que fez com que ela mergulhasse. O instrutor a ajudou a voltar para cima, mas ela subiu demais, indo parar no teto, e em seguida caiu de novo. Ela ficou nessa luta por uns minutos, eu já estava preocupada que ela se machucasse, mas logo avisaram que o tempo dela havia acabado.

Aquilo só fez com que eu ficasse mais nervosa! A Tracy, que era toda solta, não tinha conseguido... Eu então, que estava tensa e morrendo de vergonha, provavelmente ia entrar em um redemoinho e ficar nele até resolverem me tirar daquele negócio!

O instrutor me chamou, pediu que eu parasse na frente da porta do cilindro, e, assim que eu subi uns três degraus, ele falou: "Open your arms... jump!",* e me empurrou.

A minha primeira impressão foi que eu estava mesmo em queda livre, como se tivesse pulado de um avião. Mas logo eu me lembrei das instruções e abri bem os meus braços e as minhas pernas, tentando manter o meu peso equilibrado, e, ao olhar para frente, vi que o instrutor estava fazendo sinal de positivo e sorrindo pra mim. Ei, aquilo queria dizer que eu estava conseguindo! Resolvi relaxar um pouco e percebi que aquela sensação era muito boa!

Em seguida, ele indicou que eu podia subir mais, e aquilo foi como nadar no ar, experimentei uma liberdade que nunca havia

---

* Abra seus braços... pule!

sentido. Ele começou a fazer movimentos rotatórios, e vi que ele queria que eu o imitasse, o que fiz, e o tempo todo ele ficava me encorajando, como se dissesse que eu estava indo bem. Quando eu estava me sentindo praticamente um passarinho, já pronta para dar umas cambalhotas no meio do meu voo, ele fez sinal para que eu descesse, pois o meu tempo tinha se esgotado.

Fiquei meio decepcionada, eu realmente estava gostando daquilo, poderia ficar ali a noite inteira... Mas alguns funcionários do local logo apareceram pra me ajudar a sair, e a minha carreira de borboleta se encerrou ali.

Fui direto trocar de roupa, e, assim que cheguei lá fora, a Tracy, o Christian e o Alejandro vieram pra cima de mim, me enchendo de abraços.

"Fani, você arrasou!", o Alejandro falou.

"Como conseguiu? It's so hard!",* a Tracy perguntou.

"Estou orgulhoso de você, Fani...", o Christian cutucou minha barriga. "Já pensou em ser paraquedista?"

Sorri para todos eles, com vontade de começar de novo. Vi que várias pessoas à minha volta estavam me olhando admiradas, e logo o instrutor veio dizer que eu levava o maior jeito, que, se aquele tinha sido meu primeiro voo, eu merecia os parabéns.

Confirmei que era a primeira vez, e ele então disse que eu deveria fazer um curso para saltar de verdade, em um paraquedas real, pois sabia que eu ia me dar bem. Agradeci e disse que eu preferia coisas "ilusórias". Simuladores, cenários, estúdios... Aquela era a minha vida. Ele me deu o cartão dele, para o caso de eu mudar de ideia. Eu o guardei na bolsa, e o Alejandro falou: "E entonces? Pronta pra segunda parte de la fiesta?".

"Tem mais ainda?", eu perguntei.

"Claro, baby!", a Tracy falou. "A night está só começando, e você nunca mais vai se esquecer dela."

"Não é night. É *noite*, Tracy!", o Christian a corrigiu.

Olhei para ele, que apenas deu uma piscadinha pra mim. Sorri, me sentindo realmente feliz. Eu não imaginava que poderia gostar tanto daquele aniversário. E eu já estava ansiosa para saber como aquela *night* poderia ficar ainda mais inesquecível.

---

* É tão difícil!

21

Marty McFly: E se eles não gostarem? E se disserem que eu não sou bom? E se disserem: "Se manda daqui, você não tem futuro"? Eu acho que não aguentaria tamanha rejeição...

(De volta para o futuro)

A semana estava voando. A expectativa para a exibição do meu filme só aumentava, e ao mesmo tempo que estava muito ansiosa, eu também não queria que chegasse logo, pois já sabia que depois eu ia ficar meio "órfã". Eu havia esperado tanto por aquele momento, tinha vivido tantos meses sonhando com aquele dia... E depois? O que eu faria? Continuaria na produtora do Jeff? Receberia propostas para fazer outros filmes? Voltaria pra Warner? Retornaria ao Brasil? Eu tinha tantas possibilidades que estava até meio perdida, sem saber para que lado seguir.

Além de tudo, a Gabi iria embora no domingo, um dia depois da exibição do meu filme, e aquilo estava me deixando arrasada. Desde a minha mudança pra Los Angeles, nós não ficávamos tanto tempo juntas, e eu não queria ter que me separar dela novamente; aqueles dias haviam sido uma volta ao passado.

Por isso, na quinta-feira à noite, quando ela chegou de repente no meu quarto e me pegou com os olhos cheios de água, não tive como esconder.

"Você está chorando, Fani?", ela se sentou depressa perto de mim. "Aconteceu alguma coisa?"

Eu estava na cama, com o computador no colo, respondendo alguns e-mails. A Gabi tinha saído com a Ana Elisa, e eu estava tão entretida com os meus pensamentos que nem tinha escutado as duas chegarem.

Fiz que não com a cabeça, mas não consegui fingir por muito tempo. Assim que ela se aproximou, mais lágrimas surgiram.

A Gabi me abraçou, ficou um tempo calada, mas de repente começou a rir. Eu me afastei depressa e olhei pra ela, que então falou: "Desculpa, não sei o que me deu! É que tem tanto tempo que eu não te via chorar! Acho que eu estava meio com saudade! Comecei a lembrar da nossa adolescência e das crises de choro que você tinha!".

"Eu chorava muito mesmo, né?", eu disse já enxugando o rosto.

"Nossa! Você podia acabar com a seca do Nordeste só com suas lágrimas!"

"É, mas eu sempre tinha motivo..."

Ela deu um sorrisinho meio irônico e falou: "Ah, é, você tinha motivos seríssimos. Mas e agora? Qual é razão do choro? Estou preocupada. Antes você ficava triste por qualquer coisa. Mas, como eu disse, já tinha um tempo que eu não te via assim... É muito grave?".

Eu me forcei a sorrir.

"É, Gabi. Gravíssimo... É que eu não quero ficar longe da minha melhor amiga de novo!"

Ela ficou quieta por um tempo, assimilando o que eu tinha dito, e de repente vi os próprios olhos dela começarem a encher. Aquilo me chocou. Eu nunca tinha visto a Gabi chorar!

"Eu vou te matar, sua *drama queen*!", ela me deu um abraço, antes que eu tivesse qualquer reação. "Olha o que você fez! Agora eu também estou aqui chorando como uma boba!"

Eu me afastei um pouco e vi que ela estava mesmo com o rosto todo molhado. Aquilo me fez chorar ainda mais, mas ela logo esfregou os olhos na manga da blusa e falou: "Fani, eu também estou triste porque o dia de ir embora está chegando, estou adorando cada segundo da viagem e amei saber mais sobre a sua vida nesse tempo em que ficamos separadas. Mas a gente sabe que distância nenhuma vai diminuir o nosso elo. E o tempo também não. Eu te convidei pra ser madrinha da Paloma exatamente por isso. Porque eu quero que ela leve pra vida dela o exemplo da nossa amizade. Eu desejo que a minha filha também tenha uma melhor amiga tão especial como você...".

Nós nos abraçamos de novo e ficamos assim por algum tempo, até que ela olhou pro meu notebook e perguntou se eu queria terminar o que estava fazendo.

"Ah, eu só estava olhando um e-mail!", apontei para a tela. "Lembra aquela moça que me ligou há uns dias, falando que queriam fazer uma matéria sobre o meu filme para uma revista da internet?" Ela balançou a cabeça afirmativamente. "Então... ela me mandou umas perguntas, vão colocar como parte da reportagem. Eu respondi uns dias atrás e de repente tive vontade de ler de novo, para ver se eu deveria ter escrito alguma coisa diferente..."

"Como você está chique, Fani! Dando entrevista já?"

Sorri meio sem graça. Eu não gostava de ficar sob os holofotes, mas com certeza a sensação de ser reconhecida pelo meu trabalho era boa.

"Você está brincando, mas quase adivinhou...", falei, me sentindo orgulhosa e tímida ao mesmo tempo. "Essas perguntinhas são só uma prévia, pra que eles possam montar uma verdadeira entrevista. O pessoal dessa revista eletrônica parece ser bem caprichoso. Eles conseguiram o apoio de uma emissora de TV, que tem um programa de cultura, e vão mandar uma equipe pra cobrir o evento. E aí, depois da exibição, eles vão me entrevistar ao vivo, pra fazer um vídeo pro tal site. E talvez até o mostrem na televisão."

"Fani! Vem gente do Brasil pra te entrevistar? Caramba, você está virando uma celebridade! Me dá um autógrafo? Olha lá, quando você ficar muito famosa, não vai esquecer que eu sou sua amiga! Se você for no Jô Soares, me leva? Sempre quis saber o que ele toma naquela caneca..."

Comecei a rir.

"Gabi, não tem nada disso! É só um site amador! Eles devem estar com a maior falta de assunto e por isso estão pegando tudo o que aparece na frente pra dar notícia!"

"Fani, você acha que um site amador ia gastar dinheiro pra mandar uma equipe até Los Angeles? Deve ser um megaportal, com patrocínio e tudo! Eles te deram o endereço?"

Eu olhei rapidamente o e-mail onde estavam as perguntas. Embaixo da assinatura tinha o link. Rapidamente cliquei e vi que na verdade era um site bem profissional, com resenhas de filmes, estreias dos cinemas, entrevistas...

"Olha aqui embaixo", a Gabi falou. "Já noticiaram o seu concurso".

Eu olhei.

Los Angeles Film Festival – New Talent

Todos sabem que, aqui na *Cinemateka*, damos a maior força para o cinema estudantil. Já cobrimos festivais de cinema de Norte a Sul do país e sempre procuramos divulgar os novos talentos. Porém, agora, iremos um pouco mais longe. O "Los Angeles Film Festival", famoso concurso de cinema da Califórnia, abriu neste ano um espaço para jovens cineastas, em busca de um novo talento no meio cinematográfico. Só puderam participar recém-formados que concluíram o seu curso nos últimos dois anos e que receberam indicação das próprias faculdades. Foram mais de 100 inscritos, e apenas 10 chegaram à final. Os jurados já estão analisando todas as películas, e o grande vencedor será anunciado no domingo. Quem mora em Los Angeles ou está na cidade a passeio, não pode perder, no próximo fim de semana, a exibição dos filmes dos finalistas. Entre eles está o de uma jovem brasileira, Estefânia Castelino, que será exibido pela primeira vez para o grande público no sábado às 17h. Porém, se não puder comparecer, não se preocupe. A equipe do *Cinemateka* estará lá para acompanhar cada detalhe e dará todas as informações em tempo real. Não perca!

Senti um arrepio ao terminar de ler. Eu estava tentando esquecer que a hora do concurso estava chegando, mas agora, com aquela revista eletrônica fazendo todo aquele alvoroço, comecei a me sentir pressionada.

"Ai, Gabi... eu vou ficar em último lugar, e esse site vai noticiar pra todo mundo! Por que a minha mãe tinha que inventar de avisar a imprensa? Agora eu vou passar a maior vergonha!"

"Fani, eu vou te bater!", a Gabi jogou uma almofada na minha cabeça. "Só de ser finalista você já é motivo de orgulho pro país! Não importa se você vai vencer ou não! Eu quero que você dê essa entrevista com o maior sorriso no rosto, como se tivesse acabado de ganhar o Oscar de Melhor Roteiro Original *e* Direção! Senão eu vou entrar na frente da filmadora dessa tal repórter, dizer que sou sua assessora e que eu é que vou responder por você!"

"Faça isso, por favor?", eu implorei.

Ela deitou na minha cama, olhou pro teto, deu um suspiro e falou: "Não. Você vai ter que se acostumar com a fama, e é melhor que seja logo. Mas só para o caso de você ter um piripaque nervoso e eu precisar te representar, me conta como foi a sua formatura no ano passado? Eles podem querer saber sobre isso".

"Você acha que vão fazer perguntas tão detalhadas assim?"

"Com certeza eles vão querer saber como você chegou onde está, e acho que a sua formatura tem a ver com isso, não é?"

Eu me deitei ao lado dela, olhei para cima e comecei a me lembrar do ano anterior. A minha formatura tinha sido inesquecível, mas, infelizmente, não apenas por motivos bons. Um pequeno detalhe tinha tirado um pouco da minha alegria naquela data. Algo que havia começado ainda no meu aniversário de 21 anos.

22

Becky: Sabe quando você vê um cara fofo e ele sorri, e seu coração meio que derrete feito manteiga em pão quente?

(Os delírios de consumo de Becky Bloom)

A sensação de euforia pós-*skydiving* ainda estava me anestesiando, por isso nem percebi que a Tracy, o Christian e o Alejandro estavam se direcionando para a escada rolante que levava ao segundo andar do CityWalk da Universal. Ali ficavam alguns barzinhos, mas eu nunca havia entrado em nenhum deles. Só notei onde estávamos quando eles pararam em frente a uma placa onde se lia: "Howl at the Moon – Dueling Piano Bar". Observei que lá dentro estava lotado e que tinha uma banda tocando.

"Vocês não estão pensando em ficar aqui, né?", eu perguntei. "Está lotado! Olha a fila na porta, não vamos conseguir entrar antes de cinco da manhã!"

"Temos que conseguir!", a Tracy foi em direção ao porteiro. "Este é meu bar preferido *ever*!"

"E você é a aniversariante do dia, Fani!", o Christian completou, seguindo a Tracy. "Eles têm que te deixar entrar. São as regras."

"Quais regras?"

Antes que alguém me respondesse, vi que a Tracy estava falando com o porteiro, que por sua vez chamou alguém lá dentro. Um homem, provavelmente o gerente, apareceu e começou a conversar com ela. Eu não consegui escutar o que eles diziam, pois o som que vinha lá de dentro estava muito alto, mas logo percebi que sorriram um pro outro.

"Deu certo!", o Christian falou baixinho.

"Como assim?", perguntei.

Nesse momento, o tal gerente fez sinal para que eu me aproximasse. Ele perguntou se era meu aniversário e se eu estava com a minha identidade. Confirmei tudo, mostrei meu passaporte e ele então perguntou quem eram meus convidados. Eu me virei rápido para os lados, o Alejandro estava com o indicador levantado, e no mesmo instante eu apontei pra ele, pra Tracy e pro Christian. O gerente franziu as sobrancelhas e falou que, pra entrar de graça, eu teria que ter pelo menos cinco convidados para consumirem lá dentro.

Olhei para a fila de entrada, que ficava cada vez maior, e vi duas meninas acenando pra mim. Rapidamente disse que elas também eram minhas amigas, e ele as chamou. Nós todos entramos, e as duas garotas me abraçaram, agradecendo por tê-las colocado pra dentro, e disseram que ajudariam a tornar o meu aniversário sensacional. Dei um sorrisinho e falei que não precisava, pois já estava ótimo daquele jeito, mas uma delas no mesmo instante foi até o gerente, que concordou com algo que ela pediu. Ele logo se distanciou, e eu perguntei se a Tracy poderia me explicar o que estava acontecendo. Ela só balançou os ombros, falou que ali os aniversariantes eram tratados de forma especial e começou a dançar.

Um minuto depois o gerente apareceu novamente, trazendo na mão uma coroa de plástico rosa choque. Ele entregou para a menina que estava se passando por uma das minhas amigas, e eu fiquei sem entender o que ela ia fazer com aquela tiara "discreta". Porém o mistério foi logo desvendado. Ela veio toda sorridente pra mim e falou que eu teria que usar aquilo a noite inteira, pois assim os garçons me trariam *free drinks*. Eu olhei meio torto, mas o Alejandro na mesma hora ajeitou o meu cabelo e a colocou na minha cabeça, dizendo que, se eu não quisesse beber de graça, poderia dar tudo pra ele, e que antes eu já estava parecendo uma princesa, mas agora, com aquela tiara, não faltava mais nada.

Fui com a mão em direção à minha cabeça, mas o Ale deu um tapinha nela e me lançou um olhar de advertência, como se dissesse pra eu não tirar, e então olhei pra trás, para descobrir onde estavam os outros. Vi que o Christian estava na fila do bar, e a Tracy, conversando animadamente com as minhas duas "novas amigas", que eu já sabia que se chamavam Claire e Grace. Me virei pra frente, para dar uma olhada na banda, e entendi por que estava escrito "*dueling piano*" na placa com o nome do bar. Havia dois pianos, um de cada lado do palco, e cada hora um dos pianistas tocava e cantava, como se fosse mesmo um duelo, arrancando aplausos das pessoas. Fiquei um tempo assistindo àquilo. Eu pensava que piano fosse um instrumento para se tocar música clássica, mas ali eles faziam parte da banda, que ficava entre eles, tocando cada música mais animada do que a outra.

De repente, o Christian chegou do meu lado e me entregou um copo enfeitado com um pequeno guarda-chuva, que continha um líquido vermelho e borbulhante.

"O que é isso?", perguntei, percebendo que ele também estava segurando outro parecido.

"Especialidade da casa!", ele falou tomando um gole. "Você tem 21 anos agora, Fani! Pode beber legalmente! E se não fizer isso no seu aniversário, vai ter 21 anos de azar!"

Eu ri da criatividade e levei o copo aos meus lábios, provando devagar. Não tinha muito álcool, parecia um suco de morango com gás e era docinho. Sorri pra ele, que então aproximou o copo dele do meu e fez um brinde. Em seguida falou: "Sabia que você ia gostar. Sabe o que eu estava pensando? É o seu terceiro aniversário que comemoramos juntos. Quarto, se contarmos com o da Inglaterra... Espera-se que eu já saiba do que você gosta!".

Eu me lembrei rapidamente de que no ano do meu intercâmbio, quando havíamos nos conhecido, ele tinha me convidado para ir ao cinema, poucos dias depois de eu ter completado 17 anos. Na saída, ele me levou a uma loja cheia de DVDs e me deu todos os filmes que eu tinha separado pra comprar, dizendo que era presente de aniversário.

"O tempo passou muito rápido, né?", eu falei pra ele. "Quem imaginaria que alguns anos depois nós estaríamos em Los Angeles?"

Ele me deu um sorriso meio nostálgico. Imaginei se ele estaria se lembrando do tempo em que havíamos namorado.

"Que cara é essa?", eu falei, atrapalhando o cabelo dele. "Hoje é meu aniversário, nada de tristeza!"

"Ei, você está animada! A bebida já está fazendo efeito!", ele falou sorrindo, e eu o empurrei levemente. Me virei de novo pro palco e, enquanto escutava a música, pensei em como a minha relação com o Christian estava boa naquele momento. Foram necessários vários anos para chegar naquele ponto, e agora eu não me imaginava mais longe dele.

Logo que o Mark terminou comigo, ainda no meu primeiro ano de faculdade, eu e o Christian tivemos uma longa e demorada conversa. Expliquei que eu ia me afastar dele, por mais que aquilo fosse extremamente injusto, por tudo o que ele já tinha feito e ainda fazia pra me fazer feliz. Porém eu faria aquilo para o bem dele. Eu sabia que ele ainda gostava de mim e eu não queria machucá-lo, não queria dar falsas esperanças, não queria que ele estagnasse a própria vida por minha causa. Eu expliquei que também gostava dele, muito, mas não da forma como ele queria. E por último, falei que havia percebido, através do Mark, que eu queria conhecer pessoas novas, que não me lembrassem de nada e de ninguém.

O Christian, aos poucos, foi aceitando. Disse que eu não precisava me afastar, que ele tinha sido (nas palavras dele) "ridículo" em relação ao Mark e que eu podia namorar quem quisesse, pois ele não iria mais interferir. Como se não bastasse, na mesma semana, o Mr. Smith veio conversar comigo, dizendo que o Christian o havia procurado para contar que o nosso namoro tinha acabado há algum tempo e confessou não ter dito nada pra ele antes porque mantinha a esperança de que nós voltaríamos, mais cedo ou mais tarde. O Mr. Smith me certificou de que não mudaria a consideração que tinha comigo por esse motivo, mas perguntou se eu estava convicta de estar fazendo a coisa certa ao "liberar o Christian para as outras mulheres do mundo". Eu afirmei que tinha certeza, e ele disse que era uma pena, pois nós fazíamos um lindo casal. Em seguida, ele me perguntou algo sobre um trabalho que ele tinha passado na aula, e nunca mais conversou comigo sobre assuntos pessoais.

Menos de um mês depois, o Christian apareceu com uma namorada. Ela também era atriz, e aquilo gerou o maior buchicho na mídia. Enquanto o namoro durou, ele se afastou um pouco, me ligava só de vez em quando pra saber se estava tudo bem, se eu precisava de alguma coisa, mas logo sumia novamente.

Após quatro meses, ele terminou com a tal atriz e voltou a frequentar o meu apartamento. Todos os finais de semana ele aparecia com alguns convites para estreias de cinema ou festas. A Tracy, que desde que havia terminado com o David, ainda no ano anterior, também estava sem namorado, sempre me convencia a ir, e nós três, além do Alejandro, acabamos nos tornando inseparáveis.

Passado algum tempo, o Christian começou a namorar outra menina, dessa vez uma cantora. Novamente ele foi alvo dos fotógrafos, que os seguiam a cada encontro. E foi exatamente isso que fez com que o namoro terminasse. Ele percebeu que a garota só queria aparecer, pois, enquanto ele fugia das câmeras nas fotos das revistas, ela sempre aparecia fazendo pose. Ele rompeu a relação antes de completarem três meses.

Novamente ele passou a ser nossa companhia constante. Nós nos tornamos uma espécie de "quatro mosqueteiros", um time que só se separava quando um de nós começava a namorar e se afastava por uns tempos. Assim foi com a Tracy, que namorou dois colegas da faculdade, com o Ale, que volta e meia arrumava alguém, e com o próprio Christian, que além da atriz e da cantora, namorou uma produtora, uma bailarina e uma fã.

Apenas eu, desde o Mark, não havia namorado ninguém seriamente. Claro, sempre aparecia um garoto ou outro em alguma festa, mas nenhum que me fizesse ter vontade de passar mais tempo com ele do que com os meus amigos.

E agora, no meu aniversário de 21 anos, mais uma vez estávamos todos solteiros, e eu me achava a pessoa mais sortuda do mundo por poder comemorar essa data com todos eles juntos. Eu não poderia desejar companhias melhores.

Eu tinha acabado de pensar isso, quando ouvi a voz da Tracy amplificada por todo o bar. Olhei para os lados e percebi que vinha do palco. De repente a avistei no meio da banda, falando no microfone. Ao prestar atenção, entendi que ela estava dizendo que era o aniversário da *sister* dela, e ela gostaria que todos cantassem parabéns naquele momento.

Olhei depressa pro Christian e pro Alejandro, na esperança de que eles me escondessem de alguma forma, mas, em vez disso, eles apontaram em minha direção, para que todo mundo visse de *quem* a Tracy estava falando.

O bar inteiro, acompanhado da banda, começou a cantar "Happy birthday to you", e a música ainda nem tinha terminado quando a Claire e a Grace apareceram e me puxaram até a frente do palco. Em seguida, elas falaram para um dos pianistas que eu queria *cantar*!

Eu só faltei matar as duas! Aquilo era muito bom pra eu aprender a não ficar amiga de qualquer pessoa! Como elas podiam fazer aquilo comigo? Tentei fugir, mas várias mãos me seguraram.

A Tracy, adorando a situação, explicou no microfone que eu era do Brasil e que há alguns anos havia chegado a Los Angeles me sentindo um "peixinho fora d'água", mas que agora aquela cidade já era minha!

As pessoas aplaudiram, a Claire e a Grace me empurraram para cima do palco, e então o pianista com quem elas tinham conversado falou que a próxima canção seria especialmente pra "brasileirinha aniversariante" cantar.

A Tracy me entregou o microfone, e a banda puxou uma música, que eu logo reconheci. Era "Party in the USA" da Miley Cyrus. Seria engraçado, se não fosse trágico. Eu já havia acompanhado aquela mesma música várias vezes quando tocava no rádio, sempre me lembrando de quando eu tinha chegado à Califórnia, completamente apreensiva e deslumbrada com tudo. Mas eu nunca havia cantado aquela música (ou qualquer outra) na frente de ninguém!

Tentei descer, mas as pessoas que estavam dançando perto do palco me impediram. A Tracy apareceu com outro microfone, e ela, a Claire e a Grace começaram a cantar, fazendo sinal para que eu as acompanhasse. Sem saída, resolvi cantar logo, só pra poder descer dali depressa. Comecei meio tímida a entoar a primeira parte da canção, como se tivesse contando a minha própria história:

I hopped off the plane at LAX
With a dream and my cardigan
Welcome to the land of fame excess
Am I gonna fit in?
Jumped in the cab,
Here I am for the first time
Look to the right and I see the Hollywood sign
This is all so crazy
Everybody seems so famous...[*]

Olhei para baixo e vi que as pessoas estavam assobiando e batendo palmas, e aos poucos fui me soltando. Quando o refrão chegou, eu já estava cantando alto e dançando com a Tracy e as outras duas garotas, praticamente alheia ao fato de que eu tinha uma "plateia".

A música terminou, nós descemos, e várias pessoas vieram me cumprimentar, tanto pelo aniversário quando pelo "show". O Christian e o Alejandro logo me alcançaram.

"Não sabia que você cantava, Fani!", o Christian falou me abraçando. "Pensei que eu já tivesse descoberto todos os seus talentos!"

"Hermosa como siempre!", o Ale me deu um beijo na bochecha. "Me gustaria te ver na frente das câmeras em vez de atrás delas!"

O Christian começou a contar pra ele que tinha me visto atuar em uma peça, anos antes, e que ele achava que eu tinha a maior aptidão. Como eu não queria escutar aquilo, disse que ia comprar uma água, pois o constrangimento e a cantoria tinham me deixado com muita sede.

---

[*] Desci do avião em LAX
Com um sonho e meu cardigan
Bem-vinda à terra do excesso de fama
Será que eu vou me enturmar?
Entrei no táxi,
Aqui estou eu, pela primeira vez
Olho para a direita e vejo o letreiro de Hollywood
Isso tudo é tão louco
Todo mundo parece tão famoso...

Fui atravessando a multidão e finalmente cheguei ao balcão. Estendi o meu cartão de consumo para a moça que pegava as bebidas, mas ela fez que nem me viu. Várias pessoas estavam ali esperando para serem atendidas, e percebi que teria que esperar muito pra conseguir a minha água.

Pouco depois, um homem alto se posicionou ao meu lado, e, no mesmo instante, a moça veio perguntar o que ele queria. Olhei pra ela meio com raiva, eu estava ali há mais tempo, mas ele rapidamente respondeu que gostaria de uma cerveja e..., apontando pra mim, fez sinal para que eu falasse o que queria. Fiquei meio desorientada, mas respondi depressa que queria uma água com gás. A moça anotou tudo no cartão dele e em seguida trouxe o pedido.

Assim que nos afastamos do balcão, eu o agradeci e comecei a tirar o dinheiro da bolsa, para que ele pudesse descontar o valor da minha água quando fosse acertar a conta, mas surpreendentemente ele falou: "Imagina! É presente de aniversário!".

Eu olhei meio assustada, não só por ele ter me reconhecido como a "aniversariante do palco", mas especialmente por ter falado em português.

"Você é brasileiro?", perguntei depressa.

Ele deu um meio sorriso, e, pela primeira vez, reparei no rosto dele. Tinha carinha de menino... Como ele era muito alto, em um primeiro momento eu havia pensado que ele fosse mais velho. Mas ele devia ter mais ou menos a minha idade.

"Sim, eu e a metade das pessoas que estão aqui na Universal City", ele respondeu, chegando mais perto para que eu o escutasse, pois o som estava muito alto. "Acho que tem mais brasileiros neste local do que no próprio Brasil, não acha?"

Sorri pra ele. Com certeza muitos brasileiros batiam ponto na região da Universal, assim como em todas as áreas turísticas de Los Angeles. Mas aquele bar não era uma delas...

"Exagerado..." eu disse, colocando a mão na cabeça para conferir se a minha tiara ainda estava no lugar. "Os brasileiros vão ao parque, passeiam lá embaixo, entram nas lojas... mas aqui no Howl at the Moon", eu falei apontando para a parede, onde tinha um quadro com um lobo uivando pra lua e o nome do bar, "aposto que só eu e você somos do Brasil. Ah, e o Christian!", eu olhei para onde ele estava.

Ele se virou para ver o Christian e falou: "Ah, o seu namorado também é brasileiro?".

Tinha tanto tempo que não perguntavam se o Christian e eu namorávamos que eu até achei graça.

"Não... quer dizer, ele é brasileiro, mas nós somos apenas amigos."

"Sei...", ele disse tomando um gole da cerveja. "Na verdade eu fiquei em dúvida se você namorava esse aí ou aquele outro...", ele apontou pro Alejandro.

Eu ri mais ainda.

"O Ale é praticamente meu irmão. E digamos que *você* faz mais o tipo dele do que eu..."

O garoto olhou meio admirado em direção ao Alejandro.

"Nossa, ele me enganou bem. Não parece gay."

Eu franzi o rosto e falei: "Por quê? Você acha que os gays têm que se vestir e agir como *drag queens*? O Ale apenas tem outra orientação sexual. Mas ele é um cara normal, como qualquer outro! Como você, por sinal!".

Ele levantou as sobrancelhas e em seguida deu um sorrisinho: "Além de cantar bem, de ser tímida e de ficar muito bem com uma coroa rosa na cabeça, você ainda é brava? Desse jeito eu me apaixono!".

Fiquei meio sem reação por dois segundos, mas logo recuperei a pose e me virei para voltar pra perto dos meus amigos. Ele me segurou antes que eu desse um passo.

"Calma, menina! Não posso nem brincar com você? Desculpa se te assustei. Podemos começar de novo? Prazer, meu nome é Guilherme, sou de Porto Alegre, mas moro em Los Angeles há seis meses. Estou fazendo mestrado em Engenharia na UCLA. Meus colegas estão ali naquela mesa", ele apontou para o fundo do bar.

Então ele não era tão novinho como parecia, pois já estava fazendo até mestrado. Ele me estendeu a mão e eu a apertei, como em um cumprimento, mas ele imediatamente segurou e a levou aos lábios, dando um beijinho, como faziam antigamente.

"E você é a..."

Eu parei de olhar para a mão dele e subi meus olhos para a boca. Ele tinha dentes e lábios perfeitos.

"Fani", eu respondi, levantando minha cabeça para olhá-lo por inteiro de uma vez. Eu não me considerava baixa, mas, perto daquele cara, eu parecia uma anã. Ele devia ter quase 1,90 m! "Sou de BH. Quer dizer, Belo Horizonte. Mas moro aqui há dois anos e meio. Faço faculdade de Cinema."

Notei que os olhos dele eram cor de mel. O cabelo era curto, da mesma cor dos olhos. Ele tinha o físico bem definido, provavelmente fazia musculação ou praticava algum esporte. Certamente chamava a atenção com aquele rosto bonitinho e o corpo perfeito.

"Que máximo! Está gostando? Eu queria morar aqui pra sempre, mas meu curso é só de dois anos. Ou seja, vou ficar apenas mais um ano e meio. E que bacana você estudar Cinema! Eu adoro filmes, mas não entendo nada da parte técnica! Aliás, sempre quis perguntar uma coisa pra quem entendesse pra valer dessa área, quem sabe você pode me explicar?"

Balancei os ombros, esperando uma pergunta séria, e torcendo para que eu soubesse a resposta.

Ele então falou: "Por que a pipoca *sempre* acaba no trailer?".

Eu tive que rir. Antes que eu pudesse responder, o Alejandro apareceu perguntando se poderia falar comigo por um minuto. Pedi licença ao Guilherme e fui conversar com o Ale.

"Fanizita!", ele falou assim que nos afastamos um pouco. "Que hombre! Que bíceps! Que altura! Me recuerda o actor Freddie Stroma, pero mais bronzeado e alto! No pierdas tiempo!"

Dei uma viradinha pra trás, pra olhar o Guilherme um pouco de longe. Ele tinha se encostado ao balcão e estava assistindo à banda tocar. Realmente ele era charmoso. Além de estar se mostrando muito simpático.

"Ale, não tem nada a ver, acabei de conhecê-lo! Ele é brasileiro. A gente só está conversando..."

Ele fez uma cara de impaciência, e eu perguntei onde estava a Tracy. Ele respondeu que com certeza em algum lugar daquele bar, mas que eu não precisava me preocupar, pois ela provavelmente já estava acompanhada, e que eu também devia estar.

"La noche é sua! Es tu fiesta! Aproveite!", ele falou e em seguida desapareceu, me deixando sozinha. Eu olhei para os lados e não avistei mais o Christian também. Olhei pra trás e vi que o Guilherme ainda estava no mesmo lugar, porém agora, em vez de olhar pra banda, ele estava prestando atenção em mim. Subitamente comecei a sentir calor. Ele tinha alguma coisa que me deixava meio inquieta. Talvez fossem aqueles ombros largos e os braços musculosos... Respirei fundo e andei devagar em direção a ele.

"Está tudo bem?", ele perguntou assim que eu cheguei mais perto. "Quer outra água? Você parece que está precisando de uma..."

Eu aceitei, ele se virou pra garçonete, que logo o atendeu, e, assim que me entregou a nova garrafa, eu falei: "Está muito quente aqui dentro, acho que vou lá fora respirar um pouco...".

"Posso te fazer companhia?", ele perguntou me olhando fixamente.

Olhei para os lados e mais uma vez não vi ninguém por perto. Eu então assenti com a cabeça, respirei fundo e apenas disse: "Claro. Eu... vou adorar".

23

Tambor: Por que estão agindo assim?

Amigo Coruja: Ora, você não sabe?
Eles estão apaixonados.

Flor, Bambi e Tambor: Apaixonados?

Coruja: Sim. Quase todo mundo se apaixona na primavera. Por exemplo, você está caminhando sozinho, pensando na sua vida. Não está olhando nem para a esquerda nem para a direita. Quando, de repente, se depara com um rostinho bonito. Começa a dar uma tremedeira nos joelhos. E a sua cabeça roda. Você fica leve como uma pluma e, sem se dar conta, passa a flutuar. E então já se sabe. Ficou de cabeça virada e está completamente perdido.

Tambor: Nossa, que coisa horrível!

(Bambi)

"Ai, eu queria tanto ter conhecido esse Guilherme!", a Gabi falou acariciando a Winnie, que também tinha subido na minha cama. "Pelas fotos que você me mandava, ele parecia ser muito gato! Claro, nada como o Christian, mas ele tinha uma masculinidade que transparecia até pelo retrato!"

"Era por causa da altura e dos músculos. Eu ficava tão pequena perto dele...", respondi. Eu tinha passado a última meia hora contando pra Gabi como havia sido o começo do meu namoro com o Guilherme.

"Mas eu não entendi uma coisa...", a Gabi falou. "Lembro que só depois de um tempo você contou pra todo mundo que estava namorando. Nesse dia, no tal bar, vocês não tiveram nada?"

Eu dei um risinho meio sem graça. Eu tinha mesmo demorado uns dois meses pra assumir que estava com ele.

"É que eu tive alguns obstáculos antes...", eu disse, e comecei a explicar quais haviam sido.

Ainda no dia do meu aniversário, depois de me certificar de que o Alejandro, a Tracy e o Christian não estavam por perto, resolvi dar uma volta com o Guilherme pelo CityWalk. Eu não queria me distanciar dos meus amigos, que estavam fazendo de tudo para que o meu aniversário fosse perfeito. Mas, pelo visto, eles queriam que eu me divertisse com mais *alguém*... Passei com o Guilherme pelos barzinhos do primeiro andar, pelo *skydiving* (e logo contei pra ele a minha façanha nos ares), pelas lojas... Até que chegamos em frente a uma vitrine cheia de balas. Eu falei que queria comprar um chocolate, e ele disse que já ia anotar aquilo na listinha de "coisas que poderiam me agradar" e pediu que eu contasse do que mais eu gostava, além de doces.

Eu apenas sorri, entrei na loja, comprei vários bombons, e depois nós fomos caminhando sem pressa, sem rumo, comendo chocolate e descobrindo particularidades um do outro. Quando chegamos até a placa do parque da Universal, que de noite é iluminada com uma luz neon que fica alternando a cor, ele perguntou o que eu gostaria de fazer naquela noite, se pudesse escolher qualquer coisa. Pensei por um tempo, enquanto o neon passava do verde para o azul, e então falei que eu adoraria poder "aparatar", como o Harry Potter, para passar o meu aniversário também no Brasil, com a minha família e minhas amigas brasileiras, e voltar a tempo de comemorar ali, do jeito que eu já estava fazendo, com o Christian, com a Tracy e com o Ale. E também com ele, acrescentei.

Ele sorriu ao ouvir aquilo, e eu resolvi devolver a pergunta, quis saber o que ele gostaria de fazer naquela noite, caso pudesse escolher. Ele deu um sorriso, iluminado pelo neon vermelho, chegou mais perto de mim e apenas falou: "Isso".

Ele se aproximou do meu rosto com cuidado, como se não quisesse me assustar, e me deu um beijo... E depois vários outros, que só terminaram horas depois, quando a Tracy me telefonou perguntando onde eu estava, pois eles não conseguiam me encontrar dentro do bar e já estavam querendo voltar pra casa. Quando respondi que estava no primeiro andar com o Guilherme, ela vibrou, dizendo que a comemoração do meu aniversário tinha sido ainda melhor do que o planejado.

"Depois daquele dia, eu e ele começamos a nos encontrar algumas vezes por semana", continuei a explicar pra Gabi. "Mas existiam dois probleminhas. Primeiro que o Guilherme tornou a me perguntar se eu não tinha nada com o Christian, pois disse que eu falava muito sobre ele..."

"Aposto que você falava da Tracy e do Alejandro também, mas acho que o Guilherme não se sentia ameaçado por eles, né?"

"Exatamente! Mas o fato é que eu não precisava de outro namorado com ciúmes do Christian. Com o Mark tinha dado errado por esse motivo. E... você sabe que antes dele também", eu falei, e ela fez uma careta, como se não quisesse se lembrar de certos fatos do passado. "Por isso eu inventei que o Christian e a Tracy namoravam, para que ele desencanasse disso logo..."

"Fani, você não aprendeu até hoje que essas armações nunca dão certo?", a Gabi me repreendeu. "Aposto que deu problema..."

Eu fiz que sim com a cabeça e continuei a falar: "Ele acreditou na minha história. Mas acontece que tinha um segundo empecilho...".

Bem nesse momento a Tracy apareceu no meu quarto.

"Olá!", ela falou. "Estava passando aqui perto e resolvi parar pra ver vocês! Combinei de jantar com o Christian no Don Cuco's. Vamos?"

Dei um sorriso e disse: "Você chegou na hora certa. Eu ia começar a contar pra Gabi a sua história...".

A Tracy riu e falou que queria ouvir aquilo. Eu pedi que ela me ajudasse, e então nós narramos com detalhes.

"O caso é que não era só do Guilherme que eu estava escondendo alguma coisa... Eu havia proibido a Tracy e o Alejandro de contarem para o Christian que eu tinha me encontrado mais vezes com 'o cara do meu aniversário', como ele o chamava. Apesar de já ter se passado muito tempo desde o término do meu namoro com o Mark, eu não queria que aquela história se repetisse, tive receio de que o Christian ficasse chateado por eu estar começando a me envolver mais seriamente com outra pessoa. Antes eu não me importava muito, mas agora, acima de tudo, ele era meu amigo. Além do mais, já tinha vários meses que ele não ficava com ninguém e vinha passando cada vez mais tempo no meu apartamento. Eu estava com medo de que aquilo fosse uma espécie de recaída."

"Acontece que não era só a Fani que estava com segredos...", a Tracy falou com um ar meio enigmático. "O Christian já tinha sacado há muito tempo que ela estava envolvida com alguém. Depois do aniversário, a Fani ficou diferente. Mais sorridente, mais sonhadora, mais preocupada com a aparência..."

"Ei, não teve nada disso!", eu tentei interromper, mas ela continuou.

"Aí o Christian um dia me perguntou *quem* a estava deixando daquele jeito, e eu acabei contando que era 'o cara do aniversário'. A única reação dele foi de preocupação, ficou querendo saber o que o Guilherme estudava, se tratava a Fani bem... Mas ele só queria o melhor pra ela e disse que, se eles estavam gostando um do outro, tudo bem."

"Adoro pessoas que conseguem seguir em frente e deixar os amores do passado no passado...", a Gabi falou olhando pra mim. Fingi que não entendi, e a Tracy continuou.

"O Christian só pediu que eu não revelasse pra Fani que havia contado a verdade pra ele, pois queria que ela mesma falasse; e – quando isso acontecesse – ele aproveitaria pra reiterar pra ela que o amor que ele um dia havia sentido já tinha virado amizade há muito tempo."

"Fiquei mais de um mês sem ter a menor ideia de que ele já sabia...", eu acrescentei. "Mas um dia, quando o Guilherme veio me deixar aqui, percebi que o carro do Christian estava estacionado na frente do prédio. Eu já tinha convidado o Guilherme pra descer, e fiquei sem saber o que fazer! Liguei pra Tracy, mesmo com o Gui do lado, pra avisar que eu estava chegando, rezando muito para ela captar que era pra dar um jeito de tirar o Christian dali, mas eu sabia que não ia dar tempo. Porém eu não tinha escolha. Se eu falasse pro Guilherme que não ia dar mais pra ele entrar, por não querer magoar o Christian, ia dar problema... O Gui ia perceber que ele e a Tracy não tinham nada, e que eu tinha mentido. Por outro lado, se eu entrasse com ele, era o Christian que ia notar que o Guilherme não tinha sido coisa de uma noite só... De um jeito ou de outro eu seria desmascarada!".

"Ela acabou tendo que se decidir entre magoar o namorado antigo ou o novo...", a Tracy contou. "Não me esqueço de como ela entrou em casa toda séria, tentando não encostar muito no Guilherme..."

"Quando cheguei na sala, vi que a Tracy e o Christian estavam sentados no sofá, assistindo a um filme. Eu já ia falar pro Guilherme para irmos para o *lounge*, mas de repente percebi que eles estavam de mãos dadas."

"A gente combinou tudo depressa, no momento em que ela telefonou...", a Tracy explicou. "Pra ajudar a Fani no *teatrinho* que ela tinha inventado pro Guilherme, resolvemos fingir que éramos namorados de verdade. E assim que ele fosse embora, o Christian ia explicar que já sabia de tudo e que não se importava. Que o que ele realmente queria era vê-la feliz, não importava com quem."

A Gabi nem piscava e estava de boca aberta. Com certeza eu iria incluir aquela história em algum roteiro meu. Seria ótimo provocar aquela reação nos espectadores de um filme.

"Os dois viram que eu estava olhando para as mãos entrelaçadas deles e ficaram ainda mais juntinhos."

"Foi muito engraçado", a Tracy completou. "A Fani ficou estática, até que o Guilherme perguntou se ela estava bem."

"Na mesma hora me recompus e percebi que eles estavam encenando, mas a minha cabeça ainda estava rodando, tentando assimilar o fato de que o Christian sabia de tudo e ainda estava me ajudando..."

"Alguém falou o meu nome?"

Olhei em direção à porta e vi que o Christian tinha acabado de chegar.

"Fani, desculpa invadir seu apartamento, a Ana Elisa estava saindo pra academia e aproveitou para abrir a porta pra mim. E lá da sala eu ouvi sobre o que vocês estavam conversando..."

A Tracy rapidamente o chamou para sentar perto dela e falou que era pra ele nos ajudar a terminar de contar o caso pra Gabi.

Ele pareceu meio sem graça de estar ali no meu quarto, no meio de três mulheres, mas logo se sentou na beirada da cama e começou a dar a versão dele.

"Eu confesso que fiquei, sim, muito tempo interessado na Fani. Mas desde que tivemos uma conversa séria, ainda nos primeiros meses dela na Califórnia, percebi que ela não tinha mesmo a *menor* intenção de gostar de mim da maneira que eu queria. Por isso, aos poucos, eu fui desencanando. Meu maior medo era que ela achasse que eu nunca a esqueceria. Mas a verdade é que o meu sentimento foi mudando, virando outra coisa. Com a convivência, passei a gostar dela apenas como amiga. E nisso ela é muito boa. Mas confesso que como namorada ela deixava muito a desejar..."

Dei um leve chute na perna dele, que piscou pra mim, e então continuei a explicação.

"A Tracy perguntou se eu e o Guilherme não gostaríamos de ver o filme com eles, pois ainda estava no começo. Neguei na mesma hora. Mas o Guilherme disse que adorava *Batman – O cavaleiro das trevas* e já foi se sentando na sala, perto deles."

"A Fani ia ficando cada vez mais branca", o Christian falou rindo. "Eu percebi que ela estava desesperada por eu ter que vê-la com o Guilherme e também com medo de que ele sacasse que eu e a Tracy estávamos só brincando."

"E foi aí que eles resolveram que iam ganhar o Oscar de Melhor Ator e Melhor Atriz, sabe...", eu falei olhando para a Tracy e para o Christian.

Eles sorriram um pro outro, e o Christian continuou: "Nessa época, eu já tinha percebido que, há algum tempo, quando eu e a

Tracy ficávamos sozinhos, um clima diferente aparecia... Eu tinha notado que ela me dava umas olhadas, mas quando eu retribuía ela ficava toda sem graça. E eu já tinha me pegado com vontade de agarrá-la várias vezes... Mas a gente nem pensava nessa possibilidade por causa da Fani. Afinal, a Tracy era praticamente a irmã dela! Você não acharia estranho se algum ex-namorado seu ficasse com alguém da sua família?"

A Gabi assentiu e fez sinal para que ele não parasse.

"Só que aquele teatro todo acabou desencadeando uma atração maior...", ele falou com um sorrisinho. "Nós ficamos vendo aquele filme abraçados, de mãos dadas, fazendo carinho um no outro... E eu comecei a ficar louco de vontade de dar um beijo nela. E eu vi que ela também não parava de olhar pra minha boca..."

"A cada vez que ele passava a mão no meu cabelo e no meu pescoço, eu me arrepiava inteira. Eu estava a ponto de chamar a Fani no banheiro, pedir desculpas, e explicar que a situação tinha saído do controle...", a Tracy comentou.

"Mas antes que ela fizesse isso, o Guilherme inventou de me dar um beijo", eu expliquei. "E quando eu abri os olhos, notei que não foi só ele que teve essa ideia..."

"Não mesmo, porque quando eu vi a Fani e o Guilherme se beijando", o Christian falou, "eu me virei para a Tracy e só pelo olhar percebi que ela estava pensando a mesma coisa que eu. A Fani estava feliz, com ar de apaixonada, agarrada com o namorado bem na nossa frente, e nós dois lá, chupando o dedo..."

A Tracy acrescentou: "Nessa hora, lembro que a única coisa que eu pensei foi que depois eu resolveria com a Fani, e então puxei o Christian pra mais perto. O beijo aconteceu naturalmente. A gente estava se segurando há um tempão, e naquela hora eu vi que deveria ter rolado muito antes".

"Eu fiquei tão chocada que inventei pro Guilherme que eu tinha me lembrado de um trabalho que precisava terminar pra faculdade e o fiz ir embora logo! Os dois precisavam me explicar que cena de cinema tinha sido aquela..."

A Gabi não parava de rir, percebi que ela estava visualizando a cena.

"Eles me explicaram que já tinha algum tempo que o afeto que eles sentiam vinha mudando, mas na hora eu percebi que eles próprios estavam meio desorientados. Parece que aquele beijo foi o que realmente fez com que eles descobrissem que estavam gostando um do outro".

"Foi aquele beijo mesmo...", a Tracy falou sorrindo pro Christian, que a abraçou.

"Na verdade, já tinha me passado pela cabeça várias vezes que os dois fariam um casal bonitinho", eu acrescentei. "Eles combinavam, viviam implicando um com o outro, gostavam das mesmas coisas... Só que eu imaginava que aquilo fosse apenas amizade. Por isso levei o maior susto quando descobri a verdade."

"Você não ficou com ciúmes pelo fato da Fani já ter namorado o Christian, Tracy?", a Gabi perguntou.

"Não...", ela respondeu. "Eu sou bem prática, essas coisas acontecem! A gente passava muito tempo junto, foi natural o sentimento mudar. E eu sabia que a Fani não gostava mais dele dessa forma desde Brighton. Se fosse assim, era pro Christian também ter ciúme pelo fato de eu ter namorado por alguns meses, lá na Inglaterra, o primo dele... o Alex."

"Acho que nem tivemos espaço pra sentir ciúmes, pois nosso maior receio era com a reação que a Fani teria", o Christian explicou. "Ficamos com medo de que ela achasse que aquilo era uma grande traição, já que ela é toda sentimental..."

"Traição nenhuma!", fiz questão de reafirmar. "Eu achei o máximo vocês dois ficarem juntos, como eu disse na época. Só fiquei meio em choque porque eu não esperava! Mas o que eu mais queria, e *quero*, é a felicidade de vocês!"

"Meu Deus, vocês são muito modernos!", a Gabi opinou. "E você, Fani? Não ficou nem um pouco enciumada?"

"Dele ou dela?", eu disse rindo. "Na verdade não... Mas no começo eu tive medo de que os dois grudassem e me esquecessem, fiquei meio triste por isso. Mas depois vi que nada tinha mudado. Eles continuavam me incluindo em tudo, e, enquanto eu fiquei com o Guilherme, foi melhor ainda, porque nós sempre saíamos os quatro juntos..."

"Nós quatro e o Alejandro!", a Tracy acrescentou, fazendo todo mundo rir.

"Até que eles inventaram de morar juntos, e ela me largou aqui!", eu dei um tapinha de brincadeira na cabeça da Tracy. "Se não fosse pelo fato da Ana Elisa ter vindo pra cá logo depois, eu ia atrapalhar esse namoro! Ia me mudar pra casa de vocês também. Eu e a Winnie!"

Os dois riram e disseram que nós duas seríamos muito bem-vindas lá.

"E foi isso, Gabi", eu concluí. "Eles já estão juntos há mais de dois anos. Já o meu namoro com o Gui foi pro espaço um ano depois..."

"O que aconteceu mesmo?", a Gabi perguntou. "Lembro que ele brigou com você por bobagem..."

"Ih, acho melhor a gente ir embora, Tracy", o Christian falou se levantando. "Não quero nem me lembrar daquele Guilherme. Tenho vontade de dar um soco na cara dele! Fani, está na hora de você arrumar um namorado que valha a pena! E aquele Jeff? Eu acho que ele é meio *geek*, mas pode dar uma boa estruturada no seu coração..."

A Gabi riu e falou: "A Fani tem que arrumar alguém é que *desestruture* o coração dela! É isso que está faltando! Eu a conheço há mais tempo do que vocês! Ela só percebe que está gostando quando sofre, chora, sente dor...".

"Eu não sou assim!", reclamei. "Não tenho culpa se os caras de quem eu gostei de verdade me fizeram chorar e sofrer!"

"*Os* caras?", a Tracy perguntou.

"Que eu saiba foi só um...", a Gabi completou.

"Ah, vão amolar outra...", eu falei me escondendo atrás do computador.

"Vamos logo pro restaurante mexicano, temos que dar umas tequilas pra essa cineasta aqui", o Christian brincou. "Ela está meio tensa, precisando dar uma sacudida no coração!"

A Gabi e a Tracy se levantaram, e eu resolvi ir logo também, para ver se aquele assunto morria. A última coisa que eu precisava era de brincadeiras sobre quem fazia ou não o meu coração balançar.

24

Madame Min: Primeiro de tudo, se não
se importa, eu ditarei as regras!
Archimedes: Sempre fala de regras
que nunca segue...
(A espada era a lei)

3º ano de faculdade
02 de junho
Dois anos e nove meses em LA

Leo,

A cada dia tenho menos tempo. Seja para pensar na vida. Para ver filmes. Para me lembrar do passado. Para estas cartas...

Na verdade, acho que elas já perderam o sentido. Eu escrevia porque queria contar para alguém as minhas novidades. Mas, agora, tenho pessoas de verdade que me escutam. E que me respondem também. Acho que me cansei de monólogos. Tenho achado diálogos bem mais interessantes.

Lembro que em uma das últimas vezes que te escrevi comentei que era como se você fosse um personagem. E acho que é exatamente isso. Você não é mais real. Nunca foi. A pessoa para quem eu destino essas palavras foi inventada por mim...

Como você é minha criação, posso te fantasiar como eu quiser. Então agora o que eu vou contar vai para uma versão sua nada ciumenta. Preparado? Lá vai: Estou namorando!

Continua lendo? Quase pude ouvir um barulho de papel sendo rasgado...

Na verdade, ele não é o primeiro depois de você, mas quem sabe será o último? Só o tempo irá dizer. Ele aconteceu de repente, assim como todos os amores parecem acontecer... Menos o nosso. Não teve nada de "de repente" na nossa história. Quer dizer, nada a não ser a forma como terminou.

Será que estas cartas também terminarão assim? Repentinamente?

Espere pra ver. Espero pra ver.

Um grande beijo.

E, quem sabe, adeus...

Fani

De: Fani <fanifani@gmail.com>

Para: Juliana <jujubinha@mail.com.br>

Enviada: 28 de abril, 20:30

Assunto: Adivinha!

Oi, Juju!

Que saudade! Você nunca mais me mandou e-mails, né? Eu sei que você prefere conversar pelo FaceTime e

WhatsApp, mas é que o fuso horário não ajuda! Quando chego em casa, você já está dormindo (ou pelo menos deveria estar). Como vai a escola? Tomara que tenha resolvido aquela sua implicância com Matemática... Espero que você não tenha puxado da sua tia o bloqueio com ciências exatas (especialmente Física!).

Juju, estou escrevendo hoje porque tenho uma novidade que eu acho que você vai AMAR! Adivinha onde vai ser a minha festa de formatura??????? Uma pista: o Mickey Mouse também vai estar lá!

Sim, vai ser na DISNEYLÂNDIA!! Acredita nisso? Eu achava que a minha formatura de colégio tinha sido a mais diferente possível, no parque de diversões do píer de Brighton, mas agora fiquei sabendo que aqui em Los Angeles é comum algumas faculdades e colégios se reunirem e fecharem os parques temáticos à noite para esse tipo de evento! Não é o máximo?

Você foi a primeira pessoa em quem eu pensei quando fiquei sabendo (além dos seus irmãos, mas eles ainda estão muito novinhos), então eu gostaria de te convidar pra vir com o vovô e a vovó! A formatura vai ser daqui a um mês, no dia 28 de maio, e eles vão chegar aqui alguns dias antes. Vai ser bom porque - caso você venha mesmo - vou poder te mostrar Hollywood. Que tal? Aproveite que o seu aniversário de 12 anos está chegando e peça pra todo mundo se reunir e te dar as passagens de presente!

Beijinhos!

Tia Fani

De: Juliana <jujubinha@mail.com.br>

Para: Fani <fanifani@gmail.com>

Enviada: 28 de abril, 20:50

Assunto: Re: Adivinha!

Curti demais, tia Fani! Vou pedir pra mamãe comprar minha passagem! Amanhã na aula vou contar pra todas as minhas amigas, elas vão morrer de inveja! Caso os pais da Ludmila deixem, ela pode ir comigo também?

Será que a gente pode ir a Venice Beach? Vi umas fotos iradas na internet de uma galera andando de skateboard lá! Não vejo a hora!

Sobre a matemática, quem precisa disso? Eu já falei pro meu pai que vou ser piloto de Fórmula 1 (minha professora falou que a palavra "piloto" serve tanto pra homem quanto pra mulher) e paraquedista! Ah, por falar nisso, quero fazer aquele skydiving que você fez no ano passado também.

Beijos!

JU (já pedi pra você não me chamar de Juju, dá pra entender?)

De: Inácio <inaciocb@mail.com>

Para: Fani <fanifani@gmail.com>

Enviada: 29 de abril, 08:10

Assunto: Vou te matar!

Fani, que história é essa de chamar a Juliana pra te visitar sem me consultar primeiro? Você vive no mundo da lua? Eu te falei que ela está quase tomando recuperação em Matemática, e você ainda sugere que ela viaje em plena época de provas??? E você acha que dinheiro cai do céu? Sei que você está ganhando em dólar e está muito bem de vida aí, mas aqui as coisas continuam como eram antes, caso você não saiba! Meu salário é em real e, além da Juliana, tenho mais dois filhos!

Então, da próxima vez que for fazer um convite, inclua a passagem, ok? E a menos que mude sua formatura para julho, peço a você que tire isso da cabeça da sua sobrinha. Ontem à noite, quando eu falei que ela não poderia ir, ela se trancou no quarto e fiquei escutando o choro dela até de madrugada! Realmente ela teve a quem puxar! Mas, como se não bastasse, agora de manhã ela falou que vai dar um jeito de fazer as provas antes e pedir a passagem de aniversário para os avós!

Por favor, Fani, não repita isso! E a desconvide urgente. Isso é uma ordem.

Inácio

De: Fani <fanifani@gmail.com>

Para: Inácio <inaciocb@mail.com>

Enviada: 29 de abril, 13:09

Assunto: Re: Vou te matar!

Isso é uma "ordem", como assim? Sou sua irmã, não sua súdita!

Credo, Inácio! Deixa sua filha viver! Não falei pra ela pedir a passagem pra você, eu sugeri que ela pedisse de aniversário como um presente da família inteira! Inclusive eu também quero entrar no "rateio". E pode deixar que aqui as despesas dela ficam por minha conta.

Só acho que é uma oportunidade única. Ela nunca foi à Disney, eu vou me formar agora e ainda não sei o que vou fazer depois. E se eu resolver voltar pro Brasil? Quando ela vai ter oportunidade de conhecer a Califórnia? Aliás, vocês bem que podiam vir junto com ela, não é? Já tem dois anos que você e a Cláudia vieram me visitar. É a minha formatura, poxa! O Alberto falou que não vai poder, a Gabi e a Natália também não... Além do papai e da mamãe, alguém mais tem que vir me prestigiar!

Beijos,

Fani

P.S.: Que história é essa de skateboard, Fórmula 1 e paraquedismo que a Juju (quer dizer, a JU) colocou na cabeça? Cadê a minha sobrinha bonequinha? Na idade dela eu queria ser bailarina!

De: Inácio <inaciocb@mail.com>

Para: Fani <fanifani@gmail.com>

Enviada: 29 de abril, 13:20

Assunto: Re: Re: Vou te matar!

Não, Fani. Na idade dela você JÁ queria ser cineasta. E a mamãe nunca incentivou. Deu no que deu. Estou tentando fazer o contrário pra ver se dá certo. Quem sabe se eu fingir que gosto da ideia, a Juliana perca a graça e acabe estudando Letras, Pedagogia ou algum outro curso mais "normal", que não a leve para longe de mim aos 18 anos, como aconteceu com você. Se tivesse estudado por aqui, eu não estaria tão triste por não poder prestigiar a sua formatura.

Inácio

De: Fani <fanifani@gmail.com>

Para: Juliana <jujubinha@mail.com.br>

Enviada: 29 de abril, 13:45

Assunto: Desculpe!

Ju, eu estava pensando, talvez essa não seja uma boa hora pra você vir... A formatura vai ser legal e tal, mas a Disney não vai sair do lugar, você pode vir em uma época melhor, quando estiver de férias ou quando seu pai puder te dar a passagem de presente e até vir com você, junto com sua mãe e seus irmãos... Desculpe por ter te feito vontade. Prometo que quando eu for ao Brasil levo de presente a prancha de surf que você pediu.

Beijos!

Tia Fani

De: Juliana <jujubinha@mail.com.br>

Para: Fani <fanifani@gmail.com>

Enviada: 29 de abril, 14:05

Assunto: Re: Desculpe!

Que história é essa, tia Fani? Está tudo certo! Meu pai já está até providenciando meu passaporte e o visto, parece que vamos ter que ir ao Rio pra eu fazer uma entrevista, olha que legal! A minha mãe conversou com a minha professora e ela falou que eu posso fazer as provas antes! E o meu avô comprou minha passagem, ele adorou saber que vou viajar com eles! A vovó é que ficou meio brava, disse que espera que essa viagem não me dê ideias erradas, pois segundo ela eu vou estudar Direito. Até parece! A vovó acha que manda em mim! Só não ri na cara dela porque minha mãe me deu um beliscão. Mas tudo bem, vou deixar que ela pense que está certa, porque acho que a prancha de surf que você disse que ia me dar no outro e-mail era só um presente de consolação, né? Como eu vou viajar, provavelmente você não vai me dar mais... Então, quem sabe se eu fingir que vou fazer as vontades da vovó, ela faça as minhas também e compre tudo o que eu pedir? :)

Ah! Já estou estudando inglês! Quero entender tudo quando eu chegar aí! Será que dá pra aprender em um mês?

Beijos!

JU

25

Fenoglio: Ah, sim. Você quer ser escritora...

Meggie: Você fala como se isso fosse algo ruim.

Fenoglio: Não, não. Apenas solitário. Às vezes, o mundo que você cria parece bem mais amigável e vivo do que o que realmente habita.

Meggie: Eu queria poder estar nele...

(Coração de tinta - O livro mágico)

Em todos esses anos, desde que vim para os Estados Unidos para estudar, estive quatro vezes no Brasil. Durante essas ocasiões, minha casa sempre ficou em festa. Minha família fez o máximo para me agradar, minhas amigas vieram me ver, os lugares de sempre me pareceram tão diferentes... E, talvez por isso, cada uma das vezes tenha passado tão depressa. Quando eu menos esperava, já era hora de voltar.

Fazer as malas é sempre o pior momento. Dá vontade de pegar todas as pessoas que eu amo e guardar ali dentro para levá-las comigo. Cada peça de roupa que dobro é uma parte de mim que começa a ir embora, como se fosse uma espécie de progressão geométrica, que se inicia com 1% na mala e 99% fora. Mas, aos poucos, a equação se inverte, e tudo o que resta é aquela ínfima quota de mim já completamente dominada pela saudade.

Por isso, no momento em que entrei no quarto e vi que a Gabi estava tirando tudo dos cabides, fiquei estática, sem coragem de dar nem mais um passo. Aquela sensação não acontecia somente no Brasil. Quando alguém que me visitava em Los Angeles ia embora, meu coração também apertava, e apenas vários dias depois é que começava a voltar ao normal.

A Gabi se virou no mesmo instante, provavelmente para verificar por que eu tinha parado de falar, já que eu tinha vindo da sala toda animada contando um caso do trabalho. Ao ver a minha expressão, ela também congelou por alguns segundos... A nossa despedida havia começado.

"Você está arrumando tudo?", eu consegui dizer, sentindo minha voz meio rouca. "Mas ainda faltam dois dias..."

Ela voltou para a mala, meio inquieta, e, sem olhar pra mim, apenas disse: "Acho melhor ficar livre disso logo. Não quero passar os últimos momentos preocupada com a bagagem. Se eu já resolver essa parte, acho que poderemos aproveitar mais o tempo, sem ter que ficar me lembrando disso a cada instante".

Ela estava certa, mas, ainda assim, aquela sensação de "despedida" me dominou totalmente. Senti os meus olhos se encherem de lágrimas e comecei a ir em direção ao banheiro, pois não queria que ela visse que aquilo tinha me abalado.

"Fani?", ela chamou assim que eu me virei. Fiquei parada um tempo, mas tive que olhar pra ela. Ela deu um suspiro ao ver a minha cara de choro. "Não fica assim... Você já deveria ter se acostumado! Quantas pessoas vieram te visitar e tiveram que ir embora depois?"

Eu me sentei na cama, evitando falar para não provocar uma avalanche de lágrimas, e ela então começou a contar nos dedos: "Lembro que a Priscila foi a primeira a vir, né? E você disse que o Alberto também veio uma vez, quando vocês foram a Las Vegas. Sua mãe e seu pai... quatro vezes?". Eu fiz que sim com a cabeça. "O que vocês fizeram em cada uma delas?", ela perguntou, provavelmente pra me distrair.

Esfreguei os olhos e respondi que no ano anterior eles tinham vindo especialmente para a minha formatura, junto com a minha sobrinha e que, além daquela ocasião, em duas outras a gente também havia ficado só em Los Angeles, pois como eles tinham vindo na época do meu aniversário, em março, eu estava no período de aulas.

"Apenas em um ano eles vieram no Natal, e nós aproveitamos pra viajar pra New York", eu contei.

"Que máximo!", ela disse guardando alguns presentes que havia comprado para o Victor. "Nevou? Eu adoraria passar um Natal bem branquinho, como nos filmes!"

Eu assenti. Tinha nevado muito. Estar em Nova Iorque com meus pais em pleno Natal tinha sido um dos momentos mais inesquecíveis da minha vida. Pena que meus irmãos não puderam estar presentes também.

Ela continuou a fazer as contas: "Você disse que o Inácio e a sua cunhada vieram uma vez só? Quando foi?".

Calculei rapidamente e falei que havia sido no meu terceiro ano da faculdade, um pouco antes de começar a namorar o Guilherme. Eles tinham completado dez anos de casados e vieram numa espécie de segunda lua de mel. Pela primeira vez – desde o nascimento da Juliana – eles viajaram sozinhos, e acho que ficar longe dos filhos por uns dias meio que renovou o casamento deles. Além de passar um tempo comigo em Los Angeles, eles foram a São Francisco e a Napa Valley.

"Napa Valley?", a Gabi falou sorrindo. "Dizem que esse lugar é lindo! Quem sabe um dia eu e o Victor também vamos lá?"

Eu incentivei. Toda a região dos lagos da Califórnia era maravilhosa e perfeita para ir de casal, pois tudo era muito romântico. Eu havia ido com o Guilherme, quando completamos oito meses de namoro.

"Ao todo vocês namoraram quanto tempo?", ela perguntou quando eu mencionei isso. "Contando desde o primeiro beijo..."

"Um ano e dois meses".

"Nossa, nem teve que pensar! Você gostou muito dele, Fani?"

Se eu não precisei raciocinar pra responder a questão anterior, dessa vez não aconteceu o mesmo. Aquela era uma pergunta que eu vivia fazendo a mim mesma...

Eu havia chegado bem perto disso. Adorava estar com ele, e os abraços e beijos que ele me dava eram os melhores... A *atração* que ele despertava em mim era muito forte. Mas, quando eu fechava os meus olhos à noite, não era com ele que eu sonhava. E ele nunca era a primeira pessoa em quem eu pensava ao acordar.

Mas apesar disso, quando terminamos, fiquei triste por vários dias. Eu já estava acostumada com ele, que inclusive estava olhando a possibilidade de arrumar um emprego em Los Angeles, para poder ficar comigo depois que o mestrado dele terminasse... Mas o namoro acabou antes disso.

"Não sei, Gabi...", eu respondi com sinceridade. "Na verdade, acho que meu coração está com defeito. Eu gostava muito do Gui. Assim como gostei do Mark no tempo em que ficamos juntos. E, na verdade, quando eu estou sozinha com o Jeff, em alguns momentos sinto que eu também posso vir a gostar dele. Mas a verdade é que nenhum deles me despertou ou desperta nada parecido com o que eu sinto quando escrevo as cenas de amor dos personagens dos meus roteiros. Esse sentimento existe dentro de mim, ele vem de algum lugar... e eu só queria poder vivenciá-lo também na realidade."

Ela me olhou com um sorrisinho meio de lado e, antes que falasse qualquer coisa, eu continuei: "Eu tenho me realizado através das minhas personagens. Ao escrever cenas românticas, consigo emprestar pra elas o que eu gostaria de sentir, de viver. Mas depois eu fico com esse grande buraco aqui dentro, com vontade de ter alguém que me desperte o mesmo na vida real. Por isso eu não quero ficar com o Jeff. Eu não quero me prender a ele, quero estar aberta pra quando o verdadeiro amor chegar. E eu sei que ele um dia vai aparecer".

"Fani, quantas vezes tenho que mandar você parar de assistir a filmes da Disney? Você até hoje não percebeu que isso é uma invenção feita pra nos deixar iludidas e achar que nenhum homem é bom o suficiente? Olha, vou te falar por mim... O Victor tem os defeitos dele, está longe de ser um príncipe, mas, pra mim, ele é encantado. E é isso que você tem que procurar em um namorado. Um encanto que o destaque dos outros homens do mundo. Se o Jeff quer fazer de você uma princesa, por que não deixar? Ok, você acha que ele te sufoca, mas por que você não conta isso a ele antes de jogar tudo pro alto? Diga que prefere ir devagar, que gostaria de mais espaço... Eu aposto que ele vai entender e respeitar! Aos poucos, você vai moldando o namoro pra ficar do jeito que você quer. O amor mora dentro de você, e não fora! Cabe a você permitir que alguém o acenda!"

Fiquei olhando sem graça, enquanto ela fazia aquele discurso todo. Eu sabia que ela estava certa, que o amor era construído dia após dia em uma relação. Mas, por outro lado, eu também tinha certeza de que os romances das princesas não eram tão inventados assim... Eu tinha aprendido como os filmes funcionavam. Para criar o roteiro, alguém no mundo teve que viver aquilo em primeiro lugar. O roteirista só cria a história, não o sentimento. Especialmente, eu sabia que aquilo podia acontecer de verdade, por um simples motivo: Eu já tinha vivido aquilo. Uma vez.

"Fani, telefone pra você!", a Ana Elisa chegou na porta interrompendo meus pensamentos. "Nossa, que bagunça! Está arrumando a mala, Gabi? Quer ajuda?"

Eu me levantei pra atender, mas antes de sair ouvi a resposta da Gabi.

"Eu estava arrumando, mas mais urgente do que isso é arrumar o jeito de pensar da Fani, então tive que dar uma paradinha... Quem é no telefone? O Jeff?", ela me deu um olhar de advertência, para me lembrar que eu deveria dar uma chance pra ele.

"Não...", a Ana Elisa coçou a cabeça parecendo meio estranha. "Na verdade... é o Guilherme".

26

Albert: A garota que conheci não existe mais.
Esqueça tudo o que aconteceu ontem.

Victoria: Não precisava pedir. Já esqueci.

(Os jovens anos de uma rainha)

4º ano de faculdade
21 de maio
Três anos e nove meses em LA

Querido Leo,

Eu não sei como você está, onde está, com quem está. E, por isso mesmo, posso te imaginar, posso criar a sua história na minha cabeça.

Dessa forma, prefiro pensar que você está feliz. Que continua lindo... Com o sorriso mais fofo do mundo. Com aquela covinha que dá vontade de morder. Com aquele cabelo tão lisinho ao toque da mão. Com aquele jeito só seu de fazer graça. Com o melhor beijo do mundo...

Mas dessa vez realmente chegou a hora de dizer adeus. Pensei em simplesmente parar, mas você me fez companhia durante todos esses anos, você viveu em cada linha das páginas e páginas que escrevi. E eu não conseguiria simplesmente deixar pra lá. Eu tinha que me despedir. Eu precisava de um encontro derradeiro.

Você está em algum lugar, encantando outras pessoas, vivendo, aprendendo, se virando, amando... Por isso mesmo, vou te deixar em paz. Como eu disse na última carta, isso já perdeu o sentido há muito tempo. Eu não posso te manter para sempre como meu "fantasma particular".

Eu te liberto. E, assim, me liberto também.

Viva feliz... Tenho certeza de que você já está vivendo.

E, por último... saiba que eu vou continuar te amando...

Para sempre.

Com muito amor,

Fani

"Fani, tenho uma surpresa pra você..."

Era a semana da minha formatura. Em duas horas os meus pais e a Juliana chegariam ao aeroporto, e eu estava entrando no banho, quando o Guilherme apareceu. Abri a porta, meio admirada, pois ele não tinha avisado que viria, mas, ao mesmo tempo, fiquei feliz. Os meus pais ainda não o conheciam, e eu não via a hora de apresentá-los. Talvez ele tivesse resolvido ir comigo buscá-los, e isso adiantaria as coisas...

Dei um beijo no Gui e perguntei se a surpresa era essa, o fato dele me fazer companhia até o aeroporto.

"Claro que não!", ele me olhou como se eu fosse doida. "Quer dizer, eu adoraria, mas tenho um trabalho pra fazer. Vou ter que conhecer seus pais e sua sobrinha mais tarde, no jantar, como a gente já tinha planejado. Mas é que eu fiquei pensando que de hoje até o dia da sua formatura vai ser difícil conseguirmos ficar sozinhos, por isso eu resolvi trazer o seu presente antes... Eu queria que esse fosse um momento só nosso."

Fiquei curiosa e também meio nervosa. Eu precisava sair de casa no máximo em uma hora e ainda tinha que me arrumar. Pelo visto, era uma grande surpresa, e eu comecei a ficar com medo de não ter tempo de agradecer o suficiente.

"Gui...", eu dei um abraço nele. "Não precisava de presente nenhum! Que história é essa?"

Ele olhou em volta e perguntou se a Tracy não estava em casa. Eu falei que estava só com a Winnie, e ele finalmente pareceu notar que eu estava de roupão.

"Você ia tomar banho?", ele perguntou.

Eu confirmei e contei que tinha passado a última meia hora esvaziando meu armário para dar espaço pra minha sobrinha colocar as roupas dela. Os meus pais iam se hospedar em um hotel, mas a Juju tinha feito questão de ficar na minha casa.

"Por isso meu quarto está a maior bagunça, eu estava exatamente terminando de arrumar...", eu continuei a explicar. "Tive que tirar várias coisas das gavetas e aproveitei pra fazer uma limpeza. Vou jogar fora umas contas e uns papéis velhos, e agora está tudo espalhado em cima da minha cama!"

Ele falou que eu podia tomar banho com calma e que, enquanto isso, ele colocaria tudo no lixo pra mim. Respondi que não precisava, que depois eu daria um jeito naquilo, e liguei a TV, para que ele pudesse assistir enquanto me esperava.

Tomei um banho rápido, imaginando o que seria a tal surpresa. Nós estávamos juntos há mais de um ano, e eu já sabia que o Guilherme não era muito ligado a datas e comemorações, por isso mesmo eu estava tão curiosa... Na noite anterior, nós havíamos ficado conversando até tarde. Eu tinha acabado de decidir que iria fazer pós-graduação para conseguir renovar meu visto, por esse motivo estávamos meio em clima de despedida, pois ele teria que retornar ao Brasil em poucos meses, quando o mestrado dele acabasse. Como lidaríamos com aquela distância? Ele disse que ia tentar arrumar um emprego em Los Angeles na área dele, para que pudesse ficar por mais tempo. Mas acabamos deixando a conversa inacabada, para resolver quando aquilo fosse realmente necessário.

"Já terminei, Gui...", gritei do meu quarto, assim que saí do banheiro. Eu tinha colocado um vestidinho, pois o calor estava sufocante, e lembrei que a rasteirinha que eu queria usar estava na sala. "Você pode trazer pra mim essa sandália que está ao lado do sofá, por favor?"

Ele não respondeu, por isso imaginei que não tivesse ouvido. Voltei ao banheiro para pentear meu cabelo e só quando retornei ao meu quarto percebi que os papéis que eu tinha deixado em cima da cama haviam sumido. Provavelmente o Guilherme tinha jogado tudo na lixeira, por mais que eu tivesse dito que não precisava. Isso era típico dele, que sempre insistia em fazer tudo pra mim.

De repente, senti minhas pernas ficarem bambas. Lembrei que no meio dos papéis havia alguns que eu não gostaria que ele visse. Que eu não gostaria que *ninguém* visse, na verdade. Inclusive foi por esse motivo eu os havia colocado na pilha que iria para o lixo. Eu tinha resolvido destruir tudo. Ou melhor, *todas*.

"Gui?", fui depressa em direção à sala.

Ele estava lá. Sentado no sofá. Com a TV ainda ligada, mas percebi que não estava assistindo. Ele estava lendo as minhas *cartas*. Uma a uma...

"O que você está fazendo?", cheguei devagar e tentei tomá-las, mas ele segurou firme, o que fez com que uma delas se rasgasse ao meio. "Isso é meu, você não tem o direito de ler minhas coisas!"

Ele levantou o olhar da carta para mim e só falou: "Não tenho o direito mesmo, né, Fani? Pelo visto, pelo que eu estou lendo, eu não tenho o direito nem de fazer parte da sua vida. Quem é esse... *Leo*?", ele olhou novamente para um dos papéis. "Estou vendo aqui que você tem uma vida dupla da qual eu não tinha conhecimento. Inclusive, percebi que essa última carta você escreveu hoje! Você namora duas pessoas ao mesmo tempo? Ainda que, pelo que entendi, com esse cara a relação seja a distância?"

Respirei fundo e me sentei. Eu tinha só meia hora para sair pro aeroporto, mas deixar minha família esperando não era a coisa mais grave do momento. Eu ia ter que dar uma longa explicação pro Guilherme. E eu nem tinha ideia de como começar. Preferi falar a verdade. Ou, pelo menos, *parte* dela.

"Gui, presta atenção, por favor", eu falei devagar. "O Leo é um ex-namorado. Ele terminou comigo antes de eu vir pra Los Angeles, quase quatro anos atrás. Naquele dia em que eu e você conversamos sobre nossos ex-namorados, eu não te falei sobre ele porque... porque ele não foi importante. Nós ficamos só seis meses juntos. Eu não converso com ele desde então, essas cartas são na verdade pra mim mesma. Eu nunca as enviei. Se ler tudo, você vai entender."

"Eu li o suficiente, Fani", ele falou muito sério. "Ele pode ter terminado com você, mas pelo visto você nunca terminou com ele. Você compartilha nessas cartas alguns sentimentos e pensamentos que nunca me contou. Você fala inclusive sobre *mim* pra ele!"

Eu estava meio apática. Eu poderia gritar, chorar, dizer que não era nada daquilo, mas adiantaria? Ele nunca iria acreditar. Não depois de ler tudo. Por isso, eu simplesmente me levantei e falei: "Guilherme, eu estou atrasada pra buscar meus pais. Se você quiser, a gente pode conversar mais tarde. Eu te garanto que nada disso aí tem importância pra mim, tanto que eu ia jogar fora. Se você leu mesmo a que eu escrevi hoje, deve ter percebido que eu disse que seria a última. Exatamente porque o ciclo se fechou. Eu comecei a escrever no dia em que me mudei pra cá. Nesse tempo eu aprendi muito. Eu cresci. E agora chegou o momento de dizer adeus para essas cartas que me fizeram companhia durante todo esse tempo. Foram as cartas que estiveram comigo e não *ele*! Era só uma forma de terapia, de colocar pra fora algumas coisas. Mas, quando conversamos ontem, eu vi que não tinha mais espaço para isso na minha vida e por esse motivo resolvi me desfazer delas. Essa é a verdade. Acredite você ou não".

Ele se levantou e eu percebi que estava ficando nervoso. "Bravo" talvez fosse uma palavra mais apropriada.

"A verdade, Fani, acredite você ou não", ele repetiu minhas palavras, "é que você nunca esqueceu esse cara. Por esse motivo você ocultou a existência dele quando me contou dos ex-namorados! Você me falou até sobre o Christian! Você me contou que inventou o namoro dele com a Tracy para que eu não ficasse com ciúmes, e que isso foi exatamente o que fez com que os dois começassem a namorar de verdade! Você poderia ter me contado desse Leo, você tinha que saber que eu não ia me importar! Mas, já que escondeu, você deve ter tido uma razão! Nesses papéis que você gastou tanto tempo escrevendo à mão, você se lembrou dele ano após ano, a cada acontecimento importante da sua vida. Pelo visto era pra ele que você queria contar. É com ele que você gostaria de estar!"

Eu pensei em me defender, em dizer que aquilo era mentira, mas ele acreditaria? Eu já tinha passado por aquilo. Eu já havia tido outra discussão parecida com aquela, anos atrás. Na época, o que eu tinha a dizer realmente era verdade, mas *ele*, o dono daquelas cartas, não quis me escutar. Talvez até por isso eu tivesse resolvido escrever, como uma espécie de revanche. Ele não quis me escutar naquela ocasião, mas não tinha como me impedir de continuar dizendo para ele – ainda que secretamente – tudo o que se passava comigo. Por isso eu apenas fiquei calada, ouvindo o Guilherme falar. Porque algo me dizia que ele não ia gostar se eu dissesse a verdade dessa vez.

"Quando conversamos ontem, você me enganou bem. Nós fizemos planos para o resto da vida, e eu pensei que aquilo fosse real! Eu percebi que queria ficar com você independentemente do que acontecesse. E por isso, hoje, eu resolvi vir aqui e te fazer uma surpresa, certo de que você ia gostar, que sentia a mesma coisa que eu, que também contasse comigo no seu futuro!"

"Gui, eu sinto a mesma coisa... eu também quero ficar com você...", eu falei, percebendo lágrimas começarem a escorrer pelo meu rosto, mas, de repente, percebi que ele começou a tirar uma caixinha do bolso e meio que engasguei.

"Eu ia te pedir em casamento", ele disse abrindo a caixa, que – como eu imaginava – continha um anel. "A gente tem pouco mais de um ano de namoro, mas eu pensei que você fosse a pessoa certa. Você me encantou com esse jeito meigo e doce, mas agora eu vejo que isso não era pra mim!"

Ele estava falando cada vez mais alto, e eu comecei a ficar meio com medo. Fiz sinal para que a Winnie chegasse mais perto. Ela não mordia, mas sabia latir bem alto.

"Agora eu vejo, Fani", ele continuou, "que nada do que eu te desse poderia preencher seu coração! Nem esse anel, nem o meu amor, nem nada! Pelo visto, você só se preocupa com os presentes *dele*!", ele balançou as cartas e chegou mais perto. Resolvi ficar parada, para que ele não notasse que eu estava apavorada.

"Como *isso* que você nunca tira do pescoço! Pelo que você escreveu nesses papéis, foi ele que te deu! Eu deveria ter imaginado que isso era coisa de algum ex-amor! No dia em que nos conhecemos, no seu aniversário de 21 anos, você me falou que seus pais tinham te dado o colar que estava usando, que por sinal é bem mais bonito! Mas logo depois você trocou por esse, e eu nunca mais te vi com o outro! Lembro que, nas vezes em que eu te perguntei, você respondeu que o estava guardando para ocasiões especiais... Mas parece que essas ocasiões nunca vão acontecer, não é? Sem esse *Leo* por perto, nenhum dia é importante pra você!"

Eu continuei calada e séria, e ele então olhou pra Winnie.

"E agora eu entendo também o seu apego por essa cadela! Acabo de descobrir que ela também foi presente dele! Sabia que várias vezes tive vontade de perguntar se você gostava mais dela do que de mim? Você parecia amá-la mais do que qualquer coisa, e eu, em alguns momentos, tive até um certo ciúme, que abafei por achar que aquilo era ridículo. Mas sabe por que eu nunca perguntei?", ele fez uma pausa, e eu apenas neguei com a cabeça.

"Porque eu tive medo da sua resposta!", ele gritou. "Eu não queria pensar que eu estava namorando uma garota que preferia um cachorro a mim. Mas agora eu entendo o motivo! Não é bem ela que você prefere!"

Ele tornou a enfiar a caixinha no bolso, respirou fundo, começou a se afastar em direção à porta, mas logo voltou: "Escuta aqui, Fani, isso não se faz. Eu te dei meu tempo, minha vida, meu coração. O mínimo que você poderia ter feito era me contar que ainda estava envolvida com um amor do passado! Isso é pior do que uma traição! Como não podia tê-lo, você escolheu o primeiro babaca que apareceu na sua frente pra suprir a carência, não foi? Você pensava nele quando fechava os olhos? Quando eu te tocava?", ele encostou a mão em mim, mas logo se afastou. "Olha, quer saber? O problema é seu! Eu quero uma mulher inteira, que goste só de mim, que não tenha nenhum amor... secreto!"

Antes de se afastar, ele me deu um leve empurrão, o que fez com que a Winnie começasse a latir. Sem a menor pena, ele deu um chute nela, que ganiu alto. Ele não ligou e foi andando pra saída. Eu estava sem reação até aquele momento, mas aquilo me despertou. Fui correndo atrás dele, o alcancei na portaria e o chamei de covarde, gritei que ele não tinha o direito de maltratar a Winnie, que, se ele quisesse descontar a raiva dele em alguém, era pra bater em mim, e não em um ser indefeso. Ele veio mesmo em minha direção, como se fosse me dar um soco, mas, em vez disso, ele apenas arrancou o meu colar e o jogou no chão. Eu fiquei parada no lugar, tentando recuperar a pérola que tinha caído, e ele então entrou no carro e foi embora.

Alguns vizinhos saíram pra olhar o que estava acontecendo, mas eu voltei pra sala depressa, para conferir se a Winnie estava bem. Em seguida liguei chorando pro Christian, pra perguntar se ele poderia buscar os meus pais no aeroporto pra mim. Ele ficou preocupado, quis saber o que tinha acontecido. Eu ia explicar, mas comecei a chorar demais para conseguir falar, e ele só disse para eu tomar outro banho e pensar apenas em coisas boas para que eu estivesse bem quando ele viesse com meus pais.

Quando eles chegaram, realmente eu já estava bem melhor. O Christian inventou que eu havia sido chamada depressa na produtora e que por isso ele tinha se oferecido para buscá-los por mim, e eles nem perceberam que alguma coisa estava errada. Só quando minha mãe perguntou quando ia conhecer o Guilherme é que eu expliquei que provavelmente nunca, pois eu não tinha a intenção de vê-lo novamente nessa vida. Eu falei também que não queria falar no assunto, e, por mais que a Ju insistisse que eu contasse, eles respeitaram.

A estadia deles em Los Angeles de certa forma me distraiu. A minha festa de formatura na Disney foi inesquecível, e aproveitei com eles cada momento dos outros dias. Apenas na colação de grau, quando entregaram meu diploma e eu tive que fazer um discurso aos moldes do Oscar – uma tradição da minha faculdade –, é que eu me lembrei de que havia incluído o Guilherme nos agradecimentos. Então eu simplesmente pulei o nome dele ao ler. Eu queria esquecer que ele tinha existido. Agradeci à minha família – pelo apoio de sempre; ao corpo docente da Columbia – por todos os ensinamentos; ao Mr. Smith – por ter sido bem mais do que um professor e ter se tornado um verdadeiro amigo; ao pessoal da Warner e da produtora do Jeff – por terem acreditado em mim; ao Christian – por tudo; e a Deus – por sempre me levar pelos melhores caminhos e por colocar as pessoas certas neles.

Ao chegar em casa, guardei o diploma e o papel do meu discurso em uma gaveta. Naquela mesma onde estavam as minhas cartas, que, só de birra, eu resolvi conservar.

27

Carol: Um espaço onde irá acontecer apenas o que você quiser que aconteça.
Max: Nós podíamos totalmente construir um lugar assim!

(Onde vivem os monstros)

"Ele não teve razão nenhuma, Fani!", a Gabi falou enquanto eu dirigia o carro em direção ao local onde seria exibido meu filme. Desde o dia anterior, depois do telefonema do Guilherme, eu e ela vínhamos conversando sobre o dia do meu término com ele. Após muita insistência dela e da Ana Elisa, eu contei o caso com todos os detalhes. Antes delas, as únicas pessoas a saberem de tudo, ainda na época, haviam sido o Christian e a Tracy. "Em primeiro lugar, ele não tinha o menor direito de ler sua correspondência! Que enxerido! Pegar uns papéis na sua cama, ler tudo e ainda reclamar? Quem ele pensava que era? Seu dono? Vou te falar, viu, Fani... você deu muita sorte! Imagina se você tivesse se casado com esse cara? Ele ia vigiar até o seu computador! Neurótico!"

Suspirei e disse pela milésima vez que eu não ia me casar com ele, eu certamente teria recusado o pedido, pois eu não gostava dele àquele ponto, e que provavelmente só a minha recusa o teria feito terminar tudo. No final das contas, até que a confusão tinha sido boa, pois serviria para me dar umas ideias para roteiros no futuro.

Eu falei isso, e a Gabi apenas disse: "Ah, tá. Como se você precisasse mesmo de mais drama na sua vida. Você tem um estoque de ideias para fazer filmes até o final da sua carreira!".

Continuei a dirigir. Aquele assunto já tinha me cansado, mas eu sabia que ainda teria que ouvir muito sobre o Guilherme. Na noite anterior, ele tinha me telefonado exatamente pra dizer que havia lido sobre o festival de cinema no jornal e visto meu nome entre os concorrentes. Nós não conversávamos desde o dia "fatídico" na minha casa, e por isso eu fiquei bem surpresa com aquele telefonema; pra mim ele já tinha até voltado pro Brasil. Porém ele explicou que tinha conseguido prolongar um pouco o mestrado e que só iria embora no final do ano. Ele disse ainda que já havia um tempo que queria falar comigo e que gostaria de aproveitar a ocasião para – além de prestigiar o evento – conversar um pouquinho depois.

Como eu sou uma boba que não sei dizer não pra ninguém, concordei. O que fez com que a Gabi e a Ana Elisa, depois de eu ter contado o caso inteiro, só faltassem me bater. Para elas, eu devia ter dito que ele não era bem-vindo nem lá nem em lugar nenhum e que era pra ele esquecer que eu existia. Mas como eu não disse nada daquilo, agora – além da ansiedade pela exibição – eu também estava nervosa por ter que encontrar o Guilherme depois de mais de um ano.

"Sabe o que eu acho, Fani?", a Ana Elisa falou do banco de trás. "Que ele está sentindo que você vai ficar famosa com seu filme e quer manter contato por esse motivo, pra poder chegar ao Brasil dizendo que conhece uma diretora de Hollywood!"

"Ah, isso com certeza!", a Gabi riu. "Mas deve ter outra razão também; ele disse que já tinha um tempo que queria falar com ela... Vamos esperar pra saber o que ele tem a dizer."

Eu não estava nem um pouco curiosa, minha preocupação naquele momento era exclusivamente com a nota que os jurados dariam após a exibição do filme. Eles já tinham visto e avaliado, mas o quesito final era a "reação do público". E eu não aguentava mais esperar pra saber que reação seria essa.

Logo pela manhã, recebi flores e, ao abrir o cartão, soube que era do Jeff. Ele me desejava sucesso e também escreveu que sabia que eu seria a vencedora. Liguei para agradecer, e ele disse que chegaria bem cedo para me ajudar no que fosse preciso. As flores fizeram com que ele conquistasse ainda mais o eleitorado das minhas amigas, que não paravam de dizer que eu não deveria deixá-lo escapar.

A Tracy e o Christian também telefonaram dizendo que iam chegar ao teatro com horas de antecedência, pois não queriam correr o risco de terem que assistir à exibição em pé. E até o Mr. Smith, que era quem tinha inscrito meu filme no festival, me mandou um e-mail desejando boa sorte e dizendo que estaria na primeira fila.

O Alejandro, após passar na minha casa para verificar o que eu ia vestir, me deu um grande abraço e afirmou que sabia que tudo ia dar certo. Ele não podia estar presente, pois estava participando da produção de um filme que teria reunião naquela tarde, mas avisou que nos encontraria depois para a comemoração. Ele já tinha visto o meu filme várias vezes, e, inclusive, o nome dele constava na ficha técnica, como cenógrafo e figurinista.

Chegamos ao cinema onde o evento estava sendo realizado e tivemos que aguardar um pouco no saguão, pois o filme anterior ainda não tinha terminado. Eu estava louca pra assistir a todos os filmes concorrentes, mas todo mundo me aconselhou a não fazer isso, pois só me deixaria ainda mais nervosa. Depois que o concurso estivesse finalizado eu poderia solicitar todos os DVDs e ver com calma.

O espaço estava bem cheio e reconheci várias pessoas. Estavam lá alguns colegas da faculdade, meus amigos da Warner, a Claire e a Grace, que desde o meu aniversário de 21 anos realmente tinham se tornado minhas amigas, o pessoal da produtora do Jeff e ele próprio. A Tracy e o Christian também já haviam chegado e logo fizeram sinal para que fôssemos até onde eles estavam. Percebi que ele já estava atraindo alguns fotógrafos, que provavelmente tinham vindo especialmente por causa dele, que tinha participado do filme fazendo o papel dele mesmo.

Deixei a Gabi e a Ana Elisa na fila de entrada e fui com o Jeff até a sala de projeção, para verificar se estava tudo certo.

Quando começávamos a subir as escadas, alguém me cutucou. Olhei para trás e vi que era uma garota de óculos. Tive a impressão de a conhecer de algum lugar, mas não consegui me lembrar de onde.

"Você é que é a Estefânia Castelino, não é?", ela perguntou. Naquele momento percebi que eu estava enganada. Eu não a conhecia, mas sabia quem ela era: a garota do site de cinema que ia me entrevistar. Só ela me chamava daquele jeito. Eu pensava que ela fosse mais velha, pela voz no telefone, mas percebi que ela aparentava ser mais nova do que eu.

Confirmei que era a *Estefânia*, e ela então falou sorrindo: "Sou a Márcia, a produtora do *Cinemateka*! E aí, está nervosa? Eu não vejo a hora de ver seu filme!".

Sorri de volta, ao notar que ela parecia até mais empolgada do que eu.

"Estou bem ansiosa...", eu disse com sinceridade. "Mas estou tentando fingir que vou apenas assistir ao filme de outra pessoa, pra não surtar!"

"Vai dar tudo certo, querida!", ela falou, apertando meu braço, como se fosse pra me dar força. Em seguida ela olhou para o Jeff, eu os apresentei rapidamente, e ele disse que era melhor a gente se apressar, pois o filme tinha que começar pontualmente em dez minutos.

"Márcia, tenho que ir checar se está tudo pronto lá em cima. Podemos nos encontrar depois que terminar, como planejado?"

Ela sorriu e fez que sim com a cabeça efusivamente, dizendo: "Eu estava esperando o dono do nosso site, mas não sei onde ele se meteu. O fotógrafo já está lá dentro da sala, guardando os nossos lugares!".

Dei um tchauzinho pra ela, já começando a subir as escadas, e ela rapidamente falou: "Boa sorte!", dando uns pulinhos e batendo palmas.

Sorri meio sem graça e fui atrás do Jeff, pensando que, se havia uma garota animada no mundo, ela estava ali. O engraçado é que aquela impressão de que eu a conhecia não ia embora... Seria possível que eu já a tivesse visto no Brasil?

Chegamos à sala de exibição, e todos os meus pensamentos se voltaram para o filme. O técnico me certificou de que estava tudo certo e também me desejou boa sorte, quando eu finalmente me convenci de que não tinha nada mais que eu pudesse fazer. Eu e o Jeff descemos e nos juntamos aos outros, que já estavam sentados em uma fileira no meio do cinema.

Por mais que as meninas ficassem fazendo gracinhas para aliviar minha tensão, eu não consegui relaxar enquanto as luzes não se apagaram. Fiquei prestando atenção em cada uma das pessoas que entravam, imaginando o que elas achariam da minha história e se eu seria capaz de emocionar alguém.

Apesar de saber que muita gente já tinha visto o filme e gostado, como o Mr. Smith, o Alejandro, o elenco e os próprios jurados, eu queria saber a opinião das pessoas que não tinham nenhuma ligação comigo, que eram completamente imparciais e não se inibiriam de fazer uma crítica severa ao sair do cinema.

Finalmente a tela ficou preta, e eu ouvi os acordes da primeira música da trilha sonora. Era "Enjoy the silence", do Depeche Mode. Olhei em volta e constatei que todos estavam de olho na tela, que começava a mostrar os créditos iniciais, deixando entrever por trás uma menina assistindo a um filme na TV, com um controle remoto na mão.

De repente, o nome do filme apareceu bem grande: *Shooting My Life's Script*. Eu tinha passado horas pensando em um bom título. Como eu estava filmando o roteiro da minha vida, acabei achando que esse seria um bom nome; afinal, a personagem também faria o filme dela.

A música aos poucos foi ficando mais baixa, e então pudemos perceber que o som vinha do próprio filme que a garota estava vendo. Nesse momento, a câmera se aproximou dela, dando aos espectadores uma boa imagem da protagonista.

Eu tinha levado dias para eleger a atriz que faria a personagem principal. Nós fizemos testes para escolher o elenco, e várias jovens atrizes se encaixaram no perfil que eu queria: uma menina de 15 ou 16 anos, de cabelo bem lisinho, branquinha, que tivesse uma expressão romântica. No final das contas, o que contou foi a facilidade que a Mariah, a minha escolhida, tinha para chorar. Se disséssemos: "Chora!", no segundo seguinte ela já estava se debulhando em lágrimas. Ela teria que chorar muito naquele filme...

Continuei a assistir, como se eu também estivesse vendo tudo pela primeira vez: um telefone toca. A garota para o vídeo, atende, e a tela se divide em duas, mostrando outra menina do outro lado da linha. Eu tinha dado a sorte de conseguir uma atriz que lembrava muito a Natália, no jeitinho e na empolgação, além de ser lourinha; e eu soube que tinha que ser ela no momento em que a vi.

Pouco a pouco, o filme foi tomando forma. A primeira gargalhada que o público deu fez com que meu coração disparasse... As duas amigas tinham que ir embora depressa de uma festa porque o horário de verão havia começado, e com isso a hora que o pai de uma delas tinha marcado para a volta havia chegado mais cedo. Eu estava sentada entre o Jeff e a Gabi, e os dois seguraram as minhas mãos com força, como se dissessem que tudo estava indo muito bem!

Os outros personagens foram aparecendo...

Um garoto meio fofinho de cabelo castanho claro atrapalhado, que, de cara, a plateia percebeu que tinha uma queda pela protagonista, e logo ganhou a simpatia geral. O nome do ator era Henry, e eu o escolhi especialmente pelo sorriso lindo e cativante que ele tinha. Além de bochechas que davam vontade de apertar! Como as de alguém que eu um dia havia conhecido...

Durante a edição, fiz questão de manter a trilha sonora constante, poucos momentos do filme eram sem melodia no fundo. Durante a minha pós-graduação, eu tinha aprendido que a música nos filmes tinha uma função muito mais importante do que as pessoas sabiam. Ela era mais responsável pelo "clima" da cena do que o fato em si. E usei esse recurso o máximo que pude, mesclando músicas internacionais e nacionais, pois – apesar do filme ser todo em inglês – eu queria colocar um pouquinho de Brasil nele.

Aos 40 minutos, presenciei a primeira lágrima em alguém da plateia. Cutuquei a Gabi e mostrei pra ela uma adolescente que, pelo visto, não tinha aguentado a despedida dos meus protagonistas no aeroporto, ao som de "Far away", do Nickelback. Ela tentava a todo custo conter o choro, que só aumentava. Aos poucos, vi que ela foi seguida por outras pessoas, inclusive pela Ana Elisa e a Tracy. A Gabi só ficava rindo, fazendo observações sobre como a atriz que eu havia escolhido pra fazer o papel dela tinha cara de brava e perguntando se eu a enxergava daquele jeito...

Mentalmente, eu dividi o filme em quatro partes, e a segunda começava exatamente quando a garota descia do avião em solo inglês. Como o orçamento disponível para a produção não tinha sido o suficiente para uma viagem à Inglaterra, escolhi usar um recurso digital para a passagem de tempo. Folhas de um calendário iam voando pelos ares, revelando em seguida cenas rápidas do que a personagem ia fazendo em cada mês do seu ano de intercâmbio. Quando o Christian apareceu na tela, ouvi alguns suspiros, o que fez com que a Tracy desse uma gargalhada. Mandei que ela fizesse silêncio e pude conferir mais uma vez como a maquiadora tinha feito um ótimo trabalho. Ela tinha conseguido rejuvenescer o Christian uns cinco anos. Na tela, ele parecia um garoto de 19, em vez do homem de 25 de agora.

O intercâmbio acabou, a cena da minha protagonista voltando pra casa e pros braços do amor dela, ao som de "You're still the one", da Shania Twain, arrancou palmas da plateia, e aí começou a terceira parte do filme. O namoro dos protagonistas.

Mês após mês, eu mostrei o amor deles crescendo. Gostaria de ter colocado mais detalhes, mas, pelo tempo que o filme tinha que ter, apenas uma hora e quarenta, precisei me concentrar nas partes mais importantes, como os CDs que a personagem recebia a cada mês, o aniversário dela de 18 anos, a música que o mocinho havia composto especialmente pra ela (nessa parte eu pedi permissão da banda No Voice para usar a música "Linda", pois a que "ele" realmente havia feito eu nunca mais tinha escutado, e não teria como a conseguir), a primeira noite de amor dos dois, ao som de "Reaching", do Jason Reeves, e a briga que resultou no final do namoro no dia seguinte.

Eu já tinha visto cada cena do filme umas vinte vezes, mas aquela sempre me despedaçava. A parte em que a menina saía da casa dele, completamente desalentada, atravessando a rua sem rumo, sempre me destruía.

E aí vinha a última parte do filme. A única inventada. Eu havia seguido o conselho do Mr. Smith, que tinha me mandado reescrever minha própria vida. Com a ajuda da maquiadora, conseguimos envelhecer a minha atriz alguns anos, e novamente apareceu o calendário, com as páginas ao vento, dessa vez mostrando que quatro anos haviam se passado. A garota havia se formado em Cinema nos Estados Unidos e feito um filme sobre a vida dela. Sobre a vida *deles*. Porém, sem que ela soubesse, o Christian (o personagem) enviou uma cópia dele em DVD para o mocinho da história depois de pronto. E, ao assistir, ele pôde ver o que tinha acontecido de verdade. Que ela nunca havia tido intenção de magoá-lo. Que ela o amava mais do que tudo no mundo.

Na sequência, finalmente, a cena final acontecia. A protagonista voltava para o Brasil, depois de formada na faculdade, e, surpreendentemente, ninguém a esperava no aeroporto. Ela tinha certeza de que a família e as amigas estariam ali, mas, quando ela saía com as malas e olhava para os lados, não via ninguém conhecido. Ela começava a aparentar tristeza, mas a multidão aos poucos se dispersava e, de repente, ao olhar pra frente, ela o via. Ele não tinha mudado nada. Estava apenas um pouco mais adulto (novamente, parabéns à minha maquiadora!), mas o sorriso continuava o mesmo. Eles ficavam um tempo se olhando a distância, e ele então, lentamente, levantava uma plaquinha, como aquelas que as pessoas levam ao aeroporto quando estão esperando alguém, que dizia: "Eu ainda te amo. Posso continuar a fazer parte do seu filme?".

Ela sorria, os dois corriam um para o outro, ele a abraçava forte e a rodava, eles se olhavam mais uma vez e, em seguida, se beijavam e permaneciam assim, até que os créditos subiam ao som de "Baby, now that I found you", na versão da Felicitas Woll.

Quando escrevi o roteiro, eu tinha esperança de que o público gostasse. Mas eu certamente não estava preparada para aquilo. Assim que o filme terminou, as pessoas começaram a gritar e a bater palmas de pé, como se fosse um gol do Brasil na final da Copa do Mundo. Mas ali a artilheira era eu.

A Gabi foi a primeira a me puxar, me dando um forte abraço e dizendo no meu ouvido: "Fani, você conseguiu! Você é uma cineasta!".

Eu, que já estava com lágrimas nos olhos desde o final da exibição, comecei a chorar abertamente. A Ana Elisa se juntou ao nosso abraço e, no segundo seguinte, a Tracy e o Christian também. O Jeff conseguiu me puxar do meio deles e disse que eu precisava me apresentar como a diretora e receber os aplausos.

Ele me escoltou, e assim que eu cheguei na frente da tela, o público gritou ainda mais alto. Eu agradeci a todos e disse que naquele momento eu estava ainda mais feliz do que a minha personagem, pois o meu sonho tinha acabado de se realizar.

28

Gusteau: Você tem que ter imaginação e coração forte. Tentar coisas que podem não funcionar. E não pode deixar ninguém definir seus limites. Seu único limite é a sua alma.

(Ratatouille)

Prévia das perguntas da entrevista de Estefânia Castelino para o site *Cinemateka*

1. Em primeiro lugar, gostaríamos que você nos contasse: do que se trata o seu filme?

É a história de uma garota normal, como qualquer outra, que vê sua vida mudar quando surge a oportunidade de fazer um intercâmbio cultural. Ela passa na prova e tem que ir para outro país, mas o que ela não esperava é que fosse se apaixonar pouco tempo antes da viagem...

2. Qual foi sua grande inspiração?

Inicialmente, eu me inspirei na minha própria vida. Mas aos poucos o roteiro foi tomando outro rumo, e eu reinventei a minha história.

3. Ao ler o release e ao ver o trailer do seu filme, descobrimos que a protagonista é apaixonada por cinema, e o par dela é louco por música. Sabemos que você também adora filmes, tanto que seguiu essa profissão. Mas e as músicas da trilha sonora? Foram escolhidas a partir do seu gosto pessoal?

Sou apaixonada tanto por música quanto por cinema. Acho que devemos colocar características nossas no roteiro, para convencer o público, passar realismo... Senão a história acaba soando falsa. Amo todas as músicas que usei para compor a trilha. Elas foram muito importantes em uma época da minha vida. Escolhi, sim, a partir do meu gosto, mas de acordo com a história. Todas as músicas têm relação com o que acontece a cada momento do filme.

4. Uma coisa muito impressionante na ficha técnica do seu filme é que você, além de ser a diretora e a roteirista, também foi a responsável pela trilha sonora. Como isso aconteceu? Você é autossuficiente? Não precisou de ajuda?

Eu tive muita ajuda. O filme começou como um curta-metragem. Eu me formei no ano passado, e ele foi o meu trabalho de conclusão de curso. Os meus professores gostaram tanto que o indicaram para concorrer nesse festival, mas para isso eu precisei aumentar o roteiro. Então eu tive toda a ajuda possível, vários colegas me auxiliaram, os professores também... E nesse período eu fiz pós-graduação em trilha sonora. Por isso foi natural que eu cuidasse também dessa parte.

5. O Christian Ferrari, que hoje em dia é um ator famoso, participa do seu filme. Após pesquisarmos um pouco, descobrimos que ele foi seu namorado por um tempo. Vocês ainda têm algum envolvimento emocional? Como foi a escolha dele para integrar o seu elenco?

O único sentimento que eu e o Christian mantemos um pelo outro é o de amizade. Nós namoramos por um curto período, na época do meu intercâmbio, quando ambos éramos adolescentes. Desde essa época, nunca mais tivemos nenhum envolvimento romântico, mas os anos fizeram com que nossa amizade crescesse cada vez mais. Quem o escolheu para o elenco, na verdade, foi o meu professor e orientador, Mr. Carl Smith. Ele o indicou para o papel, e o Christian ficou honrado com o convite.

6. Você tem planos de voltar para o Brasil?

Inicialmente, não. Eu tenho um bom emprego aqui, adoro o que faço e já considero Los Angeles a minha casa. Mas não descarto a possibilidade de voltar para o Brasil um dia. O estilo de filme no qual eu me especializei é comédia romântica, e eu sinto falta desse gênero no cinema brasileiro. Aqui fora, o Brasil é retratado sempre como um país sofrido, e eu gostaria de poder mudar isso, de mostrar para o mundo um outro lado do nosso país. Então, se eu tivesse oportunidade de ajudar no crescimento desse segmento no Brasil, eu gostaria de tentar. Mas isso é mais pra frente, por enquanto, só tenho planos de ir ao Brasil pra passar férias.

> 7. *Agora uma pergunta pessoal. Você é casada? Tem filhos? Namorado? Como eles influenciam na sua profissão?*

Não sou casada nem tenho filhos. Acho que ainda sou muito nova. Estou no momento de me dedicar à minha vida profissional. Mas a minha família e os meus amigos me incentivam muito. Sem eles eu não teria chegado aonde hoje estou.

> 8. *Você poderia nos dizer por qual motivo quis se tornar uma cineasta?*

Sempre fui apaixonada por cinema, desde criança. Ao ver um filme, eu me transporto para aquele mundo, é uma sensação mágica. E eu percebi que gostaria muito de também ter aquele poder de emocionar, de provocar diversos sentimentos. E foi por isso que me tornei uma cineasta. Para fazer as pessoas sonharem...

> 9. *Pra terminar, qual conselho você daria para quem também quer se tornar diretor ou roteirista?*

Em primeiro lugar, acho que é importante ir muito ao cinema. É incrível como podemos aprender apenas assistindo. Procure reparar o que tem por trás de cada cena, tentar descobrir por que o diretor escolheu aquela luz, aquela música, aquele cenário, o movimento corporal dos atores... Em cinema, tudo tem um sentido, nada é à toa. Uma dica para as pessoas que querem ser roteiristas é criar o mesmo tipo de filme a que elas gostariam de assistir, pois quando escrevemos com paixão conseguimos passar isso para o público. Ao escolher um tema, certifique-se de que você domina o assunto, para não se perder no meio da história. E o mais importante de tudo é se apaixonar pelo seu filme. Se nem você se emocionar pela sua história, quem vai fazer isso?

29

Elise McKenna: O homem dos meus sonhos está quase desaparecendo agora. Aquele que eu criei em minha mente. O tipo de homem com o qual toda mulher sonha no mais íntimo e profundo recôndito do seu coração. Eu quase posso vê-lo diante de mim. O que eu diria se ele realmente estivesse aqui?

(Em algum lugar do passado)

As pessoas começaram a se aproximar para me dar parabéns, alguns repórteres de jornais locais pediram que eu desse algumas palavras, e, então, antes que eu ficasse sufocada, a Gabi, a Tracy e a Ana Elisa começaram a colocar ordem na bagunça. Elas organizaram uma fila para quem quisesse me cumprimentar e outra para a imprensa.

Enquanto eu recebia os cumprimentos da diretora da minha faculdade, que veio dizer que eu era uma das alunas mais brilhantes e queridas que já tinham passado pela Columbia, vi pelo canto do olho que a Gabi estava tendo uma discussão com a Márcia, a produtora do tal site, que insistia em dizer que queria exclusividade na entrevista, pois eu inclusive já tinha respondido à prévia das perguntas. Ela não parava de balançar um papel na cara da Gabi – provavelmente as respostas que eu tinha mandado a ela por e-mail – e de dizer que só precisava que eu as respondesse ao vivo, pois os leitores do site estavam esperando a transmissão.

De repente, no meio de tantos abraços e cumprimentos de colegas e desconhecidos, eu me lembrei. Olhei para a Márcia e tive certeza de onde eu a conhecia. Era ela que estava com a garota afetada que eu tinha visto no banheiro do Hard Rock da Universal, no fim de semana anterior! Como era mesmo o nome da amiga dela? Era um nome em inglês...

Enquanto eu agradecia mais um cumprimento, minha cabeça deu um estalo: Meredith! Então a produtora era a amiga daquela garota antipática? Será que ela também tinha vindo? Tentei me lembrar da conversa delas. A Meredith havia dito que teria que ir embora uns dias antes, mas a Márcia (agora eu sabia também o nome dela) ia ficar até o final da semana, pois teria que trabalhar em um evento! Deus, que coincidência! Como eu imaginaria que seria o *meu* evento?

A fila dos cumprimentos foi diminuindo, e eu percebi que a Márcia tinha se acalmado um pouco. Ela havia mandado o fotógrafo do site registrar cada momento, e eu vi que a Ana Elisa estava conversando com ele, perguntando se nós poderíamos receber uma cópia daquelas fotos.

Pouco a pouco, o cinema foi esvaziando, e o pessoal da organização perguntou se eu poderia conversar com os repórteres no *foyer*, pois tinham que liberar o espaço para a limpeza.

Enquanto todos se direcionavam para a saída, meus amigos novamente vieram me parabenizar. A Gabi, a Ana Elisa e a Tracy me deram um abraço coletivo, dizendo que estavam muito felizes por participarem do filme da minha vida. O Christian veio em seguida, atrapalhou o meu cabelo e perguntou se, agora que o filme estava pronto, eu gostaria que ele realmente o enviasse para quem inspirou o personagem do "mocinho"... Olhei séria pra ele e falei que o mataria se fizesse algo parecido! Aquela história que eu mostrei na tela não era minha. Era de uma personagem. A minha de verdade ainda não tinha terminado, mas certamente teria um final bem diferente...

Ele falou que eu não precisava me preocupar, mas agradeceu por eu não tê-lo retratado apenas como o culpado por separar o casal principal. No final das contas ele acabou se tornando o anjo da guarda do filme, que ajudou os protagonistas a ficarem juntos.

"Eu só queria poder te ajudar como meu personagem fez, Fani...", ele falou, passando a mão pelo meu cabelo. Sorri pra ele e respondi que ele tinha feito muito mais. Se nós estávamos ali naquele momento, ele era o responsável. Ele tinha me puxado para Hollywood, quando eu nem imaginava que aquilo seria possível.

O Jeff veio por último, me abraçou pela cintura e foi andando comigo assim, até o saguão do cinema. Quando cheguei na frente dos entrevistadores, ele me deu um beijo e falou que estava muito orgulhoso de mim.

Eu comecei a responder, perguntas de vários jornalistas, que basicamente tinham as mesmas dúvidas que eu já havia respondido para a Márcia por e-mail. De repente, eu percebi que ela não estava junto com as pessoas da imprensa. Fiquei imaginando aonde ela teria ido; ela tinha brigado tanto por aquele momento... Mas, assim que a sessão de perguntas terminou, eu tive a resposta em um bilhete que a Gabi me entregou.

Querida Fani (sua amiga me falou que você odeia ser chamada de Estefânia! Por que você não disse antes, fofinha?),

Parabéns pelo seu filme! É lindo, é romântico, é comovente! Eu fiquei até emocionada! Você merece todo o sucesso do mundo! Infelizmente não pude esperar, pois volto pro Brasil amanhã cedo e ainda tenho que fazer umas comprinhas e arrumar minhas malas! Mas o dono do meu site - que também não podia esperar - me pediu para combinar com você um horário amanhã, pois ele próprio te entrevistará na sua casa. Ele falou que ficará até melhor, pois vai ser em um ambiente informal, onde você vai estar mais à vontade. Sua amiga Gabriela me deu o endereço e disse que poderia ser por volta das 14h, então eu agendei, antes mesmo de te comunicar. Se tiver qualquer problema, por favor, me avise hoje ainda. Meu cartão está em anexo e o telefone do meu hotel também. Além disso, você tem o meu e-mail. Parabéns mais uma vez! E, por favor, faça o que você falou na prévia da entrevista: traga mais romances para o Brasil!

Beijocas!

Márcia

Terminei de ler, e a Gabi logo veio explicar que sugeriu duas da tarde porque, nesse horário, certamente estaríamos meio tristes, pois eu iria levá-la ao aeroporto às quatro. Com a entrevista, ficaríamos distraídas e só nos lembraríamos da despedida praticamente na hora de ir embora. O resultado do concurso sairia às sete da noite, no site do festival, e, como eu ganharia (na opinião dela), não teria o mínimo tempo pra sentir tristeza.

"E, além do mais, Fani", a Gabi completou, "temos uma grande comemoração agora! Provavelmente iremos voltar bem tarde e amanhã cedo vamos dormir até meio-dia!"

Concordei com ela, e a Tracy falou: "Fani, o Alejandro acabou de ligar dizendo que já está no restaurante que combinamos!".

"E hoje você não tem saída, porque depois do jantar nós vamos dançar! Vai ser uma comemoração completa!", a Ana Elisa completou.

Eu estava tão feliz que concordei sem reclamar. Porém, assim que colocamos os pés pra fora do cinema, algo tirou o sorriso do meu rosto. Com a euforia, eu tinha me esquecido completamente que o Guilherme havia dito que estaria ali. Mas, pelo visto, ele tinha esperado aquele tempo todo para poder falar comigo sem pressa.

Olhei para o Jeff, notei que ele estava com as sobrancelhas meio franzidas, pois certamente se lembrava de quem era o Guilherme. Na época em que entrei na produtora dele, por várias vezes o Gui me levava ou buscava, ou até as duas coisas, e os dois haviam se visto em algumas dessas ocasiões.

Ao ver minha situação, o Christian logo engatou uma conversa com o Jeff, perguntando como sua atuação havia sido, do ponto de vista dele, como diretor. Eu ainda ouvi o Jeff responder que tinha sido satisfatória, pois a minha direção sempre era impecável em relação a todos os atores, mas aproveitei para ir depressa conversar com o Guilherme.

"Oi, Fani...", ele falou assim que me aproximei. Eu o cumprimentei com beijinhos, e uma parte do meu inconsciente começou a analisar a aparência dele. Ele não tinha mudado muito. Estava apenas com o cabelo um pouco maior. E ainda mais forte – certamente continuava com o hábito de passar duas horas e meia por dia dentro da academia.

"E então... gostou do filme?", perguntei, pois ele apenas ficou me olhando, sem dizer nada.

Ele respirou fundo, deu um sorrisinho e falou: "Acho que hoje eu entendi melhor certas coisas... Talvez se eu tivesse visto esse filme antes, pudéssemos ainda estar juntos...".

Comecei a me sentir meio desconfortável. A imagem que tinha ficado dele em minha mente era péssima, repulsiva, e eu sentia raiva de mim mesma só de lembrar que eu o havia namorado por tanto tempo.

"Mas eu vim aqui, Fani", ele continuou a falar, "porque desde que terminamos, mais de um ano atrás, eu sinto que te devia desculpas. Continuo achando que você não podia ter me escondido certas coisas. Mas sei que eu não tinha o direito de ter te empurrado, arrebentado o seu colar e muito menos de ter machucado a Winnie...". Ele deu uma olhada rápida para o meu pescoço, e vi uma leve surpresa passar pelo rosto dele ao constatar que o colar continuava ali. No dia, eu consegui recuperar a pérola e logo levei a um joalheiro para que ele emendasse o cordão. E então meu colarzinho voltou para o lugar de onde ele nunca deveria ter saído.

Eu fiquei meio surpresa pelo pedido de desculpas, e ele continuou a explicação: "Eu te amava muito, e imaginar que você tinha outro, mesmo que não fosse fisicamente, me magoou demais. Porém, logo que a minha raiva passou, poucos dias depois daquela cena que eu fiz no seu apartamento, veio o arrependimento. Desde aquela época, fiquei com vontade de te ligar, mas ainda não tinha feito isso por puro receio de que você estivesse me odiando muito e eu piorasse ainda mais as coisas. Por isso deixei o tempo passar, sempre tendo em mente que, antes de voltar para o Brasil, eu ia te procurar. Até que vi a notícia do seu filme no jornal e soube que o momento havia chegado".

Senti minha raiva começar a evaporar. No lugar dele, eu provavelmente teria tido a mesma reação. Claro que eu nunca chutaria um animal ou destruiria um colar, mas certamente eu teria sentido *vontade* de fazer isso...

"Gui...", eu falei sem encará-lo. "Tudo bem. Já passou. Eu... gostei de te ver de novo. De certa forma 'limpou' a lembrança que tinha ficado...", dei uma olhadinha para o rosto dele e percebi que ele estava com um sorriso meio triste. Para mudar de assunto, perguntei: "E então, quando você volta pro Brasil?".

"No final do ano", ele respondeu. "Eu poderia te falar para a gente combinar de fazer alguma coisa até lá, mas acho que seu atual namorado não ia gostar muito..."

Percebi que ele estava olhando para o Jeff, que estava por perto, provavelmente tentando entender nossas palavras em português.

"Sabe, Gui...", eu falei sorrindo. "Se o Jeff tivesse acontecido antes de você, certamente eu o teria mencionado naquela nossa conversa sobre ex-namorados..."

Ele ficou um tempo calado e de repente entendeu o que eu quis dizer: "Ah... ok. Ele não é tão importante a ponto de você *escondê-lo...*".

Apenas concordei com a cabeça. Ele então se aproximou, me deu um abraço e falou no meu ouvido: "Olha, eu fiquei muito tempo pensando em você, sabendo que eu tinha que ter essa conversa final, pra poder seguir em frente e não ficar com essa história mal-acabada na minha vida. Agora é como se eu estivesse mais leve". Ele se afastou um pouco, me olhou sério e continuou: "Assisti seu filme todo e sei que a história real não deve ter acontecido bem assim, senão eu nem teria entrado na sua vida. Se eu posso te dar um último conselho, acho que você deveria procurá-lo... Digo, o mocinho do filme. O *Leo*, se me lembro bem do nome que li nas suas cartas. E, por falar nisso, me desculpe por isso também. Eu não tive intenção de lê-las, foi meio sem querer, peguei uma frase enquanto ia a caminho da lixeira e aí não tive como não ler o resto. Mas o fato é que eu acho que se você tiver um último encontro com ele, talvez não se *esqueça* mais de mencioná-lo aos seus novos namorados... Talvez isso te liberte".

Ele me deu um beijo no alto da cabeça e em seguida se distanciou, me lançando um último olhar.

Eu o acompanhei com os olhos até que entrasse no carro, pensando em tudo o que ele havia dito. A Gabi chegou perto de mim, perguntando se eu estava bem, eu respondi que sim e me juntei novamente ao grupo.

O resto da noite acabou passando muito depressa. Só quando eu cheguei em casa é que pude processar tudo o que havia acontecido. O meu filme tinha agradado! E o Mr. Smith me disse que, mesmo que eu não ganhasse o primeiro lugar, o filme me abriria muitas portas e que várias grandes produtoras estavam interessadas no meu trabalho. Em certo momento, ele me puxou para um lugar mais reservado e falou que, se eu não estivesse satisfeita na produtora do Jeff, o momento de sair era agora, pois não me faltariam propostas. Aquilo de certa forma me deixou aliviada. O Jeff era um amor, mas não o namorado que eu queria. Com outras propostas de emprego, eu poderia terminar com ele sem medo de que isso me prejudicasse profissionalmente. Eu achava sinceramente que ele deveria ficar com uma garota que gostasse mais dele do que eu. Ele merecia isso. E eu também merecia. Eu não queria nada menor do que aquele sentimento que a minha personagem havia demonstrado na tela. Eu *precisava* daquilo na vida real.

Como previsto, no dia seguinte, eu, a Ana Elisa e a Gabi acordamos tarde. Tomamos um *brunch* demorado, ainda comentando sobre a noite anterior, e elas disseram que eu deveria começar a me arrumar para a entrevista, pois certamente o fotógrafo viria junto, e eu tinha que ficar bem bonita na reportagem.

"Sabe que eu achei esse fotógrafo muito simpático?", a Ana Elisa comentou. "Ele ficou elogiando a nossa organização, por termos formado duas filas e tal..."

"Sei...", a Gabi falou meio rindo. "Ele queria elogiar era as suas pernas, isso sim! Vi que ele não tirou o olho! Quem mandou ir de minissaia?"

Elas saíram rindo em direção ao quarto da Ana Elisa, e eu fui mesmo me arrumar.

Às duas horas em ponto, a campainha tocou. As meninas tinham dado uma saída para a Gabi tirar as últimas fotos nas redondezas, e eu estava sozinha com a Winnie, que latiu, cheirou debaixo da porta e começou a balançar o rabinho.

"Não é ninguém que você conheça, Winniezinha! É só o moço do site que veio me entrevistar", falei baixinho pra ela. "Mas, se você ficou feliz, com certeza ele deve ser legal!"

Então abri a porta com um sorriso, que imediatamente congelou no meu rosto.

Parado, ali na minha frente, com um ar meio tímido, mas exatamente como eu me lembrava, estava *ele*. O mocinho do meu filme. O personagem mais marcante que já havia passado pelo roteiro da minha vida.

Parte 2

Leo

1

> Gabe: A verdade é que haverá outras garotas por aí. Mas nunca mais vou ter outro primeiro amor. O primeiro amor vai ser sempre ela.
>
> (ABC do amor)

"O que são todos esses CDs azuis etiquetados apenas com meses ou anos e uns rabiscos? Coloquei alguns pra tocar mais cedo, mas cada um deles tem apenas uma música!"

Desviei meus olhos do notebook, mesmo sabendo do que ela estava falando. Quando a Meri se ofereceu para trocar meus móveis de lugar, eu já sabia que daria problema. Ela insistiu a ponto de quase chorar. Chegou a pegar um livro de *feng-shui* que, por algum motivo, ela levava na bolsa, abriu em uma página e só faltou esfregar no meu nariz, dizendo que a energia do meu apartamento estava toda errada, que o motivo do meu cansaço era o fato da minha cama estar virada para a porta, que o meu nervosismo era devido à cor da parede da sala ser vermelha, que eu não deveria ter computador, rádio e TV no quarto, pois aquilo sugava a minha disposição, e que eu precisava urgentemente comprar um aquário para o banheiro, para atrair prosperidade.

Por mais que eu dissesse que eu não podia fazer a reforma geral que, pelo visto, ela desejava, pois o apartamento era alugado, ela apenas comunicou que com uma simples "mexidinha" nos móveis eu teria um lar completamente novo e, consequentemente, eu também seria uma nova pessoa.

Eu estava tão preocupado com outros assuntos que mal ouvi quando ela falou que faria tudo pra mim, e que eu nem notaria a mudança até que ela estivesse concluída. Devo ter concordado, pois, quando cheguei em casa, tive até que dar um passo pra trás e conferir se estava no andar correto. Mas de repente eu a vi, de macacão e de bandana amarrada na cabeça, carregando caixas e mais caixas que continham, ao mesmo tempo, minhas roupas, DVDs e objetos de decoração. E então eu constatei mais uma vez que não tinha nada de errado com o meu apartamento. Já da namorada eu não podia dizer o mesmo.

Tentei tomar um banho para esquecer o ciclone que pelo visto tinha passado por ali, mas ela avisou que eu teria que esperar, pois havia colocado todos os móveis do escritório no banheiro. Comecei a suar só de pensar nos meus livros e nas folhas de papel perto da pia e do chuveiro, mas respirei fundo e fui em direção à cozinha. Talvez tomando uma água bem gelada o meu sangue também esfriasse um pouco. Porém, ao chegar lá, vi que todos os eletrodomésticos estavam desligados, provavelmente esperando o novo lugar onde seriam posicionados. Abri a geladeira e notei que tudo lá dentro já beirava o "morno". Provavelmente aquela reorganização tinha começado cedo.

Cavei um caminho no meio da bagunça e consegui chegar ao quarto, disposto a mandar com que ela interrompesse naquele minuto o que quer que estivesse fazendo e trouxesse de volta o meu antigo apartamento, mas encontrei-a se equilibrando em cima de uma escada, trocando o lustre, em frente a uma janela aberta, e tudo o que pude fazer foi correr para não deixar que ela caísse do 11º andar. Ela, em vez de me agradecer, apenas falou que eu não era bem-vindo naquele momento, que era pra eu arrumar um lugar vago e ficar bem quietinho até que ela acabasse, do contrário ela não conseguiria terminar tão cedo...

Olhei para o relógio e vi que *cedo* realmente ela não terminaria. Já eram quase dez da noite. Eu havia trabalhado até tarde e ainda precisava atualizar o site... Tudo o que eu tinha planejado era tomar um banho, pedir uma pizza, ligar o ar-condicionado e me atirar no sofá, com o notebook no colo e a televisão ligada.

Eu tinha passado o dia inteiro sonhando com aquele momento. Porém, por causa de alguém – provavelmente tão desocupado quanto a minha namorada – que inventou que a localização dos móveis altera a nossa energia, eu teria que me espremer com o laptop em cima da pia do banheiro, o único lugar da casa ainda livre. Vou te falar que *isso* é o tipo de coisa que altera a energia de alguém!

Por essa razão, quando ela chegou com alguns dos meus CDs nas mãos, provavelmente disposta a atirá-los na lixeira mais próxima, eu perdi o pouco da paciência que ainda me restava.

"Não encosta nos meus CDs!", falei, mais alto do que devia. "Quer trocar o teto com o chão de lugar? Tudo bem! Mas deixe os meus CDs fora dessa!"

Ela olhou meio assustada quando deixei meu lugar na pia e passei por ela pisando duro, depois de puxar os CDs que ela segurava. Atravessei a sala em meio segundo e peguei a caixa onde eles ficavam enfileirados. Dei uma conferida rápida e constatei que todos ainda estavam ali.

"Que isso, Leonardo?", ela chegou atrás de mim um segundo depois. "Por que esses CDs são tão importantes? E por que tantos? Tem pelo menos 100 dentro dessa caixa! E qual é a dessas capas azuis? CDs cruzeirenses?"

Não eram tantos assim. Pelos meus cálculos, apenas 60. Colecioná-los tinha se tornado uma espécie de hobby ou, talvez, mania. A cada mês, um novo era acrescentado à coleção. E a cor da capa nada tinha a ver com futebol.

"É coisa da época da faculdade", falei depressa enquanto voltava para o banheiro, carregando a caixa. "Uma pesquisa que eu tive que fazer. Não quero que você meta o seu *feng-shui* no meio deles."

Pela expressão, pude ver que ela estava achando aquilo muito estranho, então resolvi mudar de assunto, antes que ela cismasse de vez com os meus CDs. Coloquei a caixa em cima da pia, saí novamente do banheiro, me aproximei e falei no ouvido dela, enquanto dava uns beijinhos no pescoço para distraí-la mais rápido: "Merizinha... Vamos deixar isso tudo pra lá? Meu apartamento não estava tão ruim assim. Você mesma parecia adorar, pois, apesar de tudo, não saía daqui. Que tal deixar pra faxineira arrumar amanhã e sairmos agora pra comer uma pizza?".

"Pizza, Leo?", ela se afastou fazendo uma careta. "Em plena segunda-feira? Por isso você não consegue perder essas bochechas! Elas estão até com covinhas! Se eu ficasse comendo pizza todo dia você acha que eu teria esse corpinho?", ela apontou para o próprio corpo, colocando a mão na cintura. Nem precisei conferir. Eu já sabia que ela dava a impressão de nunca na vida ter comido qualquer tipo *junkfood*. Cada uma das curvas (e que curvas!) estava no lugar.

"Uma salada então?", tentei de novo. "Japonês? Qualquer lugar que você quiser, Meri! Estou com fome, cansado... Se você quer ficar aí, tudo bem. Eu vou sair pra comer alguma coisa e depois vou pedir guarida na casa do meu primo, pois já vi que aqui eu não vou conseguir dormir hoje!"

Fui me direcionando para a saída, mas antes que eu abrisse a porta ela mudou de ideia.

"Espera... Qualquer lugar que eu quiser?"

Hesitei um pouco, já sabendo que a minha carteira ficaria mais leve naquela noite. Ela só gostava dos restaurantes mais caros da cidade. Mas seria um preço até barato para desviar o foco dela das minhas coisas.

"Só se você ficar pronta em três minutos!"

Ela se atirou no meu pescoço e me deu um longo beijo, que eu retribuí, me lembrando de uma época distante, quando eu ainda recebia beijos de alguém que se contentava com presentes bem mais simples... Como CDs com capinhas azuis.

2

Ninny: Um coração pode se partir e continuar batendo igual.

(Tomates verdes fritos)

De: Leo – Para: Fani

CD: Seis meses com você

1. I knew I loved you – Savage Garden
2. Coisa mais gostosa – Dr. Silvana e cia
3. Her diamonds – Rob Thomas
4. Um pro outro – Lulu Santos

O interfone tocou quando eu tinha acabado de sair do banho. Meu irmão atendeu e gritou que era uma encomenda pra mim. Eu já sabia do que se tratava, então pedi que ele avisasse ao porteiro para deixar que o entregador subisse.

Coloquei rapidamente uma roupa e, antes de atender a porta, fui ao quarto do Luciano.

"Está lembrando que eu pedi pra você e pro Luiz liberarem o apartamento hoje à noite?"

Meu irmão jogou uma blusa na minha cara dizendo que era lógico que lembrava, pois tinha mais de duas semanas que eu só falava naquilo. Comecei a sair, mas antes que eu chegasse à porta ele veio com um: "Aê, Leozããão!".

Foi o "ão" prolongado que me fez parar. Eu já sabia que lá vinha besteira...

"Até que enfim!", ele continuou. "Já era tempo da Fani liberar, né? Não sei como você aguenta! Mulher fresca não tem vez comigo! Mas pode deixar que eu só volto pra casa umas cinco da manhã! Dá tempo até de repetir, né? Quero dizer, o jantar..."

Tive vontade de socar a cara dele, mas a campainha tocou exatamente nessa hora. Então apenas cheguei bem perto e falei baixo, mas firme: "Escuta aqui, se você falar algo parecido na frente da Fani, eu te mato! Já disse que é apenas uma comemoração! Eu só pedi pra vocês saírem porque quero ficar mais à vontade com ela! E você não tem nada a ver com o que acontece no meu namoro!".

Saí do quarto antes que ele replicasse, mas ainda o ouvi dizendo "Leozinho, vem cá meu amor...", imitando voz de mulher. Deixei pra lá e fui receber a minha encomenda, que era exatamente o jantar. Eu ainda precisava passar a carta a limpo. Aquela noite teria que ser inesquecível.

Porém, claro que, como sempre, alguma coisa tinha que dar errado. Eu havia pedido para o meu irmão sumir até no máximo seis da tarde, mas quinze para as sete ele ainda estava em casa! Eu precisava arrumar a mesa da sala, colocar os pratos, a vela, a música... Se o Luciano visse aquilo, me zoaria para o resto da vida! Se fosse o Luiz Cláudio, meu irmão mais velho, ele até entenderia, como entendeu o meu pedido por privacidade uma vez na vida, e saiu de casa com várias horas de antecedência! Mas, pelo visto, o Luciano tinha total intenção de atrapalhar.

De repente, tive uma ideia. Eu podia pegar a mesinha da varanda e colocar no meu quarto. Eu teria como arrumar tudo lá dentro sem o meu irmão ver. E foi o que fiz. Eu só esperava que a Fani não pensasse que eu estava com segundas intenções. Quer dizer, é claro que eu estava. Segundas, terceiras, quartas, todas as intenções possíveis. Mas não naquela noite. Eu apenas queria comemorar o fato de tê-la como namorada já há seis meses.

Um pouco antes de 19 horas, que era a hora que ela chegaria, liguei para o porteiro e pedi que me avisasse antes de ela subir. Em seguida, verifiquei se estava tudo preparado para surpreendê-la.

Quando deu o horário marcado, praticamente empurrei meu irmão pra fora de casa. Ele entrou no elevador protestando, mas vi que estava apenas querendo me irritar.

Ela chegou às sete e quinze, "pontual" como sempre. Mas dessa vez eu não reclamei, o atraso foi bom para que eu arrumasse os últimos detalhes. Deixei a porta da sala entreaberta e corri para o quarto. Assim que ouvi a campainha, gritei para que ela entrasse, acendi a vela, liguei o som baixinho e apaguei a luz. Eu já estava até meio arrependido de ter preparado aquilo tudo, com certeza eu não esperava que aquele jantar me desse tanto trabalho; mas, quando vi o sorriso dela, tudo compensou.

De cara notei que ela tinha esquecido que estávamos no dia 22. Não a culpei. Com todo o estresse do vestibular, com a morte do namorado da amiga e com a pressão da mãe, ela realmente não tinha como se lembrar de um simples aniversário de namoro. Eu me lembrava porque... Bem, eu me lembrava de tudo em relação à Fani. Eu festejava cada minuto ao lado dela. E mesmo com seis meses, meu coração ainda acelerava quando eu a via. Como ali, naquele momento.

Entreguei depressa o CD para que ela entendesse o que estávamos comemorando. Expliquei que, se ela quisesse, poderíamos ir para a sala, e dei também a carta, que eu tinha ficado horas escrevendo. Eu esperava que ela gostasse. Ela não parava de se desculpar por ter esquecido a data, mas aos poucos se concentrou no que eu havia escrito. Acendi a luz, para que ela pudesse enxergar melhor.

Enquanto lia, sentada na minha cama, fiquei prestando atenção na expressão dela. No rosto. No corpo. Nela inteira. O cabelo, tão liso, com uma mecha da franja caindo sobre os olhos. A pele bem clara, sem nenhuma marca. O nariz estava meio vermelho, talvez ela estivesse com frio, devia estar fazendo uns 15 graus lá fora. Será que ela tinha vindo a pé? Ela estava com um casaco marrom, cachecol colorido, calça jeans e bota. Tão ela!

Quando terminou de ler, ela pareceu meio assustada. Comecei a ficar preocupado, a Fani andava meio imprevisível. Uns dias antes ela havia me chamado na internet no início da tarde para dizer que estava com saudade. E, quando cheguei à casa dela, no mesmo dia à noite, ela estava meio distante...

Mas toda a minha preocupação se foi quando ela se levantou e me puxou. Eu a abracei e percebi que estava enganado. Ela não estava com frio. Na verdade, estava *muito* quente.

Ela se afastou um pouco do meu abraço e começou a agradecer pela carta, mas fazendo sua própria declaração, com palavras tão doces quanto o perfume que ela estava usando. A única vez que ela havia dito que me amava antes tinha sido sem saber que eu estava ouvindo. Porém, agora, ela não só estava repetindo aquilo várias e várias vezes, como também afirmando que me amaria para sempre...

Sem conseguir resistir, segurei aquele rosto perfeito e a beijei. Ela retribuiu, e, bem devagar, eu a empurrei em direção à cama. Eu apenas queria sentir o corpo dela, apesar de saber que aquilo acabaria me frustrando. Como sempre, ela me interromperia na melhor parte, mas pelo visto eu era meio masoquista.

Entre um beijo e outro, ela tirou o casaco e o cachecol, pois realmente eles não tinham mais utilidade, e aquilo só fez com que eu tivesse mais vontade de agarrá-la. Repentinamente, recuperei a consciência e soube que era a hora de parar. Se fôssemos adiante, eu poderia fazer algo de que ela não gostasse, e aquilo acabaria arruinando o momento. Olhei pra ela, esperando que ela me entendesse, mas ela apenas me abraçou novamente e continuou a me beijar, com ainda mais intensidade.

"Fani...", falei baixinho. Ela me calou com outro beijo, e eu tive que lutar comigo mesmo para interromper de novo. Mas ela segurou o meu rosto e ficou me olhando, fixamente. Eu pensei que ela estivesse apenas querendo me convencer a não levantar, mas algo no olhar dela me chamou a atenção. Ela estava séria. Com uma expressão decidida.

De repente ela fez que sim com a cabeça, bem devagar, e eu entendi tudo. Provavelmente ela estava pensando que eu havia preparado aquele clima todo para convencê-la! O jantar, o CD, a carta, a vela... Comecei a explicar que não era nada daquilo, que eu não queria pressioná-la, que eu continuaria esperando pelo tempo que precisasse, mas ela me beijou novamente, e quando eu tornei a olhá-la, vi que ela tinha certeza.

Fiquei meio nervoso. Eu havia desejado e esperado tanto! Mas agora que a ocasião tinha chegado, eu não conseguia pensar em mim. Aquele momento tinha que ser perfeito pra *ela*.

"Eu te amo tanto, Fani...", falei olhando nos olhos dela, para que não houvesse dúvidas sobre aquilo. Na verdade, era mais do que amor. Mas eu não consegui pensar numa palavra adequada. Provavelmente ela não existia.

Ela respondeu que também me amava, e eu então apaguei a luz, deixando apenas a vela acesa.

Tudo aconteceu naturalmente e com muita paixão. No final, olhei para o rosto dela, tentando encontrar algum sinal de arrependimento, mas ela apenas sorriu, se aconchegou ainda mais no meu abraço e falou novamente que me amava. Eu disse que a amava mais, e nós poderíamos ter ficado disputando o tamanho do nosso amor a noite inteira, mas ainda tínhamos que jantar, e ela precisava voltar pra casa.

Foi difícil me separar dela. Eu estava feliz e triste ao mesmo tempo. Feliz porque ela era minha, mas triste porque cada minuto longe dela seria como estar sem uma parte do meu próprio corpo, como se um pedaço do meu coração estivesse faltando.

Passei a madrugada pensando nela, relembrando cada minuto daquela noite, e então resolvi fazer outra surpresa. Se eu pudesse, passaria a vida surpreendendo-a, enchendo-a de presentes, fazendo o possível para torná-la cada dia mais feliz. Comprei flores e lembrei que ela havia gostado da música que eu tinha composto para ela, quando eu ainda nem sabia que ela poderia algum dia vir a gostar de mim de verdade. Eu estava disposto a dar tudo o que ela quisesse. E se ela queria aquela música, ela a teria. Toquei repetidas vezes, tentando não acordar os meus irmãos e vizinhos. Quando finalmente consegui uma boa gravação já era dia, e então abri o meu e-mail para enviar.

Foi aí que o meu mundo começou a desabar. Uma mensagem estranha do Alan me alertava para algo que eu não entendi direito. Pensei em deixar pra lá, o Alan nunca tinha sido muito equilibrado, mas alguma coisa nas palavras dele me intrigou. Fui até uma banca para tentar desvendar o mistério, e de longe eu a vi. Eu poderia reconhecê-la até no escuro. E distingui a pessoa com quem ela estava também. Era o meu pior pesadelo materializado na frente dos meus olhos. Eu havia passado meses odiando aquele cara, imaginando o que eles tinham feito juntos do outro lado do mundo, pensando se ela ainda gostava dele. Eu conhecia a Fani... Ela não ficava com ninguém à toa. Se eles namoraram, ela certamente se envolveu. Além do mais, ela havia guardado a foto dele. Ele comentou no blog dela com a maior intimidade. E ela até trocou o meu nome! Todos me diziam que aquilo era passado, que se ela estava comigo era porque gostava de mim, e não dele... Mas aquela foto na capa da revista tinha acabado de me afirmar o contrário.

Disposto a me torturar, pedi ao jornaleiro para ver. Li a reportagem inteira e logo associei o dia em que aquilo havia acontecido. Então ela tinha armado tudo... Para que não houvesse perigo de que eu os flagrasse juntos, ela se certificou que eu estaria preso no trabalho.

De repente, tive vontade de rasgar aquela revista inteira, o que eu provavelmente teria feito se o jornaleiro não estivesse me olhando atentamente. Ele chegou a perguntar se eu estava bem, pois eu devia estar muito branco ou de alguma outra cor, mas eu nem respondi e apenas voltei para casa, como um zumbi. Aquilo não podia estar acontecendo. Aquela não era a Fani. Não podia ser a *minha* Fani. A mesma garota que horas atrás tinha me jurado amor eterno, que havia se derretido em meus braços, que parecia tão apaixonada... Seria tudo encenação?

Resolvi não esperar pra descobrir. Provavelmente as flores já haviam sido entregues, e ela certamente me ligaria no segundo em que acordasse, para agradecer. Eu precisava desligar todos os telefones, sair de casa, sumir do mundo. Acima de tudo, eu precisava de tempo pra pensar. Exatamente nesse momento meu celular apitou, vi que era uma mensagem do meu primo Luigi, pedindo que eu ligasse ao acordar, para que pudéssemos nos encontrar. Ele tinha acabado de chegar do Rio, com a Marilu, a namorada dele cujos pais estavam morando em BH. E foi quando eu descobri onde iria me esconder.

Passei o dia recebendo conselhos do meu primo e dos meus irmãos. Vários outros e-mails chegaram perguntando se aquela na capa da revista era a Fani e o que aquilo significava – coisa que eu também gostaria de saber. Fiz questão de manter o celular desligado o tempo inteiro, pois, além de não querer telefonemas de mais pessoas me indagando e me consolando, eu não queria falar com *ela*.

A Marilu foi a única a achar que eu deveria deixar que a Fani se explicasse, pois deveria haver alguma razão para aquilo. Mas o motivo não me importava mais. Nada importava. Além do beijo, havia a mentira, pois, após juntar o texto da reportagem com os fatos, eu já imaginava o que provavelmente tinha acontecido. Com certeza o tal Christian veio atrás dela, que não resistiu ao apelo de um "galã de Hollywood" a paparicando e teve uma recaída. Ela possivelmente já estava com intenção de reatar com ele, mas devia estar adiando, por pura *pena* de mim... Afinal, eu era um bobo que fazia tudo para ela. Agora eu via que ela inclusive tinha tentado me falar. Nos últimos dias ela andava fria, com o olhar perdido... Devia estar pensando nele. Se eu não tivesse me mostrado sempre tão apaixonado, provavelmente ela teria tido coragem de me contar, de me dar o fora. Mas ela certamente ficou preocupada com a minha reação e preferiu esconder, pra me poupar. Aposto que teria me falado na noite anterior também, mas como fazer isso depois que o cara te prepara um jantar e te escreve uma carta melosa como a que eu havia escrito? No lugar dela, eu provavelmente também teria mentido, dito que o amor era recíproco e deixado para contar a verdade depois.

Mas agora aquilo não importava. Ela não ia mais precisar sentir dó de mim. Eu ia expulsá-la da minha cabeça, do meu coração, da minha vida. Eu não queria me encontrar com ela nunca mais!

Apesar disso, quando finalmente voltei pra casa, no começo da noite, disposto a dormir pelo tempo que fosse possível, para tentar esquecer aquilo tudo, senti um aperto no peito quando o porteiro avisou que ela havia passado a tarde inteira na frente do prédio, me esperando chegar. Eu era patético assim. Apesar de tudo, a lembrança dela ainda fazia meu coração bater mais forte.

Meus irmãos e meu primo logo avisaram que ela voltaria, que era pra eu pegar o telefone e conversar de uma vez, pra deixar claro que ela não seria bem-vinda. Mas eu simplesmente não tive forças. Cheguei ao meu quarto e vi que ele ainda estava exatamente como na noite anterior. Eu apenas tinha apagado a vela e retirado os pratos, as taças e os talheres. Mas a cama ainda estava desarrumada. O perfume dela ainda estava nos meus lençóis.

Troquei a roupa de cama com força, devolvi a mesa para a varanda, juntei cada um dos presentes que ela já havia me dado na vida e finalmente caí na cama. Porém não consegui dormir, pois a imagem daquele beijo na capa da revista ficava indo e voltando na minha cabeça. Além disso, eu não parava de prestar atenção à conversa dos meus irmãos com meu primo na sala, que continuavam a ofendê-la, a xingá-la, a dizer que aquele jeitinho supostamente meigo dela nunca os havia enganado. Apesar de tudo, tive vontade de levantar para defendê-la. Minhas emoções estavam fora de controle. Era como se fossem duas garotas diferentes. Uma, eu ainda amava. A outra, eu desprezava.

Depois de umas duas horas deitado sem conseguir que o sono me dominasse, resolvi tomar banho. No chuveiro, finalmente cedi e derramei todas as lágrimas que eu vinha segurando desde cedo.

Quando eu tinha acabado de me enxugar e de trocar de roupa, e já começava a me sentir um pouco melhor, ouvi uma gritaria na sala. Pensei que era só um jogo de Playstation mais exaltado, mas ouvi uma voz feminina no meio. Não era da Marilu. Era uma voz que eu conhecia muito bem.

Respirei fundo e resolvi terminar aquilo tudo de uma vez. Eu precisava desse último encontro para mostrar que eu poderia viver sem ela. Eu já havia feito isso antes.

No entanto, no instante em que a vi, percebi que não seria fácil assim. Apesar de tudo, tive vontade de correr para ela. E foi exatamente isso o que ela fez ao me ver. Precisei de todo o meu autocontrole para não abraçá-la. O Luigi, o Luciano e o Luiz não paravam de mandar que eu a expulsasse de casa, mas algo no olhar da Marilu fez com que eu não os escutasse. Aquela garota sabia mais do que se passava comigo do que meu primo e meus irmãos juntos. No ano anterior, enquanto fingia ser minha namorada, ela tinha se aproximado mais de mim do que qualquer outra pessoa.

Chamei a Fani até o meu quarto, tentando ser o mais frio possível. Eu apenas queria entregar tudo o que era dela, para que não houvesse mais lembranças. Mas, quando percebi, eu já tinha soltado tudo o que estava atravessado em minha garganta há tempos. Finalmente coloquei toda a raiva para fora. Toda a raiva que eu vinha sentindo desde o momento em que a havia conhecido. Não era raiva dela. Era de mim. Por ter me permitido amá-la desde o primeiro instante.

Ela tentou se explicar, mas eu não queria que ela me convencesse de mais nada. Abri a porta e fiz com que ela saísse.

Ela foi embora parecendo arrasada. Tive ímpetos de segurá-la, de pedir que ela me dissesse que aquilo era só um sonho ruim. Mas eu não podia. Depois de ter dito tudo o que eu queria, eu estava me sentindo mais forte, apesar de mais triste do que nunca...

Quando o Rodrigo chegou um pouco mais tarde, para me chamar pra sair, acabei aceitando, por mais que eu estivesse com todo o sono do mundo. Eu já estava acordado havia 36 horas, mas, talvez, se fingisse que eu estava me sentindo melhor, as pessoas parariam de me olhar como se eu fosse um coitado.

O Luigi e a Marilu resolveram ir também, e pouco depois de entrarmos no local combinado o Alan também chegou. Mas ele não estava sozinho...

Eu não via a Vanessa há algum tempo, mas logo notei que ela estava bonita e sexy, como sempre. Com as mesmas roupas justas e decotadas. E ela deu um jeito de se sentar bem ao meu lado.

A Priscila, que desde o momento em que cheguei não tinha parado de defender a Fani, por mais que eu dissesse que não queria escutar nada, finalmente interrompeu a falação. Mas não porque ela tivesse se convencido de que nem todas as palavras do mundo me comoveriam, e sim porque a Vanessa, por sua vez, começou a conversar. Primeiro ela perguntou o que o meu primo estava fazendo com a minha ex-namorada. Ela não estava por dentro do fato do meu namoro com a Marilu no ano anterior ter sido uma farsa. Como ninguém respondeu nada, por pura falta de paciência para explicar, ela balançou os ombros e falou que pelo visto todas as minhas ex-namoradas tinham muito bom gosto, já que uma estava com o meu primo, que era "um gato" (o que fez com que a Marilu imediatamente fechasse a cara e chegasse mais perto do Luigi), e a outra com um modelo.

Aquilo só fez com que a Priscila abrisse a boca de novo, explicando que o tal Christian não era um modelo, e sim um ator, e que o único motivo da Fani ter ido àquele encontro era pra que ele entendesse de uma vez por todas que ela queria que ele a deixasse em paz. A Vanessa então pediu que ela explicasse aquele beijo, e a Priscila respondeu que o cara a havia agarrado, que o beijo tinha sido roubado e que ela própria nunca tinha visto amor maior do que o que a Fani sentia por mim – com exceção do próprio amor dela pelo Rodrigo, ela fez questão de ressaltar.

A Vanessa falou que não acreditava em nada daquilo e que tinha certeza de que naquele exato momento a Fani estava com o Christian, pois, apesar de ela sempre ter sido meio *tapada*, certamente tinha um pingo de inteligência para não deixar que um príncipe daqueles escapasse. Ela falou ainda que a Fani provavelmente nem lembrava mais que eu existia, e aquilo atiçou ainda mais a minha raiva. Eu já não sabia se a raiva era da Fani, da Vanessa ou da Priscila, que não parava de falar aquele nome no meu ouvido. Provavelmente de todas elas juntas. E por isso eu simplesmente agi por impulso. Talvez pela falta de sono ou por um sentimento de revanche, resolvi que eu não seria bonzinho com mais ninguém. Eu tinha tentado ser o melhor namorado do mundo e olha o que eu tinha ganhado em troca! Nenhuma mulher nunca mais me faria de bobo. A começar por aquelas duas ali. A Priscila queria ter do que falar? Pois agora ela teria. E eu ia calar a boca da Vanessa de outra maneira.

Confesso que gostei de ver a cara de decepção da Priscila quando a Vanessa me deu o maior beijo, logo depois de eu ter perguntado baixinho no ouvido dela se não preferia fazer algo melhor com a boca do que ficar falando da Fani.

Alguns minutos e muitos beijos depois, o cansaço realmente começou a me dominar e eu avisei que iria embora. A Vanessa perguntou se podia ir comigo, eu assenti, e pedi para o Rodrigo dar uma carona pro meu primo e pra Marilu.

No carro, a Vanessa perguntou para onde nós iríamos. Eu apenas disse que eu iria para a minha casa e perguntei se ela gostaria que eu a deixasse na dela ou em algum outro lugar.

Ela me olhou como se aquilo fosse uma brincadeira, mas, quando viu que era sério, pediu que a deixasse em uma danceteria, onde poderia encontrar umas amigas. Assim que chegamos ao local, ela desceu do carro, veio até a minha janela e falou: "Agora eu sei por que *nem* a Fani quis ficar com você. Você não consegue satisfazer uma mulher".

Apenas acelerei, deixando-a no meio da rua. No caminho da minha casa, desviei um pouco o trajeto para passar em frente ao prédio da Fani. Por algum motivo, eu precisava olhar aquele lugar uma última vez. Será que ela estaria lá dentro? Provavelmente não. Devia estar com seu amor de Hollywood. Vivendo em um mundo encantado, como os dos filmes de romance dos quais ela sempre quis fazer parte...

3

Coronel do BOPE: Missão dada é missão cumprida!

(Tropa de elite)

Cheguei pensativo ao trabalho. A noite anterior tinha saído cara, a Meri não se contentava mesmo com pouco. Além do jantar, ela havia pedido vinho e sobremesa. Se eu continuasse gastando assim, acabaria me endividando. Ela estava acostumada ao luxo, pois o pai nunca havia lhe negado nada, mas já era hora de ela entender que não estava namorando um milionário, e sim um pobre jornalista. Em breve um jornalista pobre, se ela continuasse a me fazer esbanjar daquele jeito.

A revista começava a me render algum dinheiro extra, mas eu mal tinha tempo para me dedicar. O Danilo já estava ficando sobrecarregado e, mesmo chamando a Márcia para se juntar à equipe, tinha certas coisas que só eu podia fazer, como tentar arrumar algum investidor que acreditasse que a versão impressa dela também poderia fazer tanto sucesso quanto a eletrônica. Mas como, se eu nem tinha mais tempo para atualizá-la?

"Leo, o Sr. Afonso pediu que você fosse à sala dele assim que chegasse", a secretária falou, logo que eu passei pela recepção. Agradeci, já imaginando que seria mais trabalho. Quando me formei, um ano e meio antes, eu tinha colocado no meu currículo que queria trabalhar com jornalismo cultural, pois já havia feito cursos paralelos nessa área. Além disso, eu fazia estágio em um jornal, na seção de cinema, e inclusive teria adorado continuar lá, porém eles não podiam pagar mais do que um salário de estagiário. Com a oferta para trabalhar como produtor no programa de cultura de uma emissora de TV a cabo local, pensei que eu poderia continuar lidando com filmes e tudo o mais relacionado a isso, mas acabei tendo que fazer a cobertura de qualquer tipo de evento cultural, e isso raramente significava cinema. Além do mais, agora o Sr. Afonso vinha inventando de me dar trabalho também de outras áreas. Ele não parava de contratar pessoas que considerava incompetentes e, com isso, dizia que só confiava em mim para as coberturas mais importantes. No começo isso me deixou lisonjeado, mas logo passou a parecer exploração. Eu mal dava conta do meu próprio trabalho!

Seis meses depois de entrar na TV, o Danilo, meu melhor amigo da faculdade – que no meio do curso de Jornalismo desistiu e resolveu estudar Fotografia –, ao ver que eu estava meio frustrado e cada vez com mais saudade de quando ainda fazia estágio e podia trabalhar apenas com o que eu mais gostava, sugeriu que criássemos uma revista eletrônica, pois assim eu poderia escrever sobre o que quisesse e ele poderia fotografar ou produzir fotos para as minhas reportagens. E assim tudo começou.

A princípio, era apenas um hobby. Eu procurava escrever sobre as estreias e sobre os maiores eventos mundiais de cinema, mas aos poucos a brincadeira foi ficando séria. As fotos do Danilo chamavam muita atenção, meus textos eram reproduzidos até em jornais de grande porte, os acessos diários começaram a aumentar, e, aos poucos, passamos a conseguir patrocínio de empresas, que nos pagavam apenas para colocar a logomarca delas em nosso site. Com o dinheiro, podíamos viajar para cobrir festivais de cinema no Brasil inteiro, e agora, um ano depois, os próprios organizadores desses eventos já nos convidavam, com direito a passagem e hospedagem, em troca de uma nota na revista eletrônica.

Com isso, passei a ter dois empregos. Na TV, que era o que eu fazia por obrigação, mas que ainda pagava as minhas contas. E na revista, que era o que me dava prazer. Mas, para me dedicar aos dois, eu precisava me desdobrar.

Por isso, quando o Sr. Afonso me pediu para cobrir uma greve de metalúrgicos que ia acontecer nos próximos dias, me senti extremamente desmotivado. Devo ter feito uma cara feia, pois ele franziu as sobrancelhas e me mandou fechar a porta e sentar.

"Leonardo, eu sei que você gosta de produzir programas de cinema e de música", ele começou a falar assim que eu fiz o que ele pediu. "E você faz um bom trabalho. Tão bom que eu ando pensando em te dar mais espaço. Você tem potencial para se tornar editor-chefe rapidamente, mas eu não posso te promover sem que você mostre que é um bom jornalista. E não apenas um bom 'jornalista de cultura', percebe a diferença? Ainda mais agora, que você está namorando a minha filha, e, pelo que escuto da conversa dela com as amigas, dessa vez é pra valer..."

Pra valer como assim? Eu namorava a Meri havia apenas três meses! E, depois da loucura do *feng-shui*, do hábito de gostar de coisas caras e da mania de me vigiar e criticar, eu realmente estava pensando se passaríamos mais uma semana juntos. Como não falei nada, ele continuou.

"Eu tenho planos pro seu futuro. Mas é preciso que você mostre do que é capaz. Não só pra mim, mas também para os telespectadores. Prometo que não vai ser por muito tempo. Em breve você poderá escolher suas próprias matérias. E lembre-se do mais importante: com toda promoção vem também um aumento salarial..."

Em seguida ele pegou o telefone e pediu para a secretária trazer um café. Eu fiquei um tempo parado, esperando que ele dissesse mais alguma coisa, mas ele se virou para o computador e abriu um site de notícias. Eu me levantei, perguntei se tinha mais alguma coisa, mas ele apenas fez um sinal com a mão para que eu saísse, sem nem tirar os olhos da tela.

Cheguei à minha sala, que eu dividia com mais três pessoas, e me sentei, disposto a estudar sobre a tal greve. Se eu tinha que fazer uma matéria sobre aquilo, era melhor começar depressa, para ficar livre o quanto antes. Um sinal na tela do meu computador mostrou que eu tinha e-mails não lidos. Abri o Outlook e vi que a primeira mensagem era do Luigi.

De: Luigi <luigi@mail.com.br>

Para: Leonardo <ls@cinemateka.com>

Enviada: 17 de julho, 10:34

Assunto: Alianças

Fala, Leozão!

Quero saber se posso passar no seu apê hoje à noite para levar as alianças que você prometeu guardar pra mim. Como meu "best man", você me deve essa! Se eu deixar aqui em casa, a Maluzinha descobre no ato e aí o pedido deixa de ser surpresa. Na verdade, por mim eu já teria entregado isso pra ela no instante em que peguei na loja, mas como você disse que ela reclamou que eu não sou romântico - como você! - vou fazer tudo como deve ser. Com pedido formal de joelhos e na frente dos pais, embora eu já more junto com ela há três anos. Vou aproveitar que a família dela vem para o Rio neste fim de semana para resolver isso logo.

O que me diz? Posso confiar que você não vai perder meus anéis, né? Nunca imaginaria que aliança fosse uma coisa tão cara!

Valeu!

Luigi

Fiquei um tempo olhando pra tela, feliz pelo Luigi. Ele e a Marilu namoravam havia mais de sete anos, já estava mesmo na hora desse casamento acontecer. Ainda mais agora, que o Luigi tinha sido convidado para trabalhar na Alemanha por uns anos. Para que a Marilu pudesse ir junto e conseguisse o visto, eles precisariam ser oficialmente casados.

Respondi rapidamente, dizendo que ele poderia passar lá a qualquer horário depois das 21 horas, pois provavelmente eu não conseguiria chegar antes disso em casa, devido ao grande volume de trabalho. Em seguida, li os outros e-mails. Não tinha nada importante, então retornei à minha pesquisa. Porém, sem querer, meu pensamento voltou para o e-mail do Luigi. Ele era um cara de sorte. O meu namoro mais longo tinha durado seis *meses*. Quando eu era mais novo, pensava que ainda iria me apaixonar várias vezes. Mas fui percebendo que são bem poucas as pessoas que realmente marcam a nossa vida... E que, se as deixarmos partir, perdemos aliados valiosos, que poderiam fazer parte do nosso time no combate à solidão.

De repente me lembrei de um casal de amigos que eu jurava que também iam ficar juntos pra sempre. O Rodrigo e a Priscila. Eles namoraram por quase seis anos. E terminaram de uma hora pra outra, abruptamente, sem que ninguém esperasse. Com ele, eu ainda mantinha algum contato, mas ela tinha sumido completamente de vista. Será que continuava linda e louca por animais e seriados?

Fiquei curioso e digitei no Facebook: "Priscila Panogopoulos". Logo a foto dela apareceu. Sim, ela continuava igualzinha. Mas a página estava trancada, só amigos podiam ver. Passei mais um tempo olhando para aquele rosto com sardinhas, pensei em clicar para adicioná-la, mas preferi deixar pra lá. Muito tempo tinha se passado desde o nosso último encontro.

Voltei a pensar na Marilu, outra que também era linda e louca. Com os anos, ela tinha virado minha melhor amiga e confidente. Eu tinha certeza de que ela ia amar a surpresa do Luigi. Ela gostava de surpresas. Especialmente de fazê-las. E eu ainda me lembrava de uma que ela havia me feito, cinco anos atrás...

4

Bill: Ela te amava, sabe...

(Ponte para Terabítia)

CD: Músicas que não me fazem pensar em ninguém

1. ???????
2. ??????
3. ??????
4. ??????
5. ??????

Depois do "dia do luto", que era como eu me referia à data em que o meu namoro morreu, só fiquei em BH o tempo suficiente para pedir minha transferência da PUC Minas para a do Rio e arrumar minha mudança.

As duas primeiras semanas longe de casa passaram muito devagar, talvez pelas férias. Apesar da tentativa do meu primo e da Marilu de me enturmarem com o maior número de pessoas possível e de não me deixarem um segundo sozinho, eu ainda me pegava imaginando o que teria acontecido se eu não tivesse me mudado. Mas tinha sido melhor assim. Agora eu podia viver a minha vida plenamente, sem me prender por causa de ninguém. Mas por que eu não me sentia pleno? Nem livre?

Perto do meu aniversário, talvez por perceberem que eu ainda estava meio pra baixo, meus tios me convidaram para viajar pra Búzios. Aceitei prontamente. Qualquer programa que me distraísse dos meus próprios pensamentos seria bem-vindo.

Os cinco dias que passamos lá foram muito divertidos. A comemoração do meu aniversário foi bastante animada, e a Marilu, que também foi com a gente, me apresentou a algumas amigas que estavam passando férias na cidade. Todas eram muito simpáticas e bonitas, e tentaram a todo custo levantar o meu astral. Mas, apesar disso, não tinha uma conversa que não me lembrasse dela. Não tinha uma paisagem que não me fizesse pensar que ela gostaria de ver. Não tinha um beijo que eu não comparasse com os da Fani.

Mesmo assim, voltei um pouco melhor para o Rio. Eu sabia que era uma questão de tempo para que o meu humor voltasse ao normal; eu só precisava esquecer o passado. Mas parecia que o passado não estava muito disposto a me esquecer...

No dia 23 de julho, exatamente um mês depois do acontecimento que fez com que eu mudasse a direção da minha vida, o telefone tocou no meio da tarde e a minha tia avisou que era pra mim. Atendi pensando que seria alguém de BH, mas para minha surpresa era a Marilu. Apesar de sermos próximos, ela nunca me ligava diretamente. Geralmente o nosso contato era através do Luigi. Ela perguntou se eu poderia dar uma passada na casa dela, pois gostaria de conversar a sós comigo.

Cada vez mais intrigado, falei que eu não demoraria. Apenas troquei de roupa e fui andando até a casa da avó dela, onde ela morava, pois não era muito longe. No ano anterior, ela havia se mudado com os pais para Belo Horizonte, porém não se adaptou. Ela ficava o tempo todo se lembrando do Luigi, das amigas, da praia, e de tudo o mais que ela amava no Rio de Janeiro. Os pais então concordaram em deixá-la voltar e morar com a avó, caso ela conseguisse ser aprovada em alguma faculdade carioca. Ela passou em todos os vestibulares que fez.

Toquei a campainha pensando em como o tempo que ela havia morado em BH tinha alterado o meu destino. Se ela não tivesse ido para lá, eu não teria pedido que ela fingisse ser minha namorada para que a Fani não desistisse do intercâmbio. Sem isso, talvez a Fani tivesse mesmo voltado antes... e não existiria nenhum amor na Inglaterra, nenhum beijo de revista, nenhum término traumático...

A Marilu abriu a porta toda sorridente, levando meus pensamentos pra longe. Era bobeira fazer suposições. Algumas coisas são destinadas a acontecer.

"Oi, Leo", ela disse me dando um abraço. "Você não deve estar entendendo nada, né? Mas é que eu precisava falar com você longe do Luigi. Na verdade, ele sabe que eu te chamei pra vir aqui, mas eu expliquei o caso e ele entendeu."

Aquilo só me deixou mais curioso. Que caso?

"Vem aqui na sala", ela continuou a falar. "Eu sei que você não vai ficar muito satisfeito com o que vou te mostrar, mas é que eu gosto de fazer justiça, você sabe, eu estudo Direito, né?"

Nós nos sentamos no sofá, e ela pegou uma caixa de Sedex. Não era muito grande, mas vi que lá dentro tinha um CD e um envelope.

"Leo, lembra naquele dia em BH, quando a gente saiu à noite e você ficou com aquela loura vulgar?"

Apesar de já ter se passado um mês, eu me lembrava como se fosse ontem. Por mais que eu quisesse apagar aquele dia inteiro da minha cabeça, a lembrança dele continuava me infernizando.

"A Vanessa não é vulgar!" Entre todas as coisas que eu poderia ter falado, essa foi a única que saiu da minha boca. "Vocês só têm inveja porque ela é modelo e pode usar roupas ousadas..."

"Ah, eu morro de inveja!", a Marilu fez uma cara de nojo. "O que importa é que você sabe de qual noite eu estou falando, né?"

Eu só balancei a cabeça afirmativamente. Sim, infelizmente eu sabia muito bem.

"Naquela noite, depois que você foi embora com aquela garota, eu fiquei conversando com a Priscila, enquanto o Luigi conversava com o Rodrigo. Lembra que você nos largou lá, para que eles nos dessem carona?"

Fiquei sem graça. Eu nunca tinha pensado nesses termos. Eu estava tão abalado naquele dia que nem havia pensado direito nos dois. Simplesmente avisei que iria embora.

Fiz que sim novamente, e ela continuou: "Então... a Priscila, depois que você saiu, me contou umas coisas. Vou direto ao ponto: ela falou que a Fani só escondeu o encontro com o tal cara de Hollywood porque você morria de ciúmes e já tinha avisado que terminaria o namoro se acontecesse mais alguma coisa relacionada a ele".

Eu me levantei no mesmo instante. "Marilu, se esse for o assunto, eu realmente não estou interessado. Sei que sua intenção deve ser boa, mas eu virei a página, não quero mais me lembrar disso! Você pode abrir a porta pra mim, por favor? Vou embora."

"Não vou abrir coisa nenhuma!", ela falou brava. Era a primeira vez que eu via a Marilu assim. Normalmente ela era a pessoa mais tranquila da Terra. Por isso mesmo, parei onde eu estava, bem no meio do caminho entre o sofá e a porta. Ela passou depressa na minha frente, pegou a chave e guardou no bolso. "Leo, você me deve uma. Eu fiquei um ano inteiro fingindo que era sua namorada por causa dessa menina. Da Fani. E não estou aguentando mais te ver sofrendo por causa dela! Não tente me enganar! Você é outra pessoa desde o término desse namoro. Lembre-se de que eu passei horas e horas com você no ano passado, fizemos juntos todos os trabalhos de escola! E em retribuição pelo meu *teatro*, só te peço que me escute. Depois eu juro que nunca mais toco no nome dela com você. Mas eu me sinto na obrigação de te contar e de te *mostrar* o que eu sei."

Ela voltou para o sofá, pegou o CD dentro da caixa e foi em direção à TV. Então não era música que tinha ali. Era um *DVD*.

"Leo, senta de novo, por favor", ela falou se sentando também. "Vou abreviar. Foi a Priscila que mandou essa caixa. No tal dia do bar, ela perguntou se eu daria um jeito de te mostrar algumas coisas quando você viesse para o Rio, se ela me enviasse pelo correio. A Priscila gosta muito de você, inclusive me falou que te conhece desde o começo da adolescência e que tudo o que ela mais quer é a sua felicidade. Mas ela está muito brava, disse que o que você fez com a Fani não foi justo e é imperdoável, e ela queria te provar isso. Ela me contou várias coisas de que eu não sabia. Segundo ela, você nem permitiu que a Fani se explicasse, deixou um ciúme bobo te cegar e com isso não enxergou o óbvio: que esse Christian – acho que é esse o nome dele – não significava nada pra ela. E que ela só ficou com ele poucos meses na Inglaterra pra *tentar* te esquecer, porque achava que você estivesse namorando comigo!"

Finalmente eu me sentei. Eu sabia que ela não me deixaria sair enquanto não terminasse de falar.

"E sabe por que ela terminou com ele, Leo?". Mesmo sem a minha resposta, ela continuou. "Porque ela ficou sabendo daquela brincadeira ridícula do barbante! Lembra? Quando você inventou de passar o rolo pra Gabriela em vez de me entregar, dizendo que ela era a melhor amiga da Fani e que você estava com saudade? Pois a simples possibilidade de você ainda gostar dela fez com que a garota rompesse com aquele cara! E olha, vou te falar que ela devia ser realmente muito apaixonada por você pra terminar com um monumento daqueles..."

Aquilo não estava nada bom. Eu comecei a sentir um nó na garganta que me impedia de falar. Com isso, ela seguiu com o discurso.

"Naquele dia que a Fani foi à sua casa tentar se explicar sobre a foto na revista, eu já sabia que devia ter alguma coisa errada. Em primeiro lugar, se ela quisesse ficar com o Christian, não teria se preocupado tanto em te dar explicação. Além disso, se não gostasse de você, certamente você teria descoberto antes! Você ficou esperando a garota por um ano porque dizia que ela valia a pena! Você me falou isso várias vezes! Você não teria se enganado tanto assim... Leo, você vai estudar Jornalismo! Não é possível que você nunca ouviu dizer que alguns repórteres distorcem totalmente a informação, apenas pra dar manchete. A Priscila me falou que aquela foto não teve o menor cabimento! A Fani foi encontrar com o Christian apenas pra que ele a deixasse em paz! Porque, pelo visto, ela é daquele jeito mesmo que você me falava... Tímida, doce, meiga. Ela provavelmente ficou com pena dele e só não quis ser mal-educada. Afinal, o cara viajou pra BH só pra se encontrar com ela! E aí ele, que não é bobo nem nada, roubou o beijo! Ah, e a Priscila disse também que no segundo seguinte a Fani o empurrou. Mas isso o fotógrafo não registrou, é claro!"

"Ela não tinha nada que ter ido se encontrar com ele!", eu finalmente consegui dizer alguma coisa. "Ela sabia que eu não ia gostar! E ela mentiu pra mim!"

A Marilu revirou os olhos: "Por que será, né? Quer saber? Eu também mentiria! Pelo visto, você a deixou sem escolha. Se ela te contasse, você terminaria com ela apenas por falar a palavra "Christian". Ela *teve* que esconder. Por puro medo da sua reação".

Encostei minha cabeça no sofá, fechei os olhos e respirei fundo. Por que a Marilu estava fazendo aquilo comigo?

"Marilu, presta atenção", eu olhei de novo pra ela. "Imagina se você encontrasse uma foto do Luigi beijando outra garota, escondida no meio das coisas dele. O que você acharia disso?"

Ela balançou os ombros. "Não gostaria. Mas entenderia que o objetivo dele ao esconder a foto provavelmente seria não me chatear. Eu nunca pediria que ele apagasse o passado dele, sei que ele ficou com outras meninas antes de mim. E, especialmente, eu não deixaria que uma simples foto prejudicasse o meu namoro!"

Fiquei meio inquieto e tornei a perguntar: "Então vamos supor que ele tivesse um blog. E um dia uma ex-namorada escrevesse um comentário todo derretido. O que você faria?"

"Eu ia pensar que ela era a maior coitada!", ela disse rindo. "Que coisa mais patética, ficar olhando blog de ex-namorado! Se isso acontecesse, a garota seria uma mal-amada com certeza. Eu só escreveria um recadinho embaixo do dela, falando que o blog do *meu* namorado era o melhor do mundo, pra ela ver que a fila andou...".

"Marilu...", eu já estava ficando sem argumentos. "Mas e se o Luigi trocasse seu nome? Pelo nome dessa mesma garota da foto escondida e do comentário do blog?"

Ela pensou um pouquinho, e vi que eu tinha ganhado daquela vez. Mas logo ela respondeu: "Eu daria uma bronca nele, com certeza. Mas também tentaria descobrir o motivo, perguntaria pra ele, ouviria o que ele tinha a dizer. Inclusive é por isso que estamos tendo essa conversa! Você não escutou a Fani. Nunca soube as razões dela. E não tinha o menor motivo pra sentir esse ciúme todo..."

Ela ficou me olhando um tempo, certamente achando que eu brigaria, que me defenderia... Mas percebi que eu não tinha como fazê-la se colocar no meu lugar. Ela nunca entenderia o que eu tinha passado, o que eu havia sentido. Ninguém entenderia.

"Leo, eu poderia ter dado minha opinião logo depois daquele dia, ter falado tudo isso antes pra você. Mas preferi dar um tempo, pra sua raiva passar um pouco, pra você poder enxergar mais claramente. E, além do mais, eu estava esperando a Priscila me mandar essa caixa. Se você não acredita em mim, essas coisas aqui podem confirmar o que eu falei."

Ela abriu o envelope e tirou uns papéis impressos lá de dentro. Logo vi que era uma conversa virtual.

"Isso é uma das coisas que a Priscila me mandou. Um bate-papo que ela e a Fani tiveram na época do intercâmbio. É muito engraçado, na verdade. É ela contando pra Fani de quando me pegou com o Luigi dentro do banheiro no aniversário da Natália..."

A Marilu me estendeu a conversa. Eram várias folhas. Li tudo, sentindo um misto de saudade, frustração e surpresa. Um parágrafo especialmente me marcou. Reli várias vezes:

FunnyFani: Eu só namorei o Christian pra não ficar sofrendo! Pra TENTAR esquecer o Leo, mas não funcionou! Eu não esqueci nem por um dia, nem por um minuto, cada um dos meus pensamentos tem o Leo no meio!

Só tirei os olhos do papel quando a Marilu tornou a falar.

"Leo... isso não é ninguém que está te contando. Isso é prova real. A Priscila imprimiu do histórico do chat dela. Se estivéssemos em um julgamento e uma advogada aparecesse com isso, eu inocentaria a Fani sem nem pensar".

Devolvi o papel pra ela, que estava me analisando com o olhar. Respirei fundo. "Marilu... ainda assim... ela não deveria ter mentido pra mim..."

Ela me deu um tapa na testa. Doeu. Sem dizer nada, ela se levantou e foi até o DVD. Só quando pegou o controle remoto, tornou a falar: "Já expliquei, e você não venha dar uma de bobo, pois eu sei que você é muito inteligente! Ela só mentiu porque você estava parecendo um louco com esse ciúme todo! Credo! Eu, se fosse ela, tinha mesmo te largado e ficado com o Christian!".

Olhei sério pra ela, que rapidamente apertou o *play*.

"Leo, eu não posso passar o DVD inteiro. A Priscila me fez jurar que eu aceleraria e só te mostraria a parte importante. Tem coisas aqui da intimidade da Fani, da Gabi, da Natália e da própria Priscila. É um jogo da verdade."

Aquilo me interessou. Comecei a ver algumas cenas passando rapidamente na tela e notei que elas estavam de pijama. Finalmente ela parou. Pude ver claramente que elas estavam conversando sentadas no chão da sala do apartamento da Gabi. Com certeza tinha sido no dia do aniversário dela. Elas estavam tomando espumante, e ao fundo pude ver que tinha um DVD do McFly passando na TV. E pensar que naquele dia eu e o Alberto ficamos supercismados, imaginando o que elas iam aprontar em uma festa do pijama...

De repente ouvi a Priscila perguntar como tinha sido a primeira vez de cada uma delas. Arregalei os olhos e cheguei mais perto da TV. A Marilu riu do meu interesse e avisou que eu só poderia ouvir as partes da Fani, ela abaixaria o volume na hora das outras meninas. Protestei, mas voltei logo minha atenção para a conversa delas; eu não queria perder nada. A Gabi e a Natália tentaram pular aquela pergunta, pois uma das quatro ainda não tinha tido aquela experiência. A Fani ficou chocada ao descobrir que apenas "uma delas" ainda não havia tido... Senti uma fincada no coração ao vê-la assim na TV, falando, sorrindo, se surpreendendo. Tão inocente. Tão Fani.

Respirei fundo e continuei assistindo, à medida que a Marilu permitia. Ela passou uma grande parte pra frente e então parou em uma cena em que a Natália perguntava pra Fani se eu a estava pressionando e como andava o nosso namoro. Não gostei de ver o meu nome sendo discutido, mas esperei pra ouvir a resposta. Em vez de responder, a Fani se levantou e tentou mudar de assunto. Ela era mesmo muito tímida, até com as amigas. Mas as meninas insistiram. A Gabi chegou a falar que eu era *lento*! Poxa, eu tive que ser! Que vontade de poder gritar isso pra ela! Até parece que ela não conhecia a amiga que tinha! Mas, ao prestar atenção de novo, vi que a Fani começou a me defender. Ela falava com tanto carinho de mim, que fiquei meio comovido, senti vontade de carregá-la no colo... Imediatamente me recompus e olhei pra Marilu, pra ver se ela estava prestando atenção às minhas reações. Ela estava olhando pra tela.

O DVD continuou. Elas falaram muito de mim. Eu me senti um inseto sendo dissecado. Até que chegou uma parte em que a Marilu aumentou o som.

"Presta atenção agora, Leo", ela pediu. Eu não tinha como ficar mais atento.

Ouvi a Priscila perguntar se a Fani gostaria de se casar comigo. Ela brincou um pouco, mas logo afirmou que queria ficar comigo pra sempre. Em seguida, a Pri perguntou se ela me amava de verdade. A Marilu aumentou o volume ainda mais.

"Eu acho que não é possível caber mais amor aqui dentro...", ela disse, parecendo que ia cair no choro a qualquer momento. Acho que ela realmente começou a chorar, mas a Priscila a abraçou e não deu mais para ver o rosto dela. A Marilu desligou o DVD e se sentou do meu lado. Eu continuei olhando pra tela vazia. Era exatamente assim que eu estava me sentindo naquele momento. Vazio.

5

Melanie: A verdade é que eu dei meu coração há muito tempo, o meu coração inteiro, e eu nunca o recuperei.

(Doce lar)

"Você está falando sério que foi a Meri que fez isso no seu apartamento? E você deixou?"

Quando cheguei do trabalho, o Luigi já estava me aguardando na portaria. Eu tinha planos de sair mais cedo, exatamente para dar uma arrumada na bagunça que a minha namorada tinha deixado na noite anterior, mas, como sempre, todas as reportagens urgentes caíram na minha mão, e, por isso, além de eu não sair antes, o Luigi ainda teve que me esperar por mais de meia hora.

"Você não viu nada...", eu disse, tentando encontrar uma cadeira para que ele se sentasse, pois o sofá estava todo ocupado com quadros e outros objetos de decoração. "A faxineira veio hoje e pelo visto conseguiu colocar a cozinha e o meu quarto no lugar. E, por sorte, a Meri teve o aniversário de uma amiga. Senão pode ter certeza de que ela ainda estaria aqui, terminando o 'serviço'."

Meu primo me olhou como se não estivesse acreditando. "Leo, o que está acontecendo? Já não bastava aquela cena que ela fez no meu aniversário no mês passado? Como você deixa uma menina de 19 anos *mandar* em você?"

Aquela pergunta me pegou, pois eu realmente não sabia responder. Desde o começo havia sido assim. A Meri tinha um jeito de conseguir tudo o que queria, uma maneira sutil de convencer.

E não só a mim. Ela simplesmente não aceitava ser contrariada. Se alguém negava algum pedido dela, ela simplesmente fingia que não havia escutado e agia como se tivesse ouvido uma resposta positiva. Geralmente as pessoas ficavam tão surpresas com aquilo que acabavam mesmo por permitir que ela fizesse o que bem entendesse. Além disso, tinha a aparência, claro. Eu sabia bem o efeito que ela causava nos homens. Certamente *sei* o efeito que ela causa em mim. E as mulheres... bem, em vez de a odiarem pelo corpo perfeito, acabavam a admirando, pois ela conseguia virar a melhor amiga de qualquer uma em cinco minutos. Talvez pela mania que ela tinha de elogiar... Convivendo com a Meri, comecei a perceber a tática. Quer ganhar qualquer pessoa? Faça um elogio. O ser humano é vaidoso a esse ponto. Um simples elogio abre mais portas do que qualquer chave mestra.

"Ela não manda em mim, Luigi!", claro que eu não ia admitir. "E quer saber? Não é tão ruim assim. Ela só é meio criança, os pais a mimaram demais. Filha única, você sabe como é."

"Não sei, não", ele disse indo até a geladeira e pegando uma latinha de cerveja. "A Maria Luiza é filha única e nunca fez nada parecido no nosso apartamento! E ai dela se fizer!"

Eu respondi que a Marilu era especial e aproveitei para entrar no assunto principal.

"E então, trouxe as alianças? Como sabe que vai servir se ela nem experimentou?", perguntei realmente curioso. Essa era uma dúvida que eu tinha. Eu vivia vendo nos filmes os caras propondo casamento para as namoradas. Eles sacavam a joia, que, milagrosamente, sempre se encaixava direitinho no dedo da menina.

"Tem um truque!", o Luigi riu. "É só tirar um anel do dedo da namorada, de brincadeira, e testar nos próprios dedos pra ver se cabe em algum ou pelo menos em uma parte deles... Aí é só lembrar onde o anel parou e marcar o local. E aí, na própria joalheria, tem anéis de medida, para ver o que encaixa exatamente no lugar marcado. No meu caso foi mais fácil, porque nós já moramos juntos. Aí eu só tive que esperar um momento em que ela não estivesse em casa pra pegar emprestado um anel na caixinha de joias e levar pra medir. Mas por que o interesse? Vai me dizer que já está pensando em casar com a louca do *feng-shui*? Não tem nem um mês e meio que vocês namoram!"

"Três meses, Luigi", eu falei sem paciência. "E não. Não estou querendo me casar. Muito pelo contrário. Na verdade eu ando até pensando em terminar. Não por ela ter virado o meu apartamento do avesso, sei que a intenção foi boa. Mas o caso é que nós dois somos muito diferentes... Eu adoro ficar acordado até tarde escrevendo, e ela quer ir pra balada todos os dias. Ela só se contenta com coisas caras, e, para mim, qualquer lugar está bom, o que importa é a companhia. Além disso, ela me vigia demais. Se eu demoro no trabalho, ela liga pra saber se ainda estou lá. Quando eu saio com os amigos, ela pergunta aonde vou, com quem, e exige que eu telefone na hora em que entrar em casa. Um dia antes do seu aniversário você deve lembrar que ela quase morreu só porque eu encontrei com a Joana por acaso. Ah, por falar nisso, ela também quis saber a respeito de todas as minhas ex-namoradas, o nome, idade, o que fazem, por onde andam..."

"Leo, isso não é uma namorada, é uma agente do FBI! Tem certeza de que não fez nada ilegal? Será que ela não está disfarçada?"

"Mas, sabe, o pior nem é isso", desconsiderei a observação dele. "Ela tem mania de me criticar... Fala do meu cabelo, da minha roupa, que eu preciso fazer exercício, que eu deveria comer salada, que eu tenho que tomar sol... Parece que nada em mim a agrada; ela só fica me colocando pra baixo! Sinto falta de alguém que me elogie, que goste de mim do jeito que eu sou."

O Luigi arregalou os olhos. "Caramba, se com três meses já está assim, imagina com três anos! Lembro que quando eu e a Marilu começamos a namorar, pelo menos no primeiro ano, era só lua de mel! Tudo o que eu fazia ela achava lindo, e eu podia vestir até um saco de batatas que ela elogiava..."

Eu sabia do que ele estava falando. Já tinha namorado várias outras garotas, e, no início, sempre era uma maravilha.

"Eu sei, Luigi! Por isso mesmo é que eu estou querendo colocar um ponto final nisso. Se não deu certo com as outras namoradas que eu tive, que pareciam perfeitas a princípio, imagina com a Meri, que já começou errado..."

"Então termina logo... Do jeito que ela está se achando sua dona, daqui a pouco vai trazer a mala pra cá, pra poder te controlar mais de perto. E aí vai ficar mais complicado..."

"Não é tão simples assim, Luigi", eu me levantei e fui até a cozinha, decidido a acompanhá-lo na cerveja; eu estava precisando. "Você sabe *quem* é o pai dela. Hoje mesmo o Sr. Afonso me falou a respeito de uma promoção, e eu sei perfeitamente que ele mudaria de ideia caso eu rompesse com a Meri. Se é que não me despediria..."

"Devia ter pensado nisso antes de se envolver com a filha do chefe...", ele disse, enquanto mexia em uns álbuns de retrato que estavam no chão, perto da cesta de lixo. "Ei, essas fotos são bem antigas, por que elas estão amontoadas nesse canto? Você não vai jogar fora, né? Isso tem que ser guardado pra posteridade! Olha a franja que você tinha! Quando foi isso?"

Peguei uma cadeira e me sentei mais perto, para ver do que ele estava falando. O Luigi passou uma página e eu entendi por que a Meri tinha colocado perto da lixeira.

"Isso foi no 1º ano do ensino médio, em uma festa que o pessoal da minha sala organizava a cada final de ano. Nessa época eu tinha 15 anos, e essa aqui", apontei para a menina que estava abraçada comigo no retrato, "é a Carol. Lembra dela? Foi a primeira namorada pra valer que eu tive. Ficamos juntos por uns quatro meses. A Meri deve ter ficado com ciúmes dela e resolvido que essa foto não estava em harmonia com o *feng-shui*..."

O Luigi riu, olhou mais atentamente e falou: "Maior gata! Ela era da sua sala também? Por que ela terminou com você?".

"Por que você acha que foi ela que terminou comigo e não o contrário?", perguntei meio indignado.

"Ah, tá na cara que ela era muito bonita pra você, né, Leo?", ele jogou o álbum no meu colo. Eu abri e comecei a me lembrar. A Carol tinha sido minha vizinha, e, naquela época, todos os adolescentes do prédio, no final da tarde, desciam para a rua, pra ficar conversando, tocando violão, deixando o tempo passar. Eu já a conhecia há alguns anos, mas de repente começamos a nos aproximar. A princípio, só falávamos sobre assuntos da escola.

Ela contava como era o colégio dela, e eu comparava com o meu, mas aos poucos passamos a falar também sobre relacionamentos... Eu já tinha ficado com uma amiga dela no clube, e ela havia acabado de terminar um namoro. Fomos ficando tão próximos que, em uma tarde, acabamos nos beijando. Os nossos amigos do prédio não deixaram barato, logo disseram que era namoro, e nós aceitamos. Mas éramos mais amigos do que qualquer outra coisa.

"E então ela falou que só queria amizade e te deu o fora?", o Luigi insistiu, depois de eu ter contado o caso.

"Não foi nada disso!", fechei o álbum rindo. "Pra sua *enorme* surpresa, saiba que fui eu que terminei com ela, logo no princípio do ano seguinte, quando as aulas voltaram."

Nem parecia que tinha se passado tanto tempo desde o começo do 2º ano... Eu havia matado os dois primeiros dias de aula, pois os professores nunca passavam nada de importante no início. Por mim, teria faltado a semana inteira, mas, no terceiro dia, a minha mãe exigiu que eu fosse.

Logo que entrei na sala, percebi que tinha uma novata, uma menina que eu sabia perfeitamente quem era. Eu tinha uma queda por ela há tempos, desde uma festa junina que havia acontecido no colégio, muitos anos antes. Mas depois daquela festa eu só a via no clube, muito raramente. Ela nunca ia às festas ou aos lugares onde o pessoal da minha idade se reunia, e tudo o que eu sabia é que ela era meio amiga da Natália, com quem eu mal conversava na época, pois a gente não era da mesma sala há dois anos. Isso só fazia com que eu ficasse mais curioso a respeito daquela garota misteriosa.

Por isso, quando a vi no colégio, fiquei instantaneamente feliz por finalmente poder conhecê-la. Sem perder tempo, no primeiro intervalo me aproximei da Gabi, com quem ela estava conversando, e pedi que nos apresentasse. Ela a chamou de Estefânia, e na mesma hora eu percebi que a menina não era muito fã do próprio nome. Perguntei se ela tinha algum apelido e, nesse momento, notei que eu tinha acabado de ganhar o meu primeiro ponto com ela. *Fani*. Ela gostava de ser chamada assim. E a partir desse dia não nos desgrudamos mais...

Porém tudo o que eu falei pro Luigi foi: "Ah, eu comecei a gostar de uma colega da minha sala e aí achei melhor terminar logo com a Carol. Ela nem ficou triste, acho que nós dois sabíamos que aquilo não ia durar muito. E pouco depois ela e a família se mudaram de cidade e nunca mais nos encontramos...".

"Essa menina da sua sala era aquela loura?", o Luigi perguntou. "Porque, se for, eu dou razão pra você ter terminado com a Carol! Era um espetáculo aquela garota!"

Resolvi responder vagamente. Eu não queria falar da Fani.

"A Vanessa foi a minha segunda namorada. Mas o namoro durou no máximo dois meses..."

"E terminou por que mesmo?"

Fiquei meio desconfortável ao lembrar que o motivo também havia sido a Fani. Eu nunca tinha pensado nisso. Meus dois primeiros namoros foram para o espaço por causa dela...

"Ah, foi uma confusão... Eu morria de preguiça da Vanessa, ela só falava de moda, unha e cabelo o tempo todo... Aí eu tomei recuperação, não queria sair de casa, e ela chamou outro cara pra ir com ela a uma festa. Eu já queria terminar há tempos, porque a garota de quem eu gostava não era exatamente ela... E então aproveitei pra acabar tudo nesse dia. Eu tive motivo, e ninguém questionou."

"E quem era a garota de quem você realmente gostava?"

Respirei fundo, e o Luigi na mesma hora falou: "Já sei, pode pular. Até hoje a Marilu insiste em dizer que você não a esqueceu..."

"Quer outra cerveja?", resolvi mudar de assunto, antes que eu acabasse por descobrir que os términos de todos os meus namoros seguintes também estavam relacionados com ela...

6

Edward Cullen: Você não vai ter outra chance como esta! Você a quer!

(Eclipse)

CD: Um mês (~~sem você~~)

Jealous Guy – John Lennon

Saí da casa da Marilu meio sem rumo. Depois de desligar o DVD do aniversário da Gabi e ver que eu tinha ficado sem reação, ela perguntou se eu estava bem, se queria uma água ou conversar. Eu só fiz que não com a cabeça, me levantei e pedi que ela abrisse a porta.

Dessa vez a Marilu não negou, porém, antes que eu me despedisse, ela falou: "Leo... ainda dá tempo. Ela deve estar muito magoada, mas essa menina te amava muito... E está na cara que você também ainda é louco por ela. Vocês deveriam ter mais uma conversa. Por que você não telefona pra ela? Naquele dia você estava com a cabeça quente. Aposto que ela pode te explicar tudo o que aconteceu de verdade... E, a partir daí, vocês podem começar de novo. Um amor assim não deve ser desperdiçado, terminar por causa de bobagem...".

"Marilu, eu quero te pedir um favor", eu me virei e olhei bem sério pra ela. "Eu gostaria que você não contasse pra ninguém que eu vi esse vídeo e que li a conversa. Quer dizer, eu sei que você vai falar pro Luigi, mas diga pra Priscila que eu não quis ver nada. Que você tentou, mas que eu fui embora sem que você conseguisse me segurar. Você faz isso por mim? Por favor?"

Ela franziu as sobrancelhas, eu pedi mais uma vez, e ela então concordou: "Mas com uma condição. Você tem que admitir".

"Admitir o quê?", perguntei.

"Que você pisou na bola. Que essas coisas que eu te mostrei mexeram com você. E que ainda gosta dela."

Olhei pra baixo meio impaciente. Eu não sabia o que dizer. Se eu ainda *gostava* dela? Amar talvez fosse uma palavra mais próxima do meu sentimento. Mas junto dele, vários outros estavam misturados. Arrependimento. Raiva. Ainda ciúmes. E muito orgulho.

Por isso, tudo o que eu falei foi: "Preciso pensar, Marilu. Prometo que te respondo, mas antes eu tenho que ficar um tempo sozinho, para que eu possa assimilar o que vi. E até mesmo para entender o que eu estou sentindo".

Ela prometeu que não ia contar nada pra ninguém, eu me despedi e vi que ela parecia estar se decidindo entre dizer ou não mais alguma coisa.

"O que foi?", falei meio impaciente.

Ela finalmente se resolveu: "Leo, é que tem mais. Eu só ia contar essa parte depois que você desse o braço a torcer. Mas eu acho que não dá pra perder tempo". Ela parou um pouco, e eu fiquei esperando, imaginando o que ela poderia dizer que me desorientasse ainda mais. "Na verdade, o tal do Christian não procurou a Fani apenas pra agarrá-la e destruir o namoro de vocês. Ele foi atrás dela com intenções bem mais nobres. Ele conseguiu uma bolsa de estudos pra ela nos Estados Unidos. Pra cursar Cinema. Em Hollywood. E ela tinha recusado... por *sua* causa. Ela escondeu isso de todo mundo. Será que você entende agora o nível de adoração que ela tinha por você?"

"Ela recusou?", eu perguntei achando aquilo meio improvável. A Fani não desistiria de Hollywood. Por motivo nenhum...

"Se não acredita, liga pra ela e pergunta. Ela escondeu isso até da mãe, pois sabia que provavelmente seria obrigada a viajar! Só que, depois da sua crise psicótica e de saber que você ficou com aquela loura aguada, ela acabou aceitando. Ela já deve estar fazendo as malas. Por isso é que eu acho que você deveria se apressar."

"Ela sabe que eu fiquei com a Vanessa?"

"É lógico que sabe! Você ficou com ela exatamente com essa intenção, não foi? Para mostrar pra todo mundo que, se a Fani tinha ficado com outro, você também podia e que não estava nem aí pra ela. Infelizmente, seu plano deu certo. Em poucos dias ela se muda do país. E algo me diz que dessa vez ela não vai querer voltar antes do tempo por sua causa. Talvez isso seja bom, né? Pelo menos não vou precisar fingir que sou sua namorada de novo..."

Ela falou a última parte rindo, mas eu não queria mais brincar. Só agradeci por tudo, pedi novamente que ela não contasse pra ninguém que tinha me mostrado e dito aquelas coisas, e saí andando pela rua, sem saber direito aonde ir.

Eram quase cinco da tarde. O dia estava lindo, e, sem que eu percebesse, cheguei à Lagoa Rodrigo de Freitas. Várias pessoas estavam correndo, alguns grupos de amigos conversavam sentados em quiosques, e eu tentei encontrar o local mais vazio possível. Eu só queria sentir o vento bater no meu rosto e colocar os pensamentos em ordem. Depois de um tempo, cheguei a um deck e me sentei. Não sei quanto tempo se passou, mas o sol se pôs, refletindo uma paleta de cores na água, e pouco depois a lua apareceu.

Senti o meu celular vibrar no bolso. Pensei em ignorar, mas resolvi olhar, só por curiosidade. Era a minha tia. Eu tinha avisado que não ia demorar quando saí, e ela devia estar preocupada. Atendi, falei que eu estava por perto, e fui andando devagar pra casa. Ao chegar, fui direto me deitar. Meus tios acharam estranho, já que eu costumava dormir tarde, mas não fizeram perguntas. No meu quarto, lembrei pela milésima vez da Fani no vídeo, dizendo que não cabia mais amor dentro dela, e do chat com a Priscila, em que ela contava que não havia me esquecido nem por um segundo. No meio dessas lembranças, a imagem do Christian e ela se beijando de repente aparecia, mas então vinha na minha cabeça a voz da Marilu dizendo que ela tinha desistido de estudar em Hollywood pra ficar comigo.

Exausto de tanto pensar, tentei dormir, mas era óbvio que a insônia ia me acompanhar naquela madrugada. Me lembro que a última vez em que olhei para o relógio já eram mais de quatro horas. Como consequência, acordei tarde, quase na hora do almoço. Mas pelo menos eu já sabia o que tinha que fazer. Antes mesmo de sair do quarto, peguei o telefone e liguei para o número dela. Senti a palma da minha mão suar, respirei fundo e aguardei. Caiu direto na caixa-postal. Ela continuava a mesma, sempre com o celular desligado! Liguei para o número de casa. Uns três toques depois, o Alberto atendeu. Fiquei calado; eu nem tinha pensado na possibilidade de outra pessoa atender. Ele falou alô de novo e eu desliguei. Joguei o telefone em cima da cama e fui tomar um banho. Mais tarde eu tentaria novamente.

Porém, quando tentei, o celular dela estava desligado mais uma vez. Pensei um pouco. Eram três da tarde. Talvez ela estivesse sozinha em casa nesse horário. Disquei o número e comecei a torcer para que ela atendesse. No primeiro toque, a voz da mãe dela chegou ao meu ouvido. Desliguei imediatamente. Era capaz de jogar o telefone pela janela se ela soubesse que era eu.

Fiz uma última tentativa à noite. Outra vez o celular estava fora de alcance e novamente eu liguei para o fixo. Depois de umas chamadas, o pai dela atendeu. Resolvi criar coragem. Se eu queria falar com ela, pelo visto, teria que conversar com alguém antes. E se eu tivesse que eleger uma pessoa da família, acho que ele seria a minha primeira opção.

Respirei fundo e falei: "Sr. João Otávio, boa noite. Eu poderia falar com a Fani? É o Leo".

Ele ficou um tempo calado, provavelmente surpreso demais pra dizer alguma coisa. Então o escutei falando para alguém que estava por perto que o telefonema era pra ele. Pra ele como assim? Pensei em desligar, mas eu sabia que não podia fazer isso. Ouvi uma porta se fechando, e em seguida ele falou, com uma voz até meio calorosa: "Leo! Quanto tempo! A Fani não está em casa. Posso te ajudar em alguma coisa?".

Pensei em responder a verdade... "Sim, o senhor pode colocá-la na linha, porque eu sei perfeitamente que ela deve estar aí." Mas o que eu realmente disse foi: "Ah, não, tudo bem. Eu tento mais tarde. Ou amanhã."

Eu já ia agradecer e desligar, mas ele falou primeiro: "Leo, na verdade, foi bom você ter ligado. Eu já vinha querendo falar com você há um tempo, mas me contaram que você se mudou para o Rio. Bom, o fato é que eu achei melhor assim. Digo, você ter se mudado. Não me entenda mal, eu gosto muito de você. Mas esse término repentino não foi nada bom pra minha filha. Sinceramente, eu nunca esperava ver a Fani no estado em que ela ficou durante os dias que se seguiram ao rompimento. Ela perdeu o sono, a fome, emagreceu, ficou até doente! Ela é muito emotiva, você sabe".

Sim, eu sabia. Perfeitamente. E eu adorava isso nela. Mas doente como? O que será que ela teve?

"Por isso, Leo", ele continuou, "quando ela começou a se reerguer, foi até motivo de comemoração aqui em casa. O primeiro sorriso que ela deu, depois de mais de uma semana, fez meu coração se encher de alegria. E aí ela começou a se ocupar com os preparativos da viagem. As amigas têm tentado distraí-la dia após dia, e – dessa forma – eu acho que agora ela está bem melhor. Mas, às vezes, eu ainda a pego olhando pela janela, com uma expressão perdida, triste... e eu sei no que ela está pensando. Ou melhor, em *quem*. Por essa razão, Leo, eu queria te pedir, te implorar na verdade, que você não ressurja dos mortos. Eu não poderia suportar ver a Fani infeliz novamente. Você deve saber que ela está indo pra Los Angeles daqui a uns dias, pra realizar o que todos nós imaginávamos ser apenas um sonho impossível, e ela está começando a entender a dimensão disso. Então, se você aparecer exatamente agora, que ela está se empolgando com a viagem, tenho receio de que isso tire a graça dela. Eu conheço a minha filha. E eu sei que você também conhece. Eu não gostaria que ela desistisse de viajar ou que fosse pela metade, com o coração preso aqui. Nós sabemos perfeitamente que isso já aconteceu uma vez."

Comecei a gaguejar qualquer coisa, na verdade eu nem sabia o que dizer. Ele estava certo, mas eu só queria conversar com ela. Não queria que ela desistisse de nada por minha causa. O motivo de ela ter ficado naquele maldito intercâmbio foi exatamente o fato de eu ter mentido! Fui eu que fiz com que ela ficasse lá!

"Sei que você quer o melhor pra ela, Leo, e você tem que concordar comigo que o melhor nesse momento é exatamente deixá-la partir. Quem sabe, no futuro, quando vocês dois estiverem mais maduros, vocês voltem a se encontrar e... Bom, eu não sei o que vai acontecer lá na frente, mas o que eu quero que aconteça agora é que minha filha faça essa viagem, viva feliz na Califórnia por alguns anos e volte completamente realizada. Ela merece isso."

Fazendo o maior esforço, consegui dizer: "Sim, tem razão. Eu só queria esclarecer umas coisas com ela, me despedir e... pedir desculpas. Mas se o senhor acha que é melhor deixar como está, eu entendo".

"Eu acho, sim. Na verdade, fico triste, Leo. Como eu disse, eu gosto de você. Mas talvez tenha sido melhor assim. Para vocês dois. E aí? Podemos fingir que esse telefonema nunca aconteceu? Pelo bem dessa menina que nós dois amamos tanto?"

Concordei mais uma vez, e ele então se despediu: "Fique bem, Leo. Aproveite sua vida, desfrute da sua juventude. O tempo passa muito rápido, lembre-se disso. Boa noite e até um dia, quem sabe. Lembranças pra sua família".

Eu desliguei me sentindo um idiota. Claro que ele estava certo. O que eu esperava? Que a Fani e a família dela ainda estivessem morrendo de amores por mim, dispostos a me estender um tapete vermelho só para que eu estragasse tudo novamente? Mas o pior é que minha intenção nem era estragar nada. Eu só queria ter uma última conversa com ela. Desejar boa sorte. Desfazer a imagem do nosso último encontro. Mas, pelo visto, era isso mesmo que ela ia levar pela vida afora. Porque, se dependesse de mim, ela ia entrar naquele avião com destino a Hollywood sem o menor arrependimento, sem deixar nada pra trás. Nem que para isso eu precisasse fingir para o mundo todo que nada tinha mudado em mim. Já bastava uma pessoa arrependida nessa história. E eu teria que aprender a conviver com isso. Eu teria que viver sabendo o que eu deixei pra trás. O que eu perdi.

De: Rodrigo <rrrrrodrigooooo@gmail.com>

Para: Leonardo <soueuoleo@gmail.com>

Enviada: 10 de agosto, 17:20

Assunto: E aí?

Fala, Leo!

E aí, como vai a Cidade Maravilhosa? Já tem mais de um mês que você se mudou, já acostumou?

Estou escrevendo porque sua nova faculdade deve ter começado essa semana. Queria saber se você está gostando, se já se enturmou, se está feliz...

Foi meio estranho não te ver na sala de aula. Nós estudamos juntos desde a infância, né? Estou sentindo falta da sua encheção de saco! Mas tá valendo, se foi melhor pra sua vida, isso é o que importa.

Leo, sei perfeitamente que você disse que não queria ter notícias dela, mas eu vou fingir que não ouvi.

A Fani está embarcando para os Estados Unidos no dia 25 de agosto. Ela vai fazer faculdade lá, como você já deve saber. Não adianta mentir pra mim. Eu tenho certeza de que você continua de olho no Twitter, Instagram, Facebook... todos os meios de comunicação virtuais dela. Sei que você não vai esquecê-la de uma hora pra outra... essas coisas levam tempo. Bom, só estou avisando porque ainda dá tempo de você fazer alguma coisa, caso queira. Ou, se preferir não fazer nada, para que você saiba que Belo Horizonte vai estar livre a partir do final do mês, sem perigo de vocês se encontrarem a cada esquina, quando vier ver seus pais.

Estou a fim de pegar umas ondas! Avise quando eu puder te visitar!

Valeu!

Rodrigo

De: Leonardo <soueuoleo@gmail.com>

Para: Rodrigo <rrrrrodrigooooo@gmail.com>

Enviada: 13 de agosto, 19:31

Assunto: Re: E aí?

Rodrigão!

Por aqui tudo certo. Já estou mais que adaptado. A faculdade é ótima, agora percebo que devia ter feito Jornalismo desde o início, tem muito mais a ver comigo do que o curso de Administração. E meu pai tem os meus irmãos pra seguirem a carreira dele. Com certeza foi a melhor coisa que eu fiz.

Rodrigo, você está enganado. Eu não escuto falar da Fani desde o dia em que ela foi à minha casa e eu terminei o namoro, e te asseguro que estou muito bem assim. Fiquei até surpreso com essa informação que você me deu, de que ela vai viajar. Não guardo rancor dela, mas não quero nenhum contato, nem mesmo virtual. Espero que ela esteja feliz, assim como eu estou.

Sobre BH, acredito que eu não vá tão cedo. Estou realmente gostando de morar no Rio e acredito que meus pais venham me visitar bem mais do que o contrário. E, por falar nisso, venha quando quiser. Por enquanto ainda estou morando na casa da minha tia, mas eu e o Luigi estamos combinando de, em breve, dividir um apê! Ele quer ficar mais à vontade com a Marilu e eu quero um lugar pra levar as gatas que eu tenho conhecido. Cada carioca que você nem imagina!

Abração! Manda um beijo pra Priscila.

Leo

De: Leonardo <soueuoleo@gmail.com>

Para: Maria Carmem <mcarmem55@hotmail.com>

Enviada: 13 de agosto, 19:59

Assunto: Indo pra BH

Mãe, vou pra BH no dia 25 de agosto, encontrei uma passagem em promoção. Só te peço, por favor, que não avise pra ninguém, pois quero aproveitar o fim de semana pra ficar só com vocês da família. Então, se encontrar por acaso o Rodrigo ou qualquer outra pessoa conhecida, guarde segredo, tá? Não vejo a hora de ver todos vocês, estou com muita saudade.

Beijos!

Leo

7

Grilo Falante: Vamos sair daqui antes
que algo mais aconteça.

(Pinóquio)

Na quarta-feira à noite, como de costume, era o dia da reunião da *Cinemateka*, a minha revista eletrônica. Aquela semana estava muito agitada para o meu gosto. Depois do *feng-shui* da Meri na segunda e da visita do Luigi na terça, eu agora precisaria enfrentar a reunião da revista. Normalmente eu gostava daquelas reuniões, era quando decidíamos qual seria o próximo filme em destaque, estudávamos o orçamento disponível para viagens para os festivais, pesquisávamos sobre os filmes que entrariam em cartaz em breve... Mas naquele dia eu estava destruído. Eu e o Luigi havíamos ficado conversando no dia anterior até uma e meia da manhã, e o Sr. Afonso tinha me feito sair logo cedo com uma equipe de reportagem para cobrir um evento que estava acontecendo em São Gonçalo. Eu estava praticamente morto, e por isso mesmo tinha me esquecido completamente da reunião.

Já estava fazendo planos de chegar em casa e dormir por umas 12 horas seguidas, quando o Danilo me ligou perguntando se no caminho para a casa dele, onde aconteciam as nossas reuniões, eu poderia parar em algum lugar para comprar uma pilha para o controle remoto da TV.

"Danilo, eu estava pensando... será que não teria como passarmos a reunião para amanhã?", perguntei. "Só se não tiver problema pra você. Aí eu aviso pra Márcia também."

Ele explicou que se fosse em outra semana não teria problema nenhum, mas exatamente no dia seguinte era aniversário da mãe dele. "Mas podemos mudar pra sexta", ele completou. "Só que acho que a Márcia vai reclamar de estragarmos o início do fim de semana dela... E, além do mais, se você não vier, eu vou ter que sair pra comprar a pilha, né?"

Ri do último comentário e resolvi que o melhor a fazer era ignorar o meu cansaço e fazer a reunião de uma vez. Certamente a Meri também já tinha planos para sexta-feira e ia falar tanto no meu ouvido, caso eu inventasse de trabalhar, que eu achei melhor nem pensar na hipótese.

"Chegamos em quarenta minutos", desliguei e me direcionei para o setor comercial da TV, onde a Márcia fazia estágio. Ela estava lixando as unhas.

"Já vamos, chefinho?", ela sorriu ao me ver. "Que milagre é esse? Não são nem seis e meia ainda..."

Percebi que o departamento dela estava vazio. Claro. Às 18 horas em ponto o pessoal daquela TV praticamente pulava pela janela. Só eu fazia hora extra todos os dias, pelo tempo que fosse necessário e sem remuneração. Eu realmente precisava rever a cláusula sobre "escravidão" no meu contrato de trabalho...

"Estou muito cansado hoje, quero ir mais cedo para podermos voltar antes também. E eu não sou seu chefe", franzi as sobrancelhas. "Eu, você e o Danilo somos uma equipe."

Eu não gostava de pensar na revista como se eu fosse o dono dela. É verdade que o investimento financeiro maior tinha sido meu, ao comprar o domínio e a hospedagem do site, mas a ideia tinha sido do Danilo. E logo no começo, quando percebemos que precisaríamos de alguém para responder os e-mails e fazer os contatos telefônicos, resolvemos chamar a Márcia para ajudar. Além de já conhecê-la da TV, ela era prima do Danilo e também apaixonada por cinema.

"Como quiser, chefinho...", ela disse, analisando as unhas. "E então, podemos ir? Vai ser barra o trânsito pra Barra nesse horário, viu?"

Achei graça do trocadilho, mas logo fiquei sério, ao perceber que ela tinha razão. Normalmente saíamos da TV para as reuniões bem mais tarde. E demorávamos aproximadamente meia hora. Naquele horário, levaríamos no mínimo o dobro do tempo.

"Não tinha pensado nisso...", eu me sentei em frente à mesa dela sentindo meus planos de chegar em casa mais cedo irem por água abaixo. "Acho melhor esperarmos um pouco. Por que você não vai adiantando alguma coisa, checando os e-mails do site? Enquanto isso eu vou voltar pra minha sala, o que não me falta é coisa pra fazer."

"Por que não ficamos só conversando até o trânsito acalmar um pouco?", ela fez uma cara de preguiça. "Odeio esse computador lento, prefiro deixar pra fazer tudo quando chegarmos ao escritório, onde já estão minhas anotações e tudo o mais."

Conversar com a Márcia não era bem uma das minhas atividades preferidas, mas eu só cruzei os braços na frente do corpo e perguntei como ia a faculdade. Ela estava no terceiro período de Jornalismo, e eu gostaria de poder voltar no tempo e trocar de lugar com ela.

"Mesma chatice de sempre", ela respondeu, provavelmente arrependida por ter sugerido uma conversa. A faculdade pelo visto não era um dos tópicos preferidos dela. "Não vejo a hora de me formar logo e poder me tornar apresentadora de TV! É só por isso que eu fico aturando este estágio mais chato ainda! Não tinha uma área melhor pra me colocarem? Precisava ser no setor comercial? Pelo menos estou ficando amiga da sua namorada, e ela falou que vai pedir pro pai dela me tirar daqui! Bem que ele podia me deixar fazer um estágio com a garota da previsão do tempo! Eu também ia gostar de apresentar aquela parte. Imagina, só... 'Máxima de 15 graus em Porto Alegre e de 40 no Rio. Dia ensolarado em Cancún e chuva a qualquer hora em Londres!'. Ai, será que os produtores desse setor não têm que viajar pra pesquisar o clima? Eu ia adorar! Ô, Leo... fala pra Meredith pedir logo pro pai dela! Por favor..."

Meredith. A Márcia era a única pessoa que a chamava pelo nome. Desde o meu primeiro dia na TV, quando nos encontramos no elevador, ela olhou para mim, perguntou se eu era novo ali, quis saber o meu nome e em seguida disse: "Leonardo, eu sou a *Meri*. Vou ser a sua chefe algum dia, então você já pode começar a fazer tudo o que eu pedir". Lembro que fiquei tão surpreso que, se ela tivesse me pedido qualquer coisa naquele minuto, eu provavelmente teria mesmo feito sem questionar. Porém, ela logo depois deu uma gargalhada e eu percebi que estava brincando. Eu mal imaginava que no futuro eu acabaria realmente tendo que fazer todas as vontades dela...

"Por que você chama a Meri de Meredith?", perguntei pra Márcia. "Ela já te falou que não gosta..."

Na verdade, ela gostava do nome. A mãe dela, quando estava grávida de oito meses, havia lido um livro cuja protagonista se chamava Meredith. E por isso acabou sonhando que a filha também se chamaria assim. Pensando ser um sinal, acabou convencendo o marido a trocar o nome que eles antes haviam escolhido – Mariana – pelo da mocinha do livro. Porém, desde o nascimento, exatamente por ser difícil de ser pronunciado em português, ninguém a chamava daquele jeito. E era isso que ela não suportava. A pronúncia correta seria algo como Méredit. Mas as pessoas acabavam mudando o acento de lugar e acrescentando um "i" no final. Que era exatamente como a Márcia a chamava: Meredíti. Por esse motivo, ela só se apresentava como "Meri", que era ao mesmo tempo o diminutivo do nome original e possivelmente, um desejo contido de que a mãe a tivesse deixado ser "Mari". Mariana.

A Márcia respondeu: "Ah, é um nome tão diferente! Eu daria tudo para que o meu também fosse especial. Quer nome mais bobo do que Márcia?".

Eu já ia responder que o nome dela não tinha nada de bobo, mas percebi que aquele assunto não ia dar em nada. Eu sabia bem que quando as pessoas não gostavam dos próprios nomes não importava o quanto afirmássemos o contrário, elas simplesmente não mudavam de opinião. Então só falei: "Bem, eu acho que Márcia é bonito. Que tal terminarmos a conversa no carro? Acho que prefiro enfrentar o trânsito a ficar mais um minuto nessa TV".

Ela concordou, e eu fui depressa até a minha sala buscar as minhas coisas, antes que eu começasse a me lembrar de uma pessoa do passado que também costumava detestar o próprio nome...

8

Funcionário do aeroporto: Não me conte, deixe-me adivinhar. Vamos ver, essa vai ser difícil... Tem uma linda garota que está para entrar em um avião e, se você não impedi-la, ela nunca vai saber como você realmente se sente.

(Idas e vindas do amor)

CD: Dois meses (~~sem você~~)

Let me try again – versão Skank

Quando a faculdade começou, no início de agosto, eu já tinha colocado meus pensamentos no lugar. Eu ainda estava triste, mas o início do curso de Jornalismo me distraiu. Porém, quando recebi um e-mail do Rodrigo, avisando sobre o dia em que a Fani viajaria, tudo voltou. Por mais que eu tentasse esquecer, o pensamento de que aquela seria a minha última chance antes de perdê-la para o mundo não me deixava em paz. Depois de refletir muito, resolvi que eu precisava vê-la.

Planejei viajar para BH no mesmo dia da viagem dela. Com sorte nos encontraríamos em algum lugar entre as salas de embarque e desembarque e tudo pareceria coincidência. Eu não queria que ela desistisse da viagem nem nada, mas um último encontro, por menor que fosse, serviria para desfazer aquele sabor amargo que havia ficado. Ela viajaria mais leve. E eu ficaria aqui menos angustiado.

O Rodrigo tinha escrito que seria no dia 25 de agosto, mas não mencionou a hora. Eu precisaria dar uma de detetive para descobrir, pois não podia perguntar pra ele. Eu não queria que ninguém soubesse. Mas percebi que alguém mais teria que saber. Para o esquema dar certo, eu precisaria de uma *aliada*.

Eu já havia conversado com a Marilu depois da tarde na casa dela, mas apenas sobre assuntos triviais, já que sempre tinha alguém do lado. Só que agora era hora de deixá-la a par dos acontecimentos. De contar o que a intervenção dela tinha gerado.

Nós estudávamos na mesma faculdade, então foi fácil. Só tive que esperar que ela saísse e a chamei pra conversar. Ela, como sempre, me apresentou para todas as amigas que estavam por perto. Eu teria gostado daquilo, se a minha cabeça não estivesse totalmente em outro lugar.

"O que aconteceu, Leo?", ela perguntou logo que nos distanciamos das colegas dela. "Você está com uma cara de preocupado... Foi alguma coisa com o Luigi?"

Tranquilizei-a depressa e falei que o problema era comigo. Ela se acalmou um pouco e perguntou se eu topava almoçar em um shopping, pois assim poderíamos conversar direito. Concordei, mas antes mesmo de chegarmos lá expliquei o que eu queria:

"Marilu... lembra que eu fiquei de te falar a respeito daquelas coisas que você me mostrou um tempinho atrás?".

"Claro. Você ficou de me procurar quando resolvesse admitir que fez tudo errado. E aí? Já caiu a ficha?"

O problema da Marilu era só esse. Ela não tinha a menor compaixão por ninguém. Simplesmente esfregava na cara, sem o menor tato. Não que eu merecesse compaixão. Ou tato.

"Marilu... eu não acho que fiz *tudo* errado. Ainda acredito que no meu lugar qualquer um teria tido ciúmes. Mas me arrependo de não ter escutado o que a Fani tinha a dizer. De não ter dado chance pra ela se defender." Pela expressão, ela estava satisfeita com as minhas palavras, mas não totalmente convencida. "Mas isso não importa agora! A verdade é que desde que você me obrigou a ver aquele maldito DVD...", respirei fundo antes de concluir, "eu fiquei morrendo de saudade dela!"

Ela começou a rir, mas continuei antes que ela dissesse qualquer coisa: "Pode rir o quanto quiser, não estou nem aí! Eu até tentei fazer o que você falou, telefonar, mas tudo o que ganhei com isso foi um sermão do pai da Fani, me mandando ficar longe, para não atrapalhar a viagem dela. Mas o fato é que eu queria muito encontrar com ela uma última vez. Eu queria dizer o quanto eu estou feliz por ela poder realizar o sonho da vida dela, mas, ao mesmo tempo, o quanto eu estou triste, porque isso vai levá-la pra muito longe. Eu não quero que ela desista, eu não permitiria isso! Por isso mesmo não liguei de novo, não mandei e-mail nem nada. Eu só preciso de um último encontro. Para que ela não passe o resto da vida pensando que eu sou um monstro".

A Marilu me deu um abraço. "Ela não te acha um monstro, Leo. Pode ser que te ache possessivo, meio louco... mas você me contou a história toda. Antes de serem namorados, vocês eram amigos. E ela também deve ter saudade daquele Leo. Do amigo que ela tinha e que ficou perdido em algum lugar no meio do caminho."

Eu me desvencilhei do abraço dela. "Tá cheia de inspiração, né, dona Marilu? O que é isso? Acabou de ter aula de Filosofia?"

Ela fez uma careta e perguntou como poderia me ajudar. E então eu expliquei o plano. Eu ia marcar minha passagem do Rio pra BH para a mesma data da viagem da Fani. Para não correr o risco de passar o dia inteiro no aeroporto de plantão e ainda me desencontrar dela, pois eu não sabia o horário que ela embarcaria, eu precisaria que a Marilu ligasse para todas as companhias aéreas, como se fosse a própria Fani, para descobrir qual voo ela pegaria.

"Eu sei o número da identidade dela. Tudo o que você tem que fazer é dizer que perdeu o localizador e que queria confirmar o horário. Você dá o nome todo dela, a identidade, data de nascimento... Eles não vão negar."

Ela concordou sem argumentar nada. Entreguei o meu celular pra ela, que na segunda tentativa já tinha a resposta.

"Voo da TAM. Sai às 17 horas de BH, isso quer dizer que ela vai ter que chegar lá com duas horas de antecedência, pois é viagem internacional. Se eu fosse você, marcaria a sua passagem para as 13 horas, assim não tem problema se atrasar. Você chega lá com calma às 14 horas e espera um pouquinho."

Dei um abraço nela, agradeci mil vezes e, assim que cheguei em casa, comprei a passagem. Gastei todo o dinheiro que eu havia ganhado de aniversário dos meus pais, mas valeria a pena.

Ainda faltavam dez dias, e eles se arrastaram. Tentei me concentrar nas aulas, mas, quanto mais perto chegava, mais a minha ansiedade aumentava. Nesse tempo, comecei a pensar que eu deveria levar alguma coisa para ela no aeroporto. Imediatamente me lembrei do CD. No dia em que a Marilu me mostrou o vídeo, escutei no rádio uma música que combinava tanto com o que eu estava sentindo que, talvez pelo hábito adquirido de gravar CDs a cada aniversário de namoro, gravei aquela música em um e coloquei na capinha uma etiqueta que dizia apenas "Um mês sem você". Eu poderia entregar esse CD pra ela. Consultei o calendário e vi que no dia seguinte já seriam "Dois meses sem você" e gravei mais um, com outra música que também continha tudo o que eu estava sentindo. Pra finalizar, escrevi uma carta. Seria um fechamento. Naquele aeroporto, tudo havia começado. E agora, tudo ia terminar.

Querida Fani,

Desculpe por ter te feito sofrer. Tudo o que é em excesso acaba sendo prejudicial. Inclusive o amor. E eu deixei que ele vendasse os meus olhos para o óbvio. Eu não pude enxergar que o que eu queria eu já tinha... Você. Em vez de me concentrar nisso, me preocupei com bobagens que acabaram por te levar pra bem longe. Mas não estou triste, porque sei que pra você foi melhor assim. Somente as pessoas especiais realizam seus sonhos. E eu sempre soube que você é uma delas. Viva feliz, minha cineasta. Mostre para o mundo todo o quanto você é linda. Ficarei daqui torcendo. Acompanhando de longe o seu sucesso.

"Era uma vez uma Menina. Ela entrou em um avião e levou junto o coração do Menino... e ele vai ser dela pra sempre."

Até um dia.

Leo

Quando a data finalmente chegou, eu já estava com tudo preparado. No dia anterior, eu havia arrumado minha mochila com poucas roupas, pois só ficaria em BH dois dias, os CDs e a carta. A Marilu me ligou para desejar boa sorte e me fez jurar que mandaria um e-mail pra ela contando tudo assim que eu chegasse à minha casa de BH. Prometi e fui para o aeroporto, surpreendentemente calmo. Eu não sabia o que me esperava, qual seria a reação dela, mas pelo menos eu faria a minha parte.

O voo foi pontual, o avião aterrissou em BH exatamente às 14 horas. Fiz um lanche, fui ao banheiro e encontrei um lugar estratégico no segundo andar, perto da sala de embarque internacional, onde eu poderia ver o momento em que ela chegasse ao aeroporto, sem ser visto. Eu não queria correr o risco de que o pai dela ou os irmãos me encontrassem antes. Coloquei um boné na cabeça, abaixei a aba, tirei um livro da mochila e fiquei aguardando.

Às três e quinze, avistei a Gabi. Ela estava de óculos escuros, provavelmente emocionada pela partida da amiga. Eu deveria ter arrumado uns óculos daqueles também. Em seguida vi a Natália e o Alberto, agarrados como sempre, o Inácio e a Cláudia, cada um segurando um dos gêmeos, e a Juju, toda sapeca na frente. Percebi que não era só da Fani que eu estava com saudade. Eu sentia falta da família dela também.

Meia hora se passou, e nada dela aparecer. Comecei a ficar apreensivo de estar no lugar errado. Mas um segundo depois avistei a Priscila, toda apressada com uma flor na mão, e o Rodrigo, praticamente correndo atrás dela. Ela parou exatamente na frente da sala de embarque e começou a perguntar para todas as pessoas se o voo da TAM para Los Angeles já tinha saído. Alguns funcionários a tranquilizaram, e com isso eu fiquei tranquilo também. Eles se direcionaram para o 1º andar, onde o check-in era realizado, e eu abaixei ainda mais o boné, além de me esconder atrás de umas pessoas quando eles passaram.

Eu estava cada vez mais preocupado. Meus planos eram vê-la chegar e esperar até que ela fosse fazer algo sozinha, tipo ir ao banheiro ou à lanchonete, mas pelo visto ela já estava atrasada, provavelmente iria direto do check-in para o embarque. Se eu falasse com ela nesse momento, todo mundo me veria. A família e as amigas me olhariam com a maior cara de repreensão, e eu ainda teria que enfrentá-los depois que ela embarcasse.

Mais dez minutos se passaram, e nada. Foi então que ouvi pelo alto-falante o voo dela ser anunciado. Mas onde ela estaria? Eu tinha certeza de que ela não havia chegado depois de mim! Será que ia perder o voo? Percebi que esse último pensamento me deu uma certa alegria. Mas subitamente eu entendi o que havia acontecido. Provavelmente ela tinha chegado antes! Bem cedo, antes ainda de mim. Como a mãe dela era meio neurótica com horários, com certeza tinha feito com que ela viesse com várias horas de antecedência! E eu parado, esperando! Quanto tempo perdi!

Assim que pensei nisso, ouvi o som de várias pessoas conversando e subindo pela escada rolante. Dei uma olhada rápida e constatei que eram eles. Me escondi depressa atrás de um quiosque de lembranças e fiquei prestando atenção. Além dos familiares e amigos que eu já tinha visto, notei também os avós da Fani, o pai, a mãe e, finalmente... ela. Não sei o que eu esperava, mas me surpreendi ao notar que ela estava exatamente como eu a havia visto na última vez. Quer dizer, sem o rosto inchado e as olheiras. Ela estava linda. Fiquei decorando cada centímetro da aparência dela. Cabelo solto, blusa branca, calça jeans, All Star, o casaco marrom de sempre, bolsa a tiracolo, relógio... E foi quando eu olhei para as mãos dela que eu entendi tudo. Ela segurava uma caixinha de transporte, e lá dentro eu pude ver a Winnie. Ela ia levar a *nossa* cachorrinha. Claro que ia, não devia nem ter passado pela cabeça dela deixá-la. Saber que pelo menos uma lembrança minha estaria sempre com ela me sensibilizou. Provavelmente esse havia sido o motivo por ela ter chegado tão mais cedo ao aeroporto. Com certeza o procedimento para se viajar com animais de estimação devia ser muito burocrático e levar bastante tempo.

Novamente anunciaram o voo, e ela começou a abraçar a todos. Eu estava suando frio só de pensar que o momento estava chegando. Ou eu criava coragem e enfrentava aquelas pessoas todas para chegar até ela, ou ela viajaria e eu ficaria pra sempre pensando o que poderia ter sido. Uma nostalgia imensa começou a tomar conta de mim. Aquilo já tinha acontecido antes. O nosso primeiro beijo havia sido exatamente assim. Eu tive que esquecer que estava sendo observado pela família dela para poder beijá-la no último instante.

"Tem que ser agora!", eu pensei, quando vi que todos tinham terminado de se despedir. Saí de trás do quiosque e fui em direção a ela. Mas, ao dar o primeiro passo, parei. Percebi que aquela despedida estava diferente da que havia acontecido, ali mesmo, mais de um ano e meio atrás. Quando foi para o intercâmbio, ela estava chorando. Eu sabia que ela estava triste por me deixar. Porém, agora, ela estava com a aparência tranquila. Sorrindo. *Livre.*

Eu não sei o que aconteceria se eu chegasse de repente, mas nesse momento entendi o que o pai dela havia dito. Ela merecia viajar assim. Eu não podia estragar aquilo. Ela estava feliz.

Me escondi novamente e vi que ela estava olhando para os lados, possivelmente guardando tudo na memória. Finalmente ela deu um último aceno para todos, carregou a caixinha da Winnie e entrou na sala de embarque.

Fiquei mais um tempo escondido e, logo que todos desceram, tomei a direção oposta e peguei o elevador para o terraço. Passei um tempo olhando os aviões subindo e descendo até que, alguns minutos depois, o dela partiu. Fiquei admirando até que ele sumisse no céu, e então peguei a carta que eu havia escrito, fiz um aviãozinho e o arremessei, em direção ao horizonte.

"Seja muito feliz, Fanizinha. Eu sei que você vai ser..."

Sem esperar pelo elevador, fui descendo as escadas devagar. Aquela parte da minha vida tinha terminado. Mas eu sabia que as lembranças dela iam me acompanhar para sempre.

9

Coraline: Como você pode se afastar
de algo e então ir ao seu encontro novamente?

Gato: Dando a volta ao mundo.

Coraline: É um pequeno mundo.

(Coraline e o mundo secreto)

"Espera, vamos ver se eu entendi. Vocês querem ampliar a nossa revista eletrônica criando um canal de transmissão ao vivo, pois assim teremos chance de conseguir ainda mais patrocínios e usar o dinheiro para viabilizar a versão impressa. Aí a gente ganharia mais visibilidade, e, com isso, o lucro cresceria ainda mais. Vocês pensaram tudo isso porque estão insatisfeitos na TV? E vocês realmente acham que nossa revista tem potencial para render o suficiente para vocês saírem de lá?"

Eu e a Márcia concordamos juntos. Estávamos há 20 minutos na casa do Danilo e, assim que colocamos os pés lá dentro, começamos a explicar o que havíamos planejado no trajeto entre a TV e a casa dele. O trânsito estava terrível, e durante mais de uma hora de congestionamento tivemos tempo de sobra para criar várias estratégias.

"Olha só, Danilo", eu estava empolgado, talvez aquilo pudesse mesmo dar certo. "Não estamos mais usando o dinheiro dos patrocinadores para as viagens, pois os próprios festivais estão pagando nossas despesas em troca da cobertura. Se usarmos essa quantia para gravarmos um programa semanal em vídeo, com entrevistas com atores e cineastas, os acessos podem aumentar ainda mais. E, com isso, atrairemos algum investidor para levar a revista também para o papel."

Ele começou a considerar as minhas palavras, mas a Márcia interrompeu: "Danilo, é bom que você saiba que ainda somos muito gratos à tia Joyce, por ela ter conseguido o meu estágio e o emprego do Leo".

"Não foi a mãe do Danilo que arrumou o meu emprego", falei depressa. "Ela só me indicou para a seleção! Não que eu não seja grato a ela..."

Aquela era outra coisa de que eu não gostava. As pessoas sempre insinuavam que a minha colocação na TV tinha se dado pelo fato da mãe do Danilo ser amiga do Sr. Afonso. Mas passei pela entrevista com vários outros candidatos. E, agora, conhecendo bem o meu chefe, eu sabia que ele não me favoreceria apenas por eu ser o melhor amigo do filho de uma conhecida dele. Na verdade, acho que ele não teria me ajudado em nada, ainda que eu fosse o próprio Danilo...

Ele balançou a cabeça olhando pra mim. "Eu avisei... você deveria ter continuado no seu estágio. Sua praia sempre foi escrever, você adorava aquele jornal! Mas você quis ir atrás de glamour, achou que ia virar um jornalista famoso na TV..."

"Ei, que história é essa?", aquilo era tão irreal que eu cheguei a rir. "Você sabe muito bem por que eu larguei o estágio. Eu queria poder pagar minhas próprias contas!"

Depois da formatura, eu não achei certo que o meu pai continuasse a pagar o aluguel do meu apartamento. Mesmo antes eu já não achava. Por várias vezes, pensei até em voltar a morar na casa dos meus tios, como no princípio. Mas o meu pai sempre alegava que eu devia ter o meu próprio espaço e que, futuramente, quando eu arrumasse um bom emprego, poderia pagá-lo de volta. Exatamente por esse motivo eu resolvi deixar o estágio e aceitar a oferta da TV. Agora, pelo menos, eu já conseguia pagar sozinho o aluguel. Mas eu sinceramente preferia poder fazer isso e *também* gostar do trabalho.

"Estou brincando, Leo", o Danilo me deu um tapinha nas costas. "Sei muito bem o motivo. E já te falei várias vezes... Se precisar e se não quiser voltar a morar com seus tios, pode vir pra cá. Quarto vago é o que não falta. Minhas irmãs estão todas casadas." Ele então se virou para a prima. "Mas e você, Márcia? Qual é o problema com o estágio? Você não tinha dito que queria começar cedo, para que quando se formasse já fosse a âncora do telejornal?"

"Ah, sim, esses eram os planos!", ela falou emburrada. "Mas a menos que a namorada do Leo consiga me trocar de setor, parece que eu vou me aposentar no comercial! Eu estou estudando Jornalismo, e não Administração ou Economia!"

"A Meri vai conseguir que ela troque de área?", o Danilo me olhou meio desconfiado. Na mesma hora respondi que não sabia de nada, que isso era assunto das duas e que, na verdade, eu nem aprovava essa amizade delas.

"Inclusive, se eu fosse você, aconselharia sua prima a não ir na onda da Meri", eu falei, mais para a própria Márcia do que pro Danilo. "Apesar de ter entrado na faculdade agora, sei muito bem que a Meri nunca vai trabalhar. O pai dela vive falando que não precisa. Aposto que, por ele, ela nem teria feito vestibular..."

"Ai, que sonho, não ter que trabalhar...", a Márcia suspirou. "Claro que eu vou ficar amiga dela! Cada vez mais! Tenho aprendido muito com os conselhos que ela me dá! E acho que ela está adorando ser minha amiga também. Toda vez que ela vai na TV fica um tempão conversando comigo... Tudo bem que ela só pergunta do Leo e da revista, mas eu sei que ela gosta da minha companhia, senão não teria me chamado para fazer compras com ela no shopping na semana passada... Ela comprou cada roupa cara!"

O Danilo riu e falou: "Ih, Leo, temos uma infiltrada entre nós. Vamos ter que dar um termo de sigilo pra Márcia assinar, senão a Meri vai saber de cada passo seu!".

"Como se ela já não soubesse...", respondi sério. "Danilo, mas então? O que você acha do que nós dissemos? De ampliarmos o site, começarmos a cobrir eventos mais importantes, transmitirmos ao vivo..."

"Eu vou ser a apresentadora, né?", a Márcia entrou no meio. Eu olhei para o Danilo, imaginando a Márcia toda empolgada na frente das câmeras com aquela voz aguda dela. Certamente não passaria a menor credibilidade.

"Márcia...", tentei agir com diplomacia. "Não dá pra sair apresentando direto, tem uma técnica, sabe? Primeiro você vai ter que continuar um tempo como produtora, pelo menos até avançar um pouco mais no curso de Jornalismo e fazer todas as matérias relacionadas a televisão. E aí, depois, nós podemos fazer um teste de vídeo com você. Caso você se saia bem, a vaga é sua."

Ela pareceu meio decepcionada, mas, pelo visto, para ela qualquer coisa era melhor do que o setor comercial.

O Danilo ficou um tempo pensativo. "Leo, na verdade não vai fazer muita diferença pra mim. Claro que se formos cobrir eventos mais longos, em cidades distantes, vou ter que adequar meu horário. Mas eu sou *freelancer*, faço o meu cronograma. E nas viagens eu posso até aproveitar para fazer outras fotos e vender para bancos de imagem."

"No começo nós vamos ter que investir...", eu falei sério para os dois. "Isso significa que toda grana que entrar terá que ir pro nosso projeto."

"O que isso significa é que vamos ter que ficar na TV por mais um longo tempo...", a Márcia disse desanimada.

Eu apenas respondi que talvez nem fosse tão longo assim... Se tudo desse certo e se a nossa revista se destacasse ainda mais na versão eletrônica e também deslanchasse na impressa, antes da Márcia se formar ela já seria conhecida na área.

"Espero mesmo que isso aconteça logo!", ela reclamou. "Quando vocês me convidaram pra participar, me disseram que eu ganharia um salário e ainda poderia viajar... Dinheiro eu não vi até hoje! E as viagens... fala sério, né? Tiradentes não era bem o que eu tinha em mente!"

"E o que você esperava? Los Angeles?", o Danilo brincou. Ela só mostrou a língua pra ele e se sentou para checar se havíamos recebido algum e-mail.

Enquanto ela ligava o computador, me lembrei de que o havíamos comprado, juntamente com a impressora, com o primeiro patrocínio que conseguimos. Um ano antes, quando o Danilo sugeriu de criarmos um site, pensávamos que aquilo seria só uma distração. Mas a dona Joyce, a mãe dele, gostou tanto da ideia que até desocupou um antigo quartinho de costura, para que pudéssemos nos dedicar e fazer dali uma verdadeira "redação de jornal". Incentivados pela seriedade dela, decidimos que iríamos nos reunir toda semana, para que pudéssemos nos dedicar ao projeto. E assim tudo começou. Na hora de escolher o nome, pensamos em diversas possibilidades e pedimos a opinião de várias pessoas. Até que a Cecília, uma garota de 12 anos que eu conhecia, quando contei que, além de escrever sobre filmes, eu também mencionaria as trilhas sonoras, sugeriu meio de brincadeira que eu unisse Cinema com Discoteca... E foi assim que surgiu a *Cinemateka*. A irmã mais velha do Danilo é web designer e criou um layout perfeito para nós. Assim, aos poucos, a *Cinemateka* deixou de ser um site amador para se tornar uma revista eletrônica profissional. E agora eu realmente achava que era hora de dar um passo a mais.

Eu e o Danilo havíamos acabado de nos sentar para discutir qual filme colocaríamos em destaque naquela semana, quando a Márcia deu um grito. Nos viramos depressa pra ela, que estava com os olhos arregalados na frente do computador.

"O que aconteceu, Márcia?", perguntei assustado.

"Você não clicou em nada suspeito, né?", o Danilo se levantou. "A gente não precisa de nenhum vírus no computador!"

A Márcia não respondeu, mas continuou a olhar fixamente para a tela. Eu me aproximei também, pra descobrir o que ela tinha achado de tão grave.

Finalmente ela terminou de ler alguma coisa e olhou sorrindo para nós.

"Acho que vamos realizar a nossa primeira cobertura internacional...", ela disse, com um ar de mistério. "E sabe pra onde, Danilo?", ela se levantou dando lugar para o primo se sentar. "Se desistir de ser fotógrafo, saiba que pode investir na carreira de vidente. Você mencionou o local cinco minutos atrás! E eu só quero dizer uma coisinha... *Estou dentro*! Morro se vocês não me levarem!" Ela então me empurrou, para que eu também chegasse mais perto do computador, e completou: "Afinal, nós somos uma *equipe*! Não é, chefinho?"

Eu me abaixei depressa para ler o e-mail que estava aberto na minha frente. De repente, comecei a achar aquele quarto muito apertado e a sentir uma certa claustrofobia. Eu esperava qualquer coisa, menos aquilo. Agora eu tinha certeza de que a Fani, ou melhor, a *Estefânia Castelino* tinha conseguido realizar seu antigo sonho. Ela tinha se tornado uma cineasta. E, pelo visto, a mãe dela continuava a mesma...

De: Cristiana <cristiana.acb@gmail.com>

Para: Vários <undisclosedrecipient>

Enviada: 18 de julho, 10:01

Assunto: Orgulho brasileiro

Anexo: information.docx, contatos.docx

Prezados jornalistas,

Escrevo para enviar-lhes um "furo de reportagem", que é como eu acho que vocês dizem nesse meio. Creio que vocês não vão querer perder a chance de acompanhar a primeira exibição de um longa-metragem da maior revelação brasileira do meio cinematográfico atual.

No primeiro fim de semana de agosto acontecerá a finalíssima de um grande festival de cinema em Los Angeles. Isso não seria novidade, pois sabemos que a capital mundial de cinema abriga todo tipo de festival, com frequência. Entretanto, dessa vez, uma jovem brasileira está concorrendo. Entre mais de 100 inscritos, ela está entre os 10 finalistas, e creio que só isso já é motivo de alegria para o nosso país.

Dessa forma, solicito que vocês noticiem em seu jornal/revista/site/programa de cinema para que mais brasileiros possam se orgulhar dela.

Seu nome é Estefânia Castelino. Cinco anos atrás, ela conseguiu uma bolsa para estudar Cinema em Los Angeles e no ano passado se formou com louvor. Por esse motivo, foi selecionada pela direção da faculdade Columbia College Hollywood para representá-los no Los Angeles Film Festival.

Seu filme, chamado "Shooting My Life's Script" é, de certa forma, autobiográfico (embora ela não o enxergue dessa forma), pois conta a história de uma garota que foi para Hollywood perseguir o sonho de ser cineasta.

Estefânia Castelino, além de roteirista e diretora, também é designer de som e assina a trilha sonora do filme.

Em anexo mais informações sobre o festival, retiradas do próprio site, e também todos os meios de contato da jovem promessa brasileira. Creio que essa é uma reportagem que vocês não podem perder.

Atenciosamente,

Cristiana Albuquerque Castelino Belluz

10

Rumbo: E aí, o que está rolando?

(Fluke – Lembranças de outra vida)

CD: Quatro meses (~~sem você~~)

How you remind me – Nickelback

De: Rodrigo <rrrrrodrigooooo@gmail.com>

Para: Leonardo <soueuoleo@gmail.com>

Enviada: 23 de outubro, 18:20

Assunto: Viagem

E aí, Leo!

Vê se dá notícia de vez em quando! Já se esqueceu dos amigos de BH?

Queria saber se o convite pra te visitar continua de pé, quer dizer, se é que você ainda lembra que me convidou!

A Priscila vai viajar em dezembro, aí queria aproveitar pra passar uns dias com você.

Abraço!

Rodrigo

De: Leonardo <soueuoleo@gmail.com>

Para: Rodrigo <rrrrrodrigooooo@gmail.com>

Enviada: 24 de outubro, 19:54

Assunto:Re: Viagem

E aí, Rodrigo!

Não vou nem comentar a bronca! Tem quase quatro meses que me mudei de BH, e a saudade está só aumentando!

Olha só, já que a Pri liberou, venha logo que puder! Já falei com a minha tia e não tem problema nenhum em você ficar aqui, inclusive o Luigi e a minha priminha Letícia ficaram superanimados com a possibilidade de um visitante, uma vez que eu não sou mais "novidade". O quarto que era de hóspedes agora é meu, tem uma bicama, então realmente não vai ter problema nenhum.

Com a proximidade do verão, está ficando cada dia mais quente, então só marca o dia e me fala, você é bem-vindo sempre!

Abraços pra família e pra Priscila!

Leo

De: Alan <alan_alan@mail.com.br>

Para: Leonardo <soueuoleo@gmail.com>

Enviada: 26 de outubro, 10:19

Assunto: Notícias

Faaaaala, Leozão!

E o Rio de Janeiro, continua lindo?

Nem pense que eu estou com inveja! Estou escrevendo inclusive pra te dar boas notícias! Cansei dessa vida na selva urbana! Resolvi dar um tempo na Bahia! Chega de deixar a vida escorrer pelos dedos! Essa história de vestibular anula a personalidade da gente, quero mais é ser diferente!

Aê, já tô até rimando, quem sabe viro poeta em Caraíva? Sim, o paraíso tem esse nome, e é pra lá que eu vou! Inicialmente vou me virar dando aula de forró e vendendo umas pulseiras na praia! Fome é que eu não vou passar!

Mas quero saber de você! Já conheceu alguma supergata carioca? Mas lembre-se de não se apegar! Curta TODAS, que eu sei que o seu coração é grande e tem espaço pra várias!

Abração! Tô te esperando na Bahia! Paz e amor!

Alan

De: Leonardo <soueuoleo@gmail.com>

Para: Alan <alan_alan@mail.com.br>

Enviada: 27 de outubro, 19:10

Assunto: Re: Notícias

Alan!

Quanto tempo! Adorei você ter me escrito! Fiquei surpreso em saber que você não vai tentar o vestibular de novo e que em vez disso vai "dar um tempo na Bahia"! Vai nessa! Espero que você possa mesmo se virar dando aula de forró e vendendo pulseirinhas na praia.

Por falar em praia, quando você se cansar de Caraíva, podia vir me visitar, né? Te asseguro que mar é o que menos falta por aqui! Mas eu nem tenho ido muito à praia, sei que eu fugia para o Rio a cada feriado pra pegar umas ondas, mas, agora que eu posso ir sempre que quiser, perdeu um pouco a graça...

Sobre a sua pergunta, eu estou saindo com uma menina da minha sala, o nome dela é Fernanda. E, sim, ela é "gata".

Tenho que fazer um trabalho agora. Estou gostando muito da faculdade, mas quem sabe nas férias eu não dou um pulo na Bahia pra te encontrar?

Abração!

Leo

De: Maria Carmem <mcarmem55@hotmail.com>

Para: Leonardo <soueuoleo@gmail.com>

Enviada: 28 de outubro, 09:25

Assunto: Saudade

Oi, filhinho!

Ai, que saudade do meu bebê! Ainda não me acostumei com sua ausência! A casa está tão vazia! Seus irmãos continuam disputando quem vai ficar com seu quarto, já falaram até em derrubar a parede para um deles ficar com um quarto gigante! Imagina se eu iria permitir algo assim! Já falei que o seu quarto continuará sendo seu enquanto nós morarmos aqui! Ele está do mesmo jeitinho que você deixou da última vez que veio. Aliás, quando você volta? Só espero que não seja uma visitinha tão rápida quanto a última! Você chegou aqui no sábado à noite e voltou no domingo no mesmo horário! Nem deu pra matar a saudade! Além do mais, você estava com uma cara tão tristinha... Aposto que era vontade de ficar mais, não era?

Filho, eu ando preocupada de você estar dando muito trabalho pra sua tia. Você tem lavado a sua própria roupa, como eu te ensinei?

Por falar nela, sua tia me disse que você não está comendo quase nada! Leo, será que vou ter que ir aí e te forçar a se alimentar direito?

Estou escrevendo só porque me deu um ataque repentino de saudade mesmo! Sei que nesse horário você está na faculdade, por isso te ligo mais tarde.

Beijos,

Mamãe

De: Leonardo <soueuoleo@gmail.com>

Para: Maria Carmem <mcarmem55@hotmail.com>

Enviada: 28 de outubro, 19:40

Assunto: Re: Saudade

Oi, mãe!

Estou com muita saudade também!

Não se preocupe, eu não estou dando trabalho pra minha tia. De manhã eu fico na faculdade, à tarde sempre tem algum estudo em grupo, e eu almoço lá mesmo ou por perto, à tardinha eu dou uma corrida na Lagoa, volto, tomo um banho, fico no meu próprio computador e aí já é hora de dormir.

Eu tentei lavar minhas roupas, como você sugeriu, mas elas ficaram todas manchadas! Acho que fiz alguma coisa errada, mas você só me disse pra não misturar roupas escuras com claras... Pra mim, marrom claro, roxo claro e laranja claro é tudo claro, não é? Pois minhas roupas brancas agora estão parecendo um arco-íris. A tia Maria Inês até me proibiu de usar a máquina de lavar, disse que faz questão de lavar pra mim e que isso não é trabalho nenhum, pois ela tem mesmo que lavar as do Luigi e da Leca.

Agora eu tenho que ir jantar. Viu, só? Não acredite na minha tia quando ela diz que eu não estou comendo nada.

Manda um beijo pro papai, pro Luiz e pro Luciano.

Leo

Sofía: Deus do céu! Isso vai mudar a minha vida em um zilhão de maneiras. Eu devo ter enlouquecido...

(Vanilla Sky)

Ler o e-mail da mãe da Fani me fez voltar uns cinco anos no tempo. Só tirei os olhos da tela quando ouvi a voz da Márcia atrás de mim, dizendo que não importava quantas vezes eu lesse, o conteúdo da mensagem não se alteraria. Eu já tinha praticamente decorado todas as informações. Pelo visto, a mãe dela tinha mandado uma mensagem padrão para a imprensa em geral. Era óbvio que ela não perderia essa oportunidade de exibir a filha. Mas será que a Fani tinha conhecimento disso? Em caso positivo, ela devia ter mudado muito... Antigamente ela nunca permitiria que a mãe fizesse algo assim. Mas muito tempo tinha se passado. Eu não podia esperar que ela continuasse a mesma. Eu certamente não era o mesmo...

Cliquei nos anexos. O primeiro era com informações sobre o tal concurso de cinema. Quanto mais eu lia, mais ficava impressionado. Ela realmente havia conseguido... Era um festival de verdade, conceituado, com etapas muito concorridas. E ela estava na final! Cliquei depressa no segundo, e lá só estava escrito o nome dela (*Estefânia Castelino*. Será que a Fani tinha adotado aquele nome artístico? Aquilo era estranho, eu sempre pensei que ela daria um jeito de ser chamada de Fani pelo resto da vida), o e-mail (que percebi que ainda era o antigo) e um telefone.

"Alguém sabe qual é o fuso horário da Califórnia em relação ao do Brasil?", perguntei depressa. O Danilo no mesmo instante digitou o endereço de um site que mostrava a hora local de qualquer lugar do mundo.

"Agora lá são cinco da tarde", ele respondeu. "Quatro horas a menos. Por quê? Não vai me dizer que está considerando a ideia da Márcia de irmos pra Los Angeles? A gente não tem dinheiro pra isso, nem se arrumarmos mais dez patrocínios!"

Nem ouvi. Apenas peguei meu telefone, entreguei para a Márcia e falei bem sério: "Presta muita atenção. Esquece aquilo que eu disse mais cedo sobre eu não ser seu chefe. Neste minuto, eu quero que você faça exatamente o que eu mandar". Ela franziu as sobrancelhas, mas ficou quieta, ouvindo atentamente. "Vamos ligar pra esse número, e você vai pedir pra chamarem a Estefânia Castelino. Quando ela atender, você fala que nós somos da *Cinemateka*, explica que é uma revista eletrônica, e que recebemos material sobre festivais do mundo inteiro..."

O Danilo começou a rir, mas a Márcia estava bem séria, como se estivesse decorando cada palavra minha. Continuei: "Então diga que até agora a gente não estava sabendo do festival do qual ela está participando. Faça parecer que estamos muito chateados por isso e peça todas as informações. Pergunte se ela tem um *release* do filme, dados técnicos, data de exibição... tudo o que nos permita fazer mesmo uma grande cobertura sobre o evento". E me virando para o Danilo, expliquei: "Estou apenas colocando em prática o que estávamos conversando. Não queremos ampliar o site? Pois eu acho que um festival de cinema de Hollywood pode atrair muita atenção pra nossa revista!".

Ele não falou nada, só ficou me olhando com uma expressão estranha, e eu então disquei o número que tinha no e-mail e passei o telefone pra Márcia, me sentindo muito nervoso de repente.

Enquanto esperava que alguém atendesse, ela pegou um papel e foi anotando tudo o que eu tinha falado, provavelmente para não esquecer. Eu nunca tinha dado muito crédito pra Márcia, mas ela parecia estar levando aquilo muito a sério. Um tempo depois, ela tirou o telefone do ouvido e falou: "Caiu na secretária eletrônica, não deve ter ninguém em casa...".

Tive vontade de jogar o celular na parede. Eu precisava de mais informações daquele filme, urgente! No e-mail estava escrito que ele era autobiográfico... Mas até que ponto? Será que a Fani realmente tinha feito um filme da vida dela? O nome era bem sugestivo...

"A gente pode tentar amanhã de novo", a Márcia sugeriu. "Como estou de férias, posso chegar ao estágio um pouco mais cedo, tipo uma da tarde. Na Califórnia ainda vai ser nove da manhã. Acho que é mais provável encontrá-la em casa nesse horário."

Concordei meio contrariado. Eu não queria esperar até o dia seguinte, mas não teria outro jeito.

Passei o resto da reunião conversando com o Danilo sobre outros assuntos, enquanto a Márcia lia e relia a página do tal festival de cinema, provavelmente para não dar nenhum fora quando finalmente conseguisse falar com a "jovem promessa brasileira".

Eu estava pensando mais uma vez sobre o que o filme dela conteria, quando percebi que o Danilo estava estalando os dedos na frente do meu rosto.

"Planeta Terra chamando Leonardo... tem alguém aí?"

Pedi desculpas, falei que eu estava distraído, mas então ele olhou pra trás, pra ver o que a Márcia estava fazendo, e, ao constatar que ela ainda estava entretida no computador, disse baixinho: "Por acaso essa sua distração tem a ver com aquela antiga namorada que se mudou pra Los Angeles para estudar Cinema?".

Fiquei sem jeito no mesmo instante. Eu nem lembrava que havia comentado sobre a Fani com o Danilo.

"Quando foi que eu te falei sobre ela?", perguntei.

Ele pensou um pouco e respondeu: "Acho que foi no começo da faculdade, na época que o Rodrigo, aquele seu amigo, veio pra cá. Você tinha acabado de terminar com a Fernandinha, estava enumerando os defeitos dela, e o Rodrigo falou que você não deveria ficar procurando a *Fani* em outras meninas, algo assim...".

Comecei a me lembrar vagamente. Já tinha se passado muito tempo, e muita coisa havia acontecido desde então...

"Ah, claro que é ela!", o Danilo completou sorrindo. "É só associar o nome! Estefânia! Fani é o apelido, não é?"

"Shhh...", coloquei o dedo na frente da boca, pedindo silêncio. Percebi que a Márcia tinha desligado o computador e estava vindo em nossa direção.

"Tudo certo, Márcia?", perguntei me levantando.

"Sim, até imprimi o e-mail falando da brasileira cineasta e também os contatos dela e tudo o mais, para que a gente possa telefonar amanhã lá do trabalho."

De repente pensei que talvez aquela não fosse uma boa ideia... A Meri tinha mania de passar na TV quase todo dia na hora do almoço pra me ver, ou, na teoria do Luigi, pra verificar com quem eu estava almoçando.

"Márcia, acho melhor deixarmos pra ligar depois do expediente. Vai ser mais tranquilo. Hoje nós vimos que todo mundo vai embora às 18 horas em ponto... Aí você pode conversar com a *Estefânia* tranquilamente, sem barulho. Não precisa chegar mais cedo, pode almoçar com calma."

Ela concordou e perguntou se então podíamos ir embora, pois ela estava morta de fome e cansaço, e explodindo de dor de cabeça. Falei logo que sim, me despedi do Danilo, feliz pelo assunto anterior ter sido interrompido, e fomos em direção ao carro. Antes que eu ligasse o motor, porém, ele me lançou um olhar que dizia que sabia perfeitamente o que eu estava tramando... Fingi que não percebi, acenei e arranquei o carro.

Passei a noite inteira pensando se eu deveria mesmo revirar o passado. Eu tinha levado anos para esquecê-la. Durante muito tempo eu havia lutado para não procurá-la no Google e nas redes sociais, e – com algum esforço – eu tinha conseguido desligar o computador a cada vez que eu tinha esse impulso. Mas eu não contava que um belo dia, depois de anos, o nome dela fosse pipocar na minha frente assim!

Será que ela tinha mudado muito? Estaria namorando? Casada? Ainda se lembrava de mim? E o mais importante: será que *eu* estava curado o suficiente? Obtive a resposta dessa última questão com um simples olhar para a minha caixa de CDs azuis, que desde a tentativa da Meri de jogá-los no lixo eu tinha resolvido manter por perto, ao lado da minha cama. Não, eu não estava curado.

Longe disso. Durante todos aqueles anos ela constantemente tinha visitado os meus pensamentos e provavelmente nunca havia deixado o meu coração. A minha própria especialização em Cinema não era uma forma que eu tinha encontrado de mantê-la por perto?

Quando finalmente o cansaço me dominou, o dia já estava nascendo. Pouco tempo depois, acordei assustado com o meu celular tocando. Meu primeiro pensamento foi que eu havia perdido o horário, mas uma olhada rápida para o relógio me fez perceber que na verdade eu estava adiantado. Meu despertador ainda nem tinha tocado. Quem estaria me ligando às seis da manhã?

Atendi ainda meio zonzo de sono e logo ouvi a voz da Márcia, pedindo desculpas e dizendo que tinha acordado muito doente, com uns 500 graus de febre, e que não poderia ir nem à academia nem ao estágio. Eu não estava entendendo bem o que eu tinha a ver com aquilo e por que ela não poderia ter esperado para me dar aquela notícia um pouco mais tarde. Mas então me lembrei de que havíamos combinado de telefonar para a Estefânia, quer dizer, para a Fani, pra conseguir mais informações sobre o filme dela.

"Leo, mas eu estava pensando, eu posso ligar do meu telefone...", ela continuou a falar. "Depois vocês me pagam. Eu estou com todas as informações aqui, anotei tudo o que você quer saber... e eu vou ficar ligando até conseguir! Não se preocupe, prometo que serei supersimpática..."

Já mais desperto, senti um pouco de pena da Márcia. Apesar de doente, ela estava disposta a ajudar, pelo bem do nosso site. Ou isso ou ela realmente pensava que aquilo pudesse render uma viagem para a Califórnia! Concordei com a sugestão, pedi que ela me telefonasse assim que desse certo e me levantei. Com certeza eu não ia conseguir dormir de novo.

Desde o momento em que cheguei à TV, fiquei olhando para o telefone. Eu mal podia esperar pela ligação da Márcia, pra que ela me contasse tudo o que tinha descoberto a respeito do filme. Cheguei a mandar vários e-mails pra ela, perguntando se já tinha conseguido, mas ela respondeu todos eles avisando que o telefone da Estefânia não atendia. Eu já estava pensando em pedir pra ela ligar pra casa da mãe da Fani, solicitando que ela confirmasse o número da filha, quando o meu celular tocou. Bem na hora em que estava acontecendo uma reunião na minha sala.

"Leo, consegui!", a Márcia falou toda empolgada. Percebi que a voz dela estava rouca. Ela devia estar mesmo muito gripada. "Você sabia que a Estefânia só tem 23 anos? E ela é toda modesta, você precisava ter escutado a conversa. Ela pareceu muito surpresa com o telefonema. Na verdade, acho que ficou até meio assustada."

"Assustada como?", perguntei, pensando que eu deveria ter pedido para ela gravar a ligação. Completei em tom mais baixo: "Será que você pode entrar no chat? Está tendo uma reunião aqui, e eu não posso falar alto."

"Estou entrando!"

Um segundo depois, a janela do bate-papo subiu.

Marcinha está Online

Leo - E então? Ela estava assustada como assim? Devia ser timidez, não?

Marcinha - Ela não parecia tímida. Na verdade, acho que ela estava meio desconfiada e talvez um pouco brava. Mas depois ela falou que estava com visita em casa, e eu entendi que tudo não devia passar de pressa. Ela perguntou se eu podia mandar um e-mail explicando direito sobre a reportagem, e aí eu falei que mandaria imediatamente. Ah, e eu completei dizendo um monte de bobagens, falei que a gente ia conseguir o apoio de um canal de TV a cabo e que talvez iríamos até Los Angeles para cobrir o evento... Hahaha!

Leo - Márcia! Não era pra falar mentira! O que ela vai pensar quando dissermos que não vamos fazer nada disso?

Marcinha - Ah, é só falar que a gente não conseguiu o apoio da TV... Mas eu acho que ela ficou meio impressionada, porque logo que desliguei eu mandei um e-mail explicando direitinho quem nós éramos, fornecendo o endereço do site e tal, e ela até já respondeu...

Leo - Já respondeu? Encaminha o e-mail pra mim! O que ela escreveu?

Marcinha - Nada de mais, só mandou o release do filme, as informações técnicas e o trailer. É muito fofo! Acho que você vai adorar, a música de fundo parece uma daquelas que você gosta...

Leo - Estou entrando no e-mail da Cinemateka agora. Não precisa encaminhar, vou olhar direto.

Marcinha - Nossa, que ansiedade! Você está empolgado mesmo! Mas confesso que também estou! Puxa, Leo... Bem que tudo o que eu falei pra ela podia ser verdade, né? Você podia pedir pra Meri falar com o pai dela... Quem sabe ele não manda a gente para Los Angeles, para fazer uma cobertura desse festival para a TV? Aposto que ia ser um sucesso de audiência!

Leo - Por favor, não coloque a Meri no meio disso! Não quero misturar a revista com a TV! E muito menos com o meu namoro!

Marcinha - Tudo bem. Mas eu queria tanto conhecer Hollywood...

Leo - Um dia nós vamos conhecer. Tenho que desligar agora, antes que alguém perceba que eu estou batendo papo em vez de trabalhar. Vou ler o e-mail dela e ver o trailer. Amanhã a gente resolve qual vai ser o próximo passo.

Marcinha - Sim, senhor!

Leo - Márcia... Muito obrigado, tá? Você se mostrou mesmo muito profissional hoje. Agora vá descansar. Quero que você fique boa logo.

Marcinha - Ah, que lindo! Obrigada, chefinho! Você é um amor! A Meri é muito sortuda pelo namorado que tem!

Leo - Tchau, tenho que ir.

Marcinha - Por que toda vez que eu falo da Meri você muda de assunto?

Leo não pode responder porque está Offline.

12

Coringa: Por que tão sério?
Vamos botar um sorriso nessa cara!
(Batman – O cavaleiro das trevas)

CD: Sete meses (~~sem você~~)

Aquela música – Jay Vaquer

Em dezembro, quando eu já estava no Rio havia seis meses, recebi a primeira visita. A Priscila tinha ido pra São Paulo por causa das férias, e o Rodrigo então aproveitou para passar uns dias comigo.

Foi um pouco estranho encontrá-lo. Eu e o Rodrigo éramos amigos de infância – e, tirando os anos que ele morou no Canadá com a família, nós nunca havíamos ficado longe um do outro por tanto tempo. Ainda assim, quando ele chegou, foi como se dois universos tivessem colidido. Ou dois tempos. O passado e o presente.

"E aí, cara!", nos abraçamos assim que ele chegou. "Você se lembra do Luigi, né?"

Meu primo havia se oferecido para ir buscá-lo comigo no aeroporto. Como meu carro ainda estava em BH, aceitei, e de certa forma isso foi bom... Eu estava meio sem assunto com o Rodrigo. Ele me lembrava de partes da minha vida que eu ainda estava tentando esquecer...

"Claro!", ele respondeu. "Que calor é esse? Podemos ir direto pra praia?"

Eu ri, me lembrando de que eu tinha exatamente esse pensamento quando ainda morava em BH e ia passar férias no Rio. Tudo o que eu queria era ir logo pra praia.

"Como vai a Priscila?", o Luigi perguntou enquanto íamos em direção ao estacionamento. "Ela não quis vir também?"

O Rodrigo pareceu meio desconfortável com a pergunta, mas logo respondeu que ela estava em São Paulo, pois o pai morava lá. O Luigi contou que a Marilu também tinha viajado, só que exatamente pra BH, pra ficar um pouco com os pais. Em seguida eles começaram a falar sobre os respectivos namoros, e eu me senti totalmente sobrando. Depois de um tempo o Rodrigo pareceu notar que eu estava mudo e falou: "Quero conhecer a sua namorada nova. Fernanda, não é isso?".

O Luigi abafou o riso, eu olhei sério pra ele e só respondi: "Ex-namorada".

"Já?", o Rodrigo perguntou meio sem graça. "Mas o que houve? Esse namoro foi rápido, hein?".

"Um mês e meio!", o Luigi falou por mim. "E sabe quem foi o responsável pelo término?" Antes que o Rodrigo tentasse adivinhar, o Luigi apontou para ele.

"Eu?! Mas o que eu fiz?", o Rodrigo me olhou desorientado.

"Nada!", eu finalmente falei. "Você não fez nada além de viajar pra cá. Mas a minha ex-namorada possessiva queria que eu fosse só dela em cada segundo da minha vida! E por isso implicou quando eu disse que meu amigo de infância estava vindo pra cá e ela percebeu que pelo menos por uma semana teria que me dividir com mais alguém..."

"Eu não queria atrapalhar, Leo... Perguntei várias vezes se seria uma boa época! Conversa com ela, vocês podem ficar juntos o tempo todo, eu saio com o Luigi, já que a Marilu está viajando..." De repente ele bateu na própria testa. "Mas também, que falta de percepção a minha! Eu não tinha nada que ter vindo agora, amigos não são bem-vindos em começo de namoro!".

Eu olhei pro Luigi meio bravo por ele ter contado pro Rodrigo a causa do término. Ele percebeu e tentou consertar a situação: "Nem esquenta! O Leo já estava querendo terminar mesmo! A menina realmente era meio esquentadinha, implicava até com a Marilu..."

"Sim, eu ia colocar um fim nisso de qualquer jeito! E a época foi ótima, pois agora eu posso viajar completamente livre!"

O Rodrigo não falou mais nada, e eu pensei que o assunto tivesse morrido. Porém, quando à tardinha o Danilo veio nos encontrar, novamente tivemos que falar sobre isso.

"Então você que é o melhor amigo do Leo!", ele veio dizendo logo que chegou à praia do Leblon. Eu e o Rodrigo estávamos lá desde duas da tarde. Depois de muitos mergulhos, para que o Rodrigo matasse a saudade do mar, agora estávamos sentados conversando.

"Ouvi dizer que você está querendo tomar o meu lugar!", o Rodrigo brincou, e os dois se cumprimentaram.

O Danilo se sentou com a gente. O sol já estava baixando, mas a praia ainda estava bem cheia, especialmente para uma segunda-feira. Mas em dezembro aquilo era normal.

"E aí, Leo? Resolveu aquele problema?"

Olhei para o Danilo sabendo que ele estava falando da Fernanda. Apenas fiz sinal de positivo, e o Rodrigo, percebendo o assunto, perguntou: "Mas, afinal, como você conheceu essa menina? Não tem um retrato dela pra eu ver?".

Apesar de estar com preguiça de falar sobre isso, me senti na obrigação de atualizar o Rodrigo. Peguei meu celular e mostrei uma foto que havíamos tirado um tempo atrás. Ele olhou, falou que ela era bonitinha, e eu comecei a contar do começo. A Fernanda era da minha sala. Desde o primeiro dia de aula, eu tinha percebido que ela ficava me olhando, só que na época eu não estava interessado. Eu ainda estava muito triste por causa da Fani. Mas, depois que ela viajou, resolvi fazer de tudo para esquecer depressa. Por isso, quando um dia a Fernanda chegou perguntando se eu não gostaria de fazer dupla com ela em um trabalho da faculdade, em vez de dizer que eu já tinha combinado com o Danilo, topei. Combinamos de fazer o trabalho naquela mesma semana, na casa dela, e lá tudo rolou. Ela era uma garota que sabia o que queria. E não perdia tempo.

"Depois desse dia nós começamos a sair, e aos poucos virou namoro", eu terminei a explicação.

"Então quer dizer que você passou um tempo triste por causa da Fani...", o Rodrigo se concentrou na única parte da história que não dizia respeito à Fernanda. "Sabia que aquele e-mail ridículo que você me mandou quando eu te contei da viagem dela era fingimento!"

Eu me lembrei que, antes da Marilu esfregar no meu nariz o que realmente tinha acontecido, eu estava com o orgulho ferido e fazendo o possível para que todo mundo, inclusive o Rodrigo, pensasse que eu já tinha superado o rompimento.

"Fani é aquela menina que te fez viajar pra BH por apenas 24 horas uns meses atrás?", o Danilo perguntou.

"Que história é essa?", o Rodrigo franziu as sobrancelhas olhando pra ele e pra mim.

"Obrigado, Danilo!", ironizei. Além da Marilu, apenas ele sabia daquilo, mesmo assim só porque acabei faltando à aula na segunda seguinte e perdi uma prova importante. Como o pai do Danilo é médico, perguntei se não teria como ele me conseguir um atestado. Ele conseguiu, mas antes fez com que eu explicasse o motivo da falta...

"Opa! O Rodrigo não sabia? Foi mal, velho! Ele é seu melhor amigo, não pensei que houvesse segredos!"

"Ele é meu melhor amigo, mas é também o namorado de uma das melhores amigas da Fani...", justifiquei.

"Ah, obrigado pela confiança, Leo! Como se a Priscila não tivesse quase terminado comigo quando descobriu que eu ocultei dela por um ano que sabia do seu teatro com a Marilu! Mas será que agora dá pra me explicar sobre o que vocês estão falando?"

Eu olhei sério pro Rodrigo, pedi que ele escondesse mais aquilo da Priscila e contei tudo. Sobre o que a Marilu havia me mostrado. Sobre o meu arrependimento. Sobre a minha viagem. E a despedida que acabou não acontecendo.

"Não acredito que você estava lá no aeroporto!", ele falou depois da minha explicação. "Cara, você tinha que ter ido falar com ela! Eu e a Priscila até comentamos que a Fani parecia estar te esperando até o último minuto... ela ficava olhando para os lados, deu até pena. Acho que ela estava sentindo que você ia aparecer!"

"Eu não podia fazer isso", afirmei pela milésima vez, mais pra mim mesmo do que pra ele. "Não só pela bronca que o pai dela me deu, mas especialmente porque eu queria que ela viajasse feliz. Como ela parecia estar naquele dia. Eu só ia atrapalhar a viagem dela..."

"O seu problema é sempre esse!", o Rodrigo disse meio irritado. "Você pensa demais! Se a Fani iria viajar feliz ou se desistiria depois de te ver, isso era ela quem tinha que resolver! Você adora tomar decisões pelos outros! Bem feito, agora fica triste aí, pensando em uma menina que está no outro hemisfério! E continue terminando namoros, porque nenhuma outra é igual a ela..."

Eu olhei bravo pra ele e já ia dizer que ele não tinha nada a ver com a minha vida, mas o Danilo falou antes. "Opa, calma lá... Não precisamos nos exaltar. Será que alguém me explica por que essa Fani é tão importante? Eu só sei o final da história, que o Leo viajou pra se despedir de uma ex-namorada que ia viajar! Mas nem sabia que na verdade isso nem chegou a acontecer..."

O Rodrigo começou a contar a versão dele dos fatos, e eu me levantei pra dar um mergulho. Eu não queria escutar aquilo. Quinze minutos depois, quando voltei, os dois já tinham terminado o assunto. Mas, assim que me sentei, o Danilo me olhou rindo e só disse: "E eu que achava que a Fernanda era ciumenta... Poxa, Leo, dado o seu histórico, você poderia ter sido mais compreensivo com a garota..."

Eu apenas me levantei novamente, chutei a areia pra cima dele e voltei para o mar.

13

Tio Ben: Lembre-se: grandes poderes trazem grandes responsabilidades.

(Homem-Aranha)

Quando cheguei ao meu apartamento, já eram quase nove da noite, e eu ainda estava meio transtornado, com mil acontecimentos distantes voltando à minha cabeça.

Eu havia assistido ao trailer e lido o *release* do filme da Fani, e, até onde pude perceber, a mãe dela estava certa. A história era totalmente autobiográfica. Aquilo só aumentou a minha curiosidade. Por que ela tinha escolhido aquele tema? Será que ainda estaria envolvida com... o passado?

Antes mesmo de sair do trabalho, esbocei uma entrevista. Eu precisava de algumas respostas.

De: Cinemateka <cinemateka@mail.com.br>

Para: Estefânia Castelino <fanifani@gmail.com>

Enviada: 19 de julho, 19:31

Assunto: Entrevista

Cara Estefânia,

Gostaríamos de parabenizá-la pelo trailer e pelo release do seu filme. Não vemos a hora de poder assisti-lo por inteiro, ficamos muito curiosos!

Mas, pelo pouco que pudemos ver, já percebemos que você é muito talentosa e tem tudo para vencer esse concurso.

Como parte da reportagem especial que faremos sobre o Los Angeles Film Festival, gostaríamos de inserir uma entrevista sua, pois a nossa torcida é toda pra você! Será que você poderia responder algumas perguntinhas? Na verdade, o nosso desejo é ir até Los Angeles para entrevistá-la ao vivo, estamos trabalhando muito pra isso. Mas gostaríamos de já te enviar a prévia das perguntas, para que possamos montar uma entrevista de verdade.

1. Em primeiro lugar, gostaríamos que você nos contasse: do que se trata o seu filme?

2. Qual foi sua grande inspiração?

3. Ao ler o release e ver o trailer do seu filme, descobrimos que a protagonista é apaixonada por cinema, e o par dela é louco por música. Sabemos que você também adora filmes, tanto que seguiu essa profissão. Mas e as músicas da trilha sonora? Foram escolhidas a partir do seu gosto pessoal?

4. Uma coisa muito impressionante na ficha técnica do seu filme é que você, além de ser a diretora e a roteirista, também foi a responsável pela trilha sonora. Como isso aconteceu? Você é autossuficiente? Não precisou de ajuda?

5. O Christian Ferrari, que hoje em dia é um ator famoso, participa do seu filme. Após pesquisarmos um pouco, descobrimos que ele foi seu namorado por um tempo. Vocês ainda têm algum envolvimento emocional? Como foi a escolha dele para integrar o seu elenco?

6. Você tem planos de voltar para o Brasil?

7. Agora uma pergunta pessoal. Você é casada? Tem filhos? Namorado? Como eles influenciam na sua profissão?

8. Você poderia nos dizer por qual motivo quis se tornar uma cineasta?

9. Para terminar, qual conselho você daria para quem também quer se tornar diretor ou roteirista?

Esperamos sua resposta assim que possível.

Com a nossa grande admiração,

Equipe Cinemateka

Enviei o e-mail, e de repente um pensamento me ocorreu. E se a Márcia estivesse certa? Por que em vez de brincar com a possibilidade de ir até Los Angeles eu não arriscava de verdade? Eu poderia propor isso ao Sr. Afonso... O pior que eu receberia seria um "não", como vários outros que eu já havia recebido.

Sentindo meu coração disparar, fiz uma cópia das informações sobre o festival, anexei o release do filme e também o e-mail da mãe da Fani. Apesar de estar meio "pomposo", ela tinha se saído bem ao descrever a filha como "maior revelação brasileira do meio cinematográfico atual", aquilo parecia ser o tipo de coisa que impressionaria o meu chefe. Para completar, digitei uma pequena carta de apresentação.

Sr. Afonso,

Venho por meia desta pedir ao senhor que considere a minha sugestão de pauta. Está acontecendo em Los Angeles um festival de cinema de grande porte. Entre as finalistas, encontra-se uma jovem brasileira. Creio que seria comovente mostrarmos para o público a história dessa menina. Sei que é ousadia da minha parte a sugestão que irei fazer, mas eu realmente acredito que isso se reverteria em um grande documentário. Será que eu não poderia ir até a Califórnia para fazer a cobertura desse festival? Pra me ajudar, eu apenas precisaria de uma assistente e um cinegrafista/fotógrafo. Sugiro duas pessoas: A Márcia, estagiária do departamento comercial, que eu sei que é muito eficiente, e o Danilo Gardene, freelancer, com quem eu já trabalhei e em cujo trabalho confio totalmente. Pensei nele, pois não poderia pedir que desfalcássemos o núcleo de cinegrafistas da TV. Tenho certeza de que a Márcia e o Danilo não cobrariam nada pelo serviço extra, fariam tudo por amor à profissão, assim como eu. O único gasto da TV seria com nossas passagens e hospedagem.

Por favor, considere com atenção a minha sugestão. Significaria muito para mim.

Obrigado,

Atenciosamente,

Leonardo Santiago

Em seguida, coloquei tudo dentro de um envelope e deixei em cima da mesa da secretária, pedindo que ela entregasse ao Sr. Afonso logo pela manhã. Ela já tinha ido embora, mas veria assim que chegasse no dia seguinte.

Ao chegar em casa, notei que tinha alguma coisa diferente na sala. Ela estava arrumada! Provavelmente a Meri tinha feito outra visita para terminar o trabalho do começo da semana. Reparei que, apesar de tudo estar acomodado, nada havia ficado no lugar. O apartamento não estava mais com o meu jeito, e sim com a cara da Meri. *Literalmente,* inclusive. Percebi que tinha um porta-retratos bem grande com uma foto dela em cima da estante.

Enquanto entrava no chuveiro, fiz uma anotação mental para me lembrar de pedir as minhas chaves de volta. Depois de ter passado metade do dia pensando, percebi que não era alguém como a Meri que eu queria como companhia. Eu queria alguém de quem eu pudesse me orgulhar, alguém que me surpreendesse, alguém que corresse atrás dos seus sonhos... Por isso, quanto antes eu terminasse com ela, melhor seria. Para nós dois. Eu já sabia que ela ia gritar, chorar, fazer chantagem, mas eu estava decidido. Eu não podia ficar com ela apenas por medo de perder o meu emprego.

Dessa forma, antes de dormir, mandei uma mensagem para o celular dela, pedindo que me encontrasse na TV no dia seguinte, para almoçarmos juntos, e explicando que nós precisávamos conversar.

Quando cheguei ao trabalho de manhã, a secretária avisou que o Sr. Afonso estava me esperando na sala dele. Direcionei-me pra lá, já imaginando o pior. Provavelmente, ele tinha lido o meu pedido e queria rir na minha cara.

Bati na porta, que estava entreaberta, e o Sr. Afonso se levantou assim que me viu.

"Leo!", ele veio até mim e meu deu um abraço. Fiquei parado, sem saber se retribuía ou não; então só dei um tapinha de leve nas costas dele, curioso para saber o que estava acontecendo. Ele nunca havia me chamado de Leo antes. Para ele, eu sempre tinha sido o *Leonardo*.

"A Meri me contou as novidades!", ele continuou. "Eu não imaginei que isso aconteceria tão cedo, mas confesso que fiquei feliz!"

Do que ele estaria falando? Ele estava tão satisfeito por eu ter convidado a filha para almoçar? Como eu não disse nada, ele pegou o telefone e disse pra secretária: "Kelly, por favor, peça à copeira para me trazer aquela champanhe que eu guardei para uma ocasião especial. Apesar de ainda ser cedo, preciso fazer um brinde!".

"Sr. Afonso, acho que não estou entendendo...", eu falei, me sentindo totalmente desconfortável. Com certeza ele estava me confundindo. Provavelmente alguém tinha feito uma reportagem sensacional e eu estava recebendo o mérito por essa pessoa. "Eu não fiz nada de mais. Na verdade, tudo o que eu elaborei ontem foi a pauta sobre um festival de cinema que vai acontecer em Los Angeles. O senhor deve ter recebido... Eu pedi para a Kelly entregar, pois acho que isso pode nos render uma grande reportagem..."

Ele me interrompeu antes que eu terminasse.

"Ah, sim! Eu também queria falar sobre isso! Gostei muito da sua sugestão! Não entendi muito bem a ideia de levar a Márcia como sua assistente, pois temos outras estagiárias mais competentes, mas, se esse é seu desejo, tudo bem! Também concordo com o pedido de contratar o cinegrafista que você conhece. Os da TV estão de fato ocupados, e se você afirma que esse Danilo é o melhor que conhece, eu assino embaixo. Ah, e claro que vamos pagar um salário e uma ajuda de custo pelos dias que vocês ficarem lá, que ideia é essa de trabalhar de graça?"

Eu não podia acreditar. "Isso é sério, Sr. Afonso?", eu mal conseguia conter o meu sorriso. Eu iria a Los Angeles a trabalho para participar do festival de cinema da Fani! Além de poder falar pra todo mundo que eu não tinha culpa naquilo, pois eu estaria apenas cumprindo ordens, eu ainda poderia realmente fazer uma boa reportagem para a TV e também para a *Cinemateka*!

"Claro, meu filho!", ele pareceu não entender a minha dúvida. "Por que não? Sei que você quer o melhor para nós. Afinal, agora você é praticamente da família..."

Foi nesse instante que a minha bolha estourou. Família? Que família?

"Pegue essa taça!", ele disse, tirando do balde de gelo a champanhe que a secretária tinha acabado de trazer. "Eu queria que a Meri estivesse presente, mas deixei que ela dormisse até mais tarde. Ela estava tão eufórica ontem à noite, coitadinha, deve ter custado a dormir!"

"Eufórica por quê?", perguntei enquanto ele tentava estourar a champanhe. Ele não teve tempo de responder antes da rolha voar. Só depois de despejar o líquido na minha taça e na dele, falou: "O motivo da euforia dela é pelas alianças, é claro! Ela sabe que você queria fazer uma surpresa, mas as encontrou por acaso ontem no seu apartamento. Elas ainda estavam sem os nomes gravados, mas ela mesma disse que ia se encarregar disso, hoje de manhã, para que elas estejam prontas a tempo da festa de noivado".

"Festa de noivado?", eu falei, sentindo o meu estômago revirar.

"Sim, eu vou dar uma festa pra vocês nesse sábado! Não se preocupe, a Meri e a mãe dela vão cuidar de tudo, você pode se dedicar à preparação da sua viagem para Los Angeles. Pelo que li, a finalíssima do festival já é na semana que vem..."

"Mas Sr. Afonso, na verdade..."

"Não tem problema nenhum!", ele me interrompeu. "Sei que você gostaria que sua família estivesse presente nessa ocasião. Eu mesmo tomei a liberdade de telefonar para o seu pai e convidá-lo.

Passagens por minha conta. Ele ficou meio surpreso, parece que você ainda não tinha dado a notícia para ninguém..."

Ele tinha ligado para o meu pai? A minha mãe devia estar tendo um chilique naquele momento. Apalpei meu bolso e lembrei que eu tinha deixado o celular na minha mesa. Aposto que devia ter no mínimo 300 chamadas não atendidas...

"Sabe, desde que você e a Meri começaram a namorar, eu fiz muito gosto, pois sua tia Joyce me contou que seu pai é um homem muito influente em Belo Horizonte, dono de uma empresa, com muitas posses... Estou feliz por finalmente poder conhecê-lo."

Espera. "Tia" Joyce? O que ela tinha a ver com isso? Será que... a mãe do Danilo tinha dito que eu era sobrinho dela? E o emprego que eu me vangloriava tanto por ter conseguido sozinho era meu apenas por causa do meu *pai*? Ainda que ele não tivesse tido a menor participação nisso?

"Ah, bem a tempo!", ele disse assim que a secretária apareceu novamente e entregou pra ele alguns papéis. "Aqui está a sua passagem pra Los Angeles e a da Márcia também. Eu não sabia os dados do tal Danilo, passe para a Kelly, para que ela possa comprar a dele no mesmo voo. Vocês embarcam exatamente daqui a uma semana. Classe executiva."

"Sr. Afonso, eu agradeço muito por isso, mas..."

"E isso aqui", ele me estendeu outra folha de papel, "eu preciso que você assine. É a sua promoção. A partir de hoje, você é o editor-chefe da TV. E aqui embaixo está o seu contracheque com o valor do seu novo salário, que já foi depositado hoje. É apenas inicial, que fique bem claro. Daqui a uns meses, podemos pensar em um reajuste."

Eu olhei e não pude acreditar. A minha conta nunca tinha visto um valor tão alto. Era no mínimo dez vezes mais do que eu havia recebido no mês anterior!

"Olha o brinde...", ele estendeu a taça em direção à minha. "Ao meu genro! Bem-vindo à família!"

O barulho de cristal batendo eclodiu pela sala, e eu então virei a bebida de uma vez só. Eu realmente precisaria de muito apoio para entender como em menos de 15 minutos eu tinha conseguido uma promoção, um aumento, uma viagem para Los Angeles e uma... *noiva*.

14

Mano: Não é impossível ser
feliz depois que a gente cresce.
Só é mais complicado.

(As melhores coisas do mundo)

CD: Um ano (~~sem você~~)

I miss you – Blink 182

De: Maria Carmem <mcarmem55@hotmail.com>

Para: Leonardo <soueuoleo@gmail.com>

Enviada: 11 de julho, 22:47

Assunto: Amanhã

Oi, meu filhinho!

Malas prontas! Amanhã cedo eu e seu pai estamos indo pro Rio para passar o seu aniversário com você! Nem acredito que meu caçulinha já está completando 19 anos! Mas, como eu sempre digo, você vai ser pra sempre o meu bebê! Estou meio emotiva, acho que saudade faz isso com a gente. Bem, amanhã isso passa, não vejo a hora de te abraçar! Tentei te ligar, mas seu celular não atende, você já deve estar em alguma comemoração antecipada!

Até daqui a pouco!

Te amo!

Beijos,

Mamãe

De: Leonardo <soueuoleo@gmail.com>

Para: Maria Carmem <mcarmem55@hotmail.com>

Enviada: 12 de julho, 09:07

Assunto: Celular

Mãe, espero que você cheque o e-mail da estrada! Estou ligando, mas seu celular cai direto na caixa-postal, deve estar sem cobertura! Preciso saber a hora que vocês vão chegar pra eu ficar em casa esperando! Estou querendo dar um pulo na praia, pra iniciar a nova idade com energias renovadas depois de um pulo no mar, mas não quero que vocês cheguem sem que eu esteja aqui! Saudade é meu nome do meio!

A tia Maria Inês está querendo fazer uma festa aqui hoje pra mim. Falei pra ela não inventar moda, prefiro só sair pra jantar com você e o papai, meus tios e a Leca (o Luigi está em BH com a Marilu).

Também te amo muito!!!

Beijos! Chega logo!

Leo

De: Maria Luiza <marilu@netnetnet.com.br>

Para: Leonardo <soueuoleo@gmail.com>

Enviada: 12 de julho, 09:16

Assunto: Feliz Aniversário

Leleco!!!

Hoje é seu aniversário!!!!! Parabéns, moleque!!! Curta bastante, mas com muito juízo!

O que a chata da Bárbara te deu de presente?

Quando as férias terminarem, você está intimado a comemorar de novo comigo e com o Luigi, que está aqui do lado te mandando um abração também!

Muita felicidade sempre na sua vida!

Marilu

De: Leonardo <soueuoleo@gmail.com>

Para: Maria Luiza <marilu@netnetnet.com.br>

Enviada: 12 de julho, 10:10

Assunto: Re: Feliz Aniversário

Marilu,

Obrigado pelos parabéns! Como estão as férias em BH? Cuida bem do meu primão! Meus pais estão vindo pro Rio, mas, se precisarem de alguma coisa, meus irmãos estão aí!

Mariluca, no meu aniversário sempre fico pensando na vida, então queria aproveitar a ocasião para te agradecer pela grande amiga que você tem sido pra mim. Primeiro durante o ano em que estudou comigo aí em BH. Mas especialmente desde que me mudei para o Rio. Já tem mais de um ano, o tempo passou muito rápido! Bem, de qualquer forma, obrigado por tudo, conte comigo para o que precisar... Se o Luigi fizer qualquer coisa que te chateie, pode me avisar que eu dou um jeito nele!

Ah, sobre a Bárbara, você tinha totalmente razão. Ela é a maior "Maria Gasolina"! Terminei com aquela interesseira ontem, exatamente no dia em que íamos completar quatro meses de namoro.

Como já sei que você vai querer saber detalhes, vou descrever a briga por forma de diálogo:

Leo - Bárbara, minha tia vai vender o carro dela. Ela está com umas dívidas e quer quitar tudo de uma vez.

Bárbara - E eu com isso?

Leo - Bem... É que eu ofereci o meu carro pra ela. Falei que ela pode ficar com ele pelo tempo que precisar.

Bárbara - Hahaha, isso é brincadeira, né?

Leo - Não... Eu acho que minha tia precisa mais do carro do que eu, já que eu sempre vou pra aula de ônibus e praticamente só saio com ele aos finais de semana. Quer dizer, fora o momento do dia em que te busco na faculdade. Isso que eu queria te falar... Acho que você vai ter que começar a voltar de ônibus também...

Bárbara - "Poxa", Leo! Aí não, né? Você prefere sua tia a mim? Ah, "dane-se", azar o seu! Pode deixar que eu pego carona com algum amigo meu!

Leo - Faz o seguinte... Pega a carona e vê se esquece o caminho de volta! Não me procura mais!

E aí? Satisfeita, Marilu? As palavras que coloquei entre aspas não foram bem as que ela falou, mas eu resolvi amenizar, pois você é uma lady, não precisa ficar lendo certas coisas. Prometo que nunca mais duvido quando você disser que uma namorada minha não presta!

Beijos!

Leo

De: Leonardo <soueuoleo@gmail.com>

Para: Rodrigo <rrrrrodrigooooo@gmail.com>

Enviada: 12 de julho, 10:30

Assunto: Valeu!

Oi, Rodrigo!

Cara, valeu demais o telefonema! Obrigado por se lembrar do meu aniversário!

Mas fiquei muito triste com as notícias... Não imaginaria nunca que o "casal 20" fosse terminar algum dia! Sei que você não quer falar no assunto, mas é que, se você e a Priscila terminaram, acho que eu realmente posso desistir de acreditar no amor!

Olha, mas não quero te ver curtindo fossa, aproveite que é julho e venha me visitar novamente, já tem mais de seis meses que você veio! A minha tia te adorou e falou que você podia voltar quando quisesse! Lembro que, depois que você foi embora, até o Felício (o gato da minha prima) ficou sentindo sua falta! Aliás, acho que a própria Leca ficou meio apaixonada por você! Que isso, hein, Rodrigo! Despertando paixões até em garotinhas de nove anos!

Portanto, venha logo! Estamos todos esperando!

Leo

15

Emily: Eu não estou nem aí se ela ia te despedir ou te marcar com um ferro quente! Você deveria ter dito não!

(O diabo veste Prada)

"Leo, eu não estou acreditando nisso! Como eu vou conseguir outras alianças em um dia? Eu te expliquei o processo, eles medem o tamanho, não é só entrar na loja e comprar qualquer uma! E esse modelo a Maria Luiza vinha paquerando há tempos, toda vez que a gente passava na frente da joalheria! E agora a sua e a da Meri vão ser exatamente iguais às nossas?"

Eu tinha acabado de ligar para o Luigi contando que ele teria que providenciar outras alianças pra pedir a Marilu em casamento no dia seguinte. Os pais dela já estavam na cidade, e ele já tinha planejado que os convidaria para jantar no sábado, quando, antes da sobremesa, ele pediria a mão dela. Bem simples, sem nenhuma "festa de noivado", mas à moda antiga, exatamente do jeito que ele achava que ela gostaria. Eu tinha certeza de que ela ia amar, mas agora havia um pequeno detalhe... o Luigi não tinha mais aliança nenhuma para fazer o pedido.

"Luigi, só me explica uma coisa: por que você não mandou gravar logo os nomes nessas alianças? Se a Meri as tivesse encontrado já personalizadas, entenderia na hora que aquilo não era nenhuma surpresa pra ela, e sim um simples favor para você!"

Ele ficou mais um tempão explicando que era óbvio que ele só mandaria gravar depois que a Marilu tivesse visto, experimentado e confirmado que tinha gostado. Depois de gravada, não daria mais pra trocar. Eu então falei que agora é que ele não trocaria mesmo, pois era bem provável que uma delas já estivesse com o *meu* nome! E eu nem havia experimentado; a Meri definitivamente não ia entender como eu tinha comprado uma aliança que não cabia no meu dedo...

"Leo, eu não vou te apoiar dessa vez", o Luigi falou, parecendo bem chateado. "Você vai ter que se virar. Eu planejei esse dia há meses e, ao contrário de você, eu realmente quero me casar! Eu entendo que a situação é delicada, que foi tudo um grande mal-entendido, mas você vai ter que contar a verdade pro seu chefe. E pra sua... *noiva* também! Se você não tivesse dado tanta liberdade pra ela, certamente ela não teria mexido nas suas gavetas! Onde você escondeu as alianças afinal? Dentro de alguma meia?"

Em lugar nenhum. A verdade é que eu estava com tanta coisa na cabeça que simplesmente deixei a caixinha no lugar onde o Luigi a havia colocado, na mesinha de centro da minha sala. Nem me lembrei mais daquilo depois que ele saiu. A Meri certamente tinha entrado e avistado de cara, imaginando que era uma grande surpresa que eu tinha feito pra ela. E agora eu teria que contar a verdade. Eu perderia de uma vez só a namorada, o emprego e... a viagem. Incrível como essa última parte era a que estava me deixando mais deprimido.

"Eu vou dar um jeito, Luigi", falei sem ter a mínima ideia de como faria aquilo. "Ela está vindo almoçar comigo. Vou explicar o que aconteceu."

"Faça isso", ele disse completamente seco. "E aproveite pra terminar logo esse namoro! Essa garota é doida, eu te disse antes! Mas, pelo amor de Deus, pegue as alianças antes que ela fique com raiva e as atire em algum bueiro!"

Eu desliguei, disposto a contar pra Meri a verdade no minuto em que ela chegasse. Porém, assim que ela entrou no restaurante em que havíamos marcado, notei que ela estava diferente. Eu nunca tinha visto a Meri daquele jeito. Ela estava parecendo uma ninfa, irradiando brilho pelo caminho. Não tinha uma pessoa, por onde ela passasse, que não a olhasse com admiração.

Eu me levantei para cumprimentá-la. Ela me exibiu um sorriso perfeito, e eu vi que ela estava extremamente feliz. Ela ficou na ponta dos pés e se agarrou ao meu pescoço.

"Meu amor!", ela disse no meu ouvido. "Muito obrigada! Eu te amo, eu te amo, eu te amo! Você é o melhor namorado do mundo! Quer dizer, o melhor noivo! Você planejou tudo só pra me agradar, não foi? Deixou as alianças exatamente no único lugar do apartamento que faltava arrumar! E sabe o que é o mais engraçado?", ela estava me olhando com uma expressão tão inocente que o meu coração apertou. Ela realmente acreditava naquilo tudo. "Segundo o *feng-shui*, no centro da sala devemos colocar dois objetos iguais, para atrair bons fluidos para o amor. E elas estavam exatamente ali... as duas. E iguaizinhas. Isso só pode ser um sinal de que nós vamos ser muito felizes! Eu, pelo menos, já estou sendo!"

Ela me deu um beijo e me abraçou ainda mais forte. Eu me desvencilhei devagar, sem saber o que dizer. Como eu poderia estragar a felicidade de alguém assim? Ela estava parecendo uma adolescente que tinha acabado de ganhar o primeiro beijo! Os olhos dela estavam brilhando, e a blusa cor de rosa clarinha fazia com que ela parecesse bem mais nova do que os 19 anos que tinha.

"Ahn, Meri, vamos conversar com calma na mesa", eu falei puxando a cadeira para que ela se sentasse. Fiz sinal para o garçom, que trouxe o cardápio, e – enquanto ela escolhia o que ia pedir – notei que no dedo dela estava o anel de sempre.

"Quer dizer que você encontrou a caixinha com as alianças...", tentei introduzir o assunto. "Mas estou vendo que você não está usando..."

Ela olhou para a mão direita e pareceu meio sem graça. "Ah, Leo... pois é. Eu queria conversar sobre isso com você."

Eu tinha certeza de que ela ia falar que tinha deixado em algum lugar para gravar os nomes. Será que daria tempo de eu ir até lá e recuperá-las antes de começarem o serviço?

"Você sabe, eu tive que experimentar no mesmo minuto em que vi", ela falou com uma expressão deslumbrada, "e coube direitinho! Como você acertou o tamanho? Aposto que pegou um dos meus anéis sem que eu visse e o mediu em seu próprio dedo, não foi?"

Poxa, pensei que aquilo fosse uma espécie de segredo masculino. Eu teria que tomar cuidado de agora em diante quando tirasse sem querer o anel do dedo de uma menina. Provavelmente elas todas acham que isso é sinal de casamento à vista!

"Mas acontece, Leozinho...", ela continuou, amassando o guardanapo, visivelmente embaraçada, "que eu sempre sonhei em usar uma aliança de ouro amarelo... Sei que você não tinha como saber disso, afinal, a gente nunca tinha falado sobre o assunto... Então eu queria saber se não teria como trocarmos essa que você comprou, de ouro branco e fininha, por uma do jeito que eu imaginei... e um pouco mais grossa também. Afinal, eu quero que todo mundo veja de longe que eu sou casada!"

"Claro!", falei depressa. Aquela era a chance de que eu precisava para pelo menos recuperar as alianças do Luigi. "Você está com as outras aí?"

Ela assentiu feliz, e eu pedi que ela me entregasse, dizendo que eu mesmo faria a troca; ela só precisava me dizer como era exatamente o modelo que ela queria. Depois, com a caixa bem segura em minhas mãos, eu explicaria de quem aquelas alianças realmente eram e contaria o resto da história.

Ela pegou a bolsa, remexeu um tempinho lá dentro e, de repente, na mão dela havia não uma, mas *duas* caixinhas!

"Como eu estou muito ansiosa", ela começou a explicar, "eu não consegui esperar até a hora de te encontrar para que pudéssemos ir juntos trocar. E como eu já sabia a joalheria que tinha exatamente a aliança que eu queria, inclusive do meu tamanho, eu fui lá e comprei...", ela abriu a caixa, mostrando duas enormes alianças de ouro amarelo. "Você só tem que experimentar e, caso precise, levar à joalheria para eles ajustarem. E, nessa hora, você também pede para gravarem meu nome. *Meredith*. Na aliança tem que ser o nome inteiro. A minha já está gravada", ela virou a aliança menor em minha direção, e eu pude ver que dentro dela estava escrito "Leonardo".

"Meri, eu...", comecei a falar, enquanto pegava a outra caixinha que ela tinha colocado na mesa. Conferi para ver se as alianças do Luigi estavam ali e guardei no bolso do casaco, assim que vi que elas estavam perfeitas.

"Não fala nada!", ela me interrompeu. "Sei que você queria me dar de presente, mas não precisa ficar sem graça. Devolva as que você comprou e guarde o dinheiro para a gente gastar na lua de mel! Eu estava pensando em Dubai ou Polinésia Francesa. O que você acha?"

Eu achava que eu deveria ter fugido enquanto era tempo...

"Meri, presta atenção", eu segurei as mãos dela. Vi que ela estava me olhando com o maior ar de adoração e, bem nesse momento, ouvi uma voz atrás de mim.

"Leo e Meri! Eu sabia que eram vocês!" Olhei e vi que era a Kátia, a apresentadora do programa de culinária da TV. Ela era daquelas que chama todo mundo de *querido* e que acha que a vida de qualquer um é da conta dela. Eu preferia ter encontrado qualquer outra pessoa naquela hora! Bem feito pra mim, por ter escolhido aquele lugar tão perto do trabalho! Nós estávamos praticamente no mesmo quarteirão. "Eu estava na mesa ali atrás e não pude deixar de enxergar essas alianças reluzentes maravilhosas! Vocês têm alguma novidade que eu não estou sabendo?"

Neguei no mesmo instante em que a Meri abriu o maior sorriso e fez que sim com a cabeça.

"Não!", a Kátia colocou a mão no coração e abriu a boca. "Noivos? Ah, meu Deus, todo mundo da TV precisa saber disso! Ele estava fazendo o pedido oficial? Eu interrompi alguma coisa?"

"Na verdade, a gente já estava saindo", eu falei, fazendo sinal para que o garçom trouxesse a conta.

"Mas a gente ainda nem almoçou...", a Meri reclamou.

"Ah, que fofo!", a Kátia olhou para mim e em seguida para a Meri. "Seu noivo é tímido! Com certeza ele quer que esse seja um momento só de vocês! Parabéns, querida!", ela disse, se abaixando para abraçar a Meri. "Você vai ser a noiva mais linda do mundo!"

Vi claramente que ela tinha a intenção de me abraçar também, mas, no minuto em que ela soltou a Meri, notei que a "minha noiva" estava chorando.

"O que aconteceu?", eu me levantei realmente preocupado.

"Garçom, traga uma água para a menina!", a Kátia pediu.

A Meri só se abanou e começou a rir no meio das lágrimas. "Desculpem, é que eu fiquei emocionada! Desde criança eu sonho com esse momento!"

A Kátia sorriu, falou que era natural e rapidamente se virou para as pessoas que estavam nas mesas ao lado, olhando curiosos: "Atenção, proponho um brinde a esse lindo casal! Eles acabaram de ficar noivos!".

Por mais que eu dissesse que aquilo não era verdade, ninguém me escutou. As pessoas já estavam levantando os copos, assobiando e batendo palmas.

No minuto seguinte, a Meri pegou a aliança menor e a colocou. Logo depois, olhou pra mim e falou: "Leo, você nem teve a chance de perguntar, mas eu só queria dizer que eu aceito!".

Ela então deslizou pelo meu dedo a outra aliança, que encaixou direitinho. Como ela tinha conseguido aquilo? Eu sabia que eu não possuía nenhum anel que ela pudesse ter usado para medir! Mas certamente as mulheres tinham outros truques além desse... Como o fato de não me deixar abrir a boca. No minuto em que eu tentei falar, mais uma vez, que tudo não passava de um engano, ela simplesmente me calou com um beijo, que arrancou ainda mais aplausos das pessoas no restaurante. Depois disso eu resolvi ir embora logo, antes que começassem a nos pedir autógrafos. Eu não imaginava que um (suposto) pedido de casamento pudesse fazer tanto sucesso.

16

<u>Janet</u>: Sempre fui capaz de fazer isso. Romper com alguém e não olhar pra trás. Estar sozinho. Existe uma certa dignidade nisso.

(Vida de solteiro)

CD: Um ano e onze meses (~~sem você~~)

Beira-mar – Terral

De: Leonardo <soueuoleo@gmail.com>

Para: Leonardo <soueuoleo@gmail.com>

Enviada: 26 de maio, 15:32

Assunto: Patrícia, esse é pra você ler!

Patrícia,
Como sei que você está invadindo a minha privacidade, nem vou me dar o trabalho de mandar para o seu próprio e-mail, pode ler aqui no meu mesmo:

Adeus. Goodbye. Adiós. Au revoir. Auf Wiedersehen. Arrivederci. Farvel. Afscheid. Adjö.

Se não sabe o que algumas dessas palavras querem dizer, procure na internet. Afinal, você é uma boa detetive.

Pra mim, basta.

Leonardo

De: Maria Luiza <marilu@netnetnet.com.br>

Para: Leonardo <soueuoleo@gmail.com>

Enviada: 26 de maio, 18:45

Assunto: Patrícia

Leo, atende o telefone, por favor?

Que história é essa de terminar com a Paty pela internet? Ela me ligou chorando, dizendo que você mandou um e-mail com "adeus" em várias línguas.

Você não está com a consciência pesada de ter feito isso? Poxa, falei tanto pra ela que você não era igual aos outros! Assim você me decepciona.

Marilu

De: Leonardo <soueuoleo@gmail.com>

Para: Maria Luiza <marilu@netnetnet.com.br>

Enviada: 26 de maio, 20:15

Assunto: Re: Patrícia

Marilu,

Não vou atender porque eu sei que você está me ligando pra defender a sua amiga, e provavelmente a Patrícia deve estar do seu lado!

Eu tentei por muito tempo, eu avisei que não aguentava mais tanta cobrança e encheção de saco, mas ela não me ouviu. Invadir o meu e-mail foi a gota d'água! Como eu descobri? Ela mesma se entregou. Há dois dias ela começou a me perguntar quem era a "Lidiane". Eu, que não conheço Lidiane nenhuma, falei exatamente isso, que nem tinha ideia! Mas quando liguei o computador, vi que o primeiro e-mail era exatamente de uma tal de Lidiane! E era um e-mail daqueles que todo mundo sabe que é vírus, dizendo "clique aqui para ver as nossas fotos da praia...". Você acredita que ela não apenas leu, como ainda clicou no arquivo? Espero que o computador dela esteja todo infectado!!!

Eu já tinha percebido também que minhas mensagens estavam desaparecendo do nada. Estranhamente, só as de mulheres! Aí na mesma hora eu matei a charada... Mas só por garantia, fiz um teste. Ontem pedi pra Leca me mandar um e-mail escrito só assim: "Gato, o cinema está de pé amanhã às 14 horas no shopping da Gávea?", e aí hoje eu fui da aula direto pra lá. Acredita que, quando eu cheguei, a Patrícia estava na porta do cinema? Quando me viu, ela fez parecer que era uma grande coincidência, disse que ficou com vontade de ver um filme! Você sabe muito bem que sua amiga detesta cinema, ela sempre fala que não tem paciência pra ficar presa em uma sala escura por duas horas! Aí eu falei pra ela que podia ir sozinha, pois eu precisava escrever um e-mail muito importante. E foi aí que escrevi esse tal e-mail que ela te contou, com "adeus" em várias línguas. Por falar nisso, ela te contou que o leu na minha própria caixa de e-mails??? Eu nem cheguei a enviar pra ela!

Se eu não fico com a consciência pesada de terminar com ela pela internet? Nenhuma. Minha consciência está leve. E o resto de mim também. Nem pense em me arrumar outra namorada pelos próximos vinte anos, ok? Preciso ficar muito tempo solteiro pra me recuperar dessa!

Beijo!

Leo

P.S.: Avise pra Patrícia que, não importa quantas vezes ela telefone, eu vou continuar sem atender.

De: Leonardo <soueuoleo@gmail.com>

Para: Rodrigo <rrrrrodrigooooo@gmail.com>

Enviada: 27 de maio, 23:10

Assunto: Notícias

Oi, Rodrigo!

Vi seu recado no meu Facebook, mas preferi te responder por e-mail porque tem "gente" vigiando todos os meus passos... Fui arrumar outra namorada ciumenta! Depois da Fernanda (aquela que implicou quando você veio me visitar), namorei a Bárbara (que não sentia o menor ciúme de mim... mas não posso dizer o mesmo do meu carro!). E há três meses eu estava com a Patrícia, que foi a pior de todas... Acredita que ela descobriu a minha senha e leu os meus e-mails? Como se não bastasse, ela deletou todos de qualquer remetente feminino! Até os da Marilu, que é amiga dela! E até os da minha MÃE! Agora estou aqui, tentando inventar uma senha nova e mais complicada! E eu que imaginava que a antiga - que era o ano do meu nascimento ao contrário mais as letras da placa do meu carro invertidas - fosse difícil o suficiente!

Bem faz você que continua solteiro! Gostei de saber que você trancou a faculdade e está passando um tempo no Canadá com sua irmã! Manda um beijo pra Sara! E o Marcelo, continua por aí também? Por falar nos seus irmãos, a banda No Voice está bombando! O CD novo é muito maneiro, dê os parabéns pro Daniel por mim! E você, continua mandando bem na batera e no violão? Acredita que desde que vim pro Rio nunca mais treinei? Inclusive, meu violão continua na casa da minha mãe...

Por aqui, além das confusões sentimentais, só muito estudo! Estou puxando muitas matérias de outros períodos, pra recuperar os seis meses que estudei Administração em BH. Consegui eliminar algumas que eram iguais, mas estou ralando para poder me graduar na mesma época que eu me formaria se tivesse começado a faculdade desde o início aqui. Também estou começando a procurar estágio. Ah, lembra do Danilo? Ele largou o Jornalismo! Cismou que quer estudar Fotografia. Fiquei meio bolado porque ele era meu melhor amigo da sala, mas ele sabe o que é melhor pra ele.

Rodrigão, você é outro que continua fazendo falta! Obrigado pelo convite, pode deixar que assim que eu tiver oportunidade vou te visitar aí no hemisfério norte! Estou realmente precisando passar um pouco de frio! Não consigo me acostumar com esse calor infernal do Rio de Janeiro...

Abração!

Leo

17

<u>Jennifer</u>: Todos já amamos, mas só sabemos que não é amor de verdade quando tudo acaba. E se aquilo que procuramos simplesmente não existir?

(Amor ou amizade)

Quando voltei para a TV, depois de ter saído do restaurante sem conseguir esclarecer nada com a Meri, todas as pessoas já sabiam da novidade, inclusive o porteiro. Desisti de dizer que tudo havia sido um engano, deixei que me parabenizassem o quanto quisessem, e me concentrei no trabalho. Mas a cada vez que eu olhava para a minha mão direita e via aquela aliança gigante, sentia vontade de atirá-la pela janela. E de saltar por ali também.

Por isso, quando o Danilo me ligou perguntando se eu não queria dar uma volta, me animei no ato. Eu realmente precisava conversar com alguém. Por sorte, a Meri tinha combinado de se encontrar com umas amigas para contar a *grande novidade*, e eu nem tive que dar satisfação.

Encontrei-o em um bar perto da casa dele. Assim que cheguei, ele perguntou sobre o telefonema para Los Angeles, se tinha dado certo. Com tudo o que havia acontecido, eu nem estava mais me lembrando disso. Contei que no dia anterior a Márcia tinha conseguido, que eu já havia inclusive assistido ao trailer do filme da brasileira concorrente e que achava sinceramente que a menina tinha chance de ganhar o festival.

"Leo...", o Danilo falou de repente. "O que é *isso* no seu dedo?"

Olhei pela milésima vez para a aliança, respirei fundo e expliquei pra ele tudo o que tinha acontecido.

"Mas por que você não falou logo para o seu chefe que era um mal-entendido?", ele fez a pergunta que eu mesmo já havia me feito várias vezes durante o dia. "E como assim você não conseguiu falar a verdade pra Meri no restaurante?"

"Eu fiquei com pena dela, Danilo!", ao dizer em voz alta, eu finalmente entendi. "Ela estava tão feliz que eu não tive coragem de dizer que não era nada daquilo. Pela primeira vez, vi que a Meri não estava simulando, jogando pra conseguir algo em troca... ela estava genuinamente feliz, como se fosse uma criança que tivesse recebido a visita do Papai Noel! Eu não poderia simplesmente chegar pra ela e dizer que aquilo não existia, que era tudo uma invenção!"

O Danilo só balançou a cabeça de um lado pro outro, mas, antes que ele me repreendesse, completei: "E eu não disse a verdade pro Sr. Afonso porque eu estava completamente anestesiado por ele ter concedido a *nossa* viagem pra Califórnia!".

Ele tomou um grande gole de chope e me olhou ainda mais sério. "Leo, eu curti demais saber que poderemos fazer a cobertura desse festival de Hollywood e tenho certeza de que a Márcia também... Mas você não acha que, apesar de ter saído de graça, você pagou um preço alto demais por essa viagem?"

Como não falei nada, ele continuou. "Sabe o que eu acho? Apesar de tudo, você gosta da Meri. Você não ia aceitar isso caso odiasse a garota. Aliás, você não estaria com ela há tanto tempo..."

"Só estamos juntos há três meses!", falei, sem esperança de que ele entendesse. "Não é tanto tempo assim..."

"Se você não gostasse, não conseguiria ficar com ela nem um dia. E nem adianta me falar que é por atração física. Isso não segura ninguém. E você sempre disse que para uma garota te pegar de verdade tinha que ter bem mais do que um corpo bonito. E, por falar nisso, não pense que eu esqueci... Entendi perfeitamente que a cineasta brasileira do festival dos Estados Unidos é aquela sua ex-namorada. A menina que devastou seu coração anos atrás. Será que a razão de você estar tão resistente à Meri não é exatamente ela?"

"Não tem nada disso, Danilo! Eu não vejo a Fani há séculos! Nem sei se ela continua igual! E, mesmo que continue, ela nem deve se lembrar mais de mim, deve ter pânico só de se lembrar do quanto eu fui babaca com ela, com aquele ciúme todo!"

"E por que você não aproveita pra descobrir?"

Olhei pra ele sem entender. "Descobrir o quê?"

"Se ela continua a mesma! Se ela se lembra de você, se te acha um imbecil... tudo!" Eu ia dizer que na verdade eu não estava interessado em saber essas coisas, mas ele continuou a falar. "Leo, sei que eu não acompanhei essa fase da sua vida, nem conheci a Fani, não sei como vocês eram juntos. Mas eu vivi com você todos os momentos importantes desde que você se mudou pro Rio. E uma coisa que eu percebi nesses anos todos é que você nunca pareceu inteiro... até ontem. Eu nunca te vi tão *vivo* quanto no momento em que você leu aquele e-mail e ordenou que a Márcia desse aquele telefonema. Parecia outro cara! E eu tive a impressão de que eu gostaria de tê-lo como amigo; deve ser legal ter alguém assim por perto..."

O meu celular tocou nesse momento. Era o Luigi. Eu tinha mandado um e-mail pra ele mais cedo, avisando que tinha recuperado as alianças, e ele devia estar querendo se certificar disso. Atendi, e, na verdade, ele só queria me contar que a mãe dele já tinha ficado sabendo do *meu* noivado, provavelmente através da minha mãe, e que ela sugeriu de fazermos um casamento duplo, em família. O Luigi falou rindo, mas eu fiquei sério no mesmo instante. Eu tinha telefonado pro meu pai, antes do almoço, só pra explicar a situação, e ele pareceu aliviado de saber que tudo não passava de um mal-entendido. Eu fiquei de ligar mais tarde, com calma, para explicar o que realmente havia acontecido, mas ainda não tinha dado tempo. E agora a minha mãe já estava espalhando a novidade... Pelo visto ela estava gostando da ideia de ter um filho casado, ainda que fosse o mais novo, pois os meus irmãos não estavam nem namorando.

Despedi-me do Luigi, que ficou de buscar as alianças na minha casa no dia seguinte, e então falei para o Danilo que eu ia ligar pra minha mãe, pra avisar que não teria casamento nenhum, ao contrário do que ela estava pensando.

"Espera, Leo...", o Danilo pegou meu celular na mesa, antes que eu o alcançasse. "Acho que você está dando muita importância pra isso tudo. Ninguém está dizendo que você vai casar amanhã... É só um noivado. E noivados podem se romper a qualquer momento, por qualquer motivo..."

Recostei-me na cadeira e cruzei os braços, tentando entender aonde ele estava querendo chegar.

"Como eu disse antes, acho que namorar a Meri não é nenhum grande sacrifício pra você... Sim, ela é mimada demais, um pouco fútil, mas também é uma menina divertida, inteligente, que corre atrás do que quer – ainda que na maioria das vezes ela só queira uma bolsa da Louis Vuitton – e, além disso, claro, ela é muito gata. Acho que você pode aguentá-la por mais uns meses..."

"Danilo, você não está entendendo", eu falei impaciente. "Eles estão preparando uma festa de noivado pra *amanhã*! Com essa pressa toda, se eu não acabar com isso logo, em um mês eu já estarei casado! E por que motivo eu deveria 'aguentá-la por mais uns meses'?"

Ele me olhou como se fosse óbvio: "Olha só, finalmente você conseguiu se tornar editor-chefe. Pensa como isso vai ficar bem no seu currículo. Foi completamente merecido, mas eu também acho que, se você cancelar esse noivado agora, o Sr. Afonso vai ficar irritado e vai voltar atrás, não só na coisa da promoção, mas na viagem também. Agora, se você fizer o papel de *noivo* por um tempo, tudo isso ainda pode ser seu".

"Danilo, isso é canalhice. Tem outra pessoa envolvida aí. Eu não posso fazer isso com a Meri, enganá-la desse jeito."

"Tá vendo como você gosta dela?", ele me cutucou rindo. "Eu não faria essa sugestão se não tivesse certeza de que você não está com a Meri só pra passar o tempo. Assim como você também não ficou com a Fernanda, com a Bárbara, com a Patrícia, com a Joana e com a Lorena à toa. Você inicialmente gostou de todas elas. Até que encontrou algo que elas tinham, ou melhor, que elas *não* tinham, e terminou. E você vai continuar terminando namoro após namoro se não resolver algo lá de trás, se não parar de comparar cada uma delas com a *Estefânia Castelino*!"

Eu tinha ficado tanto tempo sem ouvir o nome da Fani que ainda levava um susto a cada vez que alguém o pronunciava. Tentei interrompê-lo, mas ele falou mais alto.

"E é também por isso que eu acho que você precisa fazer essa viagem. Você tem que ficar cara a cara com essa garota mais uma vez. Conversar, voltar no tempo, esclarecer o que ficou mal-resolvido. Pelo que você me contou anos atrás, vocês não tiveram um encerramento. Algo ficou inacabado. Acho que, se você a vir de novo, vai parar de endeusá-la, de achar que mulher nenhuma nunca vai chegar aos pés dela. Você pode até descobrir que as outras são melhores... mas isso você só vai saber se viajar."

"Danilo...", aproveitei uma pausa para interrompê-lo. Eu realmente não estava à vontade com aquela conversa. "Eu não sei se quero conversar com a Fani. Eu gostaria de ir lá pra ver como ela está; confesso que inventei essa viagem para isso. Mas eu tenho um pouco de receio. Eu tenho uma imagem dela na minha cabeça, não sei se estou pronto pra saber que ela mudou, que não é mais a Fani que eu conhecia."

"Mas é exatamente o que você tem que fazer! A Fani que você conhecia não existe mais! Você certamente não é o mesmo de cinco anos atrás, eu não sou, ninguém é! Você tem que descobrir se a Fani de hoje em dia é alguém por quem você se apaixonaria. Você pode se surpreender. Pode se dar conta de que esteve enganado durante todo esse tempo e que a pessoa com quem você quer ficar na realidade se chama Meredith, está do seu lado, apaixonada e louca pra se casar com você!"

"Eu não quero me casar com ela! Danilo, você já me falou várias vezes que nunca se apaixonou de verdade, então você não pode entender. É diferente. Não dá vontade de ir embora, de se separar no final do dia... a gente quer ficar junto com a pessoa 24 horas. É por isso que eu sei que não quero me casar agora. Eu não sinto isso pela Meri."

"Mas será que você ainda sente isso pela Fani? Acho que passou da hora de saber. E, além disso, você nem sabe se ela está disponível. Vai que você chega lá e ela está casada e com três filhos... Se eu fosse você, viajaria pra descobrir e voltaria mais tranquilo. *Livre*. Assim você vai poder pensar direito se não quer se casar com a Meredith por causa dela mesma ou por causa de outra pessoa..."

A imagem da Fani com três filhos e um marido não me fez bem, então eu simplesmente falei que ia pensar e mudei de assunto.

Ao chegar em casa, porém, resolvi checar o e-mail antes de ir dormir. Verifiquei o meu e, em seguida, entrei no da *Cinemateka*. Quase caí da cadeira quando vi que a Fani havia mandado as respostas da minha entrevista. Li avidamente linha após linha e depois voltei para ler com calma, assimilando cada detalhe.

Peguei um papel, anotei o número de cada uma das perguntas da entrevista e fui colocando as minhas observações na frente, de acordo com as respostas dela:

1 – A personagem do filme dela, antes de ir a Hollywood para estudar Cinema, havia passado por um intercâmbio cultural... e se apaixonado no processo de ida. Bem familiar...

2 – Ela admitiu que se inspirou na própria vida, mas disse que reescreveu a história como gostaria que ela tivesse acontecido...

3 – As músicas da trilha sonora foram importantes em uma época da vida dela... Se forem parecidas com a do trailer, sei muito bem onde ela as encontrou...

4 – Ela fez pós-graduação em trilha sonora... De onde ela tirou essa ideia?

5 – Então ela só namorou o Christian durante a época do intercâmbio e eles nunca mais tiveram nada... bem, pelo menos é o que ela diz...

6 – Inicialmente ela não quer voltar para o Brasil. Será que se tivesse algum "estímulo" ela voltaria?

7 – Não é casada! Não tem filhos! Mas ela se esquivou da pergunta sobre o namorado. Certamente tem alguém no meio disso. Mas por que ela não admitiria?

8 – Ela queria fazer as pessoas sonharem. Bem, ela já fazia isso. E muito antes de se formar em Cinema...

9 – Ela virou mesmo uma cineasta. E isso eu nunca tive dúvidas de que ela conseguiria.

Desliguei o computador, não sem antes mandar um e-mail para a Márcia e para o Danilo. Ele tinha razão. Eu devia me encontrar com ela. Eu realmente precisava ver como seria se ela pudesse ter escrito o roteiro da própria vida. E como isso alteraria a minha...

De: Leonardo <ls@cinemateka.com>

Para: Danilo <danilo@cinemateka.com>

Márcia <marcia@cinemateka.com>

Enviada: 20 de julho, 10:34

Assunto: Viagem

Anexo: respostasestefania.docx

Danilo e Márcia,

Na próxima quinta-feira, dia 26 de julho, viajaremos para a Califórnia pra cobrir o Los Angeles Film Festival. Voltaremos no dia 06 de agosto, um dia após o término do festival.

Estou mandando em anexo as respostas da entrevista da Estefânia Castelino. Solicito que vocês leiam, para que possamos preparar a matéria. Já vou colocar uma nota no site avisando que faremos a cobertura ao vivo.

Márcia, se tiver algum problema em perder os primeiros dias de aula da faculdade, avise à Kelly para alterar sua passagem, mas faça um esforço, pois sua presença será muito importante no dia da exibição do filme da Estefânia, quando iremos entrevistá-la. Nos dias anteriores conversaremos com os outros concorrentes, com os jurados e vamos inclusive à faculdade dela, para filmarmos o local. Minha ideia é prepararmos um verdadeiro documentário, que comova as pessoas. Quero usar como tema: "A cinéfila que virou cineasta acreditando em seus sonhos".

Danilo, pedirei emprestada na TV uma câmera, espero que, além de fotógrafo, você possa se virar como cinegrafista...

Essa é a nossa primeira viagem internacional! Mas sei que não será a última!

Ah, espero que vocês dois sejam tão afiados no inglês quanto dizem...

Abraços,

Leo

18

Boromir: É uma estranha sina ter que sofrer tanto medo e dúvida por uma coisa tão pequena. Uma coisa tão pequenina.

(O senhor dos anéis – A sociedade do anel)

CD: Dois anos e um mês (~~sem você~~)

I better be quiet now – Elliott Smith

"Bom dia! Meu nome é Leonardo e eu vou começar a fazer estágio aqui hoje. Me falaram para procurar a Joana."

A menina, que parecia ter mais ou menos a minha idade, me olhou dos pés à cabeça, o que me deixou ainda mais ansioso. Era a primeira vez que eu fazia estágio. Com dois anos de faculdade, contando os seis meses que cursei Administração em BH, já era tempo.

"Eu sou a Joana", ela disse estendendo a mão. "Mas aqui todo mundo me chama de Jô. Você é sempre pontual assim, Leonardo?"

Olhei para o relógio, pensando que ela estivesse sendo irônica e que eu pudesse estar atrasado, mas vi que eram duas em ponto. Então eu só dei um sorrisinho, meio surpreso por *ela* ser a Joana. Um dos meus professores havia me indicado para o estágio e pedido que eu a procurasse, mas eu nunca imaginaria que ela fosse uma... menina!

"O que você está olhando?", ela cruzou os braços, e só nessa hora percebi que eu a estava encarando.

"Nada!", falei depressa. "É que eu pensei que você fosse mais velha... Pelo que o Kleber falou."

Dessa vez foi ela que pareceu surpresa. "Ah, o professor Kleber falou que eu sou velha?"

Poxa, será que eu não falava nada certo? Desse jeito eu ia ser despedido antes de começar!

"Não, ele falou que você era exigente, só isso! Eu é que presumi que você fosse mais velha... Você não deve ter nem 20 anos!"

Ela abriu o maior sorriso e pareceu ainda mais nova. E mais bonita também.

"Já gostei de você, Leonardo! Vamos lá, vou te mostrar a redação! Estou curiosa pra saber se você é tudo aquilo que o professor falou! Pedi o melhor redator do 4º período!"

Eu a segui, ainda meio desnorteado. Eu já tinha visitado outras redações de jornal antes, mas aquela era diferente. Talvez por ser um jornal semanal, ele fosse mais informal... Eu estava vendo várias pessoas conversando nos corredores, e algumas estavam até com os pés em cima da mesa. De repente a Joana se virou pra trás.

"E, só pra constar, eu tenho 24."

"Vinte e quatro o quê?", perguntei sem entender, ainda meio impressionado com a descontração do local.

Ela me puxou para que eu pudesse andar na frente dela, colocou as mãos sobre os meus ombros e falou: "Anos, Leonardo! Você falou que eu não tinha nem 20... Bem, eu fiz 24 no mês passado".

Caramba, aquilo é que eu chamava de uma boa genética! Ela era quatro anos mais velha do que eu, mas passaria facilmente por mais nova.

"Que dia?", perguntei, só pra ter o que dizer.

"Curioso, hein?", ela deu outro sorriso. "Muito bem! Bons jornalistas têm que ter muita curiosidade! Meu aniversário foi no dia 12 de julho."

Eu parei no meio do corredor. "Ei! O meu também!"

"Legal!", ela disse me puxando novamente, para que eu voltasse a andar. "Cancerianos são sensíveis! Acho que posso mesmo esperar bons textos de você!"

Em seguida, ela entrou em uma sala grande e foi me apresentando para todas as pessoas. Um pouco depois ela perguntou se eu gostava de cinema. Eu falei que amava, inevitavelmente me lembrando de quem eu sempre me lembrava quando me faziam essa pergunta.

"Maravilha, porque eu estou precisando exatamente de um redator de cinema. A minha antiga redatora se formou no meio do ano e arrumou emprego em uma assessoria de comunicação. Acho que eu ainda não te disse qual é meu cargo – eu sou a editora de cultura. Controlo esses bagunceiros aqui!", ela apontou para todas as pessoas que estavam na sala. Alguns fizeram careta pra ela, outros mostraram o dedo do meio, e eu ri, já sabendo que ia gostar dali.

Eu estava certo. Em duas horas eu já estava me sentindo em casa.

No final do meu primeiro mês, fui convidado para participar de um *happy hour*.

"É obrigatório, Leo!", a Joana falou um dia antes. "É uma tradição do nosso departamento, toda última sexta-feira do mês nós terminamos o dia em um bar, e as faltas só são admitidas em casos extremos, tipo morte do cachorro, término de namoro, final de copa do mundo..."

Sorri e falei que podiam contar comigo no dia seguinte.

O *happy hour* acabou sendo melhor do que eu esperava. Depois de várias cervejas e muita conversa, terminei a noite no apartamento da Joana. Ela morava sozinha, não muito longe dali. Porém, no dia seguinte, a ressaca moral foi pesada. Eu não podia ter passado a noite com a minha chefe! Quando ela acordou, no entanto, não pareceu dar muita importância para aquilo. Só falou que esperava que eu gostasse de iogurte diet de pêssego, pois era tudo o que ela tinha na geladeira. Eu acabei ficando lá durante o fim de semana inteiro, e na segunda-feira seguinte já nos considerávamos namorados. Como o jornal não tinha nenhum princípio rígido de envolvimento entre funcionários, ninguém pareceu se importar.

Quando completamos quatro meses de namoro, porém, a Joana me deu a chave do apartamento dela e perguntou se eu não queria me mudar pra lá. Aquilo me assustou. Apesar de passar todos os finais de semana ali, de gostar muito dela e de estar feliz em um namoro como eu não ficava havia anos, eu ainda não pensava em *casamento*! Com 20 anos, tudo o que eu queria era que o amor fosse infinito enquanto durasse, como dizia Vinicius de Moraes...

E foi isso que eu disse pra Marilu quando cheguei em casa com os olhos arregalados e ela me perguntou o que tinha acontecido. Ela estava esperando o Luigi sair do banho, e eu aproveitei a oportunidade para me abrir com ela.

"Ai, Leo! Não tem nada de casamento...", ela falou rindo, quando contei a respeito das chaves. "Hoje em dia é normal que namorados morem juntos! É até uma forma de se preparar para o casamento, de conhecer a outra pessoa na intimidade e de ver se é aquilo mesmo..."

"Ah, você acha isso?"

Eu e ela olhamos depressa para o lado. O Luigi tinha acabado de sair do banho e, pelo visto, tinha escutado parte da nossa conversa. Ela sorriu, se levantou e deu um beijo nele.

"Acho, sim. É tipo um *test-drive.* Claro que não substitui um casamento, mas eu não vejo mal em morar junto por um tempo antes do grande dia... Desde que ele realmente aconteça!"

O Luigi ficou meio pensativo, e então eu falei: "Oi, dá pra gente voltar pro meu problema?".

A Marilu tornou a olhar pra mim, mas acho que não estava mais tão interessada como antes.

Acabei indo pro meu quarto pra deixar que eles namorassem em paz.

Alguns dias depois, cheguei ao trabalho e notei que tinha um envelope fechado na minha mesa. Abri devagar e vi que era uma carta da Joana.

Querido Leo,

Preferi fazer isso por escrito, pois você sabe que nós jornalistas nos comunicamos melhor assim. Bem, pelo menos eu me comunico melhor dessa maneira.

Desde sexta passada, quando sugeri que você se mudasse para o meu apartamento, notei uma grande transformação em seu comportamento. Além de você nunca ter me dado uma resposta, você ficou mais frio, mais fechado e longe de ser o Leo animado, divertido e carinhoso que eu conhecia. Constatei que a causa dessa alteração de humor foi exatamente a minha sugestão. Não adianta negar, nesses três meses de namoro e trabalhando diariamente com você, aprendi a te entender muito bem. Pois então. A pessoa com quem eu gostaria de dividir o mesmo teto era aquela de antes, e não esse ser assustado que você se tornou, que me olha como se eu fosse te devorar com arroz e feijão no almoço. Por isso, acho melhor que fiquemos um tempo separados, até que eu possa pensar se realmente quero ficar com alguém que se assusta tão facilmente... E até que você possa crescer um pouco também. Eu não exigi que você morasse comigo. Eu apenas sugeri. As pessoas adultas geralmente conversam, debatem, pesam os prós e os contras e então chegam a uma conclusão. Já as crianças preferem se esconder...

Por favor, não gostaria que isso mudasse alguma coisa em nosso relacionamento profissional. O jornal precisa de você. Nesses meses, constatei que você é mesmo tudo o que o professor Kleber falou: esforçado, talentoso, brilhante com as palavras. Além de ser um jornalista, você é um escritor, Leo. Já pensou em escrever um livro?

Espero que não fique nenhum tipo de mágoa entre nós. Continuo gostando de você. Só não quero mais te chamar de namorado.

Beijos da amiga,

Jô

Naquela mesma noite teve *happy hour* do departamento, mas ela não foi. Eu a procurei pra conversar várias outras vezes, e ela se esquivou. Pouco tempo depois, ela apareceu com outro namorado. Fiquei sentindo falta dela por um tempo, mas logo me distraí com outras coisas. Especialmente com a notícia que a Marilu e o Luigi me deram no mesmo dia em que eu recebi a carta da Joana.

Eles iam morar juntos.

19

Gríma Língua de Cobra: Por que você traz ainda mais tormentos a uma mente já atormentada?

(O senhor dos anéis – As duas torres)

Os dias seguintes foram muito agitados. Acabei convencendo a Meri e o pai dela a adiarem a tal festa de noivado para a volta da viagem, alegando que eu gostaria de chamar também uns amigos de BH que eu fazia questão que estivessem presentes em uma ocasião tão importante, e, para isso, eles precisariam se organizar com antecedência. Meio a contragosto, eles concordaram, apesar da Meri ter me obrigado a gravar a aliança no mesmo dia. Como as passagens dos meus pais já estavam compradas, os dois acabaram passando o final de semana no Rio comigo, e eu pude ter uma conversa franca com eles, explicando o que realmente estava acontecendo. Claro que não mencionei que a viagem para a Califórnia tinha uma "razão extra", mas contei sobre o mal-entendido e disse que eu ia aproveitar os dias longe do Rio para entender o que eu sentia pela Meri, e se aquilo era forte o suficiente para se tornar um casamento. Os dois foram muito compreensivos, mas me aconselharam a não demorar muito a me decidir, pois a Meredith e o pai poderiam se irritar caso descobrissem que aquela nunca tinha sido a minha intenção e que eu usei o equívoco ao meu favor.

No dia anterior à viagem, cheguei ao trabalho meio nervoso. Eu tinha que finalizar várias reportagens que iriam ao ar enquanto eu estivesse viajando, e precisava dar instruções para o João

Carlos, o jornalista que me substituiria nesse período. Assim que cheguei à minha sala, porém, notei que tinha uma pessoa sentada na minha cadeira. Logo vi que era a Meri. Eu não imaginava o que ela estaria fazendo ali tão cedo.

"Amoreco!", ela se levantou assim que me viu e me deu um beijo. Fiquei meio sem jeito, mas mentalmente agradeci ao Sr. Afonso mais uma vez pela promoção. Agora eu tinha uma sala só pra mim. Se fosse antes, certamente aquilo teria atraído vários olhares.

"O que aconteceu?", perguntei logo que ela me soltou. "Não quer aproveitar pra dormir até um pouco mais tarde na última semana de férias? Suas aulas começam na terça, esqueceu? E aí você vai ter que levantar às seis da *madrugada* todos os dias!", eu a cutuquei de brincadeira, pois sabia que ela odiava acordar cedo.

"Eu tinha um assunto de extrema importância pra resolver com o meu pai", ela falou séria. "Ontem à noite eu fui ao shopping com a Márcia, sabe? Aquela estagiária?"

Nem respondi e fiquei esperando o resto. Eu não aprovava aquela amizade de forma alguma. E eu só esperava que a Márcia não tivesse falado demais...

"Aí, ela me disse que também está indo para Los Angeles! Leo! Você não tinha me contado isso! Eu pensei que você ia só com o Danilo!"

"Eu precisava de uma assistente, Meri...", mantive a justificativa que eu tinha dado para o pai dela. Eu não podia explicar que a razão de levar a Márcia e o Danilo era a nossa revista eletrônica.

"Por que você não me chamou?", ela disse fazendo beicinho. "Eu poderia te ajudar!"

Tive vontade de rir. Naquela situação ela não poderia me ajudar *menos*...

"Meri, você não entende nada de jornalismo... a Márcia já vai começar o 4º período na faculdade, faz estágio há um ano... ela está acostumada. Se eu falasse pro seu pai que gostaria que você fosse, ele ia pensar que a gente ia ficar o tempo todo namorando!"

"O tempo todo não... Mas no primeiro fim de semana eu quero namorar muito o meu noivinho, viu?", ela disse, me dando outro beijo. Por um segundo não entendi o que ela quis dizer, mas logo assimilei as palavras dela.

"No primeiro fim de semana? Como assim?", me afastei depressa.

Ela esfregou as mãos, fez uma cara de sapeca e falou: "Meu pai ainda não tinha me dado um presente por eu ter passado no vestibular; eu estava escolhendo... Então, ontem, quando a Márcia me contou que ia com vocês, eu decidi! Porém, quando cheguei em casa, ele já estava dormindo, por isso vim aqui hoje bem cedinho pra falar que eu já sabia o que queria! E o meu pai concordou! Eu vou com vocês!"

"Meri...", eu sentei na minha cadeira e comecei a ligar o computador, muito inquieto pra continuar em pé. Aquilo definitivamente não estava nos planos... "Essa é uma viagem de trabalho! Não é que eu não queira que você vá, mas o caso é que eu não vou poder te dar atenção nenhuma! Vou ficar o tempo todo por conta do festival que estamos indo cobrir. Você não prefere deixar pra gente viajar mais pra frente? Aonde mesmo você disse que queria ir na lua de mel? Dubai?"

Eu não queria lua de mel nenhuma, mas qualquer coisa seria melhor do que ir com ela para Los Angeles! Eu já não tinha a menor ideia do que falaria quando visse a Fani. Encontrá-la com a Meri do meu lado certamente seria um pesadelo!

"Dubai seria ótimo, mas isso não impede que eu vá também para a Califórnia com você! Eu prometo que não vou atrapalhar!", ela falou segurando no meu braço. "E vão ser só três dias. Meu pai me deixou ir com a condição de que eu não matasse nenhum dia de aula. Ele falou que eu inventei essa faculdade, então agora não posso faltar! Acho que é apenas mais uma tentativa dele para que eu desista do curso, mas eu preciso fazer Relações Públicas! Eu não quero que, daqui a alguns anos, quando os coleguinhas dos nossos filhos perguntarem no colégio o que a mãe deles faz, que eles tenham que se envergonhar de mim dizendo que eu sou 'dona de casa'!"

Era só por esse motivo que ela queria estudar?!

"Meri... não tem nada disso! Minha mãe é dona de casa, e eu nunca me envergonhei dela! Muito pelo contrário! Ela trabalha mais do que qualquer uma! E, pelo que eu sei, sua mãe é dona de casa também!"

"Minha mãe é *socialite*! Mas isso não vem ao caso agora. Tenho que ir embora pra fazer minhas malas! Ai, estou tão feliz, tudo está dando certo na minha vida!"

Ela me deu um beijo e já ia sair da minha sala, mas eu a chamei antes: "Meri, você só vai ficar três dias mesmo?".

"Infelizmente... Meu pai já mandou a secretária comprar minha passagem de volta pra segunda-feira. Mas não se preocupe, meu amor...", ela se aproximou novamente e me abraçou. "Vamos fazer esse fim de semana ser inesquecível!". Em seguida ela me deu um beijo e saiu.

Eu só esperava que aqueles três dias passassem bem rápido e não fossem nada inesquecíveis... Eu não tinha a menor intenção de me lembrar deles durante o resto da viagem.

20

Frodo: Nem sempre é possível se dividir em dois.

(O senhor dos anéis – O retorno do rei)

CD: Dois anos e meio (~~sem você~~)

Tudo que vai – Capital Inicial

De: Luciano <lucianao@mail.com.br>

Para: Leonardo <soueuoleo@gmail.com>

Enviada: 23 de janeiro, 13:11

Assunto: Bahia

Leo, valeu demais o toque!!!! Conheci o Alan aqui em Caraíva, o cara é O cara! Só me coloca nos melhores esquemas! Além de tudo, como ele trabalha em um forró e em uma boate, a gente entra de graça nesses lugares! Mal abro a carteira aqui! Desse jeito não vou querer ir embora! Agora, sério, o cara te adora! No minuto em que eu disse que era seu irmão, ele só faltou me carregar no colo! Ele virou pra mim e falou: "Cola em mim que você decola!". E ele estava certo! Estou voando alto... e o céu da Bahia é o mais azul!!!

Mas estou escrevendo pra avisar que você tá perdendo tempo! Larga tudo e vem pra cá também! Isso é que é VIDA!

Luciano

De: Leonardo <soueuoleo@gmail.com>

Para: Luciano <lucianao@mail.com.br>

Enviada: 23 de janeiro, 17:19

Assunto: Re: Bahia

Luciano,

Que bom que está tudo ótimo na Bahia! Pena que eu não pude ir também. Quando resolvi fazer estágio, não imaginei que antes mesmo de me formar eu já tivesse que seguir o regime de escravidão a que a maior parte da população se submete, de férias apenas um mês por ano. Que saudade de quando eu ainda trabalhava com o papai (como você!) e podia viajar quando quisesse!

Mas vou te dar um toque de irmão... o Alan é gente boa, mas tem "vida mansa" demais. Sei que você gostou dele, ele é realmente a melhor pessoa para indicar as baladas com mais gatas por metro quadrado! Mas ele tem 21 anos, não estuda e se contenta com esse esquema de trabalhos temporários... Agora inventou de fazer esses bicos de barman e professor de forró. Não que eu não as considere ótimas profissões, só que isso pode funcionar pra ele, mas não pra você.

Por isso, se ele te sugerir de ficar por aí e arrumar um "trampo" em Caraíva, pense no seu futuro. Sei que ainda está ressentido pelo fato da Karina ter terminado com você, mas existem outras mulheres no mundo. Embora algumas sejam mais especiais do que as outras...

Abração!

Leo

De: Joana <jojo@mail.com.br>

Para: Leonardo <soueuoleo@gmail.com>

Enviada: 23 de janeiro, 12:04

Assunto: Cobertura estreias da semana

Leo, tenho uma cobertura fora do jornal agora à tarde, mas gostaria que, assim que você chegasse, atualizasse o site com as estreias da semana, por favor. Ah, por falar em estreia, o que achou daquele filme pro qual eu te passei as cortesias ontem? Vale a pena fazer um resenha?

Bem, o resto você já sabe, nem preciso te dar instruções. Já te falei que você é o melhor estagiário do mundo? Sim, você é. E sabe disso muito bem.

Abraços,

Joana

De: Leonardo <soueuoleo@gmail.com>

Para: Joana <jojo@mail.com.br>

Enviada: 23 de janeiro, 17:59

Assunto: Re: Cobertura estreias da semana

Joana, o site do jornal já está atualizado com as estreias da semana. Obrigado pelos convites para a pré-estreia de "O Turista". O filme realmente é bom, mas não a ponto de alguém adquiri-lo, por exemplo, para uma coleção de DVDs. Mas acredito que a crítica que fiz dele tenha ficado à altura.

Terminei também a sessão dos favoritos ao Globo de Ouro. No domingo mesmo, lá de casa, atualizarei o site, na medida em que os ganhadores forem sendo anunciados. E na segunda-feira virei de manhã, aproveitando minhas férias na faculdade, para podermos incluir o resultado ainda na versão impressa do jornal desta semana.

Obrigada pelo elogio, mas não faço mais do que minha obrigação.

Abraços,

Leo

De: Maria Luiza <marilu@netnetnet.com.br>

Para: Leonardo <soueuoleo@gmail.com>

Enviada: 25 de janeiro, 09:15

Assunto: Globo de Ouro com minhas amigas

Leleco, tenho uma proposta irrecusável, pois não aguento mais te ver só trabalhando! Você tem que se divertir também!

Vou fazer uma pequena reunião aqui em casa hoje à noite para assistirmos juntos ao Globo de Ouro! Sei que você está sempre ligado nesses eventos cinematográficos, então imagino que não vá perder a transmissão.

Não é nada demais, eu apenas convidei três amigas (bonitas, viu?) que estão loucas para conhecerem o apartamento onde eu e o Luigi estamos morando. Mas aposto que elas vão gostar ainda mais de te conhecer...

Você não pode faltar, não é?

Te espero às oito!

Beijocas!

Marilu

De: Leonardo <soueuoleo@gmail.com>

Para: Maria Luiza <marilu@netnetnet.com.br>

Enviada: 25 de janeiro, 11:12

Assunto: Re: Globo de Ouro com minhas amigas

Marilu,

Obrigado pelo convite! Você sabe que eu adoro o apartamento de vocês, mas eu vou ter que trabalhar mesmo enquanto assisto à premiação. Este ano, estou encarregado de postar o resultado ao vivo no site e no Twitter do jornal. Como eu sei que você ama Big Brother e hoje é dia de formação de paredão, não quero ter que brigar pelo controle remoto enquanto os dois programas estiverem passando simultaneamente; por isso, prefiro deixar o Pedro Bial todinho pra você.

Ah, obrigado também por ter convidado umas amigas para me fazerem companhia, sei que elas não irão ficar chateadas com a minha ausência, você e o Luigi são ótimos anfitriões. Mas a presença delas realmente ia me distrair, e, atualmente, o trabalho é minha prioridade.

Beijos!

Leo

21

Chris: As pessoas têm medo de aceitar que grande parte da vida depende da sorte. É assustador pensar que boa parte dela foge do nosso controle. Há momentos em uma partida em que a bola acerta o topo da rede e, por um segundo, ela pode ir para frente ou voltar. Com um pouco de sorte, ela cai do outro lado e você ganha. Ou talvez não caia, e você perca.

(Match Point)

Pousamos em Los Angeles às duas da tarde, horário local. Meu primeiro pensamento em solo californiano foi sobre ela. Incrível como eu havia ficado anos me lembrando da Fani apenas esporadicamente, mas, agora que o nosso reencontro estava próximo, a imagem dela parecia não sair da minha cabeça. Tentei adivinhar o que ela havia pensado ao ver tudo aquilo pela primeira vez. Será que as impressões dela tinham sido as mesmas que as minhas?

O céu estava muito azul, e pessoas passavam apressadas por todos os lados. Enquanto fui com a Márcia e a Meri buscar as malas, o Danilo foi alugar um carro, pois precisaríamos nos deslocar muito durante aqueles dias. Eu tinha reservado um hotel em um local que era, ao mesmo tempo, perto de Hollywood, onde aconteceria o festival, e da faculdade onde a Fani havia estudado, pois parte da nossa reportagem seria filmada lá, para que pudéssemos mostrar como tudo havia começado, os passos que ela deu até se tornar uma cineasta. Para a revista eletrônica, nos concentraríamos apenas no festival em si, mas, para a TV, eu estava pensando em um programa especial, que inspirasse pessoas e que mostrasse como nenhum sonho é impossível.

Pegamos as bagagens e fomos ao encontro do Danilo, que já nos esperava no carro alugado. Passamos algum tempo tentando acomodar tudo no porta-malas, pois, além do equipamento de filmagem, a Meri tinha levado duas malas enormes para passar apenas três dias. Com isso, eu, a Márcia e o Danilo tivemos que amontoar nossas modestas bolsas de viagem dentro do carro. Não teria o menor problema, não fosse o calor. A primeira coisa que constatei foi exatamente isso. Los Angeles, no verão, era uma cidade muito quente.

Depois de meia hora, chegamos à região onde o nosso hotel ficava. A Márcia logo o reconheceu, pois já havíamos visto umas fotos pelo site.

"Que fofinho", ela falou toda sorridente. Desde o nosso desembarque, ela não parava de elogiar tudo, do chão ao "cheiro do ar", que, segundo ela, era diferente. A Meri, ao contrário, só sabia reclamar. Da demora das malas, do carro que não tinha ar-condicionado e agora do hotel.

"Fofinho?", ela se virou para a Márcia. "Essa coisa minúscula? Isso não parece um hotel, e sim um motel!"

Ninguém comentou nada, mas ela continuou falando até chegarmos aos quartos. Eu havia reservado dois, um para a Márcia e outro que eu dividiria com o Danilo, antes de saber que a Meri iria. Eu já estava esperando alguma confusão a respeito disso, caso ela cismasse de querer ficar comigo. Apesar de serem primos, a Márcia e o Danilo ficariam à vontade no mesmo quarto?

Minha preocupação sumiu no minuto em que a Meri falou: "Ah, pelo menos o quarto parece limpo e tem secador de cabelo. Quero ficar com a Márcia, pois o Leo é muito bagunceiro, eu ia acabar perdendo as minhas compras no meio da desordem dele".

Mentalmente, dei graças a Deus por eu nunca ter escutado quando minha mãe me mandava ser mais organizado. Sem a Meri por perto em tempo integral, pelo menos eu poderia conversar com o Danilo em paz, além de usar a internet sem ninguém ficar conferindo o que eu estava fazendo.

Mas eu não precisava ter me preocupado. Assim que nos instalamos, a Meri já disse que não podíamos perder tempo. Ela tinha que visitar a cidade inteira e ainda fazer muitas compras em apenas três dias. Eu não imaginava o que mais ela poderia comprar, pois ela tinha praticamente assaltado o *free shop*. Ela comprou tantos perfumes (e inclusive me pediu dois de presente!) que cheguei a ficar com pena das pessoas que passariam por ali depois de nós, pois não encontrariam mais nada. Mas concordei em darmos uma volta, pois eu também estava ansioso para conhecer Los Angeles.

Passamos o resto da tarde fazendo turismo, visitando todos os lugares famosos, e mais uma vez me peguei pensando na Fani, no quanto ela devia ter ficado encantada em seus primeiros dias ali. Tudo o que eu via tinha a cara dela; ela combinava mais com aquele lugar do que qualquer pessoa do mundo.

No dia seguinte, a Meri insistiu para irmos à Disneylândia. Eu expliquei mil vezes que – ao contrário dela – eu, a Márcia e o Danilo não estávamos ali a passeio e que, se não começássemos logo a trabalhar, não teríamos tempo de finalizar tudo em apenas uma semana. Mas ela tanto insistiu que acabei concordando.

Eu já tinha ido à Disney de Orlando, mas a de Los Angeles era muito diferente. Alguns brinquedos eram os mesmos, mas ela era menor, mais clássica. A Márcia amou tudo, e o Danilo só ficava batendo fotos. Já a Meri, como de costume, não parava de falar mal. Das pessoas, das filas, do calor... Mas, se perguntávamos se ela queria ir embora, ela olhava como se nós estivéssemos loucos e continuava a brincar em tudo.

Quando voltamos ao hotel, já era noite. Tudo o que eu mais queria era tomar um banho, comer alguma coisa em um dos restaurantes das redondezas e cair logo na cama. Mas a Meri tinha outros planos...

"Vocês estão loucos?", ela falou quando nos encontramos meia hora depois e eu contei que tinha intenção de jantar ali por perto e discutir um pouco com o Danilo e a Márcia sobre o trabalho que, sem falta, íamos começar a produzir no dia seguinte. "Agora que tomei banho, estou pronta pra outra! Ouvi dizer que a noite no local onde fica a Universal é a maior festa! Existem vários restaurantes e bares, vocês podem fazer a sua pequena reunião lá!"

Dessa vez eu não deixei que ela me convencesse. Falei que eu estava realmente exausto e que, se ela quisesse, podia ir sozinha.

E foi o que ela fez. Mas não sozinha... ela fez questão de arrastar a coitada da Márcia, que, apesar de estar visivelmente cansada, não reclamou muito; deve ter até gostado. Ela estava adorando a *amizade* da Meri. Ou da Meredíti, como ela não parava de dizer. Depois de pedir umas dez vezes para que a Márcia não a chamasse daquela maneira, ela desistiu. Então eu comecei a chamá-la assim em alguns momentos também, só pra irritá-la um pouquinho. Mas a cara que ela fazia dava tanto medo que eu logo parei, com receio de que ela me atirasse um ferro de passar roupa na cabeça ou algo parecido.

Assim que elas entraram no táxi, eu e o Danilo nos direcionamos para o restaurante que ficava ao lado do hotel. Era mexicano. Entre tacos e nachos, montamos um cronograma dos lugares aos quais teríamos que ir e das pessoas que deveríamos entrevistar. A Márcia já tinha feito contato por e-mail com os outros nove finalistas do concurso, e cinco concordaram em nos receber para conversarmos sobre o filme deles. Claro que o nosso foco principal era a brasileira que estava participando, mas, para dar mais emoção, precisávamos também mostrar uma prévia do trabalho e o processo de criação dos outros concorrentes.

Depois de tudo definido, o Danilo me olhou calado por um tempo e então falou: "E aí? Preparado para reencontrar a Fani depois de tanto tempo? É melhor que você esteja, pois ela está em algum lugar desta cidade...".

Eu já tinha pensado naquilo. Inclusive, em todos os lugares por onde andava, eu invariavelmente ficava olhando para os lados, tentando enxergá-la em outras pessoas. Será que eu a reconheceria? E se ela estivesse muito diferente?

"Você acha que eu mudei muito em cinco anos?", perguntei pro Danilo. "Digo, fisicamente. Eu engordei?"

Ele franziu levemente as sobrancelhas, mas logo começou a rir. "Leo, você está parecendo um adolescente! Não! *Uma* adolescente! Daqui a pouco vai perguntar se está com espinhas, se o seu cabelo está um centímetro fora do lugar... Relaxa, brother! Você está muito bem! Nem aparenta ter 23 anos. Eu te daria uns... 22 e meio!"

Nós dois rimos, mas logo ficamos sérios de novo.

"Eu não estou preparado para me encontrar com ela, Danilo. Mas a verdade é que eu nunca vou estar. É como se ela fosse uma espécie de 'assombração', alguém que há muito morreu no meu convívio, mas que eu sempre soube que continuava viva, em algum lugar... Eu não sei o que vou sentir ao vê-la, mas estou ansioso pra descobrir. O fato é que eu ainda nem decidi se vou mesmo conversar com ela. Talvez seja melhor você e a Márcia a entrevistarem. Meu maior receio é que *ela* não queira falar comigo, que me veja e vire as costas, ou algo assim."

Ele pareceu considerar a hipótese. "Claro que existe essa possibilidade. Mas você tem um álibi, que é a entrevista em si. Nós vamos estar com o equipamento de filmagem, gravador, crachás da TV e do site... Duvido que ela se recuse a falar com você. Ela vai ver que somos profissionais e vai achar que tudo não passa de uma coincidência..."

"Coincidência, Danilo? Não é como se a gente tivesse se encontrado aqui por acaso! Estamos em contato com ela há semanas! É óbvio que ela vai saber que eu armei tudo!"

"Leo, mas realmente foi o acaso que promoveu esse encontro! Foi o e-mail que nós recebemos que fez com que você ficasse curioso. Você não estava nem se lembrando dela..." A minha expressão deve ter me traído, porque no segundo seguinte ele perguntou: "Ou estava?"

Eu me lembrei dos 60 CDs que estavam no fundo da minha mala, que eu havia passado anos e anos gravando. Eu retirei as capas e coloquei todos em um porta-CDs, para economizar espaço, mas o motivo exato de ter trazido aquilo eu nem sabia direito. Já há algum tempo eu vinha pensando em parar de gravá-los, e, talvez, se eu tivesse a oportunidade de entregá-los para a "dona" deles, aquela fase da minha vida estaria finalizada. Não existiriam mais músicas nem mais CDs. Eu ficaria só com as lembranças, que um dia eu esperava que se extinguissem de vez.

"Ela marcou muito a minha vida, Danilo", foi tudo o que eu falei, depois de pensar um pouco.

Ele ficou calado por alguns segundos, mas logo disse: "Certamente você também marcou a dela. Ela não vai fugir... Tenho certeza de que vai querer ouvir o que você tem a dizer".

Eu não disse mais nada e comi o último nacho do prato. Aquele era exatamente o problema. Eu não tinha a mínima ideia do que diria. E o pior é que eu já sabia que a visão dela me deixaria completamente sem palavras...

22

Mary Ann: Eu não quero encontrar ninguém.

Nadine: Todo mundo quer encontrar alguém.

Mary Ann: Já encontrei quem
eu tinha que encontrar.

(Bossa Nova)

CD: Três anos e um mês (~~sem você~~)

Chega de saudade – Vinicius de Moraes

"Marilu, eu já falei. Agradeço muito o fato de você querer me ver feliz, mas eu não entendo por que você acha que, para isso, eu precise estar namorando! Estou muito bem solteiro!", eu disse pela milésima vez. Ela não se conformava com o fato de eu estar há quase dez meses sem uma namorada. E por isso não parava de me chamar pra sair e de me apresentar todas as meninas solteiras que passavam pela frente. "E, além do mais, eu agora estou centrado na mudança! Tenho que economizar cada centavo do meu salário de estagiário para comprar coisas pro apartamento! Isso aqui está parecendo um acampamento! Só tem um colchão!"

Ela ficou meio impaciente, mas olhou em volta quando eu disse aquilo. Ela estava me ajudando a pintar a parede de *vermelho*, uma cor que, segundo ela, daria vida para o apartamento e faria com que ele tivesse um ar "moderno".

Eu havia me mudado há uma semana. Quando fiz 21 anos, meu pai achou que já tinha passado da hora de eu deixar de morar com a "titia", especialmente porque o próprio Luigi não estava mais lá. Então, no meu aniversário, ele e minha mãe vieram ao Rio para passar a data comigo. O presente veio em uma caixinha; que quando abri, vi que era uma chave.

"Nem se anime...", meu pai falou ao ver os meus olhos se arregalarem. "É alugado. Mas eu já deixei o aluguel quitado por seis meses. Já passava da hora, né, meu filho? Pega até mal você dizer para as garotas que mora com os tios. Mas não se preocupe, é no mesmo bairro, foi sua tia que escolheu, com a ajuda da Marilu. Eu sei que você gosta dessa região. Mas agora, quando conhecer alguma menina, você já pode convidá-la para ir ao seu próprio apartamento..."

Eu estava percebendo uma espécie de complô. Desde os quinze anos, eu nunca tinha passado tanto tempo sem uma namorada. Nenhum dos namoros durava muito, mas minha família estava acostumada a sempre me ver com alguém. Agora, já que eu estava sozinho por um tempo, eles estavam estranhando a mudança.

Eu acabei aceitando a oferta do meu pai, pois eu estava começando a achar meio complicado morar na casa da minha tia. Minha prima estava entrando na adolescência, e a casa vivia cheia de mocinhas que davam risinhos ao me ver. E a própria Leca, que antes me tratava como um irmão, agora estava cheia de pudores. Eu não podia mais brincar que ela estava com comida agarrada no aparelho, ou que tinha aparecido uma espinha, ou dizer que se ela arrumasse um namorado eu o encheria de *porrada*, que tudo era motivo para choro. Eu não via uma pessoa chorar tanto há... vários anos. Então eu realmente achava que ela ficaria melhor sem um primo mais velho a perturbando naquele momento.

"Leo, a culpa disso é sua!", a Marilu disse, jogando umas gotas de tinta vermelha em minha direção. "Sua mãe, sua tia e eu tentamos a todo custo fazer um 'chá de casa nova' pra você! Mas você disse que isso era coisa de mulherzinha... Bem feito, agora vai ter que comprar tudo sozinho! E, pelo visto, a menos que assalte um banco, isso aqui vai ficar mesmo sem a menor personalidade por muito tempo!"

"Já você vai ter mais personalidade do que todo mundo, com o nariz vermelho..."

Antes que ela tivesse alguma reação, passei o pincel no rosto dela, que só disse "ei!" e já jogou o próprio pincel na minha cabeça. "Ah, é assim?", eu falei, pegando a lata de tinta do chão.

Ela saiu correndo e se trancou pra fora do apartamento; e eu fiquei batendo do lado de dentro. Ela não parava de rir, dizendo que só abriria depois que eu terminasse de pintar tudo sozinho, pra acabar com a tinta toda, mas de repente ela se calou.

"Marilu, você ainda está aí?", eu perguntei meio preocupado. "Marilu!", bati ainda mais forte na porta.

Pouco depois ela abriu, com uma cara meio sem graça, e falou: "Leo, essa aqui é a sua vizinha da frente. Ela perguntou se a gente pode falar mais baixo, porque, hum, estamos atrapalhando a novela".

Desviei os olhos para ver a vizinha, pensando que encontraria uma senhora de robe e bobes no cabelo, mas meu queixo até caiu quando ela passou pela Marilu e parou na minha frente. Modelo. Definitivamente era uma modelo. Ela devia ter pelo menos 1.75 m, cabelos castanhos bem escuros e olhos de gata verdes claros. E estava vestindo um *baby-doll* meio transparente... que deixava vislumbrar cada detalhe do seu corpo perfeito...

"Eu estava falando pra sua esposa que essas paredes parecem casca de ovo! O prédio é ótimo, muito bem localizado, dá pra ir pra Lagoa a pé... Aposto que o corretor te falou tudo isso! Mas eles sempre se 'esquecem' de contar que, se alguém roncar ou fazer barulho de madrugada, os vizinhos todos escutam."

De tudo o que ela falou, a única coisa que eu realmente ouvi foi "fazer barulho de madrugada".

Dizem que, quando conhecemos uma pessoa, levamos cinco segundos para analisar o "material" e formar a primeira opinião, que se baseia unicamente em saber se a pessoa, fisicamente falando, seria um bom par ou não pra você. Eu levei um segundo. Os outros quatro eu estacionei no *baby-doll*.

A Marilu, ao perceber que eu tinha ficado meio sem reação, me cutucou com o cotovelo para que eu acordasse, ao mesmo tempo que explicava pra vizinha que não éramos casados.

"Eu não moro aqui...", ela disse sorrindo. "Só estou dando uma força pro Leo, ele sim é seu novo vizinho. Mas pode deixar que ele não ronca, já o vi dormindo algumas vezes... Já a parte de fazer barulho de madrugada... bem, se você descobrir, não deixe de me contar."

As duas piscaram uma pra outra, e então a Marilu se apresentou, contando que era namorada do meu primo.

"Prazer, Maria Luiza! Eu sou a Lorena. E você é o Leo, é isso?", ela sorriu pra mim.

Sem perder tempo, eu dei um passo pra frente e um beijo no rosto dela, dizendo que era um prazer conhecê-la e que ela não precisava se preocupar, pois eu não faria mais barulho no horário da novela dela.

Ela sorriu mais ainda e falou com uma voz meio rouca, totalmente sexy: "Ou isso ou me chame para fazer barulho com você...".

Em seguida ela acenou e entrou novamente no apartamento da frente.

"Limpa a baba, Leo", a Marilu falou de repente. Percebi que eu tinha passado um tempo olhando fixamente para a porta fechada na minha frente e então apenas voltei pra dentro do meu apartamento, não sem antes dar outra pincelada no nariz dela. Com isso retornamos à nossa guerrinha, embora bem mais silenciosos.

Meia hora depois, e vermelho da cabeça aos pés, eu me deitei pra descansar um pouco nos jornais que havíamos colocado no chão. Pintar paredes definitivamente não é um trabalho fácil.

"O Luigi deve estar chegando pra me buscar", a Marilu falou. "Mas amanhã eu posso voltar pra te ajudar a terminar. A não ser que você prefira chamar a... Lorena."

Tentei fazer cara de bravo, mas comecei a rir. "Deixa de ser boba!", eu disse, me levantando.

"Por quê? Você acha que ela não vem? Eu notei o olhar fatal que ela te lançou no final. Acho que ela não reclamaria muito de barulhos de madrugada caso eles viessem da própria boca..."

"Marilu!", eu disse meio admirado. "Deixa o meu primo te ouvir falando assim! Que bela moça de família você está me saindo!"

Ela me deu uma piscadinha e entrou no banheiro, para trocar a roupa suja de tinta antes que o Luigi chegasse.

Nos dias seguintes, me encontrei com a Lorena algumas vezes na portaria e no elevador. Sempre muito simpática e com roupas que mais mostravam do que escondiam... Até que uma noite, assim que o Jornal Nacional terminou, alguém bateu na minha porta. Atendi surpreso, e fiquei mais surpreso ainda quando vi que era ela.

"Oi, Leo...", ela falou, segurando uma trança que tinha feito no cabelo. Ela estava com um vestido que, pelo nível de transparência, eu jurava que era uma camisola... "Você está sozinho? A minha TV está com um ruído terrível. Será que eu posso ver a novela no seu apartamento? Ela já está no final e é exatamente hoje que vai ser revelado o assassino..."

Eu disse que ela podia ficar à vontade, mas que infelizmente eu ainda não tinha móveis. "A TV fica no meu quarto, e lá só tem um colchão..."

Ela nem respondeu. Apenas passou por mim e, quando eu cheguei ao quarto, ela já estava deitada com o controle remoto na mão.

"Quer assistir comigo?"

Ela não precisou falar duas vezes.

No dia seguinte, ela voltou para ver o outro capítulo. E isso se repetiu até a novela terminar. Já o assassino, até hoje eu não descobri quem é...

23

Gillian: O amor é assim. Faz seu coração acelerar. Vira o mundo de cabeça pra baixo. Mas, se não tomar cuidado, se não mantiver seus olhos em um ponto fixo, você pode perder o equilíbrio. Não enxergará o que está se passando com as pessoas à sua volta. Não perceberá que está prestes a cair.

(Da magia à sedução)

Depois que a Meri foi embora, no domingo à noite, tudo começou a passar muito rápido. Começamos a fazer a cobertura do festival de cinema e ficamos tão envolvidos que nem notamos o tempo passar.

Na sexta-feira, quando finalmente visitamos a faculdade da Fani, comecei a entender como a vida dela deve ter sido durante aqueles anos. O próprio orientador dela, um senhor chamado Carl Smith, nos contou que ela era uma aluna brilhante e que, desde o começo, se destacou nas aulas de Direção e Roteiro. Ele nos explicou que no último ano, para conseguir renovar o visto de estudante, ela havia feito pós-graduação ali mesmo, o que alegrou muito todo o corpo docente, pois assim ela não partiria tão cedo. Porém, agora, eles estavam tristes, pois em poucos dias seria a apresentação dos trabalhos de pós, e ela definitivamente os deixaria.

Fiquei surpreso ao constatar que a Fani realmente havia mudado. O orientador dela a descreveu como uma garota popular, amiga de todos, festeira... Eu achei bem difícil conciliar aquela imagem com a que eu ainda tinha dela, que era a de uma menina tímida, caseira, de poucos amigos. Pareciam duas pessoas distintas. Cheguei a pensar se estaríamos falando da mesma Estefânia, até que ele nos levou a uma ilha de edição e mostrou um vídeo que ele havia feito, uma espécie de *making-of* do filme do festival. Não tinha mais do que três minutos, mas naquele tempo foi como se eu tivesse viajado para um universo paralelo.

No segundo em que ela apareceu na tela, eu não ouvi mais nada a não ser a voz dela, em inglês, tão espontânea e segura. Eu esqueci completamente que estávamos ali naquela ilha, tudo o que eu enxergava era aquela menina – sim, ela ainda parecia uma menina – dando ordens para os atores, passando instruções para as pessoas da parte técnica, ajustando tudo o que estivesse fora do lugar e, eventualmente, sorrindo para a câmera e pedindo para não ser filmada. Foi aquele sorriso que me desestruturou completamente. Vê-lo de novo me fez voltar no tempo, me fez pensar em tudo o que eu havia feito só para tentar fazê-la sorrir. Porque aquele sorriso era o meu vício, nada me desorientava mais nem preenchia meu coração como ele. E era exatamente ele que agora me hipnotizava novamente, ainda que em um vídeo curto, que logo acabou e me deixou parado olhando para uma tela congelada.

O Danilo logo me cutucou, enquanto perguntava para o professor se poderíamos ter uma cópia daquele *making-of*, para o nosso documentário. Ele respondeu que provavelmente não teria problema, mas que teríamos que consultar a própria Fani, para que ela liberasse o uso das imagens. Observei que era assim mesmo que ele se referia a ela. Fani. Nada de Estefânia. Por algum motivo fiquei feliz com aquilo, era reconfortante saber que ela continuava sendo chamada assim.

Antes de ir embora, ainda filmamos e fotografamos as salas, os estúdios e tudo o mais. Já na saída, dei um jeito de comentar que ela deveria estar muito ansiosa para a exibição no dia seguinte. Ele riu e falou que ela estava ansiosa há um ano, que aquele já era seu estado natural, mas que a pós-graduação, o emprego e a própria produção do filme tinham ocupado a mente dela, o que tinha sido bom para que ela não tivesse tempo de ficar preocupada demais.

A Márcia na mesma hora perguntou se ele poderia nos dar o contato do local onde ela trabalhava, pois aquela era uma informação nova. Ele escreveu "Film Movie Factory – FMF" em um papel e colocou um endereço, dizendo que o dono de lá, um tal de Jeff, poderia inclusive nos dar informações mais pessoais sobre ela... Algo na expressão dele ao dizer isso fez com que eu tivesse um mau pressentimento. Porém não tive tempo de pensar muito a respeito, a Márcia e o Danilo já estavam se direcionando para o estacionamento, e eu não tive como perguntar mais nada.

"Nunca imaginaria que a tal Estefânia Castelino fosse tão bonita!", foi a primeira coisa que a Márcia falou ao entrarmos no carro. "E ela parece ser tão simpática também! Não vejo a hora de conhecê-la amanhã!"

O Danilo, que parecia estar segurando o riso, só falou: "Não tão bonita quanto a Meri... mas certamente ela tem um charme, gostei do jeito que ela dava ordens. Aquela ali deve mandar até no namorado! Será que a gente encontra algum 'ex' dela pra dar um depoimento a respeito?". Olhei bravo pra ele, que rapidamente completou: "Na verdade isso não importa, vamos nos concentrar na parte profissional da vida da garota. Que tal irmos direto a essa produtora em que ela trabalha?".

Coloquei no GPS o endereço e vi que o local ficava mais ou menos perto do nosso hotel. Dirigi para lá, com um certo receio de encontrá-la. O Danilo estava a par da verdade, mas eu não queria que a Márcia descobrisse que eu já a conhecia – e muito bem... Eu e o Danilo já havíamos inclusive combinado o que faríamos no dia da exibição. Eu inventaria uma desculpa e pediria para a Márcia realizar a entrevista. Depois o Danilo iria embora com ela, e, caso eu realmente criasse coragem, poderia me aproximar da Fani sem que a Márcia visse.

Por isso, na hora em que chegamos em frente à produtora e vi que não tinha lugar pra estacionar, senti o maior alívio quando o Danilo perguntou se eu não queria procurar com calma enquanto ele e a Márcia entravam e perguntavam se o tal Jeff, a pessoa que o professor da Fani tinha mencionado, se encontrava lá. Nós já tínhamos percebido que em Los Angeles muitos lugares fechavam às 17 horas, e, se aquele fosse um deles, não podíamos perder tempo.

Dei duas voltas no quarteirão, e nada de vaga. Pelo visto aquela era uma área bem comercial. Quando eu estava começando a terceira, vi que eles já estavam saindo, então apenas parei em fila dupla.

"O que houve? O cara não está aí?", perguntei assim que eles entraram.

O Danilo ficou calado, olhei pelo retrovisor e vi que ele estava com uma expressão estranha, mas a Márcia logo respondeu: "Perdemos os dois por cinco minutos!".

"Os dois?", falei sem entender.

"É!", ela disse enquanto tirava o bloco de notas da bolsa e escrevia alguma coisa. "Quando eu perguntei pra recepcionista se a gente podia falar com o Jeff, ela disse que ele tinha acabado de sair com a namorada, pois precisava ir com ela ao local onde, no dia seguinte, se realizaria um festival de cinema de que ela estava participando. Quando eu perguntei se ela também era finalista, juntamente com a Estefânia Castelino, que eu sabia que trabalhava ali, ela me olhou como se eu fosse doida e falou que a namorada do Jeff era a *própria* Estefânia! Espertinha essa garota, né? Namorar o chefe deve trazer muitos benefícios..."

Eu não respondi, mas olhei o Danilo pelo retrovisor mais uma vez, que só balançou os ombros e disse: "Acho melhor conferirmos essa história com ela amanhã...".

Mas eu não queria conferir nada. Apenas dirigi depressa até o hotel, disposto a mandar um e-mail para a Meri. Durante a semana inteira ela tinha me mandado mensagens dizendo que estava morrendo de saudades, e eu respondia secamente apenas contando que estava trabalhando muito e que logo nos veríamos. Mas, de repente, percebi que eu também estava com saudade dela. E que aquela aliança não estava mais pesando tanto assim...

24

Warren: Eu acho que ela não sabe distinguir a fantasia da realidade.

(Paulie – O papagaio bom de papo)

CD: Três anos e meio (~~sem você~~)

Never see you – Rocha

De: Leonardo <soueuoleo@gmail.com>

Para: Vários <undisclosedrecipient>

Enviada: 05 de janeiro, 10:19

Assunto: Formatura

Prezados amigos,

Gostaria de convidar a todos para a minha colação de grau do curso de Jornalismo, que será realizada no dia 10 de janeiro, às 19 horas no ginásio da PUC Rio. Após a colação, estão também convidados para uma pequena comemoração no salão de festas do meu prédio. Aproveito pra avisar que até o dia 20 estarei incomunicável. No dia 11 eu e minha família (avô, avó, mãe, pai, irmãos, tio, tia, primos) vamos embarcar em um cruzeiro de nove dias. Será a primeira viagem que faremos juntos em vários anos. Espero sobreviver.

Abraços!

Leo

"Leo, não acredito que você terminou com aquela gostosa da Lorena! Eu com uma daquelas não largava nunca mais!"

"Não fala bobagem, Luciano! Foi ela que terminou com ele!"

"Afinal, quantos meses vocês namoraram?"

Olhei pro Luciano, pro Luigi e pro Luiz Cláudio, que estavam dividindo a cabine comigo. Era o primeiro dia em um cruzeiro que minha tia e minha mãe haviam inventado para comemorar as bodas de ouro dos meus avós e reunir a família, e eu tinha fortes suspeitas de que aquele realmente seria o único jeito de manter todo mundo reunido. De um lado havia o mar, e do outro... havia o mar também. Dessa forma, a menos que alguém resolvesse pular, íamos ter que passar muito tempo olhando para a cara uns dos outros.

O navio saiu do Rio e ia até Buenos Aires. Demoraríamos três dias até a primeira parada, que era em Punta del Este, onde ficaríamos só por uma noite. Depois a viagem seguiria até Buenos Aires, onde passaríamos dois dias, e aí mais dois de navegação até o Brasil. Uma paradinha básica em Ilhabela e, então, de volta ao Rio.

Quando perguntei pra minha mãe qual era a graça de se viajar tanto tempo para ficar apenas três dias na Argentina e no Uruguai, ela respondeu que a graça era exatamente a viagem, o navio! Mas eu não conseguia ver o que tinha de bom naquilo. Primeiro pelo fato de ter que ficar espremido em um quarto com meus irmãos e meu primo. Depois, pelas piscinas, que não tinham lugar para colocar nem o dedão do pé, de tão cheias. Além disso, o fato de ter feito estágio em um jornal por tanto tempo me deixou a par da maior diversidade de notícias possível. E, naquele momento, tudo que eu me lembrava era de casos e mais casos que eu havia lido sobre doenças que se proliferavam em navios mais rápido do que em qualquer outro lugar, e elas iam desde simples dores de barriga até casos graves de meningite.

Mas o pior mesmo naquele local era que, por todos os lados, só se viam pessoas mais velhas e crianças. Jovens? Apenas eu e os três que estavam ali na minha frente. Jovens mulheres? Nenhuma à vista.

Por isso, quando o Luciano começou a falar da Lorena, senti imediatamente vontade de voltar pra casa nadando. Apesar de já não estarmos mais namorando há um mês, as recaídas eram frequentes, especialmente por morarmos a poucos metros um do outro.

"Nós dois resolvemos terminar!", eu falei pro Luciano e pro Luigi. E me virando pro Luiz, completei: "Ao todo durou uns três meses e meio...".

Meus irmãos ficaram me olhando, esperando que eu dissesse mais, mas o Luigi, que sabia a história de cor e salteado, contou os detalhes: "Ela é artista. Mexe com teatro, essas coisas. Aí começaram a aparecer uns testes pra TV, e ela falou pro Leo que teria que namorar uns atores, só de fachada, pra poder começar a ter visibilidade na mídia, aparecer em umas revistas de celebridade... Mas ela queria fazer isso, ficar com outros caras publicamente, e continuar com o Leo entre quatro paredes. Ele não gostou muito da ideia...".

"Claro, né?", o Luiz Cláudio me defendeu. "Dar uma de corno, em revista de circulação nacional, basta uma vez na vida!"

Eu olhei bravo pra ele, enquanto o Luciano e o Luigi riam. A lembrança da Fani na capa da revista *Rostos* ainda me causava desconforto, mesmo já tendo se passado tanto tempo. Agora eu sabia o que tinha acontecido, mas a maioria das pessoas ainda pensava que aquilo tinha sido uma grande traição.

"Não acredito, Leo!", o Luciano falou depois de rir o suficiente. "Era tudo o que eu queria na vida! Uma gata que me quisesse apenas no escuro! E para o resto do mundo, quer dizer, para as outras mulheres do mundo, eu poderia continuar solteiro! Quer combinação mais perfeita?"

Eu só balancei a cabeça, me levantei, joguei a blusa por trás do ombro e saí da cabine. Aquele lugar estava me sufocando.

Cheguei ao deck e fiquei olhando as ondas baterem no casco. Eu não tinha a menor ideia de onde estávamos, mas aquele navio parecia uma ilha flutuante, sem nenhum centímetro de terra até onde minha vista alcançava.

De repente, ouvi passos atrás de mim. Pensei que seria o Luigi ou um dos meus irmãos e continuei olhando para o horizonte. Por isso, quando uma voz feminina disse: "Está se achando o rei do mundo, Leonardo?", levei tanto susto que quase caí no mar. Me virei depressa e vi que era uma menininha de óculos escuros e boné. Ela vestia short e blusa de manga comprida – ao contrário da maioria das pessoas do navio, que estavam com roupa de banho – e estava segurando um tubo de protetor solar. Meu primeiro pensamento foi que ela devia estar com muito medo de se queimar. O segundo foi: "Como é que essa garota sabe o meu nome?", mas logo entendi que ela estava se referindo a outro Leonardo... O DiCaprio. Naquela famosa cena do *Titanic*.

"Se estiver pensando em escapar, é melhor esperar até amanhã", ela voltou a falar. "Nesse momento, estamos passando por uma corrente de água fria, propícia à circulação de tubarões brancos, você sabe, aquele do filme do Spielberg. Acho que você não duraria dois minutos."

Eu devo ter feito a maior cara de admirado, não sei se por ela ter falado que estávamos cercados de tubarões, pelo nível de conhecimento geográfico ou por ter citado dois filmes em menos de três minutos. Mas o fato é que ela deu a maior gargalhada.

"Não vai fazer xixi na bermuda!", ela disse ainda rindo. "Você ficou até branco de medo! Pensei que fosse mais difícil te assustar!"

Eu me recompus depressa, franzi as sobrancelhas e falei: "Que medo? Só fiquei admirado por você falar tanto. Sua mãe não te ensinou a não conversar com estranhos?".

Ela balançou os ombros, chegou mais perto, admirando um pouco o mar, até que me olhou de cima a baixo e falou: "Você não tem namorada, né?".

Eu, que já estava achando aquela menina meio maluca, comecei a considerá-la um pouco intrometida. Em vez de responder, apenas perguntei o que a fazia pensar aquilo.

"Ah...", ela sorriu como se fosse óbvio, "se você tivesse namorada, não estaria aí olhando pro nada. Poderia estar até com saudade, mas nesse caso estaria na sala dos computadores pra tentar falar com ela pela internet, apesar do sinal aqui ser horrível! Você está com cara de alguém que *gostaria* de estar apaixonado... Ou talvez até já esteja, mas por uma pessoa que não está nem aí pra você. Aposto que se ela estivesse aqui esta viagem seria bem melhor, hein?"

"Quantos anos você tem?", perguntei, cada vez mais atônito. Quem aquela menina achava que era pra fazer suposições sobre mim?

"Tenho 11. Mas vou fazer 12 em maio. Sou de touro, com ascendente em leão e lua em escorpião. Combinação explosiva, eu sei. E você?"

Sem saber se ela estava perguntando a minha idade ou os meus dados astrológicos (que, por sinal, tudo o que eu sabia a respeito era que no horóscopo do jornal eu tinha que procurar "câncer"), apenas falei: "Olha que coincidência, minha priminha acabou de fazer 12 anos! Vamos procurá-la pra eu te apresentar! Aposto que vocês vão adorar brincar juntas!".

Dessa vez ela me olhou como se eu tivesse falado que ia apresentá-la a um porco-espinho. Ela franziu as sobrancelhas, virou de costas e se sentou em uma espreguiçadeira que estava por perto. Em seguida abriu o protetor solar e começou a espalhar pela perna, sem dizer nada. Eu me aproximei dela e perguntei se eu tinha dito alguma coisa errada. Ela deu um suspiro, balançou a cabeça de um lado para o outro e falou: "Homens... sempre tão por fora!".

Comecei a rir. Resolvi deixar aquela maluquinha pra lá, acenei e fui andando em direção às piscinas. Eu não tinha dado nem dois passos, quando ela gritou: "Ei, você nem perguntou o meu nome!".

Fiquei uns segundos parado, sem saber se continuava a andar, mas ela era só uma garotinha curiosa. Voltei pra perto dela, me sentei na espreguiçadeira ao lado, estendi minha mão e falei: "E você também não perguntou o meu. Apesar de ter acertado, mesmo sem querer... Muito prazer. Eu sou o Leo. E você?".

"Leo de Leonardo ou de Leopoldo?", ela deu um sorriso enquanto limpava a mão na camiseta, para tirar o excesso de protetor solar. Em seguida, ela apertou a minha e disse que se chamava Cecília.

"Leo de Leonardo mesmo", respondi. "Sabia que você lembra uma amiga que eu tive? Ela era meio metida a sabichona como você!"

"Ela era? Não é mais?" Percebi que aquela menina adorava responder às perguntas com outras perguntas. Eu então me recostei e falei que ela devia continuar daquele jeito, mas que na verdade ela não era *minha* amiga, e sim de uma namorada que eu havia tido. Expliquei que, quando o namoro terminou, foi como se eu também tivesse terminado com todas as pessoas ligadas a ela...

"Que triste isso...", ela falou, parecendo realmente chateada. "Era nessa moça que você estava pensando? Digo, na hora que eu cheguei e você estava olhando pro mar? Você estava imaginando onde sua ex-namorada estaria?"

"Eu não estava imaginando nada", falei com sinceridade. "Eu só estava ponderando o quanto vai ser difícil aguentar tantos dias preso aqui..."

"Ah, sim!", ela sorriu novamente. "Quer dizer que eu acertei! Você estava mesmo considerando a possibilidade de escapar. Espere até chegarmos a Buenos Aires, bobo. As empanadas e os alfajores de lá são os melhores! E dizem que os vinhos também, apesar de eu nunca ter experimentado."

"Você sabe muita coisa pra alguém que ainda nem fez 12 anos! Por falar nisso, qual é o problema em te apresentar à minha prima? Você não gosta de fazer amigos?"

Ela voltou a espalhar o creme, agora no rosto, e falou sem me olhar: "Nada contra sua prima. Eu só acho que as meninas da minha idade são muito infantis. Pelo menos a maioria delas. Prefiro conversar com adultos".

Cruzei os braços, achando-a meio convencida, mas perguntei sobre o que ela queria conversar então. Ela pareceu pensar, mas logo pediu que eu contasse sobre a minha vida. Eu não estava muito disposto a falar sobre mim, mas aquele parecia ser o primeiro momento não tedioso desde que eu tinha entrado naquele navio.

Contei que eu tinha acabado de me formar em Jornalismo, que ia começar a trabalhar em uma emissora de TV a cabo do Rio e que, antes, eu fazia estágio em um jornal, onde fiquei por um ano e meio. Por isso, aquelas eram as minhas primeiras férias em bastante tempo, e eu gostaria de tê-las aproveitado melhor.

"Tenho um amigo que mudou pra Bahia", eu contei. "Ele foi pra lá assim que nos formamos no colégio, começou a trabalhar de garçom, depois de barman, mas logo virou gerente de uma pousada, foi economizando e agora acabou de abrir um camping! Meu irmão vai pra lá em todas as férias, inclusive em dezembro passado, quando o tal camping foi inaugurado. Ele me contou que estava lotado, e que o Alan, esse meu amigo, vai ficar rico! Eu queria muito ter ido também, mas eu estava no estágio e agora já vou começar o emprego novo... Eu não vejo o Alan há anos, mas ele é um exemplo de que nem sempre precisamos fazer o que as pessoas esperam, o que imaginam pra nós. Ele levou a vida como quis, aproveitou cada minuto, e agora está lá, pelo visto muito feliz, realizado e ganhando bem..."

A Cecília ficou me olhando sem falar nada e então tirou os óculos escuros. Ela tinha os olhos castanhos e tristes, e por algum motivo eu me lembrei do Rodrigo.

"Você não é feliz, Leo?", ela perguntou depois de me analisar um pouco.

Aquela pergunta me desorientou. Claro que eu tinha momentos de felicidade. Mas ninguém é feliz o tempo todo. Ser feliz não é uma característica estática, como ser louro ou moreno. Eu posso estar feliz agora e no segundo seguinte não estar mais. Eu falei exatamente isso pra ela, que só respondeu: "Nem tente me enganar. Você não é feliz nada. Em momento nenhum. Se fosse, você não tinha ficado aí, elaborando um tratado científico sobre o assunto".

"E você, dona intelectual? É feliz?", falei meio bravo, por aquela menininha pensar que sabia tanto sobre mim.

"Sou! E vou ser mais ainda!", ela falou sem sombra de dúvida. "Eu vou ser como esse seu amigo, fazer apenas o que eu tiver vontade, sem me preocupar com o que os outros pensam de mim. Mas não pense que sou uma rebelde. Eu sou romântica. Quero me casar. Mas eu espero que, se o casamento acabar algum dia, os amigos do meu marido continuem a gostar de mim... Você só teve essa namorada? A que você falou que era amiga da menina que se parece comigo? Por que vocês não se casaram?"

Achei graça da maneira como ela já tinha a própria vida toda planejada, tive vontade de dizer que o destino desconstruía todos os nossos planos, mas eu não queria estragar os sonhos dela. Em vez disso, me concentrei na pergunta que ela me fez.

"Ela não foi a única... Eu já tinha namorado antes dela e depois namorei mais cinco! Mas acho que ela foi a mais marcante. Ainda sinto saudade dela... às vezes. E nós não nos casamos porque o namoro durou só seis meses. E, além do mais, a gente só tinha 18 anos!"

"Caramba! Cinco? Você é namorador mesmo, hein? Mas por que ela foi a mais marcante? O que ela tinha de diferente das outras?"

"Eu não sei...", respondi depois de pensar um tempo. "Ela amava cinema e se sentia mesmo dentro de um filme. E eu gostava de ficar assistindo aos passos dela de camarote. Algumas das outras eram até mais bonitas, mais divertidas... Mas nenhuma delas, nem de longe, fez com que eu me sentisse daquele jeito de novo. Por algumas era só amizade, por outras uma forte atração física, mas a Fani – esse é o nome dela – parecia que tinha sido feita sob medida pra mim. Além de ser minha amiga, ela me enlouquecia. Quando estava por perto, eu não conseguia tirar as mãos dela, e só de ouvir a voz dela, meu coração já batia mais forte. Talvez isso nem fosse amor, e sim alguma doença! Acho que depois dela eu namorei tantas garotas exatamente pra tentar sentir aquilo novamente..."

Era a primeira vez que eu falava sobre isso com alguém. Na verdade, a primeira vez que eu tinha esses pensamentos.

"Tá vendo como os homens são tapados?", ouvi a voz da Cecília ao meu lado, me fazendo voltar à realidade. "Por que, em vez de ficar procurando a Fani em outras mulheres, você apenas não volta com ela? Vai lá e diz pra ela tudo o que você me falou! Você disse palavras tão bonitas, que ela não vai ficar imune! Aposto que ela vai querer se casar com você! Eu certamente me casaria, quer dizer, se eu fosse mais velha e se você gostasse de mim!"

Eu ri e falei que não era tão simples assim. Nessa hora o Luigi chegou, parecendo meio confuso por ter me encontrado conversando animadamente com uma garotinha. Eu apresentei os dois, e a Cecília se levantou, dizendo que tinha que terminar o livro que estava lendo. Mas antes de se despedir, falou: "Vejo que os genes bonitos são de família. Espero que pelo menos você seja mais inteligente, Luigi", e então ela se afastou, deixando o meu primo meio atordoado. Eu me levantei também, perguntei se ele queria dar um mergulho, e ele acabou não perguntando nada.

Nos dias seguintes, a viagem não foi tão ruim. Todas as tardes, eu passava horas conversando com a Cecília e acabei contando cada detalhe da minha vida. Aos poucos, através daquela menininha, fui resgatando lembranças do passado das quais eu nem sabia que sentia tanta falta.

Acabei conhecendo os pais dela, que me disseram que a filha era daquele jeito mesmo, muito precoce, mas que vivia surpreendendo com seus bons conselhos.

Quando a viagem acabou, ela se despediu de mim com um abraço e lágrimas nos olhos, pois – como ela não morava no Rio – sabia que provavelmente a gente não se veria novamente. Prometi que mandaria muitos e-mails, e ela falou que era melhor que eu não quebrasse a promessa.

Por último, já desembarcando, ela falou: "Leo, você é o adulto mais especial que eu já conheci, porque você parece um adolescente e tem um coração de criança! Eu espero que você pare de ficar perdendo tempo com essas namoradas erradas e se encontre novamente com a *Fani*, porque você merece ser feliz de verdade. E não apenas ter 'momentos de felicidade'. E eu acho que ela pode te ajudar nisso."

Em seguida ela enxugou os olhos com a manga da blusa, se afastou com a família, e eu fiquei ali, parado no cais, pensando em como todas as pessoas de quem eu gostava muito sempre acabavam indo embora...

25

Russell: Quer minha opinião?

Gerry: Eu vou gostar?

Russell: Claro que não! Ela se baseará na realidade.

(De caso com o acaso)

"Leo, mas o que você queria? Que ela tivesse te esperado por cinco anos? Você mesmo não fez isso! Que possessividade é essa?"

Nós havíamos acabado de chegar ao nosso quarto no hotel, e eu estava ligando o notebook, depois de ter dito para o Danilo que ia avisar pra Meri que ela podia marcar o casamento para o dia que ela quisesse. Porém, antes que a tela acendesse, o Danilo tomou o computador da minha mão e falou que, se precisasse o jogaria na piscina, para me impedir de fazer isso.

"Qual é, Danilo?", eu falei bravo, tentando recuperá-lo. "Você até previu que isso aconteceria! Não foi você que falou que eu deveria conferir se a Fani ainda estava disponível, antes de me tornar indisponível para as outras mulheres do mundo? Pois então. Já sei de tudo, nem preciso ir lá amanhã! Aliás, na verdade, não quero ir, já que eu só ia pra fazer figuração mesmo. Nós não combinamos que a Márcia é que ia entrevistá-la? Podemos prosseguir com o planejado, a única diferença é que eu vou ficar aqui no hotel, em vez de escondido em uma das últimas fileiras."

O Danilo franziu as sobrancelhas, parecendo meio preocupado, me entregou o notebook, mas falou: "Não foi bem isso que eu falei. Eu disse que você precisava viajar por dois motivos. Primeiro, para ver se ainda gostava da Fani. O que hoje eu nitidamente comprovei. Aliás, gostar é pouco, você é meio obcecado por essa garota. E, segundo, para sentir se você realmente *não* gostava da Meri. E eu acabo de descobrir que você não poderia gostar menos. A menina te mandou mil e-mails e você nem ligou. Agora, por vingança, você vai dizer pra ela marcar a data, sendo que eu sei que, quando a raiva passar, vai se arrepender e inventar alguma desculpa?! Fala sério, né, Leo. Ela não merece isso".

"E você sempre defendendo a Meri, não é? Já estou achando que tem algum interesse maior aí! Quer ficar com ela pra você? Pode ficar!", eu falei e me arrependi no mesmo segundo. Eu tinha certeza absoluta de que ele nunca olharia para nenhuma mulher que estivesse comigo ou de quem eu gostasse. Só falei aquilo por querer descontar em alguém a raiva que eu estava sentindo da Fani, do destino, de mim mesmo!

Ele ficou me olhando sério por um tempo, sem dizer nada, e de repente abriu a porta e saiu do quarto. Fui atrás dele e o alcancei na escada.

"Danilo, desculpa! Foi mal, cara. Eu falei por falar, eu nunca pensaria isso de você. Eu te conheço, você é como se fosse meu irmão."

Ele não falou nada, então eu pedi desculpas mais uma vez. Ele continuou descendo as escadas, mas se virou pra trás e disse: "Vou jantar aqui do lado. Se quiser vir junto... Acho que tem algumas coisas que você precisa escutar".

Eu não estava a fim de sermão, mas, apesar disso, bati a porta do quarto e o segui.

"Leo", ele falou assim que nos sentamos. "Nesses últimos dias, eu pensei muito em uma coisa que você me disse. Que eu nunca tinha me apaixonado por ninguém de verdade. Eu reconheço, eu nunca senti esse amor louco que você parece ter sentido pela Fani. Você sabe que eu já namorei várias garotas, gostei da companhia delas, aproveitei enquanto durou, mas nunca nenhuma mulher me fez perder o sono, a fome, ou sentir ciúmes... E, sabendo do motivo principal do seu término e vendo o estado que você ficou agora, apenas por saber que a Fani *pode* estar namorando, eu espero sinceramente que eu nunca sinta isso! Prefiro continuar com meus amores calmos, amizades com atração física ou seja lá qual for o nome disso. Eu abro mão de me apaixonar, se para isso eu tiver que me tornar um cara tão ciumento quanto você!"

Eu apenas respirei fundo e me remexi na cadeira.

"Sabe o que é mais engraçado?", ele continuou. "Eu te conheço há todos esses anos. Nesse período você namorou com umas seis garotas diferentes, e eu nunca te vi assim! E olha que pela Bárbara e pela Lorena até justificaria, nós sabemos que elas não eram nada santas... Mas você nunca implicou com nenhuma delas, muito pelo contrário. Elas podiam sair, vestir roupas decotadas, fazer o que fosse... pra você tudo estava bem. Eu cheguei a pensar que aquela história de ciúmes da Fani, que seu amigo Rodrigo contou tantos anos atrás, fosse exagero, mas hoje eu vi que não é. O seu problema é com *ela*.

Não respondi. O que eu poderia dizer? Eu sabia que ele estava certo. Eu havia passado mais de cinco anos sem sentir nada parecido. E então, de repente, a simples menção de que ela tinha saído com o namorado me fez ter vontade de colocar fogo naquela produtora inteira.

"Eu acho, Leo", o Danilo tornou a falar, "que antes de vê-la amanhã – e, sim, você vai, nem que eu tenha que te levar a força – você deve pensar direitinho em todas as possibilidades. Ela pode mesmo estar namorando e feliz com o tal do Jeff. Mas ela pode estar com ele apenas porque a pessoa com quem ela realmente gostaria de estar ficou perdida no passado... Se for isso, vocês dois vão ter que dar conta da explosão que vai ser esse reencontro. Mas, caso tudo se reacenda, eu acho que não tem mais espaço pra esse seu ciúme ridículo! Se depois de todos esses anos você perceber que a Fani ainda gosta de você e que você também gosta dela, não tem o menor cabimento você sentir qualquer coisa que não amor por essa garota. Pense nisso."

Em seguida, ele fez o pedido ao garçom e conversou apenas sobre outros assuntos durante o jantar inteiro. Antes da comida ser servida, dei uma corrida no hotel para chamar a Márcia, mas ela já estava até deitada, pois queria descansar bastante para o festival no dia seguinte. Nós iríamos cedo para o cinema onde ele seria realizado, queríamos ver todos os filmes dos finalistas, e, por isso, assim que eu e Danilo terminamos de jantar, resolvemos seguir o exemplo dela e ir dormir logo também.

Porém mal consegui pregar os olhos a noite inteira. Não parei de pensar nas palavras do Danilo. Ele estava certo. Eu nunca havia tido ciúmes antes da Fani – e nem tive depois dela. Quer dizer, até aquele momento. E o pior é que eu sabia que era completamente infundado. Ela podia namorar quem quisesse, e eu não tinha nada a ver com isso! Mas era um sentimento sobre o qual eu não possuía controle. Eu havia acabado de vê-la no vídeo, exatamente como eu me lembrava. Exatamente como eu a havia imaginado por anos e anos. Era como se o tempo não tivesse se passado. Como se ela ainda fosse minha... Mas não era. Na verdade, nunca tinha sido. Agora, com toda a mania de me vigiar da Meri e das outras namoradas que eu tive, eu entendia melhor o inferno de ter que viver sendo controlado, de ter que esconder rastros do passado, de não poder ter uma vida particular. Eu entendia exatamente o que a Fani tinha sentido.

Por isso, assim que percebi que o dia amanheceu, me levantei, tomando cuidado para não acordar o Danilo, que ainda dormia profundamente na cama ao lado. Tomei banho e saí do quarto, levando o meu notebook. Sentei-me na área externa do hotel e fiquei um tempo só admirando a luz da manhã. Seria um dia bonito e provavelmente muito quente. Alguns poucos carros passavam na rua, e um funcionário do hotel já estava limpando a piscina.

Liguei o computador, respirei fundo e agradeci a Deus pelo fato do Danilo ter viajado comigo. Eu poderia ter causado um grande estrago na noite anterior. Comecei a redigir um e-mail para a Meri. Eu já sabia o que devia fazer. Claro que não seria por escrito, mas eu queria resolver tudo assim que eu voltasse ao Brasil, retomar o que eu tinha a intenção de fazer antes daquele mal-entendido de noivado começar. Eu sabia que, com isso, eu provavelmente perderia o meu emprego. Mas pelo menos eu estaria com a consciência tranquila. Eu devia isso a ela e, especialmente, a mim mesmo.

De: Leonardo <ls@cinemateka.com>

Para: Meredith <meri@mail.com.br>

Enviada: 04 de agosto, 06:04

Assunto: Conversa

Querida Meri,

Espero que seus primeiros dias de faculdade tenham sido bons. Me desculpe por não estar respondendo todos os seus e-mails, estamos trabalhando muito para que a cobertura do festival seja um sucesso. Estou cansado, mas muito realizado.

Sei que você já sabe, mas - só pra confirmar - a Márcia viaja amanhã (domingo) bem cedo e deve chegar ao Rio à noite, pois ela já perdeu muitos dias de aula. Eu e o Danilo chegaremos na terça-feira às 13 horas, porque precisamos ficar aqui por mais um dia, para acompanhar o resultado do festival.

Tenho um assunto sério pra conversar com você assim que eu chegar. Se puder ir direto da faculdade para o meu apartamento, podemos almoçar juntos.

Não devo mais responder e-mails, pois hoje e amanhã serão dias muito corridos.

Um beijo,

Leo

26

Mão de gancho: Vá, viva o seu sonho!

Flynn Rider: Eu irei.

(Enrolados)

CD: Quatro anos e um mês (~~sem você~~)

Onde anda você – Vinicius de Moraes

De: Leonardo <soueuoleo@gmail.com>

Para: Cecília <cecilia@mail.com.br>

Enviada: 29 de agosto, 22:07

Assunto: Novidades

Oi, Cecília!

Como vai a minha amiguinha preferida? Lendo muito? Fiquei muito surpreso de saber que você leu "Guerra e Paz" em menos de uma semana! Você realmente deveria ir ao clube, viajar, sair com as amigas... Ok, você vai me mandar cuidar da minha própria vida, mas eu acho que você deveria aproveitar mais enquanto pode. Quem me dera poder voltar aos 12 anos!

Tenho novidades! Lembra que te contei no último e-mail que eu estava meio decepcionado com o trabalho na TV, pois eu mal podia fazer o que eu gostava de verdade, que é escrever sobre cinema e música? Pois o Danilo, aquele meu amigo que eu te contei que largou tudo pra estudar Fotografia, teve uma ideia fantástica e pela primeira vez em meses eu tive um daqueles "momentos de felicidade" de que te falei! Ele sugeriu de criarmos uma revista eletrônica! Na verdade é um site, mas, como queremos que fique bem profissional, colocamos essa nomenclatura, pra dar um ar mais chique! Nessa revista, eu vou escrever sobre cinema e também trilhas-sonoras, e o Danilo vai ilustrar minhas matérias. Não é bacana? Ainda estamos escolhendo o nome. Se tiver alguma sugestão, me mande! Você sempre me dá boas ideias!

Manda um abraço pros seus pais e não deixe de curtir as férias! Lembra da Fani, aquela minha ex-namorada que eu te contei que era louca por cinema? Ela uma vez me disse que "nenhum filme é melhor do que a própria vida". E agora eu repito isso pra você, mas apenas substitua a palavra "filme" por "livro". Porque a nossa vida é melhor que qualquer livro também. Basta escrever com bastante capricho as páginas da nossa história que elas acabam nos levando a um final feliz!

Beijos!

Leo

De: Cecília <cecilia@mail.com.br>

Para: Leonardo <soueuoleo@gmail.com>

Enviada: 30 de agosto, 06:02

Assunto: Re: Novidades

Indo pra escola, mas não podia deixar de te responder antes.

O nome está bem na sua cara, não viu ainda? É só juntar os filmes com as trilhas sonoras!

Cinema + Discoteca = Cinemateca! Além do trocadilho, a definição de cinemateca no dicionário é "lugar em que se conservam os filmes". E então, o que acha?

Ah, um pequenino detalhe. Estou lendo um livro de numerologia, então aproveitei para fazer os cálculos e vi que, se você trocar o C pelo K, o nome vai ter a vibração do número 1, que é pioneiro, líder. Então acho que tem que ser CINEMATEKA.

Gostei do que a "sua" Fani disse a respeito de filmes e vida, mas o fato é que os livros me permitem ter mil vidas!

Minha mãe gritando pra eu entrar no banho em 3, 2, 1...

Beijos!

Cecília

P.S.: Por falar nela, você deu um jeito de descobrir algo sobre a Fani? Francamente, né, Leo? Você já está com 22 anos e não a vê desde os 18! Quantos volumes o livro da sua vida vai ter antes do seu final feliz? Uns quatro?

De: Leonardo <soueuoleo@gmail.com>

Para: Joana <jojo@mail.com.br>

Enviada: 30 de agosto, 13:10

Assunto: Novidades

Oi, Joana!

Tudo bem?

Sei que não conversamos há muito tempo, desde que eu saí do jornal há seis meses, mas eu preciso te fazer uma pergunta. Eu e o Danilo (acho que você ainda se lembra dele) estamos criando uma revista eletrônica sobre cinema. Gostaria de saber se eu posso colocar no site as matérias que escrevi durante o tempo em que trabalhei aí. Claro que embaixo do título de cada uma eu escreveria que ela foi publicada originalmente no jornal.

Se tiver qualquer problema, pode me falar. É só porque eu estou ansioso para ver a revista já ativa e com muito conteúdo!

Um abraço!

Leonardo

De: Joana <jojo@mail.com.br>

Para: Leonardo <soueuoleo@gmail.com>

Enviada: 30 de agosto, 14:15

Assunto: Re: Novidades

Oi, Leo!

Que saudade do meu estagiário! Como você faz falta! Você bem que poderia vir aqui no jornal dar uma aula pra esses novatos! Tenho que ficar explicando a mesma coisa todo dia! Você pegou tudo de primeira, nem tive que te ensinar nada!

Claro que pode utilizar suas críticas antigas! Fique à vontade! E parabéns pela iniciativa, seus textos são muito bons para ficarem dentro de uma gaveta! Adorei saber que agora vou ter um lugar para "te ler" novamente!

Beijos!

Joana

De: Leonardo <soueuoleo@gmail.com>

Para: Danilo <danilo2345@mail.com>

Enviada: 30 de agosto, 17:04

Assunto: Na ativa!

Danilo,

Tinha muito tempo que eu não ficava tão empolgado com alguma coisa como com a nossa revista! Mandei dois e-mails sem a menor pretensão, mas as respostas que recebi - como por encanto - solucionaram dois problemas!

Será que podemos nos encontrar para eu te contar direito? Posso passar na sua casa depois do trabalho!

Mas já adiantando, a Cecília (a doidinha precoce, como você a chama) sugeriu de batizarmos a revista eletrônica de "Cinemateka"! O que acha?

E o segundo e-mail foi da Joana, minha ex (chefe e namorada), ela falou que eu posso usar todos os textos que eu escrevi na época do jornal e ainda me elogiou! Espero que você possa dar uma olhada nessas minhas antigas resenhas e conseguir fotos para ilustrá-las, pois assim que fizermos o registro já quero colocar tudo no ar, para começarmos a propaganda em massa! Nossa intenção é de ter pelo menos mil visitantes no primeiro mês, mas espero que logo a gente passe essa meta para mil por dia!

Abração!

Leo

De: Danilo <danilo2345@mail.com>

Para: Leonardo <soueuoleo@gmail.com>

Enviada: 30 de agosto, 17:33

Assunto: Re: Na ativa!

Ok, te espero aqui em casa.

Cinemateka. Ok!

Joana. Sei...

Danilo

27

Über-Morlock: Todos nós temos
nossas máquinas do tempo, não é?
Aquelas que nos levam de volta
são as lembranças.
E aquelas que nos impulsionam
adiante são os sonhos.

(*A máquina do tempo*)

"Pegou o equipamento todo?", perguntei pela milésima vez, por mais que tivéssemos deixado tudo pronto no dia anterior. O Danilo nem respondeu, apenas revirou os olhos meio impaciente.

"Eu acho que a gente está indo muito cedo", a Márcia disse no meio de um bocejo. "O primeiro filme está marcado pra começar às nove da manhã. Por que a gente precisa sair às sete e meia?"

Seguindo o exemplo do Danilo, deixei a pergunta dela no ar. O motivo era muito simples. Eu estava ansioso demais pra ficar parado, esperando o tempo passar. Chegando um pouco mais cedo ao cinema, poderíamos já posicionar a câmera, entrevistar os jurados, os espectadores... E aí logo os filmes começariam, e as horas passariam mais depressa.

"Entre um filme e outro a gente vai poder almoçar, né?", ela continuou a falar. "Já estou com fome, vocês nem me deixaram tomar café da manhã direito, com essa pressa toda!"

Novamente não respondi, mas o Danilo abriu a mochila, tirou um chocolate e nos ofereceu. Ela reclamou que chocolate não era comida, mas percebi que mesmo assim aceitou.

Cerca de meia hora depois, chegamos ao cinema onde seria a exibição. Ele ficava em Santa Monica, uma cidade vizinha de Los Angeles. A região era considerada chique e possuía uma praia muito frequentada. Antes de chegarmos ao cinema, demos uma volta no local, e tudo o que eu pude pensar foi que a Meri ia adorar ter tido tempo de ir ali. Ela já tinha praticamente enlouquecido passeando pela Rodeo Drive e vendo as casas dos famosos em Beverly Hills... Olhando agora as mansões e as lojas finas de Santa Monica, eu sabia que aquele seria outro lugar onde ela gostaria de morar. Não que eu tirasse a razão dela...

Varri a Meri do pensamento e comecei a pensar integralmente no festival. Duas recepcionistas estavam distribuindo a programação a todos que entravam. De cara procurei o último filme que eu já sabia que seria exibido às 17 horas. Ali estava: "Shooting My Life's Script – Director: Fani C. Belluz".

Imediatamente mostrei para o Danilo e a Márcia: "Ei, olha aqui... o nome artístico dela não é Estefânia Castelino, e sim Fani C. Belluz!". Eu já imaginava que aquilo tinha sido coisa da mãe dela, mas fiquei feliz ao comprovar que ela realmente continuava sendo a Fani de sempre. Eu estava com receio de que ela tivesse se transformado na Estefânia, uma pessoa que eu não conhecia... "Temos que nos lembrar disso na hora da edição dos vídeos que já fizemos."

Os dois concordaram, e então nós fomos tratar dos detalhes técnicos com os organizadores. Antes do início do primeiro filme, já estávamos sentados nas cadeiras destinadas à imprensa e já havíamos inclusive conversado com algumas pessoas que estavam ali para ver a exibição.

Os filmes começaram. Alguns eram muito bons, e aquilo me deixou meio apreensivo. Eu realmente queria que a Fani ganhasse. Independentemente de qualquer coisa, de ter um namorado torcendo por ela ou não, ela merecia ganhar. Ela tinha sonhado muito com aquele momento, e eu queria que a vida dela também fosse perfeita, como eu sabia que o filme deveria ser.

Quando o terceiro filme terminou, já eram duas e meia da tarde. Eu estava morrendo de fome e percebi que a Márcia e o Danilo também estavam com a expressão cansada. Sugeri de não assistirmos ao próximo, para que pudéssemos almoçar com calma e voltar renovados, dali a duas horas, meia hora antes do começo da exibição da Fani. Os dois adoraram a proposta e assim fizemos.

Quando voltamos, porém, me surpreendi ao ver que o hall do cinema estava lotado. A sessão anterior já tinha terminado, então todas aquelas pessoas estavam ali exclusivamente para o filme dela. Senti um misto de orgulho e ciúme (sempre ele), mas nem tive tempo de processar aquilo. Pedi ao Danilo que entrasse na sala para guardar os nossos lugares e sugeri à Márcia que entrevistasse algumas pessoas na fila, enquanto eu ia procurar o orientador da Fani, para ver se ele tinha conseguido autorização para exibirmos o vídeo do *making-of* em nosso documentário. Na verdade, eu só queria fugir dali. Ainda não era o momento de eu me encontrar com *ela*.

A Márcia pareceu muito honrada pela confiança que eu estava depositando nela, deixando-a fazer sozinha as entrevistas, e já foi toda satisfeita em direção à fila. Eu então saí do cinema e me posicionei em um local onde eu pudesse ver as pessoas chegando, mas sem ser visto. Enquanto fazia isso, instantaneamente me lembrei da última vez em que eu tinha visto a Fani, cinco anos antes, no aeroporto de BH. Eu havia feito exatamente a mesma coisa, me escondido para que ninguém me visse. Naquela ocasião eu tinha a intenção de falar com ela, mas acabei desistindo. E agora? Eu ainda não sabia se teria coragem de conversar. Eu precisava vê-la, ainda que de longe, mas só na hora eu resolveria o que fazer.

Vinte minutos antes do filme começar, vi passar um carro prata com três garotas dentro. Eu estava em uma livraria do outro lado, fingindo folhear alguns livros, mas sem desviar o olhar de tudo o que estava acontecendo na rua. O carro das meninas parou bem na frente do cinema. Quando a porta de trás se abriu, tomei um susto ao reconhecer a passageira que desceu. Era a Gabi! Eu não a via há tanto tempo! Ela estava meio diferente, com os cabelos bem mais curtos... e tinha engordado bastante. Ela então colocou a mão na barriga, e entendi tudo. Ela não estava gorda... Estava *grávida*! Achei aquilo tudo muito surreal. Encontrar a Gabi em Los Angeles por si só já era estranho. Claro que eu deveria ter imaginado que aquilo seria possível, certamente ela teria vindo prestigiar a amiga.

Novamente fiquei um pouco surpreso... A Fani tinha conseguido manter as amizades mesmo de tão longe. Eu, ao contrário, quase não tinha mais contato com os meus amigos de BH.

A Gabi entrou no cinema, e eu entendi que as outras meninas tinham ido estacionar o carro. Como estava muito cheio, possivelmente preferiram deixar a Gabi na porta para que ela não tivesse que andar muito. Um pouco depois, porém, vi o carro estacionando. Elas tinham dado sorte, alguém tinha acabado de desocupar uma vaga. Meu coração deu um pulo quando vi que a motorista, que saiu do carro toda apressada e arrumando o cabelo, era a própria Fani. Então ela agora sabia dirigir... Ela não parava de me surpreender, e eu cada vez mais tinha certeza de que não deveria nem chegar perto dela. O que eu teria pra contar? Que grandes novidades tinham acontecido na minha vida durante aquele tempo? Perto dela eu realmente pareceria um *loser*,* como as pessoas nos Estados Unidos diziam.

A Fani se aproximou da outra menina, que estava saindo pelo lado do passageiro. Eu estava esperando a Natália – minha mente ainda associava as três juntas –, mas logo vi que a garota não era loura nem baixinha. Ela tinha mais ou menos a altura da Fani, e os cabelos castanhos estavam arrumados em um rabo de cavalo bem alto. Ela era familiar, e eu fiquei tentando me lembrar de onde eu a conhecia. Resolvi pensar naquilo depois e novamente prestei atenção à Fani, que chegava cada vez mais perto da porta do cinema. Ela estava ainda mais bonita do que no vídeo que eu havia visto no dia anterior. E, agora, eu via que eu estava enganado. Ela não parecia mais uma menininha. Ela era uma mulher. Uma mulher linda, que parecia muito segura e elegante. Ela estava usando um vestido claro e salto alto. O cabelo estava solto, percebi que ela não usava mais franja, mas o havia jogado para um dos lados. Se eu não a conhecesse e ela passasse na minha frente, certamente mereceria um segundo olhar.

As duas entraram, e eu fiquei um tempo ainda escondido, tentando ver o que estava acontecendo dentro do cinema. Quando percebi que as pessoas já estavam entrando na sala, saí da livraria e fui

---

* Perdedor.

andando devagar. Eu só ia entrar quando as luzes já estivessem apagadas, para que ninguém me visse.

Em dez minutos, não restava mais ninguém no saguão do cinema além do porteiro, do bilheteiro e das recepcionistas. Eu apenas mostrei a minha credencial de imprensa, que havia adquirido na parte da manhã, e me esgueirei devagar para dentro da sala. Parte das luzes ainda estava acesa, por isso eu logo me sentei em uma das últimas poltronas e me abaixei, como se estivesse amarrando os sapatos. Um minuto depois tudo ficou escuro.

Assim que meus olhos se acostumaram com a escuridão, notei que o Danilo e a Márcia estavam no mesmo lugar de antes. A Márcia tinha colocado a bolsa na poltrona do lado, para guardar um lugar pra mim, mas eu não o usaria. Eu ia ficar sentado ali, onde eu poderia ver tanto o filme quanto a diretora dele, que, eu tinha acabado de descobrir, estava em uma das fileiras do meio. A Gabi estava sentada ao lado direito dela, e, do lado esquerdo, estava um cara que parecia um pouco mais velho, mas não muito, de óculos e cabelo na altura do queixo. Certamente o dono da tal produtora. Ele tinha mesmo a maior pinta de cineasta. Percebi que ele estendeu o braço atrás da cadeira da Fani, mas ela não se aconchegou nele, muito pelo contrário, ela estava parecendo meio tensa e encolhida no meio da cadeira.

O filme começou, e a minha atenção foi desviada para a tela. A primeira cena era de uma menina assistindo a um DVD, e eu apenas balancei a cabeça. Se aquilo não fosse autobiográfico, eu não sabia mais o que era. Reconheci imediatamente a música. "Enjoy the silence", a mesma do trailer, que por sinal ainda era uma das minhas preferidas. Eu a havia gravado pra Fani em um dos meus CDs, provavelmente no primeiro deles, a julgar pela letra. Foi quando eu tentei fazer que ela descobrisse que eu gostava dela através de canções. Mas ela só foi perceber quando já era tarde demais...

O filme foi avançando e eu reconheci algumas partes da minha própria história. Fiquei surpreso ao ver que o ator escolhido para me representar realmente tinha alguma semelhança comigo. Eu não sabia bem o que era, mas bem mais que a aparência, gostei do jeito como ela havia me retratado. Fiquei meio tímido quando algumas meninas da plateia suspiraram ao notar que ele gostava da protagonista e que fazia de tudo para fazê-la feliz.

Aos poucos, deixei de estar naquela sala para mergulhar completamente no universo daquele filme. Era como assistir à minha vida sob outro ângulo. Então era assim que as coisas tinham acontecido pelo ponto de vista da Fani... Fiquei particularmente interessado na parte do intercâmbio dela. Progressivamente fui preenchendo algumas lacunas que eu não tinha entendido na época. Ela não havia lido meus e-mails para fugir do sofrimento. Vivi novamente aquela raiva, porque a escolha dela de não sofrer tinha resultado em um sofrimento muito maior em mim. A tristeza quando ela descobriu que eu estava "namorando" e a decisão de não voltar para o Brasil. Realmente a Fani tinha escolhido uma boa atriz para fazer o próprio papel. Aquela garota conseguia chorar tanto quanto ela.

Em seguida, começaram as cenas do namoro com o Christian. Quando ele apareceu na tela, tive vontade de sair da sala. Eu ainda odiava aquele cara, por mais que os anos tivessem se passado. Eu já sabia, pelas respostas da entrevista dela, que desde aquela época eles não haviam tido nada. E também que a escolha dele como ator do filme não tinha sido dela. Mas ainda assim! Ele tinha beijado à força a minha, então, namorada. E quem sabe ela ainda não estaria nesse papel, caso aquele beijo não tivesse acontecido?!

No momento em que ela rompeu com ele no filme, ao final do intercâmbio, me senti vingado. Eu havia ganhado no final das contas e inclusive arrancado palmas da plateia, quando ela desembarcou em solo brasileiro. Me lembrei daquele dia com carinho e continuei a reconhecer cada uma das músicas e cada uma das cenas. Ela tinha conseguido reproduzir com clareza alguns detalhes do nosso namoro, e eu pude perceber quais eram os mais importantes para ela. Fiquei feliz ao ver que ela tinha mencionado os meus CDs, surpreso com a cena da música que eu havia feito e tocado pra ela (que por sinal não era a mesma, mas entendi que ela não teria tido como conseguir aquela canção) e cheguei a ficar meio emocionado na cena da nossa primeira noite juntos.

De repente chegou a parte em que ela foi se encontrar com o Christian sem me contar. As cenas batiam com as informações que a

Marilu tinha me passado anos atrás. Ele a havia procurado por ter conseguido uma bolsa de estudos para ela estudar Cinema em Hollywood, ela havia recusado, e, na hora da despedida, ele a beijou à força.

Eu já tinha localizado o Christian na plateia, agarrado a uma loura, que parecia muito com a irmã inglesa da Fani. Mas não podia ser ela, não é? Aquilo não fazia o menor sentido. Ela morava na Inglaterra... e certamente não namoraria um ex da amiga. Bem, aquilo não tinha importância, mas a sorte dele era essa, estar com a namorada. Senão eu provavelmente teria deixado a minha posição estratégica e ido até lá para dar um soco na cara dele. Eu tinha acabado de confirmar que a culpa do nosso término, que era exatamente a cena seguinte, tinha sido apenas dele! Resolvi me concentrar na parte da minha briga com a Fani, e aquilo me entristeceu como no próprio dia. E eu pude também ver o lado dela, o que havia acontecido depois que ela saiu do meu apartamento naquela noite. Ela poderia ter sido atropelada caso a Gabi não tivesse aparecido a tempo. Eu só esperava que a Fani tivesse inventado aquela parte para dramatizar mais...

E, então, a cena em que ela partia para estudar Cinema em Los Angeles. Se ela tivesse me consultado, eu teria sugerido colocar um garoto, assustado e arrependido, escondido atrás de um quiosque...

Percebi que o resto era a parte inventada. Ela tinha escrito na entrevista que o roteiro tinha tomado um rumo diferente da vida dela, e eu estava ansioso para saber como aquilo ia terminar. Provavelmente ela me puniria. Me deixaria sofrendo até o último dia da minha vida e se casaria com o Christian. Percebi ao fundo canções que eu não conhecia... Claro, agora a história dela tinha tomado outra direção, da qual eu e minhas músicas não fazíamos mais parte.

A próxima cena do filme, porém, era exatamente aquela que estávamos vivendo. Ela tinha se formado em Cinema e feito um filme sobre a própria vida. O Christian, para se redimir, mandava para mim o filme. Ela então retornava ao Brasil, e eu, depois de ter entendido como tudo realmente havia acontecido e de ter constatado que ela nunca tinha me esquecido, ia esperá-la no aeroporto. E, assim, nós finalmente voltávamos a ficar juntos... "e vivíamos felizes para sempre".

Essa foi a única frase que faltou no final.

28

Mercedes: A gente sempre ouve aquela história de que cada um de nós é a metade de uma laranja e que a vida só tem sentido quando a gente encontra a outra metade. Eu não conheço ninguém que sonha em ser uma laranja. O senhor já perguntou pra alguém: "Qual seu maior sonho?", e ele respondeu: "Ser uma laranja inteira"?

(Divã)

CD: Cinco anos (~~sem você~~)

Todo caminho – No Voice

No dia 1º de julho foi o aniversário de 25 anos do Luigi, exatamente 10 meses após o lançamento da minha revista eletrônica. Eu estava contando mês a mês, pois iríamos fazer uma edição especial quando ela completasse um ano.

Como comemoração por "um quarto de século" e aproveitando que a data tinha caído em um fim de semana, o Luigi convidou alguns amigos para irem ao apartamento dele. Assim que cheguei, a Marilu veio logo perguntando onde estava a minha nova namorada. Eu fingi que não ouvi e fui procurar o meu primo, mas ela veio atrás.

"Vai dizer que já terminou? Você ficou quase um ano e meio sem namorar ninguém depois que terminou com aquela atriz de quinta categoria, e agora que arrumou uma garota, digamos, 'de família', você a dispensou? Não que eu gostasse dela, sempre te disse que eu a considerava muito fútil, mas já é hora de você superar esse trauma que a Lorena deixou!"

Eu continuei passando pelas pessoas, tentando avistar o Luigi, sem a menor paciência para os sermões da Marilu. O motivo de eu ter ficado um tempo sem namorar nada tinha a ver com trauma ou com a Lorena. Eu apenas estava centrado no trabalho naquele momento. Eu estava namorando a minha revista eletrônica, apaixonado por ela, por tudo o que ela vinha me proporcionando. Era para aquilo que eu tinha estudado Jornalismo. Para poder, através dos meus textos, informar as pessoas, empolgá-las, comover com as minhas palavras. E eu vinha conseguindo. Nós já havíamos feito várias viagens para cobrir festivais de cinema no país, e aquilo estava me proporcionando mais alegria que qualquer uma das minhas últimas namoradas havia conseguido.

Além disso, dizem que algumas pessoas não entram em nossa vida por acaso. Depois de ter conhecido uma certa menininha, essa frase clichê começou a fazer sentido. A Cecília tinha me feito enxergar que eu estava buscando a felicidade no lugar errado. Por isso fiquei algum tempo sozinho, sem sentir necessidade de ter alguém constantemente ao lado. E eu estava me sentindo bem assim. Mas o que eu não imaginava é que eu poderia arrumar uma namorada mesmo sem ter intenção disso.

Na época em que entrei na TV, um ano e cinco meses antes, eu nem ousava olhar muito para a Meri, a filha do meu chefe. E ela também parecia me considerar apenas mais um dos empregados do pai dela. Porém, aos poucos, ela passou a ir à emissora com mais frequência e sempre parava no meu departamento, perguntando se eu podia ler as redações que ela escrevia. Ela estava fazendo cursinho e, pelo visto, pensava que fazer plantão na minha sala poderia garantir a ela uma boa nota no vestibular. O problema é que toda vez que ela aparecia eu tinha que interromper o que estava fazendo para dar atenção a ela. E com isso acabava tendo de ficar até mais tarde, para dar tempo de terminar o trabalho...

No começo de maio foi comemorado o aniversário de cinco anos da TV. Uma grande festa foi organizada, e todos os funcionários foram convidados. Eu chamei o Danilo para ir comigo, mas com intenção de ficar pouco tempo. Como eu já passava a semana inteira com aquelas pessoas, no fim de semana eu preferia mudar de ares. Porém, assim que nós chegamos ao local, um salão enorme, percebi que a festa estava mais chique do que imaginávamos. O Danilo logo reclamou, dizendo que todos os homens estavam de terno e só eu e ele de calça jeans. Eu fiquei meio desconfortável também, mas falei que eles estavam vestidos assim porque gostavam de parecer pinguins, mas que em nenhum lugar estava escrito que o traje era a rigor.

"Pelo menos a gente não veio de tênis", brinquei, sabendo que no fundo a minha vontade tinha sido exatamente aquela.

Pegamos umas bebidas e começamos a circular pela festa. Percebi que várias pessoas estavam olhando para nós, mas eu nem liguei. Um tempo depois encontramos a Márcia. Ela estava de vestido e salto alto, nos olhou da cabeça aos pés e perguntou qual parte do "traje passeio completo" no convite nós não havíamos entendido. O Danilo me olhou sério no mesmo instante: "A roupa não estava especificada em lugar nenhum, né?".

Eu me desculpei, dizendo que eu não tinha tido tempo de olhar o convite direito, mas que eu nunca imaginaria que um aniversário pudesse ser tão formal. Ele ainda ficou sem graça por um tempo, mas eu não estava nem ligando. Contanto que não faltasse música, comida e bebida, tudo bem.

Um pouco antes de meia-noite, o Danilo começou a conversar com uma menina. Eu sabia que ela não era do jornal, devia ser convidada de alguém, mas logo percebi que eu estava sobrando. Saí andando sozinho pela festa, parando de vez em quando para conversar com algum conhecido, e depois de um tempo fui pra frente do palco, para ver o show. Era uma banda de baile, e naquele momento eles estavam tocando umas músicas nacionais de que eu gostava, então eu fiquei lá meio dançando, meio cantando, pensando em há quanto tempo eu não dançava nem cantava nem ia a festas. Anotei mentalmente que eu deveria fazer aquilo com mais frequência, quando alguém chegou por trás e tapou os meus olhos com as mãos.

Fiquei tentando adivinhar quem seria e de repente me lembrei de uma brincadeira que eu sempre fazia na época do colégio quando aquilo acontecia. Eu começava a dizer todos os nomes femininos do mundo, e, caso eu não acertasse, invariavelmente aquela que estava com as mãos nos meus olhos acabava se cansando e perguntando meio com ciúmes quem eram aquelas meninas todas que eu conhecia.

Então eu comecei: "Ana, Flávia, Lorena, Júlia, Bárbara, Isabela, Clarissa, Patrícia, Joyce, Clara, Carolina, Melissa, Joana, Patrícia, Karina, Márcia, Fernanda, Maria..." e mais uns quinhentos nomes, mas nada da menina se cansar e liberar a minha vista. Por isso resolvi usar outra tática: "Puxa, seu nome deve ser horrível, eu já disse todos os nomes bonitos de mulheres que eu conheço...".

Ela tirou as mãos depressa, eu olhei rapidamente e até gelei. Eu tinha dito pra filha do meu chefe que o nome dela era feio! E agora ela parecia que ia até chorar, pela expressão no rosto dela.

"Meri!", eu disse com um sorriso meio amarelo. "Nem pensei que pudesse ser você! E eu acho seu nome lindo! Quer dizer, o apelido... Quer dizer, o nome e o apelido!"

Caramba, será que eu podia deixar tudo ainda pior?

Ela me olhou meio ressentida, fazendo um beicinho, e disse: "Jura?".

Naquele momento eu juraria por qualquer coisa. Primeiro eu ia à festa desarrumado. Depois destratava a filha do chefe. No fim da noite provavelmente eu assinaria a minha carta de demissão...

"Juro!", eu disse sorrindo. Por algum motivo (talvez o fato de já ter tomado umas três doses de Whisky), eu peguei a mão dela e a levei aos lábios, dando um beijo, e falei: "Não só o nome, tudo em você é bonito!". Esse foi o meu erro. A partir dali, ela não me largou mais na festa. Se eu quisesse me livrar dela, só indo ao banheiro masculino. Ainda assim, ela sempre me esperava na saída.

O problema é que a Meri era mesmo bonita, eu não havia mentido. E se uma menina linda daquelas, usando um vestido vermelho decotado como o que ela estava usando, me olhasse como ela estava me olhando, eu não teria a menor dúvida do que fazer. Mas ela não era uma garota qualquer. Eu a via como uma sereia, me encantando para me levar direto para o fundo do mar. Beijá-la seria o mesmo que ser despedido.

Foi aí que o meu chefe apareceu. Eu já estava esperando uma bronca, mas ele me olhou, riu, tirou a gravata de uma vez só, me deu um tapinha nas costas e falou: "Parabéns, Leonardo! Isso é que é personalidade! Eu estava lá em casa vestido exatamente como você, e a minha mulher me fez trocar por esse terno quente! Da próxima vez eu não vou deixar me influenciarem!".

Sorri pra ele, completamente aliviado, mas subitamente ele pareceu notar a Meri, que estava meio encostada em mim. Ele só franziu a testa e completou: "Mas, olha, a filha é igual à mãe, viu? Por isso, vou te dar um conselho: Não faça todas as vontades dela! Senão depois fica difícil conseguir mudar!", em seguida ele deu um beijo na testa da Meri, outro tapa nas minhas costas e saiu rindo, amarrando a gravata na cabeça.

Eu olhei pra Meri depois de um tempo, ainda meio sem entender o que tinha se passado. Ele tinha acabado de nos dar a "bênção" dele? Antes que eu dissesse qualquer coisa, a Meri deu um sorrisinho e puxou a minha blusa, me fazendo chegar mais perto: "Viu? Não pode fazer todas as minhas vontades. Mas eu acho que fazer algumas não tem problema...".

Eu ainda dei uma olhada pra trás, vi meu chefe todo feliz tentando dançar um axé que tinha começado a tocar, e quando tornei a olhar para a Meri vi que ela estava mordendo o lábio inferior, de olho na minha boca. Eu cocei a cabeça, pensei "seja o que Deus quiser" e dei um beijo nela. Ao final da festa, o boato de que eu estava namorando a filha do chefe já havia se espalhado...

Quando a segunda-feira chegou, pensei que a própria Meri deveria estar arrependida e que eu poderia colocar a culpa na bebida e agir como se nada tivesse acontecido, mas eu não poderia estar mais enganado. Assim que saí para o almoço, ela estava me esperando na porta e abriu o maior sorriso quando me viu.

"Vim almoçar com você!", ela disse, ficando na ponta dos pés e me dando um beijo direto na boca, sem se importar com as pessoas que estavam em volta. "Eu já estava com saudade..."

A secretária, com quem ela estava conversando antes, só falou: "Ah, vocês são tão fofos juntos...", e a Meri então pegou a minha mão e me puxou para o elevador. Lá dentro ela me deu outros vários beijos que acabaram me fazendo esquecer que naquele momento eu não estava querendo namorar...

Depois de dois meses, porém, mais do que minha namorada, ela já estava se achando a minha dona.

Exatamente por esse motivo, eu não a havia convidado para o aniversário do Luigi. No dia anterior, eu e ela havíamos ido ao teatro, e na saída eu encontrei a Joana, que também estava com um namorado novo. Não teria problema nenhum, se a Meri uns dias antes não tivesse me feito dizer o nome de todas as namoradas que eu já havia tido na vida. Eu nem estava me lembrando disso, até o momento de apresentá-las, na saída do teatro. Assim que eu falei "Joana", vi que Meri mudou de expressão. Ela não disse uma palavra enquanto conversávamos, mas eu já estava pressentindo que o tempo ia fechar.

A Joana começou a dizer que tinha uma amiga escritora que estava fazendo um trabalho muito interessante, e que ela tinha se lembrado de mim.

"Eu sempre disse que você deveria se aventurar como escritor, Leo! E essa minha amiga agora está trabalhando com adaptações literárias de filmes, esse é um mercado que já existe há tempos no exterior. É o contrário de adaptar o livro para o cinema. Ela pega roteiros de filmes que já existem e os transforma em romance. Eu me lembrei de você na hora! Você adora cinema! Quem sabe você não tenta fazer isso? Aposto que ia se sair superbem!"

Eu estava meio tenso com aqueles elogios que ela estava me fazendo, por puro medo de que a Meri voasse no pescoço dela. Mas ao dar uma olhadinha pro lado, vi que ela estava até bem comportada, com um sorriso de plástico no rosto. Mas o olhar dela não me enganava...

Agradeci a Joana pela dica, comecei a me despedir, mas ela ainda disse: "Se estiver sem tempo pra investir nisso, me escreva dando dicas quando souber de algum filme nacional que tenha potencial, por favor! Aí eu passo para essa minha amiga. E continue com o ótimo trabalho na revista eletrônica! Não perco uma matéria, você está arrasando, como sempre!".

Em seguida ela me deu um beijo no rosto, acenou para a Meri e foi embora, abraçada com o namorado.

Assim que ela saiu, olhei para Meri, que não falou nada até chegarmos ao carro. Bastou que eu fechasse a porta, porém, pra ela começar a chorar. Quando eu perguntei o que tinha acontecido, ela falou que estava muito claro que eu ainda gostava da Joana, pois eu tinha dado o maior papo pra ela, e que era óbvio que ela só estava me fazendo aqueles elogios todos com a intenção de me reconquistar...

Eu então perguntei se eu não merecia os elogios, se ela não achava que eu realmente escrevia bem, ao que ela respondeu: "Claro que escreve, senão meu pai não tinha te contratado, né? Mas a gente sabe que o seu blog é só um *hobby*! Ela não precisava falar disso como se você tivesse criado a maior invenção do mundo... E essa história de ser escritor? Ai, ai, até parece...".

Não sei o que me irritou mais. O fato de ela ter dito que a minha revista eletrônica era um *blog*, de ter insinuado que aquilo era só uma brincadeira, ou de ter duvidado que eu pudesse escrever um livro. Só sei que, sem dizer nada, eu arranquei o carro e só parei quando cheguei na frente da casa dela.

"Leo, eu não ia dormir no seu apartamento?", ela falou meio histérica quando viu onde estávamos.

"Ia", eu disse secamente. "Não vai mais. Desça depressa, por favor, você sabe que é perigoso ficar parado no meio da rua."

"Mas, Leo, não entendo por que você ficou bravo! Eu só disse a verdade! Tá vendo? É tudo culpa daquela bruxa! Vou matar essa Joana, ela que não passe na minha frente!"

"Meri, não tem nada a ver com a Joana, e sim com o fato de você achar que gosta de mim e não gostar de verdade. Você não me admira, vive me criticando e só me quer como um fantoche, para mostrar pras amigas. Mas nem sei o que você quer exibir, já que vive reclamando das minhas roupas, do meu cabelo, da minha bochecha, do meu All Star... Faz o seguinte: vamos passar esse final de semana separados, ok? Aí você vai ter tempo de pensar direitinho na razão de querer estar comigo. Se for só para ter um namorado, não se preocupe. Você sabe que consegue outro facilmente...", eu me debrucei por cima dela e abri a porta para que ela descesse.

Ela disse que ia continuar ali, então eu falei que se ela não saísse eu estacionaria o meu carro e voltaria de táxi pra casa. Quando percebeu que eu estava falando sério, ela desceu depressa, batendo a porta com a maior força que conseguiu.

Eu arranquei assim que ela passou pela porta e, no fundo, achei melhor assim. Aquilo nem deveria ter começado.

Por isso, quando eu cheguei à festa do Luigi, eu não estava com a menor paciência para falar sobre esse assunto nem com a Marilu nem com ninguém. Depois de um tempo, ela me respeitou e parou de fazer perguntas.

A festa estava animada e bem íntima, estavam presentes apenas a família e os amigos mais próximos. Eu tinha acabado de trocar o CD por uma coletânea que eu tinha trazido, quando ouvi alguém gritando o meu nome várias vezes. Olhei para os lados e vi que todo mundo também estava procurando de onde vinham aqueles gritos. De repente, notei que era da rua. Fui correndo pra varanda, seguido por várias pessoas, e, assim que olhei pra baixo, vi que a Meri estava segurando um cartaz em que se lia em letras garrafais:

“LEO, EU TE AMO, APESAR DE TUDO!
NÃO BRIGA COMIGO, POR FAVOR! ”

“Apesar de tudo.” Até pra pedir desculpas ela dava um jeito de criticar.

Quando abaixou um pouco o cartaz e me viu, ela ficou dando pulinhos, e as pessoas todas começaram a dizer que era pra eu deixá-la subir. Dei um suspiro, acenei com a mão, e ela nem esperou pelo elevador, subiu as escadas em tempo recorde. Quando abri a porta, ela se atirou no meu pescoço, e todos os convidados bateram palmas.

Eu me virei pra todos, falei que eles podiam voltar para a programação normal, pois o show tinha acabado, e a levei para a varanda. Lá, fiz com que ela prometesse que ia parar de me criticar. Ela jurou que nunca mais faria isso e em seguida me deu um beijo, parecendo muito apaixonada. Mas, assim que me soltou, ela perguntou: “Quem foi a pessoa de mau gosto que escolheu essa música horrorosa?”.

E então eu vi que não teria jeito. Mesmo sem ter intenção, ela acabava me colocando pra baixo. O melhor a se fazer era mesmo romper logo, enquanto ainda não estava muito sério. Aquele namoro não tinha o menor futuro.

Naquela época, eu não tinha ideia do quanto estava enganado. Em pouco mais de um mês, o namoro tomaria rumos muito mais sérios do que eu jamais teria imaginado...

29

Ed Bloom: Dizem que quando você encontra o amor da sua vida o tempo para. É verdade.

(Peixe grande e suas histórias maravilhosas)

A plateia explodiu em palmas, e pude ver muita gente emocionada por perto assim que os créditos do filme começaram a subir. Eu estava meio anestesiado, mas vi que a Fani se levantou e começou a se direcionar para a frente do palco, pra fazer algum agradecimento. Eu adoraria ouvir aquilo, mas sabia que de lá ela poderia facilmente me ver, as luzes já estavam acesas. Aproveitei que as pessoas estavam de pé aplaudindo e saí da sala, ainda meio atônito.

Saí do cinema e fui direto para o carro. Só quando eu já estava lá dentro é que comecei a processar as informações. Quer dizer que era assim que ela gostaria que tudo tivesse sido... Mas eu só tinha uma dúvida. Aquilo era o que ela queria que tivesse acontecido na época ou ela ainda pensava assim?

Eu só tinha uma forma de descobrir: conversando com ela. Agora eu sabia que eu precisava fazer isso, ou nunca mais dormiria sossegado. Aquela dúvida me atormentaria pelo resto da vida.

Eu ainda estava brigando com meus pensamentos quando ouvi uma batida na janela. Olhei depressa e vi que era o Danilo.

"Que susto, cara!", falei com o coração quase saindo pela boca. Por um segundo pensei que poderia ser a própria Fani que tivesse me visto de alguma forma...

"Você está bem?", ele perguntou se sentando, assim que eu abri a porta de passageiro. Eu assenti com a cabeça, e em seguida ele começou a rir: "Aí, Leo! Fazendo papel de mocinho, hein? Não quis ficar para receber os cumprimentos? Dar autógrafos?".

Eu mandei que ele calasse a boca. Ele riu mais ainda, e então perguntei como ele tinha me achado.

"Bem, eu já imaginava que você tivesse visto o filme lá de trás, por isso, assim que as luzes se acenderam, eu só tive que olhar e vi você saindo correndo. Mas não se preocupe, todos estavam olhando pra Fani, que por sinal é uma gatinha, hein? Além de ser muito talentosa! Gostei de verdade do filme! Você realmente tem bom gosto, Leozão!"

"Onde está a Márcia?", perguntei depressa. "Ela deve estar achando muito estranho o meu sumiço."

"Segui com o nosso plano inicial", ele explicou. "Falei que você precisou conversar com algumas pessoas da organização do evento para pedir autorização de imagem e mandou avisar que ela mesma fizesse a entrevista. Eu tenho que voltar lá agora, tirei várias fotos da plateia e dela recebendo os cumprimentos, mas tenho que preparar a filmadora para quando Márcia começar a fazer as perguntas."

Eu pensei rápido. Se a Márcia fizesse aquela entrevista, eu não teria mais desculpa nenhuma para me aproximar dela. E se eu aparecesse ali, na frente da Gabi, do Christian e do tal namorado, provavelmente ia dar confusão...

"Danilo, preciso de um favor. Urgente. Você vai correr lá e falar pra Márcia que aconteceu um imprevisto e que nós vamos ter que ir embora. Mas, antes, diga que ela vai ter que conversar com a Estefânia e perguntar se teria como realizarmos a entrevista na casa dela, amanhã."

"Mas a Márcia vai embora amanhã bem cedo...", o Danilo pontuou.

"Exatamente... Quem vai fazer essa entrevista sou eu."

Ele ficou um tempo considerando minhas palavras, mas logo abriu porta do carro. "Perfeito. Na casa dela é melhor mesmo, está o maior tumulto aqui. Vocês precisam se reencontrar em um lugar mais calmo. Vou dar uma desculpa qualquer pra Márcia, dizer que temos que ir embora urgentemente e pedir pra ela dar um jeito de remarcar. Tenho que ir logo, antes que ela comece!"

Ele saiu do carro e foi correndo em direção ao cinema. Eu esperava que o Danilo chegasse a tempo e que a Fani não tivesse nenhum compromisso para o dia seguinte.

Quinze minutos depois eles apareceram. Eu já estava completamente tenso.

"Conseguiram?", perguntei assim que eles entraram no carro. "Ela pode amanhã?"

"O que aconteceu, Leo?", a Márcia perguntou em vez de me responder. "Que imprevisto é esse? Eu estava tão ansiosa para entrevistá-la!"

Olhei pro Danilo, torcendo para que ele me socorresse com alguma desculpa. Ele pareceu meio desorientado, mas de repente sorriu: "Dor de barriga, Márcia. Aquele camarão que almoçamos não fez muito bem pro Leo, ele precisa ir ao banheiro depressa!".

Eu não gostei da ideia, mas era melhor do que nada. "Sim", eu concordei. "E pelo visto vou demorar muito tempo no banheiro, então realmente preciso voltar para o hotel. Afinal, eu não posso ficar ocupando o do cinema..."

Ela só fez uma cara de nojo, mas não questionou mais nada. Eu tornei a perguntar se ela tinha conseguido reagendar a entrevista, e ela me estendeu um papel, com um endereço.

"Amanhã, duas da tarde", ela falou meio chateada.

"Ei, Márcia...", eu dei uma olhada pra ela. "Você está triste assim só porque não entrevistou a diretora do filme? Eu prometo que deixo você realizar todas as próximas entrevistas..."

Ela balançou os ombros e falou: "Não é por isso... é que eu achei que se fizesse um ótimo trabalho convenceria vocês a irem a um shopping comigo... Eu ainda queria comprar umas coisinhas e já vou embora amanhã cedo. Mas agora, por causa da sua dor de barriga, vou ter que passar a última noite presa no hotel".

Eu não sabia se achava graça ou se ficava com pena dela. Olhei pro Danilo e ele provavelmente estava sentindo o mesmo.

"Vou te falar uma coisa", sorri pra ela. "A gente passa no hotel pra deixar os equipamentos, eu tento ser rápido no banheiro, e, em seguida, nós vamos ao shopping que você quiser. E podemos ficar até fechar! Que tal?"

"Jura?", ela me olhou sem acreditar.

Eu balancei a cabeça. "Juro. E eu ainda quero que você escolha um presente pra eu te dar, em retribuição ao ótimo trabalho que você fez durante a viagem!"

"Puxa, Leo...", ela me deu um abraço. "A Meredith tem mesmo muita sorte de ter você como noivo!"

Eu estava tão eufórico com o filme e com o fato de que ia conversar com a Fani no dia seguinte que nem estava me lembrando da Meri. A lembrança dela, porém, realmente me deu vontade de sair correndo pro banheiro.

Várias horas e dezenas de sacolas depois, voltamos do shopping. Tomei um banho e fui direto dormir, ignorando completamente o Danilo, que queria conversar sobre os acontecimentos. Eu só queria que o dia seguinte chegasse logo.

Acordei ainda mais cedo que no dia anterior, mas dessa vez porque eu tinha que deixar a Márcia no aeroporto. Em seguida, eu e o Danilo demos uma volta em Venice Beach, uma região de que eu sempre tinha ouvido falar e morria de vontade de conhecer. Eu já tinha visto várias fotos e vídeos, mas ainda assim me surpreendi. Tinha pessoas de todos os tipos e nacionalidades. Skatistas, surfistas, velhos, crianças, marombeiros, sarados, nerds, brancos, negros, pardos... tudo o que existia no mundo provavelmente estava naquele local. Comprei algumas camisetas para levar de presente para os meus pais e irmãos e, quando já estava pagando, vi em um canto uma blusa preta com uma claquete e a frase: "Director of my heart".* Pensei um pouco, mas, em um ímpeto, resolvi acrescentá-la à compra. Eu não sabia direito o que faria com ela; na pior das hipóteses, daria de presente pra minha mãe.

Almoçamos, voltamos para o hotel, tomei banho, me arrumei e, quando deu uma da tarde, decidi que já era hora de ir pra casa

* Diretora do meu coração.

da Fani. O Danilo não parava de dizer que eu estava parecendo uma mocinha me arrumando e que eu já tinha me olhado no espelho umas 600 vezes. Eu estava tão nervoso que nem estava mais assimilando as palavras dele.

Mais cedo, havíamos resolvido que ele iria comigo, mas ficaria no carro até que eu o chamasse. Eu queria conversar com ela, mas depois eu teria mesmo que fazer a entrevista, e, por isso, precisaríamos filmar e tirar fotos.

Coloquei no GPS o endereço que a Márcia tinha me passado, mas depois de dois minutos ele avisou que estávamos chegando ao local. O Danilo riu e falou que o GPS devia estar alucinando por causa do calor. Então eu estacionei o carro e tornei a inserir os dados. Novamente apareceu que o local ficava na próxima esquina. Resolvi não contrariar a máquina e fui na direção que ela estava apontando. Um segundo depois, avistei uma placa com o nome da rua. Olhei e realmente estava escrito "Maple Street". Olhei pro Danilo incrédulo. A Fani morava a um quarteirão do nosso hotel! Dei meia volta, pois ainda estava muito cedo, imaginando que eu podia mesmo ter encontrado com ela por acaso, e tremi só de pensar que isso poderia ter acontecido enquanto a Meri ainda estava ali.

Paramos o carro novamente no estacionamento do hotel, descemos e ficamos perto da piscina conversando sobre coincidências e destino, até que quinze para as duas nós resolvemos que já estava na hora de voltarmos para lá.

Dessa vez, fomos a pé. Quando estávamos quase chegando, o Danilo me deu um abraço e desejou boa sorte.

"Vou ficar por aqui", ele falou. "Quando precisar de um fotógrafo, é só me chamar! E não se esqueça de perguntar o nome da amiga dela que estava de minissaia ontem!"

Eu ri, e, quando já estava quase no portão, ele ainda disse: "Fica calmo, Leo. Vai dar tudo certo. Se ela não gostasse de você ainda, não teria feito um filme como aquele...".

Acenei pra ele, que se distanciou, entrei no prédio e parei em frente a uma porta que tinha um número 4 em cima. Eu já sabia que teria que enfrentar a Gabi, que provavelmente estava hospedada com ela, mas eu confiava que a gravidez a tivesse deixado mais sensível e que ela não colocaria a Fani contra mim. Eu só esperava que o tal namorado também não estivesse ali...

Respirei fundo e apertei a campainha. Imediatamente ouvi um latido do lado de dentro. "A Winnie!", falei baixinho, feliz também por reencontrá-la. De repente ouvi a voz da Fani chegando cada vez mais perto e senti que o momento pelo qual eu havia esperado por todos aqueles anos finalmente tinha chegado. Senti vontade de correr, mas era agora ou nunca.

Ela abriu a porta sorrindo, e eu podia ter morrido naquele momento. De perto, ela estava ainda mais linda. Naquele instante desejei que eu pudesse ser mesmo aquele personagem do filme. Eu só queria puxá-la e dar todos os beijos que eu havia deixado de dar nela durante todos aqueles anos...

Parte 3

Leo & Fani

Declan: Que diabos você está fazendo aqui?
Anna: Será que você poderia ser gentil pelo menos por um segundo? Eu voei 3.000 milhas só para chegar aqui.

(Casa comigo)

Desde criança, sempre inventei histórias. Lembro que eu ficava brincando sozinha no quintal da casa da minha avó, desejando que pequenos seres mágicos saíssem de dentro da terra, em forma de massinha de modelar, para que eu pudesse transformá-los no que eu quisesse. Geralmente, tudo o que eu queria era alguém pra brincar comigo, mas, aos poucos, minha imaginação foi amadurecendo, e eu passei a desejar que algum dos seres pudesse ser transformado em um príncipe, para fazer o meu coração bater mais forte e mudar a minha história por completo. À medida que eu fui crescendo, percebi que seres mágicos e príncipes encantados não existem. Mas um resquício da minha infância eu conservei. No meu íntimo, sempre acreditei que, em um certo momento, algo aconteceria em minha vida que a mudaria inteiramente. Aquele instante que seria um marco, no qual eu dividiria a minha existência em "antes" e "depois". Passei muito tempo esperando por esse dia e cheguei a pensar que pudesse ter sido logo após a exibição do meu filme. Eu não poderia estar mais enganada. Na porta de casa, com a Winnie eufórica aos meus pés, e com *ele* parado me olhando, eu tive a certeza de que era exatamente por esse acontecimento que eu sempre havia esperado. Minha vida provavelmente nunca mais seria a mesma. Mas acho que de alguma forma, no passado, eu acabei me encontrando com algum ser mágico moldável. Porque, ao olhar pra esse suposto príncipe na minha frente, eu percebi que já há muitos anos eu o havia transformado em *sapo*.

"Posso entrar?"

O sapo falou, e eu me conscientizei de que ele devia estar me achando meio estranha, parada ali o encarando, mas a verdade é que eu não sabia o que dizer. O meu corpo certamente não tinha a menor noção de tempo ou da transformação, porque, do nada, as minhas pernas e as minhas mãos começaram a tremer, e o meu coração começou a chacoalhar dentro do meu peito, exatamente como da última vez em que eu o havia visto, séculos atrás. Eu podia entender, realmente era como se, de repente, eu tivesse voltado no tempo, pois a aparência dele era basicamente a mesma, como se não tivesse envelhecido um único dia. Mas olhando mais minuciosamente... aquela leve ruguinha na testa não existia. Nem aquele bíceps definido. E nem aquela... oh, meu Deus. E nem aquela *aliança*.

"Eu te conheço?", foi o que eu acabei dizendo, depois que aquela coisa reluzente no dedo dele me acordou. Eu não sabia o que ele estava fazendo ali, mas eu definitivamente não queria saber.

Ele, que tinha pegado a Winnie no colo, a colocou novamente no chão, parecendo meio sem graça a princípio. Porém, pouco depois, notei um ar meio triste, mas ele logo ficou bem sério e falou: "Você sabe perfeitamente que sim. Será que eu posso conversar com você?".

"Pode falar", cruzei meus braços, ficando ainda mais séria do que ele. Eu não sei o que ele esperava, mas um chá com biscoitos – que por sinal estava preparado para o jornalista que estava chegando pra me entrevistar – certamente ele não receberia. "Mas seja rápido. Estou aguardando uma pessoa."

Ele deu um leve sorriso, que fez aparecer as covinhas. *Aquelas* covinhas... Eu tinha passado tanto tempo sentindo falta delas, que até me assustei com a visão. Mas ele tornou a fechar a cara, e elas desapareceram.

"Deixe-me adivinhar...", ele falou mexendo no bolso. "Você está esperando alguém que vai te entrevistar para uma revista eletrônica do Brasil a respeito do seu filme autobiográfico para o qual você se apossou de acontecimentos que não viveu sozinha, de músicas que conheceu através de alguém e de emoções que compartilhou com outra pessoa."

O quê? Ele estava me acusando de plágio ou algo parecido? Mas... como ele sabia daquilo tudo?

"Muito prazer", ele continuou, finalmente tirando a mão do bolso e colocando um crachá na frente dos meus olhos. "Eu sou o dono da revista eletrônica *Cinemateka* e também o editor-chefe da TV a cabo que está fazendo a cobertura do Los Angeles Film Festival. Será que poderíamos conversar agora?"

"Você tramou isso tudo?", eu falei, dando um passo pra trás e puxando a Winnie com o pé, para que ela saísse de perto dele. Eu ia fechar a porta, mas ele percebeu e colocou uma mão na maçaneta e a outra no meu braço, antes que eu tivesse a chance de fazer isso.

"Fani, eu não tramei nada!", ele soltou meu braço, mas continuou a segurar a porta. "Você pode me escutar? Por favor? Eu continuo a mesma pessoa. Não sou um psicopata nem nada parecido. Posso te explicar tudo."

Eu estava realmente meio com medo. Não é todo dia que um fantasma aparece na sua casa. Por isso mesmo, eu continuei parada ali, sem convidá-lo pra entrar, por mais que a Winnie continuasse a pular nele e a olhar pra mim, como se estivesse me suplicando para fazer isso.

"Sua mãe mandou um e-mail contando sobre o seu filme", ele começou a falar ali mesmo, ao perceber que eu não tinha a menor intenção de me mover. "Não especialmente pra mim, claro, mas ela deve ter enviado pra todos os endereços de imprensa que encontrou, e com isso eu acabei recebendo informações sobre o seu trabalho. Eu me formei em Jornalismo, me especializei em Cinema. Foi tudo coincidência, eu juro. Eu nem imaginava que você tinha feito um filme, eu não tinha notícias suas desde o dia em que você se mudou pra cá..."

Espera. Desde o dia em que eu me mudei? A última notícia que *eu* tive dele foi de um dia depois que ele terminou comigo. Quando eu soube que ele tinha ficado com a... Vanessa.

"Você está noivo da Vanessa?"

Parabéns, boca enorme! Com tanta pergunta pra fazer, você tinha que escolher exatamente essa!

"Hein?", ele ficou meio desorientado, mas logo olhou para a mão direita, fez uma expressão de sofrimento e falou depressa: "Não! Claro que não! Eu não vejo a Vanessa há mais de cinco anos! Fani, você realmente não vai me deixar entrar? Quem sabe você prefere sair e se sentar em algum outro lugar? Tem um restaurante mexicano ali na rua transversal, a gente pode conversar lá, se você preferir...".

O que ele sabia sobre o *meu* Don Cuco's? Até parece que eu ia macular a imagem do meu restaurante preferido indo com ele lá.

"Eu estou bem em pé", respondi.

"Quando é que você se tornou tão teimosa?", ele falou meio impaciente. "Você não era assim..."

Eu levantei as sobrancelhas e coloquei uma mão na cintura.

"Eu não era muita coisa do que sou hoje. As pessoas mudam, sabe? Elas *têm* que mudar. Alguns acontecimentos nos fazem crescer."

"Sim, elas mudam...", ele disse, estudando o meu rosto e em seguida o meu corpo inteiro. "Eu queria conhecer essa nova Fani, mais sarcástica pelo visto, mas já entendi que você não quer me apresentar pra ela. Tudo bem. Obrigado por me receber, eu vou ter que me virar com as imagens do festival que eu já tenho", ele se calou e de repente apontou para o meu pescoço. "Gostei do seu colar. Pelo menos *ele* continua o mesmo."

Ele me deu as costas e começou a andar para a portaria. A Winnie fez que ia atrás, mas eu a segurei antes que ela desse um passo. Quem ele pensava que era pra bater na minha porta, anos depois de ter praticamente jogado meu coração do décimo andar, com essa desculpa ridícula de entrevista pra site de cinema? E que história de cinema era aquela, afinal? Ele gostava era de música! Ele sempre dizia que queria ser jornalista pra escrever na *Bizz* ou trabalhar na MTV ou em qualquer outro lugar bem musical! E se ele não estava com a Vanessa, quem seria a noiva? Com certeza uma mulher de muito mau gosto, para escolher aquela aliança gigante...

Fechei a porta assim que percebi que ele deu mais uma olhadinha pra trás e me joguei no sofá. Isso não podia estar acontecendo! Certamente as emoções do dia anterior tinham sido muito intensas e fizeram com que alguma parte do meu cérebro descompensasse. Eu devia estar alucinando. Ele não podia estar ali! Mas, então, por que o meu coração estava batendo acelerado? E por que eu não parava de tremer?

Coloquei a mão no meu colarzinho, subitamente com vontade de jogá-lo no lixo. Ele não precisava ter visto isso! Provavelmente agora estava pensando que eu ainda era louca por ele! Mas, se eu não era, por que essa sensação de que nem um dia havia se passado?

"Meu Deus, eu preciso de ar...", falei baixinho me abanando. "Eu preciso..."

Corri para abrir a porta novamente, mas ele já não estava lá. Saí depressa pra rua e olhei para os lados. Ele havia desaparecido completamente.

Voltei devagar para o meu apartamento e caí de novo no sofá. Fechei os olhos e senti que o meu coração ainda estava disparado. Eu tinha ficado cinco anos sem sentir aquilo. *Desejando* sentir aquilo. E agora que eu havia conseguido, eu tinha mandado o responsável por aquele sentimento ir embora.

Abracei uma almofada e, quase sem perceber, comecei a chorar. A chorar pra valer. Como eu também não havia chorado há cinco anos. E de repente eu percebi: sem ele por perto, eu não sentia emoções fortes. Ele era a razão da minha euforia. Mas era também o culpado pelas minhas lágrimas.

2

<u>Milo</u>: *Escute, a vida é dura. Algumas vezes você não consegue o que quer. Na verdade, na maioria das vezes você não consegue o que quer...*

(Morrendo e aprendendo)

"Eu sabia que ia dar errado! Aconteceu exatamente o que eu tinha previsto! Eu te falei que ela ia me tratar mal, eu nunca deveria ter feito isso. Essa história já estava adormecida. Por que eu inventei de mexer com o que estava quieto?"

"Calma, Leo!", o Danilo falou me segurando. Eu tinha saído do prédio da Fani andando rápido, e ele me alcançou quando chegamos à esquina. "Dá pra me explicar o que houve?"

Eu estava com vontade de dar um soco em alguém. Mas me segurei, porque certamente não seria no Danilo.

"Ela abriu a porta, toda linda e sorridente. E com o colar da pérola da ostra. O meu coração derreteu. Um segundo depois o sorriso dela morreu no rosto, e foi então a minha vez de sorrir, para que ela soubesse que eu tinha vindo em paz. Mas ela continuou muda. A Winnie pulou em mim, fazendo a maior festa. Eu perguntei se podia entrar, e ela só cruzou os braços, ficando ainda mais séria. Naquele momento eu percebi que a única recepção calorosa que eu ia receber seria mesmo da Winnie! Foi *isso* que aconteceu!"

Eu continuei a andar sem rumo, ele veio atrás e me parou novamente: "Que Winnie, Leo? E que ostra?!".

Eu nem respondi, só balancei a cabeça e chutei uma pedra com toda minha força. Eu pensei que ela estivesse solta, mas na verdade estava grudada no chão, era uma espécie de cenário, e aquilo me fez gritar de dor. Maldita cidade cinematográfica! Sentei rápido na calçada pra tirar o sapato e ver o tamanho do estrago, quando ouvi alguém falar atrás do Danilo.

"Leo? Leonardo Santiago? É você mesmo?"

Olhei depressa e vi a Gabi. Junto com a menina que tinha descido do carro com a Fani no cinema. Agora, de perto, eu sabia quem ela era, a amiga da Inglaterra, Ana alguma coisa.

"O que você está fazendo aqui?", a Gabi perguntou olhando mais pro Danilo do que pra mim, provavelmente pra ver se também o reconhecia.

"Leo, você está bem?", o Danilo ajoelhou do meu lado, antes que eu tivesse qualquer reação.

"O que aconteceu?", a Ana chegou mais perto. "É o Leo da Fani mesmo! Agora que eu vi!"

Eu tentei me levantar, mas meu dedo realmente estava doendo muito, e eu precisava de apoio. O Danilo percebeu e falou: "É melhor você ficar quieto, se tiver quebrado alguma coisa eu vou ter que te levar pra um hospital".

"Me deixa olhar", a Gabi começou a se ajoelhar também. "Eu estou quase me formando em Medicina, sei reconhecer uma fratura quando vejo".

"Não faz isso!", a Ana falou depressa. E, olhando pra mim, explicou: "Ela está grávida e teima em ficar abaixando, correndo, pulando..."

Pela primeira vez eu olhei diretamente pra Gabi. Ela estava bonita grávida, mas ainda tinha aquele olhar que me dava arrepios quando eu namorava a Fani, como se ela fosse me destruir caso eu fizesse a amiga sofrer. Foi ela quem falou em seguida: "Tudo bem, ainda estou na metade da gravidez, e ninguém me deixa fazer nada por mais que eu diga que eu não estou doente. Mas ali no chão, pelo visto, tem alguém com um problema de verdade, será que vocês podiam então levantar o rapaz para que eu possa dar uma boa olhada no pé dele?".

Não e não. Eu não queria que ela desse uma "boa olhada" em nenhuma parte do meu corpo. Mas o Danilo no mesmo minuto acatou a ordem, foi pra trás de mim, colocou as mãos debaixo dos meus braços e começou a me levantar, por mais que eu pedisse pra ele me soltar.

"Tem um banco ali...", a Ana apontou. O Danilo já ia me puxar, mas eu falei que podia ir sozinho e comecei a pular com meu pé esquerdo até chegar lá, onde me sentei.

"Espero que você não tenha chulé, Leo", a Gabi falou se sentando ao meu lado. Eu não disse nada, apenas fiquei me sentindo muito desconfortável enquanto ela tirava a minha meia. Porém, assim que olhei pro meu dedão, vi que realmente alguma coisa tinha acontecido ali. Ele estava ficando roxo.

"Tenta dobrar o dedo", ela falou, segurando o meu pé por baixo. Eu tentei, mas a dor foi tão forte que eu até dei um gemido. Ela fez uma cara de preocupada e continuou a apalpar. Mas a cada vez que ela tocava no meu dedo, eu puxava a perna pra trás, pois doía muito.

"Está doendo tanto assim?", ela perguntou depois de umas três tentativas.

"Está", eu respondi já imaginando o que ela ia dizer na sequência.

"Leo, acho que você pode realmente estar com o dedo quebrado, mas pra saber com certeza vai ter que tirar uma radiografia."

Eu não podia acreditar na minha sorte. Um dia antes de ir embora eu era desprezado pela mulher por quem eu tinha viajado milhares de quilômetros e ainda quebrava o dedo. Perfeito.

"Tudo bem, eu dou um jeito", falei. "Danilo, só me ajude a ir até o hotel. Lá perguntamos na recepção onde é o hospital mais próximo e você me leva de carro. Obrigado, Gabi. Foi bom te ver de novo, apesar da situação... E parabéns pelo neném."

"Tem um hospital aqui pertinho!", ela falou no mesmo instante. "Eu fui lá conhecer, pra poder contar pros meus professores e colegas como é. De carro vocês não vão levar nem cinco minutos. É só seguir até o final dessa avenida e virar à esquerda quando avistarem uma escola. Não tem erro." Eu já ia agradecer a informação, quando ela continuou: "Só que eu não vou deixar você ir embora sem antes me explicar o que está fazendo aqui. E seja rápido, porque eu tenho que estar dentro de um avião daqui a pouco".

"Pergunta pra Fani", falei pra ela, tentando me levantar. O Danilo veio em meu socorro e disse que tinha só um problema. Ele não conseguiria me escorar e levar ao mesmo tempo a câmera, a filmadora e o tripé.

As meninas só então pareceram notar o equipamento que ele tinha deixado praticamente no meio da rua quando foi me acudir.

"Vocês é que iam entrevistar a Fani?", a Gabi franziu as sobrancelhas. "Mas como isso aconteceu? E aquela menina da voz de gralha?"

"A Márcia teve que ir embora antes", o Danilo explicou, desconsiderando o comentário sobre a voz. "Por isso o Leo ia fazer a entrevista. Mas pelo visto não fez, porque ele saiu da casa da amiga de vocês meio nervoso, chutou aquela pedra e deu nisso..."

A Gabi começou a rir, mas a Ana na mesma hora colocou a mão na boca. "Você encontrou com a Fani? Ai, meu Deus. Eu precisava ter visto isso. O que ela falou?"

"Olha, o meu dedo está doendo pra caramba, muito mesmo. Será que você pode me levar para o hospital, Danilo? Aí as meninas podem voltar pra casa da Fani, para que ela fale mal de mim à vontade."

Percebi que as duas olharam uma pra outra, então o Danilo se virou pra Ana e perguntou se ela podia ajudá-lo a levar o equipamento enquanto ele me escorava até o hotel, que ficava no final da rua.

"Não acredito que você até escolheu um hotel pertinho do apartamento dela!", a Gabi balançou a cabeça. "Você veio pra espionar a Fani?"

Aquilo me deixou nervoso. Eu me levantei de uma vez e saí pulando pela rua, sem responder.

"Foi coincidência...", o Danilo disse enquanto ia em minha direção. "Nós chegamos a ir de carro até o endereço dela, mas quando vimos que era do lado, voltamos ao hotel e viemos a pé."

Ele me alcançou e a Ana veio atrás, já segurando o tripé e a filmadora. A Gabi ficou parada por um tempo, mas logo começou a andar atrás deles falando: "Leo, com certeza eu vou saber a versão da Fani, mas será que você pode me contar a sua primeiro? Ela te mandou embora? E será que dá pra você me explicar como armou essa entrevista toda?"

Eu resolvi contar logo, senão ela não ia me deixar ir pro hospital nunca. Quando chegamos ao hotel, ela já sabia a história toda, desde a parte do e-mail da mãe da Fani até o momento em que eu tinha conseguido que a emissora de TV onde eu trabalhava nos mandasse para cobrir o festival.

"Mas por que você não falou pra Fani desde o começo que estava por trás da entrevista?", a Ana perguntou.

"Óbvio...", a Gabi respondeu antes de mim. "Ele ficou com medo de que ela não aceitasse. Não foi?"

Eu só assenti e concluí dizendo que antes eu tivesse dito logo, pois aí não precisaria ter sido barrado na porta do apartamento dela.

"Claro que isso aconteceria, né? Você a expulsou da sua casa anos atrás e nunca mais apareceu... O que você queria? Que ela te recebesse com um beijo na boca? Bem feito! E se você já não estivesse tão machucado e eu com pressa, o que ia doer é o seu ouvido, de tanto que teria que me escutar!"

"Ele tentou aparecer...", o Danilo interrompeu a bronca da Gabi. As meninas olharam como se o tivessem visto pela primeira vez. "Eu não sou só o fotógrafo da entrevista, como vocês devem estar pensando. O Leo é meu melhor amigo. E eu sei que ele tentou falar com a Fani antes. Mas, para o bem dela, preferiu ficar por esses anos todos guardando tudo pra ele. Até que surgiu essa oportunidade de vê-la... mas pelo visto não deu certo, né?"

A dor estava aumentando a cada minuto, e aquela conversa não estava ajudando em nada. Em certo momento, comecei a perceber que não era só o dedo. Por dentro, o meu peito estava muito machucado também. Por isso, antes que elas perguntassem em que outra situação eu tinha tentado me encontrar com a Fani, eu disse um "ai" fazendo cara de dor, e então elas mesmas disseram que era pra ele se apressar.

"Meninas, pena que não nos encontramos antes", o Danilo disse, já me colocando dentro do carro. "Gostaria de ter tido mais tempo para conhecer vocês! Gabi e Ana, é isso?"

"Ana Elisa", a amiga da Inglaterra corrigiu.

Era isso! Ana Elisa... A Fani foi pra Brasília por causa dela, para consolá-la quando o namorado morreu.

"Muito prazer!", o Danilo deu um beijo em cada uma. "Eu sou o Danilo."

Ele já estava entrando no carro, quando a Ana Elisa perguntou: "Vocês vão embora quando?".

"Amanhã à tarde", ele respondeu. "A gente ainda precisava fazer a entrevista, saber o resultado do festival e falar com o vencedor, que esperávamos que fosse a própria Fani. Mas agora, com esse acidente e a recusa dela em responder às perguntas, acho que vamos passar o resto do tempo aqui no hotel, até a hora de ir pro aeroporto..."

Elas ficaram nos olhando sem dizer nada até que o Danilo entrasse no carro. Quando ele ligou o motor, a Gabi chegou na minha janela.

"Foi bom te ver de novo, Leo. Você está igualzinho. Seu e-mail ainda é aquele 'soueuoleo' ridículo?"

"Tenho também o da revista, mas pode escrever pro soueuoleo ridículo que você ainda sabe de cor", respondi.

"Em qual quarto vocês estão?", a Ana Elisa perguntou. "Quero ligar mais tarde pra ter notícias do Leo."

"Quarto nove. Mas vocês já não estão indo pro aeroporto?", o Danilo indagou. "Acho que ouvi alguém falando isso..."

"Eu volto pro Brasil daqui a pouco, mas a Ana Elisa mora com a Fani", a Gabi explicou. "Acho melhor você levar o Leo depressa, olha o dedo dele... já está parecendo uma berinjela."

Olhei para o meu pé e quase desmaiei. Aquilo não estava nada bom.

O Danilo se despediu das meninas mais uma vez, e elas deram um último aceno pra mim. Ele então ligou o carro e partiu.

3

Helena: Só queria dizer que seremos sempre as mesmas. Quero que você seja tão feliz como eu sou.

(Sissi)

"Fani, eu não estou acreditando que você não o convidou pra entrar! Tá na cara que ele arrumou essa entrevista só pra te ver! E ele é tão fofo... Eu não lembrava direito dele, afinal, só tinha encontrado com ele um dia na vida, quando você chegou da Inglaterra. Mas ele é mesmo tudo aquilo que você falava! Fofinho e engraçado!"

"Ela fez certinho! Quem ele pensa que é? Aparecer assim depois de tanto tempo, sem nenhuma preparação? Ainda bem que eu não estava aqui, senão provavelmente o haveria enxotado com uma vassoura. Porém, depois que ele explicou o caso todo, e com aquela cara de desolado que ele estava, eu fiquei até meio com pena..."

Eu estava dirigindo para o aeroporto havia quinze minutos, completamente muda. A Ana Elisa e a Gabi não paravam de falar na minha cabeça desde o momento em que tinham voltado pra casa e me encontrado chorando no sofá.

Quando escutei a chave girando, eu ainda tentei me recompor, mas elas vieram em minha direção como se já soubessem o que tinha acontecido. Cada uma me abraçou de um lado, e toda vez que eu tentava dizer alguma coisa, elas só diziam: "Shhh... a gente entende...", e então eu chorei ainda mais, sem nem saber direito o motivo, talvez por susto, talvez pela nostalgia... Eu apenas precisava colocar aquela emoção toda pra fora. Depois de um tempo, eu realmente me reestruturei, me levantei e peguei um copo de água.

Aí elas me contaram que o haviam encontrado no final da rua e descoberto que ele era o responsável pela minha entrevista.

"Ele quebrou o pé, Fani", a Ana Elisa disse de repente. "Ele saiu daqui revoltado e chutou uma pedra. A Gabi até teve que examinar... Aí eu ajudei o fotógrafo bonitinho a carregar os equipamentos até o hotel deles."

As duas começaram a rir, e eu fiquei tentando conciliar todas as informações. Ele havia quebrado o pé?! E que fotógrafo? Ele não estava sozinho? Como a Ana Elisa tinha ido até o hotel deles e voltado em menos de 15 minutos, que foi o tempo que demorou entre a saída dele e a chegada delas?

"Eles estão hospedados ali no Tangerine", a Gabi desvendou um dos mistérios. "Não é o hotel que você disse que seus pais ficam quando vêm te visitar? Aquele que fica ao lado do restaurante que você gosta?"

Confirmei meio no automático, cada vez com mais perguntas surgindo em minha mente. Ele estava tão perto assim? Há quanto tempo? Por que motivo? Antes que eu formulasse essas questões em voz alta, a Gabi foi depressa pro quarto, dizendo que tinha que colocar as últimas coisas na mala e que era pra gente conversar no carro, enquanto eu a levava ao aeroporto. Mas em nenhum momento as duas pararam de falar sobre o "acontecimento da década", nas palavras da Gabi: o "retorno do Leo".

Aos poucos, elas foram me passando as informações que tinham descoberto. Ele reafirmou pra elas que tinha ficado sabendo do meu filme através do e-mail da minha mãe. Mas também deu a entender que tinha viajado só pra me ver...

"Mas e a aliança?", perguntei de repente, já no carro. "Se ele está noivo, supostamente não devia ter inventado uma viagem internacional para ver uma ex-namoradinha de anos atrás, né? Que falta de respeito com a noiva dele é essa?"

A Gabi revirou os olhos e falou: "Fani, Fani... tantos anos se passaram e você continua a mesma, sempre se desmerecendo. Quem disse que ele te considera uma 'ex-namoradinha' qualquer? Você foi *a* namorada, a pessoa que marcou a vida dele. Assim como, nós sabemos muito bem, ele foi o namorado que marcou a sua. Ou vai me dizer que o Jeff, o Guilherme e o Mark chegaram minimamente perto do lugar que ele ocupou em seu coração?".

Eu não respondi, continuei a dirigir, me preocupando apenas em desviar dos carros, sem ver nada realmente, só borrões passando, com a imagem dele na minha porta ainda congelada na frente dos meus olhos.

"E essa noiva aí", a Gabi continuou, "é problema dele, não seu. Mas, talvez, se você quiser, ele possa te explicar direitinho hoje mais tarde. E também outros assuntos do passado... Pelo que disse, ele vai embora amanhã. Ainda dá tempo de você ter uma conversinha com ele. A Ana Elisa anotou o número do quarto."

"Eu não quero ter conversinha nenhuma!", olhei irritada pra ela. "Eu fiquei tanto tempo tentando esquecê-lo! E agora que tudo está indo bem ele aparece pra desestruturar minha vida de novo! Por que ele não apareceu antes, quando eu ainda estava sofrendo por causa dele?"

A Gabi balançou os ombros, mas a Ana Elisa, do banco de trás, disse calmamente: "O Danilo falou que ele tentou...".

Eu olhei pelo retrovisor, como se ela tivesse falado grego.

"Que Danilo?", perguntei sem entender nada. "E tentou o quê?"

"Ah é, eu tinha me esquecido dessa parte...", a Gabi pareceu se lembrar. "O tal fotógrafo, que estava lá no seu filme ontem. Ele é amigo do Leo. Melhor amigo, ao que parece. O que aconteceu com o Rodrigo?"

"Ele falou que o Leo tentou aparecer, tentou falar com você, algo assim. Mas que acabou desistindo, pro seu bem. Na verdade, acho que começamos a falar de outras coisas, ele não contou essa parte direito...", a Ana Elisa explicou.

"Mas essa era a parte mais importante!!", eu praticamente gritei. "*Desistiu pro meu bem!* E o que ele sabe sobre fazer o bem pra mim?"

As duas ficaram caladas, e pouco depois avistamos o aeroporto. Só aí eu atinei que a hora da Gabi ir embora estava chegando. E eu preocupada com bobagens...

Parei na frente do desembarque, para que ela descesse e a Ana Elisa a ajudasse no check-in enquanto eu procurava uma vaga no estacionamento. Mas no minuto em que elas saíram do carro, meu coração começou a doer.

Normalmente, quando as pessoas vinham me visitar, o momento da partida delas era doloroso, mas não tanto assim, pois eu sabia que elas sempre poderiam voltar, e que logo eu estaria lá... Mas com a Gabi era como se fosse uma espécie de despedida mais definitiva. Em poucos meses ela seria mãe. Aqueles momentos despretensiosos que havíamos passado relembrando os velhos tempos sem nenhuma preocupação estavam com os dias contados. Agora ela seria responsável por mais alguém.

Eu ainda estava pensando nisso quando as encontrei no saguão do aeroporto. Ela já estava com o cartão de embarque na mão, e agora só nos restava esperar.

"Essa cara de tristeza é por causa do Leo ou por que estou indo embora?", ela perguntou assim que me aproximei. "Seja qual for o caso, não tem o menor sentido! Você já aprendeu a viver sem qualquer um de nós por perto. Se você quiser, pode fingir que esse encontro com o Leo nem existiu... E eu, bem, eu estou ao alcance do telefone, do Skype, e daqui a uns meses você vai passar férias no Brasil!"

Como eu não disse nada, ela colocou a mão na cintura, respirou fundo e falou: "Eu sei o que você está pensando. Você acha que depois dessa viagem nossa amizade nunca mais será a mesma. Que, pelo fato de eu ganhar um bebê, agora eu vou ser adulta e não vou mais ter tempo pra suas bobagens adolescentes".

Eu franzi as sobrancelhas. Ela tinha praticamente lido meus pensamentos, apesar de, com 23 anos, eu não me considerar mais uma adolescente... Mas eu realmente a estava achando bem mais adulta do que eu, nessa nova fase que ela estava vivendo. E, certamente, o tempo dela para as minhas "bobagens" diminuiria.

"Fani...", ela fez sinal para que eu me aproximasse, antes que eu pudesse responder. "Você é mais do que a minha melhor amiga. As nossas vidas podem tomar rumos totalmente diferentes, e elas, inclusive, tomaram, quando você se mudou pra cá. E mesmo que eu esteja em uma fase, digamos, voltada para a família, e você totalmente focada na vida profissional, você continua a ser a pessoa para quem eu quero contar as novidades primeiro. Eu acompanhei o seu crescimento, apesar da distância. Eu senti através dos seus e-mails e telefonemas como dia após dia você foi deixando de ser aquela menininha chorona e se transformou em uma mulher que não perde tempo lamentando o que não aconteceu, uma mulher que consegue o que quer, que corre atrás dos seus sonhos. E apesar de, em alguns momentos, você ainda me lembrar aquela garota tímida que eu conheci no colégio, com seus dramas e suas confusões, você não é mais só isso. Você é alguém de quem eu me orgulho. Alguém que eu gostaria de ter sempre por perto, embora isso não seja possível. Alguém que me faz feliz quando demonstra que, apesar de tudo o que conquistou, ainda precisa dos meus conselhos..."

Eu a abracei antes mesmo que ela terminasse de falar. Eu estava segurando o choro até então, mas você não pode ver sua melhor amiga que está indo embora dizer coisas tão bonitas e ficar impassível. Deixei as lágrimas rolarem sem culpa, e, quando a Gabi se afastou, vi que os olhos dela também estavam meio marejados, mas ela logo esfregou o rosto na manga da blusa e sorriu.

"Ô, Faniquita...", ela falou limpando as minhas lágrimas com a mão. "Não tem motivo pra tristeza, tá? Sua vida está maravilhosa! O seu filme vai ganhar aquele festival, o seu professor já te falou que você pode conseguir o emprego que quiser, e até o mocinho da sua vida resolveu entrar em cena novamente..."

A lembrança do Leo fez com que eu franzisse a testa. Eu ainda estava em choque com aquilo. Ainda não havia tido tempo de assimilar o que estava acontecendo.

"E se eu puder te dar um último conselho antes de embarcar", ela continuou, "acho que você não deveria deixar de ouvir o que ele tem pra te dizer. Fani, quando você me contou o motivo do seu término com o Guilherme, eu vi nitidamente que você tem isso mal resolvido até hoje. Você ainda pensa no Leo. Guarda lembranças dele. E até escreve pra ele. Se não encerrar isso, se não colocar um ponto final, você vai continuar com o coração fechado pra qualquer um que se aproximar."

Era mais ou menos o que o próprio Guilherme tinha me falado no dia anterior, na porta do cinema. Mas naquela hora eu nem imaginava que eu teria um "encontro com o passado" tão cedo...

"Me promete que vai ouvir o Leo? Que vai tentar descobrir o que ele realmente veio fazer aqui? Fani, esse é o momento pelo qual você esperou por mais de cinco anos! Está na hora de você liberar tudo o que guardou durante esse tempo, de dizer pra ele o quanto ele foi injusto, o quanto ele precisava ter te escutado. Não dando uma chance pra ele se expressar, você vai apenas se igualar a ele. É isso que você quer? Descontar? Sair por cima? Eu acho que você não precisa disso. Você já está no topo. Ele terminou com você por causa de um mal-entendido, pensando que você ia ficar sofrendo, mas você simplesmente fez sua mala, agarrou a chance de realizar seu sonho e está aí, feliz e realizada. Deixe que ele veja isso. O que você tem a perder?"

Ela viu que eu estava considerando as palavras dela e concluiu: "Na verdade, eu mesma teria dado uma bronca nele; ele deu sorte de ter machucado o pé! Mas ainda bem que não falei nada, porque eu acho que ele tem que escutar tudo de você. Faça com que ele se sinta bem mal! Diga o quanto sofreu sem merecer. E também o quanto você está bem agora. Sem ele".

Eu ri um pouco da cara de justiceira vingativa que ela fez, e nesse instante ouvimos o chamado do voo dela.

"Ah, não...", falei baixinho enquanto a Ana Elisa se aproximou, também com uma expressão triste.

Fomos as três abraçadas até a sala de embarque, dando passos bem lentos, mas inevitavelmente a hora do adeus chegou.

Deixei que ela e a Ana Elisa se despedissem primeiro, tentando adiar o momento ao máximo. Mas então o abraço delas terminou, e a Gabi me olhou, já dando um suspiro.

"Tenho que ir... Mas antes você vai me prometer que, quando eu chegar ao Brasil, já vai ter um e-mail imenso me esperando, me colocando a par de todos os acontecimentos! Sobre o festival e também sobre o Leo!"

"Não vai ter nada sobre o Leo, Gabi... eu realmente acho que..."

"Fani, tenho que te falar uma última coisa", ela me interrompeu. "Eu contei pra vocês a minha história inteira com o Victor.

Vocês ficaram encantadas e disseram que eu tinha dado muita sorte de encontrar alguém que me amasse e valorizasse tanto. Mas você sabe o quanto eu sofri antes de encontrá-lo, que eu gostei de várias pessoas erradas, que não davam a mínima para os meus sentimentos... E o que fez com que eu me apaixonasse por ele foi exatamente o jeito como ele me tratava. Como se eu fosse importante. Como se eu fosse única..."

Eu fiquei tentando entender aonde ela estava querendo chegar, o alto-falante anunciou novamente que o embarque do voo dela estava sendo realizado, por isso ela se apressou em dizer o resto: "Apesar de tudo, o Leo sempre te tratou dessa maneira. Ele te achava especial. E, se ele viajou depois de tanto tempo para encontrar com você... bem, eu não sei, mas eu acho que talvez ele ainda pense assim. Que você é diferente das outras que ele deve ter conhecido. Que você é tão valiosa que mesmo esses anos todos não o deixaram se esquecer disso. Pense a respeito. Acho que guardar rancor nesse momento talvez não seja o melhor a fazer. Quem sabe se debaixo de toda essa terra que você jogou pra abafar aquela paixão ainda tenha sobrado uma semente...".

Ela me deu um último abraço, dizendo que queria me ver feliz, abraçou novamente a Ana Elisa, e entrou na sala de embarque, dando um último aceno.

Nós ficamos olhando por mais um tempo, até que ela desapareceu. A Ana Elisa então olhou para o relógio e falou: "São cinco horas. Antes do resultado do festival sair, acho que dá tempo de darmos uma passadinha em um hotel perto de casa pra remarcar sua entrevista... e também pra ter notícias sobre o machucado de alguém...".

Eu me virei pra ela assustada, mas tornei a olhar para a sala de embarque, me lembrando de tudo o que a Gabi havia dito. Ela estava certa. Eu não tinha nada a perder.

Então eu apenas dei um suspiro e fiz que sim com a cabeça, sem a mínima certeza. A Ana Elisa me deu o maior abraço, apertou a minha mão e falou: "Ai, que bom! Enquanto você conversa com o Leo, vou poder falar de novo com o fotógrafo amigo dele!".

"Ei, você está me estimulando a fazer isso só porque está de paquera com esse cara?", eu me afastei.

Ela riu, enlaçou o meu braço no dela, e eu apenas balancei a cabeça.

Já quase no carro, ela falou: "Eu fui conhecer o Leo, com detalhes, através do seu filme. E hoje, ao vê-lo frente a frente, vi que você conseguiu passar uma imagem bem fiel dele pros espectadores. O problema de fazer o público se apaixonar pelo mocinho é esse... a gente fica torcendo pra dar certo! Eu também gosto de finais felizes, sabe?".

Eu não falei nada. Apenas entrei no carro pensando no quanto ela estava enganada. Nos filmes, geralmente, os amores do passado só reaparecem para que a protagonista entenda o quanto o amor atual vale a pena.

Eu pensei no Jeff. E novamente no Leo.

Possivelmente, daquela vez, o enredo seria bem diferente. A mocinha ia terminar sozinha no final da história. E aquilo não teria nada de feliz.

4

Cinna: Não tenho permissão para apostar, mas, se eu pudesse, apostaria em você.

(Jogos Vorazes)

Lembro que, quando eu tinha 11 anos, participei de um campeonato de futebol no colégio. Em um dos últimos jogos, um menino do outro time colocou a perna na minha frente em um momento em que eu estava com a bola e corria para o gol, e, com isso, acabei caindo em cima do meu braço. O juiz deu cartão vermelho, e ele foi expulso. Mas eu também não pude terminar a partida. Meu braço doía tanto que eu nem me lembro direito do que aconteceu, até que me levaram para o hospital, e o médico disse que teria que engessar, pois ele estava quebrado.

Por isso, não foi nenhuma novidade quando me disseram que eu tinha quebrado o dedo do pé, eu já tinha sentido aquilo antes. Dessa vez não engessaram, apenas puxaram meu dedo (até que eu quase desmaiasse de tanta dor), colocaram uma tala de metal e enfaixaram. Mas o que me surpreendeu foi quando o médico pediu meus dados e – ao dizer que era do Brasil – perguntou quando eu retornaria. Eu contei que seria no dia seguinte, e ele apenas sorriu como se eu fosse muito inocente... Aquilo não seria possível. A pressão no avião devido à altitude faria com que meu pé inchasse ainda mais, e agora, enfaixado, aquilo poderia prender a minha circulação. Além do mais, o metal que estava dentro da faixa me traria problemas na hora de passar pelo raio-x dos aeroportos. Ele então me aconselhou a desmarcar a passagem e voltar ao hospital em uma semana, quando ele tiraria a faixa e avaliaria se eu já estava apto para fazer a viagem.

Se isso tivesse acontecido um dia antes, eu certamente teria até gostado. Passar umas férias forçadas na Califórnia não seria nada mal. Eu já estava me sentindo à vontade em Los Angeles, e um tempo a mais ali seria muito bem-vindo. Porém, agora, tudo o que eu mais queria era voltar logo pra casa, de onde eu nunca deveria ter saído. Estar tão perto da Fani, sabendo que ela nem queria olhar pra minha cara, era, de certa forma, voltar a um passado distante, antes mesmo do nosso primeiro beijo. Mas, naquela época, eu pelo menos podia me contentar com a amizade dela... Já nos dias atuais, pelo visto, eu era considerado seu inimigo número um.

"Eu só não entendo o motivo de ter feito um filme daqueles, com um final tão romântico pra vocês dois, se ela não tinha um desejo contido de que isso acontecesse...", o Danilo falou, quando chegamos ao hotel um pouco mais tarde. Nós saímos do hospital e passamos direto no aeroporto, para cancelar as passagens e renovar o aluguel do carro. Eu disse pra ele que não precisava ficar mais por minha causa; ele podia embarcar no dia seguinte mesmo, e eu me viraria até que o médico liberasse a minha partida. Mas ele falou que isso estava fora de questão, que não ia me largar ali sozinho sem nem conseguir pisar direito no chão. No hotel, ele mandou uns e-mails para uns clientes, avisando que teria que atrasar alguns trabalhos por pelo menos uma semana, e em seguida perguntou se eu não deveria ligar para a Meri e pedir que ela avisasse ao pai sobre o meu acidente.

Eu apenas deitei na cama, colocando o pé em cima de vários travesseiros, sem força nem ânimo pra mais nada. Não sei se pelo volume de emoções dos últimos dias ou pelo analgésico que o médico tinha receitado, mas de repente tudo o que eu queria era dormir e acordar um mês depois, quando já tivesse tomado as rédeas da minha vida novamente. Mas pelo jeito eu não ia cair no sono tão cedo, pois o Danilo insistia em ficar falando sobre a Fani e o filme.

"Ela apenas inventou uma história, Danilo!", resolvi responder, para que ele parasse de ficar me atormentando com suposições. "Ela quis dar um final bacana pra personagem dela, mas isso não quer dizer que desejava que aquilo tivesse acontecido na própria vida. Ela provavelmente já está vivendo um 'final feliz' melhor, com aquele diretor, e nem fica pensando em namorados do passado. E era exatamente isso que eu deveria estar fazendo também, em vez de sair por aí inventando viagens internacionais e chutando pedras!"

O Danilo abriu a boca para argumentar, mas o telefone do quarto tocou antes que ele dissesse qualquer coisa.

"Deve ser da recepção", eu falei. Havíamos perguntado se teria como estender a nossa estadia por uma semana, e eles tinham ficado de avisar assim que verificassem.

O Danilo atendeu; porém, pela expressão no rosto, logo vi que alguma coisa tinha acontecido. O hotel provavelmente estaria lotado na semana seguinte e teríamos que nos mudar. Ótimo! Eu trataria de arrumar algum do outro lado da cidade, para não correr o risco de esbarrar em *ninguém* conhecido no meio da rua...

"A Fani está aqui!", ele sussurrou de repente, depois de pedir para a pessoa no telefone aguardar. "Posso falar pra ela subir? A moça da recepção disse que ela pediu pra você descer, mas o médico avisou que era melhor você ficar com o pé pra cima hoje..."

Antes que ele terminasse a última frase eu já tinha me levantado. Olhei para os lados e vi que o quarto estava uma bagunça. Apesar da camareira ter arrumado as camas, tanto a minha mala quanto a do Danilo estavam abertas no chão, roupas sem dobrar em cima da mesa, equipamentos de filmagem e fotografia espalhados por todos os lados...

"Ela está aqui?", perguntei sem acreditar. "Eu vou descer! Diga pra não a deixarem subir!"

Corri para o banheiro enquanto ele falava com a recepcionista. Em vez de ter ficado me lamentando, eu deveria ter tomado um banho logo que cheguei, dessa forma não estaria com aquele cheiro de hospital e com o cabelo todo amassado! Como vi que não ia ter jeito de melhorar muito, apenas troquei de blusa, escovei os dentes e penteei o cabelo. O Danilo então me ajudou a descer as escadas.

De cara, eu a vi. Ela estava de costas, olhando pra rua, conversando com a Ana Elisa. Porém, ao ouvir os nossos passos, ela se virou, assim que acabamos de descer o último degrau.

Ficamos nos olhando sem dizer nada por uns três segundos. Ela ainda estava com a mesma roupa de mais cedo: calça jeans, sapatilha e uma blusa azul-escura tomara que caia. Os olhos dela estavam um pouco inchados, e o nariz vermelho. Se ela ainda conservava alguma característica da antiga Fani, provavelmente tinha chorado ao se despedir da Gabi.

"Oi...", ela disse sem se aproximar. "Soube que você se machucou. E as meninas disseram que você estava hospedado aqui."

Não era bem o que eu desejava que ela dissesse – que era algo parecido com: "*Desculpa por ter te tratado daquele jeito, eu continuo te amando mesmo depois de todos esses anos*" –, mas já era alguma coisa. Pelo menos, parecia que ela não estava mais *tão* na defensiva. Apesar de ainda estar completamente séria.

"Pois é", eu falei balançando os ombros. "Eu tenho essa mania de sair chutando pedras pelo caminho quando as coisas não saem como eu planejo... Mas eu não esperava que uma delas fosse descontar no meu pé."

Ela deu um leve sorriso, e só aquilo já fez o meu estômago dar um pequeno *looping*. O Danilo, então, se apresentou para a Fani e cumprimentou a Ana Elisa, dizendo pra ela que a Gabi estava certa, pois eu realmente tinha quebrado o dedo. "O médico disse que ele não deve ficar com o pé pra baixo hoje, sob o risco de inchar muito", ele completou.

"Por que vocês não conversam no restaurante aqui do lado?", a Ana Elisa perguntou. Aí o Leo pode colocar o pé em cima de uma cadeira.

Era exatamente o restaurante que eu tinha sugerido mais cedo. Porém, dessa vez, em vez de fazer cara feia, ela só fez que sim, sem me olhar.

Para ir até lá, o Danilo me ajudou mais uma vez, brincando que ia arrumar uma bengala pra mim.

"Tem uma muleta lá em casa", a Fani falou depressa. "A Tracy torceu o pé patinando, quando ainda morava comigo, mas a muleta está lá até hoje. Eu posso ir buscar..."

Tracy? A irmã inglesa dela? Elas tinham morado juntas? Então será que a garota que eu tinha visto no dia anterior com o Christian era mesmo ela?

"Eu busco!", a Ana Elisa disse depressa. "Vocês ficam aí conversando enquanto isso. Eu vou e volto rapidinho."

"Posso te acompanhar", o Danilo falou. A Ana Elisa começou a dizer que não precisava, mas logo concordou, provavelmente imaginando que seria uma boa ideia nos deixar sozinhos.

Olhei pra Fani e vi que ela estava sem graça, possivelmente pensando o mesmo que eu, que aquilo estava parecendo uma daquelas armações de colégio, quando todo mundo combina de deixar o casalzinho a sós. Mas não estávamos na escola nem éramos mais adolescentes. Eu deveria conseguir usar uma situação dessas ao meu favor, sem parecer tão tolo, não é? Se fosse com qualquer outra garota, eu possivelmente faria graça para quebrar o gelo, mas não era uma menina qualquer que estava ali...

Por isso, foi ela que acabou falando primeiro, assim que o Danilo e a Ana Elisa se afastaram, após terem me ajudado a sentar no restaurante. Antes de sair, eles disseram que podíamos fazer o pedido, então a Fani apontou para o cardápio, que estava na mesa, e disse: "Você está com fome? Eu sugiro a *enchilada de pollo*, que é um pouco picante, mas é deliciosa".

Antes que eu respondesse, um garçom apareceu e a cumprimentou pelo nome, sorrindo. Ela sorriu de volta e começou a conversar com ele em *espanhol*! Em certo momento, ela apontou para mim, e eu pude entender que estava dizendo que eu era um amigo do Brasil. O garçom disse que eu era muito bem-vindo e perguntou se eu já tinha escolhido o que queria. Olhei pra ela, que parecia estar se divertindo com o meu ar de surpresa ao vê-la tão comunicativa, e respondi que ia querer um refrigerante e... *enchilada de pollo*. Percebi que ela gostou de eu ter aceitado a sugestão e disse que ia querer o mesmo.

"Estou vendo que agora você *habla* espanhol...", eu comentei, me recostando na cadeira.

Ela pareceu um pouco tímida, como nos velhos tempos, mas logo deu de ombros, dizendo que o melhor amigo dela era espanhol.

"Depois de tantos anos convivendo com o Alejandro quase diariamente, seria estranho se eu não tivesse aprendido um pouquinho... E eu passei um mês com ele na Espanha também, nesse período eu desenvolvi bastante..."

Então ela tinha um novo melhor amigo. E ficava viajando com ele por aí. Engoli o ciúme que ameaçou aparecer mais uma vez e apenas elogiei a pronúncia dela.

"Quer dizer que você quebrou o dedo...", ela falou um pouco depois. Se anos antes me dissessem que a Fani se sairia melhor do que eu em puxar assunto, certamente eu não acreditaria. Ela era a tímida da história. Eu costumava ter problemas pra *parar* de falar.

"Pois é...", respondi, disposto a virar o jogo. "Eu não contava com isso. Meu voo estava marcado para amanhã. Agora vou ter que ficar aqui por pelo menos mais uma semana. Ordens médicas."

Ela levantou levemente as sobrancelhas e tomou um gole da Coca que o garçom tinha acabado de trazer. Eu continuei: "O site eu posso atualizar daqui. O Danilo é meu sócio, estamos com os notebooks, e só precisamos baixar os vídeos que fizemos no festival. Mas eu não sei como vou fazer na TV... Na verdade, eu ainda nem avisei pro meu chefe o que aconteceu. Eu deveria voltar a trabalhar já na terça-feira...".

Ela apenas me deu um olhar solidário, perguntou como era o meu trabalho, e eu aproveitei para explicar tudo. Contei desde o começo, mencionei o meu estágio no caderno de Cinema em um jornal semanal do Rio, falei da TV a cabo onde fui trabalhar depois de formado, expliquei que o Danilo tinha vindo com a sugestão de criar a revista eletrônica e como aquilo vinha me deixando feliz, ao contrário da TV.

Após ouvir atentamente por um tempo, ela me interrompeu.

"Leo, que história de cinema é essa?", ela perguntou sem rodeios. "Lembro que você dizia que queria fazer Jornalismo para poder encontrar bandas diferentes que mereciam destaque, para mostrar para o mundo algumas músicas que poucos conheciam, para divulgar artistas independentes, entre outras razões..."

Fiquei meio sem graça, mas devolvi a pergunta, imitando a fala dela: "Fani, que história de pós-graduação em trilha sonora é essa? Você dizia que ia se especializar em cinema de *amorzinho*...".

Ela ficou vermelha. Logo vi que eu não deveria ter perguntado aquilo. Ela tornou a ficar na defensiva; quando respondeu, estava bem mais seca.

"Não existe pós-graduação em romance. E o motivo de eu ter escolhido trilha sonora foi exatamente porque eu aprendi que a música é importante para compor o ambiente nas cenas. Descobrir a hora exata de encaixar cada uma e o tipo de som indicado em cada momento vai me ajudar na direção dos meus filmes."

Eu só falei que aquilo parecia interessante e bebi um pouco do meu refrigerante. O clima definitivamente tinha mudado. Ela estava fria novamente. Eu gostaria que alguém colocasse uma trilha sonora, para esquentar de novo a cena...

O garçom chegou com os pratos e começamos a comer sem dizer nada. Assim que coloquei o garfo na boca, meus olhos lacrimejaram. Era muito apimentado! Ela começou a rir ao ver a minha situação. Eu não sabia se chorava, se cuspia ou se me abanava. Acabei engolindo e tomando todo o refrigerante de uma vez só.

"Desculpa", ela disse ainda rindo. "Com o Alejandro, eu aprendi a gostar de pimenta, então eles capricham! Devem ter pensado que era pra fazer o prato igual pra você!"

De novo aquele Alejandro. Se eu o encontrasse, faria com que ele mastigasse uma pimenta inteira!

"Toma o meu refrigerante também", ela colocou o copo na minha frente enquanto se levantava. Uns segundos depois ela voltou com um vasilhame. "Esse molho é pra quebrar um pouco a pimenta. Da primeira vez que vim aqui, aconteceu exatamente a mesma coisa comigo, e eles me trouxeram isso, para eu conseguir comer o resto. Mas te garanto que com pimenta é muito mais gostoso..."

Eu agradeci, virei quase o molho inteiro no meu prato, e a comida ficou bem mais comestível.

A partir daquele incidente, o assunto voltou a ficar leve. Ela contou que morava no mesmo local há cinco anos e que em todo aquele tempo frequentou aquele restaurante, por isso os donos e os garçons já a consideravam de casa.

"Fani, eu notei que você falou que a Tracy morou com você um tempo... É a mesma Tracy da Inglaterra? Aquela com quem eu cheguei a trocar e-mails e tal?"

Quando ela estava no intercâmbio, eu tinha escrito pra Tracy, pedindo que entregasse umas flores e uns DVDs para a Fani, secretamente, e depois disso conversamos mais algumas vezes. Porém, desde o término, eu nunca mais havia tido notícias dela. Então me lembrei da Cecília dizendo que, se terminasse um relacionamento algum dia, tentaria manter contato com os amigos do ex... Eu realmente gostaria que aquilo tivesse acontecido comigo.

"É ela sim. Ela também fez faculdade aqui. Moramos juntas por mais de quatro anos. Aí ela se mudou pra casa do namorado, bem na época que a Ana Elisa arrumou um estágio na Califórnia."

Eu ia perguntar se o tal namorado era o Christian, pois eu achava que tinha visto os dois juntos, mas resolvi não mencionar aquele cara. Mesmo que ele estivesse com outra.

"Mas o estágio da Ana já acabou, e em vinte dias ela vai embora também...", a Fani continuou. "Em setembro ela tem que estar na Inglaterra. Eu não queria ficar sozinha... me acostumei a morar com elas."

Ela pareceu triste de verdade ao dizer isso, então eu dei um sorriso e falei a primeira coisa que veio à cabeça: "Mas você não vai ficar sozinha... Está se esquecendo da Winnie?".

Ela estava brincando com a comida no prato, mas assim que eu disse isso, olhou intensamente pra mim. Sustentei o olhar, e, por um momento, foi como se estivéssemos em câmera lenta, em BH, ainda na época do colégio. Ela me olhava daquele jeito algumas vezes, sem ter a menor consciência do quanto aquilo me fazia ter vontade de agarrá-la. Exatamente como eu queria fazer agora... Mas, de repente, ela abaixou o olhar para a minha aliança. Eu ia começar a explicar que aquilo não era nada, apenas um mal-entendido, mas a porta do restaurante se abriu, e por ela o Danilo e a Ana Elisa entraram, trazendo um par de muletas e um notebook.

"Fani", a Ana Elisa disse se aproximando. "Está quase na hora do resultado do festival! Eu trouxe o meu laptop pra gente poder olhar daqui mesmo!"

Percebi que a cor do rosto dela tinha sumido. Ela se levantou depressa, dizendo que não queria ver ali, e sim em casa. Em seguida olhou as horas, provavelmente pra conferir se teria tempo de chegar lá.

"Droga, perdi a noção do tempo! Faltam só dez minutos." Ela abriu a bolsa, colocou uns dólares na mesa e, olhando pra mim, falou: "Você se importa se eu for embora? Estou deixando a minha parte aqui. Vou ter que correr!".

Eu pedi que ela guardasse o dinheiro, pois o jantar era por minha conta, mas ela fez que nem ouviu.

"Calma, Fani... dá tempo!", a Ana Elisa falou. "Mas por que não podemos ver aqui? A gente aproveita e já comemora..."

"Porque eu tenho receio de que não tenhamos motivo pra comemorar...", ela disse baixinho, com uma expressão ansiosa. Entendi tudo no mesmo instante. Ela estava com medo de perder.

Eu me levantei rapidamente também e entreguei meu cartão de crédito para o garçom, ao mesmo tempo em que dizia pro Danilo que íamos levar as meninas de carro.

"Não precisa, ficou louco?", a Fani falou. "Em cinco minutos chegamos lá!"

"Mas de carro vocês chegam em dois!"

O garçom me devolveu o cartão depois que digitei minha senha, e eu peguei o dinheiro que a Fani tinha deixado na mesa e entreguei pra Ana Elisa. O Danilo, então, tirou as chaves do bolso e falou: "Leo, por que você não espera no hotel enquanto eu levo as meninas? Acho que você deveria ficar quieto com esse pé".

Eu lancei um olhar mortal pra ele, que a partir daí não disse mais nada.

"Vai no banco da frente, Fani", eu ofereci, assim que o Danilo destravou a porta.

"Não, pode ir", ela disse já se sentando atrás. "Você tem que ficar com a perna esticada."

Fingi que não ouvi e me sentei ao lado dela. A Ana Elisa rapidamente se sentou na frente, o Danilo deu a partida, e em dois minutos estávamos mesmo em frente ao prédio delas.

Eu gostaria de acompanhar com a Fani o anúncio do resultado, mas, como ela não nos convidou pra entrar, apenas falei: "Boa sorte. Mas independentemente do que aconteça eu queria que você soubesse que eu vi vários dos filmes concorrentes e realmente acho que o seu é o melhor deles. Você conseguiu emocionar o público. E a mim também".

Ela pareceu meio surpresa, agradeceu e abriu a porta do carro. Porém, antes de sair, ela olhou pra mim: "Já que vai ter que ficar mais uns dias aqui... e eu não quero que você se prejudique ainda mais no trabalho, se quiser, eu ainda posso dar aquela entrevista. Quer dizer, se eu ganhar, né? Porque certamente você não vai querer entrevistar uma perdedora...".

"Fani... você já é uma vencedora! Olha aonde você chegou! E é claro que eu quero te entrevistar! Não importa o resultado."

Ela deu um pequeno sorriso, e nesse momento a Ana Elisa falou pra ela se apressar. Eu pedi rapidamente o celular dela, avisando que telefonaria mais tarde, pra dar os parabéns, pois sabia que ela ia vencer.

"Melhoras", ela disse apontando pro meu pé. "E cuidado com as pedras do caminho..."

"Eu vou dar um jeito nelas...", eu disse baixinho, quando ela já estava na portaria. "Eu vou remover todas elas."

Ela então saiu do carro e eu pedi pro Danilo correr. Eu também queria ver aquele resultado no minuto em que ele aparecesse na tela.

5

Laura: Eu o odiei por ter me
abandonado daquele jeito.
E então ele simplesmente aparece
na maior noite da minha carreira!
Que tipo de carma é esse?

(Noite de Ano Novo)

Assim que entrei em casa, percebi duas coisas. Primeiro que a Winnie não estava sozinha, como eu a havia deixado. E segundo que meu apartamento estava parecendo uma *lan house*. A Tracy, o Christian e o Alejandro estavam sentados no meu sofá, cada um com um notebook no colo. Contando com o da Ana Elisa, que ainda estava debaixo do braço dela, e com o meu, que eu tinha deixado em cima da mesa, poderíamos perfeitamente estar no *Guinness* pela residência com mais computadores por metro quadrado.

"Você não me disse que eles estavam aqui...", falei pra Ana Elisa, assim que abri a porta e dei de cara com os três.

"Eles não estavam até dez minutos atrás... Tenho certeza, porque fiquei um pouco com o Danilo aqui dentro. A gente queria dar um tempo pra você e o Leo conversarem sozinhos..."

"Fani!", a Tracy se levantou assim que me viu. "Onde você estava que não levou seu celular? Sua mãe ligou umas 800 vezes em cinco minutos, isso desde o momento em que chegamos aqui! Como tocamos a campainha e ninguém atendeu, resolvi usar a minha chave; não ia dar tempo de voltar pra casa antes de sair o resultado. Nós todos queríamos ver o anúncio com você, pra comemorar bastante!"

Por que todo mundo tinha tanta certeza de que eu ia ganhar? Será que só eu entendia que todos os outros nove finalistas tinham a mesma chance do que eu?

Dei um abraço rápido nos três, achando bom o fato de eles estarem ali, mas ao mesmo tempo desejando estar sozinha. Se eu perdesse, não queria vê-los com expressão de dó e decepção. Eu já estaria desapontada e com pena de mim mesma o suficiente.

Corri até a mesa e liguei meu laptop, ao mesmo tempo em que o meu celular e o telefone de casa começaram a tocar simultaneamente. A Tracy atendeu um, enquanto eu fui buscar o outro. Olhei no visor e vi que era o Jeff. Apertei a tecla "End" e vi nas chamadas não atendidas que, além da minha mãe, ele era outro que tinha tentado falar comigo várias vezes. Provavelmente queria ver o resultado ao meu lado também.

"É a sua mãe, Fani! E ela disse que só vai desligar quando você conversar com ela. Se eu fosse você atenderia logo; seu pai vai pagar uma fortuna de ligação internacional..."

Antes de pegar o telefone da mão da Tracy, perguntei se o resultado ainda não tinha saído. O Alejandro falou que já estava com o dedo até doendo de tanto dar F5, mas que ainda não tinha novidade nenhuma.

Atendi, já falando pra minha mãe que eu não poderia conversar, pois o resultado sairia a qualquer momento.

"Fani, me escuta!!!!!"

O som que veio do outro lado foi tão alto que todo mundo ouviu e começou a rir, dizendo que a minha mãe devia estar mais nervosa do que eu. Eu fui para o meu quarto, levando o computador comigo, e perguntei o que era tão urgente que não podia esperar cinco minutos.

"Eu já sei o resultado", ela respondeu bem mais calma. Eu ia dizer que aquilo era impossível, pois eu estava com o site do festival aberto na minha frente e não tinha anúncio nenhum, mas algo na voz dela me fez pensar que ela poderia estar falando sério. "Eu estou tentando falar com você há mais de uma hora, pois achei que era melhor você saber por mim, mas pelo visto você acha que eu nunca tenho nada importante pra te dizer..." Saber por ela o quê? Continuei a atualizar a página e nada. Que demora era aquela? "Fani", ela continuou, "desde ontem eu estou em contato com os organizadores do festival, tentando descobrir esse resultado. Você sabe que eu considero a ansiedade o mal da atualidade e que eu não consigo ficar aflita por muito tempo. Por isso, expliquei que eu sofria do coração e que aquela angústia não estava me fazendo bem..."

"Mãe!", eu quase gritei. "Você não deveria brincar com essas coisas de saúde!"

"Uma mentirinha à toa, eles nunca vão saber... Mas o fato é que, uma hora e meia atrás, eles finalmente concordaram em me revelar o resultado em primeira mão, e eu queria te contar, antes que você soubesse pela internet!"

Eu me sentei na cama. "E que resultado é esse, mãe?", perguntei baixinho, já sabendo o que ela ia dizer. Se eu tivesse ganhado, ela não teria perdido tempo explicando aquilo tudo. Ela apenas diria no segundo em que eu falasse "alô"...

"Eu sempre soube que esse concurso não estava à altura do seu talento, minha filha. Esses americanos não sabem enxergar o que é bom nem se a coisa estiver sambando diante dos olhos deles. Mas eles me garantiram que o seu filme vai ganhar destaque na TV, ou algo assim..." Ela ainda estava falando, mas de repente o site atualizou, e eu comecei a tentar ler, sem deixar de ouvir as palavras da minha mãe. "E eles também disseram que criaram uma menção honrosa só por sua causa, essa parte eu não entendi direito. De qualquer forma, eu acho que segundo lugar não é tão mal assim..."

No momento em que ela falou "segundo lugar", eu tirei o telefone do ouvido e desci a tela inteira, tentando avistar o meu nome em alguma parte. E, então, eu vi.

Winners:

1st place – The Bipolar World – Neil Louie

2nd place – Shooting My Life's Script – Fani C. Belluz

3rd place – Ice, Rocks and Times – Clark Thomas

E aí eu não vi mais nada. E nem ouvi mais nada também, além de uma voz chata na minha cabeça que dizia: "Você perdeu, você perdeu, você perdeu". Eu já sabia que aquilo ia acontecer... A minha intuição me alertou o tempo todo. Mas então... por que eu estava tão chateada?

De repente, quatro pessoas adentraram meu quarto, cada uma me abraçando de um lado.

"Parabéns, Fani!", a Ana Elisa falou primeiro. "Segundo lugar é excelente!"

"Malditos! Este Neil Louie vai ficar ainda más convencido e continuar com aqueles trajes horribles en sus películas! Definitivamente houve fraude en el resultado!"

Eu sorri para o Ale, que quando ficava nervoso ainda misturava um pouco de espanhol com português, mas nem tive tempo de responder, pois a Tracy me puxou: "O que importa é que pra nós você é a campeã! O outro filme só ganhou porque fala de política! Aposto que os jurados eram todos homens!".

"Vocês estão se esquecendo da parte mais importante. A Fani acabou ganhando o prêmio maior, pois, além do segundo lugar, ainda recebeu uma menção honrosa..."

Olhei para o Christian sem entender sobre o que ele estava falando.

"Que menção?", perguntei, me lembrando da minha mãe, que ainda deveria estar me esperando no telefone. Ela também tinha falado algo sobre isso. Falei "alô" rapidamente, para ver se ela ainda estava ali, mas tudo o que ouvi foi o sinal de ocupado. Ela provavelmente tinha desligado ao perceber que tinha muita gente ali pra me consolar.

"Você não viu que também ganhou um prêmio diferente?", a Ana Elisa apontou pra algum lugar na tela. E então eu li. O meu filme tinha sido o mais pontuado por todos os jurados da área de televisão. Por isso, o sindicato dos produtores de TV resolveu me dar uma menção honrosa, uma espécie de protesto particular por acharem que eu merecia o primeiro lugar. Eu não sabia bem o que aquilo significava, mas devia ser um prêmio de consolação. Provavelmente, o meu filme se tornaria um daqueles que não vai para o circuito de cinemas, e sim direto para a TV a cabo...

"O Mr. Smith quer falar com você", o Christian falou um pouco depois. Eram tantos celulares tocando, e cada hora um deles atendia, dizendo que eu não podia falar naquele momento, mas eu não tinha como deixar de atender o meu orientador.

No minuto em que ouvi a voz dele, meu coração apertou. Até então, eu não tinha ficado com vontade de chorar pelo resultado, mas o Mr. Smith era o responsável pela minha participação no festival e também por eu ter criado aquele roteiro. E, sem os conselhos dele, o filme não teria ficado tão lindo. Ele tinha sido o meu mentor do início ao fim. Por isso, quando ele falou que aquele resultado nada importava, pois para ele eu tinha vencido, senti lágrimas nos olhos, por mais que o Alejandro, a Tracy, a Ana Elisa e o Christian tivessem dito a mesma coisa. Afinal, meus amigos diriam isso ainda que eu tirasse o último lugar. Já o Mr. Smith era muito profissional para mentir sobre algo importante assim. E era também por ele que eu gostaria tanto de ter vencido...

Porém ele começou a me explicar mais ou menos o que a Tracy já havia suposto, e aquilo me confortou. O júri provavelmente tinha ficado sem saber o que fazer. Como premiar um filme de romance, quando vários outros faziam considerações profundas sobre o futuro da humanidade? Por isso, ele achava que eu deveria me considerar a campeã, pois o segundo lugar nesse caso realmente era uma vitória. Pra finalizar, ele explicou que aquela menção honrosa provavelmente teria muito mais significado do que eu imaginava e que eu podia esperar por propostas profissionais muito interessantes nos próximos dias. Ao fim do telefonema, eu já estava me sentindo um pouco menos triste. Realmente o segundo lugar não era tão mal assim... E o outro filme devia mesmo merecer mais. Mas é que eu tinha escutado tantas vezes nos últimos dias que a minha vitória era garantida que, de certa forma, acabei acreditando...

Assim que devolvi o celular para o Christian, a Ana Elisa me entregou o telefone de casa. Era o Jeff. Fiz uma careta pra ela, pois ele era a última pessoa com quem eu queria conversar naquela hora, mas tive que atender, afinal ele já tinha ouvido a minha voz.

Ele começou a dizer o que todo mundo já havia dito, que eu deveria ter vencido, que pra ele eu era a ganhadora, e que a menção honrosa era muito mais do que um prêmio, pois ele nunca tinha visto alguém ser contemplado assim naquele festival. Em seguida ele perguntou se poderia passar na minha casa. Eu já ia dizer que preferia ficar sozinha, por estar meio pra baixo, quando uma ideia me ocorreu. Desde o dia anterior, eu tinha resolvido que queria finalizar de vez aquele namoro, que para mim nem tinha começado, mas que para ele parecia já ser algo muito sério. E eu tinha vivido tantas emoções nas últimas horas que uma a mais não faria diferença. Era melhor que eu resolvesse aquilo de uma vez.

Dessa forma, concordei que ele viesse para a minha casa. Até ele chegar, eu teria tempo suficiente para tomar um banho e tentar colocar os meus pensamentos em ordem. Eu tinha acordado ainda sentindo as emoções do festival. Então o Leo apareceu, e o mundo virou de cabeça pra baixo. Um pouco depois tive que me despedir da Gabi, e foi como se ela tivesse levado junto um pedaço de mim. Em seguida aquele encontro (que me balançou mais do que eu queria admitir), logo depois o resultado do festival, e agora... o Jeff. Era como se eu estivesse vivendo dez dias em um!

Fiquei dizendo para mim mesma que terminar com ele nada tinha a ver com o Leo, eu já queria fazer aquilo antes, mas será que era mesmo verdade? O motivo de eu querer romper com ele não era exatamente pelo desejo de vivenciar sentimentos tão fortes como os da personagem do meu filme? E não era exatamente isso que eu parecia estar sentindo agora? Uma montanha-russa de emoções?

Debaixo do chuveiro, deixei as lembranças da tarde me invadirem. E, com elas, milhares de sentimentos misturados. Primeiro raiva, ao ver o Leo na minha porta, como se nada tivesse acontecido e como se o tempo não tivesse passado. Depois surpresa, ao sentir que o meu coração batia forte como não fazia há anos. Mais tarde pena, ao vê-lo tão indefeso, precisando da ajuda do amigo para andar. Se ele continuava o mesmo, e tudo indicava que sim, ele devia estar sofrendo, pois costumava ser todo independente e odiar ter que pedir favores... Senti também admiração, quando ele contou que havia fundado a tal revista eletrônica para poder se sentir realizado fazendo o que gostava, e que, devido ao esforço dele, aquilo agora já estava trazendo até retorno financeiro. E eu não poderia esquecer o frio na barriga que me acometeu quando ele me olhou profundamente, no segundo em que paramos de falar... Aquele mesmo olhar que, no passado, me dava vontade de pedir que ele me beijasse.

De repente, comecei a rir sozinha ao me lembrar dele provando a comida apimentada. Se fosse antigamente, ele certamente teria me feito comer alguma coisa que eu detestasse, só pra descontar, mas agora ele parecia estar todo formal, como se estivesse com medo de me assustar. Não o condenava, eu também estaria completamente contida se fosse o contrário, se tivesse sido eu a procurá-lo e ele tivesse me tratado como eu o tratei. Mas o que ele esperava? Eu tinha ficado em choque. Na verdade, eu ainda estava em choque...

E então eu me lembrei dele falando que eu não estaria sozinha, pois eu tinha a Winnie para me fazer companhia. Ele estava certo. Ela havia me feito companhia durante todos aqueles anos. Ela era a parte dele que tinha ficado. E por isso mesmo aquilo me comoveu. Ele continuava fofo e falando as palavras certas nas horas mais adequadas. Mas, por outro lado, ele estava diferente, com um ar mais sério e responsável, e também um pouco tímido, como ele nunca havia sido. Senti vontade de descobrir cada detalhe dessa nova personalidade, e, provavelmente, caso a Ana Elisa e o amigo dele não tivessem chegado me avisando sobre resultado do festival, teríamos assunto para a noite inteira.

Foi quando eu me lembrei da aliança. E aquilo me fez pensar que, naquele momento, ele era fofo com mais alguém. Alguém que provavelmente conhecia cada detalhe dele, cada característica nova de que eu não sabia e cada acontecimento que o havia levado até ali. Eu senti inveja daquela garota que eu nem sabia quem era. Mas por que esse sentimento? Eu não deveria me importar! Eu deveria ignorá-lo, exatamente como ele fez comigo anos atrás! Mas não, em vez disso eu permiti mais uma vez que aquele sorriso me seduzisse e concordei com aquela entrevista idiota! Eu deveria era continuar com o Jeff e esfregá-lo no nariz dele. Pra que ele visse que não era só ele que estava comprometido! Resolvi sair logo do banho. Aquela autoterapia definitivamente não estava me fazendo bem.

Assim que entrei no meu quarto, dei uma olhada no meu celular, que tinha ficado em cima da cama, e vi que tinha quatorze chamadas não atendidas! Verifiquei rápido e notei que 11 eram da minha mãe e três de números desconhecidos – provavelmente meus colegas da faculdade, querendo me dar parabéns (ou pêsames) pela minha classificação no festival. Eu não queria falar com ninguém, mas, ainda assim, liguei para os meus pais, só pra dizer que eu estava bem e que no dia seguinte conversaríamos com mais calma. Talvez por pensarem que eu estivesse muito triste, eles concordaram e disseram que de qualquer forma estavam muito orgulhosos de mim.

Dez minutos depois eu já estava pronta. A Ana Elisa havia contado para os outros sobre o Leo, e aquilo só fez com que eles dissessem que eu não deveria terminar com o Jeff, pois o Leo não me merecia, que ele tinha me feito sofrer, que o Jeff sim gostava de mim de verdade. Por mais que eu dissesse que uma coisa nada tinha a ver com a outra, uma vez que a minha decisão já estava tomada antes, eles não acreditaram.

Apenas a Ana Elisa ficou do meu lado, talvez por ter acompanhado os últimos acontecimentos. Mas ela nem teve tempo de me defender direito, pois o Jeff chegou, e ninguém mais falou a palavra "Leo".

Ele conversou um pouco com todo mundo e em seguida perguntou se eu não queria sair pra comer alguma coisa, pois ele gostaria de me distrair e me consolar. Eu não estava com a mínima fome, pois já tinha jantado... mas aceitei, pra poder conversar com ele sozinha.

Assim que entrei no carro, o meu telefone tocou. Como eu estava conversando com o Jeff, atendi sem olhar, pensando que pudesse ser minha mãe de novo, mas a voz do outro lado era bem diferente...

"Oi, Fani! Eu vi o resultado do festival e fiquei muito triste. Eu tentei te ligar, mas seu celular não atendeu antes... Bem, eu sei que provavelmente você não quer ver ninguém, mas é que eu estou chegando na porta do seu prédio. O Danilo disse que eu não deveria vir, por isso não quis me trazer, mas a muleta que você me emprestou até que me faz andar bem rápido. Então eu queria saber se você poderia vir aqui fora, só pra eu te dar os parabéns, afinal você merece! Segundo lugar não é pra qualquer um! E, talvez, se você não estiver muito cansada, terminar o assunto que a gente estava conversando mais cedo... Tem várias coisas que eu queria te falar e..."

Ele se calou. Porque, bem nesse momento, chegou em frente ao meu prédio e me viu olhando pra ele da janela do carro do Jeff, ainda com o celular no ouvido. No mesmo minuto o Jeff arrancou, sem ter consciência de que aquela pessoa no meio da rua, de muletas e olhar desamparado, por mais que eu não quisesse admitir, era com quem eu realmente gostaria de estar naquela hora... Só ele poderia me distrair. E era ele quem eu queria que me consolasse.

6

Etienne: O que aconteceu?

Phillipe: Nada que eu não pudesse resolver.

(O feitiço de Áquila)

De: Maria Carmem <mcarmem55@hotmail.com>

Para: Leonardo <ls@cinemateka.com>

Enviada: 06 de agosto, 08:08

Assunto: Fratura

Filhinho! Estou desesperada aqui! Por que você não me ligou ontem mesmo, na hora em que se machucou? Você quer que eu voe para a Califórnia pra cuidar de você? Eu posso pedir a passagem pro seu pai, sei que ele não vai negar! Tenho medo de te deixar assim, e o seu dedinho não se recuperar devidamente! Fratura é coisa muito séria!

Beijos!

Mamãe

De: Leonardo <ls@cinemateka.com>

Para: Maria Carmem <mcarmem55@hotmail.com>

Enviada: 06 de agosto, 08:18

Assunto: Re: Fratura

Mãe, sem pânico, ok? Lógico que não precisa vir só pra cuidar de mim! Nem sei pra que eu fui te ligar hoje, devia ter deixado para contar só quando eu voltasse! Eu estou bem! Eu quebrei o dedo do pé, não o cérebro! Eu só tenho que ficar aqui alguns dias porque o médico achou melhor, mas eu estou ótimo.

Aproveite e veja se quer alguma coisa daqui. Tenho praticamente uma semana de férias, posso ir ao shopping, não estou de cama nem nada. Inclusive arrumei uma muleta emprestada.

Beijo,

Leo

De: Leonardo <ls@cinemateka.com>

Para: Rubens <rubens@mail.com.br>

Enviada: 06 de agosto, 08:21

Assunto: Acidente

Pai,

Minha mãe já deve ter te contado as novidades. Quebrei o dedo ao tropeçar em uma pedra. A mamãe ficou preocupada, está querendo até vir pra cá, para cuidar de mim! Por favor, pai, tente tranquilizá-la e diga que não tem a menor necessidade disso! Eu estou bem! Só tenho que ficar aqui porque o médico recomendou. Mas em uma semana eu já estarei de volta. Se for o caso, diga pra ela ir ao Rio me esperar. É bem mais perto que a Califórnia, né?

Beijos,

Leo

De: Meredith <meri@mail.com.br>

Para: Leonardo <ls@cinemateka.com>

Enviada: 06 de agosto, 08:34

Assunto: Vou voltar!

Leozinho, por que você não me ligou antes?! Eu já teria ido cuidar de você! Eu posso pedir a passagem pro meu pai, sei que ele vai me dar!

Homem não sabe se cuidar, você precisa de uma mulher do seu lado! Aposto que isso não teria acontecido se eu não tivesse ido embora!

Não vejo a hora de ver seu dedinho dodói.

Beijoooooooo!

Meri

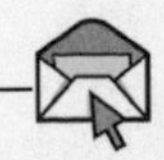

De: Leonardo <ls@cinemateka.com>

Para: Meredith <meri@mail.com.br>

Enviada: 06 de agosto, 08:48

Assunto: Re: Vou voltar!

Meri, estou escrevendo pra afirmar mais uma vez que você não precisa se preocupar. Estou muito bem, o médico apenas pediu que eu não viajasse ainda por precaução. Além do mais, o Danilo está aqui pra me ajudar. Não tem a menor necessidade de você voltar pra cuidar de mim. Concentre-se nos estudos nesse momento, gostei de te ouvir falando no telefone que está adorando a faculdade. Prometo que te ligo pelo FaceTime mais tarde pra você ver o dedo machucado.

Beijo,

Leo

De: Leonardo <ls@cinemateka.com>

Para: Afonso <afonso@tvdtv.com.br>

Enviada: 06 de agosto, 09:10

Assunto: Acidente

Prezado Sr. Afonso,

Acredito que a Meri já tenha te dado as notícias. Eu sofri um pequeno acidente ontem aqui em Los Angeles e vou ficar impossibilitado de viajar por uma semana. Na volta levarei o atestado médico e demais comprovantes. Espero que o João Carlos possa continuar a me substituir. Qualquer dúvida que ele tiver, por favor, peça que ele me avise, para que eu possa orientá-lo mesmo daqui. Continuo a trabalhar na cobertura do festival de cinema e já estou fazendo uma triagem do material filmado, para adiantar.

No fim de semana tenho que retornar ao médico que me atendeu, para que ele avalie a fratura. Se tudo correr bem, remarcarei minha passagem para o domingo mesmo.

Sr. Afonso, só mais uma coisa... A Meri está insistindo em voltar pra cá para me ajudar, mas eu garanto ao senhor que não precisa, estou realmente bem, só não voltei ainda por ordens médicas.

Atenciosamente,

Leonardo Santiago

De: Cecília <cecilia@mail.com.br>

Para: Leonardo <ls@cinemateka.com>

Enviada: 06 de agosto, 09:30

Assunto: ???????

Você morreu?

Cecília

De: Leonardo <ls@cinemateka.com>

Para: Cecília <cecilia@mail.com.br>

Enviada: 06 de agosto, 09:37

Assunto: Re: ???????

Oi, Cecília!

Desculpa, eu sei que prometi te escrever no minuto em que eu pisasse em solo californiano, mas os dias aqui foram muito agitados. Quando eu voltar pro Rio eu te escrevo com calma para te passar o "relatório completo", mas sei que você só está interessada na parte da Fani. Então vou resumir. Nós nos encontramos. Conversamos. Eu fiquei louco por ela (como eu nunca deixei de ser, você tinha razão). Ela ficou totalmente na defensiva, como era esperado. Ela está namorando e, provavelmente, muito feliz. E pensa que eu sou um noivo apaixonado. Está bom pra você ou quer mais?

Agora eu tenho que ficar preso aqui nesta cidade por mais sete dias, pois, além de tudo, consegui quebrar o dedo e, por isso, não posso viajar.

Quer trocar de vida comigo?

Beijo,

Leo

7

Kate: Eu gostaria que existisse um livro de culinária para a vida. Com receitas que nos dissessem exatamente o que fazer.

(Sem reservas)

De: Fani <fanifani@gmail.com>

Para: Vários <undisclosedrecipient>

Enviada: 06 de agosto, 08:21

Assunto: Obrigada

Queridos Mamãe, Papai, Inácio, Cláudia, Ju, Pedrinho, Rafa, Alberto e Natália,

Muito obrigada por todos os e-mails e telefonemas de parabéns. Fiquei meio decepcionada na hora do resultado ontem, pois eu realmente queria ganhar, mas hoje acordei mais tranquila. Sei que ter ganhado o segundo lugar é motivo de orgulho, ainda mais no meu primeiro filme de verdade.

Estou louca para vocês assistirem ao filme! Em breve, irei ao Brasil, então vamos fazer uma sessão familiar, com direito a muita pipoca!

Essa semana é a apresentação do meu trabalho final de pós-graduação, na qual eu vou ter que discorrer sobre o motivo por ter escolhido a música de cada cena do meu filme. Ainda bem que aceitaram o roteiro que já estava pronto, se eu tivesse que ter criado um só pra isso, além de tudo que tive que fazer nos últimos meses, certamente eu enlouqueceria.

Tenho outras novidades, mas tenho muita coisa pra fazer hoje, preciso correr. Mais tarde conversamos.

Beijos e muito obrigada de novo, gostaria que vocês estivessem aqui.

Fani

De: Fani <fanifani@gmail.com>

Para: Gabriela <gabizinha@netnetnet.com.br>

Enviada: 06 de agosto, 09:05

Assunto: Saudade

Gabi, você ainda nem deve ter chegado em casa, mas já estou com saudade! Volta???

Parece que já se passaram mil anos que você foi embora! Tanta coisa aconteceu desde que te deixei no aeroporto!

Pra começar, resolvi seguir seu conselho e fui conversar com o Leo. Apenas porque eu queria entender que história era aquela que vocês falaram no carro, que o amigo dele disse que ele tentou falar comigo anos atrás... Se eu não esclarecesse isso, certamente a curiosidade me torturaria pelo resto dos meus dias. Mas acabou que nem deu pra descobrir nada, a presença dele me distraiu completamente. Na verdade, antes eu não tivesse ido falar com ele. Foi muito estranho... Ao mesmo tempo que parecia que o tempo não havia passado, era como se tudo estivesse muito diferente. Ele está mudado, apesar de estar igual... Ai, como é difícil explicar! Ele está mais adulto. Você vai falar: "É óbvio, cinco anos se passaram!", mas não é isso. Eu não sei, mas algo nele realmente mudou. E o pior é que passamos meia hora juntos, mas não deu tempo de falar e nem de saber nada! E depois eu fiquei com vontade de multiplicar esses 30 minutos por mil! Eu tive que vir embora por causa do resultado do festival, ele disse que ia me ligar mais tarde, mas em vez disso ele acabou aparecendo e me viu com o Jeff. Ele tinha dito também que ainda queria me entrevistar, mas já passou das nove da manhã e ele ainda não deu sinal de vida. Então eu acho que ele desistiu. Provavelmente não teve nada a ver com o Jeff, e sim com o fato de eu ser uma derrotada.

Sim, essa é outra coisa que aconteceu. Eu não ganhei. Eu tirei o segundo lugar no festival. Todo mundo fica me falando que é uma colocação maravilhosa, e eu sei que é mesmo, mas então por que eu estou tão triste?

E a última novidade é que eu terminei com o Jeff. Eu já ia fazer isso mesmo, mas depois de ver o Leo no meio da rua, no meio da noite, com carinha de triste e de muleta, eu fiquei com vontade de sair correndo do carro e ir cuidar dele... Então eu tive que terminar, não era justo com o Jeff. Eu falei pra ele que, agora que o festival tinha passado, eu precisaria de um tempo pra mim, para colocar meus pensamentos em ordem, para pensar o que eu ia fazer profissionalmente, e ele, na verdade, pareceu mais preocupado em imaginar que pode me perder na produtora do que como namorada. Ele até falou que eu podia ficar de folga essa semana inteira, pois provavelmente eu estava muito estressada! Bom, eu aceitei, especialmente porque na quarta-feira tenho que entregar meu trabalho da pós.

Gabi, por que você desistiu de ser psicóloga?? Eu realmente precisava de uma agora. Eu acho que estou com sérios problemas. Eu acordei hoje, abri meu e-mail e levei o maior susto ao me deparar com várias propostas de outras produtoras de cinema! Algumas querem que eu escreva roteiros para elas, outras querem que eu dirija alguns filmes e outras ainda querem que eu escreva e dirija! Eu deveria estar radiante, mas eu só consigo pensar em uma coisa... No Leo. Me explica, como eu posso me sentir assim por causa de um cara que fez tudo aquilo comigo cinco anos atrás???

Desculpa, você mal chegou, e eu já estou te enchendo com meus problemas. Tá vendo? Você ficou apenas 15 dias aqui e já me deixou mal-acostumada! Quero minha amiga conselheira e perfeita de volta!

Beijos da sua amiga desorientada e confusa,

Fani

De: Gabriela <gabizinha@netnetnet.com.br>

Para: Fani <fanifani@gmail.com>

Enviada: 06 de agosto, 09:34

Assunto: Re: Saudade

Minha querida amiga desorientada e confusa,

Ainda estou no aeroporto de São Paulo, esperando a conexão pra BH, e também já estou com saudade. Mas estou feliz que seus dramas me seguiram. Assim sinto menos falta de você.

Acho que tenho a solução para os seus problemas:

E-mail da Dra. Eliana, minha antiga psicóloga: elianapsicologa@psicque.com.br

E-mail do Leo: soueuoleo@gmail.com (sim, ele ainda usa esse, eu perguntei).

Escreva pra ele agora e pergunte a que horas vai ser a entrevista, pois você tem outros compromissos.

Beijos e mande outro e-mail mais tarde me contando tudo!

Gabi

De: Fani <fanifani@gmail.com>

Para: Leonardo <soueuoleo@gmail.com>

Enviada: 06 de agosto, 09:45

Assunto: Entrevista

Leo,

Gostaria de saber se a entrevista está de pé e o horário que você prefere. Tenho uns compromissos e preciso me organizar.

Obrigada,

Fani

De: Leonardo <ls@cinemateka.com>

Para: Fani <fanifani@gmail.com>

Enviada: 06 de agosto, 09:47

Assunto: Re: Entrevista

Claro que está de pé! Você pode agora?

Bjs!

Leo

P.S.: Meu e-mail mudou, agora é: ls@cinemateka.com. Algumas pessoas consideravam o outro meio ridículo...

De: Fani <fanifani@gmail.com>

Para: Leonardo <ls@cinemateka.com>

Enviada: 06 de agosto, 09:49

Assunto: Re: Re: Entrevista

Sim, pode ser agora.

Beijos,

Fani

P.S.: O e-mail não era ridículo, eu achava bonitinho...

8

Joe Bradley: Escute, por que não fazemos tudo isso juntos?

Princesa Ann: Você não tem que trabalhar?

Joe Bradley: Trabalhar? Não. Hoje vai ser feriado.

(A princesa e o plebeu)

O Danilo ainda estava meio dormindo, mas, no segundo em que recebi o e-mail da Fani perguntando sobre a entrevista, puxei o lençol e mandei que ele corresse para o chuveiro. Dessa vez eu ia fazer diferente. A entrevista antes, com fotos e filmagem. Depois, se tivesse oportunidade, eu conversaria com ela sobre outros assuntos. Ela estava namorando, feliz, e a última coisa que eu queria que ela pensasse era que eu tinha algum interesse nela além do profissional.

Em quinze minutos estávamos no prédio dela. O Danilo desceu comigo, e, assim que ela abriu a porta e o viu, pensei ver um ar de decepção na expressão dela, mas logo foi substituído por um sorriso e cumprimento com beijinhos. Que diferença do dia anterior...

"Senta aqui, Leo", ela pegou uma cadeira e me ajudou. Eu então disse que o meu dedo estava bem melhor e que agora eu já estava até conseguindo colocar o calcanhar no chão. Ela olhou pro meu pé, e eu fiquei meio sem graça, pois estava com tênis em um pé e chinelo no outro, mas ela pareceu não se importar, apenas disse que ficava feliz de saber que eu estava me sentindo melhor. O Danilo começou a montar os equipamentos, e ela perguntou se gostaríamos de beber alguma coisa. Nós agradecemos, e então ela perguntou onde deveria se sentar. O Danilo a posicionou em um lugar onde a luz estava melhor, e eu fiquei reparando a sala dela. Uma TV de tela plana, uma estante com vários DVDs e blu-rays (pelo visto ela estava modernizando a coleção), um sofá que parecia aconchegante, um pufe... Olhei para trás e vi que a cozinha era logo ali, com uma porta. Será que daria para uma área externa?

"Onde está a Winnie?", perguntei de repente. A Fani não parecia ser do tipo que costumava prendê-la por causa de visitas.

"Ela foi tomar banho. Tem um petshop aqui perto, em Burbank mesmo. A Tracy ficou de buscá-la pra mim mais tarde. Quando descobri que não precisaria trabalhar hoje, eu disse a ela que eu mesma faria isso, mas ela fez questão. Ela adora a Winnie..."

"O que aconteceu? Ganhou uma folga?", perguntei e logo me senti meio intrometido.

Ela pareceu não se importar e apenas explicou que teria que entregar o trabalho final da pós-graduação no meio da semana, e que, por isso, o dono da produtora onde ela trabalhava havia sugerido que ela ficasse uns dias por conta disso.

Hmmm... o dono da produtora. Ela não tinha a menor noção de que eu sabia que ele era bem mais do que isso, que ele era exatamente o cara com quem eu a havia visto dentro do carro na noite anterior. E é claro que ele devia fazer de tudo pra agradar a namorada, ainda mais depois dela não ter ganhado o festival.

O Danilo disse que estava tudo pronto e que poderíamos começar. Eu então peguei o papel com as perguntas que ela já tinha respondido por e-mail e expliquei que seria aquilo mesmo, mas que agora eu também perguntaria sobre o resultado do festival, se ela tinha ficado satisfeita com o segundo lugar e quais seriam os próximos planos dela.

"Você fica chateada se eu perguntar isso?", perguntei. "Digo, sobre o segundo lugar... Porque eu realmente acho que é uma classificação muito boa!"

Ela apenas disse que não, e eu comecei a fazer as perguntas que ela já conhecia. As respostas dela também começaram bem parecidas com as que ela tinha nos mandado por e-mail. Porém, logo vi que ela estava achando bem diferente do que escrever. Quando eu perguntei do que se tratava o filme e ela respondeu que era a história de uma garota que se apaixonava pouco antes do intercâmbio, ela fez de tudo para não me olhar, mas o Danilo fez sinal para que ela se virasse para a câmera, e, como eu estava bem na frente, nossos olhares se cruzaram algumas vezes. E naqueles momentos eu soube que, bem mais do que cenas do filme, partes da nossa vida estavam passando pela mente dela.

E foi mais ou menos o que eu perguntei na sequência, embora já soubesse a resposta: "Você se inspirou em sua própria história?".

Ela começou a dizer que inicialmente havia se inspirado em alguns acontecimentos que viveu, mas que depois deu outro desfecho para o filme. Dessa vez eu improvisei e fiz uma pergunta que não estava no roteiro: "Você gostaria que a sua história tivesse acontecido como você retratou na tela?".

Ela ficou um pouco inquieta, mas logo respirou fundo e falou que não mudaria nada em sua vida, pois havia aprendido muito com cada momento dela. "Se eu não tivesse vivido tudo o que vivi, hoje eu seria uma outra pessoa. E pode parecer falta de modéstia, mas eu realmente gosto de quem hoje eu sou."

Eu a observei por um tempo sem dizer nada, pensando que eu também estava gostando daquela Fani mais segura e independente, mas que estava com uma certa saudade daquela menininha que ela era...

Em seguida, perguntei sobre a trilha sonora, de onde ela havia tirado aquelas músicas. Ela pareceu meio constrangida e olhou pro chão. Mas então, desviando do meu olhar, se virou pra câmera e disse que as músicas eram um dos elementos que tiveram inspiração na vida real. "De certa forma, aquela foi a trilha sonora de uma fase da minha própria história. E eu a emprestei a meus personagens..."

Fiquei feliz com a resposta e perguntei como tinha sido dirigir, escrever e também cuidar da trilha. Ela contou rapidamente que havia tido muita ajuda e que em um ano, o período que levou pra produzir o filme, teve tempo suficiente para fazer tudo com calma.

Olhei para o papel e vi que a próxima pergunta era sobre o Christian. Eu ainda não me sentia confortável em falar o nome dele, por isso apenas li, sem olhar para ela. Porém, ao responder, ela olhou direto para mim: "Eu namorei o Christian por poucos meses em uma época em que eu estava muito triste porque a pessoa de quem eu realmente gostava estava com outra. Pelo menos era o que eu pensava... Mas a amizade com o Christian ficou. Foi ele quem me ajudou a vir estudar Cinema em Los Angeles, inclusive foi até BH para me oferecer uma bolsa de estudos. Então muito do que eu consegui aqui foi graças a ele. Eu o considero um dos meus melhores amigos. E, hoje em dia, ele namora a minha irmã inglesa. Quer dizer, eu a chamo assim, pois morei na casa dela quando fiz intercâmbio, e realmente nos consideramos irmãs. Ela e o Christian estão praticamente casados, e eu fico muito satisfeita por eles estarem felizes juntos".

Ela disse isso tudo sem tirar os olhos de mim, como se estivesse jogando na minha cara várias verdades de uma vez só. E, apesar de já saber a maior parte há anos, tive que engolir cada uma delas. Quer dizer que ele e a Tracy estavam mesmo juntos! Isso era bom. Mas e aquele outro melhor amigo espanhol que ela havia mencionado no restaurante? Um tal de... *Alexandro*? Será que era só um amigo mesmo?

"Você tem planos de voltar para o Brasil?", perguntei depressa, para pensar em outra coisa. Ela rapidamente disse que não, pois estava muito feliz e realizada ali. Eu ia perguntar se "algo" poderia fazê-la mudar de opinião, mas resolvi deixar pra lá.

A próxima pergunta era bem pessoal. Antes de começar, avisei que, se ela ficasse desconfortável, poderia se recusar a responder, e em seguida perguntei se ela era casada ou comprometida, e como o marido, ou o namorado, influenciava na profissão dela.

Ela, a princípio, parecia que ia responder uma coisa, mas parou um pouco, pensou, e então falou: "Sou solteira. Bem longe de me casar, pois acho que sou muito nova e quero aproveitar bastante a vida". Percebi que ela deu uma olhada sutil para a minha aliança ao dizer isso. Tive vontade de perguntar onde nessa história entrava o Jeff e também de explicar a verdade sobre o meu noivado, mas não era o momento para aquilo. Em vez disso, aproveitei para dizer: "Melhor para os admiradores do seu trabalho, pois assim você pode focar totalmente na vida profissional. Seu filme foi muito elogiado, e você inclusive tirou o segundo lugar no festival. Gostou do resultado? Quais são seus próximos projetos?".

Ela pareceu meio desorientada com a mudança repentina de assunto, mas logo disse que tinha ficado feliz, pois aquele era o seu primeiro longa-metragem, e ela esperava que aquele também fosse o primeiro festival de muitos de que ela participaria.

Por último, fiz a pergunta sobre o motivo dela ter escolhido a profissão de cineasta e pedi dicas para quem também tinha essa vontade. Ela respondeu exatamente o que havia escrito, e então eu agradeci e encerrei a entrevista.

O Danilo logo falou que tudo tinha ficado ótimo, que nós nem precisaríamos editar muito, e perguntou se poderia fazer umas fotos mais descontraídas dela, na frente dos DVDs e também ao ar livre. Ela concordou e sugeriu de irmos para os fundos, um local que ela chamava de *lounge*, porque assim não precisaria ficar posando no meio da rua.

"Tenho vergonha dos vizinhos...", ela explicou meio sem graça, e eu sorri ao ver um resquício da antiga Fani.

Passamos pela cozinha, que era toda branquinha e organizada, e ela abriu a porta que eu tinha visto da sala. Era mesmo uma área externa que tinha ali. Fiquei impressionado com o local. Era pequeno, mas ela o havia decorado de uma forma muito aconchegante. Senti vontade de ficar ali, escrevendo as minhas matérias e resenhas. Provavelmente era exatamente onde ela escrevia seus roteiros.

O Danilo fez várias fotos, e a cada vez que ela sorria para a câmera era como se o local ficasse ainda mais claro. Tive vontade de parar tudo, mandar o Danilo ir embora e ficar ali mesmo, conversando por horas e horas com ela, esclarecendo tudo o que permaneceu nebuloso por tantos anos... Mas, em vez disso, fiquei esperando pacientemente enquanto ele tirava as fotos e em seguida as mostrava pra ela, que sorria ao aprovar alguma ou franzia as sobrancelhas para outras, pedindo que ele deletasse depressa.

Depois de meia hora, o Danilo falou que já tinha material suficiente, e então voltamos para a sala, onde ele começou a desmontar o tripé e a guardar a filmadora. Eu estava com uma vontade irresistível de convidá-la pra almoçar em algum lugar, mas ela tinha dito mais cedo que estava de folga para finalizar o trabalho da pós-graduação... Certamente ela recusaria, e eu ficaria com a maior cara de tacho. Deus, o que estava acontecendo comigo? Quando é que eu havia tido *medo* de convidar uma garota pra fazer alguma coisa antes?

"Vocês vão almoçar em algum lugar?", ela perguntou de repente, parecendo adivinhar meus pensamentos. Eu olhei pro Danilo, que só respondeu que nós não havíamos planejado nada.

"Eu fiquei de encontrar com a Ana Elisa em um bairro mais ou menos perto daqui, pois ela precisou arrumar uns documentos para a volta dela pra Inglaterra. Ela está com meu carro, e eu ia pegar um táxi até lá, para almoçar com ela e voltarmos juntas depois. Talvez, se vocês quiserem conhecer um pouquinho de Los Angeles fora da área turística, podem nos acompanhar... Quer dizer, se vocês não tiverem nada melhor pra fazer. Não vamos demorar muito, tenho um compromisso depois."

Eu e o Danilo concordamos no mesmo instante. Ela disse que só precisava buscar a bolsa no quarto dela, e – quando abriu a porta – de longe percebi que ele era cheio de cartazes de cinema. Vi também que tinha uma cama de casal. Lembrei daquele Jeff novamente, mas preferi me concentrar na resposta dela durante a entrevista, de que estava solteira.

Ela voltou com a bolsa, e logo já estávamos dentro do carro. No caminho, ela foi explicando o que era cada local. Quando o Danilo, que estava dirigindo, passou pelos estúdios da Warner, ela contou que havia feito estágio ali por anos. Fiquei impressionado e não tive como deixar de comparar ao meu próprio estágio, no jornal semanal, que eu julgava tão interessante... Perto do dela, aquilo não era nada.

Depois de um tempo, ela começou a falar da faculdade, e aí eu disse que nós havíamos visitado o local. Ela ficou meio surpresa, mas de repente balançou a cabeça. "Claro, eu já sabia... o Mr. Smith me contou que vocês estiveram lá e que até viram o *making-of* que ele fez do meu filme... Mas eu ainda não sabia que vocês eram *vocês*."

Ela falou aquele último "vocês" me olhando pelo espelhinho do quebra-sol. Eu estava no banco de trás e mantive o olhar, mas ela logo abaixou o rosto e começou a mexer no rádio.

Uns vinte minutos depois, chegamos a um local onde havia vários prédios que pareciam comerciais e dois shoppings. Um fechado e outro ao ar livre. Ela disse para o Danilo estacionar e, ao descermos, apontou para uma lanchonete que ficava no shopping aberto: "Eu marquei com ela naquela Johnny Rockets".

Assim que entramos, vi que era uma hamburgueria e que ela tinha o estilo daquelas antigas, dos anos 50, com mesas entre sofás e inclusive com uma jukebox em um canto. Eu elogiei a decoração, e a Fani explicou que aquela era uma rede americana de lanchonetes, que tinha lojas em várias cidades dos Estados Unidos e até em outros países. Em seguida falou para escolhermos uma mesa, pois ela iria ao banheiro.

"A Ana Elisa deve estar chegando", ela disse se afastando.

Nos sentamos em uma mesa ao lado da vitrine, de onde dava pra ver o movimento da rua, e foi então que tive uma ideia.

"Danilo, senta na minha frente", falei depressa. Ele se sentou, meio sem entender, mas quando a Fani voltou notei que ele tinha entendido a minha intenção. Eu queria ver onde ela escolheria se sentar.

Ela olhou primeiro pra mim, depois pra ele, pareceu meio indecisa, mas então se sentou ao meu lado. O Danilo balançou a cabeça, segurando o riso, enquanto olhava o cardápio. Por sorte, a Ana Elisa chegou bem nesse momento.

"Ei, que surpresa!", ela falou ao nos ver. "Pensei que a Fani estivesse sozinha. Desculpem o atraso!"

Todos nos levantamos para cumprimentá-la, e um pouco depois a garçonete veio anotar os pedidos.

"Vocês indicam alguma coisa?", eu perguntei, passando as páginas do cardápio. "Que não tenha pimenta, por favor..."

A Fani deu um risinho, o Danilo e a Ana Elisa olharam pra ela meio sem entender, mas a garçonete logo sugeriu um hambúrguer que, segundo ela, era o que fazia mais sucesso, e eu concordei com a sugestão.

"Como foi a entrevista?", a Ana Elisa perguntou assim que todos fizeram os pedidos.

Eu fiquei calado, esperando a resposta da Fani, mas o Danilo logo disse que tinha sido perfeita, pois a Fani era muito fotogênica e espontânea diante das câmeras. Eu ainda não havia pensado naquilo, mas quando ele disse tive que concordar. Ela tinha posado muito naturalmente. Se fosse antes, ela provavelmente teria pedido um saco de pão para enfiar na cabeça durante a filmagem. Mas, ao contrário, ela pareceu completamente à vontade. Certamente a proximidade com as câmeras nos estúdios fez com que ela perdesse também o temor de ficar diante delas.

O Danilo perguntou para a Ana Elisa quando exatamente ela voltaria pra Inglaterra, e ela respondeu que em menos de vinte dias, pois o estágio obrigatório já tinha terminado, e a formatura dela em Londres aconteceria em setembro. "E aí eu vou ter que escolher... Não sei se procuro emprego na Inglaterra, no Brasil ou aqui."

Na mesma hora em que a Fani disse "aqui", o Danilo falou "no Brasil". Eu e a Fani olhamos pra ele, que ficou meio sem graça, mas a Ana Elisa sorriu, parecendo feliz. Eu olhei pra Fani, e ela estava com a mesma expressão intrigada que eu. Será que tinha alguma coisa rolando entre aqueles dois? Eu estava tão preocupado com os meus problemas que até tinha esquecido de perguntar por que eles demoraram tanto no dia anterior, quando foram buscar a muleta.

"Na verdade, acho que o lugar é que vai me escolher, e não o contrário...", ela explicou depois de um tempo. "Eu vou distribuir currículos. E aí rezar para me chamarem..."

O Danilo perguntou em qual curso ela estava se formando, ela falou que era em Relações Internacionais, e os dois começaram a conversar sobre aquilo. Como a Fani parecia estar muito interessada no papo deles, ainda que estivesse muda, eu me levantei e fui até a jukebox. Comecei a passar música por música e de repente achei uma que eu gostaria de ouvir. "Not over you", do Gavin DeGraw. Eu havia escutado aquela música uns dias antes, e, desde então, a letra dela não tinha saído da minha cabeça.

Os acordes da canção invadiram a lanchonete, e eu me sentei novamente. A Ana Elisa, que, eu percebi, ainda estava no mesmo papo com o Danilo, só deu uma olhada rápida quando eu me sentei, dizendo que adorava aquela música, e voltou a conversar. Percebi que a Fani começou a batucar com a mão no ritmo da melodia enquanto acompanhava baixinho.

If you asked me how I'm doing
I would say I'm doing just fine
I would lie and say that you're not on my mind
But I'll go out and I'll sit down
At a table set for two
And finally I'm forced to face the truth
No matter what I say I'm not over you
Not over you[*]

Fiquei pensando se ela estaria prestando atenção na letra. Mas antes da música terminar a garçonete chegou com os nossos pedidos.

Por muito tempo ninguém disse nada além de elogios à comida. A Fani foi a primeira a acabar, pois a salada dela era bem menor do que os nossos hambúrgueres gigantes, então ela pediu licença e se levantou. Eu pensei que ela fosse até o banheiro de novo, mas, para minha surpresa, ela parou em frente à jukebox. Ela passou um tempo olhando com cuidado o catálogo de músicas, de repente deu um sorriso, apertou um botão e voltou pra mesa, ao mesmo tempo que a escolha dela começou a tocar. Demorei um pouco para descobrir a música, mas, quando a voz da Pink encheu o ambiente, eu soube exatamente qual era: "Who Knew".

Eu nunca tinha prestado muita atenção naquela letra, mas só de ouvir a primeira estrofe soube que a Fani estava mandando aquele recado diretamente pra mim. Quer dizer que ela também ainda gostava de enigmas musicais... e estava disposta a esfregar muita coisa na minha cara.

---

[*] Se você me perguntasse como eu estou
Eu diria que estou bem
Eu iria mentir e dizer que não estou pensando em você
Mas eu vou sair e vou sentar
Em uma mesa posta para dois
E finalmente serei forçado a encarar a verdade
Não importa o que eu diga, eu não esqueci você
Não esqueci você

You took my hand, you showed me how
You promised me you'd be around,
Uh huh...That's right
I took your words and I believed
In everything you said to me,
Yeah huh...That's right[*]

Enquanto a música tocava, ela novamente ficou batendo de leve na mesa e cantando quase sem voz, parecendo estar muito interessada nas pessoas que passavam do lado de fora. Eu terminei de comer praticamente junto com a Ana Elisa e o Danilo, e então nós pedimos a conta.

"O que vocês vão fazer agora?", a Ana Elisa perguntou. Eu respondi que provavelmente iríamos para o hotel, pra começar a editar a entrevista da Fani.

"E vocês?", o Danilo quis saber. A Fani explicou que tinha ficado de passar no local onde tinha sido o festival de cinema, para pegar a cópia do filme que ela havia deixado lá, pois, caso ganhasse, ele entraria em circuito comercial. Como isso não aconteceu, agora ela teria que buscar, antes que alguém resolvesse jogar fora.

"Fiquei de passar lá às 15 horas", ela disse olhando pro relógio. "Já está na hora de ir...", e, se virando pra Ana Elisa, completou: "Marquei de ir agora exatamente pra você me fazer companhia, lá é meio longe, lembra?"

A Ana Elisa fez uma expressão meio frustrada e falou que ainda tinha que buscar uma declaração no lugar onde havia feito estágio, pois, apesar de ter feito o pedido de manhã, só ficaria pronto na parte da tarde.

"Eu realmente preciso pegar esse documento hoje, pra já enviar pra Inglaterra. Mas não tem problema, você vai no seu carro

---

[*] Você pegou na minha mão, você me mostrou como fazer
Você me prometeu que ficaria por perto,
Aham. Está certo...
Eu absorvi suas palavras e acreditei
Em tudo o que você me disse,
Aham. Está certo...

e eu volto de táxi...", ela disse, entregando a chave pra Fani, que na mesma hora começou a dizer que podia esperar até que a Ana Elisa resolvesse tudo. Mas até eu, que não conhecia Los Angeles tão bem assim, sabia que não daria tempo. As duas logo começaram a dizer que podiam desmarcar os compromissos, visivelmente tentando ajudar uma à outra, e então o Danilo entrou no meio.

"Tenho uma sugestão. Eu e o Leo não temos a menor pressa. A gente só ia ficar editando o vídeo por não ter nada pra fazer além disso. Como estamos de carro, podemos levar a Ana Elisa ao local do compromisso dela, esperar até que ela termine e depois deixá-la em casa."

Vi que a Ana Elisa ficou meio sem graça, mas o Danilo completou brincando: "A parte de te deixar em casa vai ser meio difícil, pois o prédio de vocês é muito longe do nosso hotel, mas a gente faz um sacrifício...".

Ela riu e acabou concordando, ele sorriu de volta, e eu percebi que definitivamente alguma coisa estava acontecendo ali.

"Então tá...", a Fani finalmente pegou a chave.

"Ei, também tenho uma ideia!", a Ana Elisa falou de repente. "Por que o Leo não vai com você, Fani? Não precisa dos dois perderem a tarde por minha causa. E como o Leo ainda não pode dirigir com esse pé enfaixado..."

"Eu te levo lá, espero até você resolver tudo, você volta comigo, e o Leo faz companhia pra Fani até Santa Monica. Perfeito!", o Danilo completou.

Eu também achei perfeito, mas, pela expressão que a Fani fez, vi que ela estava com vontade de dar um soco na boca da Ana Elisa e na do Danilo, para eles aprenderem a ficar calados.

Mas tudo o que ela disse foi um "tudo bem" baixinho, e em seguida se despediu dos dois. Só então olhou pra mim e falou: "Você está conseguindo se virar com essa muleta ou precisa de apoio? Porque a Ana Elisa estacionou meu carro meio na descida...".

Eu falei que não precisava, mas desejando que aquela muleta nunca tivesse existido. Seria bom passar meus braços pelos ombros dela. Ainda que ela me deixasse fazer isso apenas por pena...

9

Elle: Nós passamos uma noite maravilhosa juntos, e você nunca mais falou comigo!

David: Desculpa?

Elle: Desculpar pelo quê? Por partir o meu coração? Ou por me dar a maior felicidade que eu já conheci e depois tomá-la de mim?

David: Pelas duas coisas?

(Legalmente loira)

Durante cinco anos, mostrei Los Angeles para várias pessoas que vieram do Brasil me visitar. Pais, irmãos, amigas... Em todas as vezes me senti à vontade, como se tivesse nascido ali. Porém, agora, com o Leo do meu lado, era como se fosse a primeira vez que eu estivesse fazendo aquilo. Como se ele fosse a primeira pessoa para quem eu exercesse a função de guia. Como se eu estivesse vendo a minha cidade pelos olhos dele.

Logo que entramos no meu carro e eu comecei a dirigir, vi que ele ficou observando cada movimento meu, sem dizer nada. Aquilo começou a me constranger, por isso, no primeiro sinal de trânsito, eu olhei pra ele e perguntei: "Algum problema?".

Só então ele pareceu perceber que estava me analisando, pediu desculpas e disse: "É que eu nunca tinha te visto dirigir...".

Tornei a olhar pra frente, e um silêncio constrangedor nos dominou, enquanto eu me lembrei das várias e várias vezes que eu tinha andado de carro com ele, quando os papéis ainda eram invertidos. Ele era o motorista e eu, a passageira. Eu estava gostando de estar do outro lado. Era como se pelo menos assim eu tivesse o domínio da situação.

Liguei o rádio para o som preencher o ambiente, e nesse momento – talvez pelo clima ter ficado um pouco mais descontraído – ele resolveu conversar.

"Fani, sei que eu já te disse isso durante a entrevista, mas eu queria te falar também informalmente que eu realmente gostei do seu filme. Digo isso como espectador e também como jornalista. Eu vi a reação do público, as pessoas se sensibilizaram. Tinha até uma adolescente chorando do meu lado..." As palavras dele me deixaram sorrindo e sem graça ao mesmo tempo. Eu já ia agradecer, mas ele continuou: "E eu também fiquei comovido e até... meio emocionado. Pode parecer pretensão, mas eu reconheci algumas partes da minha vida. E foi muito bom poder reviver aquilo tudo, ainda que por outro ângulo... Eu realmente daria, como você costumava dizer, *cinco estrelinhas*".

Quando terminei de escrever meu roteiro e o filme começou a sair do papel, o pensamento de que algum dia o Leo poderia ver aquilo passava pela minha cabeça com frequência. Acima de tudo, me preocupava a possibilidade de ele ver aquilo e pensar que eu ainda estava na dele, que todo aquele tempo não tinha sido suficiente para superá-lo. Em nenhum momento dessas minhas cenas imaginadas eu pensei que ele pudesse assistir e se *comover*. Rir, sim. Ter pena de mim, com certeza. Mas se emocionar? Jamais.

Por isso, no mesmo instante olhei meio na defensiva, pois eu jurava que ele estenderia o indicador na frente do meu rosto e diria: "Haha, te peguei...". Mas, em vez disso, ele estava sério, como se realmente pensasse aquilo. Ficamos nos olhando por um tempo, sem dizer nada, e então eu falei: "Bem... obrigada, Leo. Vindo de você, um jornalista especializado em cinema, isso realmente significa muito", e voltei a prestar atenção na direção, antes que eu provocasse um acidente. Mas pela minha visão lateral notei que ele balançou a cabeça de um lado pro outro e em seguida ficou olhando para a rua.

Chegamos ao local cerca de meia hora depois, e comecei a procurar um lugar para estacionar. Se já tinha sido difícil no sábado, em plena segunda-feira à tarde seria impossível.

"Você só vai buscar o filme e voltar?", o Leo perguntou depois de um tempo sem encontrarmos nenhuma vaga. "Porque eu posso ficar aqui... Aí você para em alguma garagem, e, se o morador chegar, eu manobro o carro."

"Você está com o dedo quebrado, Leo!", eu apontei pra baixo, pois ele parecia ter esquecido aquele detalhe.

"Fani, nem está doendo mais. Ou os remédios que o médico receitou são muito eficientes, ou a sua companhia tem me distraído totalmente da dor..."

Como eu não sabia que resposta dar para aquilo, apenas estacionei na frente de uma garagem que parecia ser de uma casa meio desabitada e falei que em cinco minutos estaria de volta.

Porém, assim que cheguei ao cinema, vi que demoraria bem mais. O técnico responsável pela exibição, que tinha as chaves do armário onde estavam guardados os filmes do festival, estava em uma reunião fora e só voltaria dali a duas horas. Expliquei para o gerente do cinema que ele tinha combinado comigo às três da tarde, ele então me mostrou o relógio, que marcava três e dez. Caramba, eu morava há cinco anos nos Estados Unidos e ainda não tinha entendido que ali as pessoas levavam pontualidade a sério. Eu teria chegado até antes, mas o almoço na lanchonete, o trânsito e a busca pela vaga acabaram me atrasando. Tudo o que eu pude fazer foi dizer que voltaria mais tarde.

Cheguei ao local onde eu tinha estacionado e o carro ainda estava lá. Porém, o Leo estava na direção.

"Já?", ele falou assim que me viu. "Que pena! Estava louco pro dono da garagem chegar, pra eu poder dirigir o seu carro!"

Na mesma hora eu me lembrei do meu irmão. "Eu realmente não entendo essa fixação masculina por carros. Quando o Alberto veio aqui, fiquei dias sem poder encostar no volante, pois ele monopolizou totalmente a direção!"

Ele riu, já se deslocando para o assento de passageiro, e disse que só não faria isso também pra não forçar o dedo. "E, além do mais, estou gostando muito de te ver dirigindo..."

Eu entrei no carro, ignorando o último comentário, e expliquei que, devido ao meu *grande* atraso, eu teria que esperar até mais tarde. "Mas eu vou te levar ao seu hotel agora, não se preocupe", completei.

"De jeito nenhum, Fani!", ele contestou. "Posso voltar de táxi ou ligar pro Danilo me buscar... É muito longe pra você ir e voltar de novo!", e, falando um pouco mais baixo, concluiu: "Mas, se você quiser, ou melhor, se você não se *importar*, eu posso esperar aqui com você até o horário".

Fiquei sem saber o que dizer. Desde o momento em que ele tinha chegado ao meu apartamento, para a entrevista, ele estava se esforçando para ser simpático e me agradar, e eu totalmente com o pé atrás, o tratando de forma seca e, às vezes, até hostil. Apesar de inegavelmente estar gostando da companhia, de estar curiosa e com vontade de saber mais sobre a vida dele nos anos anteriores, de sentir meu coração disparar dependendo do que ele dissesse ou do jeito que me olhasse, eu não conseguia esquecer o passado, a forma como ele tinha me tratado, eu me lembrava até das palavras que ele tinha me falado quando me fez sair da casa dele. E também tinha o fato de ele ter ficado com a Vanessa quando eu ainda pensava que existia uma chance para nós...

Só de ter essas lembranças, a raiva voltou. Mas subitamente eu me lembrei da Gabi dizendo que eu deveria aproveitar a oportunidade pra esclarecer tudo. E certamente eu não teria um momento melhor do que aquele.

"Você tem certeza de que não tinha que estar trabalhando?", perguntei olhando direto pra ele.

"Eu tinha...", ele respondeu. "No Rio de Janeiro. Mas estou de licença médica, esqueceu?"

"Mas é que você falou que ia ter que editar a entrevista..."

"Eu posso fazer isso mais tarde. E, além do mais, eu realmente gostaria de conversar com você. Ontem nem deu tempo direito..."

Olhei pra frente e, criando coragem, falei: "Eu também quero conversar com você".

Liguei o carro e fui até o píer de Santa Monica, pois era um dos lugares que eu mais conhecia por ali, e eu imaginava que não estaria muito cheio. Apesar de ainda ser período de férias nos

Estados Unidos, o dia estava nublado, e naquele horário tudo lá devia estar fechado.

"Você já veio aqui?", perguntei assim que estacionei. Ele respondeu que não, pois só tinha ido àquela região no dia do festival, quando tinha ficado o tempo todo por conta das entrevistas e da filmagem do evento. Nós descemos do carro, e eu fui mostrando tudo pra ele, me lembrando da primeira vez que eu tinha ido ali, na companhia do Christian, no que parecia ter sido uma outra vida...

Andamos devagar pelo píer – ele realmente estava se virando bem com aquela muleta – e, ao chegarmos ao final, nos debruçamos sobre o peitoril de apoio para ver o mar.

Fiquei um tempo esperando, para ver se ele falava primeiro. Notei que ele estava usando a mesma tática, então eu disse: "Você costumava ser mais falante...".

"E você costumava ser mais tímida...", ele respondeu de imediato. "Eu sei que as pessoas mudam, crescem...", ele repetiu as palavras que eu tinha dito no dia anterior, "mas normalmente não percebemos nitidamente essas mudanças quando estamos próximos. É estranho não acompanhar o crescimento de uma pessoa e encontrá-la depois de muito tempo. É meio angustiante não saber o que ou *quem* a fez crescer..."

Uma gaivota passou gritando, mas um segundo depois tudo o que se ouvia novamente era o som das ondas batendo.

"Você sabe o que e quem me fez mudar. Muito bem, inclusive", respondi disposta a colocar tudo pra fora de uma vez. "Se você não tivesse me expulsado da sua casa, sem me dar chance de explicar nada, talvez eu não estivesse aqui agora."

"Fani...", ele se virou pra mim. "Foram as circunstâncias. Eu sei que não deveria ter agido daquela maneira e eu me culpei por isso durante muito tempo. Mas eu não posso dizer que eu teria feito diferente se fosse hoje. Não foi uma coisa só... foram vários acontecimentos que nos levaram àquele término. Eu já odiava aquele Christian... Desculpa, eu sei que ele é seu amigo, mas saber que vocês namoraram enquanto eu fiquei um ano te esperando, sem olhar pro lado, sem pensar em mais ninguém, me fez sentir como se eu estivesse do lado mais pesado da balança, como se tudo aquilo fosse uma injustiça muito grande. E aí, tudo o que aparecia sobre ele era uma fagulha a mais. Durante todos esses anos, vários acontecimentos me fizeram pensar... Eu fui ciumento só com você. Apenas com você. Nem antes nem depois. E hoje eu sei que isso aconteceu por uma série de fatores. Eu te amava demais. Esperei muito pra ter você. E com dezoito anos a gente pensa que, se as coisas não saem do jeito que a gente quer, elas não são boas o suficiente, que não valem a pena... E, além disso, tinha o orgulho. Te ver exatamente com *ele* na capa de uma revista... Acho que seria demais pra qualquer um aceitar."

Ele falou tudo de uma vez, praticamente sem respirar, e eu vi que ainda tinha mais coisa guardada. Deixei que ele terminasse. Porque quando eu começasse eu não ia querer ser interrompida.

"Naquele dia eu estava com o orgulho muito ferido pra admitir. Mas eu sei que no segundo seguinte, quando você saiu da minha casa, eu já comecei a me arrepender. Aquela imagem sua me acompanhou por anos..."

Poxa, justo aquela imagem? Eu estava horrível naquele dia! Com olheiras profundas, olhos inchados, nariz vermelho, cabelo desgrenhado, morrendo de fome...

"Acho que foi por isso que, ao ver essa cena retratada no seu filme, eu fiquei tão angustiado. Tive vontade de sair do meu esconderijo na última fileira e ir te pedir desculpas... mas acho que seu namorado não ia gostar muito disso, e eu também não podia interromper a sessão..."

Então ele tinha me visto lá... com o Jeff. Resolvi esperar mais um pouco para contar que eu não estava mais com ele. Aquele pedido de desculpas, ou melhor, a intenção do pedido tinha feito meu coração ficar mais leve. Agora eu já podia olhá-lo diferente. Sem tanta mágoa.

"E aí eu continuei a fazer coisas erradas", ele continuou. "Eu fiquei com a Vanessa só pra te atingir. Eu sabia que aquilo chegaria aos seus ouvidos. E resolvi mudar de cidade, sem ter uma segunda conversa com você. Mas quando eu compreendi que precisava te ver de novo... já era tarde demais. Você estava com a viagem marcada..."

Ele parecia estar sendo tão sincero que eu resolvi ser também.

"Eu te esperei até o último minuto. Eu tinha certeza de que você iria aparecer de repente e me dizer que nada daquilo tinha sido verdade. Mas quando entrei no avião e vim pra cá, eu deixei uma parte de mim no Brasil. Aquela parte sonhadora, que acreditava que todos os finais eram felizes..."

Vi que ele ficou pensativo, e então fiz a pergunta que estava me intrigando desde o dia anterior. "Leo... a Gabi e a Ana Elisa me contaram que ficaram sabendo pelo Danilo que você tentou falar comigo antes... Confesso que o que me levou ao seu hotel ontem foi exatamente o desejo de matar essa curiosidade, eu precisava esclarecer isso. Que história é essa?".

Ele me olhou e em seguida se virou para o mar.

"Quando eu soube da sua viagem, eu descobri o dia e o horário do seu voo", ele falou de uma vez só, como se pudesse perder a coragem a qualquer instante. "E eu fui atrás de você. Eu precisava te ver uma última vez. Mas houve um desencontro, eu acabei te avistando só na hora do seu embarque, e você parecia tão feliz que eu não tive como atrapalhar aquilo."

Então quer dizer que... "Você estava de boné?"

"O quê?", ele franziu as sobrancelhas.

"Você lembra se estava de boné naquele dia?"

Ele apenas fez que sim com a cabeça. De repente tudo fez sentido.

"Eu te vi...", dei um suspiro antes de falar. "Eu fiquei com aquilo na cabeça por vários dias, sem querer acreditar nem nos meus olhos nem na minha intuição, mas agora eu vejo claramente. Era você mesmo... Eu tinha sofrido tanto e estava com tanto medo de que aquela dor voltasse, que me recusei a acreditar..."

"Você me viu?!", ele pareceu meio incrédulo.

Nós dois ficamos calados.

"O que você teria feito se eu tivesse aparecido?", ele falou de repente.

Em vez de responder, perguntei: "O que você teria me dito, se eu tivesse ido atrás pra conferir, nessa hora em que pensei ter te visto?".

Ele chegou mais perto e olhou bem nos meus olhos, como se quisesse que eu realmente acreditasse no que ele ia dizer.

"Eu teria te pedido desculpas. Dito que eu estava arrependido. Que eu ainda te amava. Mas que eu queria que você entrasse naquele avião e fosse viver o seu sonho. Porque, mesmo na cegueira dos meus 18 anos, eu sabia que você merecia isso aqui. Eu tinha certeza de que, se você não desistisse, esse momento que você está vivendo hoje ia chegar. Eu não tinha dúvidas de que você ia conseguir ser uma cineasta."

Era tanto pra falar, tanta coisa pra esclarecer, mas de repente tudo tinha perdido a importância...

"Por muito tempo eu me culpei, Fani. Eu fiquei com medo inclusive de ter te feito perder o romantismo. De você deixar de gostar de filmes de amor. Mas quando eu recebi o e-mail da sua mãe, e quando você me mandou o seu release, eu vi que eu tinha me enganado. E então eu soube que eu precisava te ver. E também aplaudir o seu trabalho. Você conseguiu fazer o *filme de amorzinho* mais bonito de todos... Um que eu gostaria de ter na minha estante."

"Você está colecionando DVDs também?", perguntei sorrindo. De repente, apesar do dia nublado, era como se o sol estivesse brilhando bem ali em cima. Como se subitamente tudo tivesse ficado muito mais claro.

"Eu nunca comprei nenhum...", ele respondeu, "mas, no jornal em que eu trabalhava, toda semana eu recebia vários, para ver e fazer a crítica. Como eu fiquei lá por algum tempo, posso dizer que tenho uma grande coleção. Acho que você iria gostar bastante de alguns..."

Novamente o silêncio tomou conta. Eu não podia acreditar! Ele tinha ido atrás de mim no aeroporto. Ele havia se arrependido. E estava ali pedindo perdão. Mas, ainda assim, aquilo não apagava as lembranças ruins. O jeito como ele tinha me tratado na casa dele. A recusa em me ouvir. E o que ele havia feito depois...

Eu ainda tinha perguntas a fazer.

"Ontem, na primeira vez em que você apareceu no meu apartamento, você disse que não via a Vanessa há cinco anos. Eu ainda me lembro do quanto doeu quando eu soube que vocês ficaram juntos naquela noite da nossa briga. Eu criei mil cenas na minha cabeça, de vocês dois saindo do bar e indo para algum outro lugar...

Eu não podia acreditar que você... que nós havíamos tido aquela noite de sonho, e, praticamente no mesmo dia..."

"Eu não dormi com a Vanessa naquela noite, Fani", ele me interrompeu, adivinhando o que eu ia dizer. "Ela saiu comigo do bar, mas eu a deixei em alguma boate para encontrar as amigas. Eu juro pra você. Pode perguntar pra ela... caso vocês ainda tenham algum contato..."

Eu só neguei com a cabeça. Eu não queria contato nenhum com aquela...

"E depois que eu a deixei...", ele continuou bem devagar. "Eu passei na frente do seu prédio. E fiquei imaginando se você estaria lá ou em algum outro lugar... com o Christian."

Olhei para ele, que estava com os olhos no horizonte. Aos poucos ele se virou pra mim. Ficamos um tempo nos olhando, como se tivéssemos acabado de nos conhecer.

"O que eu disse na entrevista é verdade", falei um pouco depois. "Eu nunca mais fiquei com o Christian. Nem em BH, nem aqui, nem em lugar nenhum..." Nesse momento, me lembrei das palavras de uma carta que eu tinha escrito há muito tempo. "O ciúme que você sentia dele não tinha o menor fundamento. Eu era apaixonada por você, Leo. Só por você. Eu não precisava de mais ninguém..."

"Eu também não...", ele levantou a mão para tocar o meu rosto, e só de imaginar aquele toque senti a minha pele queimar. Mas percebi que de repente ele enxergou a própria aliança no dedo. Ele então abaixou o braço, respirou fundo, se virou novamente para o mar e, em um tom mais baixo, completou: "Sempre foi só você...".

10

Tita: Eu só não jogo essa aliança na privada porque estou com preguiça de ir até o banheiro.

(Muita calma nessa hora)

"Não entendo, Leo...", o Danilo falou, quando cheguei ao hotel e o coloquei a par dos acontecimentos da tarde. "Por que você não falou pra ela que essa aliança não significa nada? Aliás, por que você não tira logo essa coisa? Se eu fosse você, teria jogado isso no mar!"

"Porque ia arruinar o momento, só por isso. Desde o dia em que eu reencontrei a Fani, essa foi a primeira vez em que pudemos conversar de verdade, com sinceridade. E – depois de alguns esclarecimentos – o clima ficou tão bom... foi como se tivéssemos voltado aos velhos tempos, antes mesmo de namorarmos, quando ainda éramos amigos. E tocar nesse assunto ia estragar tudo, ia nos trazer de volta à realidade. Ela não perguntou sobre a minha suposta noiva, e eu também não quis saber sobre o namorado dela. Foi como se ignorássemos aquela parte da conversa totalmente, como se o presente não existisse. Focamos a conversa bem mais no passado, nos preocupamos em resgatar o que não havia sido dito..."

Deitei na minha cama e fiquei repassando os acontecimentos do dia. Depois que saímos do píer, eu e a Fani fomos dar uma volta em Santa Monica. Paramos em uma sorveteria e ficamos ali, falando sobre cinema e música, até o momento de buscarmos o filme dela.

"Eu nunca imaginaria que você fosse se especializar em cinema, Leo...", ela falou em certo momento. "Como eu disse ontem no restaurante, eu te via bem mais como alguém que iria ditar as tendências musicais. Descobrir bandas novas e mostrar para o mundo – algo que você já fazia por hobby."

Ainda na época da escola, na fase de escolher o curso que eu prestaria no vestibular, o meu pensamento era exatamente aquele. Eu queria ser jornalista para explorar novas possibilidades musicais e divulgar isso. Meu desejo era unir a música à escrita. Minha matéria preferida no colégio sempre foi português, minhas redações eram as mais elogiadas... Então foi natural pensar em um curso da área de humanas, mas eu queria algum em que eu pudesse juntar o trabalho e o prazer. Jornalismo foi a escolha mais óbvia. E após um período cursando Administração, apenas pra satisfazer minha família, o destino acabou me levando ao encontro da profissão que eu realmente tinha nascido pra exercer.

"Sim, a ideia era essa", respondi. "Mas você sabe que eu também sempre gostei de cinema. E, depois da sua viagem, foi como se a única coisa que tivesse sobrado de você fossem os filmes. Eu os via e ficava imaginando quantas estrelas você daria, se iriam pra sua coleção... Aí, quando eu estava no 4º período, surgiu a oportunidade de fazer estágio na editoria de cultura de um jornal do Rio. Um jornal pequeno, semanal, mas muito bacana. Ao chegar lá, me disseram que precisavam de alguém para escrever sobre cinema, e eu me apeguei àquilo com todas as minhas forças. Nessa época eu aprendi muito. Deixei de ver filmes como espectador e passei a prestar atenção a detalhes, a ter a percepção de um crítico. Você deve ter passado por isso também, começado a ir ao cinema com olhar de diretora..."

Enquanto eu falava, percebi que ela ficava me olhando, prestando atenção ao meu cabelo, meu rosto, meu corpo... De repente resolvi virar o jogo.

"E você, dona Fani? Ontem você mudou de assunto, mas eu realmente gostaria de saber como inventou essa moda de trilha sonora..."

Por um minuto, pensei que ela fosse se irritar, como no dia anterior, mas ela apenas deu de ombros e falou que não havia muitas opções de pós-graduação na faculdade dela. Mas eu me lembrava de que, no dia da minha visita lá, tinha prestado atenção aos cursos e vi que havia várias opções, inclusive na área de roteiro e direção...

Logo em seguida ela disse que era melhor voltarmos, para que não houvesse risco de se desencontrar novamente da pessoa que estava com o filme dela. Dessa vez, deu certo. E pouco depois eu já estava de volta ao hotel, desejando que aquela tarde nunca tivesse terminado.

"E pelo menos deu pra lavar toda a roupa suja?", o Danilo perguntou, enquanto ligava o computador. "E também de colocar em dia o assunto de cinco anos?"

Em vez de responder, fiquei olhando pro teto. Acho que eu precisaria de pelo menos mais cinco anos para dizer tudo o que eu queria pra ela. E também de escutar tudo o que ela tinha a me dizer.

"Ei", eu me sentei de repente, ao me lembrar de uma coisa. "Não pense que eu não percebi. O que está acontecendo entre você e a Ana Elisa?"

"Está rolando", ele disse com um sorrisinho e continuou a mexer no computador, sem nem me olhar.

"Como assim, *está rolando*? O que está rolando? Dá pra dar mais detalhes?"

"Não...", ele abriu uma página e começou a checar os e-mails.

Eu fiquei esperando, pensando que ele estivesse brincando, mas ele não disse mais nada.

"Danilo, qual é o seu problema?", eu me levantei e pus a mão na frente da tela, para que ele prestasse atenção em mim. "Sempre que está pegando uma garota você me passa a ficha... Por acaso você está achando que eu vou falar pra Fani o que você me contar?"

Finalmente ele desviou o olhar do notebook.

"Em primeiro lugar, eu não estou *pegando* a Ana. E, em segundo, sim, eu acho que pode faltar assunto com a Fani e você inventar de contar da minha vida, só pra ter o que falar."

Olhei pra ele meio incrédulo. Eu nunca tinha visto o Danilo levar algo desse tipo a sério.

"Mas o que tem se eu falar? A não ser que... Você está gostando da Ana Elisa, Danilo? Digo, *realmente* gostando? Você acabou de conhecê-la!"

Ele se levantou também.

"Não tem nada de mais, Leo! Está rolando uma paquera, só isso. Um clima. Desde o dia da exibição do filme nós trocamos uns olhares. Aí ontem, quando fomos buscar a sua muleta, ela ficou contando da vida dela, e eu fiquei meio admirado por uma menina tão nova já ter feito tanta coisa. Ela vai fazer 24 anos, a mesma idade que eu, e já conhece uns quinze países, inclusive já morou em cinco diferentes... Parece que os pais vivem viajando a trabalho, algo assim. E ela tem um olhar tão profundo que me intriga... E aí, hoje, quando eu fui deixá-la no prédio dela, quase rolou um beijo na despedida... Mas apareceu uma menina loura e bateu no vidro, ela estava com a cachorrinha da Fani, e o momento passou. Foi só isso. Não tem nada de paixão, amor eterno... Essas coisas são com você. Eu sou prático, você sabe disso."

"Sei...", eu disse, segurando o riso. "O Danilo apaixonado. Ah, eu pensei que não viveria pra ver isso!"

Ele me deu uma gravata e começou a socar meu estômago de brincadeira, aí eu falei que meu dedo estava doendo, só pra ele me soltar, o que ele fez, e logo voltou pro computador.

"Danilo, eu estou brincando", falei. "Mas é que eu vi o jeito que vocês estavam conversando lá na lanchonete. Tinha tanta química, que, se eu fosse a Fani, até contrataria os dois pra fazer um par romântico no próximo filme dela!"

Ele riu e disse que eu tinha muita imaginação. Mas então eu me sentei ao lado dele.

"Tem uma coisa que você precisa saber...", eu disse sério, capturando completamente a atenção dele. "Sei que vamos ficar aqui por poucos dias e nem sei se você e a Ana combinaram de se ver outra vez. Mas tenha um cuidado maior com essa garota. Ela tem uma história trágica e não merece sofrer de novo. Tenho receio de que você a deixe envolvida demais e em seguida tome um chá de sumiço, como costuma fazer com as meninas que se apaixonam por você... Nesse caso, nem vai ser intencional, afinal, daqui a cinco dias estaremos no Brasil. E, pelo que sabemos, ela também vai pra Inglaterra..."

Ele franziu as sobrancelhas. "Que história trágica?"

"Não lembro os detalhes direito", expliquei. "Mas, na época em que eu namorava a Fani, ela morava em Brasília e tinha um namorado, pelo qual era muito apaixonada. Aconteceu um acidente de carro, e ele morreu. Os dois estavam juntos na hora, e ela ficou muito abalada. A Fani até viajou pra lá, pra dar uma força. Sei que já tem muito tempo, provavelmente ela já superou. Mas só pra você saber..."

Ele pareceu meio preocupado, falou "valeu" e voltou pro computador. Um pouco depois ele disse: "Olha o e-mail que eu acabei de receber...".

De: Ana Elisa <anelisa6543210@hotmail.com>

Para: Danilo <danilo@cinemateka.com>

Enviada: 06 de agosto, 19:34

Assunto: Festinha

Olá, Danilo!

Estou escrevendo pra agradecer pela companhia na tarde de hoje e também pela carona de volta pra casa. Você é muito gentil...

Sei que amanhã durante o dia você e o Leo devem ter trabalho a fazer, mas gostaria de convidá-los para uma festinha que eu e a Tracy daremos à noite aqui no nosso "lounge" para comemorar o segundo lugar da Fani no festival. É surpresa, ela não sabe. Por isso, peça ao Leo que - caso converse com ela antes - não comente a respeito. A Fani é meio tímida pra essas coisas e tenho certeza de que desmarcaria tudo se tivesse conhecimento das nossas intenções.

Podemos contar com vocês? Apareçam por volta das 19h.

Beijinhos,

Ana Elisa

"Aham. Então vocês estão até trocando e-mails. E não tem nada de mais", eu falei me deitando novamente.

"O que eu respondo?", o Danilo perguntou.

Eu comecei a rir. "Responda assim: Querida Aninha, claro que eu vou. Mas só se eu puder te agarrar a noite inteira. Estou tão apaixonado que até perdi a capacidade de responder a um simples e-mail. Danilo."

Ele me jogou um travesseiro, respondeu qualquer coisa e enviou.

De: Danilo <danilo@cinemateka.com>

Para: Ana Elisa <anelisa6543210@hotmail.com>

Enviada: 06 de agosto, 19:50

Assunto: Re: Festinha

Oi, Ana!

Sempre que precisar de carona ou companhia, pode contar comigo. Estou às suas ordens.

Sobre a festinha, claro que vamos, obrigado pelo convite. O que temos que levar?

Beijos,

Danilo

Um pouco depois ela respondeu que não precisaríamos levar nada, pois a nossa presença era mais do que suficiente para alegrar a festa.

Ele deu um sorriso bobo pra tela, eu joguei de volta o travesseiro bem na cara de apaixonado dele e entrei no banheiro, antes que uma guerra começasse.

11

Kate: Parece que, mesmo que você esteja noivo, quando está comigo eu realmente sinto como se você estivesse "comigo", entende? Mas o pior é que eu realmente gosto disso...

(Paixão de ocasião)

Quando entrei em casa, depois de deixar o Leo no hotel, encontrei a Tracy, a Ana Elisa e a Winnie sentadas no sofá, como se estivessem me esperando. Cumprimentei rapidamente as meninas e fui direto carregar a Winnie, que estava linda e cheirosa depois de voltar do "salão de beleza".

Fui em direção ao meu quarto, pois eu estava louca pra tomar um banho, quando a Tracy falou: "Ei, não pense que vai escapar assim. Quero saber de tudo!".

Eu já esperava por aquilo. Desde o dia anterior, quando a Ana Elisa contou que o Leo tinha aparecido do nada, ela estava me ligando, querendo todas as informações. Eu estava me esquivando, porque muitas perguntas eu não saberia responder. O que eu tinha achado da volta do Leo? O que eu estava sentindo? O que ia acontecer agora? Eu não tinha resposta para nada daquilo.

Por isso, apenas contei depressa que, depois que me separei da Ana Elisa, o Leo foi comigo até Santa Monica para buscarmos o meu filme. Expliquei o caso do atraso, contei que por esse motivo ficamos conversando por cerca de uma hora e meia e que, em seguida, eu voltei ao cinema, peguei o meu filme, deixei-o no hotel e vim pra casa.

"Foi só isso. Posso tomar banho agora?", perguntei.

"Sobre o que vocês conversaram?", foi a vez da Ana Elisa perguntar.

Coloquei a mão na cintura. "As mocinhas estão curiosas, hein?"

"Estamos!", as duas falaram praticamente juntas. Eu respirei fundo e me sentei entre elas.

"Ele pediu desculpas por tudo o que fez. Disse que se arrependeu de não ter deixado que eu me explicasse, mas pediu que eu me colocasse no lugar dele, pois qualquer um teria tido ciúmes naquela situação..."

A Ana Elisa ficou meio pensativa, mas a Tracy na mesma hora falou: "Eu o entendo... Eu morreria se te visse hoje na capa de uma revista beijando o Christian. Ele pode beijar centenas de garotas nas telas. Mas beijar uma ex-namorada é mais difícil de aceitar. Deve ter sido muito duro pro Leo...".

Era exatamente o que ele havia dito. Então eu completei: "Bom, mas o que ele falou de mais importante é que foi atrás de mim no aeroporto. E que resolveu não se revelar, pois teve receio de que eu viajasse pela metade...".

"Ele foi ao aeroporto?!", a Ana Elisa disse surpresa.

"Com certeza você viajaria pela metade", a Tracy comentou.

"Mas *eu viajei pela metade*!", falei gesticulando. "Você mais do que ninguém sabe disso, Tracy! Você viu quanto tempo eu demorei pra superá-lo!"

Ela ficou fazendo umas contas nos dedos e então falou: "Um mês e meio mais ou menos? Até o Mark aparecer?".

"Aquilo não foi nada...", eu balancei a cabeça. "Eu acho que esqueci o Leo só depois de..."

"Do Guilherme?", a Ana Elisa perguntou. "Acho que não, viu... Pelo que você contou, daquelas cartas e tal..."

"Do Jeff é que não foi", a Tracy falou.

Eu olhei para as duas e suspirei. "Quem se importa quando eu superei o Leo, não é?", e me levantei, disposta a ir pro meu quarto. As duas me puxaram de volta, pedindo para eu continuar lá.

"Nós nos importamos, Fani...", a Ana Elisa falou. "Porque a verdade é que você não o esqueceu até hoje! Está aí na sua cara, escrito pra quem quiser ver! Inclusive, ele mesmo deve ter visto..."

Passei a mão pelo meu rosto inconscientemente, como se quisesse sentir o que ela estava falando, e então lembrei que tinha um jeito melhor de fazer com que elas me deixassem em paz.

"E o Danilo, hein, dona Ana Elisa? Como foi a sua tarde? Que troca de olhares e sorrisos foi aquela na lanchonete?"

Ela abraçou uma almofada, ao mesmo tempo que a Tracy deu um tapa na própria testa, dizendo: "Eu estraguei tudo!".

Fiquei olhando sem entender, mas elas se apressaram em contar que, por muito pouco, a Ana Elisa e o Danilo não tinham se beijado.

"Eu nem imaginava que estivesse acontecendo alguma coisa; afinal, eu nunca tinha visto aquele cara...", a Tracy explicou. "Eu pensei que talvez a Ana Elisa tivesse esquecido a chave e que por esse motivo estivesse parada aqui na frente, esperando você chegar, dentro do carro de um amigo... Aí eu só quis avisar que eu tinha acabado de buscar a Winnie no banho e que poderia abrir a porta. Ela levou o maior susto quando eu bati no vidro. Pela cara dela, na mesma hora entendi que eu tinha avacalhado o momento..."

"Não foi sua culpa...", a Ana Elisa falou depois de dar um suspiro, com uma expressão meio triste.

"Você está gostando dele de verdade?", perguntei meio surpresa. Eu já tinha notado que nos últimos dois dias ela estava diferente. Mais feliz, mais bonita... e agora com aquela expressão sonhadora.

Ela abraçou ainda mais a almofada, e eu até me recostei no sofá. Aquilo sim era uma novidade. Eu não a via assim desde... o Felipe.

"Ele é muito fofo, Fani...", ela falou depois de mais um suspiro. "Tudo começou no dia do seu filme. Ele estava tirando fotos da plateia em geral, e aí, em certo momento, ele chegou com a câmera bem na minha frente e tirou uma foto minha. Eu me assustei, ele me deu uma piscadinha e continuou a trabalhar. Depois, no dia em que o Leo quebrou o dedo, ele veio aqui comigo pra buscar a muleta e ficou contando da vida dele... Ele mora com os pais, no Rio, em uma casa na Barra da Tijuca. Tem dois cachorros e já pulou de asa delta e paraquedas. E largou o Jornalismo pra se dedicar à Fotografia, que é a maior paixão dele. Ele disse que gosta de imortalizar momentos felizes... Não é lindo?"

Eu e a Tracy nos olhamos e começamos a rir. Ela nem ligou.

"Aí, hoje, ele ficou falando que era uma pena ter me conhecido só agora, pois eles já estavam aqui há mais de uma semana, e ficou me chamando pra ir passar as férias lá no Rio. E também pediu meu e-mail, meu celular... Eu anotei os dele também. E na hora que ele veio me deixar aqui, ficou passando o dedo bem de levinho pela minha mão, e eu estava vendo o momento do beijo..."

"Que eu interrompi", a Tracy falou novamente. "Ótimo, duas apaixonadas na casa. Ainda bem que eu não moro mais aqui..."

"Ei, eu não estou apaixonada", protestei. "Vocês nem me deixaram terminar o que eu ia dizer! Sabe quando eu percebi que já não sofria mais pelo Leo? Foi quando eu vi que eu não precisava de um amor pra me fazer feliz, pois eu tinha meus amigos por perto. A fase em que eu, a Tracy, o Ale e o Christian estávamos todos solteiros foi a melhor de todas. Nunca me diverti tanto na vida!"

"Ah, obrigada pela parte que me toca", a Ana Elisa disse. "Mas, se quer saber, eu sinceramente não acredito nisso. Acho que você não superou o Leo nem um pouco. Eu vi muito bem aquele intercâmbio musical na jukebox hoje mais cedo. Não tinha uma música mais romântica pra você escolher? Ele foi todo bonitinho com "Not over you", mostrando que não te esqueceu e tal..."

"É claro que esqueceu! Ele está noivo, Ana Elisa! Dá pra entender?", eu falei me recostando no sofá.

Por várias vezes à tarde eu tive vontade de perguntar sobre aquela aliança pra ele. Mas algo dentro de mim não queria saber. Era como se, não perguntando, eu não precisasse encarar a verdade, por mais que ela estivesse ali na minha frente. Ele tinha passado o dia me lançando olhares, fazendo elogios... E o esclarecimento dos fatos do passado, por mais que não apagasse tudo que eu tinha sofrido, pelo menos tinha levado embora aquele sabor amargo que eu engoli durante tanto tempo. Se ele tivesse se revelado no aeroporto, ou se eu tivesse checado se a visão que eu havia tido era mesmo dele, nós poderíamos ter continuado a nossa história de amor. O meu próprio filme poderia ter tido um final feliz... E por pouco não teve.

"Estou achando muito estranha essa história. Ele age como se não fosse comprometido, não fala da garota nem nada...", a Ana Elisa observou. "Você não perguntou pra ele a respeito, Fani?"

"Não quis saber", menti.

"Bom, eu quero saber. Vou perguntar pro Danilo da próxima vez que a gente se encontrar."

"E quando vai ser isso?", a Tracy perguntou pra Ana Elisa.

Ela colocou as mãos no rosto. "Não sei, não marcamos... Ai, o que eu faço? Tenho que aproveitar o tempo! Daqui a menos de uma semana eles voltam pro Brasil. O pé do Leo já melhorou bastante. Certamente no fim de semana o médico vai liberá-lo pra ir embora..."

"Vamos sair pra jantar", a Tracy sugeriu. "Aí vocês perguntam se eles querem ir também!"

"Eu não vou", falei. "Eles vão pensar que estamos desesperadas pela companhia deles. Ontem nós já fomos ao hotel, e hoje eu até os convidei pra almoçar. Chega, já fiz o bastante por dez anos! E eu quero mais é que o Leo melhore logo pra ir embora o mais rápido possível. Minha vida está ótima, não preciso de confusão nesse momento."

Em seguida comecei a contar pra elas sobre os e-mails que eu tinha recebido com propostas de outras produtoras e que eu tinha que decidir se pedia ou não demissão pro Jeff, mas logo vi que o outro assunto as interessava bem mais... elas ainda estavam pensando sobre o que podiam fazer para armar um novo encontro.

Por isso, resolvi entrar logo no banho, antes que elas voltassem a me lembrar do Leo. Afinal, o meu coração já estava fazendo isso o suficiente...

12

Mike: É claro que eu quero viver no passado. Era melhor naquela época.
Zelador: Aposto que você gostaria de fazer tudo de novo se pudesse...
Mike: Acertou.

(17 outra vez)

A terça-feira amanheceu chuvosa, e, por isso mesmo, eu e o Danilo resolvemos aproveitar o dia para trabalhar. Primeiro, telefonei para o vencedor do concurso. Ele era um dos que nós já havíamos entrevistado, então só tive que pegar um depoimento sobre como ele estava se sentindo pelo fato de ter ficado em primeiro lugar. Em seguida, começamos a trabalhar com os vídeos e as imagens. Apesar de estarmos sem equipamentos de edição mais avançados, conseguimos adiantar bastante o trabalho. Enquanto o Danilo escolheu as fotos e as entrevistas que íamos utilizar na revista eletrônica, eu fiz um cronograma do que apresentaríamos a cada dia. Seria uma semana especial sobre o festival de cinema, e dividiríamos o material em sete partes. A primeira, que iria ao ar naquele mesmo dia, era uma introdução sobre o festival, uma contextualização sobre a "cidade do cinema" e uma apresentação geral dos dez finalistas, dando destaque para a Fani. Na última parte, mostraríamos a entrevista dela e o trailer do filme, e frisaríamos o fato de que, apesar de não ter ganhado o primeiro lugar, a *Cinemateka* a considerava a grande campeã.

Já para a TV, como eu teria apenas uma hora para o meu documentário, escolhi as partes mais relevantes e também incluí a entrevista. Eu também mostraria algumas cenas do filme dela. Se dependesse de mim, o maior número de pessoas possível saberia quem era a talentosa Fani C. Belluz.

Quando terminamos, já estava quase na hora de irmos para a festa no apartamento das meninas. Havíamos passado o dia no hotel e só interrompemos o trabalho pra almoçar rapidamente, em uma pizzaria ali perto. Por isso mesmo estávamos cansados daquele quarto e ansiosos para interagir com "outras pessoas".

A festa estava marcada para as sete da noite. Por volta de seis já estávamos prontos e aproveitamos para passar em uma loja de conveniência pra comprar duas garrafas de vinho. Apesar da Ana Elisa ter dito que não precisava levar nada, não achamos muito educado aparecer com as mãos vazias.

Tocamos a campainha às sete e quinze. Da porta podíamos ouvir que lá dentro já havia algumas pessoas conversando e música tocando.

Fiquei meio apreensivo. De quem seriam aquelas vozes todas? No íntimo, eu desejava que aquela festa tivesse sido uma armação delas e que eu e o Danilo fôssemos os únicos convidados, mas eu sabia que a Fani nunca faria nada parecido. Além do mais, pelo que eu já tinha percebido, ela estava a milhares de quilômetros de mim no quesito "envolvimento". Para ela, eu era passado. Já no meu peito, ela não poderia estar mais presente.

Cinco segundos depois, uma garota bem loura, que eu sabia que era a Tracy, abriu a porta. Ela deu o maior sorriso quando nos viu. A Winnie apareceu logo atrás, pulando tanto que parecia até estar sorrindo também.

"Danilo, né?", ela disse já o cumprimentando. "Lembro de você de ontem à tarde, no carro com a Ana Elisa."

Fiquei surpreso ao notar como o português dela era bom. Ela falava praticamente sem sotaque. Em seguida ela olhou pra mim, fez um gesto meio solene com a mão e falou: "Finalmente frente a frente. É um imenso prazer te conhecer pessoalmente, Leo!".

Ela me deu um abraço apertado, e vi que estava sendo sincera. Eu também estava feliz em conhecê-la. Na época do intercâmbio da Fani, ela tinha me ajudado bastante, e depois ainda trocamos alguns e-mails. Mas, após o término, eu realmente havia perdido o contato com todas as amigas dela. Era bom poder resgatar aquilo agora.

"O prazer é todo meu", eu disse sorrindo, assim que ela se afastou.

Ela deu espaço pra entrarmos e então falou: "Que bom, vocês trouxeram vinho! O Alejandro acabou de reclamar que eu e a Ana Elisa só compramos refrigerante e cerveja! Ele vai ficar contente. A Fani também. Apesar dela não ser muito fã de bebida alcoólica, o Ale conseguiu fazê-la apreciar um bom vinho...".

Quer dizer que eu ia conhecer o tal Alejandro, o melhor amigo espanhol. Pelo visto ele tinha feito a Fani gostar de várias coisas. Primeiro, comida apimentada. Agora, vinho. O que mais ele teria apresentado a ela?

"Baby, quem chegou?"

Olhei para trás, pra ver de quem era aquela voz masculina, e me deparei com *ele*. O responsável pela minha vida ter dado um giro de 180 graus cinco anos antes. O cara que tinha agarrado a minha namorada e a exposto para o Brasil inteiro. A pessoa que eu mais odiei na vida.

"São os amigos da Fani, dear", a Tracy respondeu. E, se virando para nós novamente, disse: "Leo e Danilo, esse é o Christian, meu namorado."

Ao me ver, ele não pareceu mais feliz do que eu. Apenas fez que sim com a cabeça para a Tracy, e estendeu a mão primeiro pro Danilo e depois pra mim, bem sério. Nos encaramos por uns segundos, em que eu tive a sensação de estarmos em um ringue de boxe, pouco antes da luta começar. Porém a Tracy logo o puxou para um beijo e falou que ia nos apresentar para o resto do pessoal.

Passei por ele sem desviar o olhar, como se ele pudesse me apunhalar no minuto em que eu desse as costas, mas ele foi andando em direção à cozinha.

Chegamos à área externa, e percebi que o som estava vindo de lá, tanto da música quanto da conversa. Não estava muito cheio, mas as duas mesas estavam ocupadas. Em uma delas estavam dois casais e, na outra, um cara de cabelo castanho bem claro com um topete, a Ana Elisa e a Fani. Logo vi que ele estava dominando a conversa, fazendo as duas rirem com algum caso engraçado, e, antes mesmo de ser apresentado, já imaginei quem ele seria. Apesar de estar falando português, ele tinha um sotaque espanhol.

A Ana Elisa se levantou assim que nos viu.

"Que bom que vocês vieram!", ela veio depressa em nossa direção. "Não reparem, foi tudo bem improvisado mesmo."

Enquanto nos cumprimentava, vi que a Fani e o espanhol trocaram um olhar. Em seguida ela cochichou alguma coisa no ouvido dele, que riu, e aquilo me lembrou da intimidade que eu não tinha mais com ela. No passado, eu também já a havia entendido com um simples olhar. Cochichos e risos também eram frequentes. Mas, agora, tudo o que me restava era assisti-la fazer isso com outra pessoa.

"Esse é o famoso Ale", a Ana Elisa apontou para a mesa onde ele e a Fani estavam sentados. "E essa é a homenageada da noite, mas 'acho' que vocês já a conhecem..."

Eu e o Danilo sorrimos pra Ana Elisa, ao mesmo tempo que nos aproximamos para cumprimentá-los.

"Não acredito que até vocês sabiam dessa armação...", a Fani disse se levantando e nos cumprimentando com beijos. "A Tracy implorou que eu fosse com ela cortar o cabelo hoje à tardinha, e, quando eu cheguei, a festa já estava acontecendo..."

"Se contássemos nossa intenção, ela cancelaria la fiesta...", o espanhol também se levantou. "Você deve ser Leonardo. Conozco su nombre há anos...". Vi que a Fani franziu as sobrancelhas, mas ele não ligou. Apertou minha mão e na sequência olhou para o Danilo. "E você és Danilo... su nombre también já foi mucho falado...", ele piscou pra Ana Elisa, e eu soube perfeitamente da boca de quem ele tinha ouvido aquele "nombre".

Em seguida ele apontou pra baixo – eu continuava usando sapato de um lado e chinelo do outro – e franziu as sobrancelhas, dizendo que eu deveria ter pedido para o médico enfaixar o pé inteiro e colocar uma bota ortopédica, pois ninguém merecia ter que usar chinelo para sair à noite.

"O Alejandro é figurinista", a Fani falou rápido. "Ele se liga muito em moda."

Eu já estava sem graça com a coisa do chinelo, agora então, a sensação que eu tinha era de que todas as pessoas estavam encarando o meu pé.

"Essas aqui são a Claire e a Grace", a Tracy apresentou as meninas da mesa ao lado. "E o Julian e o Phil são amigos delas."

Todos se levantaram, nos cumprimentaram, e o Christian apareceu novamente, trazendo dois banquinhos. Ele colocou do lado de onde a Fani e a Ana Elisa estavam sentadas, sem dizer nada, e depois veio em nossa direção.

"Querem beber alguma coisa?"

Fiquei meio surpreso com a prestatividade dele. Eu já tinha percebido que ele se sentia totalmente em casa ali, mas não esperava que fosse se preocupar com o meu bem-estar.

"Pode ser uma cerveja...", o Danilo falou.

Olhei para o lado e vi que o Alejandro tinha aberto um dos vinhos que havíamos trazido e que estava servindo pra ele e pra Fani. Por isso eu apenas falei pro Christian que eu me virava e me aproximei dos dois.

"Vinho?", o Alejandro perguntou assim que me viu. Eu assenti, e ele me estendeu uma taça. Agradeci e me sentei ao lado da Fani, tocando levemente a taça dela com a minha.

"Ao seu sucesso", falei sorrindo.

Ela me olhou admirada, mas sorriu também. O Alejandro se uniu a nós no brinde, e, em segundos, todas as pessoas do local. A partir daí o clima ficou mais descontraído.

"Os vizinhos não reclamam do som alto em plena terça-feira?", perguntei pra Fani um tempo depois.

Ela apontou para as duas garotas da mesa ao lado. "Sabe a Claire e a Grace, que a Tracy te apresentou? Elas são minhas vizinhas de cima. Aprendi isso com a Tracy, na época em que ela ainda morava aqui... Não quer reclamação? Convide os vizinhos para a festa!"

Eu sorri, imaginando quantas festas aquele local já teria visto. Ela então começou a contar como tinha conhecido aquelas duas em um bar, no aniversário de 21 anos dela. No dia, elas fingiram ser amigas, para entrar no local de graça, mas aos poucos se tornaram amigas de verdade. Por coincidência, elas estavam procurando um apartamento para alugar ali por perto, e o vizinho de cima tinha acabado de se mudar. Uma semana depois as duas já estavam lá.

Tentei lembrar do meu próprio aniversário de 21 anos. Eu tinha ido pra BH para passar a data na companhia apenas do meu pai, da minha mãe e dos meus irmãos. De presente eu ganhei um apartamento por seis meses.

"Você falou que mora aqui desde o começo, né?", perguntei só pra confirmar. Aquele realmente era o tipo de lugar onde eu gostaria de ficar por muito tempo.

"Quando eu vim do Brasil", ela explicou, "a Tracy já o havia alugado. O Christian que a ajudou a escolher...". Ok, o local de repente já não parecia mais tão bacana. "E aí, quando eles resolveram morar juntos, eu até questionei se não queriam que eu saísse, para o Christian vir pra cá... Mas eles disseram que escolheram o apartamento pensando em mim, que aqui tinha muito mais a minha cara do que a deles... E, além do mais, o Christian já morava em um lugar muito maior, e nem é longe. Então ficou tudo bem."

Então tudo bem.

"E você, Leo?", ela me olhou depois de beber um pouco de vinho. "Mora com quem no Rio?"

Eu contei que morava sozinho, em um apartamento alugado, no Jardim Botânico, já há dois anos. "Antes eu morava na casa da minha tia. Mas o Luigi e a Marilu resolveram se casar... Você se lembra deles? Com isso, pouco tempo depois, achei que seria melhor também sair de lá."

"O seu primo e a sua namorada *fake*...", ela falou levantando uma sobrancelha. "Legal saber que eles ainda estão juntos. E casados."

Ficamos um tempo calados. Tentei imaginar se nós dois ainda estaríamos juntos se tudo aquilo não tivesse acontecido. Estaria ela pensando a mesma coisa?

"Na verdade, eles ainda vão se casar oficialmente, em breve", expliquei. "Mas já se consideram assim há tempos, afinal, estão juntos há mais de sete anos..."

Ela pareceu se lembrar de uma coisa e perguntou: "Tem contato com o Rodrigo ainda?".

Eu disse que sim, embora não com tanta frequência, pois ele tinha morado por algum tempo no Canadá, com a irmã, e desde então não havíamos nos encontrado pessoalmente. "Ele foi me visitar no Rio uma vez, logo que me mudei. E, antes da viagem dele, a cada vez que eu ia a BH, nós nos encontrávamos. Mas depois ele deu uma sumida... E a Priscila? Alguma notícia?"

"Eu esperava que você tivesse informações dela pra me dar... Depois do término dos dois, ela se afastou. Acho que resolveu cortar os laços com as pessoas que a lembrassem dele... pelo menos eu imagino que tenha sido isso. Uma pena, eu realmente gostava dela. Ela foi a primeira pessoa a vir me visitar. Foi muito divertido!"

"Quando ela veio?", perguntei surpreso. O Rodrigo não tinha me dito nada sobre isso.

Ela fez umas contas. "Foi em dezembro. No ano em que eu me mudei."

"Ei", comecei a perceber uma coisa. "Foi exatamente quando o Rodrigo foi ao Rio! Mas ele disse que ela estava em São Paulo com a família..." De repente, tudo fez sentido. "Era por isso que ele nunca conversava com ela no telefone ou pelo Skype... apenas mandava e-mails! Ele não queria que eu soubesse que ela estava com você. Certamente pensou que isso me chatearia."

"Ela também não me disse que ele estava com você. Só falou que queria aproveitar todo o tempo possível longe de telefone e internet..."

Ficamos sem dizer nada por mais um tempo, provavelmente pensando naqueles dois. Durante os seis meses em que eu e a Fani namoramos, eles eram nossa companhia constante. Naquela época, nós quatro pensávamos que seríamos amigos pra sempre. E que os nossos amores iriam durar pelo mesmo tempo.

"E o Alberto e a Natália?", perguntei. "Continuam juntos?"

Ela contou que sim, apesar de terem terminado por alguns meses. Mas agora eles estavam se preparando para o grande casório, que aconteceria no ano seguinte, em maio. Fiquei feliz ao ouvir aquilo. Aqueles dois realmente combinavam. E era bom saber que o amor algumas vezes vencia.

Olhei para os lados e vi que o Danilo estava conversando com o Christian e a Tracy. A Ana Elisa e o Alejandro estavam mexendo no som, e os casais da mesa ao lado continuavam ali. Parecia que havia uma regra oculta que dizia para ninguém chegar perto de nós. Resolvi aproveitar para tirar o atraso. Perguntei sobre a faculdade, viagens, família... tudo o que pudesse me ajudar a preencher o lapso de cinco anos durante os quais eu não soube da vida dela. A conversa estava leve, parecia que tínhamos acabado de nos conhecer e estávamos interessados um no outro. Entre risadas e olhares, fui montando um cenário, vendo a história dela ser escrita em minha mente. Ela também fez várias perguntas e, ao final de uma hora, provavelmente também já tinha uma boa ideia do que eu havia feito durante todo aquele tempo longe dela.

Apenas sobre ex-namorados, e atuais, não havíamos falado ainda. Era como se aquele fosse um assunto meio proibido. Como se nenhum dos dois quisesse tocar no assunto. Até que o Alejandro se aproximou da nossa mesa, para encher a taça dele, e – sem a menor cerimônia – apontou para a minha aliança.

"És comprometido?"

Percebi que a Fani se mexeu na cadeira, meio desconfortável. Eu queria contar a verdade pra ela, mas eu não imaginava que teria que ser assim, na frente de outra pessoa. Por isso, apenas tirei a aliança e fiquei brincando com ela na mão, dizendo que era uma longa história, que daria até um roteiro de filme...

"Entonces, por que no cuenta pra Fani? Quem sabe ela não aproveita la ideia?", e em seguida ele saiu. Ótimo. Adoro pessoas que acendem o fósforo e saem correndo para não ver o fogo.

De qualquer forma, aquilo teria que ser dito em algum momento. Respirei fundo e comecei a explicar tudo, desde o começo...

13

Tomás: Eu posso não saber por que fui embora.
Mas eu sei muito bem por que voltei.

(Sexo, amor e traição)

Lembro que quando finalmente comecei a namorar o Leo, depois de voltar do intercâmbio, eu não me cansava de ficar olhando pra ele. Eu olhava o rosto, o corpo, o cabelo... Até quando ele dormia sem querer, ao assistirmos a um filme, eu não parava de observá-lo, pois queria guardar cada mínimo detalhe pra poder recordar depois. E agora, enquanto ele me contava sobre outra garota – que provavelmente também conhecia de cor e salteado cada parte dele – tudo em que eu podia pensar era que, mesmo que mil anos se passassem e mil pessoas aparecessem na minha vida, ainda assim eu nunca esqueceria aquela voz, aquele sorriso, aquele franzir de sobrancelhas, aquele jeito de me olhar. E era por isso mesmo que eu tinha ficado tão resistente com aquela festa desde o princípio.

No dia anterior, quando saí do banho e a Ana Elisa e a Tracy me comunicaram que iriam fazer uma festa em minha homenagem, eu logo vetei. Primeiro porque eu achava que segundo lugar não era uma colocação digna de uma grande comemoração. E, depois, porque eu sabia exatamente a razão daquilo. Para a Tracy, qualquer motivo era válido pra uma festa. E, para a Ana Elisa, qualquer coisa que a fizesse encontrar de novo com o Danilo compensaria.

Dessa forma, falei que elas podiam fazer o que quisessem, mas que eu não estaria presente. Desde a minha conversa com o Leo em Santa Monica, alguma coisa tinha mudado dentro de mim. Alguma coisa *grande*. Era como se pela primeira vez, em mais de cinco anos, meu coração estivesse aberto. Não aberto para um novo amor, nada disso. Mas livre de mágoas, ressentimentos, dúvidas, suposições... tudo o que eu vinha trazendo comigo desde aquela noite na casa do Leo. E era um alívio ter o peito tão leve agora. Além disso, durante muito tempo, eu havia pensado nele como um fantasma. Alguém que vivia apenas nas minhas lembranças e que eu podia imaginar como quisesse. E, agora, vê-lo ali em carne e osso, e ao alcance das minhas mãos, vinha me trazendo sensações diferentes, instigantes, e que eu não sabia se queria (ou deveria) sentir. A equação era simples: coração livre + sentimentos novos = problema à vista.

Dessa forma, eu sabia perfeitamente que continuar a me encontrar com o Leo não seria uma boa ideia. Que bem isso ia trazer? Ele estava *noivo*. Eu imaginava inclusive que o motivo de ele ter tido necessidade de esclarecer tudo comigo era esse. Limpando o passado, agora ele poderia seguir com a própria vida sem aquele peso de anos atrás. Eu, pelo menos, me sentia assim, como um balão de gás, livre daquela âncora que por tantos anos não havia me deixado emergir.

E, mesmo que o noivado não fosse o problema, em pouco tempo ele retornaria ao Brasil. Não pra BH, aonde eu ia uma vez por ano, mas para o Rio de Janeiro! Qual seria a probabilidade de nos encontramos novamente depois? Eu realmente não precisava fazer com que os poucos dias dele em solo californiano me enchessem de saudade por nem sei mais quantos anos.

Então, avisei para as meninas que elas podiam inventar outra desculpa para o Danilo, mas que não me incluíssem nos arranjos. Fui para o meu quarto e fiquei vendo um filme até dormir, mas mesmo assim percebi que as duas ficaram no computador até a hora em que o Christian passou pra buscar a Tracy. Provavelmente estavam explorando tudo sobre o Danilo no Facebook ou coisa parecida.

Quando acordei na manhã seguinte, fiquei tão entretida com o meu trabalho de pós-graduação que nem pensei em perguntar pra Ana Elisa se ela tinha pensado em um jeito de encontrar o Danilo. Até que, às quatro da tarde, a Tracy apareceu implorando para que eu fosse com ela cortar o cabelo. Achei aquilo meio estranho, pois ela nunca tinha pedido a minha opinião para cortes antes. Aliás, ela mantinha o mesmo estilo de penteado há anos, mas, como eu também estava querendo aparar as pontas do meu, concordei.

Ao sairmos do salão, ela ainda inventou de passar no supermercado, pois precisava comprar cerveja e refrigerante. Segundo ela, o Christian tinha convidado uns amigos para uma festinha mais tarde, e ela queria parecer uma boa namorada. Estranhei um pouco a quantidade de bebidas, mas imaginei que seriam muitos amigos... Só quando chegamos ao meu apartamento, uma hora depois, e eu dei de cara com o próprio Christian, o Ale, a Claire, a Grace, dois amigos delas, além da Ana Elisa, é que eu entendi que a tal festinha não era bem na casa dela, e sim na minha...

As meninas logo me avisaram que tinham convidado o Danilo e o Leo também – como se eu não imaginasse – e que eu deveria fazer cara de surpresa quando eles chegassem. Tive vontade de mandar que elas ligassem para desconvidá-los, mas a Ana Elisa estava tão empolgada que eu fiquei com pena de estragar os planos dela. E, além do mais, com todas aquelas pessoas em casa eu não teria que ficar tão próxima do Leo, ele poderia conversar com mais gente.

Porém, quando eles chegaram, vi que eu estava completamente enganada. Ao avistá-lo entrando no *lounge*, com o cabelo ainda meio molhado de banho, meu coração fez exatamente aquilo que vinha fazendo desde a reaparição dele: esqueceu-se completamente que tanto tempo havia se passado. Era como vê-lo novamente me buscando em casa para irmos ao cinema. Ou, antes ainda, chegando à sala de aula apressado, sempre atrasado, sorrindo para todo mundo com aquelas covinhas que ainda me davam vontade de morder.

Por isso, nem precisei fingir surpresa, como as meninas queriam. Vê-lo ali já devia estar me deixando com cara de boba e assustada, ao notar tudo o que ele ainda provocava em mim.

Eu tinha chamado o Christian e o Alejandro um pouco antes e pedido que eles o tratassem bem. "Vocês podem até não gostar dele, e possivelmente ele também não vai gostar de vocês! Mas eu quero que ele se sinta bem-vindo mesmo assim." Vi que eles se entreolharam. O Christian disse que não acreditava que eu ia dar outra chance para "aquele cara", eu falei que não era nada daquilo, pois ele até estava noivo, mas eles saíram comentando que o noivado provavelmente não ia nada bem, já que ele tinha despencado do Brasil para ver uma ex-namorada.

A atitude deles me deixou meio apreensiva, mas, apesar disso, quando o Leo chegou, percebi que estavam dispostos a atender o meu pedido. O Christian pelo menos não estava fazendo cara feia pra ele, e o Ale, ao vê-lo, falou no meu ouvido que eu realmente tinha bom gosto para homens, pois, apesar de querer dar algumas dicas pro Leo sobre "como se vestir melhor", o cabelo, o corpo e a altura dele já causavam boa impressão o suficiente.

Eu gostaria que ele não tivesse causado uma impressão tão boa assim, pois, logo que foi possível, todos começaram a nos deixar sozinhos, provavelmente por acharem que ele faria um bom par pra mim ou coisa parecida.

Aos poucos, porém, fui percebendo que conversar com ele não era nenhum sacrifício. Era como se fôssemos amigos distantes colocando o assunto em dia, e eu pude matar várias curiosidades sobre o que ele havia feito durante todos aqueles anos e também mostrar pra ele que eu não tinha passado aquele tempo todo chorando pelo que poderia ter sido. Ao final de uma hora, eu estava totalmente à vontade com a nossa conversa, e não queria que ela terminasse tão cedo. Eu estava gostando de conhecer o Leo novamente e até aprendendo com tudo o que ele me dizia. Ele estava inteligente como sempre, um pouco mais irônico, e continuava com todo aquele charme. Entre sorrisos e olhares, por alguns momentos cheguei a desejar que nós não tivéssemos vivido tanta coisa antes. Fiquei imaginando como seria se eu tivesse acabado de conhecê-lo. Se ele fosse apenas o amigo de alguém ali. Eu certamente teria ficado (muito) interessada...

Até que o Ale se aproximou, com a desculpa de se servir de vinho, e apontou para a aliança do Leo. Aquele assunto continuava proibido entre nós dois, e ele possivelmente teria ido embora sem tocar no assunto, mas agora, com a deixa do Alejandro, aquilo não poderia mais ficar oculto.

"Estou namorando há três meses a filha do dono da TV onde eu trabalho", ele começou a me explicar. "Fiquei resistente por um tempo, exatamente por não querer me envolver com a filha do chefe, mas virou namoro sem que eu tivesse muito controle sobre a situação. Eu ainda estava pensando se queria mesmo manter essa relação, quando um mal-entendido, envolvendo o noivado do Luigi, a fez pensar que eu a estivesse pedindo em casamento. Eu nunca fui muito bom em ferir os sentimentos de alguém, você sabe..."

Sim, eu sabia. Nós compartilhávamos aquela característica. Ambos tínhamos dificuldade em dizer "não" e magoar alguém. E eu ainda me lembrava de como ele havia começado a namorar a Vanessa, sem ter intenção disso. Ele apenas foi ficando com ela, um dia após o outro, até que ela presumiu que aquilo era namoro. E ele não teve coragem de contestar. Por isso, não era difícil imaginar que aquela cena tivesse se repetido na vida dele.

"Essa confusão aconteceu uma semana antes de eu vir pra cá. Na verdade, eu nem sabia que viria, eu tinha sugerido a pauta do festival de cinema para o meu chefe, achando que ele vetaria, mas – pra minha surpresa – ele aceitou. Eu fiquei extremamente feliz, até que descobri que ele tinha permitido apenas porque imaginava que eu ia me tornar o genro dele."

Era típico do Leo se envolver nesse tipo de confusão.

"Mas por que você não falou a verdade nessa hora?", perguntei. "Por que não desfez o mal-entendido?"

Ele ficou um tempo passando o dedo pela borda da taça de vinho, sem dizer nada. Olhei para frente e vi que a festa continuava animada, o Alejandro estava rindo de alguma coisa que a Claire tinha dito, a Tracy e o Christian estavam conversando com Ana Elisa e o Danilo (que visivelmente não conseguiam tirar os olhos um do outro), e ninguém parecia estar se importando com o fato de eu estar sozinha conversando com o Leo há tanto tempo.

Tornei a olhar pra ele, que tinha soltado a taça e estava passando a mão no cabelo, parecendo bem desconfortável.

"Você não precisa me contar se não quiser", falei depressa, pois, apesar de estar curiosa, eu não queria me passar por intrometida. "Eu não tenho nada com isso."

Ele deu um sorrisinho de lado e falou baixinho: "Tem mais do que imagina...".

Eu estava com a cabeça meio baixa, mas aquela resposta me fez olhar diretamente pra ele, que então ficou sério e também me encarou.

"Fani, a razão de eu não ter desmentido o noivado é que eu queria muito fazer essa viagem. Eu queria muito fazer essa viagem... só pra te ver. Porque a verdade é que todos esses anos não foram suficientes para te esquecer."

14

Mary Poppins: Você tem muito a dizer, mas é melhor fazer isso com cuidado, ou poderá mudar a sua vida.

(Mary Poppins)

De: Leonardo <ls@cinemateka.com>

Para: Maria Luiza <marilu@netnetnet.com.br>

Enviada: 08 de agosto, 02:03

Assunto: Notícias

Oi, Marilu!

Desculpa não ter escrito antes. Sei que você pediu para eu dar notícias assim que chegasse a Los Angeles, mas até hoje não havia tido tempo. Sim, o Luigi te falou a verdade, eu realmente quebrei o dedo, e por isso ainda não voltei.

Mas na verdade estou escrevendo para te pedir um conselho. Durante todos esses anos você foi minha amiga querida, me apontando quais das minhas namoradas valiam a pena e de quais eu deveria "ficar livre o quanto antes" (se me lembro bem, das seis que eu tive - contando a Meri -, quatro você enquadrou nessa última categoria), por isso agora eu preciso que você me diga mais uma vez se uma vale a pena... Ou se eu devo me livrar. Embora eu tenha a impressão de que seja tarde demais. Meu coração não parece estar reclamando muito de estar em perigo.

Quando vim pra Los Angeles, os meus planos eram bem simples:

1. Fazer a cobertura do festival
2. Ver a Fani
3. (Talvez) conversar com a Fani
4. Voltar pra casa sem me lembrar mais do passado

Porém, no minuto em que a vi pela primeira vez depois de tanto tempo, eu soube que a última parte estava seriamente comprometida. Não me lembrar do passado dali em diante seria algo impossível de se fazer. Não quando o que eu mais queria era que ela se tornasse o meu presente.

Os detalhes eu conto quando voltar, mas o fato é que, desde que eu falei com a Fani, não consigo tirá-la do pensamento. No primeiro dia ela me odiou, só faltou bater a porta na minha cara. Depois, porém, movida por curiosidade, ela me procurou, em busca de esclarecimentos, apesar de ainda estar completamente arisca e desconfiada.

No segundo dia (ontem), ela já estava bem mais amável. Tivemos uma longa e esclarecedora conversa, lavamos toda a roupa suja de anos atrás, e a partir daí eu vi uma nova Fani. Uma garota linda e feliz, que eu daria tudo para ter ao meu lado como companhia constante.

No terceiro encontro, hoje, eu voltei à estaca zero. Tudo estava correndo bem, o assunto parecia não acabar nunca, e em alguns momentos eu até notei alguns olhares dela, que diziam que ela podia estar sentindo o mesmo que eu... Até a hora em que eu revelei a verdade sobre a minha aliança. Eu tive que contar que eu não desfiz o mal-entendido porque realmente queria viajar para cá "a trabalho"... Assim eu poderia me encontrar com ela alegando razões profissionais, sem correr o risco de que ela pensasse que o único motivo da viagem fosse revê-la e, com isso, ela acabasse me achando um louco por não a ter esquecido durante todos esses anos...

Mas é exatamente isso que eu acho que ela pensa agora. Que eu sou doido. Porque eu expliquei tudo isso, e, no momento seguinte, ela se levantou e falou que precisava se deitar, pois tinha que acordar cedo amanhã (hoje, pois já é de madrugada) para terminar de preparar a apresentação do trabalho de pós-graduação dela, que vai ser na parte da tarde, e que por sinal ela tinha me convidado para assistir antes disso tudo acontecer!

Ela se trancou no quarto e me deixou à mercê dos amigos dela, que ficaram perguntando pra mim o que tinha acontecido. Como eu não queria que eles também me achassem maluco, eu simplesmente disse que ela devia estar cansada e acabei indo embora também.

O Danilo chegou há pouco tempo, pois ele está de caso com uma amiga da Fani e estava lá até agora, e me falou que a Ana Elisa (a tal amiga) tentou de todo jeito que a Fani abrisse a porta, mas ela simplesmente disse que já estava de camisola e que pela manhã elas conversariam.

Me diga, Marilu, você que sempre me deu os melhores conselhos do mundo... O que eu faço agora??? Choro? Fujo? Vou até São Francisco para pular da Golden Gate?

Responda rápido, por favor.

Leo

De: Maria Luiza <marilu@netnetnet.com.br>

Para: Leonardo <ls@cinemateka.com>

Enviada: 08 de agosto, 02:15

Assunto: Re: Notícias

Caramba, tem alguém que está com uma insônia daquelas, hein? Acabo de acordar (no Brasil, caso você tenha esquecido, são quatro horas na frente, ou seja, aqui já são 06:15) e vi seu e-mail. Resolvi responder rápido, pois, se você pular da Golden

Gate, vai ser meio difícil conseguir enxergar o que eu pude ver daqui... Preparado???? Lá vai:

ESTÁ NA CARA QUE A FANI AINDA GOSTA DE VOCÊ!!!!!

Se ela não gostasse, não teria se enfiado no quarto! Ela teria dito NA HORA que aquilo tudo era muito bonito da sua parte, mas que ela estava muito bem sozinha (ou acompanhada, sei lá) e que esperava que você fosse feliz com a sua noiva. Em vez disso, ela se escondeu, porque certamente precisou de um tempo para assimilar tudo o que você jogou em cima dela! Mas também, que sutileza de elefante, né, Leo? Não podia ir dando dicas aos pouquinhos, pra que ela fosse percebendo em doses homeopáticas que você ainda está na dela? Agora ela deve estar lá, com uma insônia maior do que a sua, pensando sobre o que vai fazer da vida, como lidar com esse amor a distância, como explicar para todos que vai voltar com o cara que dilacerou o coração dela anos atrás...

Bom, mas isso não é problema seu. Você já fez a sua parte se declarando. É a vez dela se mover. Mas como você está correndo contra o tempo, já que volta pra cá em poucos dias (espero), eu sugiro que você não desperdice oportunidades. Ela não te convidou para ver a apresentação dela? Pois então. A menos que ela te desconvide formalmente, eu acho que você deveria aparecer. Senão, ela pode até encarar o seu descaso como uma grande grosseria.

Por favor, me escreva mais tarde para me atualizar, estou ansiosa! Você já pensou em ser escritor? Nunca vi tanto romance e drama juntos! Nicholas Sparks que se cuide! Só espero que ninguém morra no final!

Beijocas e saudade!

Marilu

P.S.: Sim, foram apenas duas das suas namoradas que eu aprovei. A Patrícia (apesar de eu não ter concordado com o fato dela ter invadido o seu e-mail) e a Joana. Mas eu acho que você combina mais com a Fani do que com essas duas juntas.

De: Leonardo <ls@cinemateka.com>

Para: Meredith <meri@mail.com.br>

Enviada: 08 de agosto, 02:31

Assunto: Recado

Meri, o pessoal do hotel me falou que você ligou oito vezes. Desculpe, eu e o Danilo saímos pra jantar, a conversa estava interessante e acabamos demorando bem mais do que o planejado. Está tudo bem por aqui, meu dedo está melhor a cada dia e muito em breve eu já estarei no Rio.

Se cuida.

Beijo,

Leo

De: Meredith <meri@mail.com.br>

Para: Leonardo <ls@cinemateka.com>

Enviada: 08 de agosto, 02:35

Assunto: Re: Recado

Leo, o que você está fazendo acordado numa hora dessas? Sei perfeitamente que aí ainda são duas e meia da manhã! Se eu já não estivesse atrasada pra faculdade, telefonaria pra você imediatamente, mas vou ter que deixar para fazer isso quando eu voltar. Espero que dessa vez você esteja no hotel, se recuperando, que é o que você deveria estar fazendo em vez de sair para "jantar" com o Danilo!

Meri

De: Leonardo <ls@cinemateka.com>

Para: Márcia <marcia@cinemateka.com>

Enviada: 08 de agosto, 02:43

Assunto: Favor

Querida Márcia, tudo bom por aí? Não conversei com você desde a sua volta! Espero que tenha corrido tudo bem.

Eu e o Danilo já começamos a editar as entrevistas do festival e a separar o material que vamos utilizar. Você pode conferir no nosso site a primeira parte da cobertura, olha se gosta e se tem alguma sugestão.

Estou escrevendo para te pedir um favor. A Meri está muito ansiosa com o fato de eu não ter retornado ainda, e eu estou preocupado que ela resolva voltar pra cá. Não é que eu não queira isso, mas a gente sabe que a Meri "adora" gastar dinheiro à toa... Como em poucos dias estarei de volta, acho que ela faria muito melhor em me esperar aí mesmo. Então eu estava pensando, que tal se você a distraísse um pouquinho? Convide-a para ir ao shopping ou ao cinema... Vocês ficaram tão amigas nos dias em que ela estava aqui em LA conosco, não é? Aproveite e conte pra ela como nós trabalhamos arduamente depois que ela foi embora e que eu e o Danilo ainda estamos trabalhando, para que ela deixe de pensar que nós estamos aqui passando férias...

Muito obrigado!

Leo

P.S.: Sei que você praticamente assaltou o shopping no último dia, mas tem alguma coisa daqui que você não tenha levado e quer que eu compre pra você?

De: Márcia <marcia@cinemateka.com>

Para: Leonardo <ls@cinemateka.com>

Enviada: 08 de agosto, 02:59

Assunto: Re: Favor

Oi, chefinho! Que saudade! Por aqui tudo bem, mas estou morrendo de inveeeeeeeeeeeeeja de vocês aí até hoje! Eu deveria ter pensado em quebrar o pé também! Ideia maravilhosa a sua!

Leo, pode deixar que vou distrair a Meri. Assim que chegar ao estágio hoje à tarde eu vou telefonar pra ela. Nesses dias que você não está trabalhando, ela não apareceu nenhuma vez ainda na TV, acredita? Deve ser pra não ficar sentindo sua falta lá... Mas vou convidá-la para ir ao shopping comigo e vou contar todos os detalhes da viagem! Deixa comigo!

A primeira parte da cobertura do festival na *Cinemateka* ficou um arraso! Conferi aqui e já tivemos mais de mil acessos! Uau!

Beijos pra você e pro Danilo!

Márcia

P.S.: É sério isso de trazer alguma coisa que eu queira? Porque eu realmente gostaria de mais umas coisinhas da Victoria's Secret. Sei que eu praticamente precisei comprar uma mala só para as compras que eu fiz lá, mas é que, quando cheguei aqui, reparei que na minha coleção faltaram os cremes "Pure Seduction", "Love Spell" e "Lost in Fantasy", para combinar com os perfuminhos que eu trouxe com as mesmas fragrâncias. Obrigadinha, você é um anjo! Já te falei como a Meri é sortuda em te ter?

15

Wilbur: Se minha família descobrir que o trouxe do passado, vão me enterrar vivo e dançar na minha cova. Não estou exagerando!

(A família do futuro)

De: Fani <fanifani@gmail.com>

Para: Natália <natnatalia@mail.com>

Enviada: 08 de agosto, 03:22

Assunto: Saudade

Querida Nat,

Há quanto tempo não te escrevo! Fiquei muito feliz com o telefonema para me dar parabéns pela classificação no festival.

Sobre a pergunta que você fez (se tinha alguma coisa a mais acontecendo, pois eu estava com a voz meio estranha), naquele momento não dava pra te responder, afinal você estava bem ao lado do Alberto, e eu NÃO quero que ele saiba o que eu vou te contar. Confio em você, viu??? Minha família não pode saber disso!

É o Leo. "Que Leo?", você deve estar se perguntando. O Leo, Nat. O "meu" Leo. O amor da minha vida que eu julgava ter perdido há mais de cinco anos... Ok, nessas alturas você já deve estar achando que eu bati a cabeça. Mas eu nunca estive tão lúcida...

apesar da minha cabeça realmente estar em algum outro lugar, nas nuvens talvez...

Bem resumidamente, o caso é que ele veio do Brasil pra me ver. Ele se formou em Jornalismo, trabalha numa TV e tem um site de cinema. Por isso conseguiu vir até Los Angeles pra fazer uma reportagem sobre o festival em que o meu filme concorreu. Até essa noite eu pensava que tudo não passasse de uma coincidência. Imaginei que de todo jeito ele viria pra cobrir o festival e resolveu aproveitar para conversar comigo e colocar o assunto de muitos anos em dia. Ele realmente fez tudo isso e inclusive esclareceu muita coisa do passado, me pediu desculpas, disse que se arrependeu de como me tratou... Mas não foi só isso. Poucas horas atrás, em uma festinha que as minhas amigas inventaram de fazer, ele confessou que armou tudo. A reportagem, a viagem... só pra vir me ver. Porque durante todos esses anos ele continuou a gostar de mim.

Nat, eu resolvi te contar tudo isso porque eu acho que você é a única que pode me entender. Eu estou com vontade de sair gritando no meio da rua, e eu sei que você faria (ou teria vontade de fazer) exatamente a mesma coisa. Desde o momento em que ele apareceu na minha porta, eu vinha brigando com o meu coração, que não parava de ficar pulando aqui dentro, mas na medida em que ele foi se aproximando, comecei a deixar cair as minhas reservas uma por uma:

- Ele se desculpou, menos uma reserva.

- Ele esclareceu os fatos, menos outra.

- Ele disse que foi atrás de mim no aeroporto (sim, ele foi!), menos dez.

- Ele ficou me olhando com aquele sorriso mais fofo do mundo que só ele tem, menos mil!

E agora, depois dessa declaração, eu sei que estou seriamente a perigo, pois eu não tenho mais escudo nenhum, ele pode tomar meu coração de assalto no momento em que quiser. Se é que já não fez isso. Eu, sinceramente, não sei o que pode acontecer se ficarmos sozinhos...

Nat, minha amiga, o que você faria se fosse eu??? Minha família certamente iria me matar se eu voltasse a gostar dele! Eu fiz todo mundo odiar o Leo por ele ter me feito sofrer. Além do mais, ele mora no Rio de Janeiro, e eu em Los Angeles! Me explica como isso pode funcionar???

Responde logo, por favor! São quase três e meia da madrugada, e eu ainda não consegui pregar os olhos!

Beijos!

Fani

P.S.: Tem um pequenino detalhe que eu não te contei. Ele está noivo. Mas disse que foi tudo uma grande confusão, e eu acredito que, assim que voltar para o Brasil, ele resolva isso.

De: Natália <natnatalia@mail.com>

Para: Fani <fanifani@gmail.com>

Enviada: 08 de agosto, 03:33

Assunto: Re: Saudade

Fani, é o Alberto.

Mande esse cara de volta pro Brasil imediatamente, pois vou esperá-lo com um soco no aeroporto.

Será que você perdeu a cabeça? Não lembra como ficou mal quando ele te deu o fora? E agora que você está aí, no topo, super-realizada e feliz, vai querer jogar tudo pro alto e começar a choradeira de novo?

E ainda mais que ele está casado!!! Cadê a mulher dele?

Não pense que a mamãe e o papai não vão saber disso! Você pode ter 23 anos, mas pelo visto ainda precisa de supervisão familiar!

Alberto

De: Natália <natnatalia@mail.com>

Para: Fani <fanifani@gmail.com>

Enviada: 08 de agosto, 03:36

Assunto: Re: Saudade

Ai, Fani, mil perdões!

Aqui já são sete e meia da manhã, e eu passei na portaria do prédio dos seus pais antes de ir pra faculdade, só porque eu precisava mostrar urgente pro Alberto a cor que o cerimonial sugeriu para a gravata dos pajens (como a Juju não quer mais ser dama de honra - ela está numa fase revoltada -, seus sobrinhos gêmeos vão entrar com as alianças). Você não ia acreditar na antecedência com que esses detalhes têm quer ser resolvidos... Bom, mas o fato é que, além da tal amostra da cor, tive que mostrar o orçamento, que estava na minha caixa de e-mails. Aí, quando eu peguei meu iPad pra mostrar pro seu irmão, o seu e-mail era o primeiro. Eu abri na maior inocência, já que o assunto era só "saudade", e ele leu tudo! Eu tentei tomar da mão dele, mas apenas agora que ele subiu, provavelmente pra contar tudo para os seus pais, é que ele me devolveu.

Ai, Fani, nem sei o que te dizer!!! Estou tão empolgada e ao mesmo tempo tão receosa!!! O fato é que eu não gostaria que uma ex-namorada chegasse e tomasse o Alberto de mim... eu também sou noiva, você sabe. Então tenho que olhar o lado dessa outra garota também... Mas a imagem de você e o Leo juntos de novo realmente dá vontade de sair gritando pela rua afora!!! Eu acho que você deve fazer o que o seu coração mandar, e eu já percebi que isso quer dizer deixar a prudência de lado... e beijar logo!!!

Mas você pode dizer pro Leo que da primeira vez que a gente se encontrar eu vou dar um grande puxão de orelha nele! Não foi só você que sofreu, todos nós ficamos arrasados com o estado em que ele te deixou!

Fani, só te peço pra resolver essa história o mais rápido possível, pois você sabe que é minha madrinha, e se eu tiver que convidar o Leo para ser padrinho, vou ter que reformular toda a entrada na cerimônia! Eu sei que ainda faltam nove meses, mas eu já te disse, certas coisas têm que ser resolvidas com muita antecedência.

Beijos!

Nat

P.S.: O que aconteceu com aquele Jeff do retrato que você me mandou? Ele era tão fofo, assim em um estilo "charme de intelectual"...

P.S. 2: Vou subir atrás do Alberto, pra falar pra sua família que ele entendeu tudo errado e que o Leo está noivo, e não casado. Não se preocupe.

De: Cristiana <cristiana.acb@gmail.com>

Para: Fani <fanifani@gmail.com>

Enviada: 08 de agosto, 03:47

Assunto: Absurdo!

Estefânia,

Quero que você atenda o telefone imediatamente! Seu pai está aqui brigando comigo, dizendo que na Califórnia nesse momento é plena madrugada, mas assuntos urgentes não têm hora!

Que história é essa que o seu irmão me contou? Que você está reatando com aquele Leonardo que te deu um pé na bunda há cinco anos?

Você ficou louca, minha filha?????????? Já não bastava você ter entregado de bandeja aquele Christian-melhor-partido-do-mundo para a sua amiga, agora também você quer trocar o grande cineasta Jeff Chordin por um jornalista de quinta categoria? Porque eu sei perfeitamente que o Leonardo atualmente trabalha em uma TV a cabo que provavelmente não tem o menor ibope e possui um site mequetrefe de cinema. Eu pesquisei tudo a respeito uns meses atrás porque eu precisei mandar pra ele as informações do seu festival, como vingança, pra ele ver o que perdeu, pra sentir o contraste entre o buraco onde ele está agora e o topo onde você se encontra! Não se preocupe, não sou burra, mandei como se fosse para vários destinatários. Mas eu nunca imaginei que ele iria atrás de você! É óbvio que ele está querendo dar o golpe e fazer sucesso às suas custas! Essa história de noivado deve ser só para despistar, para que você pense que ele te procurou apenas em caráter profissional. Aposto que ele planejou te reconquistar aos pouquinhos para, quando você menos esperar, dar o bote fatal.

Fani, não quero nem saber. Se você insistir nessa loucura, eu vou até Los Angeles para te impedir de estragar a própria vida, como você adora fazer!

E atenda logo esse telefone!

Sua mãe

De: João Otávio <jlopesbelluz@yahoo.com.br>

Para: Fani <fanifani@gmail.com>

Enviada: 08 de agosto, 03:59

Assunto: Segredo

Minha filha,

Já sei que sua mãe e seu irmão estão te perturbando por causa dessa notícia de que o Leo está em Los Angeles...

Por mais que eu diga a eles que a vida é sua e que você toma conta dela do jeito que bem entender, eles estão revoltados com o fato do Leo ter desaparecido anos atrás e agora, do nada, ter voltado para "te seduzir". Como se você fosse mesmo uma mocinha indefesa, inocente e desprotegida, que não soubesse se cuidar sozinha.

Eles estão se esquecendo de que você, antes mesmo de completar 17 anos, resolveu correr o mundo, conhecer o que tinha além da esquina do Pátio Savassi, descobrir novos sonhos e emoções. Contando com a época do seu intercâmbio, já faz seis anos que você mora longe de casa. Ao mesmo tempo que isso me entristece, pois eu gostaria de tê-la mais perto, eu também fico extremamente satisfeito ao saber que você, tão nova, já é totalmente independente, realizada e feliz. E é sobre essa felicidade que eu quero te falar agora.

Filha, ao contrário do Alberto e da sua mãe, essa notícia do Leo não me pegou de surpresa. Na verdade, o que me surpreendeu foi o fato dele ter demorado tanto para fazer essa viagem. Eu guardei um segredo de você por todos esses anos e espero que você não fique brava comigo por isso. Você sabe que tudo o que eu faço na vida é pensando no seu bem.

Cinco anos atrás, poucos dias antes da sua ida para a Califórnia, o Leo te procurou. Ele telefonou aqui pra casa, queria falar com você, segundo ele para pedir desculpas e desejar boa viagem, mas eu pedi a ele que não fizesse isso. Eu tomei essa atitude, filha, porque eu te conheço e eu não me perdoaria se, no futuro, você se arrependesse de algo que "deixou de fazer". Você estava começando a se recuperar daquele término traumático, os preparativos para a viagem estavam a todo vapor, e você estava até um pouco empolgada porque ia conhecer Hollywood. E foi exatamente devido a essa pequena empolgação que eu agi dessa forma. Antes do seu intercâmbio, quando você começou a se descobrir apaixonada pelo Leo (não pense que eu sou cego, eu vi tudo acontecer), sua euforia por aquela viagem era NULA. E eu não queria que isso se repetisse. Eu sabia que viajar "livre" para Los Angeles era importante naquele momento e para o seu futuro.

Filha, te peço mil desculpas por ter interferido, mas eu agi como qualquer pai agiria. Fiz o que considerei certo naquela hora e hoje me sinto orgulhoso de ver aonde você chegou, de ver que você realizou todos os seus sonhos e que agora está sonhando mais alguns... Você conhece alguém que conseguiu tudo isso na sua idade?

Sobre o Leo, me senti na obrigação de te contar a verdade agora. Quando conversamos, nesse telefonema que te falei, ele parecia arrasado. Meu coração ficou apertado ao pedir pra ele se afastar, e eu sei que ele atendeu o pedido não por mim, mas por amor a você. Porque ele também queria te ver feliz.

Lembro que, na época, falei pra ele que talvez um dia vocês se reencontrassem, quando fossem mais velhos... Parece que esse momento chegou. E, agora, você não é mais aquela menina de quem eu pensava que tinha que cuidar. Você me mostra, dia após dia, que consegue tomar conta de você mesma, que conhece perfeitamente o que é melhor pra você e que sabe tomar as decisões mais acertadas. E agora eu sei que não preciso mais me preocupar. Você cresceu.

Se você ainda sentir alguma coisa pelo Leo, e ele por você, não vejo por que ficar se prendendo a acontecimentos do passado. Vocês são duas pessoas diferentes agora, são jovens e têm a vida inteira pela frente... E, quem sabe, juntos?

Não vou nem entrar na questão de que ele está noivo, como seu irmão e a Natália mencionaram. Provavelmente deve ser um mal-entendido qualquer. Do contrário, ele não te procuraria... Se ainda continuar o mesmo, sei que ele é muito íntegro para brincar com os sentimentos de alguém. Sejam os seus, os da outra moça ou os dele mesmo.

Estou do seu lado para o que você precisar. Sempre.

Papai

16

Priscila: Está tudo tão cinza, mas acho que vi uma ponta de azul no céu.

(Desenrola)

"Leo, você tem certeza de que quer ficar aqui? E se ela te tratar mal, te mandar ir embora e até falar pra proibirem a sua entrada? Como você vai voltar?"

"De táxi, Danilo! Mas ela não vai fazer nada dessas coisas. A Fani é muito educada pra isso. No máximo, vai me tratar como se eu fosse um coleguinha qualquer. Mas eu sobreviverei, não precisa se preocupar. Pode ir namorar à vontade, eu me viro!"

Estávamos em frente à faculdade da Fani, onde seria a apresentação do trabalho de pós-graduação dela. Depois de pensar por horas, cheguei à conclusão de que eu deveria ir. Ela havia me convidado, me dito a que horas e onde seria... Claro que isso tudo foi antes de eu afugentá-la, mas por esse motivo mesmo eu precisava desse encontro. Eu queria mostrar que, apesar de ela visivelmente não se sentir da mesma maneira, eu não me afastaria simplesmente por ter percebido que ela não nutria os mesmos sentimentos por mim. Depois de horas de conversa, que me fizeram lembrar o quanto eu gostava da companhia dela, eu não podia mais voltar ao estágio anterior, de imaginá-la em outro mundo, sem ter notícias e o menor contato, como fiquei por anos. Agora, ainda que fosse apenas como amiga, eu queria saber dela. Torcer por ela. Acompanhar o sucesso dela, mesmo que de longe.

Por isso, assim que o Danilo me deixou na porta da faculdade, às três e meia da tarde, eu entrei sem hesitação.

Mais cedo, nós havíamos ido ao hospital. Apesar do médico ter pedido que eu voltasse apenas no domingo, eu estava sentindo o meu dedo bem melhor e queria me ver livre daquele curativo o quanto antes. Ele analisou, concordou que tinha melhorado muito, mas disse que eu ainda precisaria ficar com o dedo imobilizado, embora não tivesse mais perigo de inchar na viagem. Perguntei se teria como fazer um curativo menor, e ele conseguiu diminuí-lo bastante.

Nossa próxima parada foi no shopping. Eu queria comprar um tênis bem largo, para não forçar o meu dedo, mas que me liberasse daquele chinelo. Encontrei um que dava firmeza, sem apertar, e – com ele – eu conseguia pisar com o calcanhar, sem precisar mais da muleta. Eu ainda estava mancando, mas já parecia quase "normal" novamente e, apesar dos protestos do Danilo, consegui dirigir até o aeroporto, onde remarcamos as passagens. Eu não tinha mais motivos pra ficar naquela cidade. Eu já havia feito tudo o que tinha planejado: a cobertura do festival e a conversa com a Fani. Eu tinha até feito mais, ao me declarar pra ela. E agora, ficar ali sabendo que ela ia fazer de tudo para se esconder de mim, como na noite anterior, era mais do que eu podia suportar.

Com a melhora do meu dedo, eu teria inclusive ficado com o carro, mas o Danilo já havia combinado de ir ao cinema com a Ana Elisa. Ele contou que, depois que eu fui embora da festa, todas as pessoas começaram a ir também, e ele chegou a se levantar para acompanhar os demais. A Ana Elisa foi levá-lo até a porta, e eles ficaram ali por mais um tempo, tentando se despedir, até que finalmente rolou um beijo. Ele entrou novamente, e eles ficaram juntos até duas da manhã, quando ele voltou ao hotel e me encontrou ainda acordado, no computador. Porém, ao contrário de mim, que praticamente não dormi, ele caiu no sono no minuto seguinte. De manhã, ele mal despertou e já ligou pra Ana Elisa, convidando-a para um cinema. Ela aceitou, e ele pareceu tão feliz que eu nem tive coragem de pedir para ficar com o carro dessa vez. Era melhor que ele namorasse à vontade e eu voltasse da faculdade da Fani de táxi, sozinho.

Perguntei pra recepcionista da faculdade onde seria a apresentação dos trabalhos de pós-graduação, e ela me indicou um pequeno teatro. O local estava cheio, mas não lotado. Logo consegui uma cadeira livre e fiquei procurando a Fani com os olhos. De repente eu a vi, na primeira fileira. Aquele Alejandro estava ao lado dela, e vi que eles estavam de mãos dadas. Aquilo ainda era um enigma pra mim. Será que os dois tinham alguma coisa? Mas na noite anterior eles definitivamente não haviam ficado juntos, pois ela passou o tempo inteiro comigo, desde o momento da minha chegada. Mas e se aquela pergunta dele sobre a minha aliança tivesse sido uma tentativa de boicote? Continuei a olhar e vi que ele estava passando a mão pelo cabelo dela. Claro que estava interessado... Mas e o dono da produtora? Será que ele não tinha sido convidado para a festa da noite anterior?

Resolvi me concentrar nas apresentações, que estavam começando. Logo entendi que os alunos da primeira fila eram os pós-graduandos. Eles eram chamados em ordem alfabética, e o Alejandro foi um dos primeiros. Saber que ele estava ali para apresentar um trabalho, e não apenas para acompanhar a Fani, me tranquilizou. Não devia ser nada. Afinal, a própria Fani tinha falado que eles eram melhores amigos... Mas eu já havia sido o melhor amigo dela e sabia perfeitamente onde aquilo tinha dado.

Cada apresentação durava em média dez minutos. Os alunos chegavam na frente do palco, diziam em que era a sua especialização, e em seguida apresentavam o trabalho.

Fiquei tão entretido que nem percebi o tempo passar. Só olhei pro relógio quando o nome da Fani foi chamado e vi que já eram cinco da tarde. As apresentações anteriores haviam sido apenas orais em sua maioria, mas ela foi direto para o aparelho de *blu-ray*. Logo reconheci a imagem que apareceu no telão. Era do filme dela. Ela já tinha me falado que ia apenas explicar o motivo de ter escolhido cada música para determinada cena. Antes, porém, ela fez uma pequena introdução. O inglês dela era fácil de entender, então não tive dificuldade em ir fazendo uma "tradução simultânea" em minha mente.

"Quando ainda era adolescente, eu tive um amigo que me ensinou a gostar de música. Na verdade eu já gostava, mas ele me fez perceber que música não é só para ouvir. É para sentir. É um encontro

entre a melodia ideal e a letra perfeita. E que, se usarmos a música certa na ocasião adequada, podemos proporcionar os mais diversos sentimentos, fazer com que ela fale por nós, passe mensagens... E foi isso que eu tentei fazer no meu filme. Esse meu amigo me mostrou que a música permanece, que, mesmo que acontecimentos da vida nos separem de quem gostamos, a trilha sonora imortaliza os momentos vividos juntos. Quem nunca escutou uma melodia no rádio e se lembrou de alguém? A música tem esse poder. E foi por isso que eu escolhi fazer pós-graduação em trilha sonora, em homenagem a esse meu amigo. Porque eu sei que, a cada trilha que eu montar, vou me lembrar dele. E essa foi a forma que eu encontrei de ter essa pessoa que me ensinou coisas tão valiosas sempre junto de mim."

Em seguida ela apertou o "play", e a primeira música do filme encheu o teatro. Poucos segundos depois ela interrompeu, explicando por que a havia usado naquela cena, mas eu não estava ouvindo mais nada.

Quando tomei conhecimento do tema da pós-graduação dela, ainda no Brasil, eu quis acreditar que eu havia tido alguma influência naquilo. Lembro que na época do colégio, quando eu ainda nem imaginava que seríamos mais do que amigos (apesar de sempre ter desejado aquilo), nós passávamos horas na casa dela, vendo filmes e mais filmes no DVD. Eu sempre comentava sobre as trilhas sonoras. Quando ela gostava muito de alguma, eu inclusive conseguia cada uma das músicas do filme e gravava em um CD pra ela. Até o dia em que eu criei uma trilha sonora para a minha própria vida. Dei pra ela de presente de aniversário, esperando que ela enxergasse através das letras tudo o que eu queria falar. Ela só foi entender aquilo muitos meses depois... Mas, pelo visto, nunca mais esqueceu a lição musical.

Ela continuou a explicar música por música do filme, e eu comecei a pensar que estar ali não havia sido uma boa ideia. Tudo o que eu queria era que todas aquelas pessoas fossem embora e ela continuasse aquela explicação só pra mim. Ouvir novamente aquelas músicas, que eu havia passado horas escolhendo para mandar pra ela, me fazia ter vontade de ir lá na frente e falar: "Ei, preste atenção, está ouvindo essa letra? Ainda me sinto assim... Será que não podíamos voltar no tempo? Começar tudo de novo?". Mas, como eu não podia fazer nada parecido, apenas me afundei na cadeira e fiquei lá, me torturando a cada explicação dela, até que dez minutos depois ela finalizou. As pessoas bateram palmas, ela tornou a se sentar, o Alejandro e ela se abraçaram, e em seguida se concentraram nas outras apresentações.

Eu queria parabenizá-la, mas vi que ainda faltavam umas sete pessoas pra se apresentarem. Isso demoraria mais de uma hora. Resolvi então esperar do lado de fora. Eu precisava de ar.

Saí do teatro e me sentei no saguão da faculdade, um espaço cheio de sofás coloridos e TVs de todos os tamanhos. Aquela faculdade realmente era bem diferente de todas as outras que eu conhecia. Fiquei algum tempo de olhos fechados e com a cabeça encostada em um sofá azul, pensando no que eu faria da minha vida, quando alguém falou o meu nome. Olhei rapidamente e vi que era o Alejandro.

"Por que no entrou?", ele perguntou assim que eu me virei. "A Fani acabou la presentación agora."

Eu expliquei que tinha visto tudo, mas, por causa do meu dedo, que estava doendo um pouco, resolvi sair para poder esticar a perna. Ele olhou para o meu tênis novo, franziu a testa e se sentou ao meu lado.

"Leo, yo tengo dois conselhos para você..."

Eu imaginei que ele fosse dizer pra eu me afastar da Fani duas vezes. Era óbvio que ele diria isso. Mas quando ele começou a falar, vi que não era nada daquilo.

"O primeiro é sobre esse su tênis de corrida. Tênis de corrida solamente fica bien em la pista de corrida. No máximo em la academia. É simples: para ir a fiestas, bares, shoppings e, especialmente, para ver la chica que você gosta, use un sapato. Ou se no puede mesmo desgarrar do estilo esportivo, no mínimo un sapatênis."

Ótimo. Como se não bastasse reclamar do meu chinelo, agora o meu tênis novo também não servia.

"E o segundo conselho?", perguntei.

Ele deu um sorrisinho, se levantou, e falou: "No pierdas tiempo. Besos primeiro, conversa depois. Quando duas personas pensam demais, no sobra espaço para la ação", e em seguida se afastou.

Fiquei tentando assimilar as palavras, pois ele falava um portunhol meio rápido, mas consegui entender que ele estava mandando que eu agisse depressa. Mas aquilo seria em relação à Fani? Então ele não estava interessado nela?

Me levantei para esclarecer a situação e não o vi mais. Dois minutos depois ele reapareceu, abraçado com um cara.

Ao ver que eu estava olhando, ele falou: "Leo, este é mi namorado, John".

Fiquei tão admirado ao perceber que eu não precisava ter me preocupado em relação a ele com a Fani que até perdi a fala. O amigo, quer dizer, o *namorado* dele apertou minha mão, e os dois entraram novamente no teatro.

Tornei a me sentar, mas cinco minutos depois a própria Fani saiu do teatro.

"Leo?", ela me chamou assim que me viu. "Eu não sabia que você tinha vindo... Está tudo bem? O Ale me falou que você estava aqui com o pé doendo. Quer que eu te ajude? Precisa que eu te leve ao hospital?"

"Já acabaram as apresentações?", perguntei, em vez de responder. Ela disse que só faltavam mais duas, mas que não teria problema se ela saísse antes, as notas só seriam lançadas no dia seguinte.

"Você pode me ajudar em uma coisa, mas não tem pressa, pode terminar de assistir, depois conversamos..."

"Leo, fala logo. Não vou conseguir ver apresentação nenhuma sabendo que você está aqui me aguardando."

"Não é nada de mais", falei me levantando. "Eu estava te esperando só pra te dar os parabéns. Eu... adorei a sua apresentação." Ela olhou pro chão visivelmente sem graça, e eu me questionei se ela teria feito o mesmo discurso ao se apresentar caso tivesse me visto na plateia. Ela ficou muda, e então eu completei: "O meu pé está bem. O médico até liberou a minha viagem, falou que não tem mais perigo do meu dedo inchar e tirou a tala de metal. Como eu e o Danilo estamos cheios de trabalho no Brasil, já marcamos nossa passagem para o primeiro voo que tinha vaga, que vai ser no próximo sábado, de manhã...". Notei uma leve mudança na expressão dela, mas não consegui desvendar se era de surpresa ou alívio. "Então, como só vou ficar, além de hoje à noite, mais dois dias aqui, queria umas dicas de lugares que eu não posso deixar de visitar... Não pude fazer muita coisa antes, devido ao trabalho, e, depois, por causa do meu pé. Mas, agora que estou indo embora, sei que vou me arrepender de não ter aproveitado mais e por isso quero fazer tudo o que for possível com o tempo que eu ainda tenho."

Eu falei a última frase bem devagar. Eu não esperava que ela entendesse o que eu realmente queria dizer, e já sabia que ela diria que ia escrever uma lista pra mim. Mas após uns segundos calada ela foi em direção ao teatro.

"Não saia daí", ela se virou quando estava quase na porta. "Só vou buscar a minha bolsa."

"Fani, não tem pressa...", falei novamente, "você pode anotar os lugares depois. Eu te espero."

Ela se virou novamente, com uma cara meio indignada: "Não vou apenas te dar dicas! Você vai conhecer Hollywood com alguém que realmente entende do assunto...".

Ela desapareceu dentro do teatro, e eu fiquei ali parado, pensando que, se aquilo fosse um filme, nesse momento haveria uma trilha sonora, que diria para o espectador tudo o que estava se passando dentro do meu peito.

17

Troy: Eu te quis desse jeito
por todos esses anos...

(Caindo na real)

"Por que você não me falou que conversou com o meu pai, antes da minha mudança pra Los Angeles?"

O Leo desviou os olhos da direção e me encarou surpreso. Em vez de responder, ele tornou a olhar pra frente. Havíamos acabado de sair do estacionamento da minha faculdade. Depois de muitos pedidos com a melhor cara de cachorrinho abandonado que ele conseguiu fazer e de me jurar que o dedo dele não estava mais doendo, acabei cedendo e passando a chave do meu carro pra ele. Era fim de tarde de um dia ensolarado. Ao perguntar aonde ele já havia ido em LA e ele não ter incluído "Hollywood Sign" entre os lugares, não tive dúvidas de por onde começar o nosso "tour de locais imperdíveis em Los Angeles". O horário estava bem propício, pois o pôr do sol lá de cima era um dos mais lindos que eu já tinha visto.

Dei uma olhada na minha aparência pelo retrovisor direito e vi olheiras profundas, que nem uma grande quantidade de corretivo tinha conseguido disfarçar. Eu havia passado a maior parte da noite em claro, juntando peças de um quebra-cabeça perdido há anos. Cinco anos para ser mais exata. De repente tudo parecia se encaixar.

Desde o momento em que o Leo contou que tinha ido ao aeroporto de BH pra tentar falar comigo no dia da minha viagem, eu estava me perguntando por que ele teria deixado para o último instante em vez de me procurar antes. E na madrugada anterior a resposta havia chegado por e-mail. Ele não tinha feito isso a pedido do meu pai. Agora tudo começava a fazer sentido, inclusive a viagem dele para (supostamente) cobrir o meu festival. A minha mãe era a responsável por aquilo, mesmo sem ter tido (a menor) intenção. As novas informações casavam com tudo o que o Leo havia dito desde o começo. Ele tinha recebido um e-mail dela, que imaginava ter sido enviado para a imprensa em geral... E então ele resolveu viajar, para finalmente poder ter a conversa final que nós nunca tivemos, porque o meu pai não permitiu.

"Fani...", ele falou depois de um tempo. "Eu nunca ia colocar você contra seu pai. Se alguém tinha que te contar isso, era ele. Na verdade, pensei que ele guardaria esse segredo pra sempre. Ele te contou... só agora?"

Eu fiz que sim com a cabeça, deixando o vento bater no meu rosto.

"O fato é que ele estava certo...", o Leo continuou a falar. "Eu não tinha o direito de te ligar, depois de tudo. E fico feliz por não ter feito isso. O que a gente sentia era muito forte. Não sei o que teria acontecido se tivéssemos nos visto de novo naquela época. Mas eu não gostaria que você tivesse deixado de viajar. Ou que não viajasse inteira."

O que a gente *sentia* era muito forte. Será possível que era tão forte assim que ainda existisse? Porque era isso que o meu coração não parava de insistir para eu acreditar. Estar ali no meu carro com ele, e na noite anterior na minha casa, e no píer de Santa Monica... Era o maior nível de entusiasmo que eu havia alcançado em todos aqueles anos. Ao mesmo tempo que eu me sentia em paz, eu estava eufórica. E eu não queria que aquela sensação fosse embora nem gostaria de estar em qualquer outro lugar. Ele podia ficar rodando pelas ruas de Los Angeles sem destino, por horas, que tudo estaria bem. Contanto que ele estivesse ali. Comigo.

"Quem disse que eu viajei inteira?", falei depois de um tempo.

Ele novamente olhou para mim por uns segundos e mais uma vez voltou a olhar pra frente. Ficamos sem palavras por um tempo. Ele aumentou o som. Eu havia colocado o CD com a trilha sonora do meu filme. Nesse momento, estava tocando exatamente a música da cena final. Eu sabia que ele estava prestando atenção na letra. Comecei a acompanhar bem baixinho.

Baby, now that I've found you
I can't let you go
I built my world around you
I need you so[*]

"Eu gostei muito das músicas da última parte do filme...", ele falou de repente. "Algumas eu nem conhecia. Você pode me dar uma cópia desse CD?"

Eu disse que ia gravar, e ele continuou a dirigir até chegarmos perto da montanha do Hollywood Sign.

"Agora nós vamos entrar em uma rua lateral", expliquei. "Poucas pessoas chegam tão perto, porque os ônibus de turismo não são permitidos. Então só quem tem ou aluga carro e sabe desse caminho é que chega até aqui."

Dei as direções, e ele continuou a subir por uma encosta cheia de curvas no meio das árvores. Eu tinha descoberto aquele caminho logo nos meus primeiros meses em Los Angeles. A maioria das pessoas parava várias ruas antes, para tirar fotos e admirar o letreiro. Mas eu queria ver mais de perto. Fui perguntando e acabei descobrindo que daria pra me aproximar um pouco mais, embora não tanto quanto eu gostaria.

"Agora vire à direita e pode estacionar", falei pra ele, que fez o que eu pedi. Descemos do carro e andamos poucos metros até uma parte descampada da montanha, sem nenhuma vegetação.

"Leonardo Santiago, orgulhosamente te apresento o famoso... *Hollywood Sign*!", fiz uma reverência com a mão, antes de apontar para o letreiro. Ele olhou para trás e respirou fundo ao ver como realmente estávamos próximos dele.

"Nunca imaginei que pudesse chegar tão perto...", ele falou sem tirar os olhos. "Todos esses dias eu o vi de longe, mas assim de perto é..."

---

[*] Baby, agora que te encontrei
Não posso te deixar ir
Eu construí o meu mundo à sua volta
Eu preciso tanto de você

"Impressionante, né?", eu completei. "Acho que é como estar aos pés do Cristo Redentor, no Rio. Quero dizer, é o mesmo que estar dentro do cartão postal com o principal ponto turístico de uma cidade."

Ele concordou e olhou para o outro lado. A vista dava para o Lake Hollywood, que estava bem azul. Tinha umas três pessoas com câmeras fotográficas, e com isso eu me lembrei. Puxei o meu celular do bolso e falei: "Vou tirar uma foto sua. Sorria!". Ele começou a dizer que não queria, pois não era fotogênico, quando uma das pessoas se aproximou e perguntou se não gostaríamos que ela batesse uma de nós dois juntos. Eu fiquei meio sem graça, mas a moça que tinha oferecido estava com o maior sorriso, como se fosse certo que ela estivesse nos prestando um grande favor. Então eu só olhei pro Leo, que deu de ombros, e entreguei o meu celular pra ela, explicando como fazer.

O Leo se aproximou de mim, e o nosso embaraço era visível. Ficamos ao lado um do outro, sem nos encostar, até que a moça falou: "Closer! And smile!".* Ele então passou o braço pelo meu ombro devagar, me puxou levemente, e eu coloquei a minha mão na cintura dele. Era o mais perto que havíamos chegado em anos, e a sensação da pele dele na minha me provocou uma espécie de choque, que desencadeou sensações adormecidas. Lembrei-me do dia da minha ida para o intercâmbio, quando o meu irmão tirou uma foto nossa na porta do apartamento. O efeito era o mesmo. Uma vontade de tê-lo ainda mais perto, mas sabendo que aquilo não ia acontecer... não *devia* acontecer.

A mulher finalmente devolveu o meu celular, dizendo que a foto tinha ficado ótima, pois nós éramos um casal muito bonito, e eu agradeci sem coragem de olhar para o Leo. Ficamos um tempo só olhando a vista, e então eu comentei que o pôr do sol ainda demoraria um pouco; em Los Angeles, no verão, só anoitecia depois das oito da noite. Ainda eram seis e meia da tarde.

"O que você quer fazer?", perguntei. "Podemos esperar ou ir a outro lugar. O pôr do sol em Venice Beach também é lindo, mas tenho medo de, nesse horário, pegarmos muito trânsito e não

---

* Aproximem-se mais! E sorriam!

conseguirmos chegar a tempo... Mas o nascer da lua lá também vale a pena."

"Se você não se importar, prefiro ficar aqui", ele respondeu. "Olha esse lugar... De um lado o letreiro na montanha, do outro um lago lindo, e ali na frente a cidade inteira..."

Eu sorri. Na minha primeira vez lá, eu também tinha passado algumas horas, só contemplando tudo.

"Então vamos nos sentar", eu disse indo até o carro. Lembrei que no porta-malas eu tinha um jornal, no qual tinha saído um artigo sobre o festival de cinema, mas eu já tinha guardado a parte importante. Peguei também dois moletons, que eu sempre deixava ali, pois o clima de Los Angeles era meio imprevisível. Naquele horário já começava um vento gelado.

"Toma", entreguei um dos casacos pra ele. "Acho que vai ficar meio apertado... mas pelo menos você não vai passar frio". Ele riu e começou a me ajudar a cobrir o chão com as folhas do jornal.

Quando forramos o suficiente para nós dois ficarmos sentados à vontade, ele falou: "Para ficar tudo perfeito, só falta uma coisa... a trilha sonora", e então voltou para o carro e ligou o som, que ainda estava tocando o meu CD. Ele colocou bem baixinho, para não incomodar as outras pessoas, mas elas pareceram não ligar, pelo sorriso que nos lançaram. Provavelmente achavam que éramos namorados apaixonados...

Ele se sentou ao meu lado, e aquela sensação do retrato voltou. A proximidade dele me fazia tremer. Mas um tremor bom, se é que isso é possível.

Ficamos um tempo só admirando o horizonte, até que ele falou: "Fani, desculpa se eu te assustei ontem... Eu não tive essa intenção, só quis ser sincero com você".

Ele havia me assustado. E muito. Mas tinham sido tantos sustos nos últimos dias que um a mais não fazia tanta diferença. E não é como se eu não tivesse gostado do que ele me disse...

"E foi por querer ser sincero também que eu não escondi essa aliança", ele apontou para o dedo. "Apesar disso não significar nada pra mim, eu não queria mentir pra você. Eu poderia ter guardado ela na mala antes de te encontrar. Mas eu ainda me lembro de quando a gente estava no segundo ano no colégio e você gostava do professor de Biologia..."

Eu dobrei os joelhos e coloquei meu rosto entre as pernas. Eu tinha vergonha de me lembrar daquilo...

"Ele te dava a maior bola e escondia que era casado...", ele continuou. "Eu tinha só 16 anos naquela época, mas jurei pra mim mesmo que eu nunca faria aquilo com alguém."

Era exatamente o que o meu pai havia dito no e-mail que tinha me mandado mais cedo. O Leo era *íntegro*. E aquilo só me fazia admirá-lo mais... Apesar de me fazer também ter vontade de arrancar aquela aliança do dedo dele e atirá-la montanha abaixo.

"Então, mesmo que eu não me sinta noivo, que eu não tenha pedido ninguém em casamento e que eu nem seja apaixonado por ela... eu quis te contar a verdade. Esse é um problema que eu vou ter que resolver assim que chegar ao Brasil, por mais que eu saiba que por causa disso eu provavelmente vá perder o meu emprego. Mas eu posso arrumar outro..." Ele parou um pouco de falar, me olhou e viu que eu estava prestando muita atenção. "O que eu não sei se vou conseguir novamente é sentir *isso*. Essa sensação que a sua presença me desperta. Eu tentei, Fani. Eu tentei muito, na verdade. Eu conheci várias meninas. Mas nenhuma delas nem de longe fez essa bateria de escola de samba bater no meu peito só por estar ao seu lado. Então, foi por isso que eu te falei aquilo ontem. Porque eu realmente não te esqueci. Eu queria que você soubesse disso. Tenho só mais dois dias aqui e eu não queria voltar pra casa pensando que deixei de te dizer alguma coisa. Esse tempo com você tem sido mágico! Eu queria congelar esses momentos, eu trocaria o resto da minha vida pra ficar revivendo esses dias de novo e de novo e de novo..."

Ele virou o rosto para o horizonte, e eu continuei calada, sem saber o que dizer. Ele tinha traduzido em palavras tudo o que estava se passando dentro de mim. Os mesmos sentimentos, sensações, pensamentos... Eu também tinha tentando esquecê-lo com outras pessoas. E, julgando pela vontade que eu estava de que ele chegasse mais perto, pelo visto também não tinha adiantado nada. Nenhum beijo do Mark, do Gui ou do Jeff havia provocado metade do frio na barriga que eu sentia naquele momento.

Deixei meu corpo pender para trás e fiz um travesseiro do moletom que ele ainda não estava usando. Fiquei sentindo meu coração bater forte, olhando para o céu azul, escurecendo bem devagar, acima de mim.

"Muitas meninas?", perguntei de repente, me lembrando do que ele havia dito. "Além da sua... *noiva*, você teve muitas namoradas?"

Ele me olhou e viu que eu estava sorrindo. Era brincadeira, mas eu realmente tinha ficado curiosa. Ele então se deitou também, colocando o braço atrás da cabeça.

"Várias, Fani... Tenho uma amiguinha de 12 anos, a Cecília, que uma vez me disse que eu sou muito *namorador*. Mas ela também falou que nenhuma delas era páreo pra você, que eu só ficava tentando te encontrar nas outras todas... E quer saber? Ela estava certa."

"Ah, você conversa sobre mim com uma menina de 12 anos? E que pelo visto te dá *conselhos*?", apoiei no meu cotovelo, para olhá-lo melhor.

Ele sorriu. "Ela não é uma criança, como você deve pensar. A Cecília me fez enxergar muita coisa. Eu gostaria que vocês se conhecessem algum dia..."

Deitei novamente. Ele ficou calado um tempo e então me perguntou: "E você? Muitos namorados?".

Apesar de não parecer mais ciumento como antes, falar sobre namoros antigos com ele ainda me deixava desconfortável. Por isso, tudo o que respondi foi: "Alguns...".

Ele se virou de lado pra me olhar. "Mais de cinco?", ele perguntou.

"Não!", eu franzi as sobrancelhas me virando também. "Ficou doido? Isso daria um namorado por ano!"

Ele ficou pensativo, e de repente um pensamento me atingiu. "Ei! Você teve mais de cinco namoradas!", dei um leve empurrão nele. "Quantas foram? Sua amiga está certa! Você é *muito* namorador!". Eu me virei para o outro lado. Sem querer, senti raiva daquelas namoradas todas.

Ele puxou o meu braço, para que eu me virasse pra ele de novo. Olhei, fazendo cara de brava, mas ele estava rindo. "Foram seis, Fani. Contando com a Meri, a atual. Mas quer saber? O namoro que durou mais não passou de quatro meses. Você continua sendo o meu recorde."

Aquilo me deixou enciumada e tranquila ao mesmo tempo. Gostei de ter sido a namorada com quem ele ficou mais tempo, mas, por outro lado, eu preferia que ele tivesse ficado sozinho durante aqueles cinco anos, sofrendo sem mim. Mas eu mesma não tinha feito aquilo...

"E os seus 'menos de cinco namorados'...", ele falou. "Algum durou mais que seis meses?"

Eu respirei fundo. Pensei em mentir. Mas estávamos praticamente brincando de jogo da verdade ali.

"Foram só três. E um deles durou um ano e dois meses", falei sem olhar pra ele.

Ele estava apoiado no antebraço, mas com isso se deitou novamente, sem dizer nada.

"Mas sabe por que terminou?", perguntei antes que ele tirasse qualquer conclusão. Ele virou o rosto para mim sem responder. "Porque ele deduziu que eu ainda gostava de você. Ele encontrou algumas... coisas que eu guardava e concluiu isso. E ele também descobriu que foi você que me deu a Winnie e o meu colar e pensou que a minha 'adoração' por eles tivesse a ver com você... que eu os amava tanto por sua causa, porque ainda gostava de você."

Ele virou o corpo inteiro em minha direção, e com isso ficamos deitados de frente um pro outro. Ele estendeu o braço e segurou o pingente do meu colarzinho.

"E você ainda gostava?", ele perguntou.

Eu não respondi. Se eu dissesse que "gostava" dele, eu estaria mentindo. O verbo não deveria estar no passado. E *gostar* parecia muito pouco.

"Pelo que sei, agora você namora o Jeff...", ele soltou o colar, mas continuou a me olhar. "O dono da produtora onde você trabalha."

"Como você sabe disso?", perguntei surpresa. Eu sabia que o Leo tinha me visto com ele no dia da exibição do filme e dentro do carro na noite do resultado, mas eu não imaginava que ele soubesse o nome dele. Muito menos que nós trabalhávamos juntos.

"Bem... eu estou fazendo um documentário praticamente inteiro sobre você", ele respondeu. "Eu tive que ir ao seu local de trabalho atual pra conseguir umas imagens e informações. E, lá, a recepcionista informou bem mais do que eu queria saber..."

"Nós terminamos", falei depressa. Não tinha mais sentido esconder aquilo. "Sabe a noite em que você me viu no carro com ele? Eu estava exatamente indo romper o namoro. No dia anterior, depois que o meu filme foi exibido e eu vi todas aquelas pessoas emocionadas, eu fiquei me achando uma impostora. Eu coloquei aquele amor todo no meu filme, eu mostrei para as pessoas como deveria ser... quando, na verdade, eu mesma não tinha aquilo. Eu não me sentia como os meus personagens. E eu queria muito sentir. Por isso resolvi que eu não ia continuar com o Jeff. Estávamos juntos há pouco meses, mas em nenhum momento ele me fez ter vontade de correr pra ele só de vê-lo se aproximar. Em nenhum momento ele me causou um frio glacial na barriga, só de olhar pra mim. E em nenhum momento ele fez do meu coração uma escola de samba... como a que você descreveu alguns minutos atrás..." Resolvi deixar o resto da prudência ir embora e respirei fundo, antes de completar: "Exatamente como a que está tocando aqui dentro agora".

Percebi uma expressão surpresa passar pelos olhos dele, mas ele continuou a me olhar sem dizer nada. A música no carro continuava. As pessoas tinham ido embora, e nós nem havíamos percebido. O sol começava a se pôr, mas o horizonte certamente não estava mais bonito do que ele, olhando pra mim.

"Fani...", ele passou a mão de leve pelo meu cabelo.

Eu tinha um milhão de coisas pra dizer. Eu queria mandá-lo resolver o caso daquela aliança primeiro. Eu queria perguntar o que eu faria com aquela distância, agora que eu tinha descoberto que, sem ele por perto, tudo o que eu sentia era pura imitação de amor. Mas tudo o que eu disse foi: "Leo...".

Então eu não sei se tudo ficou em câmera lenta ou se foi ele que começou a se mover bem devagar, com medo de me assustar. Ele tirou a mão do meu cabelo e passou o braço por trás de mim, chegando ainda mais perto. Em seguida, começou a aproximar o rosto do meu, ainda mais lentamente. Eu fechei os olhos, e foi como se o mundo tivesse deixado de existir em volta de nós. O beijo dele era ainda melhor do que eu me lembrava...

E nesse momento eu resolvi que não ia soltá-lo até matar completamente a saudade que eu tinha sentido durante todos aqueles anos.

18

Sr. Darcy: Eu tenho que te falar:
você enfeitiçou meu corpo e minha alma.
Eu te amo. De agora em diante eu nunca
mais quero me afastar de você.

(Orgulho e preconceito)

"Leo, você vai dormir o dia inteiro? Depois vai se arrepender de não ter aproveitado os últimos dias, já é quinta-feira. Estou saindo, vou passar o dia em Malibu com a Ana Elisa. Não quer ir junto?"

Eu tirei o travesseiro de cima da cabeça e olhei pro Danilo, tentando entender o que ele estava falando. Me virei rápido para o relógio do criado-mudo e vi que eram nove e meia da manhã. No total, então, eu tinha dormido três horas. Eu havia me despedido da Fani às seis e meia...

"Obrigado pelo convite, mas tenho que resolver alguns assuntos hoje...", falei, tentando criar forças para levantar.

"Quais assuntos?", ele abriu as cortinas fazendo com que a luz do sol batesse bem nos meus olhos. "Pensei que tivéssemos concordado em deixar o trabalho pro Brasil e tirarmos umas férias nesses dias restantes..."

Eu coloquei o travesseiro no rosto novamente, com preguiça até de pensar. Bem que eu gostaria de poder me esquecer da vida, como o Danilo, mas eu tinha um trabalho árduo pra fazer naquele dia.

"Vou terminar com a Meri por telefone", respondi. O Danilo ficou calado, e eu até pensei que ele tivesse saído do quarto, mas quando descobri os olhos, ele estava parado, coçando a cabeça e me olhando.

"Eu perdi alguma coisa?", ele perguntou. "O que aconteceu ontem? E a que horas você chegou que eu nem vi?"

Eu fechei os olhos me lembrando da noite anterior. Depois de ficar com a Fani no Hollywood Sign até nove da noite, resolvemos ir embora basicamente por um motivo: fome. Paramos em um restaurante italiano que ela indicou, onde ficamos por mais algumas horas, jantando e conversando. Saímos de lá por volta de meia-noite. Porém, ao chegar à porta do hotel, a cada vez que tentava descer, eu era puxado novamente pra ela por alguma espécie de magnetismo. E então foram mais beijos e abraços e conversas, até que percebemos que não íamos conseguir nos separar mesmo. Eu não queria ficar longe dela nunca mais, e, pela forma como me beijava, abraçava e olhava... ela provavelmente sentia o mesmo.

Fomos para o apartamento dela e passamos a noite em claro, em um jogo interminável de "e se...", imaginando todas as possibilidades que a nossa vida poderia ter tido caso nunca tivéssemos nos separado. E, depois de um tempo, começamos a imaginar as nossas opções futuras. O que faríamos a partir dali.

"Eu não posso voltar pro Brasil agora...", ela explicou, depois que eu perguntei se ela cogitaria essa possibilidade. "Tenho que me firmar mais no mercado cinematográfico. Eu preciso disso. Mesmo que eu faça filmes no Brasil, os contatos de trabalho daqui são valiosos, até mesmo para mostrar os filmes brasileiros para o mundo. Eu já tenho o visto de trabalho, e sei que é muito difícil conseguir o Green Card, mas tenho pessoas da faculdade me ajudando no processo. Além disso, tem o seriado... Não posso desperdiçar essa chance..."

Eu sabia que ela estava certa. Mais cedo, a Fani havia me contado que, antes da apresentação do trabalho da pós, ela teve uma reunião com uns produtores que a procuraram depois do resultado do festival. Eles estavam entre as pessoas que a tinham feito ganhar a menção honrosa e acreditavam que o filme dela tinha grande potencial para virar uma série de TV. Eles queriam que ela escrevesse episódios de cerca de 40 minutos usando como fio condutor uma estudante que ia fazer intercâmbio e deixava o namorado pra trás. Ela poderia reinventar o próprio filme com muito mais detalhes, pois a intenção deles era fazer por volta de 20 episódios por temporada. Como ela havia tido aula de roteiro para TV, isso não seria uma dificuldade, mas certamente impossibilitaria qualquer outro trabalho por bastante tempo. Além de escrever muitos dos episódios, eles a queriam como uma das diretoras.

"Você não precisa estar no Brasil pra administrar o site...", ela falou, depois que esgotamos a possibilidade de uma volta dela pro Brasil. "E com a experiência que você tem em TV, jornal e até mídia eletrônica, você pode tentar arrumar um trabalho aqui... Eu posso te ajudar, eu conheço gente dessa área."

Eu sabia que não seria fácil assim. Uma coisa era fazer faculdade e estágio, como ela fez, e ir conhecendo as pessoas certas para te abrirem caminhos profissionais. Outra era já ser formado e querer arrumar um emprego em um país diferente, sem visto, e sem nem falar inglês fluentemente.

"Acho melhor pensarmos nisso mais pra frente...", eu falei. "Agora estou preocupado é em aproveitar esses momentos que ainda temos juntos, pois já sei que vou sentir muita falta deles depois...", e então eu a puxei novamente pra mim.

Pouco antes de eu voltar pro hotel, ela me olhou séria.

"Leo, tem duas coisas que eu queria te falar..."

Eu fiquei sério também e esperei o que ela tinha a dizer.

"Em primeiro lugar, queria dizer que, apesar de eu ter perdoado a maneira como você agiu na noite do nosso término, ao não deixar que eu me explicasse e até ficando em seguida com a pessoa de quem eu menos gostava na vida, assumo que também tive uma parcela de culpa. Durante todos esses anos, concluí que eu não devia mesmo ter ido me encontrar com o Christian... sem te falar. Mas eu só não te contei por causa do ciúme todo que você sentia. Eu tive medo que você brigasse comigo apenas pela possibilidade do encontro com ele, ainda que a minha intenção fosse pedir que ele me deixasse em paz..."

Eu sabia que ela estava certa. Eu tinha conhecimento disso desde que a Marilu me esfregara a verdade na cara, anos atrás.

"Mas você precisa saber que hoje em dia eu e o Christian somos muito próximos. Além dele, eu vou ter contato constante com o Jeff, pois – apesar de já saber que eu vou pedir demissão, para me dedicar aos novos projetos – com certeza ainda vou fazer trabalhos esporádicos na produtora dele. E nesse meio cinematográfico todo mundo acaba se encontrando eventualmente em premiações e festivais... Eu não gostaria que isso fosse um problema. Sendo mais clara, eu não quero que você tenha ciúmes. Eu acho que você não precisa disso. Creio que está bem claro com quem eu realmente quis estar durante todo esse tempo, não?"

Eu a abracei e prometi que eu me controlaria, apesar de ainda ter vontade de "rosnar" para cada um daqueles caras, só de imaginá-los perto dela.

"E o que mais?", perguntei, lembrando que ela tinha dito que eram duas coisas que queria me dizer. Ela apenas apontou para a minha aliança. Ela não precisou dizer mais nada. Eu já sabia que ela queria que eu resolvesse aquilo o quanto antes, e era o que eu já tinha mesmo a intenção de fazer.

Eu contei resumidamente tudo pro Danilo, que apenas pegou a chave do carro e falou: "Bem, realmente você não vai poder ir à praia. Boa sorte com a Meri. Acho que você vai levar o dia inteiro nisso...".

Então me levantei, tomei um banho para acordar de uma vez e fui comprar alguns cartões telefônicos, em um supermercado perto do hotel. Eu teria que fazer uma longa ligação internacional.

Porém, ao discar o número do celular da Meri, caiu direto na caixa postal. Esperei alguns minutos, liguei novamente e aconteceu a mesma coisa. Fiz os cálculos e imaginei que naquele horário ela normalmente estaria em casa. A empregada atendeu e falou que não a havia visto naquele dia ainda, pois ela não tinha dormido em casa. Achei aquilo meio estranho, mas imaginei que ela devia ter dormido na casa de alguma amiga.

Voltei para o hotel e resolvi que eu teria que resolver tudo por e-mail. Era exatamente o que eu não queria, eu sempre havia condenado meus amigos que terminavam o relacionamento pela internet, mas eu não tinha muita escolha. Quanto antes eu me desvinculasse, melhor seria para todos. Eu queria ser sincero com a Meri e também ficar com a Fani sem aquela sensação de estar fazendo algo errado.

Antes de escrever pra ela, resolvi colocar em prática uma ideia que eu havia tido no dia anterior, sobre algo que a Joana tinha me falado, meses antes.

De: Leonardo <soueuoleo@gmail.com>

Para: Joana <jojo@mail.com.br>

Enviada: 09 de agosto, 10:23

Assunto: Livro

Oi, Joana!

Tudo bom?

Da última vez que nos encontramos, lembro que você me falou a respeito de uma amiga sua que trabalha com adaptação de roteiros de cinema. Ela os transforma em romances, não é isso? Na ocasião, você me perguntou se eu sabia de algum filme nacional que renderia um bom livro e se eu não gostaria de me aventurar nessa área.

Na época, eu realmente não sabia, mas nos últimos dias assisti a um filme que pode dar um romance maravilhoso. Só que ele não é nacional. A diretora e roteirista é brasileira, mas é um filme de Hollywood. Você acha que sua amiga se interessaria? Nesse caso, posso passar o contato da cineasta para ela.

Eu gostaria também de saber se ela pode me dar umas dicas nesse ramo. Estou pensando na possibilidade de me mudar para os Estados Unidos (onde eu estou nesse momento), e quem sabe eu possa trabalhar aqui com isso? Você sempre me deu força para eu ser um escritor, e eu nunca acreditei que tivesse potencial para isso. Mas pode ser que seja a hora de tentar.

Abraços,

Leonardo

Em seguida, respirei fundo, criei coragem e escrevi para a Meri. Eu não podia dizer que a razão do rompimento era a Fani. Era capaz da Meri despencar do Brasil só pra vir matá-la com as próprias mãos. Mas eu também não queria mentir... Então resolvi apenas ser vago, ocultar o motivo real e me concentrar no fato de que eu não queria mais estar naquele relacionamento. Era verdade. E eu inclusive teria terminado semanas antes, se não fosse aquela maldita confusão das alianças.

De: Leonardo <ls@cinemateka.com>

Para: Meredith <meri@mail.com.br>

Enviada: 09 de agosto, 10:40

Assunto: ...

Meri,

Tentei te ligar várias vezes, mas não consegui te encontrar nem no celular nem em casa.

Acho que este é o e-mail mais difícil que já escrevi para alguém, mas eu queria te dizer que, nesses dias longe, tive muito tempo pra pensar na minha vida. E, nesses pensamentos, cheguei à conclusão de que eu não estou te dando a atenção que você merece. Por isso, creio que você ficará melhor com alguém que possa te dar amor em tempo integral, alguém mais do seu jeito, em quem você não sinta necessidade de efetuar mudanças e de fazer tantas críticas...

Na verdade, no seu lugar, eu agora me dedicaria totalmente à faculdade, pois é uma época inesquecível, com tantos amigos e festas que um namorado nem faz falta...

Meri, o fato é que eu gostaria de te pedir desculpas, pois eu não estou disposto a levar o nosso noivado adiante. Eu queria dizer que o tempo que passamos juntos foi ótimo, você é uma garota incrível e linda, mas realmente estamos em períodos diferentes de nossas vidas. Sei que vamos ficar melhor separados e gostaria que você não tivesse raiva de mim. Eu ficarei feliz se pudermos continuar amigos.

Espero que você me entenda.

Com carinho,

Leonardo

No mesmo minuto em que enviei, senti um alívio imenso. Eu estava livre, apesar de saber que a Meri não aceitaria tão fácil assim.

Eu ainda estava pensando nisso quando o telefone começou a tocar. Respirei fundo, imaginando que ela já tivesse lido e fosse tentar me convencer do contrário. Atendi me sentindo mal, sabendo que eu teria que magoá-la, mas a voz do outro lado não era a da Meri. Era a voz mais linda de todas, aquela que eu não me cansava de ouvir nunca.

"Já acordou, dorminhoco?", ela perguntou assim que eu disse "alô".

"Ah, olha quem fala... Aposto que você acordou neste minuto! Pois saiba que eu até já fui ao supermercado!"

"Que bom, fiquei com receio de ligar e te acordar. Quais são seus planos pra hoje?"

Eu sorri: "Te beijar o dia inteiro?".

"Sabe que essa é uma ótima ideia?", mesmo sem vê-la, senti que ela estava sorrindo também. "Mas será que no intervalo disso você gostaria de ir comigo até a minha faculdade? Preciso pegar a minha nota da pós-graduação. E aí depois a gente pode continuar o nosso tour por Los Angeles. Não deu pra te mostrar quase nada ontem..."

"Garanto que eu gostei bastante da parte que vi..."

Ela deu um suspiro do lado de lá, e então eu expliquei que o único problema é que teríamos que ir no carro dela novamente.

"O Danilo saiu com o alugado. Parece que a sua amiga o enfeitiçou ou coisa parecida. Mal vejo o cara agora! Ele só fala de Ana Elisa, Ana Elisa, Ana Elisa..."

"Te pego aí na porta em dez minutos! E saiba que o feitiço é mútuo. Ela só fala no Danilo, Danilo, Danilo..."

Comecei a me arrumar e, antes de desligar o computador, notei que tinha chegado um novo e-mail. Olhei depressa, imaginando que pudesse ser uma resposta da Meri, mas vi que era da Márcia. O título era "fotos do site", então deixei para ler e responder mais tarde, pois pelo visto não era nada importante.

Quando a Fani chegou, algum tempo depois, o primeiro pensamento que eu tive foi que certamente os feitiços do Danilo e da Ana Elisa juntos não eram mais fortes do que o dela. A Fani devia ser uma bruxa poderosa. Porque provocar taquicardia e tremedeira em alguém, através de um sorriso apenas, com certeza, só com muita magia...

19

Jacob: Não faça isso.

Bella: O quê?

Jacob: Sorrir como se eu fosse sua pessoa favorita no mundo.

Bella: Você é uma delas. Tudo parece completo quando você está aqui.

(Amanhecer)

Quando o Leo entrou no meu carro, depois de um milhão de beijos, a primeira coisa que eu falei foi: "Tenho uma boa notícia!". Eu praticamente não tinha dormido, mas não estava com o menor sono. Quanto mais eu ficasse acordada, mais tempo poderia ficar com ele.

"Gravou meu CD?", ele perguntou feliz. "E eu também tenho uma notícia boa pra você."

Fiquei meio sem graça. Eu tinha esquecido que ele havia pedido uma cópia da trilha sonora do meu filme.

"É outra coisa", respondi. "Mas prometo que o CD vem mais tarde. Só que agora quero saber a sua novidade primeiro..."

Ele levantou a mão direita. Ela estava sem aliança.

"Não acredito!", eu peguei a mão dele, para conferir se eu estava enxergando bem.

"Eu te falei que ia resolver logo... Porque eu não consigo mais me imaginar com ninguém além de você".

As palavras dele geraram nova sequência de beijos, e eu já estava a ponto de falar para cancelarmos a ida à faculdade e ficarmos fazendo aquilo o dia inteiro, mas ele se distanciou um pouco e perguntou sobre a minha surpresa.

"Não é bem uma surpresa...", eu disse, dando a partida no carro. Certamente a minha notícia não era tão boa quanto a dele. "Eu conversei pelo telefone hoje mais cedo com os produtores que querem transformar o meu filme em seriado e disse que vou aceitar a proposta. Eles então avisaram que vão preparar os contratos, mas que só começaremos efetivamente o trabalho em dezembro, para que o seriado possa estrear na *mid season*, em fevereiro. Mas até lá eu já tenho que ter pelo menos o roteiro do episódio piloto pronto."

Enquanto eu falava, ele ficou passando a mão de leve pelo meu cabelo até chegar à minha nuca, e eu estava a ponto de pedir que ele dirigisse. Uma distração dessas pode causar um acidente muito grave no trânsito...

"Eu fiquei meio chateada, pois já tinha planejado passar férias no Brasil em dezembro. Mas então, quando eu avisei para o Jeff que no final do ano vou ter que sair da produtora, para me dedicar ao novo projeto, ele não ficou nem um pouco satisfeito, mas foi compreensivo, e até me propôs um acordo. Ele perguntou se eu não continuaria lá, ajudando a dirigir os trabalhos noturnos e de fim de semana, já que eu supostamente estarei livre nesses horários. Aí ele disse que pode antecipar as minhas férias, para que eu possa ficar pelo menos um mês no Brasil descansando. Ou seja, a partir de dezembro eu vou trabalhar dobrado, mas estou feliz porque vou poder ir pra casa em pouco tempo, daqui a uns 40 dias, talvez... Eu não vejo meus pais desde dezembro passado. E aí, eu pensei que, talvez, pudesse te ver também, se você tiver condição de passar uns dias em BH. Ou, de repente, eu possa ir ao Rio pra te encontrar..."

Ele não respondeu, mas eu vi que a expressão dele ficou meio reticente. Ele se virou pra janela e ficou olhando a rua.

"Você não gostou de eu ter aceitado o emprego?", perguntei sem entender, pois ele tinha dado a maior força no dia anterior.

"Não é isso", ele se virou pra mim depressa. "Eu adorei! É só que eu acho que caí na real que depois de amanhã vamos nos despedir e que vou ter que ficar mais de um mês sem você. E então vou te ver por apenas alguns dias... E viver de saudade por não sei mais quanto tempo."

Senti vontade de chorar no mesmo instante. Eu estava tentando não pensar naquilo. Ele percebeu que tinha me deixado triste e falou depressa: "Mas tudo bem, eu vou tirar isso de letra. Pra quem já esperou cinco anos... O que são alguns meses?".

Eu sabia que não era tão simples assim. Eu não tinha perspectiva de voltar de vez para o Brasil. E nem ele tinha como vir para os Estados Unidos, pelo menos não tão rápido quanto a gente queria. Realmente teríamos que aprender a conviver com aquela distância.

"Sem tristeza...", ele fez cosquinha na minha barriga. "Eu vou dar um jeito. Nem que eu tenha que fazer um mestrado aqui, alguma coisa assim. Não se preocupe."

Aquilo me deixou mais tranquila, e o resto do dia foi perfeito. Eu já sabia que tinha passado na pós, mas fiquei feliz por saber que tinha tirado nota máxima na minha apresentação.

Depois da faculdade, levei-o a diversas partes de Los Angeles, e, entre beijos e mais beijos, contamos vários acontecimentos que vivemos separados. Ao final do dia, era como se não tivesse havido rompimento nenhum entre nós dois, pois sabíamos da vida um do outro como se tivéssemos passado todo aquele tempo juntos. Era como se houvéssemos feito um corte no minuto em que ele me deixou em casa, depois da noite dos nossos seis meses de namoro, e encaixado no instante em que nos beijamos no Hollywood Sign. A paixão era a mesma, os beijos eram os mesmos... Mas uma coisa era ainda melhor: agora estávamos mais velhos. Com isso, não precisávamos dar satisfação pra ninguém. Podíamos ficar juntos pelo tempo que quiséssemos, de dia ou de noite, sem hora marcada pra chegar e sem que alguém reclamasse disso.

Por isso mesmo, quando eu o deixei no hotel, já era madrugada novamente, e resolvemos que não queríamos mais ter que passar por aquilo, a dolorosa despedida no fim da noite. Combinamos então que, a partir da manhã seguinte, não iríamos mais nos separar até o momento da partida dele. Ele já ia deixar a mala arrumada para só ter que voltar ao hotel na hora de ir para o aeroporto, no sábado, às 11 da manhã.

Mais cedo, estávamos no meu apartamento vendo um filme, para matar a saudade dos velhos tempos, e a Ana Elisa e o Danilo chegaram, depois de passarem o dia inteiro na praia. Ela parecia tão feliz que aquilo até me preocupou um pouco. Eles também teriam que se separar, e eu não queria que ela sofresse. Mas pelo visto ela não estava ligando pra isso, e até nos chamou para passar o dia seguinte com eles no parque da Universal.

"Nós fomos lá com a Gabi, há poucas semanas", ela explicou para o Leo, "mas o Danilo falou que nunca esteve na Universal. E eu posso ir lá todo dia que não me canso!"

O Leo falou que também nunca tinha ido, e então ficou resolvido que iríamos bem cedo, para aproveitar bastante. Os dois, então, se despediram logo, para dormirem bem e estarem descansados para o parque, mas eu e o Leo ficamos juntos até as três da manhã, quando eu o levei ao hotel, por mais que ele dissesse que iria a pé. Foi quando fizemos a tal combinação, de que aquela seria a última despedida, antes da volta dele pro Brasil.

Quando eu já estava quase dormindo, comecei a me lembrar da minha última vez na Universal. Não haviam se passado nem quinze dias, mas pareciam anos, pela quantidade de acontecimentos desde então. Foi no dia que, depois do parque, nós nos sentamos no Hard Rock, e eu vi aquelas duas brasileiras no banheiro.

De repente, lembrei que uma delas era exatamente a colega do Leo! A Márcia, que eu tinha conhecido no dia do festival. Eu havia me esquecido de conversar com ele a respeito dela. Será que o Leo tinha ido naquele dia também? Ela estava no banheiro com uma amiga toda afetada, que tinha um nome muito estranho para uma brasileira. Qual era o nome? Eu até falei que colocaria na minha próxima vilã, e o Alejandro riu... E sobre o que elas estavam conversando mesmo? Era um assunto tão fútil...

O sono me dominou antes que eu pudesse recordar.

Acordei poucas horas depois, com a Ana Elisa me chamando. Eram sete e meia, e, por alguns segundos, fiquei sem entender o motivo de ela estar me acordando. Mas logo me lembrei. O parque! O Leo! Levantei depressa. Era o último dia dele em Los Angeles. Precisávamos aproveitar cada minuto.

Resolvemos ir em dois carros, pois, caso um casal quisesse voltar antes do outro, não precisaríamos ficar presos. Como combinado, ao buscar o Leo no hotel, ele desceu com uma mochila, para que fosse direto pro meu apartamento depois do parque. A mala, que ele já tinha fechado, ficaria lá, para só pensarmos em despedida no último instante.

Como sempre, nos divertimos muito na Universal. Ir com ele a um parque de diversões era uma experiência nova, e me surpreendi com algumas descobertas, como o fato de ele amar montanhas-russas, mas se sentir enjoado em um simples carrossel!

Por volta de quatro horas, ele me abraçou e falou no meu ouvido: "Eu estou adorando tudo, mas o que você acha da gente ir embora pra passar o resto da tarde sozinhos? Nenhuma montanha-russa mexe mais com minha adrenalina do que seus beijos...".

Ele não precisou falar duas vezes.

Avisamos pra Ana Elisa e pro Danilo e em pouco tempo já estávamos no carro. Novamente ele quis dirigir, apesar da Universal ficar a apenas quinze minutos do meu apartamento. Não contestei. Eu gostaria de poder realizar todos os desejos dele.

Quando estávamos começando a entrar na garagem, porém, percebi que tinha uma garota loura de óculos escuros encostada no portão da frente. Ela parecia familiar, mas não liguei muito. Até que o Leo falou: "Ah, não...", e parou.

"O que aconteceu?", perguntei. Ele não respondeu. Desceu do carro e foi em direção à menina. Sem entender nada, desci também e fui atrás dele.

Assim que ele chegou perto, ela falou: "Pensei que você tivesse dito que o seu dedo estava quebrado. Pelo visto era tudo invenção, já que você está até conseguindo dirigir...".

Franzi as sobrancelhas me perguntando quem seria ela, ao mesmo tempo que tentava me lembrar de onde eu a conhecia.

"E pensar que eu vim do Brasil só pra cuidar de você... Depois do seu último e-mail, imaginei que você estivesse totalmente alterado, pois escreveu um monte de bobagens, visivelmente deprimido e triste por ainda estar aqui. Peguei o primeiro avião, imaginando que você estivesse solitário no hotel, precisando mais do que nunca do amor da sua *noiva*. Mas, ao chegar lá, me avisaram que você tinha saído. Como eles me reconheceram, dos dias maravilhosos que passamos juntos aqui, não hesitaram em me dar uma cópia da chave."

Espera. Dias maravilhosos que eles passaram *juntos*? Então ela tinha vindo com ele? Mas ele não disse que a viagem tinha sido só por minha causa?

"E qual foi minha surpresa ao ver que sua mala estava toda fechada? Fora dela só duas coisas. O endereço de uma tal de Estefânia, que eu sabia que era o nome daquela cineasta amadora de quem vocês tiveram pena e resolveram ajudar, divulgando o trabalho dela na TV do meu pai. E, além disso, você esqueceu pra fora da mala...", ela abriu a mão, "a sua aliança. Acredito que tenha deixado lá para não ter perigo de perder, não é, meu amor?"

Ele ia começar a dizer alguma coisa, mas antes disso ela se virou para mim e falou: "Ah, você deve ser a cineastazinha. Vi suas fotos no site do meu noivo".

Ela então praticamente esfregou a aliança no meu nariz. Ao ler o nome que estava gravado lá dentro, eu me lembrei exatamente de onde eu a conhecia. No mesmo instante, ela tirou os óculos, confirmando a minha suspeita. Era a garota afetada do banheiro do Hard Rock. A vilã do meu próximo filme. A *Meredith*.

20

Toulouse: Mulheres nunca jogam limpo.

(Aristogatas)

Lembro que na época da faculdade, em uma aula optativa de Antropologia, o professor disse algo que me fez pensar por dias. Ele falou que as pessoas tinham "preconceito com a felicidade". Segundo ele, todo mundo crê que, mais dia menos dia, a felicidade sempre vai embora. Que quando ficamos muito felizes, sempre achamos que algo vai acontecer para destruir aquilo. Eu tive que concordar e por muito tempo lutei contra esse pensamento pessimista. Passei a aproveitar os meus momentos felizes como se eles não tivessem prazo de validade. Porém, agora, entendo perfeitamente o motivo das pessoas desconfiarem do excesso de alegria... Quando isso vai embora, deixa no lugar uma tristeza profunda, sem fim, sem cura, que nos faz desejar nunca ter experimentado a felicidade, para não ter que sentir o contraste imenso e ficar suplicando aquela sensação maravilhosa de volta.

O dia no parque da Universal foi um dos melhores da minha vida. Estar lá com a Fani, me divertindo como se não houvesse nenhum mal no mundo, foi como estar sonhando. Lembro que em certo momento eu tive exatamente essa sensação de sonho. Paramos para descansar um pouco em um lugar de onde dava pra ver o parque inteiro. Ela sorriu e começou a me explicar sobre os efeitos especiais do King Kong, o brinquedo do qual havíamos acabado de sair, mas eu não estava prestando atenção nas palavras dela, e sim na perfeição de sua silhueta contra o céu azul.

De repente, ela parou e perguntou em que mundo eu estava, pois parecia tão distante. E eu apenas contei que achava que estava sonhando... que aquilo tudo era muito bom pra ser verdade e que eu estava com medo de acordar. Ela perguntou se podia me beliscar pra conferir, mas eu falei que preferia dormir pra sempre a ter que despertar e não vê-la mais ao meu lado. Ela ficou na ponta dos pés e me deu um beijo, que atraiu olhares de pessoas que passavam, e então eu sugeri de irmos embora, pra ficarmos mais à vontade.

Em poucos minutos já estávamos no carro dela. Ainda me lembro sobre o que estávamos conversando. Ela tinha perguntado se eu ainda tocava violão e se me lembrava da música que tinha feito pra ela... Me senti constrangido ao revelar que nunca mais tinha encostado em instrumento musical nenhum desde a noite do nosso término. Mas, para não decepcioná-la, disse que a letra da música dela devia estar guardada em algum lugar no apartamento da minha mãe... Na verdade, eu havia destruído todos os resquícios daquela canção na noite da foto na capa da revista. Mas, para minha surpresa, ela começou cantar baixinho *"Baby, baby, o que fazer com você..."*. Olhei admirado por ela se lembrar, mas ela balançou os ombros, dizendo que só se recordava daquela frase, e que por anos desejou ouvir a música inteira mais uma vez. Então prometi a mim mesmo que ela ia escutá-la, nem que eu precisasse fazer aulas de música e compô-la toda novamente.

Era como se aquela tarde fizesse parte de um dos filmes cor-de-rosa de que ela tanto gostava. Mas eu tinha me esquecido de um pequeno detalhe: em todas as comédias românticas, sempre acontece alguma coisa para estragar a felicidade do casal principal. É a fórmula clássica. Afinal, sem conflito, ninguém torceria pelo final feliz... Mas eu não imaginava que essa equação também se aplicasse à vida real.

Eu havia acabado de manobrar o carro, para estacionar na garagem do prédio dela, quando algo atraiu minha atenção para a esquerda. Foi aí que eu a vi. Tive que abrir bem os olhos, pois até achei que eu estivesse imaginando coisas... Aquilo não podia ser possível! Mas no mesmo instante eu lembrei que, em se tratando da Meri, nada era impossível. Ela não aceitava que alguma coisa acontecesse diferente do que ela queria. Agora vejo que a culpa foi toda minha. Fui muito inocente ao pensar que ela se contentaria com um simples término virtual. Mas, se ela queria um rompimento real, ela ia ter.

Desci do carro e, assim que me viu, ela começou a dizer um monte de bobagens, obviamente por ter percebido que eu estava com a Fani. Ou melhor, com a "Estefânia, a cineasta"... Naquele momento, eu ainda pensava que era apenas isso que ela sabia.

Eu estava acostumado com as manhas e chantagens emocionais da Meri, mas a Fani não. Por isso, antes que eu pudesse me defender das acusações que estava recebendo e terminar aquilo de uma vez por todas, ela entrou na minha frente e deu um empurrão na Meri, que quase caiu, e falou: "Escuta aqui, sua *filhinha de papai*, da próxima vez que você me chamar de amadora, eu vou te dar um tapa na cara nada amador que vai até desarrebitar esse seu nariz!".

Meu queixo até caiu, de tão surpreso que eu fiquei com a reação da Fani. Antigamente, tudo o que ela teria feito seria sair correndo chorando. Mas pelo visto o que a Meri disse a respeito do trabalho dela a havia irritado de verdade. Ou talvez tivesse sido outra coisa, porque logo em seguida ela passou por mim, sem nem olhar pra minha cara, e entrou no prédio.

"Fani, espera...", eu fui atrás depressa, tentando me desvencilhar das mãos da Meri, que tentavam a todo custo me impedir de sair do lugar. No segundo seguinte ela já tinha batido a porta, antes que eu a alcançasse.

"O que você está fazendo aqui, Meri?", eu virei apenas o rosto pra ela, enquanto tocava a campainha, suplicando para que a Fani atendesse. "Eu não disse várias vezes pra você não vir? Aliás, pelo que entendi, você leu o e-mail que eu te mandei ontem de manhã! Será que não entendeu o conteúdo dele?"

"Eu já tinha entendido muito antes!", ela falou calmamente, olhando para a aliança que ainda segurava, possivelmente conferindo se o empurrão da Fani a havia estragado de alguma forma. "É claro que esses dias em Los Angeles não te fizeram bem. Só que, antes, ao ver sua frieza nos e-mails, imaginei que fosse apenas por excesso de trabalho, aliado à revolta por ter machucado o pé...

Eu já estava mesmo planejando vir pra cá, para passar com você o último fim de semana. Eu queria te ajudar a fazer as malas e te fazer companhia no voo! Mas dois dias atrás, quando a Márcia me chamou para ir ao shopping com ela e aproveitou para me mostrar como estava ficando o trabalho de vocês no site... eu entendi tudo!"

Antes de completar a frase, ela caiu no choro, o que fez com que eu largasse a campainha e me virasse completamente pra ela.

"Entendeu o quê, Meri?", perguntei respirando fundo. Eu não podia acreditar que aquele dia de sonho havia se transformado em um pesadelo em questão de minutos! "E por que você está chorando?"

"Eu vi as fotos dessa mulherzinha no seu site!", ela disse, chorando ainda mais alto, o que fez com que alguns vizinhos abrissem a porta para ver o que estava acontecendo. Eu só esperava que nenhum deles entendesse português. "Na mesma hora eu percebi que a conhecia de algum lugar. E, depois de pensar muito, eu me lembrei! Eu a conhecia do seu álbum de retratos! Você possuía fotos e mais fotos dela. Eu lembrei que, no dia em que estava arrumando o nosso apartamento, fiquei pensando quem seria aquela garota, talvez alguma prima ou amiga... Mas então, quando voltei para o site e li o conteúdo da matéria, eu descobri quem ela era! *Fani*! Sua ex-namorada da escola! Eu nunca poderia imaginar que ela e a cineasta Estefânia fossem a mesma pessoa! Quando eu perguntei sobre suas ex-namoradas, pensei que ela fosse aquela com a qual eu menos tivesse que me preocupar, por já ter se passado tanto tempo desde o fim do namoro e por ela nem sequer morar no Rio de Janeiro! Como eu fui ingênua!"

"Meri, será que nós podemos conversar depois?", eu falei impaciente. Eu sabia que dava pra Fani escutar tudo lá de dentro. Ingênuo tinha sido eu, de não ter pensado que a Meri pudesse reconhecê-la! Eu e o Luigi chegamos a conversar sobre isso. Ela tinha colocado todos os meus antigos álbuns perto do lixo no dia em que inventou de remodelar o... *nosso* apartamento?! Que história era aquela? "Meri, você não quer me esperar no hotel? Eu posso te explicar, foi tudo uma coincidência... Mas eu realmente estava falando sério no e-mail. Você não deveria ter vindo!"

"E deixar que ela te roubasse na frente do meu nariz?", ela bateu com a mão aberta várias vezes e com bastante força na porta da Fani. "De jeito nenhum! E eu só saio daqui se você vier comigo!"

Eu tentei segurar a mão dela, mas, antes que eu conseguisse, ouvi um clique e a porta se abriu. A Fani apareceu bem séria e eu pude ver que ela também já tinha chorado, mas naquele minuto estava fazendo todo o esforço possível para segurar as lágrimas. Ela então disse baixinho para a Meri: "Eu não roubei e não tenho interesse de roubar ninguém. Você pode ficar com ele *inteirinho* pra você! Mas, se não sumirem da minha porta agora, eu vou chamar a polícia, antes que algum dos meus vizinhos o faça!".

Como assim a Meri podia ficar comigo?

"Fani, por favor!", eu tentei segurá-la, mas ela se afastou. "Não acredito que depois de tudo você tenha alguma dúvida de como eu me sinto! Eu te falei sobre a Meri. Eu não te escondi nada! Eu terminei com ela, eu te disse! Não tenho culpa dela não ter entendido!"

"Pois me parece que você me escondeu muita coisa sim. E, no lugar dela, eu também não teria entendido. Você a trouxe pra Los Angeles, como se fosse uma *lua de mel antecipada*! Comprou perfumes, deixou que ela acreditasse que a amava muito! E aí termina com ela por e-mail?! Eu pensei que vocês tivessem conversado!"

"Que história é essa, Fani?", eu cruzei os braços. "Eu não fiz nada disso, exceto a parte do e-mail. Mas isso foi porque eu não consegui encontrá-la quando liguei e eu estava louco pra terminar logo, pra ficar integralmente com você! E eu nunca disse pra Meri que a amava!". E, olhando pra Meri, perguntei: "Eu te disse isso alguma vez?".

Aquilo só fez com que a Meri chorasse ainda mais, e a Fani então balançou a cabeça de um lado pro outro, dizendo: "Você não tem pena de ninguém, não é? Pois quer saber? Você pode até ter iludido essa menina e quase conseguiu fazer o mesmo comigo. Mas eu acordei a tempo!", e em seguida fechou a porta na minha cara novamente.

Dessa vez eu não toquei a campainha, apenas fiquei parado, tentando entender de onde ela tinha tirado aquelas ideias. Lua de mel antecipada?! Nesse momento a Meri me puxou mais uma vez, eu olhei com vontade de gritar para que ela saísse dali, mas percebi que eu nunca ia conseguir conversar com a Fani com ela por perto. Por isso, apenas saí andando pelo corredor até chegar à rua. Vi que o carro da Fani continuava bem em frente à garagem. Estacionei-o na vaga dela e, antes de descer, encostei a cabeça no volante, ainda sem acreditar naquela reviravolta. Peguei minha mochila no porta-malas e fui caminhando depressa até o hotel, com a Meri ainda chorando atrás de mim, dizendo que não se importava se eu não sentisse o mesmo, mas que ela me amava de verdade e não ia deixar que ninguém nos separasse.

Depois de um tempo eu deixei de ouvir os sons exteriores e me concentrei nos meus pensamentos. Como aquilo podia ter acontecido? Por que a Fani não acreditava em mim? O que eu tinha que fazer pra que ela entendesse que eu não tinha culpa de nada? Eu sabia de alguém que poderia ter a resposta pra pelo menos algumas daquelas perguntas.

Ao chegar ao hotel, avisei na recepção que, além do Danilo, eu não gostaria que deixassem ninguém entrar no meu quarto. Eu não queria ficar com a Meri por perto nem mais um segundo, mas ela continuou com aquela mania irritante de reverter tudo, dizendo que entendia a minha necessidade de ficar sozinho por um tempo, mas que estaria no quarto ao lado para me consolar no minuto em que eu precisasse.

Fechei a porta sem nem olhar pra ela e liguei o computador. Algo me dizia que eu deveria ter lido o e-mail da Márcia quando ele chegou, no dia anterior. Na hora eu imaginei que seria assunto de trabalho e por isso nem me preocupei em abri-lo. Inclusive, ao voltar para o hotel na madrugada anterior, eu ainda havia checado novamente, para ver se a Meri tinha mandado alguma resposta para o meu e-mail do rompimento, e tinha visto outra mensagem da Márcia, que só dizia "Viagem" no assunto. Mas eu estava com muito sono para me preocupar com o que eu imaginava ser outro e-mail profissional.

Já nas primeiras linhas eu soube que deveria ter vencido o cansaço e dado atenção para o que ela tinha tentado me alertar.

De: Márcia <marcia@cinemateka.com>

Para: Leonardo <ls@cinemateka.com>

Enviada: 09 de agosto, 10:50

Assunto: Fotos do site

Oi, Leo!

Fiz o que você me pediu ontem à noite mesmo. Fui ao shopping com a Meredith e, aproveitando que estávamos na Fnac, usei um dos notebooks em exposição para mostrar a nossa revista eletrônica, já com as atualizações sobre o festival. No começo, ela estava bem mais interessada no computador em si, disse que ainda não tinha um notebook lilás e que ia pedir um daqueles para o pai dela. Mas, quando eu mostrei as fotos da Estefânia, dizendo que, além de ser muito bonita, eu havia ficado impressionada com a simpatia e o talento que ela tinha, a Meredith quis ver, perguntando se você também havia tido a mesma opinião sobre ela. Eu respondi que não sabia, porque nem chegamos a falar sobre isso, pois - como eu tive que viajar no dia seguinte - você mesmo é que tinha ficado de entrevistá-la na casa dela.

Nesse momento ela perguntou meio brava onde estavam as fotos da "tal cineasta", e eu mostrei. Ela ficou um tempo dando zoom, eu pensei até que fosse pra testar os recursos do laptop, mas então ela desligou o computador muito nervosa, dizendo que precisava ir embora, pois tinha lembrado que precisava fazer uma coisa importante e me largou lá, acredita? Nem perguntou se eu queria uma carona!

Bem, só pra te avisar. Acho que ela ficou meio enciumada com as fotos. Não entendo o motivo, a Estefânia é bonitinha e tal, mas a Meredith é muito mais, né? E você a ama tanto...

Se precisar que eu faça mais alguma coisa, é só pedir.

Beijinhos!

Márcia

De: Márcia <marcia@cinemateka.com>

Para: Leonardo <ls@cinemateka.com>

Enviada: 09 de agosto, 20:00

Assunto: Viagem

Leo, estou tão desesperada pra falar com você que até liguei para o hotel, mas a moça da recepção falou que você saiu cedo e ainda não voltou. Estou indo dormir (aqui já é meia-noite), mas precisava te contar uma coisa. Acho que a Meredith surtou com aquelas fotos da Cinemateka. Ela realmente deve ser muito ciumenta. Você acredita que ela cismou que a Estefânia é sua ex-namorada? Ela foi à TV hoje só pra conversar comigo, e me falou que ontem à noite, depois do shopping, esteve no seu apartamento, pois queria comparar aquelas fotos do site a algumas que você guardava, e que agora tinha certeza absoluta que você inventou essa viagem toda só pra se encontrar com a Estefânia.

Eu tentei falar que ela não precisava ficar nessa insegurança toda, pois, se fosse assim, você nunca a teria chamado para ir com você pra Los Angeles em uma prévia da lua de mel. Ainda tentei lembrá-la do dia em que ela me contou que você a havia convidado... Eu achei tão fofo, sei que vocês não conseguem ficar muito tempo longe um do outro.

Bem, mas o caso é que ela não se convenceu e me falou que estava embarcando para Los Angeles hoje mesmo pra te buscar. Ela perguntou se eu sabia o endereço ou o telefone da Estefânia, mas eu falei que só tinha o e-mail, pois deixei todos os outros dados dela anotados naquele papel com você. A Meredith então me obrigou a passar o e-mail pra ela. Espero que você não se importe, eu acho que vai ser até bom, pois a Estefânia certamente vai esclarecer pra ela que essa história de ser sua ex-namorada não tem o menor cabimento!!

Espero que você leia este e-mail a tempo, para que possa estar bem bonito pra quando a Meredith chegar.

Beijinhos!

Márcia

De: Leonardo <ls@cinemateka.com>

Para: Márcia <marcia@cinemateka.com>

Enviada: 10 de agosto, 17:03

Assunto: Re: Viagem

Márcia, obrigado por avisar. Ela já chegou. E, por favor, nunca mais passe o e-mail de nenhum contato profissional nosso para ninguém! Esses dados são sigilosos!

Me esclareça uma coisa. A Meri falou pra você que fui EU que a convidei para vir a Los Angeles com a gente? E que história de "lua de mel" é essa? Por acaso, durante o tempo em que vocês estiveram aqui em LA, existe a possibilidade de vocês terem falado sobre isso em algum lugar público e alguém ter escutado?

Me responda logo, por favor.

Leo

De: Márcia <marcia@cinemateka.com>

Para: Leonardo <ls@cinemateka.com>

Enviada: 10 de agosto, 17:20

Assunto: Re: Re: Viagem

Ufa, até que enfim você me escreveu. Não parei de checar o e-mail hoje, queria saber se você tinha lido minhas mensagens a tempo, tomara que você tenha preparado alguma surpresinha pra esperar a Meredith, afinal ela merece, pois enfrentou várias horas de voo só pra te ver... Ela também deve te amar muito!

Leo, não fique tímido, você não precisa ter segredos comigo! Eu sou sua amiga, bobo! Qual é o problema da Meredith ter me contado que você disse que a viagem de vocês seria uma pré lua de mel? Você não precisa se envergonhar disso, acho tão fofo os homens que sabem demonstrar seus sentimentos! Espero que algum dia eu encontre um igual a você.

Bem, não lembro se conversamos sobre isso em algum lugar, mas, caso tenha acontecido, a única vez que eu fiquei sozinha com ela fora do hotel foi no dia em que fomos à noite no CityWalk da Universal e você e o Danilo estavam cansados demais para sair. Talvez tenhamos conversado sobre esses e outros assuntos lá... Lembro que em algum momento falamos sobre aqueles perfumes que você deu pra ela no *free shop*.

Espero que vocês fiquem bem e que logo estejam passando a lua de mel de verdade em algum lugar bem romântico!

Beijinhos!

Márcia

21

Jack: Não desista de mim...

(Caninos Brancos)

"Eu sabia que isso ia acontecer! Desculpa, Fani, mas tenho que falar que eu te avisei! Não sei que espécie de ímã pra namorados babacas é esse que você tem!"

"Ei, você também foi namorado dela!", a Tracy deu uma cotovelada no Christian.

"Isso no importa agora! O fato é que este Leo enganou inclusive a mí! Apesar do mau gusto para se vestir, ele parecia un rapaz de classe."

A Tracy, o Christian e o Alejandro estavam há mais de uma hora no meu apartamento, falando mal do Leo, por mais que eu continuasse a implorar pra que eles parassem de pronunciar o nome dele. Na hora da confusão, a Claire ouviu do apartamento de cima os latidos da Winnie e alguns gritos. Ao chegar na varanda e ver que o meu carro estava parado na frente da garagem com a porta aberta, ela imaginou que alguma coisa tivesse acontecido comigo e ligou correndo pra Tracy. Ela e o Christian chegaram em quinze minutos, e o Ale, pouco depois. Tudo o que eu queria era deitar na minha cama e chorar até desidratar. Mas meus amigos estavam dispostos a não me deixar fazer isso. Qualquer lágrima que começava a rolar, a Tracy me fazia cosquinha ou o Alejandro colocava o DVD do Ricky Martin e pedia para o Christian ficar dançando na minha frente, que aceitava, só pra me fazer rir. Mas ainda assim o meu peito estava dilacerado. Eu sabia que ia desabar no minuto em que eles fossem embora.

"Até agora no acredito que a namorada do Leo és a mesma Meredith la periguetchi da Universal!"

"Namorada, nada. Noiva!", a Tracy consertou.

Eu tinha contado para eles da coincidência, e os três ficaram tão abismados quanto eu. Era incrível como eu havia tido antipatia daquela garota de primeira, sem nem saber quem ela era! E eu não conseguia acreditar que o Leo tivesse se envolvido com alguém assim.

Bem nesse momento, ouvimos um barulho de risos vindo de fora. O Christian, que estava mais perto, olhou pelo olho mágico, fez uma cara de impaciência e abriu a porta inteiramente, para que também pudéssemos ver o que ele tinha visto. A Ana Elisa estava agarrada com o Danilo, em um beijo de cinema. Mas assim que nos viu se separou dele, toda envergonhada.

"Oi, gente!", ela deu um sorrisinho tímido. Percebi que o Danilo estava ainda mais sem graça e nos cumprimentou com um leve aceno. "Aconteceu alguma coisa? Por que vocês estão com essas caras? Aliás, o que todo mundo está fazendo aqui? Vai ter festa hoje?"

Ninguém respondeu nada. Mas vi que todos estavam olhando para o Danilo, como se ele fosse um inimigo em nosso território. Ele deve ter percebido, porque se virou pra mim e perguntou onde estava o Leo.

"Não tenho a menor ideia", falei séria. "E se vocês me dão licença, eu vou tomar banho, porque até agora não me deixaram fazer isso!"

"Mas o que houve?", a Ana Elisa se aproximou. "Vocês saíram do parque tão felizes! A gente até demorou mais tempo, pra deixar vocês namorarem à vontade..."

"Problemas no paraíso...", o Alejandro disse se aproximando do Danilo. "Olá. Já te falei que você deveria cortar un poco más seu cabelo na parte de trás? És mui bonito, mas cabelo anelado fica melhor curto."

O Danilo ficou meio desorientado e só passou a mão pelo cabelo, mas logo chamou a Ana Elisa, dizendo que ia ver se o Leo estava no hotel e que mais tarde telefonaria pra ela. Os dois foram até a portaria, e, assim que ela voltou, fez com que eu repetisse mais uma vez tudo o que tinha acontecido.

Quando terminei a explicação, ela falou: "Ai, Fani, não acredito que você fez isso com o Leo! O Danilo me falou que essa garota é louca! Ele nunca a pediu em casamento, foi ela que inventou essa história na própria cabeça e envolveu o Leo nisso, de forma que ele não pudesse escapar, já que trabalha para o pai dela! E tá na cara que ela veio atrás do Leo exatamente por ele ter terminado o namoro! Ela é completamente sem noção!". A Ana Elisa então se virou para a Tracy: "Acredita que o Danilo me contou que ela mudou todos os móveis do apartamento do Leo de lugar sem pedir permissão e jogou um monte de coisas fora?".

"Do apartamento *deles*, você quer dizer, né?", eu interrompi. "Foi isso que aquela sujeitinha falou. Que viu a minha foto em uns álbuns velhos no apartamento dos dois! Pelo visto eles já moram juntos, e ele me ocultou essa informação!"

"É claro que ela inventou isso só pra você acreditar! Fani, uma garota que faz uma viagem internacional por puro medo de perder o namorado é capaz de qualquer coisa!"

"Ela nem sabia que eu estava ouvindo, Ana Elisa! Eles estavam discutindo ali no corredor! Eu, masoquista que sou, colei o ouvido na porta pra escutar a conversa! Assim como fiz naquela noite do Hard Rock. Eu lembro como se fosse ontem! Ela nem sabia quem eu era! Nem que eu estava lá! E a amiga dela disse que o noivo a amava muito, que isso era uma lua de mel para os dois, que ele a havia enchido de presentes... Lembro que na hora eu ainda pensei que esse cara devia ser louco, pois eu não conseguia imaginar que alguém pudesse ficar com aquela menina por vontade própria."

Vi que todos estavam prestando atenção às minhas palavras. Respirei fundo e continuei: "E aí, quando ela teve que retornar ao Brasil, ele deve ter me escolhido para uma última aventura antes do casamento. E eu caí como uma boba na conversa dele! Pensei que ele tivesse ficado todos esses anos pensando em mim... exatamente como eu fiquei! Mas isso era só o meu coração querendo acreditar...".

Eu não consegui falar mais nada, porque comecei a chorar muito. Antes que alguém conseguisse me impedir, corri pro meu quarto e tranquei a porta. Um segundo depois as meninas começaram a bater, pedindo pra eu abrir. Fingi que não estava ouvindo, e um tempo depois elas se cansaram.

Perdi a noção de quantas horas fiquei deitada, abraçada aos meus travesseiros, desejando que tudo aquilo sumisse, que eu pudesse voltar à semana anterior, antes de ele reaparecer. Poxa, a minha vida estava boa! Eu estava feliz! Pelo menos eu pensava que estava... Era uma felicidade morna, mas confortável. E aí ele apareceu, me inebriou com palavras doces e com aquele veneno que tem no beijo dele...

Novas lágrimas ao pensar que ele beijava mais alguém além de mim, e que inclusive deveria estar com ela naquele mesmo momento.

Depois de um tempo, acabei dormindo sem perceber, exausta pelas emoções do dia. Quando acordei, olhei no relógio e vi que já eram três da manhã. Saí do quarto devagar e percebi que as luzes ainda estavam todas acesas e que o Alejandro estava deitado no sofá, em um sono profundo. A porta do quarto da Ana Elisa estava aberta; o Christian e a Tracy estavam dormindo na cama dela, completamente vestidos, até de sapatos, e a Winnie estava deitada entre eles. Nesse momento, a própria Ana Elisa saiu do banheiro. Ela estava enrolada em uma toalha.

"Ah, que bom que você acordou!", ela disse, secando o cabelo. "Eu ia mesmo tentar derrubar a sua porta agora, aproveitando que os outros estão desmaiados..."

"O que aconteceu?", eu perguntei. "Por que eles estão aqui ainda? E por que você está acordada?"

"Cheguei há 15 minutos", ela respondeu. "Depois que você se trancou dentro do quarto, o Leo ligou pra cá umas oitocentas vezes mais ou menos. Eu tentei conversar com ele, mas o Alejandro e o Christian tiraram o telefone da tomada, dizendo que não iam deixar que ele te iludisse mais. Por isso eles estão aqui até agora. Eles disseram que o Leo ia aparecer e que queriam enxotá-lo com as próprias mãos. E ele teria aparecido mesmo, se eu não tivesse ido até o hotel antes. Eu conversei com ele. Conversei com a maluca. E conversei muito com o Danilo depois. E a conclusão a que eu cheguei, Fani, é a mesma que eu te disse mais cedo. O Leo é tão vítima quanto você. Essa menina é uma garota mimada, que fica revoltada quando encontra algo que não pode comprar. Ela acredita piamente que eles vão reatar, assim que retornarem ao Brasil. Mas o Leo não quer nem olhar pra ela. Está lá, trancado no quarto, com uma cara pior do que a sua. Ele queria vir aqui falar com você de qualquer jeito, mas eu falei que você estava dormindo e que ele acabaria se metendo em uma briga com os meninos. Ele então me fez jurar que eu te faria olhar o seu e-mail, pois ia te mandar uma mensagem. Fani, eu fiquei até com pena, ele está muito triste mesmo. Isso não é brincadeira! Ele te ama de verdade, e, sinceramente, acho um absurdo você ter duvidado dele!"

"Eu não *duvidei* dele!", eu falei baixo, para não acordar os outros. "Não tinha nada pra duvidar, eu nem o questionei! Os fatos estão aí, pra qualquer um ver! Ele veio com ela pra Los Angeles e não me contou! E bastou que ela fosse embora pra ele vir me procurar! E você ainda fica com *pena* dele?!"

Ela ficou calada, escutando até que eu terminasse de falar. Em seguida, apenas perguntou se podia dormir comigo no meu quarto, pois a cama dela estava ocupada.

"Vai ser por pouco tempo", ela completou. "Vou levantar às sete pra ir ao aeroporto com o Danilo... Porque, caso você não se lembre, o avião sai às onze da manhã, mas eles têm que estar lá às oito e meia, pois, além do voo ser internacional, eles têm que devolver o carro."

Ao dizer isso, ela pareceu arrasada. E eu me senti péssima. Eu deveria estar consolando a minha amiga, e não o contrário. Eu sabia que ela estava muito envolvida com o Danilo e que teria que dizer adeus na manhã seguinte.

"Não fica triste, Aninha...", eu falei só por dizer. Quem era eu pra mandar alguém deixar a tristeza ir embora. "Vocês vão se encontrar de novo."

"Sei que vamos", ela disse depressa. "Estou chateada é por você, não por mim. Eu e o Danilo aproveitamos cada segundo juntos. E inclusive já marcamos o nosso próximo encontro. Fani, eu já perdi alguém que eu amava mais do que a minha própria vida. Por isso, não fico me agarrando a bobagens. Eu sei que devo aproveitar o presente, pois o tempo passa muito rápido e não dá pra prever nada. Agora que encontrei alguém que finalmente tem me feito sentir de novo o que eu achei que nunca mais ia sentir, imagina se vou ficar chorando! Eu estou é feliz por ele também gostar de mim! É só isso que importa. Quando duas pessoas se querem de verdade, elas dão um jeito de ficarem juntas, seja onde for. Isto é, se não perderem tempo com besteiras. Se não deixarem que ninguém interfira..."

Ela então passou por mim, para entrar no meu quarto. Quando já estava lá dentro, ela se virou e falou: "Jura que vai checar seu e-mail? Eu prometi que faria você ler a mensagem dele...".

Eu só assenti com a cabeça.

Resolvi tomar um banho também e, quando terminei, notei que o apartamento estava completamente silencioso, ela já devia estar dormindo. Eu então peguei meu notebook, apaguei a luz da sala e fui até o *lounge*, para não ter perigo de acordar ninguém com o barulho.

Enquanto ele ligava, fiquei pensando em como novamente alguma coisa tinha aparecido para me atrapalhar com o Leo... Definitivamente, o destino não queria que ficássemos juntos. Era a quarta vez, pelos meus cálculos! Primeiro o intercâmbio, depois meu namoro com o Christian, em seguida o Christian novamente, e agora... a Meredith.

E foi exatamente o nome dela que eu vi na minha frente quando abri a minha caixa de e-mails. Eu tinha checado minhas mensagens de manhã, então só havia dois e-mails não lidos. Um era o do Leo, que eu já esperava encontrar. E o outro, dela. Como aquela garota tinha conseguido meu endereço eletrônico?! E o que ela teria pra me falar?

Pensei em deletar sem ler, mas a curiosidade falou mais alto.

De: Meredith <meri@mail.com.br>

Para: Fani <fanifani@gmail.com>

Enviada: 10 de agosto, 23:37

Assunto: Leo

Anexo: resultado.pdf

Estefânia,

Aqui é a noiva do Leo. Meu nome é Meredith, mas todos me chamam de Meri. Consegui seu e-mail através da Márcia, que faz estágio na TV do meu pai e também ajuda o Leo no blog dele, acho que você sabe quem é.

Estou te escrevendo porque gostaria que você soubesse de alguns fatos. Sei que você deve gostar (ou pelo menos deve ter gostado) do Leo tanto quanto eu. E, por isso mesmo, acredito que você também queira o bem dele.

Bem, eu conheço o Leo já há algum tempo, desde que ele foi contratado para trabalhar na TV, e vi o quanto ele progrediu durante esse período. Quando entrou lá, ele era apenas um garoto recém-saído da faculdade. Mas o meu pai viu potencial nele e fez com que ele aprendesse, na prática, tudo para se tornar um grande jornalista. Ele fez com que o Leo enxergasse que essa história de jornalismo cultural, que ele insistia em perseguir, não ia lhe trazer muito futuro (especialmente financeiro). Então, apesar de ficar um pouco resistente a princípio (pois ele tem essa alma adolescente, que ainda acha que os sonhos caem de paraquedas e acredita que podemos viver de amor), o Leo aos poucos foi se tornando mais ambicioso e entendendo que ele tinha talento para ser bem mais. Ele aceitou os desafios que o meu pai lhe impôs e em pouco tempo se tornou o editor-chefe da TV.

Estefânia, você sabe o que é ser um editor-chefe de uma TV com 23 anos de idade? Você tem ideia de quantas pessoas no mundo matariam pra ter essa oportunidade? E você tem noção de como a carreira do Leo poderia deslanchar a partir de agora? O meu pai é um homem muito, muito influente no meio jornalístico e ele está disposto a fazer com que o Leo siga seus passos, especialmente porque eu pedi.

Sabe, o Leo ficou interessado em mim desde a primeira vez em que nos encontramos, mas eu demorei a me deixar conquistar. Porém acho que você sabe que, quando o Leo quer uma coisa, ele não desiste até conseguir. E ele conseguiu. Ele me conquistou. E agora sou eu que não posso mais viver sem ele. Por isso eu voltei a Los Angeles. Porque eu o amo muito para permitir que ele deixe seu futuro profissional escapar pelos dedos... O Leo pode se tornar o maior jornalista do Brasil. Mas, se ele simplesmente largar tudo agora, pode não só perder o que já conquistou, como queimar o nome no mercado. Quem contrataria no futuro alguém que largou um grande emprego em troca de uma aventura no exterior? Eu sei que o Leo é capaz disso. Como eu já disse, ele ainda tem traços adolescentes em sua personalidade (e ele até parece um menininho, não é? Com essas grandes bochechas rosadas e cílios longos). Por isso mesmo, sinto que devo tomar conta dele.

Você pode não acreditar, mas nós dois estávamos muito bem antes de você aparecer. Passamos dias perfeitos aqui em Los Angeles, e eu não via a hora dele voltar pra casa. Eu não via a hora dele voltar pra mim... e pro nosso bebê. Sim, eu estou grávida. Descobri há pouco tempo. Por favor, isso ainda é um segredo, não gostaria que ele soubesse por enquanto, pois eu não quero que ele tome nenhuma decisão apenas por pensar que me deve alguma coisa! Eu quero que ele fique comigo por amor, e não por outro motivo. Eu nunca usaria uma gravidez para prendê-lo! Sei que você vai achar que é invenção minha, por isso estou mandando em anexo o resultado do meu teste, que recebi do laboratório há poucos dias.

Sei que ele também deve ter dito que gosta de você, mas com certeza o motivo disso são as coisas que você o lembra... Uma época da vida em que ele não tinha responsabilidades, que passava os dias por conta de ouvir música e ir ao cinema. Creio que você o faça recordar essa fase. Mas e depois? O que acontecerá quando ele perceber que já não é mais um garoto? Que desperdiçou uma grande carreira por um sonho do passado? Ele te culpará, Estefânia. E sei que você fará o mesmo, caso permita que ele jogue a vida dele para o alto dessa maneira.

Não te escrevi tudo isso por minha causa. Mesmo que o Leo realmente termine comigo, eu vou pedir que o meu pai não deixe que o lado pessoal interfira no profissional. Independentemente do que aconteça entre nós dois, quero o melhor pra ele. Como disse antes, eu amo o Leo. E quero que ele seja feliz.

Como eu acredito que você também queira...

Bem, você sabe o que faz. Mas se o ama tanto quanto eu, por favor, deixe-o crescer.

Meri

Ela estava grávida?! Isso era verdade? Ela não ia brincar com uma coisa dessas... Cliquei depressa no anexo, e estava lá, com letras maiúsculas: POSITIVO.

Fui até o e-mail do Leo, mas, antes de abri-lo, respirei fundo. As palavras dele certamente me persuadiriam do que quer que fosse. Da mesma forma como ele tinha feito nos dias anteriores. Ele me faria acreditar que me amava, que tinha ficado aqueles anos todos esperando por mim... E, pelo que ela escreveu, ele podia até pensar isso... mas agora eu sabia que ele tinha uma família pra cuidar.

De repente, me lembrei do meu pai. Se ele não tivesse pedido que o Leo se afastasse, antes da minha mudança pra Califórnia, eu provavelmente não teria chegado aonde cheguei. E era exatamente o que essa Meri estava fazendo agora. Pedindo que eu o deixasse se desenvolver profissionalmente. Que eu deixasse que ele fosse feliz.

Eu não queria atender nenhum pedido dela! Mas será que eu tinha o direito de interferir na vida deles assim? Eu estava em um momento maravilhoso da minha carreira. E, pelo visto, o Leo também. Se fosse o contrário, ele deixaria que eu desistisse de tudo por causa dele? Eu sabia que não. Ele já tinha provado isso. Duas vezes. Ele impediu que eu voltasse do intercâmbio. E que deixasse de viajar pra Califórnia. Agora eu devia isso a ele também.

Então, em vez de abrir o e-mail, eu o deletei.

Desliguei o computador, fui devagar até o meu quarto, peguei minha bolsa e saí de carro. Se a Ana Elisa acordasse e me visse ao lado dela, certamente me acordaria antes de ir para o aeroporto. Isso se ele próprio não aparecesse na minha porta. E então eu não resistiria. Eu precisava ir a um lugar onde ninguém me encontrasse. Onde ninguém pudesse me *convencer*.

Depois de pensar um pouco, me lembrei do local perfeito. Cheguei lá em dez minutos. Estacionei na garagem, peguei a minha chave na bolsa, digitei o código para desligar o alarme e entrei. Eu já tinha feito aquilo várias vezes, só que por razões profissionais. Mas a FMF, a produtora do Jeff, seria o esconderijo perfeito naquele momento. Ninguém me encontraria ali, em pleno sábado.

Entrei na minha sala, deitei no sofá, desliguei o celular e fiquei olhando para o teto, por muito tempo, relembrando cada detalhe dos últimos dias.

"Adeus, Leo...", eu disse baixinho depois do que pareceram horas. "Seja feliz. Apesar de ter me iludido, de ter feito com que eu me apaixonasse novamente... você merece. E não sou eu que vou te tirar essa felicidade."

Senti uma lágrima correr pelo meu rosto, fechei os olhos e deixei que o sono me embalasse. No dia seguinte, faria exatamente uma semana que ele tinha aparecido na minha porta. E eu só esperava que, ao acordar, eu conseguisse fazer tudo voltar a ser como era antes.

22

Hal: Ela não está aqui e ela não estará aqui. É melhor você se acostumar com isso.

(Os heróis não têm idade)

"O que a Meri está fazendo em Los Angeles?", o Danilo perguntou, assim que chegou ao hotel e deu de cara com ela sentada na porta do nosso quarto. "E o que aconteceu pra ela ficar assim? Ela era tão autoritária e virou submissa agora? Ganhou um pé na bunda e ficou mansinha? E ela veio do Brasil só porque você terminou com ela? Bom saber, da próxima vez que eu quiser alguém atrás de mim, vou fazer isso..."

Então eu contei pra ele tudo o que tinha acontecido, desde o momento em que eu e a Fani saímos da Universal. Em seguida, pedi que ele distraísse a Meri, para que eu pudesse voltar ao prédio da Fani e tentar conversar com ela, mas ele respondeu que eu não deveria voltar, pois os amigos dela estavam todos lá.

"Se eu fosse você, tentaria telefonar. Se ela estiver disposta a te escutar, vai atender..."

"Como se eu já não tivesse ligado mil vezes! Ela não atende o celular, e, no telefone de casa, toda vez que eu ligo, alguém diz que é do açougue, da polícia, do cemitério..."

Eu ainda estava pensando em uma maneira de conseguir me comunicar com ela, quando ouvimos umas vozes femininas, falando em português, do lado de fora do quarto.

"Deve ser a Fani!", eu me levantei depressa. "Ela deve ter resolvido me ouvir!"

Abri a porta, mas me deparei com a Ana Elisa, que estava falando com a Meri. O Danilo, ao vê-la, pediu que ela entrasse, mas ela falou que queria terminar a conversa que estava tendo ali. Nós achamos meio estranho, mas não contestamos. Cinco minutos depois, ela entrou.

"Leo, eu quero saber a verdade", a Ana Elisa falou, antes mesmo de olhar pro Danilo. "Você deu alguma esperança pra essa menina? Porque ela está convicta de que você é apaixonado por ela, mas foi seduzido pelo glamour de Hollywood!"

Eu simplesmente me levantei, abri a porta e falei: "Meri, sei que já te falei isso várias vezes hoje, mas vou repetir, só pra que não haja dúvidas: eu não quero mais ser seu namorado! Você é linda, legal, inteligente... Mas eu gosto de outra pessoa! Da Fani! Dá pra entender? E isso não tem nada a ver com Hollywood. Eu gosto dela desde quando nós ainda morávamos em BH. E continuaria gostando mesmo que ela tivesse se mudado pra Marte! O sentimento apenas ficou adormecido por um tempo, mas, quando eu a vi de novo, tudo voltou. Eu apenas não escrevi isso no e-mail para não te magoar, mas antes tivesse escrito. Desculpa, mas eu não posso controlar isso, não posso escolher de quem gostar."

Eu fechei a porta novamente, a Ana Elisa levantou as sobrancelhas e só falou: "Ok, você me convenceu". E aí ela me explicou o que realmente tinha acontecido, e era exatamente o que eu já imaginava.

A Fani, por coincidência, sina, destino ou o que quer que seja, havia encontrado a Meri e a Márcia, no dia em que elas saíram sozinhas à noite, no banheiro de um bar. Ao escutar a conversa das duas, ela concluiu que a Meri e o noivo, no caso, *eu*, estavam apaixonados. Quando a Fani relacionou os fatos às pessoas, pensou que eu a estivesse enganando e que só a quisesse para uma aventura, que acabaria no minuto em que eu entrasse no avião e voltasse para a minha "noiva".

"Eu preciso ir lá falar com ela, Ana Elisa! O Danilo não para de dizer que eu não devo fazer isso, mas eu vou embora pro Brasil amanhã cedo! Eu não vou conseguir viajar com isso mal resolvido!"

Ela segurou os meus ombros. "Leo, eu sei que você está triste e que está preocupado com o prazo que tem. Mas eu conheço a Fani! Na hora ela fica nervosa, mas depois sempre passa. Dá um tempo pra ela... Se você insistir, nesse momento, tudo vai ficar ainda pior!

Ela está lá trancada no quarto, provavelmente até dormiu pra tentar esquecer. É melhor deixar que ela descanse, e amanhã cedinho, quando ela estiver com a cabeça fresca, vocês conversam."

"Não vai dar tempo...", eu falei com vontade de derrubar uma parede e de chorar ao mesmo tempo. "Eu tinha que dar um jeito de explicar tudo pra ela hoje!" De repente eu tive uma ideia. "Ana Elisa, se eu mandar um e-mail, você consegue fazer com que a Fani leia assim que se levantar? Aliás, quando voltar pra casa, você poderia acordá-la, para que ela faça isso?".

Não era o ideal, mas, dessa forma, eu poderia escrever tudo o que a Fani precisava saber, e ela ainda teria um tempo pra pensar. Caso aceitasse conversar comigo, nós ainda teríamos umas horas antes do voo...

Ela me prometeu que faria a Fani ver o e-mail, nem que ela mesma tivesse que abrir a mensagem e lê-la em voz alta.

Eu me sentei na frente do computador, fiquei pensando no que escrever, e então os dois perguntaram se eu não gostaria de ir com eles jantar. Eu não estava com a mínima fome. E também não queria de forma alguma atrapalhar a última noite deles. Por isso, apenas agradeci. Eles saíram logo depois, e então eu comecei a escrever. Tive que parar várias vezes para conter o ímpeto de ir lá fora e trucidar a Meri! Se ela não tivesse aparecido, eu estaria com a Fani naquele exato momento, no apartamento dela como planejado, aproveitando cada segundo até a hora do voo, e certamente deixaríamos marcado o nosso próximo encontro... que, se dependesse de mim, aconteceria o mais cedo possível! Mas, ao contrário, agora eu estava preso em um quarto de hotel, com uma louca de guarda na porta!

Resolvi me concentrar e escrevi a melhor mensagem que consegui, sendo o mais sincero possível e contando tudo o que estava se passando em meu coração. Terminei o e-mail, torcendo para que ela estivesse acordada, com o computador ligado, e que lesse no segundo em que o recebesse... Mas os minutos foram passando, depois as horas, e nada de resposta. Quando o Danilo chegou, às duas e meia da manhã, eu ainda estava no mesmo lugar, criando coletâneas com músicas tristes, entre uma checada de e-mail e outra.

"Leo, nós temos que acordar às sete da manhã pra fechar o hotel, tomar café e ir para o aeroporto", ele explicou já se deitando. "A Ana

Elisa me garantiu que a Fani vai ler o seu e-mail! Mas agora você precisa descansar! De manhã você olha se ela respondeu. Você é um gênio da escrita, convence qualquer um com suas palavras, tenho certeza de que ela vai ficar comovida com o que você escreveu. A Ana vai com a gente amanhã cedo para o aeroporto. Aposto que, quando formos buscá-la, a Fani também vai estar lá na porta, te esperando!"

Ele disse com tanta confiança que eu até concordei em tentar dormir um pouco. Mas as horas passaram sem que o sono me dominasse. Às seis da manhã, resolvi me levantar. Conferi o e-mail mais uma vez – em vão. Ela não tinha respondido. Será que já tinha lido? Pensei em ligar para o celular dela novamente. Mas ainda era muito cedo, eu não queria que ela me achasse um obcecado ou coisa parecida. Apesar de estar extremamente obcecado por ela. Ou coisa parecida...

Quando o Danilo despertou, às sete, eu estava pronto e inclusive já havia feito o check-out no hotel. Ele só me olhou como se eu fosse louco, entrou no banheiro e, vinte minutos depois, também já estava com tudo preparado para irmos embora. Colocamos as malas e os equipamentos de filmagem no carro e, quando já estávamos quase dando a partida, ouvimos alguém gritando. Ao reconhecer a voz, mandei o Danilo acelerar, mas ele parou.

"Não podemos deixá-la, Leo!", ele disse olhando pelo retrovisor. Eu me virei para trás e vi que a Meri já estava descendo as escadas, tentando puxar a mesma mala gigante da outra vez. Quantos dias ela imaginava que ia passar na Califórnia? Cinquenta?

"Nós não temos mais nada a ver com ela", eu respondi. "Ela não é mais minha noiva, namorada e, na verdade, eu não a quero nem mesmo como amiga! Além do mais, se a Fani tiver lido o meu e-mail e me avistar chegando com ela, vai entender tudo errado! De novo!"

"Eu sei... mas é que dá pena", ele disse ao mesmo tempo que ela apareceu na minha janela.

"Meri, sinto muito, mas sua mala não cabe no carro", eu falei. "O porta-malas está lotado com os equipamentos de filmagem e a nossa bagagem."

"Mas o banco de trás está completamente vazio!", ela disse, já abrindo a porta.

O Danilo resolveu a situação: "Meri, vamos fazer o seguinte. Você já fechou a sua conta no hotel? Por que não faz isso enquanto eu e o Leo vamos abastecer o carro? Daí voltamos aqui pra te buscar."

Ela reclamou um pouco, mas o Danilo falou que se não fizéssemos assim não poderíamos esperá-la, porque perderíamos o voo. Ela acabou concordando, pois ainda nem tinha comprado a passagem de volta e por isso precisava chegar lá o quanto antes.

Assim que viramos a esquina, ele me explicou. "Leo, como eu disse ontem, temos que passar na casa das meninas, pois tenho que buscar a Ana Elisa. Nessa hora, você conversa com a Fani. Caso ela resolva ir com a gente também, vocês vão no carro dela, e isso vai ser até bom para que a Ana não precise voltar de táxi depois. Aí *eu* dou uma carona pra Meri, para que a Fani veja que você não tem nada a ver com isso. Agora, caso a Fani não queira ir ao aeroporto... ou, talvez, nem conversar com você, bem, aí não vejo mal em voltarmos ao hotel para buscar a Meri."

Concordei meio a contragosto, e assim fizemos. Ao estacionar na frente do prédio, a Ana Elisa já estava na porta. O Danilo desceu para cumprimentá-la, e eles deram um grande beijo e um abraço apertado, que até me fizeram sentir um pouco de inveja. Devia ser bom gostar assim de alguém, sem ter sempre algum problema à espreita...

Desci do carro também e, sem rodeios, perguntei se a Fani tinha lido o meu e-mail e se eu poderia falar com ela. A Ana Elisa pareceu meio sem graça, mas logo me explicou que ela não estava lá.

"Depois que o Danilo me deixou aqui ontem de madrugada, ela acordou, e eu imediatamente pedi que lesse a sua mensagem. Ela me prometeu que leria, e eu realmente acho que leu, pois, mesmo já deitada, vi quando ela pegou o notebook e o levou para o *lounge*. Mas quando acordei hoje cedo percebi que o outro lado da cama estava intacto. Eu a procurei pelo apartamento inteiro, até na garagem. E aí vi que o carro dela não estava lá... Então ela provavelmente não dormiu e saiu depois de ler. Eu tentei ligar pro celular dela, mas está desligado."

"Mas aonde ela pode ter ido?", o Danilo perguntou. A Ana Elisa respondeu que não tinha a menor ideia, pois no apartamento do Alejandro ou no da Tracy – que eram os lugares que ela podia imaginar – era certo que ela não estaria, já que eles próprios ainda estavam lá dentro, dormindo.

"Você acha que ela pode ter ido pro aeroporto?", indaguei devagar, me sentindo um bobo. Eu queria acreditar naquela possibilidade, mas qual era a chance da Fani ter ido sozinha pra lá, sem ter conversado antes comigo e sem nem falar com a Ana Elisa?

"Acho que a gente não tem muita escolha a não ser conferir...", ela respondeu, mas, pela expressão, vi que ela também não acreditava nem um pouco nisso.

Entrei no carro arrasado. Olhei pela janela e, quando percebi que o Danilo estava voltando ao hotel para buscar a Meri, tive vontade de sair correndo.

"Nossa, vocês demoraram!", ela disse assim que estacionamos. "Ih, Leo, minha mala vai ter que ir no seu colo, já que o Danilo resolveu dar uma carona pra namorada! Ela vai com a gente pro Brasil também?"

Ninguém respondeu, e, no fim das contas, eu achei até bom o tamanho da mala, pois dei um jeito de colocá-la bem entre nós, e com aquela barreira eu não precisava olhar pra ela. Quanto mais tempo eu ficava sem a Fani, mais raiva eu tinha da Meri, por ela ter destruído os meus sonhos.

Chegamos ao aeroporto, e eu comecei a olhar para todos os lados. Pedi que o Danilo devolvesse o carro e fui dar uma volta para tentar descobrir se ela estava ali. Por sorte, a Meri tinha que resolver o problema da passagem dela e não veio atrás.

Depois de procurar praticamente pelo aeroporto inteiro, cheguei à conclusão de que ela não estava lá. Fui para a fila do check-in, onde o Danilo e a Ana Elisa já se encontravam. Só de eu ter chegado sozinho eles entenderam que eu não a havia localizado.

"Vou tentar ligar pro celular de novo!", a Ana Elisa falou, assim que pegamos o cartão de embarque. Notei que a Meri ainda estava tentando arrumar uma passagem, e eu realmente estava torcendo para que ela não conseguisse no nosso voo.

Olhei para a Ana Elisa, que já estava com o telefone no ouvido. Tive vontade de dizer que não precisava, pois percebi que ela estava fazendo aquilo por pena de mim. Mas eu queria tanto falar com a Fani que não estava nem me importando. Depois de uns segundos, ela balançou a cabeça e falou que tinha caído na caixa postal. Ela então ligou para o número de casa e alguém atendeu. Senti meu coração dar um pulo, mas logo descobri que não era ela, e sim o Alejandro. Ele falou que, além dele, apenas a Tracy, o Christian e a Winnie estavam lá. E todos eles ainda estavam dormindo.

Nesse momento, ouvimos o chamado do nosso voo. O Danilo abraçou a Ana Elisa, e eu comecei a entender que a Fani realmente não ia aparecer.

"Ana Elisa", eu falei, me sentindo mal de atrapalhar a despedida deles, "eu já entendi que ela não quer me ver, que desistiu de mim... Por isso, será que você poderia ficar com isso?", eu disse, tirando uma sacola da minha mochila. "Eu tinha a intenção de dar pra ela pessoalmente, mas será que você poderia entregar? Caso ela não queira, pode jogar fora."

Ela disse que entregaria, e então eu respirei fundo e perguntei: "Você não tem mesmo ideia de onde mais a Fani poderia estar? Estou realmente com medo de que algo tenha acontecido com ela...".

Ela pensou um pouco, e vi que ela também estava meio aflita. Começamos a andar em direção à sala de embarque, e depois de uns passos ela falou: "Bem, nas poucas vezes que ela não dorme em casa, geralmente é porque fica na produtora, quando tem que terminar algum trabalho... Mas essa semana ela está de folga. E, além do mais, hoje é sábado".

"Você tem o telefone de lá?", eu falei, com mil pensamentos na cabeça. Ela começou a mexer no celular e encontrou um número.

"Leo, eu realmente não acho que isso seja necessário...", o Danilo falou meio impaciente. "Que diferença vai fazer onde ela está?"

Não respondi. A Ana Elisa já estava com o telefone no ouvido, e eu queria pelo menos saber se a Fani estava bem. Pouco depois ela desligou.

"Não atende, não deve ter ninguém lá", ela balançou a cabeça, com uma expressão triste. Ouvimos uma nova chamada do nosso voo. Ela se virou pro Danilo, que a abraçou. Os dois se beijaram, e vi que uma pequena lágrima ameaçou a rolar pelo rosto dela. O Danilo a enxugou, e eles começaram a falar baixinho um com o outro. Eu nunca tinha visto o meu amigo tratar alguém com tanto carinho. Eu gostaria tanto de poder estar feliz por ele... mas a minha tristeza era tão grande naquele momento que não permitia que eu sentisse felicidade nem por outra pessoa. Eu então me aproximei dos dois, disse que só queria dar tchau pra Ana Elisa, pois ia entrar na sala de embarque, para deixar que eles se despedissem à vontade.

Dei um abraço nela, que, ao se afastar, falou: "Leo, espera que só vou tentar mais um número...". Ela começou a olhar o visor e, ao chegar na letra "J", parou. Senti um aperto no peito quando ela pressionou o nome do Jeff. Por três segundos, nada aconteceu. Mas de repente, percebi que ele atendeu. Comecei a tremer quando ela perguntou se ele tinha noção de onde a Fani estaria. Eu não sabia se preferia que a resposta fosse positiva ou negativa.

Sem conseguir conter a curiosidade, cheguei bem perto dela, para escutar a resposta que ele ia dar. E então eu ouvi perfeitamente quando ele disse: "Yes. She is here with me. But she's still sleeping".[*]

Sem querer ouvir mais nada, eu apenas acenei pra Ana Elisa e entrei na sala de embarque, por mais que ela estivesse fazendo sinal para eu esperar. Esperar para quê? Estava tudo muito claro. A Fani resolveu não acreditar em mim. E decidiu retomar a vida dela do ponto em que estava antes da minha chegada.

Eu só queria poder fazer isso também. Mas eu já sabia que seria impossível. Aqueles dias em Los Angeles me fizerem ver que eu não estava levando a minha vida como gostaria. E eu estava disposto a fazer algo a esse respeito de agora em diante.

Entrei no avião, me acomodei, fiquei olhando pela janela, e, poucos minutos depois, a Meri apareceu e se sentou ao meu lado, toda contente por ter conseguido aquele lugar. Eu me levantei sem nem olhar pra ela. Se eu queria mudar o que não estava bom na minha história, deveria começar o quanto antes. Chamei a aeromoça e perguntei se poderia trocar de assento. Ela avisou que só tinha um bem atrás, perto do banheiro e entre duas pessoas. Eu me levantei e fui para lá, sem ligar para as reclamações da Meri.

No instante em que o avião decolou, fechei os olhos e me lembrei de quando a Fani se mudou do Brasil. Na época, eu desejei profundamente que ela fosse feliz. E ela tinha sido.

Agora era a minha vez.

---

[*] Sim. Ela está aqui comigo. Mas ainda está dormindo.

23

Amy: Sabe o que é mais triste em tudo isso? Poderia ter sido maravilhoso.

(Duas vidas)

Acordei com alguém passando a mão no meu cabelo. Naquela fase entre o sono e a vigília, me lembro de ter imaginado que era o Leo. Mas de repente o meu raciocínio começou a despertar, e eu fui ligando os fatos. O Leo não tinha dormido comigo. Ele ia dormir no dia seguinte, para ficarmos juntos até o momento dele ir embora... Mas eu não queria que ele fosse embora... exatamente por causa dessa dor no meu peito. Mas por que eu já estava sentindo essa dor? Ele nem tinha ido embora ainda...

De repente eu me lembrei. Abri os olhos rapidamente e vi que a pessoa sentada na beirada do sofá não era o Leo, e sim o Jeff. Levantei depressa e perguntei o que ele estava fazendo ali. Ele pareceu meio sem graça, mas me devolveu a pergunta. Ele queria saber o que eu estava fazendo na produtora em pleno sábado, sendo que ele tinha me dado a semana inteira de folga.

Eu então falei a primeira coisa que me veio à cabeça. Que eu tinha discutido com a Ana Elisa na noite anterior e que não queria ter que me encontrar com ela no nosso apartamento. Imediatamente ele disse que achava que ela queria fazer as pazes, pois tinha telefonado para perguntar se ele sabia sobre mim.

Aquilo me despertou de vez. Olhei para o relógio na parede e vi que eram onze horas. Senti um aperto no coração. *Ele* estava indo embora naquele momento.

"Tem muito tempo que ela ligou?", eu estava tão desorientada que acabei falando em português com ele, que provavelmente achou que eu estava querendo que ele treinasse, pois respondeu da mesma forma: "Trinta minutes. Tem."

Continuei a falar em português, pois ele realmente precisava treinar: "Jeff, quando você disse que ela te ligou, você quis dizer que ela ligou para a produtora, né?".

Ele fez que sim, mas logo depois negou com a cabeça e explicou que, ao chegar à produtora e ver meu carro estacionado, ele ficou meio assustado e foi direto me procurar. Nesse meio-tempo, ele ouviu o telefone da recepção tocando, mas preferiu não atender, pois, além de querer saber logo o que estava se passando comigo, provavelmente a ligação seria um engano, já que nós não costumávamos abrir no sábado, ele mesmo só tinha ido ali pra terminar um vídeo. Ele continuou a explicar que, pouco depois, o celular dele também tocou, e era a Ana Elisa. Então ele presumiu que a primeira ligação também havia sido dela.

"Ela deve estar preocupada comigo", expliquei. "Não avisei para onde eu ia."

Ele então falou que ela não estava mais, pois ele a havia tranquilizado ao dizer que eu estava lá com ele. Imaginei de cara o que aquilo provavelmente teria parecido. Se o Leo estivesse perto dela durante a ligação, e eu tinha quase certeza disso, com certeza agora estava pensando que eu havia dormido com o Jeff. Eu nunca tinha passado a noite com ele. Mas isso não importava agora.

"Jeff, estou pensando em trabalhar hoje, pelo menos para ver o que vocês fizeram durante essa semana, já que fiquei sem vir tantos dias. Assim, na segunda-feira, eu já recomeço por dentro do que está acontecendo aqui..."

Ele me olhou com admiração e disse que era por isso que não queria me perder, eu não tinha preguiça de trabalhar e era muito dedicada. Eu falei que ele podia ficar tranquilo, pois eu continuaria a ajudá-lo como havíamos combinado, aos finais de semana e à noite. Ele ficou tão feliz ao perceber que eu realmente estava com aquela intenção que até disse que eu podia tirar as minhas férias quando quisesse, pois a produtora estava em um período tranquilo. Eu já sabia que no final do ano, na época das festas, é que apareciam mil filmes natalinos.

Porém eu não estava mais com a menor vontade de ir ao Brasil nas férias. Ainda assim agradeci e me concentrei no trabalho, até cinco da tarde, quando voltei pra casa.

Ao chegar, vi que o apartamento estava completamente silencioso. Todos já tinham ido embora, e apenas a Winnie veio me receber. Mas, logo que passei pela sala, a Ana Elisa apareceu, saindo do *lounge*.

"Ah, finalmente!", ela disse séria. "Pensei que você fosse se esconder até o final do ano! Mas não precisava disso tudo, sua felicidade foi embora no voo das onze!"

Eu apenas revirei os olhos e fui em direção ao meu quarto. Eu já estava triste o suficiente, não precisava que ela fizesse com que eu me sentisse ainda pior. Mas ela estava determinada.

"Fani, dá pra você me explicar o que aconteceu? Depois de ler o e-mail que o Leo te mandou, você não quis acreditar nele ou achou que não daria conta da distância e resolveu que era melhor sofrer tudo de uma vez, pra não ter que suportar a saudade? Ele estava disposto a cancelar a passagem pra ficar aqui com você, sabe?"

"Nenhum dos dois", respondi sem olhar pra ela, enquanto colocava minha bolsa no armário. "Eu não li o e-mail."

Ela ficou um tempo calada. Então foi até mim e fez com que eu me virasse.

"Fani, você me jurou que ia ler! Ele ficou horas escrevendo e, pelo que o Danilo me disse, passou a madrugada esperando a sua resposta! Não acredito que você fez isso!"

Ela estava brava de verdade e começou a sair do meu quarto, mas desistiu antes de chegar à porta. "Sabe, na verdade isso foi bom pro Leo! Ele merece alguém mais do jeito dele, que luta por amor, que corre atrás, e não uma pessoa que deixa a felicidade escapar pelos dedos! Tomara que você passe o resto da vida bem solitária, chorando de arrependimento neste quarto, imaginando como poderia ter sido!"

"Ei!", aquilo me irritou. Ela não sabia nada sobre mim! "Quem é você pra falar a respeito de ficar chorando sozinha trancada em um quarto? Que eu me lembre, até poucos dias atrás você estava fazendo exatamente isso! E agora, só porque arrumou um novo amor, se acha PhD em felicidade?"

"Não conversa mais comigo, Fani", ela disse saindo.

Ótimo. Sem amores, sem amigos... Só faltava perder o meu emprego também. Ainda bem que eu tinha dois agora.

"Converso, sim!", eu fui atrás antes que ela se trancasse no quarto. Passei por ela, andei até o *lounge* e peguei o meu notebook, que eu havia deixado lá na noite anterior. "Quer saber por que eu não li o e-mail dele? Porque eu abri outra mensagem antes! Da Meredith!". Eu então liguei o computador e coloquei na frente dela. "Ela está grávida."

Enquanto ela lia o e-mail, entrei no banheiro. Olhei no espelho e, sem perceber, comecei a chorar. Sentei no chão com a cabeça entre os joelhos, sentindo vontade de ficar ali pra sempre, sem pensar em mais nada, e esquecer que o Leo algum dia tinha existido na minha vida. Por que aquela dor não passava nunca? Será que existia algum remédio para restaurar o meu coração?

Cerca de meia hora depois, a Ana Elisa bateu na porta.

"Fani, preciso que você saia daí agora. Quero te mostrar uma coisa."

Eu não queria ver nada. Minha vontade era de ficar no escuro pra sempre. Mas fiz o maior esforço para me levantar, lavei o rosto, e saí para ver a qual tortura ela ia me submeter agora.

Ela estava na sala, ainda na frente do meu computador, e vi que o Skype estava ligado.

"Oi, chorona!", a Gabi falou assim que me viu na tela. "Será que vou ter que voltar aí só pra puxar a sua orelha?"

Não respondi nada, apenas fiquei olhando pra ela, tentando descobrir se era apenas a Gabi que a Ana Elisa queria me mostrar.

"Fiquei sabendo dos últimos acontecimentos", ela continuou a falar. "A Ana me contou tudo e até leu pra mim o e-mail da Meredith. Que coincidência, hein? Se a gente soubesse naquela noite do Hard Rock que ela era a namorada do Leo, poderíamos ter dado um jeito nela lá mesmo!"

Eu não aguentava mais ouvir o nome daquela garota. Ao perceber que eu fiquei meio impaciente, a Ana Elisa se levantou e me obrigou a sentar na cadeira em que ela estava antes. Assim que me acomodei, a Gabi falou: "Fani, vamos direto ao assunto, porque, apesar de ser sábado, tenho que estudar. Tenho uma prova na segunda-feira. A Ana me falou que essa menina anexou um teste de gravidez ao e-mail. E eu pedi que ela o encaminhasse pra mim. O Victor é obstetra, você sabe."

Eu nem me lembrava da especialidade do marido dela, mas comecei a ficar um pouco mais interessada na conversa.

"Então, na mesma hora que recebi, eu mostrei o exame pra ele. E sabe o que ele falou? Esse laboratório, que supostamente enviou o resultado pra ela, não existe há mais de três anos! E eu conferi na internet. Sabe de onde ele era? Do Mato Grosso! A Meredith não mora no Rio de Janeiro? Como ela faria um exame do outro lado do país?"

Eu nem conseguia falar nada. Ela então tinha mentido?!

"Ah, e tem mais! Pela dosagem de Beta HCG indicada nesse resultado, ela já estaria com mais de cinco meses de gravidez! E a Ana Elisa disse que ela não tem barriga nenhuma. Eu, que estou de quatro meses, já estou desse tamanho... Então está muito claro que ela apenas encontrou esse exame na internet e trocou o nome de alguma paciente pelo dela!"

"Além de tudo, ontem lá no hotel, ela estava tomando uma cerveja, de plantão na porta do quarto do Leo!", a Ana Elisa completou. "E hoje ela carregou uma mala gigante praticamente nas costas, pois o Leo não a ajudou, e o Danilo tinha que carregar os equipamentos de filmagem. Até parece que se estivesse mesmo grávida ela estaria bebendo e carregando tanto peso!"

De repente eu me lembrei de uma coisa. "Gabi, você disse que o exame indica cinco meses?"

"Ou mais", ela respondeu.

"Mas ela e o Leo namoram há apenas três. Lembro que ele falou isso..."

As duas ficaram me olhando sem dizer nada, uma do meu lado e outra na tela, enquanto eu ia ligando os fatos. Aquela *periguetchi*, como dizia o Ale, tinha me enganado! Mas o resto do e-mail dela? Eu sabia que o Leo tinha ganhado uma promoção, ele próprio tinha me falado que agora era editor-chefe da TV...

Eu expliquei isso pra elas, que apenas disseram que talvez aquele cargo não fosse tão importante assim como ela fez parecer.

"Fani, a experiência do currículo dele não vai ser apagada se ele pedir demissão de um emprego ou se for despedido", a voz da Gabi propagou pela sala. "Se o pai dela fosse tão influente assim, como ela diz, o canal de TV dele não seria local, e sim nacional! E quer saber? Quem deveria se preocupar com isso era o Leo, e não você! Que mania vocês têm de acharem que sabem o que é melhor pra vida um do outro!"

Eu fiquei um tempo pensando, até que a Ana Elisa falou: "Fani, eu queria te pedir desculpas, pois fiz algo que você não vai aprovar, mas eu não aguentei". Olhei pra ela meio assustada, que então tirou do bolso uns papeis dobrados. "Depois que li a mensagem da Meri, eu fui até a lixeira do seu computador e vi que o e-mail do Leo ainda estava lá. Então eu o imprimi, antes que você a esvaziasse..."

Ela o colocou em cima da mesa. Eu fiquei olhando para aquelas páginas dobradas, sem saber se deveria mesmo ler. Ela viu que eu estava indecisa, então foi até o quarto e voltou com uma sacola.

"E, caso isso não seja suficiente para provar como ele se sente e que continuou a te amar por anos, ele pediu para eu te entregar isso, pouco antes de entrar no avião. Pouco antes de constatar que você preferiu dormir com o Jeff a ir se despedir dele. Pouco antes de desistir de você..."

"Eu não dormi com o Jeff...", falei baixinho enquanto abria a sacola que ela tinha colocado no meu colo. Olhei e vi que dentro tinha um porta-CDs. Abri-o devagar e notei que ele continha vários CDs. Franzi a testa, enquanto tirava o primeiro deles. Estava escrito "Um mês" e do lado um rabisco. Aproximei o rosto e vi que a palavra riscada era "sem você". Coloquei-o depressa dentro do CD player do notebook, e imediatamente começou a tocar "Jealous Guy". De repente a compreensão me atingiu. Provavelmente ele tinha gravado aquele CD um mês após o nosso término! Coloquei o segundo e vi que era "Let me try again". Pelos meus cálculos, esse tinha sido quando ele resolveu ir ao aeroporto para se despedir de mim. Peguei vários outros na mão e fui ouvindo músicas e mais músicas que falavam de saudade, de arrependimento... de amor. Fui direto ao último. "Cinco anos sem você". Então eu comecei a chorar já nos primeiros acordes da música. Era da banda No Voice. A mesma que tocava "Linda", a *nossa* música. Então ele realmente tinha se lembrado de mim mês após mês durante todo aquele tempo...

Notei que ainda tinha algo no fundo da sacola. Peguei e vi que era um embrulho de uma loja. Abri devagar. Era uma blusa preta, com uma claquete desenhada na frente. E nela estava escrito "*Director of my heart*"...

Ao mesmo tempo que me abracei a ela, peguei as folhas que a Ana Elisa tinha colocado na minha frente, tomando cuidado para não molhá-las com as minhas lágrimas. Percebi que a Ana tinha saído da sala e que a Gabi havia ficado off-line. Eu estava sozinha. E então li o e-mail inteiro.

De: Leonardo <ls@cinemateka.com>

Para: Fani <fanifani@gmail.com>

Enviada: 10 de agosto, 22:47

Assunto: Por favor

Fani,

Eu preferia te falar isso tudo pessoalmente, mas sei que não vou conseguir, pois, além de não atender ao telefone, você está cercada de "seguranças". E amanhã cedo eu já vou embora. Mesmo tendo grande possibilidade de levar a pior em uma briga de dois contra um, eu enfrentaria os seus amigos. Mas creio que você não gostaria disso.

Por isso, por favor, peço que você leia este e-mail até o final. Se depois dele, você não quiser ler mais nada meu nem se encontrar comigo, tudo bem, eu vou entender. Deixarei que você esqueça que eu existo.

Eu não menti pra você. Eu apenas não achei importante mencionar que a Meri tinha vindo comigo pra Los Angeles, exatamente porque isso nunca foi importante pra mim. Ela veio porque quis. Eu não a convidei, muito pelo contrário! Avisei que estaria aqui a trabalho. Mas a Meri, caso você não tenha percebido ainda, não aceita ser contrariada. Mas não teve nada de lua de mel. Nós não fizemos nada além de uma breve volta pelas áreas turísticas da cidade e uma visita à Disneylândia, que nem de longe foi tão divertida quanto o dia que passamos hoje no parque da Universal. E eu não me lembro de ter dado nem sequer um beijo nela. Eu estava muito mais interessado em imaginar como seria o momento em que eu te encontrasse.

Antes da Ana Elisa chegar aqui no hotel, eu já imaginava o que tinha acontecido. Eu já havia montado o quebra-cabeça inteiro, mas ela pôde confirmar todas as minhas suposições. Não sei que destino cruel é esse que vive colocando as peças erradas na nossa frente. Mas eu estou disposto a encaixar tudo da forma correta. E, pra mim, nada pode ser mais certo do que estar ao seu lado.

A Márcia, a produtora da minha revista, que também é prima do Danilo, é uma menina boa, eu realmente gosto dela, mas por algum motivo ela idolatra a Meri. Ela a considera um exemplo, a acha a mais bonita do mundo, e tudo o que a Meri faz ela imita e aplaude. A Ana Elisa me contou que você as encontrou no banheiro de algum lugar, e elas estavam falando sobre mim. Eu não sei como foi essa conversa, mas posso imaginar que a Márcia - exatamente por ter toda essa vontade de agradar a Meri - deve ter dito coisas que não são reais, apenas para tentar conquistar o afeto da "amiga".

A Meri, por sua vez, inventa a realidade que quer. Ela escuta apenas o que lhe convém e não aceita ser contrariada. Fani, você pode até não acreditar, mas antes mesmo de vir pra Los Angeles, antes mesmo da confusão das alianças, eu já sabia que ia terminar com ela. Eu estava esperando o momento certo, para não magoá-la. Mas se eu imaginasse que havia a menor possibilidade de você ainda gostar de mim, se eu sonhasse que eu e você viveríamos esses dias dignos de um filme de Hollywood, eu não teria esperado tanto. Eu teria terminado com ela muito antes de vir pra cá.

Não vou mentir pra você, a questão do meu emprego pesou. Eu sabia que, terminando com ela, seria grande a possibilidade de eu ser despedido. Mas pra ficar com você, eu correria esse risco. Nenhum emprego do mundo é mais importante do que você!

Sobre os perfumes que você mencionou, é verdade. Eu comprei dois perfumes para ela no *free shop*, simplesmente porque ela estava disposta a comprar um que eu não queria que ela usasse. Era o seu perfume. "Live", não é isso? Você ainda o usa, não é? No momento em que ela experimentou aquele perfume, eu me lembrei de você. Por isso, imediatamente falei que eu não tinha gostado daquele, que ela poderia escolher dois outros que eu daria de presente pra ela. Eu não queria que ninguém mais usasse o *seu* perfume.

Por último, eu queria dizer que eu nunca falei pra ela que a amava. Eu nunca falei isso pra garota nenhuma... além de você.

Mas o fato, Fani, é que eu continuo te amando. Mais do que nunca. E eu realmente duvido que esse sentimento vá se extinguir algum dia.

Por favor, acredite em mim. Eu não teria por que mentir. Seria muito mais cômodo ficar no Brasil namorando a filha do meu chefe, não é? Mas eu estou disposto a largar tudo, inclusive o meu voo. Se você achar que vale a pena, se você ainda quiser tentar... Vá comigo para o aeroporto. Ou apenas apareça lá. Se você fizer isso, eu desmarco a minha passagem para ficar com você. E eu a remarcarei para alguma outra data só para buscar a minha mudança. Porque, se você disser que ainda sente o mesmo por mim, eu não vou me afastar de você nunca mais.

Lembre-se do que eu te disse no Hollywood Sign. Eu posso conseguir outro emprego. Mas você é única. E outra Fani, eu não consigo em nenhum lugar do mundo.

Com muito amor,

Leo

P.S.: Caso você não apareça, eu vou entender. Mas a partir de então vou tentar realmente te esquecer. Irei fazer força pra isso, como não fiz nesses últimos cinco anos. Apesar de saber que você vai continuar presente em meu coração, deixarei de te comparar às outras garotas. Eu sei que nenhuma delas chegará aos seus pés, mas tenho consciência de que deve existir alguém mais nesse mundo que possa me fazer feliz. E que queira que eu a faça feliz também.

Ao final, mal consegui ler as últimas linhas, pois meus olhos estavam embaçados de tanto chorar. Eu o havia perdido. Novamente. Mas desta vez a culpa tinha sido toda minha.

24

Craig: Você já sabe o que quer.
Acabou a parte difícil. Agora é
só fazer algo a respeito.

(Que garota, que noite)

Caro Sr. Afonso,

Muito obrigado por todo o apoio durante o período em que trabalhei na TV. Sinto-me extremamente honrado com toda a confiança que o senhor depositou em mim. Mas, depois de pensar muito, cheguei à conclusão de que realmente não é com televisão que eu quero trabalhar. Vou me aventurar em outras áreas, enquanto estou novo e tenho pique para experimentar. Mas estarei sempre à disposição para tudo o que vocês precisarem.

Muito obrigado mais uma vez,

Leonardo Santiago

"Não acredito que você pediu demissão, Leo! Essa viagem realmente te mudou!"

"Ela só me deu mais coragem, Marilu. A vontade de sair da TV já existia. Mas agora eu sei que não quero mais ir empurrando a minha vida, deixando tudo pra depois..."

"E quais são seus planos agora?", o Luigi perguntou.

Eu me recostei no sofá da casa deles e respirei fundo. Eu ainda não sabia o que ia fazer.

Eu havia chegado dos Estados Unidos há três dias e já tinha inclusive chamado um chaveiro para trocar a fechadura do meu apartamento. Eu não queria que "ninguém" mais entrasse lá sem a minha permissão. Como eu já esperava, encontrei rasgadas pelo apartamento todas as fotos da Fani que eu guardava. No final das contas, a Meri tinha até me poupado aquele trabalho. Apenas juntei tudo e joguei no lixo.

Passei o resto do domingo colocando na *Cinemateka* as últimas partes da matéria sobre o festival de cinema. Apesar de não querer mais lembrar daquilo, eu me importava demais com a revista para deixar de fazê-lo. E, pelos comentários dos leitores, todos estavam muito ansiosos para ver o final da reportagem. Então eu finalizei tudo de uma vez, até para não ter mais que pensar nisso.

Assim que cheguei à TV na segunda, entreguei aos editores de vídeo o material do documentário. Em pouco tempo eles já haviam montado tudo, e, no final da manhã, me avisaram que eu poderia inseri-lo na programação. Chequei os horários e encontrei na quarta-feira da mesma semana uma brecha na grade de programas; eu poderia incluir o documentário no lugar de uma entrevista que já havíamos reprisado várias vezes.

E exatamente na quarta-feira eu terminei de colocar todo o meu trabalho em dia. Eu já sabia que ia pedir demissão e não queria deixar nada pendente para a pessoa que me substituiria. Então, nesse mesmo dia, antes de sair da TV, deixei minha carta de demissão na mesa do Sr. Afonso. Em seguida, me direcionei para a casa do Luigi e da Marilu, para assistir com eles ao meu documentário, que iria ao ar às dez da noite.

Depois de contar tudo o que tinha acontecido na viagem e também de vermos o programa, eu contei que havia me demitido. Foi quando eles perguntaram quais eram os meus próximos passos, e, quando eu respondi que ainda não sabia, eles só disseram que esperavam que eu tivesse uma boa poupança, para pagar as minhas contas enquanto pensava na vida...

No dia seguinte, assim que cheguei ao trabalho, a secretária avisou que o Sr. Afonso tinha pedido que eu passasse imediatamente na sala dele. Pensei que fosse para acertar os detalhes da demissão, mas ao chegar lá vi que não seria tão simples assim.

"Leo, meu caro!", ele se levantou assim que me viu. "Mal pude acreditar quando li a sua carta! O que aconteceu? Está com algum problema pessoal? Você pode confiar em mim. É a Meri?"

Eu expliquei pra ele que eu e a Meri havíamos rompido, mas que a minha saída da TV não tinha nada a ver com ela.

"Eu quero escrever, Sr. Afonso. Estou sentindo falta de me expressar através dos meus textos, não quero mais fazer esse trabalho mecânico, de apenas cobrir eventos imparcialmente. Eu quero ser cronista, crítico musical e de cinema, ou alguma outra coisa em que eu possa realmente opinar. Sei que o senhor acha que trabalhar apenas com cultura é um desperdício, e tenho consciência de que daqui a alguns anos eu posso até me arrepender da minha decisão, mas eu não vou saber se não tentar. É isso o que eu quero nesse momento."

"Calminha, Leo... vamos por partes! Embora você tenha dito que não é culpa da Meri, eu acho que esse rompimento pode ter influenciado, sim! Afinal, você provavelmente não vai se sentir à vontade sabendo que poderia vir a encontrá-la pelos nossos corredores. Mas, quanto a isso, não se preocupe. Já faz um tempo que a Meri me pede para que eu a deixe passar um ano na Europa. Eu estava muito resistente, pois pensei que ela não conseguiria se virar sozinha no exterior, mas em menos de quinze dias ela fez duas viagens para os Estados Unidos! Então percebi que ela é capaz e creio que isso pode inclusive ser bom nesse momento. Notei que ela andava meio deprimida nas últimas semanas, e agora entendo o motivo. O noivado provavelmente não ia bem e isso se refletiu no humor dela. Além disso, nunca fui a favor dessa faculdade que ela resolveu fazer, e a viagem pode desviar o foco dela dessa ideia..."

"Sr. Afonso, a minha decisão realmente não tem relação alguma com a sua filha..."

"E depois do seu documentário de ontem, Leo", ele continuou como se não tivesse me escutado, "percebi que você está sendo desperdiçado! Você sabia que, nos mais de cinco anos da

TV, nunca tivemos um programa, no horário em que o seu foi exibido, que atingisse um desempenho tão alto no Ibope? Além do mais, o pessoal do marketing acabou de me passar a informação de que recebemos inúmeros e-mails e telefonemas pedindo documentários parecidos, eles se sentiram inspirados com a história daquela cineasta que saiu do Brasil em busca do final feliz!"

"Na verdade, ela não era cineasta quando saiu daqui, ela viajou exatamente para estudar Cinema..."

"Por isso, Leo", ele desconsiderou minha observação, "eu quero propor uma mudança em sua carreira. O que acha de deixar o cargo de editor para se tornar nosso correspondente internacional? Estamos querendo ampliar a TV, e tenho contatos nos Estados Unidos que podem te dar um apoio inicial. Nesse caso, você se estabeleceria lá em alguma cidade da sua escolha e garimparia para nós temas interessantes para documentários, como esse primeiro que você fez. Poderia também encontrar novas tendências literárias, cinematográficas, dicas de viagem, moda... O que me diz? Acho que é bem o que você almeja, não é? Creio que não vá conseguir experiência melhor do que essa..."

Eu não sabia o que dizer. Se ele tivesse me feito essa sugestão poucos dias antes, seria simplesmente a solução *perfeita* para os meus problemas. Eu poderia me mudar para Los Angeles legalmente e ficar com *ela*... Mas agora aquilo não importava mais.

"Sr. Afonso, eu realmente não sei..."

"Não precisa responder agora! Vamos fazer o seguinte: tire duas semanas de férias, vá para Belo Horizonte visitar os seus pais e conte a eles sobre a minha proposta. Você deve ter ficado muito estressado na viagem, com o acidente com o seu pé e tudo o mais. E então, quando voltar, conversaremos novamente. O que me diz?"

Bem, uma folga naquele momento realmente não seria uma má ideia. Eu estava mesmo precisando dar um tempo, para esquecer os últimos acontecimentos. Acabei concordando com ele, que na mesma hora tomou as providências necessárias para que eu saísse de férias já na semana seguinte.

Dessa forma, na sexta-feira fui de carro pra Belo Horizonte. Minha mãe ficou muito feliz em saber que eu finalmente ficaria um tempo maior em casa, pois desde a minha mudança, há cinco anos, o máximo que eu havia ficado em BH tinha sido uma semana.

Porém, assim que cheguei lá, meu irmão me convenceu a passar uns dias na Bahia. A princípio, pensei em recusar. Mas depois vi que eu não tinha motivo para aquilo. Eu já queria visitar o Alan há anos. Quando eu teria outra oportunidade daquelas? Eu estava praticamente sem emprego, sem namorada... sem nada a perder.

Marcamos o nosso voo para segunda-feira. O Alan foi nos esperar no aeroporto de Porto Seguro, e de lá seguimos viagem de carro até Caraíva, onde ficava o *camping* dele. Apesar de estarmos fora de temporada, a cidade estava agitada, com vários estrangeiros.

Já no primeiro dia, o Alan me perguntou como estava a minha vida sentimental, pois ele estava me achando meio pra baixo. Eu contei que havia tido uma decepção recentemente, sem entrar em detalhes, e ele então resolveu que não ia me deixar sofrer. Me apresentou a todas as mulheres da cidade, dizendo que eu era um romântico que estava com o coração partido, e várias delas se voluntariaram para me ajudar a esquecer a garota que havia me deixado daquele jeito... Mas, apesar de eu ter me divertido muito, infelizmente nenhuma delas nem de longe conseguiu tirar a Fani da minha cabeça. A imagem dela ainda era a última que vinha à minha mente antes de dormir. E a primeira ao acordar.

Dois dias antes de voltar pra casa, resolvi ir a uma *lan house*, para checar meus e-mails. Depois de quase uma semana sem acessar a internet, vi que a minha caixa de mensagens estava lotada. Eu não queria perder tempo, por isso li apenas três, das garotas que eu sabia perfeitamente que não gostavam que eu as deixasse esperando...

De: Cecília <cecilia@mail.com.br>

Para: Leonardo <ls@cinemateka.com>

Enviada: 18 de agosto, 07:30

Assunto: Olá!!!

Leo, será que dá pra me dizer o motivo do sumiço???????? Você não me escreve desde os Estados Unidos! Eu quero muito saber sobre a Fani! Aposto que deu tudo certo e vocês estão vivendo felizes para sempre, não é? Eu quero ser dama de honra no casamento, ok? Lembre-se de que fui eu que te fiz enxergar que você nunca a havia esquecido!

Escreva depressa, estou lendo um livro meio chato e necessito de romance para suprir minha carência!

Beijinhos!

Cecília

De: Joana <jojo@mail.com.br>

Para: Leonardo <ls@cinemateka.com>

Enviada: 19 de agosto, 19:41

Assunto: Re: Livro

Oi, Leo!

Tenho ótimas notícias! A minha amiga ficou extremamente interessada no filme da cineasta brasileira que você indicou. Por falar nisso, vi o seu documentário e acho que é exatamente da "personagem principal" dele que estamos falando! Uma pergunta... Você não tinha uma ex-namorada chamada Fani? Lembro que você me contou sobre ela uma vez, quando nós dois ainda éramos namorados! Na época eu fiquei cheia de ciúmes, mas agora, ao vê-la na TV (se eu realmente estiver falando da mesma garota), vi que ela é muito fofa, e isso me deixou até feliz. Sinal de que você tem bom gosto para namoradas, não é? =)

Bem, posso pedir à minha amiga para te ligar? Ela quer muito escrever um romance baseado no filme da Fani. Ela precisa dos contatos dela e falou que, em troca, te dará todas as dicas para que você também possa começar nesse ramo literário. Tomara que dê certo! Não vejo a hora de ir à sessão de autógrafos do seu primeiro livro! Não se esqueça de me inserir nos agradecimentos: "Obrigado à Joana, a primeira que viu que eu tinha talento como escritor!".

Me responda logo! Estou empolgada!

Beijos!

Jô

De: Maria Luiza <marilu@netnetnet.com.br>

Para: Leonardo <ls@cinemateka.com>

Enviada: 20 de agosto, 13:03

Assunto: Correspondência

Leo, acabei de voltar do seu apartamento, fui pegar suas contas para pagar, conforme combinado, mas, ao chegar lá, me deparei com uma encomenda pra você, um envelope internacional, com um selo de "urgente". Creio que seja assunto de trabalho. Vou enviar por Sedex para a casa dos seus pais, para você poder abrir assim que voltar da Bahia (vai voltar, né??). E, logo que receber, me conte o que é!! Estou tão curiosa que quase descolei o envelope com o vapor de uma chaleira!

Espero que as meninas de Caraíva já tenham te feito esquecer a Fani.

Beijinhos!

Marilu

A Fani me seguia mesmo que eu não quisesse. Incrível como ela havia sido mencionada nos três e-mails.

Resolvi mandar uma resposta coletiva, porque o meu irmão e o Alan já estavam me chamando, mas eu precisava dar pelo menos uma satisfação para que elas não pensassem que as estava desprezando...

De: Leonardo <ls@cinemateka.com>

Para: Maria Luiza <marilu@netnetnet.com.br>

Joana <jojo@mail.com.br>

Cecília <cecilia@mail.com.br>

Enviada: 23 de agosto, 10:02

Assunto: Respondo logo

Marilu, Joana e Cecília,

Estou na Bahia, tentando me esquecer da vida por uma semana, por isso não respondi aos e-mails de vocês antes! Mas irei embora daqui a dois dias. Chegarei em Belo Horizonte no dia 25 de agosto, onde ficarei por mais uma semana, de férias.

Assim que chegar, escreverei com calma para todas vocês.

Marilu, obrigado por pegar minha correspondência.

Joana, adorei as notícias!

Cecília, acho que não haverá nenhum casamento pelos próximos dez anos; pelo menos não da minha parte.

Meninas, vocês têm meu celular. Se precisarem falar comigo, sintam-se à vontade para telefonar.

Beijos a todas,

Leo

Desconectei-me da internet e tratei de não perder tempo nos meus últimos dias na Bahia. Eu teria que praticamente começar tudo de novo para apagar o nome dela da minha cabeça. Aproveitei tão intensamente que, quando voltei pra casa, no sábado seguinte de manhã, realmente não estava mais me lembrando.

Porém foi só chegar em casa que tudo voltou. Em cima da minha cama, junto com algumas contas, estava o envelope que a Marilu havia mencionado no e-mail. Mas ainda antes de abrir vi que ela estava enganada. Aquilo não tinha nada de profissional. A letra do envelope era uma que eu conhecia muito bem. E, ao abri-lo, percebi que nem cinco anos na Bahia teriam o poder de fazer com que eu me esquecesse dela...

25

<u>Yvaine</u>: Meu coração... Parece que meu peito não pode mais contê-lo. Como se ele estivesse tentando escapar por não pertencer mais a mim. Ele pertence a você. E se você o quiser, não te peço nada em troca. Nenhum presente, nenhum objeto, nenhuma prova de sua devoção. Nada além de saber que você me ama também. Apenas o seu coração, em troca do meu.

(Stardust - O mistério da estrela)

Leo,

Quando terminamos, há mais de cinco anos, você disse que não adiantaria te mandar cartas ou CDs... pois você não iria ler nem ouvir. Bem... Aqui estou eu, sem te dar ouvidos, em mais uma tentativa de te sensibilizar. Porque agora, mesmo depois de todo esse tempo, não consigo imaginar uma maneira melhor de me expressar do que com música. E cartas... bem, se ler até o final, você vai entender que elas nunca deixaram de existir.

Lembra quando eu te escrevi de Brighton, pedindo desculpas por não ter lido os seus e-mails?

"Oops, I did it again", como diria a Britney.

Eu sei que eu não mereço a sua atenção, que se você rasgar essa carta sem ler vai ser bem feito pra mim e que, se você me achar uma boba, vai estar mais do que certo. Mas se chegou até aqui, imploro que você leia até o final. Porque eu realmente preciso te explicar algumas coisas.

Quando você apareceu na minha porta, há pouco mais de uma semana, eu pensei que estivesse diante de um fantasma. Eu fiquei anos pensando em você, dia após dia... e, de repente, acho que, de tanto pensar, acabei te atraindo. Mas eu não estava preparada. Para mim, você era alguém que só existia nos meus sonhos. Por isso, demorei um tempo para acreditar que era você que estava ali. Que continuava o mesmo. E, especialmente, que ainda gostava de mim.

Mas você sabe que a nossa história é cheia de reviravoltas. Parece que o destino constantemente nos testa, nos usa como um brinquedo. Alguém lá em cima deve adorar colocar tanto drama em minha vida. Quando estou no auge da felicidade, aparece algo que me presenteia com o ápice da tristeza. E foi por essa razão, Leo, que, mais uma vez, eu não li o seu e-mail. Mil desculpas por isso, eu prometi à Ana Elisa que leria, mas eu não aguentei. Eu estava no meu limite.

Acho que agora eu entendo um pouco o ciúme que você sentiu do Christian. Quando a Meredith disse que tinha vindo com você pra LA e que vocês tinham passado dias felizes aqui, eu me senti duplamente traída. Eu não queria que você fosse feliz na "minha" cidade com mais ninguém além de mim. Mas o problema maior foi o que esse ser de humor peculiar que inventa a história da minha vida fez antes. Deu um jeito para que eu e a sua (espero) "ex" nos encontrássemos no mesmo lugar (no banheiro do Hard Rock, pra ser mais clara), antes mesmo de eu saber que o noivo que a "amava tanto" era também o amor da minha vida... E, como eu ainda não a conhecia, acabei acreditando nela. E esse foi o meu maior erro.

Leo, não vou entrar em detalhes e sei que, independentemente do que ela tivesse feito, eu deveria ter confiado em você. Mas agora eu sei que existem pessoas más no mundo. Que jogam sujo. E que não medem esforços para conseguir o que querem. E o fato é que essa Meredith, infelizmente, é uma delas. Porque ela conseguiu me convencer, me enganar, me colocar contra você. Ela me fez acreditar que, ao me afastar, eu estaria fazendo o seu bem. Quando na verdade, tudo o que ela queria era simplesmente o bem dela mesma.

Leo, se eu pudesse voltar no tempo, eu correria para aquele aeroporto pra te impedir de embarcar! Porque, sem você, a minha vida não tem graça, não tem cor, não tem trilha sonora.

Um último esclarecimento necessário: eu não dormi com o Jeff na sua última noite aqui. Foi tudo um mal-entendido. Ele chegou à produtora, onde eu estava escondida, no momento em que a Ana Elisa ligou. Algo no jeito que ele falou pode ter dado a impressão de que ele estava comigo, mas eu te peço que acredite em mim. Eu não fiquei com ninguém, eu não gostei e nem mesmo pensei em outra pessoa depois que você voltou. Na verdade, desde que eu descobri que te amava, ainda antes do meu intercâmbio, ninguém mais foi páreo pra você. Todo o resto foi mero projeto de amor, tentativas falhas e mal-sucedidas de romance.

Para provar que eu nunca te esqueci, estou mandando junto com esta carta várias outras que escrevi ao longo desses anos. Você foi minha companhia constante durante todo esse tempo, mesmo sem saber disso. Foi pra você que eu contei meus sonhos, desejos, segredos... Desculpe por elas estarem meio amassadas e algumas até um pouco rasgadas. Tive um incidente com elas no ano passado... Um dia, se quiser, eu posso te contar. Na verdade, espero muito que eu possa te contar. Porque isso indicaria que você me perdoou e que passaremos horas conversando sobre tudo. Entre milhares de beijos e abraços que eu nunca vou me cansar de ter dar...

Estou mandando também o que eu havia te prometido. A última parte da trilha sonora do meu filme. Não só porque você me pediu, mas também porque essas músicas têm tudo o que eu queria te dizer agora. Incluí mais algumas e espero que você preste atenção nas letras. E que elas possam falar por mim. Que elas te convençam. Te acalentem. Te façam me dar mais uma chance. É a última carta, eu prometo. Porque, a partir de agora, eu não vou deixar mais que o destino brinque com a gente. Se precisar, eu largo tudo e me mudo de novo para o Brasil. Se você disser que ainda vale a pena e que ainda me ama (assim como eu te amo), eu não vou te deixar sair de perto de mim nunca mais.

Como eu quero te ver o quanto antes, consegui antecipar as minhas férias. Estou chegando daqui a duas semanas, no dia 25 de agosto. Se você ainda achar que vale a pena, me espere no desembarque do aeroporto Galeão, às 14 horas. Meu destino final é BH, mas eu comprei a minha passagem para o Rio exatamente porque preciso te ver o mais rápido possível. Se você estiver lá, me esperando, eu vou saber que me perdoou e que quer ficar comigo. E então eu serei a pessoa mais feliz do mundo...

Mil beijos!

Com todo meu amor,

Fani

P.S.: Caso você não esteja no desembarque, eu vou ficar muito triste... mas vou entender. Você também já deve ter chegado ao seu limite. Então, eu comprarei uma passagem para BH. Não direi nada à minha família e chegarei em casa de surpresa. Espero que a alegria deles, ao me ver, me contagie um pouco, para que eles não percebam o quanto o meu coração estará chorando...

De: Fani – Para: Leo
CD: If this was a movie...

1. Baby, now that I found you – Alison Krauss
2. Never be the same – Regine Velasquez
3. Begin again – Colbie Caillat
4. If this was a movie – Taylor Swift
5. I miss you – Miley Cyrus
6. No air – Chris Brown & Jordin Sparks
7. Need you now – Lady Antebellum
8. Miss you – Airplanes
9. Valentine – Kina Grannis
10. Baby, now that I found you – Felicitas Woll

"Mas e se ele não estiver me esperando? E se eu chegar lá e ficar olhando para todas as pessoas sem avistá-lo? E se eu começar a chorar na frente de todo mundo?"

"É claro que ele vai estar te esperando, Fani!", a Ana Elisa falou, enquanto tirava a própria bagagem do porta-malas do carro do Christian. Ela já ia ficar no aeroporto, pois iria naquele dia, embora um pouco mais tarde, para a Inglaterra. Eu só não estava triste porque em duas semanas, assim que apresentasse para a faculdade os comprovantes e o relatório do tempo em que fez estágio em Los Angeles, ela viajaria para o Brasil, com os pais. O Danilo e ela haviam combinado de se encontrar em Brasília, onde ela desembarcaria, mas, depois de uns dias, ela iria com ele para o Rio de Janeiro, para conhecer a família dele. Mas ela tinha jurado que também passaria um tempinho comigo em BH.

"Normalmente as pessoas leem as cartas e os e-mails que recebem, sabe?", a Tracy se aproximou, depois de pegar a Winnie no colo. "E depois de ler a sua, claro que o Leo vai entender!"

"E se ele não tiver recebido?", perguntei, imaginando todas as possibilidades. Eu queria estar preparada para o pior.

"Nós mandamos com aviso de recebimento, recuerda?", o Alejandro disse, enquanto ajeitava a minha blusa. "E ele recebeu há alguns dias, estava escrito no site dos Correios! Tudo o que ele tem que fazer és dirigir até el aeroporto! Em pleno fim de semana, no vai ter problema!"

"Tem certeza de que não quer que eu telefone pro Danilo? Eu posso perguntar se ele sabe se o Leo recebeu... Eu já teria feito isso antes, mas você não deixou!"

Eu neguei com a cabeça e agradeci. Eu não queria mais gente envolvida nisso. De agora em diante seria apenas eu e ele. Sem recados, sem interferências, sem ninguém entre nós.

"Vamos cuidar bem da Winnie, não se preocupe", o Christian disse depois de trancar o carro.

Eu olhei para eles todos, mais uma vez feliz por tê-los em minha vida. Depois que eu e a Ana Elisa esclarecemos todos os fatos, o Alejandro, a Tracy e o Christian meio que "desculparam" o Leo e até se sentiram um pouco culpados, por não terem permitido que ele chegasse perto de mim para se explicar. Então, quando eu disse que o Jeff tinha me falado que eu poderia tirar férias quando quisesse, eles concordaram que seria uma boa ideia viajar logo, para que eu conversasse com o Leo pessoalmente. Todos me aconselharam a não telefonar nem mandar e-mail, como eu tinha pensado a princípio, pois – por ainda estar chateado – ele poderia se recusar a ler ou a conversar comigo. Mas a carta era algo mais romântico... e ela ainda iria com trilha sonora.

"Estoy seguro de que quando estiver na frente dele, com esse decote que eu te fiz usar, ele no vai resistir. E no esqueça de virar el cabello para o lado direito, como te ensinei!"

"Se ele estiver na frente dela, é sinal de que já não resistiu, Ale!", a Tracy riu. "E aí o aeroporto vai até parar para ver os kisses do lindo casal!"

"Kisses, não... *Beijos*, Tracy!", o Christian a abraçou por trás e deu um beijinho na cabeça dela. "Fani, tudo bem que nós te ajudamos com isso tudo, mas se o Leo te convencer a voltar definitivamente pro Brasil... eu vou ficar com muita raiva dele de novo! Nós precisamos de você aqui!"

"Isso mesmo!", a Tracy concordou com ele.

"Sem dúvida!", o Ale colocou o indicador na frente do meu rosto, para que eu visse que eles estavam falando sério.

"Claro que eu vou voltar!", eu respondi, mas sem tanta certeza. Se precisasse, se o Leo não pudesse vir comigo, eu pensaria seriamente na possibilidade de me restabelecer no Brasil, ainda que isso prejudicasse a minha carreira. Eu havia tido outra reunião com os produtores do seriado, e eles estavam apostando alto, dizendo que ia ser a melhor estreia da temporada, mas que precisavam de mim para que a série mantivesse a essência do filme, para que pudesse emocionar da mesma forma...

Entramos no aeroporto, fiz os procedimentos do embarque, e, pouco depois, o meu voo foi chamado.

"Fani, me escreve assim que chegar! Estou muito ansiosa!", a Tracy pediu, enquanto me abraçava.

"Todos nós estamos!", o Ale se juntou ao nosso abraço.

"Vai dar tudo certo...", o Christian colocou as mãos nos meus ombros, me fazendo olhar para ele. "O Leo não é bobo... e já está na hora dessa história ter um final feliz."

"Te vejo no Brasil em poucos dias, amiga!", a Ana Elisa me deu um beijo. "E vamos sair muito de *casalzinho*!"

Eu olhei para os quatro, sentindo meus olhos começarem a lacrimejar.

"Para! Vai borrar el rímel!", o Ale me deu um beliscão.

Eu sorri pra ele, peguei a Winnie do colo da Tracy, dei um beijinho nela e expliquei que eu logo voltaria, e a devolvi.

"Bem, então é isso... me desejem boa sorte!"

"Boa sorte!", eles falaram juntos.

Eu respirei fundo, dei um sorriso e entrei na sala de embarque.

26

Otávio: Você deve amar
muito essa mulher.
Zero: Desesperadamente.
(O homem do futuro)

"Mãe, estou saindo!"

"Mas você acabou de chegar de viagem, meu filho..."

Eu não tive tempo nem de responder. Desci as escadas, sem esperar pelo elevador, entrei no carro e vi no painel que faltavam quinze minutos para as duas da tarde! Por que eu não tinha pedido pra Marilu abrir o envelope quando ela me escreveu a respeito?

Tentei falar com o Danilo mais uma vez. Eu estava tentando desde o minuto em que havia lido a carta da Fani, mas o celular dele estava indo direto pra caixa postal. Alguém precisava encontrá-la no desembarque, para explicar o motivo de eu não estar lá quando ela chegasse. Droga de viagem pra Bahia! Eu deveria ter ficado em BH. Ou melhor, deveria ter ficado no Rio!

Deixei o celular de lado e peguei o CD que ela tinha mandado junto com a carta. Junto com *as* cartas. Eu não conseguia acreditar. Assim como eu, durante todos aqueles anos, ela também havia se lembrado de mim, tido conversas imaginárias comigo, sonhado com o nosso reencontro.

Era óbvio que eu a perdoava! Eu já tinha perdoado antes mesmo de abrir o envelope...

Coloquei o CD para tocar, e o meu carro foi invadido pela trilha sonora do filme dela. Pela trilha da *nossa* história. Da primeira música eu me lembrava bem. Era a que estava tocando no momento do nosso primeiro beijo no Hollywood Sign... Eu inclusive a havia encontrado na internet e colocado no meu celular, quando ainda estava em Los Angeles.

A segunda música começou, e eu prestei atenção à letra, como ela havia me pedido.

The years go by
There's always someone new
To try and help me forget about you
Time and again it does me no good
Love never feels the way that it should

I loved you then I guess I'll love you forever
And even though I know we could never stay together
I think about how it could have been
*If we could just start all over again**

Acelerei mais ao ouvir "Never be the same", eu precisava chegar ao aeroporto de Confins em tempo recorde. Nós podíamos, sim, começar tudo de novo! Eu tinha que descobrir de qual companhia área era o voo dela, implorar pra que eles ligassem para o Rio e pedissem para chamá-la pelo alto-falante... Eu sabia que isso seria bem difícil, mas eu tinha que tentar. Eu não podia deixá-la ter mais aquela decepção.

Se ao menos o Luigi e a Marilu não tivessem ido passar o fim de semana em Búzios... Peguei o celular novamente, pensando para quem mais eu poderia ligar. De repente, ele começou a

---

* Os anos passam
Há sempre um novo alguém
Para tentar me ajudar a te esquecer
Mas, novamente, isso não adianta
O amor nunca me faz sentir do jeito que deveria

Eu te amei e acho que vou te amar para sempre
E embora eu saiba que nós nunca poderemos ficar juntos
Penso em como poderia ser
Se nós pudéssemos simplesmente começar tudo outra vez

vibrar na minha mão. Levei o maior susto. Era a Márcia. Ótimo! Coloquei no viva voz, para que, além de tudo, eu não levasse uma multa.

Leo: *Oi, Márcia! Você está no Rio? Será que poderia me fazer um favor?*

Márcia: *Oi, Leo! Claro que eu estou no Rio! Onde eu estaria? Em Los Angeles? Haha! Quem me dera!*

Leo: *Você pode pegar um táxi e ir até o Galeão? Te pago assim que eu voltar de férias!*

Márcia: *Então você já sabe da Meri? Mas você está enganado... Não é hoje que ela viaja, é amanhã. Inclusive, é por isso que eu te liguei. Ela me contou tudo o que fez pra não te perder. Puxa, eu acho que ela foi meio radical, inventando a gravidez e tal, mas isso apenas significa que ela te ama muito! Apesar dela ter me dito que não quer mais saber de você, pois vai conhecer mil garotos europeus muito mais fofos... Tem certeza de que vai deixá-la ir embora? Se quiser, eu posso ir ao aeroporto para impedi-la, mas, como eu disse antes, ela vai pra Europa só amanhã.*

Leo: *Que história de gravidez é essa, Márcia?*

Márcia: *Ué! Ela me contou que fingiu que estava grávida, pra Fani sair de perto de você! Mas você não sabia? Eu acabei de falar com o Danilo, e ele tem conhecimento disso! Eu pensei que você também soubesse...*

Leo: *Você... Onde está o Danilo? Como você falou com ele?*

Márcia: *Ele está aqui na casa da minha avó. Está tendo uma festa de família. Quer falar com ele? Vou chamar!*

Ele atendeu e me contou que pouco antes tinha conversado com a Ana Elisa pelo Skype e que ela tinha acabado de chegar à Inglaterra. Ela comentou com ele que a Fani também tinha viajado... só que para o Brasil. Pra me ver.

Danilo: *Ela disse também que a Fani se arrependeu de não ter ido te encontrar no último dia, mas que só não fez isso porque a Meri fingiu uma gravidez. A Ana Elisa não me falou nada antes, porque parece que a Fani não quer mais interferência nenhuma, de ninguém. Inclusive a Ana me fez jurar que eu não te contaria nada por enquanto, pois a própria Fani queria conversar com você.*

Leo: *Danilo, lembra que você me falou que sempre sonhou ser piloto de Fórmula 1? Que tal começar agora? Preciso que você chegue ao Galeão em tempo recorde!*

Danilo: *Já estou com a chave do carro na mão!*

Ele desligou, e eu fiquei torcendo para que chegasse a tempo e a encontrasse.

Voltei a me concentrar na estrada, entendendo tudo bem melhor agora. Então era a isso que a Fani estava se referindo na carta ao escrever que a Meri tinha jogado sujo. Coloca sujeira nisso... Eu só esperava conseguir passar tudo a limpo. Esperava que houvesse *tempo* para isso.

Vinte minutos depois, o Danilo me ligou. Eu pensei que ele tivesse chegado ao aeroporto e que fosse me dizer que a Fani já estava lá com ele. Eu então ia pedir que ele a levasse para o meu apartamento e entraria no primeiro avião que eu encontrasse para o Rio. Mas, na verdade, não era nada disso. A gasolina do carro dele tinha acabado. Com a pressa, ele havia deixado para abastecer na volta. Mas calculou errado. E agora, ele estava no meio da avenida, esperando que alguém lhe desse uma carona até o posto mais próximo.

Eu falei que sentia muito por aquilo, pisei fundo no acelerador e me lembrei mais uma vez da carta da Fani. Ela estava certa. O "dono do nosso destino" devia achar muito engraçado brincar com a nossa vida daquele jeito...

27

Ben: Se isso for um sonho, o que vai acontecer quando a gente acordar?

Wolfgang: Eu não sei, mas eu mal posso esperar para descobrir.

(Viagem ao mundo dos sonhos)

A viagem até o Rio foi muito tranquila. O avião teve um pouco de turbulência, mas eu já estava acostumada. Aquilo era comum na rota dos Estados Unidos para o Brasil. Vi dois filmes durante o trajeto. *A arte da conquista* e *Espelho, espelho meu* (dei três estrelinhas para os dois). Tentei dormir um pouco, mas eu estava muito ansiosa. O que eu faria se o Leo estivesse me esperando? Correria para ele? Esperaria que ele viesse até mim? E se ele aparecesse apenas para dizer que não queria mais nada comigo?

Preferi não pensar naquilo e me concentrei na outra possibilidade. A mais provável, inclusive. E se ele *não* estivesse me esperando? Eu não havia tido notícias desde um dia antes da partida dele. E se ele e a Meredith tivessem reatado?

Afundei um pouco mais no assento e fiquei olhando para as nuvens. Eu não deveria ficar triste... A minha vida era boa. Eu amava os meus amigos e a minha família. E eu adorava a minha profissão. O único "setor" complicado realmente era o afetivo... E eu sabia que isso era apenas porque eu não dava chance pra mais ninguém. Porque eu só queria... *ele*. Bem, na vida a gente não pode ter tudo. Se ele não estivesse me esperando, eu tentaria esquecer, embora soubesse que isso não aconteceria tão cedo. Mas eu tentaria encontrar alguém que pudesse me distrair... Embora nós nunca viéssemos a fazer um "casal protagonista", como o Leo e eu, ele poderia compor comigo um daqueles pares secundários, que aparecem em uma espécie de trama paralela, e que todo mundo acha bonitinho... Mas o fato do amor deles dar certo (ou não) em nada influi no sucesso do filme.

Eu ainda estava fazendo uma correspondência da minha própria vida com o cinema quando a aeromoça avisou que iríamos aterrissar. Eu comecei a suar frio, mas respirei fundo. Eu tinha que acreditar que ia dar tudo certo.

De repente, eu me lembrei... *Vinte e cinco de agosto.* Tinha sido exatamente neste dia que eu havia me mudado do Brasil anos atrás. Era como se o ciclo tivesse se completado. Seria um bom presságio? O que diria aquela nossa antiga cartomante?

Fiquei pensando nisso até o avião pousar, e, assim que desci, fui ao banheiro, pois eu precisava ver como a minha aparência estava. Péssima. Certamente o Alejandro morreria de desgosto. Eu estava com a expressão cansada, com o cabelo sem brilho e com a blusa amarrotada. Bem, não tinha nada que eu pudesse fazer. Respirei fundo, saí do banheiro e fui em direção à saída. Eu precisava pegar as minhas malas e passar pela imigração. Eu já estava acostumada, mas, dessa vez, parece que tudo aconteceu mais lentamente.

Quando finalmente consegui chegar à saída, eu estava quase tropeçando, as minhas pernas estavam tremendo àquele ponto. Eu já havia passado por aquilo, na volta do meu intercâmbio. Eu também tinha ficado ansiosa para saber se ele estaria me esperando. Mas, naquela ocasião, minhas amigas e minha família também estariam lá, para me consolar se tudo desse errado. Dessa vez, seria ele ou ninguém. A felicidade ou nada.

O aeroporto estava lotado. Avistei algumas pessoas com flores nas mãos, vários casais se beijando, crianças sorrindo... Todo desembarque era igual. Cheio de sorrisos. Ao contrário do embarque, que era repleto de lágrimas.

Fui saindo, olhando para todos os lados, meio sem graça. Eu queria tanto vê-lo que até o enxerguei em algumas pessoas. Mas era puro engano, era apenas a vontade de encontrá-lo me iludindo.

Aos poucos, a multidão foi se dissipando, e eu pude ver com mais clareza. Ele realmente não estava ali. Em nenhum lugar à vista. Olhei no relógio e vi que já eram duas e vinte. Será que havia a possibilidade dele ter se atrasado?

Sentei em um banco por perto e esperei mais um pouco. Nada. Comecei a entender que ele não ia estar ali. E então senti uma vontade irresistível de chorar. Não por mim, mas por ele. Eu sabia que era exatamente aquilo que ele havia sentido no momento em que eu não apareci no aeroporto de Los Angeles. Ele tinha todos os motivos do mundo para não estar ali agora. Eu merecia mesmo passar por aquilo, por ter feito com que ele sofresse.

Às duas e quarenta e cinco, eu dei uma última olhada em volta. Definitivamente ele não estava ali. E nem ia estar.

Fui andando devagar até os guichês das companhias aéreas. Eu só queria ir pra BH. O mais rápido possível. Eu precisava da minha família.

Por sorte, consegui um voo que sairia em cinquenta minutos. Eu não teria que esperar muito. A atendente, ao ler meu nome na identidade, ainda brincou dizendo que, apesar de ser diferente, era a segunda vez que o escutava naquele dia.

"Há pouco tempo alguém ligou pra cá, dizendo que era de outra cidade, pedindo para chamar uma Estefânia pelo alto-falante... As pessoas acham que a vida é igual àqueles filmes que passam na sessão da tarde! Imagina se eu posso usar o microfone da emergência pra resolver problemas pessoais..."

Eu não estava com a menor paciência para conversar, então apenas dei um sorriso forçado pra ela, enquanto ela providenciava a minha passagem.

Já dentro do avião, eu tentei não pensar no que poderia ter sido. Concentrei-me na surpresa que faria para a minha família. Eu pegaria um táxi até a minha casa... "Minha casa". Na verdade, minha casa não era mais ali. Mas, ao mesmo tempo, sempre seria. De repente, me lembrei de uma música do McFly que eu adorava... "Home is where the heart is", que poderia perfeitamente ser a trilha sonora daquele momento. Mas será que o lar era mesmo onde estava o nosso coração? Meu coração agora estava vazio. Sem nada nem ninguém.

O avião pousou, e dessa vez eu não me preocupei em me arrumar. Apenas peguei a minha mala e saí depressa. Eu queria ir embora o quanto antes daquele aeroporto.

Depois de dar uns cinco passos pelo saguão, porém, reconheci uma música que estava tocando baixinho, em algum lugar por perto. Era "Now that I found you"! A música final do meu filme. Ela não era muito conhecida, especialmente naquela versão, da Felicitas Woll... Será que...

Eu parei. Respirei fundo. Me virei bem devagar, sem querer criar esperança nenhuma. Eu não podia me iludir novamente... meu coração não aguentaria isso.

Mas então foi meu próprio coração que sentiu primeiro o que estava por vir. Antes que eu olhasse na direção de onde estava vindo aquela melodia, ele já estava batendo forte, acelerado... uma verdadeira *escola de samba*! Eu olhei para frente... e lá estava *ele*. Sorrindo pra mim... Em uma mão ele estava com o celular levantado, de onde estava saindo a música. E na outra ele tinha uma cartolina, com uma frase escrita de canetinha, com a letra dele. Sorri e cheguei mais perto para ler, mas eu já sabia o que era.

> Eu ainda te amo. Posso continuar
> a fazer parte do seu filme?

Eu larguei minha mala e a minha bolsa, no mesmo instante em que ele deixou a cartolina cair no chão. Em menos de um segundo eu me lancei nos braços dele, que me apertou forte e ficou dizendo no meu ouvido mil vezes que me amava. Eu falei que eu o amava mais, e então ele me deu um beijo enorme. Alguns minutos depois, ele se afastou devagar e me explicou que estava de férias em BH e que por isso não tinha ido até o Rio.

"Eu recebi sua carta só hoje! E tentei de todo jeito te avisar que eu estaria te esperando aqui... ou que me esperasse lá e eu iria até você! Até pedi pra anunciarem no alto-falante do Galeão, mas a moça que atendeu riu da minha cara..."

Então quer dizer que a "pessoa de outra cidade" de que a atendente tinha falado era ele?!

"E aí eu fiquei aqui te esperando por horas, sem saber em que voo você chegaria... Tive tempo até de fazer este cartaz."

Ele o pegou no chão, me entregou, eu sorri, e ele me deu outro beijo, que só foi interrompido quando o celular dele tocou.

Ele levantou o visor, e eu pude ver que era uma tal de Cecília. Logo me lembrei que era a amiguinha dele, de 12 anos. Ele fez que ia desligar, mas de repente resolveu atender.

"Cecília, lembra o que eu te falei sobre os momentos de felicidade? Agora eu não posso conversar com você porque eu estou tendo um deles... Na verdade, não é mais um momento. Agora eu sou feliz 'de verdade'. E eu não vou deixar essa felicidade fugir de mim nunca mais..."

Ele desligou e sorriu pra mim.

E então nós continuamos de onde havíamos parado.

Epílogo

Will: Quero me casar com você porque é a primeira pessoa que eu quero ver ao acordar pela manhã, e a única em quem quero dar um beijo de boa noite. Porque da primeira vez em que vi essas mãos, não pude imaginar não poder segurá-las. Mas, principalmente, porque, quando se ama alguém como eu te amo, casar é a única coisa a se fazer. Então, quer se casar... comigo?

(Três vezes amor)

O dia amanheceu bonito. Eu até respirei aliviada quando abri a janela... Não podia imaginar o que aconteceria se, em vez de um lindo céu azul, eu tivesse visto nuvens de chuva. Aquela data estava marcada há tanto tempo... e tudo tinha que ser perfeito. Mas a Natália estava certa. Em maio raramente chovia. Com certeza a espera tinha valido a pena.

Logo que saí do meu quarto, percebi que a ansiedade geral da noite anterior estava ainda pior.

"Fani, minha filha!", minha mãe falou assim que entrei na copa. "Por que você ainda está de pijama? Já são onze horas! Sei que você ainda está no fuso horário da Califórnia, mas seu salão está marcado para meio-dia! Eu já estou indo, preciso ficar pronta com muita antecedência, pois tenho que chegar cedo ao local, pra verificar se colocaram as flores corretamente e também o resto da decoração! Tem umas pizzas no congelador, esquente para o seu almoço."

"Onde está o noivo?", perguntei pegando uma maçã na geladeira.

"Dormindo...", ela falou depois de fazer uma careta. "Eu avisei que não era de bom tom uma despedida de solteiro na véspera do casamento! Mas ninguém me escuta! Agora ele vai estar com cara de ressaca na hora!"

"Aposto que, quando seu irmão estiver com mais de 40 anos e cheio de filhos, a sua mãe vai continuar pensando que pode controlá-lo..."

Eu ri, feliz de ver que algumas coisas nunca mudavam, e dei um beijo no meu pai, que tinha acabado de entrar em casa com um terno na mão, que provavelmente tinha buscado na lavanderia. Minha mãe foi depressa conferir se ele estava realmente limpo, e eu fui me preparar para ir ao salão de beleza.

Dois dias antes, quando cheguei de viagem, tive que ir direto para o chá de panela, que foi no apartamento da Natália. Ela o havia marcado tão próximo do casamento exatamente para que eu pudesse participar. A maioria das convidadas eu não conhecia, mas nem liguei, pois passei a maior parte do tempo no quarto da Nat, "babando" totalmente na minha afilhada. A Gabi a havia levado, pois tinha que amamentá-la, e eu não desgrudei dela desde o minuto em que a vi.

"Gabi, ela é uma bonequinha!", eu falei sussurrando, para não assustá-la. "Tão branquinha... e o cabelo é tão lisinho!"

"Ela puxou a madrinha, sabe... e não só na aparência. Não sei como ela consegue chorar tanto!"

"Eu posso cuidar dela nos dias em que eu estiver aqui, pra que você possa dormir bem...", ofereci. "Mas não repare se eu raptá-la e levá-la comigo pra Los Angeles!"

Ela riu, feliz por eu ter gostado da Paloma. Na semana seguinte seria o batizado. A Gabi havia aproveitado a minha viagem ao Brasil para marcar.

Era tanta coisa pra fazer em apenas dez dias! Eu não estava de férias, tinha apenas conseguido uma folga para vir ao casamento do meu irmão. Mas agora eu gostaria de ter negociado de alguma forma. Dez dias era muito pouco tempo para matar a saudade que eu estava de todo mundo. Eu não vinha ao Brasil desde agosto do ano anterior.

Quando voltei do salão, por volta de duas da tarde, meus pais já tinham saído, e o Alberto estava de cabelo molhado, todo apressado.

"Você vai se arrumar lá no sítio?", perguntei, ao ver que ele estava de bermuda.

"Vou. A mamãe está com medo de que eu suje o terno ou coisa parecida. Disse que eu preciso de supervisão. Ela pediu pra você não se esquecer de levar uma echarpe ou algo assim. A noite lá é bem fria."

Eu concordei e comecei a me vestir.

O casamento estava marcado para as cinco horas, mas eu tinha que ir bem antes, pois, além de ser em um sítio que ficava a 40 minutos de BH, antes da cerimônia os familiares teriam uma sessão de fotos com os noivos. Separadamente. A Natália havia sido enfática. O Alberto só poderia vê-la de noiva no momento do casamento.

Ao chegar ao local, percebi que estava tudo maravilhoso. Eu já deveria imaginar. Minha mãe e a Nat juntas não aceitariam nada menos que a perfeição.

De cara, notei que os meus sobrinhos gêmeos estavam enlouquecendo todo mundo. Eles estavam com sete anos de idade e cada um era mais levado do que o outro. Pelo visto, estavam tentando "assaltar" o buffet antes dos convidados chegarem, e eu pude ver que eles já estavam até suando dentro dos terninhos. Eu realmente não sabia se a ideia da Natália de fazê-los entrar com as alianças ia funcionar. Eu já os imaginava correndo pelo tapete que levava ao altar, levantando o véu de noiva, fazendo careta pros convidados...

"Tia Fani, cadê o Leo?", a Juju falou assim que me viu. Ela estava toda fofa, de vestido azul e salto alto. Até o último dia, a Nat tinha insistido pra que ela fosse dama de honra, mas ela se recusou, dizendo que aquilo era coisa de criança. Ela realmente não era mais uma menininha, mas ninguém conseguiu convencê-la de que não existia uma idade limite para ser dama. Por isso, a dama de honra seria uma prima de 2º grau da Natália, e os meus sobrinhos seriam os pajens.

"Qual Leo? Serve este aqui?"

Eu e a Juju nos viramos rapidamente pra trás. Ele estava de terno escuro e parecia ter cortado o cabelo naquele dia. Eu o via diariamente há mais de oito meses, mas ainda não tinha me acostumado. Sempre que ele aparecia, meu coração disparava...

"Que princesas!", ele falou se aproximando. Em seguida deu um beijinho na minha sobrinha, tirou de dentro do bolso um

MP3 player e entregou pra ela. "A set list que você pediu. Mas não é pra ouvir aqui, deixa pra escutar quando chegar em casa!"

Ela deu um abraço nele e saiu correndo. Eu só balancei a cabeça, e ele deu um sorrisinho sem graça. Eu já tinha pedido para que ele não ficasse incentivando a "crise" da Juliana. Ela estava viciada em música, queria ouvir de tudo, experimentar tudo... E achava o máximo o Leo ter uma aparelhagem profissional de mixagem. E ele achava o máximo que ela achasse isso o máximo... O problema é que essa mania já estava atrapalhando os estudos dela; meu irmão já havia sido chamado duas vezes na escola, com reclamações de que ela ficava com o iPod ligado durante as aulas. O Inácio, então, o havia confiscado. Mas agora, pelo visto, ela havia encontrado um aliado.

Antes que eu pudesse chamar a atenção do Leo, ele me deu um beijo, me distraindo completamente. Depois me abraçou, pegou a minha mão e fez com que eu rodasse.

"Fani, isso é muito feio..."

"O quê?", perguntei olhando preocupada para o meu vestido lilás.

Ele deu um sorriso lindo, que acentuou a covinha, me puxou e falou no meu ouvido: "Brilhar mais do que a noiva...".

Eu sorri de volta, o abracei e vi que os pais dele estavam entrando, conversando com o meu pai. Fui depressa cumprimentá-los. Eles também me elogiaram, e eu os levei até uma mesa, para que se sentassem.

"Onde está a Natália?", o Leo perguntou logo depois. "O seu irmão estava lá na entrada, com uma cara de desespero porque a sua mãe estava implicando com a meia dele. Parece que ele está com uma azul-escura em vez de preta, algo assim..."

Eu falei que era melhor nós irmos salvá-lo e no caminho expliquei que a Nat estava em um quarto, com mil pessoas em volta, retocando a maquiagem, arrumando o cabelo... e que ela ficaria lá até a hora da cerimônia.

Aos poucos, o local foi ficando cheio. As mesas, que estavam espalhadas pelo gramado, foram sendo ocupadas, e eu mais uma vez dei valor ao fato da Nat ter pensado em tudo. Se não fosse o enorme toldo que ela tinha encomendado, as pessoas iam ficar completamente expostas ao sol, que, apesar de já estar baixando, ainda estava forte.

Fiquei feliz de ver tanta gente conhecida, inclusive pessoas que eu não via há anos.

"Olha quem está ali!", o Leo falou em certo momento. "Quando me virei, vi que era o Rodrigo. Fiquei surpresa. Eu não o encontrava desde a minha mudança para os Estados Unidos. Inconscientemente olhei para o lado esperando ver a Priscila e então me lembrei de que ela não estaria ali. Era muito estranho vê-lo sem ela.

"E aí, Rodrigo!", o Leo e ele se abraçaram, e eu notei que os dois estavam realmente com saudade um do outro.

"Quanto tempo!", eu também me aproximei sorrindo. "Nossa, você está diferente! Mais alto, com o cabelo mais curto...", e, mesmo sem dizer em voz alta, acrescentei mentalmente que ele estava ainda mais *lindo*. Eu não entendia como a Priscila o havia deixado ir embora...

"E vocês?", o Rodrigo falou. "Como vai a vida nos States?"

Ele já sabia que o Leo havia se mudado para Los Angeles e estava morando comigo há quase nove meses, mas mesmo assim o Leo o atualizou com as últimas notícias. Além de continuar na TV, como correspondente internacional, a revista eletrônica dele agora tinha uma versão impressa, pois, como ele estava cada vez mais relacionado com o meio cinematográfico em Hollywood, conseguia várias matérias exclusivas, e isso acabou interessando uma editora. A Márcia agora era a responsável pelos contatos no Brasil e o Leo comandava tudo dos Estados Unidos mesmo.

"Como está aquele seu amigo, o Danilo? E o Luigi?"

"O Luigi e a Marilu se casaram há pouco tempo e estão morando na Alemanha", o Leo respondeu. "E o Danilo, há uns meses, se encantou por uma amiga da Fani... a Ana Elisa, você chegou a conhecê-la? E aí os dois resolveram dar uma volta ao mundo... ou pelo menos parte dele. O Danilo é fotógrafo, então vai tirar várias fotos pra depois lançar um guia ilustrado de viagem, algo desse tipo. E a Ana é poliglota e formada em Relações Internacionais, por isso ela também vai tirar algum proveito profissional dessa aventura... E você, voltou mesmo a conversar com a... com aquela menina? Alguma novidade?"

O Rodrigo ficou meio sem graça ao olhar pra mim, mas deu um sorrisinho pro Leo. "Está indo bem... estamos evoluindo devagar."

"É? Bem, tomara que dê certo, já passou da hora..."

Eu fiquei olhando sem entender do que eles estavam falando, e então o Leo disse que a gente tinha que cumprimentar as outras pessoas, mas que dali a pouco ele voltaria pra eles continuarem a conversa.

"O Rodrigo está com uma namorada nova, Leo?", perguntei curiosa.

Ele pareceu meio desconfortável e só falou: "Mais ou menos isso...", e em seguida apontou para o lado. "Você não vai acreditar! Aquele ali não é o Alan?"

Nós fomos conversar com ele, que nos cumprimentou efusivamente.

"Tá bonito, hein, Leozão? E olha a Fani! Se deu bem, hein, cara... Esse casório está cheio de gatas, mas a sua está abusando do direito de ser bonita!"

Eu sorri pra ele, agradeci o elogio e perguntei como ia o *camping*. Ele disse que estava cada vez melhor e que tinha planos de abrir também uma pousada.

"E você, Fani?", ele perguntou, depois de nos convidar para passar uns dias com ele. "Que o seu filme é o maior sucesso eu já fiquei sabendo. Será que não vai ter uma versão nacional?"

Eu sorri meio tímida. Eu não gostava de ficar me exibindo, mas, sim, aquilo era possível.

"O Leo, há uns meses, entrou em contato com uma escritora brasileira, amiga de uma ex-namorada dele", eu expliquei. "Inicialmente ela estava querendo apenas passar o meu filme pro papel, escrever um pequeno romance baseado nele. Mas, ao descobrir que o filme é meio autobiográfico, ela ficou interessada de verdade e até foi a Los Angeles para nos conhecer melhor, pois queria detalhes. Nós explicamos tudo, desde o começo, e ela no mesmo dia começou a escrever um livro, contando a nossa vida. Ela vai lançá-lo agora. Quer dizer, o primeiro deles, pois, segundo ela, a nossa história é tão bonita que merece uma série inteira. E ela disse que as pessoas vão gostar tanto que não vão faltar cineastas interessados em mostrar o nosso romance também nas telas..."

"Que máximo! Vou querer ver! E ler! Como vai se chamar o livro?"

Eu sorri pra ele. "Acho que será *Fazendo meu filme.* Pois a protagonista – eu, no caso – faz o filme da própria vida... e aí tem o trocadilho com a gíria... Sabia que você é um dos personagens?"

Ele adorou saber e então pediu que eu o avisasse assim que o livro fosse lançado, pois ele faria questão de adquirir.

"Quer dizer que vocês não voltam mais pro Brasil?", o Alan perguntou.

O Leo me abraçou e disse que tudo dependia de mim.

"Eu não vivo mais sem ela, Alan... Então, onde ela estiver, eu estarei."

Eu disse que a recíproca era verdadeira, e, nesse momento, como combinado, o quarteto de cordas que a Natália tinha contratado tocou os primeiros acordes, exatamente quando o sol começou a se por. Nós corremos para nos posicionar. Como padrinhos, seríamos um dos primeiros a entrar.

A cerimônia se iniciou. Aos primeiros toques da marcha nupcial, a Natália apareceu. E então eu vi que o Leo estava enganado. Ninguém conseguiria brilhar mais do que ela! Acho que grande parte desse brilho vinha do sorriso. Eu nunca a havia visto tão feliz.

Tudo deu certo e passou muito rápido. Meus sobrinhos, surpreendentemente, se comportaram muito bem, e na hora do "sim" muita gente se emocionou. Inclusive eu. Os dois estavam com a mesma expressão apaixonada do primeiro dia, e eu tinha certeza de que eles tinham mesmo nascido um pro outro.

Aos poucos foi escurecendo, e o som preencheu o ambiente. A Natália tinha conseguido que a banda No Voice fizesse um show especial, depois de insistir muito, pois agora eles eram muito conhecidos e estavam com a agenda cheia. Mas como o irmão do Rodrigo ainda era o baixista, ele acabou dando um jeitinho, e eu fiquei muito feliz de assistir àquele show depois de tanto tempo.

Eles começaram a tocar várias músicas animadas, e, de repente, ouvi os acordes de uma lenta, que eu conhecia muito bem. Era "Linda".

"A nossa música...", eu falei baixinho pro Leo, que me abraçou e começou a dançar comigo.

"Lembra quando dançamos em uma festa da sala, anos atrás?", o Leo perguntou no meu ouvido.

"Claro que lembro...", eu respondi, embalada pela música. "Foi naquele momento que eu percebi que não podia viver sem você..."

Ele me deu um beijo e disse que naquele dia já me amava há muito tempo. E que também já me achava *linda*... Em seguida ele começou a cantar a música no meu ouvido.

"Lembra aquele tempo, que a gente se amava, era fim de tarde e pra você cantava... Linda, você é meu sonho... Linda, você me deixa louco, quanto tempo já passou..."

E então eu senti novamente toda aquela emoção da nossa primeira dança. E mais uma vez eu tive certeza de que não poderia viver sem ele.

"Atenção, moças solteiras!", o vocalista do No Voice falou, assim que a música terminou. "Aproximem-se do palco. Chegou a hora da noiva jogar o buquê!"

Eu comecei a rir, falei que não ia de jeito nenhum, pois aquilo era muito constrangedor, mas a Gabi, que estava por perto, disse que eu tinha que ir, sim, pois era muita falta de educação desprezar o buquê da minha cunhada.

Eu então me arrastei pra frente do palco, disposta a não fazer o menor esforço para apanhar aquelas flores.

"Vamos lá, vou contar até três...", a Natália falou no microfone. Olhei em volta e vi que várias garotas estavam com os braços pra cima, superempolgadas. Comecei a rir e até levantei um pouco as mãos, para não parecer muito desinteressada. Ela fez que ia jogar, blefou, todo mundo fez "ahhh", ela contou novamente... e o atirou.

Como nos filmes que terminam em casamento, o buquê girou no ar duas vezes, as meninas se acotovelaram, e então vi que todo mundo meio que se afastou... e ele veio parar em cima de mim.

"Ei...", eu falei completamente sem graça, o segurando. "Isso pareceu meio combinado..."

A banda voltou a tocar e eu fiquei olhando para o buquê por um tempo, meio admirada. Especialmente, eu estava surpresa por estar gostando tanto de estar com ele em minhas mãos. Eu nunca tinha pensado seriamente em me casar, pois o meu relacionamento com o Leo já era perfeito... Mas de vez em quando, lá no fundo, eu me pegava sonhando em também ter um dia como aquele que a Natália estava vivendo. Seria bom ter um final feliz como o de um filme de amorzinho...

De repente, várias pessoas vieram me cumprimentar, interrompendo meus pensamentos. A Natália chamou o fotógrafo para tirar um retrato comigo, a minha mãe começou a dizer que era bom mesmo que eu me casasse logo, pois morria de vergonha de contar para as amigas que eu morava com o meu namorado sem ser legalmente casada... Mas pouco depois todo mundo saiu de perto, e o Leo apareceu do meu lado.

"Quer dizer que você vai ser a próxima noiva...", ele disse sorrindo.

Eu balancei o buquê, com vergonha, mas respondi que aquela era só uma superstição boba...

"Ah, então você *não* quer se casar?", ele levantou as sobrancelhas.

"Claro que eu quero!", eu falei meio confusa. "Mas é só que..."

"Ah, ainda bem que você quer", ele ajeitou as flores na minha mão. "Porque acho que esse buquê veio personalizado... Ouvi dizer que tem uma surpresa aí no meio, para a menina que o pegasse."

Eu olhei pra ele sem entender, mas comecei a mexer nas folhas, buscando alguma coisa que eu não sabia o que era. E então meus dedos tocaram em uma caixinha que estava bem lá no fundo, presa entre os galhos. Eu puxei de uma vez, olhei pra ele e vi que estava sorrindo. De repente, meu coração acelerou, começando a entender o que estava acontecendo.

Ele tirou a caixa da minha mão e a abriu. Dentro dela eu vi duas alianças. Fininhas. Discretas. Bem diferentes daquela que um dia ele tinha usado. Exatamente como *eu* havia sonhado.

Ele pegou a menor delas e a aproximou do meu dedo.

"Fani... eu quero continuar a fazer parte desse seu filme, a cada dia da sua vida... e para todo o sempre", e então ele se ajoelhou, o que fez com que a banda parasse novamente e todo mundo se afastasse para assistir, nos deixando sozinhos no meio do salão. "Quer se casar comigo?"

Eu comecei a chorar sem perceber e só assenti com a cabeça. Ele continuou ajoelhado, e então eu disse: "Sim, claro que eu quero!". Todos bateram palmas, ele deslizou a aliança pelo meu dedo, e ela encaixou direitinho.

Ele se levantou e me beijou, e eu perguntei como ele tinha conseguido uma aliança que coubesse tão perfeitamente.

"Eu tenho meus truques...", ele disse sorrindo. "Por falar nisso, achei que seria bom ter uma trilha sonora para esse momento..."

Ele foi depressa atrás do palco e voltou com um CD.

De: Leo – Para: Fani

CD: Para sempre (com você)

1. Marry you – Bruno Mars
2. Que me queira – No Voice
3. I do – Colbie Caillat
4. Maior abandonado – Barão Vermelho
5. Loving you tonight – Andrew Allen
6. Planos em segredo – Mateus Gontijo
7. Kiss on my list – The Bird and the Bee
8. Let's stay together – versão Seal
9. Sou dela – Nando Reis
10. Ai, ai, ai – Vanessa da Mata

No mesmo instante, a banda voltou a tocar. Percebi que era uma das músicas do CD, e eu a adorava. E então foi a minha vez de cantar no ouvido dele: "*Se você quiser, eu vou te dar um amor desses de cinema...*"

Ele me beijou mais uma vez, e eu concluí que, definitivamente, nenhum filme é melhor do que a própria vida. Agora eu tinha certeza disso. E de que tudo ia dar certo...

Porque nós *já* estávamos vivendo felizes para sempre.

Novos DVDs (e blu-rays) de Fani C. Belluz e Leonardo Santiago:

PARTE 1

1. O rei leão
2. E.T. - O extraterrestre
3. Programa de proteção para princesas
4. Forrest Gump - O contador de histórias
5. O pai da noiva
6. Harry Potter e a pedra filosofal
7. Harry Potter e a câmara secreta
8. Harry Potter e o prisioneiro de Azkaban
9. Harry Potter e o Cálice de Fogo
10. Harry Potter e a Ordem da Fênix
11. Harry Potter e o enigma do príncipe
12. Harry Potter e as relíquias da morte
13. Bernardo e Bianca
14. A noiva cadáver
15. Edward mãos de tesoura
16. Minhas adoráveis ex-namoradas
17. Ele não está tão a fim de você
18. Jogo de amor em Las Vegas
19. Percy Jackson e o ladrão de raios
20. Ramona & Beezus
21. De volta para o futuro
22. Os delírios de consumo de Becky Bloom
23. Bambi
24. A espada era a lei
25. Coração de tinta - O livro mágico
26. Os jovens anos de uma rainha
27. Onde vivem os monstros
28. Ratatouille
29. Em algum lugar do passado

PARTE 2

1. ABC do amor
2. Tomates verdes fritos
3. Tropa de elite
4. Ponte para Terabítia
5. Doce lar
6. Eclipse
7. Pinóquio
8. Idas e vindas do amor
9. Coraline e o mundo secreto
10. Fluke - Lembranças de outra vida

11. Vanilla Sky
12. Batman - O cavaleiro das trevas
13. Homem-Aranha
14. As melhores coisas do mundo
15. O diabo veste Prada
16. Vida de solteiro
17. Amor ou amizade
18. O senhor dos anéis - A sociedade do anel
19. O senhor dos anéis - As duas torres
20. O senhor dos anéis - O retorno do rei
21. Match Point
22. Bossa Nova
23. Da magia à sedução
24. Paulie - O papagaio bom de papo
25. De caso com o acaso
26. Enrolados
27. A máquina do tempo
28. Divã
29. Peixe grande e suas histórias maravilhosas

PARTE 3

1. Casa comigo
2. Morrendo e aprendendo
3. Sissi
4. Jogos Vorazes
5. Noite de Ano Novo
6. O feitiço de Áquila
7. Sem reservas
8. A princesa e o plebeu
9. Legalmente loira
10. Muita calma nessa hora
11. Paixão de ocasião
12. 17 outra vez
13. Sexo, amor e traição
14. Mary Poppins
15. A família do futuro
16. Desenrola
17. Caindo na real
18. Orgulho e preconceito
19. Amanhecer
20. Aristogatas
21. Caninos Brancos
22. Os heróis não têm idade
23. Duas vidas
24. Que garota, que noite
25. Stardust - O mistério da estrela
26. O homem do futuro
27. Viagem ao mundo dos sonhos

Dias tornaram-se semanas,
semanas tornaram-se meses.
E então, um dia, eu fui para a
minha máquina de escrever, me
sentei e escrevi a nossa história.
Uma história sobre uma época,
uma história sobre um lugar, uma
história sobre as pessoas. Mas, acima
de tudo, uma história sobre amor.
Um amor que irá viver para sempre.

(Moulin Rouge - Amor em vermelho)

LEIA TAMBÉM, DE **PAULA PIMENTA**

MINHA VIDA FORA DE SÉRIE
1ª TEMPORADA
408 páginas

MINHA VIDA FORA DE SÉRIE
2ª TEMPORADA
424 páginas

MINHA VIDA FORA DE SÉRIE
3ª TEMPORADA
424 páginas

MINHA VIDA FORA DE SÉRIE
4ª TEMPORADA
448 páginas

MINHA VIDA FORA DE SÉRIE
5ª TEMPORADA
624 páginas

FAZENDO MEU FILME 1
A ESTREIA DE FANI
336 páginas

FAZENDO MEU FILME 2
FANI NA TERRA DA RAINHA
328 páginas

FAZENDO MEU FILME 3
O ROTEIRO INESPERADO DE FANI
424 páginas

FAZENDO MEU FILME
LADO B
400 páginas

FAZENDO MEU FILME EM QUADRINHOS 1
ANTES DO FILME COMEÇAR
80 páginas

FAZENDO MEU FILME EM QUADRINHOS 2
AZAR NO JOGO, SORTE NO AMOR?
88 páginas

FAZENDO MEU FILME EM QUADRINHOS 3
NÃO DOU, NÃO EMPRESTO, NÃO VENDO!
88 páginas

APAIXONADA POR PALAVRAS
160 páginas

APAIXONADA POR HISTÓRIAS
176 páginas

UM ANO INESQUECÍVEL
400 páginas

CONFISSÃO
80 páginas